CW00860303

ÁNGEL DE ENSUEÑO

JO WILDE

Traducido por
MARINA MIÑANO

VIAJE

Todo comenzó a mediados de verano, cuando el olor a madreselva aún flotaba en el aire. Había salido con mis dos mejores amigas, Laurie y Becky, y habíamos decidido ir al cine a ver una mala película de ciencia ficción sobre alienígenas. Lo mejor de la película había sido el actor principal, un chico de lo más mono. Nos lo pasamos genial las tres juntas, comiendo palomitas de maíz y riéndonos de los diálogos tan malos. Las películas románticas no valían la pena.

Después, habíamos ido a comer algo al Big Boy's Bar-B-Que, un lugar caótico, pero de lo mejor que había en Sweetwater, Texas.

Estábamos sentadas en nuestra mesa, comiéndonos unos sándwiches, cuando la campanilla de la puerta tintineó, y alcé la vista al tiempo que Logan Hunter aparecía por la puerta del pequeño restaurante. Logan Hunter había conseguido mantener el impresionante título de apoyador[1] estrella durante los últimos dos años de instituto en Sweetwater High. Ahora estaba en su último año, uno por delante de mí. Su sonrisa era más bonita que las de todos los chicos a los que conocía, y yo, Stephanie Ray, estaba coladísima por él.

Ansiosa, y a punto de cabrearme, me di la vuelta y le di un golpe en las costillas a Beck, que estaba sentada a mi lado.

—¡No mires! —le pedí.

—¿Por qué? —preguntó ésta, levantando su cabeza rubia.

Pues claro que Beck iba a hacer lo contrario de lo que le había pedido que hiciera... ¡echar un vistazo!

—¿Está aquí? ¿Logan? —susurré frenéticamente.

—¿Qué pasa? —preguntó Laurie, que acababa de volver del aseo, conforme se sentaba en su asiento. Posó sus ojos azules en Beck y, luego, en mí.

Me incliné sobre la mesa.

—Logan—susurré, fulminándola con la mirada para que no me hiciera repetir su nombre en voz alta.

Laurie se rio y me golpeó con la mano.

—Ay, por favor, Stevie, cálmate por Dios. Lo he invitado a tu fiesta de cumpleaños mañana por la noche.

Beck comenzó a revolverse en su asiento, extasiada.

—No me lo creo—dije.

—Pues créetelo —replicó Laurie, y le tiró una patata frita a Beck, riéndose.

Me hundí en mi asiento. Estaba agradecida por haberme sentado junto a la pared, siendo así más fácil esconderme.

—Tenéis que superarlo —la voz de Laurie resonó a través del restaurante.

—¡Shhh! ¡Te va a escuchar! —exclamé.

Me puse de los nervios, imaginándome cómo mi vida se iría al garete en apenas cuestión de segundos: Logan pasaría al lado de nuestra mesa y yo me derramaría la comida encima o me atragantaría con la bebida. Es decir, eran infinitas las posibilidades de que terminara cagándola.

—No sé por qué te escondes de él —añadió Laurie, compartiendo sus sabias palabras—. A ti te gusta él, y a él le gustas tú —se rio—. Además, nos lo debes al resto de las chicas.

—¿Qué os debo? —resoplé.

Laurie puso los ojos en blanco.

—Que podamos vivir indirectamente a través de ti y de tus sesiones de besuqueo —me explicó.

—No voy a compartir eso con vosotras —le susurré a Laurie.

Estaba horrorizada y mortificada, pero me reí para mis adentros.

—Eso es porque nunca te ha besado un chico —comentó Beck, propinándome un codazo.

Laurie se carcajeó tanto que se cayó de su asiento, y Beck reposó la cabeza en mi regazo, riéndose.

Mis maravillosas amigas sabían que nunca tendría las agallas para hablar con el chico que me gustaba. Creo que esperaban que en mi decimoctavo cumpleaños fuera Logan Hunter quien hiciera los honores. Me habían organizado una fiesta la noche del día siguiente, y es por eso que mis chicas habían invitado al jugador de fútbol americano estrella de Sweetwater High. Y, bueno... creo que el hecho de que me gustara también había influenciado su toma de decisiones.

Logan era distinto al resto de los chicos del instituto. Detrás de sus ojos marrones tan conmovedores se escondía un chico inteligente. Un beso suyo sería el sueño de cualquier chica. No obstante, yo no estaba preparada para llevarlo al siguiente nivel como pareja, a pesar de que estaba más que pillada por el jugador de fútbol estrella. Pero ¿quién no lo estaría? Logan era un chico atractivo y corpulento, que caminaba con gracia, sus hombros medían un metro de ancho, era alto como un imponente abeto y sus suaves rizos rubios me recordaban a la miel dorada.

Exhalé, comiéndome con los ojos a Logan, que estaba esperando delante de la barra.

—Es todo un macho —dejé escapar un largo suspiro y, mortificada, me cubrí la boca y abrí los ojos como platos—. Dime que no he dicho eso en voz alta.

Beck se rio a carcajadas y Laurie la siguió.

Entonces, la única oportunidad que tenía de ser feliz llegó a su fin como un avión que cae en picado sobre el océano Atlántico. Sara, mi madre, decidió que había llegado la hora de hacer las maletas y pirarse a otro pueblucho de mala muerte.

Otro pueblo, otro instituto, otra miserable vida.

No sabía por qué había pensado que nuestra estancia en Sweetwater sería diferente. Sara nunca permanecía en ninguna parte por mucho tiempo. Es más, desde la muerte de mi padre, habíamos estado viviendo de una maleta.

Yo había tenido sólo ocho años cuando un conductor lo atropelló y se dio a la fuga, quitándole la vida. Así fue como, en un abrir y cerrar de ojos, nuestro mundo cambió para siempre. Hasta este momento, su caso aún no había sido resuelto y reposaba, cogiendo polvo, sobre un estante, dado que la policía no había podido encontrar al culpable. Durante diez años, pensar que el asesino de mi padre anduviera suelto me había molestado más que un baño de saliva. Me negaba a pasar página hasta que las autoridades atraparan al asesino para que éste se pudriera entre rejas.

Por aquel entonces, no tenía ni idea de cómo la maquinación de Sara afectaría a mi vida, sino que lo descubrí cuando ya era demasiado tarde.

Los secretos matan.

Recordaba sus palabras como si fuera ayer.

—Mamá, esto no es justo —repliqué. Me temía que el trastorno bipolar de Sara estuviera brotando de nuevo—. ¡No quiero mudarme a Luisiana! —exclamé.

—Acéptalo —el tono de su voz me intimidó.

—¿Y qué hay de mi fiesta de cumpleaños esta noche? Mis amigas Laurie y Becky se han esforzado un montón. Tú ni siquiera te has molestado en comprarme una tarta.

Sara me fulminó con la mirada.

—¡No voy a tolerar esa actitud, jovencita! —inhaló con tranquilidad, pero no se deshizo de la frialdad de sus palabras—. Estoy segura de que encontraremos algún supermercado de camino a Luisiana. Te compraré una tarta allí —Sara se dio media vuelta y siguió haciendo la maleta como si se estuviera preparando para unas vacaciones tropicales.

Atisbé los coloridos trajes de baño esparcidos por la cama, junto con zapatos y ropa bastante ligera. Me quedé observando el equipaje y fruncí el ceño. Esa vieja maleta había visitado más lugares que la mayoría de la gente en toda su vida. Cada vez que la miraba, se formaba un nudo en mi estómago. Esa maleta representaba todo lo que odiaba... tener que empezar de cero.

—¿Qué problema tienes con este pueblo? A mí me gusta Sweetwater. Y tú tienes un buen trabajo en la tienda Fashion Boutique. No tiene sentido que nos mudemos otra vez. ¿No podemos quedarnos en un único lugar durante más de un minuto? —le pedí.

—Yo. Odio. Texas.

No podía entenderlo, pero esta mudanza parecía ser diferente a las otras. Estábamos huyendo del pueblo por alguna razón que yo desconocía. O bien Sara se había liado con su jefe, que estaba casado, o nos habían desahuciado. Aparte de soltarme la frase de siempre («tengo que marcharme del pueblo antes de que me detengan»), esta vez todo parecía extrañamente anormal. Era como si alguna fuerza persuasiva estuviera tirando de Sara, como un neandertal con taparrabos arrastrándola hasta la tierra del más allá.

—¿No podemos irnos por la mañana? —traté de razonar con ella—. Así, las dos podremos dormir tranquilas, y yo puedo ir a mi fiesta de cumpleaños.

Cuando Sara se dio media vuelta, su frente estaba cubierta de arrugas profundas como si fuera madera petrificada.

—La decisión ya está tomada. Nos marchamos hoy antes de que anochezca —sentenció.

—Mamá, esta mudanza es una locura —me quejé.

Rápidamente, Sara clavó su mirada combativa en mí.

—¿Estás diciendo que estoy loca?

Di un paso atrás para posicionarme fuera de su alcance y me lamí los dientes.

—Yo no he dicho eso —me retracté—. Lo siento.

—¡Estoy harta de ti! —gritó.

A Sara no se le daba muy bien el papel de adulta. Con sus minifaldas y su actitud de adolescente mimada, la línea a menudo se difuminaba. Y, como resultado, yo me veía obligada a comportarme como la adulta.

—Mamá, aquí me va bien. El instituto es genial. Mis notas son muy buenas. ¿No lo puedes reconsiderar? —supliqué.

—Harás nuevos amigos. Eres joven. Te adaptarás. Nos mudamos, y es definitivo.

—¿No te importa en absoluto cómo me siento? —me mordí la lengua para evitar soltarle lo que quería decir: egoísta, narcisista, egocéntrica... o algo así.

—No seas ridícula —se mofó.

—Cada vez que nos mudamos, me come por dentro.

—Deja de ser tan melodramática.

Apunté con el dedo a la maleta.

—La gente normal no se comporta de manera irracional, mudándose de un pueblo a otro, viviendo de una maleta... sin saber cuándo volverán a comer —la mayoría de las veces mantenía la boca cerrada, pero esta vez Sara necesitaba escuchar cómo me afectaban a mí sus acciones—. No, mamá, tú eres la única que prefiere vivir como una gitana.

—A diferencia de ti, sosa y aburrida, a mí me gusta la aventura —Sara agarró un espejo, revisó que su pintalabios rojo seguía intacto y, luego, lo arrojó sobre la cama e intentó encontrar la voz de la razón entre toda su locura—. Trata de ver este viaje como un regalo de cumpleaños —forzó una sonrisa tan falsa como sus uñas de color rosa chillón.

—Espero que no estés planeando otra excursión acampando en la ciudad. ¿O debería decir sin hogar?

—No sé de qué me estás hablando —cada vez que Sara soltaba una mentira, su acento sureño se volvía más obvio.

—Si papá estuviera vivo no estaríamos rebotando de pueblo en pueblo persiguiendo arcoíris y unicornios.

Estaba jugando sucio, pero, al ver a Sara estremecerse ante la mención de mi padre, lo consideré como un triunfo. Para Sara, recordar era como meter la mano en una fogata. Le molestaba que mencionara a mi padre. Es como si hubiera colocado los recuerdos de mi padre en una caja de zapatos y la hubiera guardado en un sótano húmedo para evitar la puñalada. Incluso había llegado a prohibirme que mencionara su nombre. Sabía que le costaba lidiar con la muerte de mi padre y, aun así, a veces no me importaba retorcer la daga.

—Bueno, tu padre ya no está aquí. ¡Está muerto! —sus palabras mostraban su frialdad e insensibilidad—. Puedes llamar a tus amigas cuando estemos de camino. ¡Ve a hacer la maleta! Quiero salir antes del atardecer.

—No puedo volver a hacer esto. Esta es tu vida, no la mía. Yo no me voy.

—¡No te queda otra! —gritó Sara, apretando los puños hasta tener los nudillos blancos. Luego, hizo una pausa, respiró profundamente y roció una capa de miel sobre sus mentiras—. Cariño, te va a encantar este pueblo. Te prometo que no habrá más mudanzas. Esta es la última.

—¿Qué tiene de especial el nuevo pueblo? ¿Acaso aparece en el mapa? —me burlé.

—He oído que el pueblo está muy bien, la gente es amigable y vivir allí es barato.

—¿Cuál es la verdadera razón, mamá? —me quedé mirándola, la sospecha dando vueltas en mi mente.

Sara dejó caer su ropa y se sentó en el borde de la cama. Me recordaba a alguien que estuviera a punto de confesar. Tenía los hombros caídos y los ojos clavados en el suelo.

—No te enfades —suspiró—. No nos queda nada de dinero para el alquiler.

—¿Qué has hecho, mamá? —contuve la respiración.

—Lo gasté en un adivino —admitió—. Pero el legendario Red es famoso.

—¿Es que no sabes que los adivinos son estafadores?

—Red, no —los ojos marrones de Sara brillaban como si estuviera defendiendo a su amante—. Él lo es de verdad.

—Mamá, Red es igual de adivino que la señorita Cleo que aparece en la televisión —repliqué—. ¿Te acuerdas de ella? La despidieron por ser un fraude. ¡Red es más de lo mismo!

—Red predijo que viviríamos en este pueblo cómodamente —se encogió de hombros como una niña pequeña.

—No tener casa no es vivir cómodamente.

—¡No seas insolente! —se puso en pie de un salto, con el puño listo para dejarme KO.

—¡Vale! Me voy —salí de la habitación de Sara hecha una furia, caminando en dirección a la puerta principal.

Podía escuchar los gritos de Sara a mis espaldas.

—¡Stevie Ray! No te atrevas a...

No quería continuar escuchando sus tonterías. Ir improvisando sobre la marcha y, sin meditarlo, largarse a pueblos en mitad de la nada podría ser el estilo de vida de Sara, pero yo definitivamente no compartía las mismas aspiraciones.

Desde la muerte de mi padre, lidiar con la bipolaridad de Sara no había sido coser y cantar. Yo había sido tan sólo una niña y no había estado bien preparada para manejar sus episodios maníacos, con los que todavía luchaba y que temía cada día.

Como por aquel entonces no había tenido la edad suficiente para conseguir un trabajo de verdad, me había dedicado a realizar algún que otro trabajillo para los vecinos, desde cuidar niños hasta pasear perros. El dinero en efectivo había resultado ser de utilidad para los almuerzos escolares. Había cumplido los requisitos para el programa de almuerzo gratis, pero Sara había pensado que le daría a la gente la impresión equivocada. No se había dado cuenta de que la gente ya sabía que éramos pobres. Mi ropa descolorida y desgastada lo daba a entender.

Con apenas diecisiete años, ya había trabajado en casi todos los antros de hamburguesas que se encontraban entre Montana y los Cayos de Florida. Trabajaba por las tardes durante el año escolar y a tiempo completo en verano. El dinero que ganaba ayudaba a pagar las facturas, pero dificultaba mi vida social. Entre los estudios, el trabajo y tener que lidiar con los episodios de montaña rusa del trastorno de Sara, tenía poco tiempo para los amigos, lo cual era una mierda.

A medida que la realidad me envolvía en su amarga red, había descubierto cosas mucho peores. Ningún niño debería tener que dormir en una caja de cartón en pleno invierno. Asistir a la escuela con la misma ropa sucia día tras día me había hecho ver las crueldades de la vida a una edad muy temprana. Sin embargo, tras varias narices sangrientas, había comenzado a defenderme. Hasta que había llegado al punto de saber aguantar.

A pesar de lo caótica que era mi vida, mis estudios me daban esperanza. Era inteligente, y mis notas así lo reflejaban. Sabía que, si alguna vez quería salir de la pobreza, mi educación sería lo que me mantuviera.

Por aquel entonces pensaba que dieciocho sería el número mágico, que quedaría libre de mi esclavitud, sin tener que preocuparme por Sara. Sin embargo, lo que no me dejaba vivir tranquila era mi conciencia. La incompetencia de Sara me mantenía atada a un estilo de vida que yo tanto odiaba porque, si le llegara a pasar algo, no me lo perdonaría nunca. Además, a pesar de los momentos difíciles, la quería. Sara era toda la familia que tenía.

Saber que estaba haciendo lo correcto me ayudaba a superar las dificultades. Cuando mi padre seguía vivo, solía decir: «la familia se mantiene unida pase lo que pase». Si mi padre siguiera vivo, hubiera estado orgulloso de mis esfuerzos. Esa era la única razón por la que me quedaba con Sara.

Sin embargo, por la noche, cuando reinaba el silencio, me acostaba en la cama, retorciéndome a causa del interminable dolor que sentía en mi interior y de la agonía que se magnificaba con cada nueva mudanza.

¿EN SERIO?

Llegamos a Tangi justo antes de que amaneciera. A juzgar por los edificios antiguos que se alineaban a ambos lados de la calle, era evidente que este lugar no era más que un pueblucho de nada.

El aire mañanero era bochornoso y los mosquitos pululaban alrededor. Comencé a enumerar todas las enfermedades que transmitían aquellos chupasangres: el Zika, la Malaria y el virus del Nilo Occidental. Fruncí el ceño. Sospechaba que las plagas superaban en número a la población. Acabábamos de llegar y ya odiaba este lugar.

Tener que escuchar a Sara barbullar durante todo el trayecto hasta aquí me había hecho querer vomitar. Lo había descrito como si nos estuviéramos mudando a la tierra de OZ, aunque más bien parecía la tierra de los insectos.

Sara detuvo el coche en el aparcamiento del primer motel que encontramos. Estábamos a punto de quedarnos sin gasolina y estaba todo cerrado, así que era esto o dormir en el coche.

Sara se aclaró la garganta.

—Podemos pasar la noche aquí. No está tan mal —trató de esbozar una débil sonrisa.

Fruncí el ceño y desvié la mirada hacia la ventana, ocultando mi tristeza.

—Pues vale —murmuré de mala gana.

No había mucho más que decir sobre el lugar aparte de que se estaba cayendo a pedazos. El cartel de luces de neón que brillaba con intensidad sobre nuestras cabezas estaba solamente sujeto por las bisagras. Además, una de las bombillas parpadeaba constantemente, mientras que la otra estaba rota, dejando un charco de vidrio alrededor del poste.

El letrero ponía: «Bienvenido al motel de Claude». A pesar de que este lugar no era nada del otro mundo, yo me conformaba con que tuviera una cama. Tras haber pasado toda la noche apretujada en un viejo Volkswagen 1975, me hubiera quedado dormida hasta sobre las rocas.

Sara salió del coche, corrió hacia la oficina del gerente y pagó por una habitación. Divisé las barras de hierro que dividían la entrada. Un mal presentimiento me recorrió la columna vertebral.

—¡Mierda! Esto debe ser donde se juntan todos los drogadictos —solté una risilla nerviosa—. ¡Perfecto! —me recliné hacia atrás en el asiento y me crucé de brazos sobre el pecho.

No mucho más tarde, Sara regresó con una llave colgando de su mano. Cuando llegamos a nuestra habitación, la número noventa y tres, Sara apagó el motor y las dos nos bajamos del coche. Me tomé un momento para estirar mis extremidades agarrotadas, y bostecé. Cómo me gustaba volver a estar de pie. Al viajar con Sara, hacer una parada para ir al baño era un lujo. La última vez que habíamos parado había sido en Waskom, Texas.

Como era costumbre, Sara me ordenó que llevara nuestras pertenencias adentro y, como buena esclava, la obedecí. Cuando terminé de cargar con la última maleta, la dejé tirada en el suelo y me desplomé sobre la cama. El colchón tenía algunos bultos, pero no me importaba.

«Bah, he dormido en camas peores», pensé.

Dejé que mi mente divagara. Me puse a pensar en Texas, en Beck, Laurie e incluso en Logan. Me tragué el doloroso nudo que se había formado en mi garganta. Echaba de menos mi hogar una barbaridad; el rumor de las plantas rodadoras, las llanuras y los lagartos cornudos. Dejé escapar un resoplido. Perderme mi fiesta de cumpleaños dolía como si me hubieran clavado unos dientes afilados en la piel, pero aquello no era nada en comparación con haber tenido que abandonar a mis amigas. Por primera vez… no me había sentido fuera de lugar.

Sara no lo entendía. Ella tenía su propio idealismo, su propia visión. Nunca se preocupaba por cómo la verían los demás. Era un espíritu libre, hacía lo que le daba la gana sin preocuparse por nada. Yo era diferente. Para mí, encajar lo era todo, me importaba tener un techo sobre mi cabeza y un hogar estable, y permanecer en el mismo lugar durante más de unas pocas semanas sería un sueño hecho realidad.

Texas ya no significaba nada para mí. Tenía que dejarlo atrás y seguir hacia delante. Al igual que había dejado mi cumpleaños en Texas, había dejado atrás a mis amigas. No más amigas y no más llorar por los cumpleaños del pasado. Sólo quería dejar de pensar. Poco después, el sueño devoró mis pensamientos y todo quedó en el olvido.

Cuando abrí los ojos, los rayos de sol calentaban mi rostro. Me desperté al captar el aroma del perfume de Sara en el aire, y los recuerdos comenzaron a volver a mí como un tsunami. Fruncí el ceño. Recordar que Texas había pasado hace mucho tiempo por mi espejo retrovisor no me motivaba a salir de la cama.

Me dejé caer sobre mi espalda con un furioso resoplido y, entonces, me di cuenta de que la cama de Sara estaba vacía y de que había una pila de toallas mojadas tiradas en el suelo en una esquina. Parecía como si un ladrón hubiera estado rebuscando en la maleta de Sara: había ropa esparcida por la cama y por el suelo, y Sara estaba desaparecida. Supuse que o bien estaría desayunando, aunque lo dudaba, o buscando trabajo.

Pateé las sábanas, me forcé a salir de la cama y caminé lentamente hasta la puerta de entrada, abriéndola de par en par.

—¡Joder! —retrocedí un par de pasos, entrecerrando los ojos ante la intensidad de la luz del sol—. ¡Maldita sea! —maldije. Le eché un vistazo al reloj—. Son sólo las ocho de la mañana y ya me estoy muriendo de calor —refunfuñé mientras me limpiaba las gotas de sudor de la nariz con el dorso de la mano.

Me quedé allí, contemplando los alrededores. Las únicas criaturas que se movían eran las molestas codornices que gorjeaban entre la maleza de los árboles.

—¡Puaj! —arrugué la nariz al percibir un intenso olor en el aire—. ¡Odio los peces!

Eché un vistazo a mí alrededor y respiré hondo con desdén. No me gustaba este pueblo. Era tan distinto a Sweetwater. Aquí, no veía nada más que desguaces de coches oxidados y una vieja estación de servicio, que vendía equipo de pesca, haciendo esquina con el aparcamiento del motel.

¿Qué veía Sara en este insignificante pueblo? No merecía la pena preguntarle porque no me diría la verdad. Tendría que aceptar mi destino. Al fin y al cabo, la única regularidad con la que contaba en mi vida era que nunca permanecíamos en el mismo lugar por mucho tiempo. Sabía que había otro desagradable pueblo en el horizonte a un par de pasos de aquí.

Me quedé mirando el largo tramo de colinas de color verde musgo y los altos pinos balanceándose con una ligera brisa. Pronto, el verano llegaría a su fin y mi último año de instituto estaría a la vuelta de la esquina. Se me revolvió el estómago. No quería ni pensar en ello. En sólo un par de semanas tendría que enfrentarme a un nuevo instituto, caras nuevas, nuevas peleas y el círculo vicioso que era tratar de encajar una vez más. Para mí, encajar era como echarlo a suertes. En algunos sitios lograba pasar desapercibida y, en otros, tenía que apañármelas. Sweetwater High había sido fantástico. Había conseguido hacerme un hueco allí con Laurie y Becky, las mejores amigas del mundo. Para variar, había disfrutado del compañerismo que había recibido de mis amigas en vez de ser el blanco de las crueles burlas de todos.

Cansada, suspiré y cerré la puerta con más fuerza de la necesaria, aunque hubiera preferido atravesarla con mi pie. Que Sara me hubiera negado una fiesta de cumpleaños era una cosa, pero que me hubiera obligado a mudarme a un maldito lugar en mitad de la nada me ponía furiosa. Caminé de vuelta a la cama y me enterré bajo las sábanas. Quería esconderme bajo la estúpida manta por el resto de mi vida.

El cielo estaba nublado cuando Sara irrumpió por la puerta. Su rostro sonrojado resplandecía de alegría y, en cuanto cerró la puerta, pude oler la alegría en su aliento. Tropezó con mi cama y se abalanzó sobre el borde.

Me hice la muerta. Había visto los faros acercándose y a Sara saliendo del coche. Se inclinó sobre mí, me sacudió por los hombros y movió la manta que cubría mi cabeza.

—¿Adivina qué? —anunció, demasiado contenta.

Abrí los ojos poco a poco hasta que me encontré ante su sonrisa borrachina.

—¿Qué? —contesté. Aún estaba de mal humor—. ¿Has encontrado una olla de oro al final del arco iris? —resultaba liberador utilizar el sarcasmo, aunque sabía que podría provocar que me llevara un fuerte bofetón en la cara.

—¿Por qué no me muestras algo de apoyo?

—Sí, madre querida —fingí una sonrisa—, estoy extremadamente contenta de que nos hayamos mudado a la lejana tierra de los insectos salvajes —le arrebaté la manta de la mano y me cubrí la cabeza, dándole la espalda y preocupándome en silencio.

Sin captar la indirecta, Sara volvió a tirar de la manta.

—He conseguido un trabajo —me susurró al oído, seguido de una risita—. Voy a trabajar en el Mudbug Café que está a la vuelta de la esquina, en el centro. El salario no es mucho, pero lo compensaré con las propinas.

Sentí la euforia de Sara en mi espalda. Sabía que estaba intentando calmarme, lo cual empeoraba la situación. Sentía que al menos me había ganado el privilegio de pasarme un día en la cama sintiendo pena por mí misma sin que Sara me restregara su dicha en la cara.

Eché la manta hacia un lado, me di la vuelta para hacerle frente y me apoyé sobre el codo.

—Te va a resultar difícil llegar a tu trabajo.

—¿Por qué dices eso? —Sara jugueteó con una uña rota.

—Los neumáticos se están quedando sin aire. Si se desinflan, tendrás que ir andando. ¿Dejaste que alguien les echara un vistazo?

—¡No! —Sara sonrió—. No tuve que hacerlo.

—¿Por qué?

«Ay, señor, ¿habrá destrozado el coche?»

—Los neumáticos están hechos trizas —dijo de manera despreocupada conforme se quitaba los tacones rojos—, pero conduje el coche de todos modos.

Por el rabillo del ojo, me fijé en sus pies, y me quedé boquiabierta. De repente, mi preocupación se volvió estupefacción, y me alcé lo más rápidamente posible.

—¿De dónde has sacado esos zapatos? —inquirí—. ¡Esos zapatos no son de los baratos! Además, se supone que no tenemos ni un duro.

Rápidamente, Sara agarró los zapatos y los metió en su maleta.

—Tú no te preocupes por eso. Tenemos otras cosas por las que preocuparnos —dijo.

Estaba más claro que el agua que Sara estaba mintiendo. Aparte de que su acento sureño había vuelto, el tic de su ceja izquierda la delataba.

—Preocuparnos —me burlé—. Vas a arruinar el único par de ruedas que tenemos —me quedé mirándola. Mi paciencia se estaba agotando—. Sabes que conducir el coche dañará las llantas, ¿no?

—¿Cuánto más crees que podrán aguantar? Los neumáticos ya están arruinados.

—Mamá, no me refiero a los neumáticos, sino a las llantas, la parte metálica central de la rueda.

—¡Ah! —actuaba como si le estuviera hablando en un idioma extranjero—. Entonces, tú puedes caminar. Yo tengo a alguien que me lleve —agitó la mano en el aire, desestimando el problema, como había hecho con el resto de baches con los que nos habíamos encontrado a lo largo de la vida—. Pero bueno, si es necesario, lleva el coche a la estación de servicio de la esquina a ver si pueden arreglar los neumáticos.

Dicho eso, Sara se metió en el baño y cerró la puerta tras de sí. Un minuto más tarde, escuché el agua de la ducha corriendo. Le di la espalda a la puerta del baño, furiosa. ¿De dónde se esperaba Sara que iba a sacar el dinero? Los neumáticos estaban irreparables. Necesitábamos neumáticos nuevos.

Dejando a un lado los problemas con el coche... sospeché que Sara tendría una cita esa noche. Lo pude deducir por el vestido ajustado y los tacones que había dejado preparados sobre su cama. Debía admitir que aquello tenía su mérito. No llevábamos aquí ni veinticuatro horas y Sara ya había atrapado a un hombre. Era un récord incluso para Sara. Claro que ella nunca había tenido ningún problema en ese departamento. Para Sara, encontrar un novio era como arrancar una manzana de un árbol. Y ella tenía a su disposición todo un huerto de manzanos. Yo no me involucraba en los asuntos de mi madre. Sin embargo, teniendo en cuenta todos los romances de corta duración que Sara había tenido, cualquier persona de género masculino debería contratar una póliza de seguro de vida antes de empezar a salir con ella porque los novios de Sara solían desaparecer o aparecer muertos. Espeluznante, en mi opinión.

PANDILLEROS

La mañana siguiente comenzó como cualquier otro día abrasador. En el oeste de Texas hacía calor, pero este lugar le ganaba a Texas por goleada. Luego estaban los insectos. La gente que se quejaba de los mosquitos en Texas claramente no había estado en Luisiana. Aquí, los chupasangres salían en pandilla.

Sara se marchó temprano. El uniforme que había estado colgado sobre una silla había desaparecido, lo cual era señal de que se había ido a trabajar, aunque no pude escuchar el rugido del motor del coche sobre los zumbidos de los insectos. Supuse que había conseguido que su nuevo novio la llevara, ya que nuestro coche no funcionaba. Aquello me dejaba a mí, la hija insignificante, teniendo que caminar.

El momento de esconderme en la cama había terminado. No quería salir de mi zona de confort, pero debía enfrentarme a mi patética vida. Sentía como si me hubiera unido a los muertos. Aun así, suspiré, exasperada, porque tenía que encontrar un trabajo.

Arrastré los pies hasta el baño y, después de darme una ducha, me vestí. Elegí algo ligero: una camiseta de algodón blanca, unos pantalones cortos azul marino y, para terminar el conjunto, saqué unas sandalias de cuña de la maleta de Sara. La mayoría de sus zapatos terminaban en pico y, como yo era de pies planos, pensé que las sandalias de cuña serían la mejor opción.

Lo peor estaba a la vuelta de la esquina. El pueblo resultó ser exactamente cómo esperaba, deteriorado y desértico. Nunca llegaría a entender por qué Sara prefería los pueblos lúgubres y pequeños que estaban a punto de convertirse en pueblos fantasma, precisamente como este. Yo prefería el ajetreo y el bullicio de la vida de la ciudad; viajar en autobús, visitar museos de arte y conocer gente. Sentí una oleada de tristeza. Sabía que mis esperanzas de tener una vida normal podrían ser un sueño atascado en una tubería. A pesar de todo, me aferraba con fuerza a la esperanza.

Pasé por delante de la estación de servicio de camino hasta el centro. Justo como Sara había comentado, se encontraba a la vuelta de la esquina. El letrero ponía «La parada de Claude» en colores vivos.

«Ah, tiene el mismo nombre que el motel», pensé.

Le eché un vistazo a la estación de servicio y arrugué la nariz. Era como todo lo demás en este pueblo... sucio y en malas condiciones.

Al pasar junto a la estación de servicio, me encontré con un grupo de hombres canosos de piel oscura que estaban apiñados alrededor de una mesa de juego bajo un gran roble, por lo que asentí con la cabeza a modo de saludo. Tenía la impresión de que la parada no obtendría mucho negocio si sólo vendían equipo de pesca, refrescos y un desafiante juego de dominó.

Cuando llegué a la plaza que se encontraba en el centro del pueblo, me detuve un momento a mirar a través de los diferentes escaparates, titubeante. No me vendría mal una pequeña charla antes de adentrarme en la tierra del rechazo.

Me fijé en que había una oficina de correos en el lado sur de la plaza, un salón de belleza justo al lado y, en medio de la plaza, un par de tiendas de artesanía y un restaurante, seguidos de un pequeño supermercado y una tienda de comida para animales. No había mucha actividad. Tangi me recordaba a uno de esos pueblos fantasmas en los que la única señal de vida era el polvo que flotaba en el aire. Iba a tenerlo crudo para encontrar un trabajo por aquí.

Conforme caminaba por la acera me topé accidentalmente con una anciana que andaba en dirección contraria. No dijo nada, pero capté un destello de ira en su mirada. Me ruboricé y agaché la cabeza, acelerando el paso. Rápidamente aprendí que eso de que la gente era amable en los pueblos pequeños era un mito.

Con sólo un vistazo a la mirada de la anciana, ya sabía que Sara y yo nos habíamos convertido en el cotilleo del pueblo. Suponía que aquel lugar no solía recibir muchos recién llegados como nosotras. Además, llamábamos la atención. Sara con sus mini faldas, y yo con mi sosería.

No tardé mucho en pasar por todas las tiendas. Creo que rellené tal vez dos solicitudes de empleo, ya que la mayoría de la gente me rechazó sin más. A pesar de mi discurso, tratar de convencer a estos paletos de mis habilidades sólo consiguió que me echaran a patadas. Parecía que la hospitalidad sureña se había ido de pesca. Incapaz de pasar por otro rechazo amargo, decidí tomarme un descanso.

Suspiré. Tenía sed y estaba de mal humor.

Agité los pies para quitarles el polvo y continué caminando por la acera, preguntándome a dónde ir. Cuando mis ojos se posaron sobre un cartel a un par de metros en el que ponía «Mudbug Café», paré en seco.

«¡Mierda!»

Aquel debía de ser el nuevo lugar de trabajo de Sara. Quería evitarla a toda costa porque, con mi suerte, me pondría a lavar los platos. Yo podría ser un montón de cosas, pero lo que sí tenía claro era que no trabajaba gratis.

Eché un vistazo al otro lado de la calle y vislumbré una librería. Aún había esperanza. Rápidamente, fui derecha a cruzar la calle. Ni siquiera me molesté en mirar a ambos lados por si venía algún coche, dado que el tráfico era inexistente. Lo único que vi fueron un par de motos reventadas con neumáticos desgastados. Mi coche encajaría muy bien aquí. Bueno, claro, eso sería si lograba ahorrar dinero para unos neumáticos nuevos, lo cual parecía ser una hazaña imposible. Lo que significaba que estábamos atrapadas allí en medio de Insectolandia hasta nuevo aviso.

Cuando llegué al otro lado de la calle, me detuve y le eché un vistazo al escaparate. El letrero de la tienda ponía «De otro mundo: astrología, hechizos mágicos y bolas de cristal». Me pareció extraño encontrar una tienda como esta en medio de la nada.

Empujé la puerta y la campanilla repiqueteó, anunciando mi entrada. Una vez dentro, una ráfaga de incienso se arremolinó alrededor de mi nariz. Poseía un olor parecido a la madera, pero desprendía demasiado humo. Tosí y abaniqué con la mano para deshacerme de la nube gris.

Me aventuré por los pasillos, tamborileando sobre los diversos libros. El olor a libros nuevos hizo que me emocionara. Me encantaba acurrucarme en la cama en un día lluvioso con un buen libro. Dios, no podía recordar la última vez que había comprado un libro. Abrí los ojos como platos, maravillada por la gran selección. Divisé obras sobre la brujería, el vudú, la astrología y la nueva era. Además, había baratijas de todo tipo, amuletos y otros emblemas extraños. Un misterioso objeto despertó mi curiosidad: una muñeca hecha de yute, con botones desparejados como ojos y un parche negro en forma de corazón cosido en el pecho con una puntada en zigzag. ¿Qué posible uso podría tener una muñeca tan fea?

Por lo general, solía evitar este tipo de tiendas como si de la peste bubónica se tratara. Se me puso la piel de gallina. Era extraño cómo sentirme atraída por lo espeluznante despertaba un profundo interés en mi interior y, sin embargo, me asustaba incluso más.

Arrepintiéndome de haber salido, me alejé de aquella esquina y me dispuse a salir de la tienda. Encontrar un trabajo era más importante que leer libros. Para sentirme un poco mejor por haber perdido el tiempo, pedí una solicitud de empleo y prometí que la traería a primera hora de la mañana siguiente. Con una sonrisa educada, la empleada me informó de que no estaban buscando contratar a nadie, pero que estaría encantada de guardar mi solicitud en sus archivos.

«¡Genial! Otro rechazo», pensé.

Le di las gracias amablemente a la señora y seguí mi camino.

Solté un suspiro, cansada, y me dirigí hacia la sede del periódico local, el periódico de noticias de Tangi, el último negocio y mi última esperanza. Como la mayoría de los periódicos, esperaba que tuvieran una vacante. Preferentemente, un trabajo en la oficina. Sin un medio de transporte, repartir periódicos no era una opción. Al empujar la puerta de cristal, fui recibida por un fuerte olor a tinta que me golpeó en cara. Apreté los labios. Este era mi momento. Ahora o nunca. Crucé los dedos.

—¡Ha ido genial! —murmuré para mí misma conforme salía del edificio —. ¡Seguro que el trabajo es mío!

Sólo había una pequeña complicación... ¡no tenía modo de transporte! Le di una patada a una lata vacía, y caminé de vuelta al motel. ¡Quería matar a Sara por obligarme a venir aquí! No, en verdad no quería hacer eso. Quería volver a nuestra casa en Texas, a mi antiguo trabajo en el Dairy Queen y a mis amigos.

Una cosa estaba clara: no me encontraba en Oz, taconeando con mis tacones rojos. Me encogí de hombros. Había considerado hacer autostop un millón de veces. Entre Becky y Laurie, tendría un lugar en el que quedarme. A sus familias les caía bien. Podría conseguir un trabajo, ahorrar dinero y, al año siguiente, asistir a la universidad para convertirme en abogada como mi padre. Podría obtener un préstamo para estudiantes y, con suerte, una beca. Era un plan factible.

Entonces, pensé en Sara, y todos mis sueños estallaron como un globo. No podía irme. Tenía que quedarme. La ira se apoderó de mí y, esta vez, le di una patada a una roca.

Me pasé todo el camino de vuelta con la cabeza en las nubes y, cuando finalmente alcé la mirada, estaba de nuevo en la estación de servicio. Los hombres se habían marchado, y la estación de servicio parecía estar vacía. Me dirigí hacia los árboles y me dejé caer sobre una de las sillas, poniéndome cómoda. Usé el dorso de mi mano para limpiar las gotas de sudor que se habían acumulado en mi frente. Estaba echa un cuadro. Cuando me quité las sandalias, mis pies estaban palpitando, y las ampollas en mis talones hacían que las sandalias ya no parecieran tan monas. En un momento de agitación, arrojé las sandalias en un charco de aceite y me quedé mirándolas durante un minuto, consciente de que Sara se pondría histérica si arruinaba sus zapatos.

—¡Bah! —me encogí de hombros. Me daba igual.

El calor era sofocante, como estar en una sauna. Mi garganta estaba tan reseca como la tierra bajo mis pies, pero no quería beber el agua del motel. Estaba turbia y olía a pescado. Metí la mano en el bolsillo para sacar algo de cambio. No había comido nada desde el almuerzo del día anterior, aunque mi sed sobrepasaba mi hambre. Una Coca-Cola bien fría satisfaría mis nervios.

Saqué la mano del bolsillo y miré lo que tenía: sólo setenta y cinco centavos.

—¡Mierda!

Este día no podía ir a peor. Tiré las monedas contra el suelo. Rebotaron y aterrizaron en el charco de aceite, junto a las sandalias. Había llegado a mi límite. Metí la cara entre mis manos, dejando que las lágrimas cayeran libremente.

No sé cuánto tiempo llevaba allí sentada, cuando alguien me dio un golpecito en el hombro, sobresaltándome. Parpadeé para deshacerme del borrón causado por las lágrimas y me encontré con la anciana con la que me había topado antes. ¿Qué quería ahora? Me quedé mirándola en silencio.

—¿Cómo estás, niña? —preguntó la anciana, y me mostró lo que supuse que era una dentadura postiza—. Vaya, pareces estar sedienta.

Me entregó una botella de Coca-Cola. Había gotas deslizándose por la botella de vidrio, lo cual era una buena señal de que estaba fría.

Abrí los ojos como platos.

—Gracias, pero no me lo puedo permitir —sollocé—. Sólo tengo algunas monedas —señalé los centavos esparcidos en el charco de aceite.

La anciana agitó la mano.

—No te preocupes, bonita —sonrió.

Me sequé las lágrimas de mis mejillas con el dorso de la mano.

—Gracias —agaché la cabeza.

La anciana se sentó a mi lado, abrió su monedero negro descolorido y sacó un pañuelo de tela blanco. Extendió la mano y me lo entregó sin decir palabra. Abrí la boca, si saber si aceptarlo o rechazarlo. Mis ojos se fijaron en las iniciales del monograma, «F.N». Debía ser antiguo, ya que sólo las personas mayores llevaban pañuelos de tela. Arrugué la nariz, dudosa.

—Gracias —murmuré, aceptando su oferta.

Me sequé las lágrimas y me limpié la nariz con delicadeza. Apretujé el pañuelo en mi puño, sin saber cuál era la etiqueta adecuada. ¿Debía devolvérselo ahora o después de haberlo lavado? Como me estaba alterando por un estúpido pañuelo, hice lo que cualquier adolescente respetable haría: lo metí bajo mi pierna. Ojos que no ven, corazón que no siente. Al menos, no el mío. En silencio, tomé un trago de la Coca-Cola. Me sentía algo incómoda.

Le eché un vistazo a la anciana por el rabillo del ojo. Aparte de su extraña cadencia, había sido un gesto amable comprarme una bebida fría, pero no estaba de humor para la compañía. Quería excusarme, pero no quería parecer maleducada. Decidí relajarme y hacer como si nada. Tímidamente, le ofrecí una débil sonrisa y le di otro sorbo a mi bebida.

—¿Dónde te alojas? ¿Tú madre y tú os hospedáis en el motel de Claude? —preguntó y sonrió amablemente.

Su voz tenía cierto acento, por lo que me resultó difícil entenderla. Simplemente asentí y respondí: «Sí, señora». Rápidamente, tomé otro sorbo de mi Coca-Cola.

—¿Has estado buscando trabajo?

—Sí, señora —contesté de nuevo—. Lo he estado intentando —jugué con la fría botella entre mis manos. La humedad me hizo pensar en un refrescante baño en la piscina.

—¿Te han contratado en algún lugar? —continuó.

—Sí —tomé un tercer sorbo.

—¡Eso está bien! —dejó ver su blanca dentadura. Detecté algo de francés en su acento.

—En verdad no —me encogí de hombros—. No puedo aceptar el trabajo.

—¿Qué estás diciendo? —frunció su ceño canoso.

—El trabajo requiere transporte y no tengo dinero para arreglar nuestro coche —le di otro sorbo y, esta vez, me bebí el resto de la bebida de un trago.

Apreté los labios.

—Ay, Dios te bendiga, niña.

Me encogí de hombros, sin ofrecerle una respuesta.

—Creo que puedo ayudarte —una amplia sonrisa se extendió por la dorada piel de la anciana—. Tengo que atender a unos clientes, pero luego estaré en mi casa. Pásate por allí cuando hayas descansado. ¿Has comido algo hoy?

Me ruboricé, demasiado avergonzada para contarle la verdad. Tenía que admitir que mi estómago estaba empezando a roer mis adentros.

—Tienes que reponer tus fuerzas.

Volvió a abrir su monedero. El cuero de color negro estaba descolorido y los bordes estaban bastante desgastados, señal de que no estaba forrada de dinero. Cuando sacó un billete de diez dólares y me lo entregó, abrí los ojos, sorprendida.

—No puedo aceptar esto —tomé una bocanada de aire, levantando la mirada hacia ella—. Gracias, pero no podría devolverte el dinero.

Aceptar dinero de una anciana sería la peor manera de gorronear. Sería francamente deplorable.

—Si insistes en que dependa de mí, tengo un pequeño jardín con el que puedes ayudarme —sus ojos azules brillaban en contraste con su piel color caramelo.

—Eh... —arrugué la nariz—. No sé nada sobre jardinería.

—No te preocupes, bonita. Es coser y cantar —se rio, haciendo que su cuerpo se meneara.

—¿Vives por aquí? —le pregunté.

¿Por qué estaba contemplando la posibilidad? Sabía que no lo iba a hacer.

—¿Ves el final de la carretera, la calle Santa Ana? —señaló con el dedo.

Coloqué una mano sobre mis cejas para bloquear el resplandor del sol.

—Ah, ya veo —asentí al ver el letrero con el nombre de la calle.

—Mi casita está ahí abajo. Es la cuarta casa a la izquierda. Está justo al lado de la casa vacía al final de la calle.

—Vale, gracias. ¿A qué hora? —me obligué a sonreír.

No es que no apreciara la generosidad de la mujer. Era más bien que su sincero interés en mí, algo que sucedía raramente en mi vida, me había pillado por sorpresa.

—Ven a mi casa esta tarde a las seis —me dio unas palmaditas en la espalda conforme se ponía de pie.

—Vale —sonreí.

—Por cierto, me llamo Florence Noel, aunque todos mis amigos me llaman Florence. Tú me puedes llamar así también —su sonrisa era tan grande que las comisuras de sus labios casi rozaban sus débiles ojos azules.

—Yo soy Stephanie... —me detuve en mitad de la frase.

—Ya sé quién eres —esbozó una sonrisa misteriosa—. No me pierdo casi nada de lo que ocurre en este pueblo. Te veré a las seis, Stevie. Si yo fuera tú, me cambiaría de zapatos —posó su mirada en mis pies—. Esas cosas son de lo peor para caminar.

—Sí, señora, es cierto.

—¡Ah, casi se me olvida! Llamaré al periódico y hablaré con Frank, mi primo. Nos vemos esta noche —una sonrisa traviesa se extendió sobre su rostro.

—Ah, vale —no sabía qué decir.

Observé cómo la señora Noel caminaba lentamente en dirección al centro del pueblo. Esta mujer encajaba a la perfección la descripción de la abuela de cualquier persona. Tenía un cuerpo regordete y vestía un vestido azul holgado abotonado en la parte delantera, zapatos blancos de enfermera y medias que le llegaban hasta las rodillas. Parecía lo suficientemente agradable.

Respiré hondo.

«Espero que esto no sea como en Hansel y Gretel, donde la dulce anciana se convierte en una bruja malvada y trata de comerme», pensé.

ATÓNITA

A las seis en punto me presenté en el porche delantero de la señora Noel y llamé a la puerta. No había sido difícil encontrar su casa, la cuarta a la izquierda, junto a la casa vacía. Se trataba de una casa pequeña que parecía necesitar un par de reparaciones. La pintura blanca se estaba cayendo, y el porche estaba un poco inclinado. Además, las contraventanas negras necesitaban una capa de pintura, al igual que el resto de la casa. A juzgar por la condición de la casa, apostaría que la señora Noel había estado viviendo allí durante muchos años.

Mientras esperaba a que abriera la puerta, me pregunté por qué se molestaría en llamar a su primo Frank. No podría ayudar con el hecho de que no tenía modo de transporte.

De repente, la puerta chirrió, y allí estaba la señora Noel, sonriendo.

—¡Ah, llegas a tiempo! —su voz era tan agradable como la recordaba de aquella mañana. Salió hasta el porche, cerrando la puerta tras de sí—. Sígueme, bonita —comenzó a bajar los escalones e hizo un gesto con la mano para que la siguiera.

La señora Noel me condujo hacia la parte trasera de la casa. Una leve brisa acarició mi rostro ardiente mientras las cigarras en los pinos zumbaban en armonía. Por extraño que pareciera, disfruté de su

26

zumbido, ese que los insectos cantaban todas las noches a la misma hora.

Entramos por una puerta lateral, siguiendo el camino hasta la parte trasera de la casa. Me fijé en un parche de tierra inclinada que parecía la creación de un jardín. También divisé un viejo cobertizo de estaño al final del jardín. De repente, un escalofrío me recorrió el cuerpo. Un viejo cobertizo, sin vecinos y una extraña... todo me recordaba a Hansel y Gretel. Empujé los pensamientos paranoicos en mi bolsillo trasero y me obligué a sonreír conforme escaneaba el jardín buscando una salida, por si acaso.

La señora Noel sacó una llave del bolsillo de su delantal y, cuando abrió el cobertizo, la puerta chirrió. Yo decidí quedarme atrás. Odiaba los lugares oscuros y espeluznantes donde acechaban los insectos. La señora Noel se adentró en el cobertizo mientras yo esperaba afuera, observando a través de la oscuridad la débil sombra de un cachivache coleccionando telarañas. Unos segundos más tarde, oí un clic, y la luz se encendió, revelando lo que había sospechado: un montón de cachivaches destrozados, un frigorífico viejo con una puerta a la que le faltaban un par de bisagras, un colchón devorado por las polillas, herramientas de jardinería y otras cosas de las que había que deshacerse desesperadamente.

Esperé afuera con los pies plantados en la hierba. El cobertizo estaba inclinado como la torre de Pisa, por lo que la más mínima brisa podría hacer que se derrumbara. Contuve la respiración, preocupada por la señora Noel. ¡Joder! ¿Por qué tenía que haberse metido ahí dentro? Zapateé el suelo y me mordí las uñas mientras esperaba su regreso.

Momentos después, la señora Noel apareció del cobertizo arrastrando una bicicleta. La miré boquiabierta, sorprendida.

Se detuvo frente a mí, sonriendo.

—Esto es para ti. Sólo hay que limpiarla un poco y arreglar una rueda —me entregó la bicicleta—. Cuando salgas de aquí, ve a la estación de servicio de la esquina. Mi hermano Claude arreglará el neumático desinflado y le echará un vistazo al otro también. Quedará como si fuera nueva —prometió, limpiándose las manos en su delantal.

—¿Me estás regalando esta bicicleta? —pregunté.

—A mí no me sirve de nada tenerla ahí en el viejo cobertizo oxidándose. Solía montarla hasta que me rompí la cadera. Ha estado ahí coleccionando polvo desde entonces —gestionó hacia la bicicleta—. ¡Vamos, llévatela! No querrás perderte tu primer día de trabajo, ¿verdad?

Me quedé allí parada con la cara en blanco, sin saber qué decir.

—Eh, gracias.

—Ni lo menciones, niña. También te he preparado un par de bocadillos para que cenes hoy y mañana. Deja que vaya a por ellos.

—Florence, eres demasiado amable —sonreí, gratamente sorprendida.

Aquella extraña no me conocía de nada y, sin embargo, estaba siendo más que generosa conmigo. Ni mi madre era tan amable.

—No hay de qué. Vamos —la señora Noel caminó hacia la puerta.

Caminé detrás de ella arrastrando la bicicleta.

La señora Noel entró en la casa mientras yo esperaba junto a la bicicleta. Escuché los crujidos del parqué y, momentos más tarde, la señora Noel apareció por la puerta con una bolsa de papel en la mano y un tarro lleno de cubitos de hielo y té dulce. Salió de la casa con una amplia sonrisa.

—Aquí tienes —extendió los brazos. Subí las escaleras para que me entregara la bolsa de papel y el tarro—. Cuando salgas mañana, pásate por aquí porque te tendré preparado un tazón de sopa de quingombó y pan de maíz —me dijo.

—No tienes por qué hacer esto —deposité la bolsa y el tarro en la cesta de la bicicleta.

—¡Deja de preocuparte, bonita! Yo te cuido.

—Gracias —respondí.

—Por cierto, si estáis buscando un lugar donde instalaros, la casa de al lado está en alquiler. Es un lugar pequeño pero acogedor. Y, por lo que he escuchado, el casero no pide mucho.

—Se lo diré a mi madre. Estoy segura de que estará interesada —hice una pausa—. Gracias por todo —le devolví una sonrisa sincera.

Por primera vez desde que habíamos llegado, sentí una pizca de felicidad.

—No hay por qué darlas. Es mejor que te vayas ya a la estación de servicio para que Claude pueda arreglar esa rueda —instó.

La señora Noel me recordaba cómo habría sido tener una abuela. Nunca había podido disfrutar de tener una familia. Mi madre y mi padre eran toda la familia que había conocido porque Sara y mi padre eran huérfanos. Y, ahora que mi padre estaba muerto, sólo quedábamos Sara y yo.

Justo como la señora Noel había prometido, Claude arregló la bicicleta. Revisó los frenos y engrasó y apretó la cadena, dejándola en perfecto estado. Cuando terminó, dejó que me llevara la bicicleta a la parte de atrás y la limpiara con una manguera.

La bicicleta mostraba claros signos de deterioro, como la pintura roja que se había desvanecido para ser remplazada por el óxido. Pero no me importaba. Para mí, era un tesoro invaluable. Ahora, tenía transporte y un trabajo.

El primer día de trabajo no fue tan mal. Tuve que levantarme antes del amanecer. Me desperté incluso antes que los gallos, a las cinco de la mañana. Era ridículo, pero me contentaba con tener un trabajo. Llegué temprano para ordenar los periódicos. Todo parecía ir sobre ruedas. La ruta que debía seguir se encontraba en el centro del pueblo, lo cual me venía como anillo al dedo. Podría hacer mi ruta, y me sobraría tiempo para llegar al instituto a tiempo. De momento, el trabajo me resultaba conveniente, y el dinero me mantendría a flote hasta la próxima mudanza. Porque, hasta donde yo sabía, Sara podría decidir marcharse al día siguiente.

Entonces pensé en la casa vacía junto a la casa de la señora Noel. Sonaba genial, pero no podíamos permitírnoslo. Nos habíamos quedado sin nada después de que Sara se hubiera gastado todo nuestro dinero en ese estúpido adivino. Apenas teníamos suficiente para pagar por el cutre motel. Me temía que a finales de semana estaríamos viviendo en la calle.

Cuando terminé la entrega de mi último periódico, me alegré de poder relajarme y pasarme el resto del día haciendo el vago. En ese momento, mi estómago comenzó a protestar. La noche anterior, me había comido el bocadillo extra que la señora Noel me había preparado para hoy. Texas contaba con sus hamburguesas distintivas, pero este bocadillo les daba mil vueltas a las hamburguesas sin duda. Una baguette crujiente, lechuga rallada fresca, tomates en rodajas, mayonesa criolla y un par de salchichas. Los bocadillos estaban tan deliciosos que no había podido parar de comer hasta que hube terminado hasta el último bocado, lo cual me dejaba sin almuerzo para hoy.

Una ráfaga de viento me despeino el cabello conforme me deslizaba por una empinada colina. Consideré la idea de visitar a Sara en el restaurante. Finalmente, decidí ir por ello, dado que Sara había prometido darme de comer si me pasaba por allí. Era la una de la tarde, por lo que supuse que la gente estaría abandonando el local y mi presencia no molestaría demasiado. Mi boca comenzó a salivar al pensar en un frío batido de chocolate y unas patatas fritas, la comida de los campeones, en mi opinión.

Coloqué los pies sobre los pedales y me puse en marcha, disparándome. Una melodía pegadiza comenzó a sonar en mi cabeza. Sin pensarlo, la tarareé. Se trataba de una de las canciones de Charlie Puth: *The Way I am.*

El aire fresco resultaba vigorizador, a diferencia del calor tan bochornoso. Cerré los ojos, dejando que la brisa fresca descansara sobre mi rostro.

Entonces, algo me alertó. Abrí los ojos de golpe y, entrando en pánico, apreté los frenos con fuerza. Estaba a medio segundo de chocar contra un Corvette negro. De repente, me acordé de la película *Los hombres de negro* y de la escena en la que un insecto se estampa contra el parabrisas. Como no tenía tiempo para girar, cerré los ojos con fuerza, comencé a confesar los ciento y un pecados que había cometido en la última semana y acepté mi muerte inminente.

Contuve la respiración, apreté los dientes, y me preparé, pero no sucedió nada. Abrí un ojo. ¡Nada! El coche negro había desaparecido. Entonces, abrí el otro ojo y observé la carretera vacía que se extendía ante mí. A toda prisa, me giré sobre el asiento y mis ojos captaron el número de la matrícula. ¿Cómo diablos había conseguido evitar atropellarme? Me había quedado atónita.

Como estaba distraída, estrellé la rueda de mi bicicleta contra la acera, y tanto la bicicleta como yo salimos disparadas. Aterricé sobre mi trasero con un fuerte golpe seco.

—¡Ay! —hice una mueca ante el repentino impacto.

Asombrada, me apoyé sobre los codos, divisando cómo el coche se alejaba velozmente hacia el horizonte. Pronto, desapareció de mi vista y sólo pude oír el sonido de las marchas cambiando resonando en mis oídos.

Cuando el sonido se hubo desvanecido, me derrumbé sobre mi espalda, sintiendo cómo el dolor se expandía por mi columna vertebral. Entonces, posé la mirada en mi bicicleta...

LA VIDENTE

Después de lo que pareció ser una eternidad, me levanté de la acera. Agonicé al sentir tanto dolor en el trasero. Levanté la bicicleta del suelo, gimiendo conforme me inclinaba. Ojeé la bicicleta y exhalé, aliviada. No se había abollado.

Yo, por otro lado, no había tenido tanta suerte. Mi cuerpo gritaba en agonía. Las palpitaciones de mis codos raspados y el dolor agudo que sentía en la columna vertebral hicieron que me mareara. Al parecer, algún rico mimado había pensado que estaría bien arrasar con la campesina. Debía de haberme visto venir, a menos que los cristales tintados obstaculizaran su visión. Anda que no me hubiera encantado hacerme con el conductor.

«¡Pues qué bien!», pensé.

Tenía que trabajar temprano por la mañana al día siguiente. Tirar los periódicos iba a ser un desafío. Me encogí de dolor sólo de pensarlo.

—¡Mierda! —me dolía todo el cuerpo.

No pude llegar a tiempo al restaurante ni a la casa de la señora Noel para cenar esa noche. Cuando llegué al motel, intenté usar el móvil para llamar a Sara, pero no tuve suerte. Mi querida madre no había pagado la factura. Claramente, me había mentido. ¡Joder! Quería montar una escena, pero me dolía demasiado el cuerpo, así que opté por la segunda mejor opción: meterme bajo las sábanas y llorar. Odiaba mi vida y odiaba este pueblo aún más.

Había anochecido cuando Sara apareció, alrededor de las diez, entrando por la puerta tan borracha como una cuba. El ruido me sacó de un sueño profundo. Me alcé de golpe, los ojos entrecerrados por el sueño.

—¿Qué está pasando? —me froté los ojos, entrando en un ataque de pánico.

—No te enfades. Todo va estupendamente —murmuró Sara, aumentando su fanfarronería—. He alquilado una casa a la vuelta de la esquina. Es adorable como un botón y está totalmente amueblada —Sara se paseó alrededor de la habitación, feliz como una perdiz.

—¿Qué? —fruncí el ceño, confundida.

—He dicho que he alquilado una casa. Mañana nos mudamos —agitó las llaves delante de mi cara.

Me quedé allí sentada durante un minuto, reflexionando sobre su noticia.

—¿De dónde has sacado el dinero? ¡No tenemos donde caernos muertas!

—¡Vaya por Dios! Deja de refunfuñar. Nos vamos a mudar a una casa. Empieza a hacer las maletas. Salimos de aquí a primera hora de la mañana.

Me crucé de brazos, echando fuego por los ojos.

—¡Para el carro, madre! —le advertí—. Yo no me puedo mudar ahora. Ignorando el hecho de que me duele todo y que tengo el cuerpo cubierto de rasguños por un accidente que tuve con la bicicleta hoy, trabajo por la mañana.

—Bueno, pues empieza esta noche. ¿Cuánto puedes tardar? Sólo trajimos cuatro maletas.

Como quien oye llover, a Sara le resbalaba todo lo que le dijera.

—¿Por qué no puedes hacer tú tus maletas? —entrecerré los ojos.

—Pues… —colocó los brazos en jarras—, porque tengo una cita esta noche y no estoy segura de sí volveré a tiempo, sabelotodo.

—¡Genial! ¿Quiere su alteza que le prepare un baño también? —espeté.

—¡Cuidadito con lo que dices! —me amenazó Sara—. Puede que te eche de la casa —Sara me observó con sus ojos negros, como una leona acercándose a su presa.

Las amenazas de Sara no eran ninguna novedad, aunque había un peculiar destello en sus ojos un tanto extraño. Todo esto era muy raro. No conseguía entender cómo demonios se las había apañado para alquilar una casa. No teníamos nada de dinero. Me pregunté a quién se habría cargado para conseguir el alquiler.

—¡Vale! Haré las maletas. Igualmente, no voy a perder mi trabajo. Haré la mudanza cuando haya terminado mi ruta —le sostuve la mirada, pero no fui más lejos.

Por la cara de pocos amigos de Sara, supe que había cruzado hacia el lado oscuro, y ese era un lugar al que yo no me atrevía a ir.

—Como quieras.

—¿Cuál es la dirección? —pregunté.

—Número ochocientos cinco, calle Santa Ana. Está literalmente al final de la carretera. Es la última casa en una calle sin salida.

—¿En serio? —seguí a Sara con la mirada mientras se echaba más maquillaje en la cara, a pesar de que ya estaba embadurnada—. ¿Cómo has encontrado la casa?

—Un cliente me habló de ella.

Antes de pudiera decir otra palabra más, las luces de los faros de un coche atravesaron las cortinas. Sara alzó la mirada hacia la ventana y, luego, se volvió hacia mí.

—Eso es para mí —salió corriendo hacia la puerta—. ¡Me voy! Nos vemos mañana en la casa.

Sin decir nada más, desapareció en un instante y, minutos más tarde, los faros se alejaron de la ventana.

Enseguida, me invadió la soledad. Sentí las lágrimas que gritaban por salir, pero me negué a ceder. Lo último que me apetecía hacer era pensar en mi madre y su incesante ausencia.

Me acosté en la cama, mirando al techo, y me mordí los labios, deseando tener un libro que leer. Mi mente vagó hacia Sweetwater, pero, al instante, me detuve. Pensar en Texas no me iba a levantar el ánimo. Tenía que enterrarlo en el pozo del pasado y olvidarme de ello. Un pozo negro lleno de caras y lugares enterrados en la parte trasera de mi cerebro, apiñados tan adentro que seguramente nunca volverían.

Entonces, pensé en lo que pudo haber sido un accidente contra el misterioso Corvette negro. Rebobiné ese momento en mi cabeza como una mala repetición. Estaba bloqueada. No entendía cómo el conductor había logrado esquivarme. Habíamos estado prácticamente cara a cara, lo suficientemente cerca como para que no le hubiera dado tiempo a girar. Es más, yo me había quedado paralizada, como un ciervo ante los faros de un coche. Suspiré, atormentada por la inquietud. Supuse que el misterio permanecería sin resolver, aunque me desconcertaría de por vida.

Cuando finalicé mi ruta, durante la cual tuve que aguantar la miseria que me había causado el sol abrasador durante toda la mañana, hice lo que Sara me había ordenado. Quién sabe cómo, me las arreglé para meter todas nuestras pertenencias en el Volkswagen. Afortunadamente, la casa estaba a sólo una calle de distancia, porque me sentía ridícula conduciendo con una rueda desinflada y mi bicicleta oxidada sujeta con cinta adhesiva al techo del coche. Al menos iban a juego, ya que el coche estaba tan oxidado como la bicicleta. Estaba segura de que los vecinos se quedarían pasmados cuando nos vieran llegar.

Cuando divisé la casa, me quedé sin aliento. Sara había alquilado la misma adorable casa de la que me había hablado la señora Noel. Parpadeé y me quedé mirándola. Revisé la dirección que había garabateado sobre un pedazo de papel.

—¡Sip! Esta es la casa. La número ochocientos cinco de la calle Santa Ana.

Dejé escapar un silbido conforme arrojaba la nota en el asiento trasero y me devané los sesos tratando de averiguar cómo había conseguido Sara el dinero para pagar por esta casa.

Entonces, caí en algo. Joder, ¿y si Sara se estaba prostituyendo? Quizás había mentido cuando dijo que se había gastado el dinero del alquiler en ese timo de adivino. Por otra parte, es cierto que había atrapado un nuevo novio. Puede que lo hubiera pagado él. De cualquier manera, como dice el dicho: a caballo regalado no le mires el diente.

Metí el coche en la entrada y apagué el motor. Me quedé sentada allí, contemplando la pequeña casa tan pintoresca conforme una sonrisa se extendía sobre mi rostro. La mayoría de los lugares en los que nos habíamos alojado solían ser cuchitriles, pero este lugar era como un palacio en comparación. Disfruté de las vistas desde la acera. Se trataba de una casa de color blanco y simple, más antigua que las casas de mediados de siglo, supuse. En el porche delantero, colgaba un columpio de madera con cojines de un color amarillo intenso. La escalera que daba a la entrada principal estaba decorada a ambos lados con hortensias de color púrpura oscuro en plena flor que le daban la bienvenida a los visitantes.

Me invadió una ola de entusiasmo conforme corría hacia la entrada. Cuando llegué a la cima de las escaleras, me percaté de que me había olvidado de pedirle las llaves a Sara. De repente, entré en pánico. No me extrañaría que se tratara de una de sus crueles bromas. Conteniendo la respiración, coloqué la mano sobre el pomo de la puerta. Estaba frío al tacto. Apreté mi agarre y giré el pomo y, para mi deleite, la puerta se abrió. Salté de alegría.

Entré dentro rápidamente, cerrando la puerta detrás de mí. Me quedé allí parada durante un minuto, dejando que mis ojos examinaran el lugar. Me quedé embelesada observando el espacio. Me mordí el labio inferior. La habitación principal era pequeña y sencilla pero acogedora. La casa estaba completamente amueblada. Había un sofá situado bajo el alféizar de la ventana y una chimenea en el centro de la habitación. Había una mesa auxiliar a cada lado del sofá, cada una con su lámpara, ofreciendo un suave brillo. Al otro lado del salón, había dos sillas grandes y sosas frente al sofá y una silla algo más bonita situada junto a la ventana, con una mesilla y una lámpara. Los colores azules y amarillos claros acentuaban el espacio, creando una atmósfera cálida.

Subí corriendo al piso de arriba, decidida a ser la primera en escoger habitación. De las dos habitaciones, una de ellas contaba con un baño, pero, además, había un baño de invitados en el pasillo. Inmediatamente, me adjudiqué el dormitorio principal. Era la habitación más luminosa de la casa y, como extra... venía con su propio baño. Además, sabía que Sara querría la habitación menos luminosa para poder dormir hasta tarde.

Al igual que el salón en la planta baja, las habitaciones estaban completamente amuebladas. Incapaz de resistirme, me tiré sobre la inmensa cama, reboté y me hundí en ella. Un largo suspiro escapó de mis labios.

—Ah, un colchón de plumas, suave y ¡sin bultos! Es perfecto — murmuré, rebotando una vez más en la cama.

Enseguida, descubrí que la casa estaba equipada con todo lo que pudiéramos necesitar. No podía recordar la última vez que habíamos tenido tanta suerte. Pensé que debía dar gracias a Dios ahora que podía. Sentí una punzada de tristeza en el corazón. Una vez más, fruncí el ceño, recordando los amigos que había dejado atrás en Texas.

Sudé la gota gorda mientras me apañaba para descargar el coche y metía todas nuestras cosas en la casa. Lo único que quedaba por desempaquetar eran tres bolsas que había dejado en el vestíbulo. Pensé que Sara sería capaz de cargar con sus pertenencias hasta el piso de arriba.

Yo, mientras tanto, decoré mi habitación con mis cosas para sentirme como en casa. Supuse que, si guardaba mi ropa, Sara no me montaría un pollo. Por otra parte, si subía sus maletas a su habitación y dejaba su mierda bien organizada, era más probable que decidiera quedarse aquí. Sara odiaba cargar con sus maletas.

El timbre de la puerta sonó en toda la casa, alertándome. ¡Nuestro primer invitado! Corrí hacia la puerta principal y abrí la puerta de par en par, olvidándome de mirar por la mirilla. Me sorprendí al ver allí a mi nueva vecina.

—Hola, Florence —sonreí.

—¡Hola, vecina! Espero no estar molestándote —hizo una mueca.

—No, en absoluto. Entra —me hice a un lado—. Te mostraré el lugar.

—¡Gracias! No me quedaré mucho tiempo. Estaba haciendo la compra y cogí un par de cosillas para ti, eso es todo.

Miré hacia abajo y vi dos grandes bolsas de papel a sus pies, llenas hasta arriba de comida y mantas gruesas.

La señora Noel me rozó al pasar por mi lado en dirección al salón.

—¡Parece que son todo muebles nuevos! —comentó.

Lo único en lo que podía concentrarme era en las bolsas que había traído.

—Madre —me quedé boquiabierta, sin palabras.

Entonces, mi cerebro volvió a arrancar y agarré ansiosamente las bolsas de la compra y las llevé adentro, cerrando la puerta con el pie.

—Niña, vamos a llevar las bolsas a la cocina —la señora Noel se fue derechita hacia la cocina—. ¡Madre mía! Aquí no ha cambiado nada —le brillaron los ojos—. Esta vieja casa solía pertenecer a mi hermana mayor.

—¿Dónde vive ahora? —pregunté.

—Oh, Fannie se pasó al otro lado hace tiempo. Hablo con ella de vez en cuando, cuando tiene un hueco libre —sus ojos se iluminaron como si estuviera recordando buenos momentos—. Uy, perdóname —la señora Noel agarró una de las bolsas que cargaba en mis brazos, la colocó sobre la encimera y comenzó a vaciarla—. Son sólo algunas cosas que sé que necesitas.

—Florence, no tienes por qué preocuparte tanto.

—Calla, bonita —dejó de vaciar la bolsa y se volvió hacia mí—. ¿Cuándo has comido por última vez?

—Eh... —me ruboricé.

—Niña, no muerdas la mano que te da de comer. Ahora, siéntate a la mesa y déjame que te prepare un tazón de sopa quingombó.

Obedecí, tomando asiento en la pequeña mesa redonda que se encontraba en la esquina junto a la ventana. Paseé la mirada sobre el estampado de flores de las cortinas. Sonreí para mí misma. El estampado era de color amarillo intenso y estaba decorado con grandes rosas de color rojo. No era muy moderno, pero no me importaba. Eran las cortinas perfectas para la cocina. Esbocé una sonrisa conforme miraba a través de la ventana, con los codos apoyados sobre la mesa. Por primera vez en mucho tiempo, era feliz. Puede que este lugar no fuera tan mal después de todo. Estaba especialmente contenta con mi nueva vecina.

Un poco más tarde, la señora Noel caminó hasta la mesa y depositó un tazón de sopa caliente frente a mí. El vapor flotó hasta mi rostro mientras bebía su delicioso aroma.

—Por esta zona, la gente me conoce por mi quingombó criollo —pude distinguir el orgullo en su expresión—. Preparo el roux con grasa de pollo y, luego, lo doro hasta que esté oscuro como el chocolate. Después, le añado pollo, salchicha, cebolla, apio y pimienta. Eso hace que sepa mejor. Venga, come antes de que se enfríe —me entregó una cuchara—. Cuando termines con eso, también te he preparado un pastel de boniato.

Caminó de vuelta a la encimera, sacó una botella de leche de una de las bolsas y vertió un poco de leche en un vaso grande. Regresó a la mesa y colocó el vaso al lado del tazón de sopa.

—Gracias, pero no tienes que preocuparte tanto por mí —la culpa me recomía por dentro. Era evidente que la señora Noel no tenía el dinero suficiente como para alimentarme, y tampoco tenía que hacer de mi criada. Aun así, apreciaba su amabilidad—. Florence, eres demasiado considerada.

No mencioné que aquella era mi primera y única comida del día. Antes de que Sara se hubiera marchado aquella mañana, había descubierto mi escondite y me había robado los diez dólares que había estado ahorrando para devolverle a la señora Noel.

—No es nada, bonita —se sentó frente a mí, gimiendo.

Reinó el silencio momentáneamente mientras me bebía su sabrosa sopa quingombó.

—¿Te gusta tu nuevo trabajo? —me preguntó la señora Noel.

Me encogí de hombros.

—Sí, señora. No entrará en conflicto con mis estudios —le di otro sorbo a la sopa y lo saboreé bien.

—¿Qué pensáis tú y tu madre de Tangi? No solemos recibir gente nueva con frecuencia.

—Ojalá lo supiera yo misma —solté una risa aguda—. Sara tiene su propia manera de encontrar lugares en mitad de la nada —me quemaba la boca y me estaban llorando los ojos por lo picantes que eran las especias, así que me bebí la mitad de la leche de un trago.

—A mí me gusta tenerte como vecina. A mi hermana le gustará saber que os habéis mudado a su antigua casa —la calidez de su sonrisa resonó en su voz.

—¿Cuándo volverás a ver a tu hermana Fannie?

La señora Noel soltó una carcajada y comenzó a golpearse la rodilla.

Me quedé mirándola, sin saber qué decir. ¿Qué era tan gracioso?

—Niña, Fannie ya no está con nosotros.

—No entiendo.

—Fannie murió hace unos años —explicó.

—Pero... has dicho que habías hablado con ella recientemente —sentí una punzada de temor golpearme el pecho.

—Hablo con los muertos a menudo —sus ojos azules se arrugaron—. Mi hermana viene a visitarme cuando oye chismes.

—¿Tu hermana es un fa... fantasma?

—Así es. Y yo tengo el don —admitió la señora Noel con orgullo—. La gente de por aquí me conoce como la vidente.

—¿Qué implica eso exactamente? —inquirí.

—Puedo ver que tuviste un accidente ayer —asintió con la cabeza al fijarse en los rasguños que cubrían mis codos.

—¡Ah, sí! Tuve un encontronazo con la acera... más o menos —me ruboricé y, rápidamente, escondí mis codos debajo de la mesa—. Me olvidé de mirar por dónde iba.

—¿Es posible que estuviera involucrado un elegante coche negro? —me penetró con sus ojos azules.

—Eh... sí —hice una pausa—. Oye, ¿cómo lo has sabido?

—Estuvisteis a punto de chocar, pero de alguna manera el coche consiguió esquivarte —continuó diciendo.

—¿Cómo sabes todo esto?

—Niña, pronto te darás cuenta de que, en la vida, nada es lo que parece.

Sentí un hormigueo recorriendo mi columna vertebral. La señora Noel había captado toda mi atención.

—¿Conoces al conductor? —le pregunté.

—No, no personalmente —sus labios se curvaron hasta formar una sonrisa—. Tu encuentro tuvo una fuerte presencia y captó la atención de Fannie.

—Eh... ¿el fantasma de tu hermana vio el Corvette negro que casi me aplasta?

—Sí —su rostro radiaba como si la conversación no fuera más que un trivial cotilleo.

No podía creer lo que escuchaban mis oídos.

—Fannie te ha estado vigilando —comentó.

—¿Vigilándome a mí? ¿Por qué? —se me formó un nudo en el estómago.

—Fannie me informó sobre ti. Pensó que eras un espíritu perdido —los ojos de la señora Noel se llenaron de preocupación.

Me incliné hacia delante. Mi curiosidad superaba al temor que sentía.

—¿Vio Fannie al conductor? —pregunté.

—No exactamente. Es diferente para los que están en el más allá. Reciben a los vivos en pedazos, como un trozo de un negativo.

—Entonces, ¿qué es lo que vio tu hermana? —pregunté.

—Fannie no percibió mucho más aparte de que su alma era oscura.

—Eso no puede ser bueno —dejé escapar un resoplido—. El encuentro en general fue de lo más extraño.

La señora Noel me escuchó en silencio conforme le relataba lo sucedido.

—De repente, me encontré cara a cara con la muerte, frente a los faros de un Corvette negro, y lo único que pude hacer fue quedarme pasmada. El conductor estaba demasiado cerca como para que pudiera quitarme del medio, pero, de alguna manera, hizo como Houdini, desapareció y volvió a aparecer al otro lado de la carretera —me estremecí, pensando en lo cerca que había estado de la muerte.

—Menuda historia —dijo la señora Noel.

—¿Te dijo algo más tu hermana? —indagué.

—No, pero me mantendré alerta —entonces, una bombilla se encendió en el rostro de la señora Noel—. ¡Casi me olvido! Tengo que advertirte sobre una cosa que me ha llamado la atención.

—¿Qué?

¡Mierda! Un fantasma y coches que desaparecían... ¿qué más podría haber?

—No me quiero meter donde no me llaman...

—No pasa nada —solté una risilla.

—El tipo que le ha estado haciendo compañía a tu madre es un sinvergüenza rastrero —la señora Noel se dio unos golpecitos sobre la rodilla, enfatizando sus palabras.

—Yo no me involucro en la vida amorosa de mi madre. Por lo general, la esperanza de vida de sus relaciones no dura más de un mes —no le dije por qué.

—Bueno, tú mantente alejada de ese granuja, niña —me dio unas palmaditas en el hombro y se puso en pie—. No te olvides de meter el resto de la comida en los armarios. Si me necesitas, ya sabes dónde vivo.

La acompañé hasta la puerta y le di las gracias de nuevo por su generosidad. No sabía por qué le caía tan bien a la señora Noel, pero no me iba a quejar. Teniendo en cuenta su edad y la generosa amabilidad con la que me había tratado, le debía lo mismo a cambio. Era hora de ponerme con el jardín del que me había hablado y echarle una mano con otras tareas como cortar el césped. La señora Noel era buena gente. Y bastante impresionante, en mi opinión.

SUEÑOS Y CHICOS DE ENSUEÑO

Cuando llegó el primer día de instituto, estaba más nerviosa que un gato de cola larga en una habitación llena de mecedoras. Empezar en un nuevo instituto era la guinda del pastel. Asimismo, había tenido una pesadilla que había conseguido que comenzara el día con el pie izquierdo. A pesar de mis mejores esfuerzos, no pude librarme de la ansiedad.

El sueño comenzó suavemente. Me encontraba en el instituto de pie junto a mi taquilla. Un chico alto con una sonrisa que mostraba sus hoyuelos me saludó y se ofreció a cargar con mis libros. Le devolví la sonrisa, pensando que era mono. Más que ver sus rasgos, los podía sentir, dado que su rostro era un borrón. Me fijé en el anillo que llevaba en el dedo. Las piedras preciosas tenían un tamaño bastante notable: diamantes negros formando un ojo y diamantes amarillos en el centro. Qué extraño. ¿Por qué llevaría un anillo tan feo?

A medida que el sueño continuaba, el chico sin rostro me cogía de la mano y me conducía por el pasillo. El olor a madreselva flotaba en el aire conforme nuestras zapatillas chirriaban sobre el suelo pulido. El chico me resultaba familiar, como un buen amigo. Cuando entabló una conversación conmigo, me esforcé por escuchar sus palabras amortiguadas como si estuviera viendo una película de cine mudo.

Nos detuvimos frente a una puerta. Era una puerta blanca ordinaria, nada fuera de lo normal. El chico abrió la puerta y se hizo a un lado para que yo entrara. Di un paso al frente, pensando que estábamos entrando en una clase, cuando escuché el eco de unas voces. Le ofrecí una sonrisa al chico por mantenerme la puerta abierta, pero, al apartar mi mirada de su rostro, el ruido cesó y me quedé sin aliento. La temperatura de la habitación cayó a bajo cero. Me abracé la cintura, temblando conforme el miedo se apoderaba de mi cuerpo.

Cuando mis ojos se ajustaron a la oscuridad, divisé a trece hombres que llevaban túnicas negras y velos, reunidos en un círculo, cantando en un idioma extraño. Debía de haber dado con la habitación equivocada. Me giré para mirar al chico, pero éste había desaparecido. Una ola de pánico recorrió mi cuerpo. Como si alguien me hubiera dado un empujón, salí cuidadosamente de las sombras hacia la tenue luz. Me quedé allí parada mirando a los trece hombres con túnicas.

«Qué extraño», pensé.

No parecían haberse percatado de mi presencia. Parecían estar centrando toda su atención sobre un objeto que se encontraba oculto en el centro del círculo.

Sentí un impulso apoderarse de mí. Tenía que ver qué es lo que era tan interesante. Me abrí camino a través de las túnicas negras. Cuanto más me acercaba al núcleo, los hombres vestidos me empujaban más y más hacia atrás, devorándome. Empujé y empujé con todas mis fuerzas. Tenía que verlo. Pero mis esfuerzos fueron en vano. Mi corazón latía contra mi pecho como si la muerte me estuviera llamando.

Entonces, los hombres se hicieron a un lado, dejándome pasar. Me tragué el pánico y me abrí paso a través del laberinto de oscuridad. Una vez llegué al centro, bajé la mirada y me quedé horrorizada. Empecé a gritar, gritos que helaban la sangre.

Justo en ese momento, sonó mi alarma, rompiendo mi pesadilla en un millón de pedazos. Abrí los ojos de golpe y me incorporé. Estaba cubierta en sudor. Tomé una bocanada de aire. Inspeccioné la habitación con la mirada durante un segundo, confundida por mi entorno. Deposité mi mirada sobre una fina corriente de luz que se filtraba a través de un pequeño agujero en la cortina. El suave resplandor me consoló conforme mis pulmones se llenaban de aire y mi pulso errático se ralentizaba. Habían pasado un par de meses desde mi última pesadilla. Esta vez, había sido diez veces peor. Desde la noche de la muerte de mi padre, mis pesadillas me habían estado inquietando. Hacía diez años de eso.

Exaltada, tomé una gran bocanada de aire y me obligué a salir de la cama y darme una ducha. Tenía un gran día por delante, entregando periódicos y afrontándome a un nuevo instituto. No quería ni pensar en ello. Tuve que seguir recordándome mí misma que este era mi último año. Ese pequeño atisbo de esperanza me daba fuerzas para seguir adelante.

Después de vestirme, bajé por las escaleras hasta llegar a la cocina. Tenía la sensación de que el día iba a ser todo sol y sonrisas hasta que escuché un estruendo. Rápidamente, me acerqué a la ventana y le eché un vistazo al exterior. Se me cayó el alma a los pies.

—¡Mierda! ¡Mierda! ¡Mierda! ¡Maldita sea! ¡Maldita sea! ¡Maldita sea! —maldije, furiosa—. Excelente —resoplé, mirando por la ventana.

Oscuras nubes grises se extendían por el cielo hasta donde podía ver. Me dejé caer en la silla, pensando en el día que tenía por delante. No estaba preparada. No tenía un impermeable ni botas de agua. Mi reputación estaba destinada al fracaso. Podía escuchar las burlas y las risitas que todo el instituto lanzaría contra la nueva chica que parecía una rata ahogada: ¡yo! Estaba deseando que el día llegara a su fin. Iba ser un día de lo más gracioso. De repente, apareció un rayo en el cielo y rugió un trueno.

Empecé una nueva aventura cuando atravesé las puertas del instituto Tangi High. Una oleada de aire caliente y un aroma a tostada quemada me sofocaron. A pesar del desagradable olor a tostada, el calor derritió la rigidez de mis dedos. Aunque no sirvió para consolarme. Mi primer día ya era todo un desastre. A la bruja del pantano le iba mejor que a mí. Mi espalda fue el blanco de todas las miradas conforme me abría paso por el pasillo. Dos chicos me silbaron cuando pasaba, y sus risitas confirmaron que su intención era mofarse.

Ignorando los cretinos, traté de encontrar un baño. Mi pelo parecía una fregona. Estaba tan empapada que la ropa se aferraba a mi cuerpo como una segunda piel. Finalmente, atisbé el baño de chicas a la izquierda y me metí dentro.

Estaba secándome el pelo con una toalla, de pie ante el lavabo, cuando la puerta se abrió y dos chicas pasaron por mi lado, charlando sobre el guapo chico nuevo. Escuché a una de las chicas decir que ya estaba enamorada. Me reí para mis adentros y negué con la cabeza. Las dos chicas estaban a lo suyo, tanto que no se habían percatado de mi presencia.

Volví a mirar mi reflejo en el espejo. Suspiré, saqué una goma del pelo de mi mochila y me recogí la cabellera en una coleta. Suspiré al ver mi patético reflejo. La palabra «desastre» no llegaba a describir del todo lo desaliñado que estaba mi pelo. Daba igual. No podía hacer nada más. Me quité la sudadera empapada y la até alrededor de mi cintura. Con suerte, estaría seca al final del día. Pensé que un impermeable sería una buena inversión. Sara tendría que soltar algo de dinero, ya que había sido ella quien me había arrastrado a este agujero en el suelo. Lo mínimo que podía hacer era aportar un par de cosas necesarias. No se iba a morir por vender su par de tacones Louboutins.

Me apoyé contra el lavabo. Las dos chicas ya se habían marchado, por lo que tenía un momento para mí sola. Pensé en llamar a Beck y a Laurie. Las echaba de menos a ellas y a mi vida en Texas. Habían sido mis amigas más leales, las mejores en el mundo. Derramé una lagrimilla. Tal vez las llamaría cuando obtuviera un móvil, aunque no estaba segura de que fuera una buena idea. Puede que escuchar sus voces me llevara a un círculo vicioso que hiciera que odiara este lugar aún más. Si acaso eso era posible. Dejé escapar un largo suspiro, me puse la mochila y salí de allí.

Me aventuré por el pasillo, abriéndome paso a través de la multitud de estudiantes. El parloteo de los estudiantes apiñados en grupos junto a las taquillas revoloteaba en el aire. La mayoría de los ellos habrían vivido en Tangi toda su vida. En pueblos pequeños como este, la gente nueva solía tener dificultades para encajar. Había visto cientos de veces cómo los novatos se terminaban convirtiendo en marginados en un abrir y cerrar de ojos.

Estiré el cuello, buscando la secretaría con la mirada. Tenía que estar por aquí en alguna parte. Tras abrirme paso a través del cúmulo de personas, doblé la esquina y atisbé un cartel en el que ponía «matriculación» a mi izquierda. Empujé la pesada puerta de cristal y me acerqué al mostrador. El aroma a vainilla de una vela flotaba en el aire de la pequeña oficina. Era agradable.

«Tal vez, cuando me paguen, podría comprar una vela para la casa», pensé. «Podía prescindir de los estudiantes que pululan en un espacio tan pequeño».

Observé a la mujer que se encontraba detrás del mostrador. Debería de estar pasando por una crisis de los cuarenta porque su pelo de un color rosa intenso pedía a gritos atención. El pelo rosado le quedaba guay a un adolescente, pero a una mujer de mediana edad... no tanto. Apoyé los codos en el mostrador y carraspeé.

—¡Disculpe! —dije.

La mujer alzó la cabeza y esbozó una sonrisa.

—¿Qué necesitas, cariño? —preguntó de carrerilla.

Localicé la etiqueta con su nombre prendida a su pecho: Suz Brown.

—Sí, señora. Necesito matricularme. Tengo aquí mi expediente académico y mi carné de identidad —saqué los papeles y se los pasé.

—Ay, es una pena. Llegas tarde —la señora Brown me miró como si hubiera cometido un pecado carnal.

—Sí, lo siento —tragué saliva, ruborizándome—. Mi madre no ha podido venir conmigo. Acaba de empezar a trabajar en el Mudbug Café. Es camarera.

Sin pronunciar palabra, la señora Brown se colocó los anteojos sobre el puente de la nariz y examinó los papeles. Luego, me miró con los ojos entrecerrados.

—Toma asiento.

—Ah... Vale —me pilló por sorpresa.

Se dio la vuelta bruscamente y se dirigió a la otra punta del mostrador donde había un ordenador. El temor se apoderó de mí conforme la observaba presionar las letras del teclado. Se venían problemas. Lo sentía hasta en los dedos de los pies.

Me alejé del mostrador para tomar asiento, cuando me di de lleno contra una estudiante. Los libros de la chica salieron volando y yo me quedé allí parada, boquiabierta, mirando cómo los libros caían alrededor de mis pies.

—¡Ups! —grité.

La chica debía de haber estado mirando por encima de mi hombro para haberme chocado contra ella. ¡Menudo bicho raro! Me detuve un momento, observándola. Entonces, mi cerebro volvió a arrancar y me apresuré a disculparme.

—Ay, lo siento, no te he visto —me incliné junto a la chica para ayudarle a reunir los libros.

—No pasa nada —me sonrió, cargando con todos los libros en sus brazos —. Oye, ¡tú eres la chica nueva de la que ha estado hablando todo el pueblo! —la chica estaba demasiado alegre para ser tan temprano por la mañana.

—¿La gente del pueblo está hablando de mí? —le entregué un libro y me levanté.

Metí las manos en los bolsillos. Había algo en esta chica que me hacía sentir incómoda.

—Espero que te sientas como en casa —comentó.

Me encogí de hombros.

—Por ahora todo bien —respondí.

Si le contara cómo me sentía, haría que todo el instituto me lanzara escupitajos. Podía detectar a la gente de su tipo a cien kilómetros de distancia... los que te dan la bienvenida. Estaba llena de vida, vestía con demasiado verde neón, tenía trece kilos de sobrepeso y desprendía un olor a desesperación tan fuerte que podría prender como el combustible, lo cual la convertía en una chica excesivamente emocionada.

Me ofreció esa sonrisa falsa que había visto tantas veces en institutos anteriores.

—Deberías venir a pasar el rato conmigo. Puedo darte la primicia sobre todos los cotilleos jugosos. Pequeñas cosas como quién es guay y quién no.

—Genial —forcé una sonrisa.

—¿Qué horario tienes? Puede que vayamos juntas en alguna clase.

—Me estoy matriculando ahora —gestioné con la cabeza hacia el mostrador.

—¡Guau! Llegas súper tarde.

—Ya me lo han dicho —me quejé.

—Eres una rebelde —se rio.

Me encogí de hombros, sin responderle.

Estiró el brazo por encima de mi hombro y cogió un folleto sobre el próximo espectáculo de animadoras.

—Bueno, espero que tengamos alguna una clase juntas. Si no, te veré a la hora de comer. Te presentaré a mi grupo.

—Gracias —respondí. No estaba segura de querer juntarme con en su peña de amigos.

—Por cierto, me llamo Sally Freeman —se presentó.

—Stevie Ray —respondí.

—¿Ese no es un nombre de chico? —arrugó la nariz.

—Es un apodo.

Solían hacerme esa estúpida pregunta a menudo. Mi padre me había dado el apodo, y lo mantuve porque me recordaba a él.

—¡Qué mona! Se deben de meter un montón contigo teniendo un nombre de chico —sonrió débilmente—. Bueno, me tengo que ir. ¡Hasta luego!

—Sí, hasta luego —respondí fríamente.

Observé cómo la chica desparecía entre un grupo de estudiantes. No sabría decir el qué, pero había algo peculiar en ella.

—¡Señorita Ray!

Me sobresalté, y me puse en pie en cuanto escuché la voz aguda de la señora Brown llamándome.

Me acerqué al mostrador, sintiendo mi rostro palidecer.

—Sí, señora —ser respetuosa podría conseguir que saliera de allí sólo con un manotazo en la muñeca.

Sonreí ampliamente en su cara.

—Jovencita, tu expediente académico muestra que has estado en cinco institutos diferentes en el último año. ¿Me lo puedes explicar?

—Mi madre tiene que viajar mucho por trabajo —respondí con dulzura. Odiaba las preguntas. Siempre me hacían preguntas—. Puedo llamarla si quiere —pestañeé varias veces seguidas.

Claro que había mentido.

La señora Brown se volvió a colocar los anteojos para examinar mi expediente. Entonces, alzó la vista.

—Pero tu madre es camarera —espetó.

¡Oh no! Me había pillado mintiendo.

—Eh... cierto. La despidieron del trabajo con la aseguradora —me balanceé de un lado a otro.

—¿Dónde está tu madre ahora? —inquirió.

Entrelacé las manos detrás de la espalda y abrí ligeramente los ojos, lo suficiente como para parecer inocente. Tenía el acto perfeccionado.

—Mi madre no ha podido venir hoy. Incompatibilidad de horarios —sonreí, esperando que se tragara mi mentira.

—Espera aquí, señorita —me ordenó y, antes de que pudiera protestar, se marchó por un pasillo que, hasta donde yo sabía, podría llevar hasta Egipto.

No era justo. ¿Por qué no arrastraba a Sara hasta aquí y le hacía todas estas preguntas a ella? Todo este paripé era culpa suya. Me mordí el labio inferior y posé la mirada en la dirección que la señora Brown había tomado.

«Ya soy mayor de edad. Podría estudiar en casa», pensé.

Pero entonces recordé que necesitaba una beca para ayudarme a pagar la universidad y una nota media alta para ingresar en las mejores universidades. Reticente, suspiré y planté los pies, preparada para ser arrastrada hasta la cámara del maestro de las mazmorras... el director.

Tras varias crisis internas, mis oídos se concentraron en el sonido de los tacones haciendo eco a través del suelo de baldosas que se volvía más fuerte con cada segundo que pasaba.

—¡Señorita Ray! —me llamó la señora Brown bruscamente, jadeando—. Ven conmigo, por favor —me encantó la forma en que pronunció la última parte de la frase, «por favor».

El paseo de la condena no fue nada agradable. Le seguí el ritmo a la señora Brown conforme caminábamos por el mismo pasillo que ella había tomado antes, hasta que nos detuvimos ante la puerta en la que ponía:

Director
Dr. Ed Van

Se me pusieron los pelos de punta. Conocía aquella caminata demasiado bien. Me habían mandado al despacho del director en varias ocasiones.

La señora Brown abrió la puerta y se hizo a un lado para dejarme pasar. El fuerte olor a pipa que perfumaba el aire hizo que los recuerdos de mi padre revoloteaban en mi mente. Mi padre solía llevarme a su pequeña oficina de vez en cuando. Me solía dejar en el suelo coloreando mientras él fumaba su pipa y trabajaba en los casos de sus clientes. Había sido un abogado muy querido y respetado en una pequeña comunidad de Oklahoma llamada Eufaula. Hasta ese momento, asociaba el aroma de una pipa con mi padre.

La señora Brown se aclaró la garganta, captando mi atención.

—Señor Van, esta es Stephanie Ray, la chica a la que querías ver —su voz sonó inquieta.

—Entre, señorita Ray. Tome asiento —el hombre mayor con voz áspera estaba sentado detrás de un gran escritorio. Hizo señas para que me sentara en una silla justo en frente de él.

Me di cuenta de que este no era el típico despacho de un director. Las sillas eran de color marrón oscuro, de cuero real, y su escritorio me recordó a algo que te encontrarías en el despacho oval de la Casa Blanca: madera de caoba oscura cubierta con una capa de cuero grabado y accesorios de latón que embellecían los bordes. Un estilo demasiado elaborado para el salario de un director.

—Sí, señor —me puse cómoda en la silla de la izquierda y reposé mis manos en mi regazo, tratando de ocultar mi nerviosismo.

—Bueno, señorita Ray, me ha llamado la atención la larga lista de institutos a los que ha asistido. Se me ha olvidado el número, ¿cuántos eran?

Inmediatamente, ya no me caía bien este hombre.

—Cinco —respondí de mala gana.

—¿Puede decirme cómo ha logrado mantener una nota media de nueve con cuatro?

¿Acaso dudaba de mi credibilidad?

—Señor, no comprendo la pregunta.

—No me haga perder el tiempo, señorita Ray.

—Yo me he ganado a pulso cada una de mis notas —la ira estaba empezando a hormiguear en mi columna vertebral.

—Eso es bastante notable. ¿O debería decir imposible? —se recostó en su silla. Su sofocante mirada se agitaba con desconfianza.

—Mi madre puede responder sus preguntas sobre mi asistencia escolar.

Culpaba a Sara por esto. No estaría sentada aquí bajo la intensa mirada del director de no haber sido por su estúpida mudanza.

El director Van era tan feo como Rumpelstiltskin y su rostro estaba cubierto de arrugas. Era evidente que había estado fumando durante años.

—Su madre no está aquí —respondió—. Se lo estoy preguntando a usted.

—Señor, ya le he dado mi respuesta.

—Teniendo en cuenta su inestable situación familiar, dudo de cómo ha obtenido esas notas.

—¿He hecho algo que justifique este interrogatorio? —era evidente que albergaba algún tipo de mala voluntad en mi contra.

—Depende —respondió, sin llegar a saciar por completo mi sed de claridad.

Tuve que dejar a un lado mi mal genio y portarme bien. Tomé una gran bocanada de aire.

—Señor Van, si está insinuando que he falsificado mis notas, estaría más que dispuesta a realizar cualquier examen que desee ponerme.

La mirada del director Van se endureció conforme rompió mi expediente en dos y tiró los restos en la basura.

—Señorita Ray, aquí en Tangi High se le pedirá que demuestre su valía.

Me quedé mirándolo con la boca abierta, incrédula.

—¡Ese es mi expediente! —exclamé.

—Sí, bueno, lo era —la voz del director Van desprendía odio—. Ahora demuestre usted que es la excelente estudiante que dice ser.

Me estremecí conforme me observaba a través de sus gafas gruesas.

—Sí, señor, lo haré lo mejor que pueda —traté de ocultar el desdén en mi voz.

Estaba orgullosa de mi trabajo, y me tocaba la moral que alguien cuestionara la validez de mis logros.

—Ya veremos —dijo entre dientes—. Eso es todo, señorita Ray —me despidió y se recostó en su silla.

El director me daba muy mala espina. Era casi como si tuviera un plan secreto oculto detrás de sus palabras. Me encogí de hombros. Tarde o temprano Sara estaría deseando mudarse a otro pueblo y yo podría olvidarme de todas estas preocupaciones. Mientras tanto, planeaba mantenerme alejada de ese cascarrabias.

Me largué de allí echando humo por las orejas tras aquel lapso tan demente. Le eché un vistazo al reloj del pasillo y vi que sólo tenía tres minutos para llegar a clase antes de que sonara el timbre, por lo que eché a correr.

Tenía clase de inglés a primera hora de la mañana. No era mi favorita, pero al menos me la quitaría de en medio nada más empezar el día. Me dirigí hacia el ala oeste. Tenía que encontrar la primera clase a la izquierda, como me había dicho la señora Brown. Torcí varias esquinas hasta que, finalmente, encontré la clase ciento dos. Al abrir la puerta, me paré en seco. Había esperado encontrarme con una silla vacía al lado de la profesora, pero no había anticipado esto. Mi mirada aterrizó sobre la chica que me había dado la bienvenida, Sally. Estaba sentada en una de las últimas filas, agitando las manos en el aire con demasiado fervor, como si se estuviera hundiendo en arenas movedizas, pidiendo ayuda. Inspeccioné la clase con la mirada. ¡Maldita mi suerte! Sólo quedaba una mesa vacía detrás de Sally.

Arrastré los pies hasta la última fila y forcé una sonrisa dolorosa al observar su felicidad.

—Hola —murmuré conforme me dejaba caer sobre la silla.

Le eché un vistazo a la mesa que estaba detrás de mí y vi que había un abrigo negro colgado sobre el respaldo de la silla. ¡Maldita sea! Alguien ya lo había ocupado. No me quedaba otra opción que sentarme junto a esta chica.

—Me alegro de que tengamos clase de inglés juntas —se retorció en su asiento para mirarme y comenzó a hablar sin parar sobre esto y aquello.

Decidí desconectar, pero traté de asentir de vez en cuando. Creo que estaba barbullando sobre el equipo de fútbol. Me hizo pensar en Logan, y eso me entristeció. Logan había sido mi primer amor y no había podido besarlo.

Saqué mi libro y metí mi mochila debajo de la mesa. Sally continuó divagando sobre todo y sobre nada. Era como tener ruido de fondo, sólo que con más volumen.

Sally había cambiado de tema por decimoquinta vez cuando él entró en la clase, contoneándose como si fuera el dueño del lugar. Incluso Sally dejó de hablar para comerse con la mirada al muchacho. Parecía estar atrayendo todas las miradas en la clase.

Sally se inclinó hacia mí y me susurró algo sin quitar la vista del bombón. Mantuve los ojos en el suelo, escondidos tras mis pestañas.

—Ese es el nuevo menú —reveló—. Se llama Aidan Bane. También he oído que es rico. Por supuesto, todas las chicas del instituto esperan atraparlo. Rumores —se rio.

—Gracias por el aviso —me encogí de hombros.

No me interesaban los cotilleos. Sara y yo nunca nos quedábamos en ningún lugar el tiempo suficiente como para que los cotilleos nos afectaran. Supuse que ese era el lado positivo de nuestras constantes mudanzas.

Eché un vistazo rápido y vi que el chico nuevo era muy atractivo. No era alguien que verías por esa zona. Parecía ser refinado e iba bien arreglado, como un chico de ciudad. Se movía con esa cualidad de estrella de rock que ordenaba a los otros a sentarse y tomar nota. Teniendo en cuenta lo alto que era, destacaba por sus rizos de color negro azabache. Pero sus ojos eran tan azules como el mar oscuro y, con una mirada siniestra, podría congelar el desierto del Sahara. Lo describiría como un esnob. Definitivamente no era mi tipo.

Se inclinó sobre una chica que había llamado su atención, totalmente metido en la conversación, y esbozó una sonrisa arrogante que reveló sus perfectos dientes blancos, los cuales contrastaban contra su piel oscura. Se me erizó la piel al ver a la chica sonriéndole dulcemente. ¿Por qué me importaba? Se notaba que el chico no tenía alma. Al final del día, la chica pasaría a ser cosa del olvido, nada más que una conquista más. El chico era fácil de leer. Rezumaba riqueza y, con su ropa de diseño, su arrogancia y su encanto, contaba con la atención de todas las chicas. No obstante, estaba segura de que no recordaría ninguno de sus nombres al día siguiente. Conocía muy bien a los de su calaña, venerados por todas las chicas y la envidia de los chicos. Supuse que esa sería la vida de un niño rico sin corazón.

Cuando atisbé al chico alto y arrogante abriéndose paso por mi pasillo, me apresuré a garabatear en una de las hojas de mi libreta con la mirada fija en la mesa. Entonces, recordé la sudadera negra que colgaba sobre la silla que había detrás de mí.

—¡Joder! —murmuré para mí misma.

Me hundí en la silla, sin parar de dibujar.

«¡No levantes la vista! ¡No levantes la vista!», me dije internamente.

Un segundo más tarde, una suave brisa rozó mi hombro izquierdo y, acto seguido, escuché un golpe seco, un suave gemido masculino, y un fuerte chirrido cuando la mesa protestó bajo su peso. Percibí un aroma a madera. Presioné con el bolígrafo sobre la tinta, concentrándome en mi dibujo, decidida a ignorar su presencia.

Sin darme cuenta, un repentino golpe en el hombro me alertó. Ignoré al chico, esperando que me dejara en paz. Pero él persistió, tirándome de la coleta. Con un chillido, agarré mi pelo rápidamente y me di la vuelta para confrontarlo. Tenía intención de echarle la bronca a este niñato, hasta que nuestras miradas se encontraron. De repente, me quedé en blanco. Me había quedado atrapada en sus ojos azules como una mosca atrapada en una telaraña.

Atisbé un hoyuelo divertido en su rostro que jugó con mis sentimientos conforme el chico gestionaba con la cabeza hacia mi mesa.

—Mmm... interesante obra de arte —comentó.

—¿Eh? —dije.

Volví a posar la mirada en mi libreta y se quedé sin aliento. Había dibujado un estúpido cupido. Rápidamente, le di la vuelta a la hoja.

—Gracias —murmuré, sintiendo como me ruborizaba.

Traté de fijarme en la pizarra e ignorarlo, pero era casi imposible no escuchar su débil risa a mis espaldas.

Me había olvidado de Sally hasta que capté su mirada clavada en mí, sus ojos oscuros afilados como el vidrio. ¿A qué diablos estaría dándole vueltas en su cabeza? Le eché una mirada de advertencia. Estaba a punto de preguntarle a Sally qué problema tenía conmigo, cuando la señora Jenkins entró en la clase. Nunca me había alegrado tanto de ver a una profesora.

Cuando llegó la hora de la comida, me dirigí hacia la cafetería, siguiendo la larga cola de estudiantes. Una vez que atravesé la puerta, el olor a comida me golpeó en la cara, resucitando a mi estómago. No había cenado nada la noche anterior, queriendo guardarme las últimas monedas que me quedaban para la comida de hoy.

Me puse a la cola y cogí una bandeja y cubiertos envueltos en una servilleta de papel blanco. De inmediato, mis ojos se posaron sobre los tamales. Cuando le entregué las monedas a la cajera, sentí un golpecito en la espalda. Sorprendida, me di la vuelta y me encontré con Sally.

—Hola —la saludé.

Sally sonrió, ignorando mi semblante tan serio.

—Ven a sentarte a mi mesa. Te presentaré a todos.

Abrí la boca, pero, antes de que pudiera rechazar la oferta, Sally me agarró del brazo y comenzó a arrastrarme por la cafetería. Cediendo, dejé que Sally me guiara. Se detuvo ante una mesa de tres. Eso significaba que Sally era la cuarta. Supuse que yo sería la quinta sujeta-velas. Ya había pasado por eso, así que no me importaba.

—Chicos, os presento a Stevie Ray, mi nueva amiga en clase de inglés —Sally comenzó con las presentaciones.

Asentí, forzando una sonrisa.

Sally prosiguió a presentarme a los demás.

—Este es Sam Reynolds —me introdujo primero a un chico de cabello castaño, más delgado de la cuenta pero bastante guapo.

Pasó al siguiente.

—Esta es Jen Li —la señaló con el dedo.

La chica sonrió y me saludó con la mano.

—Y esta es mi querida mejor amiga, Gina Peters —Sally señaló a la última persona que estaba sentada junto a Sam, una rubia de bote con unas uñas letales y un ceño fruncido pegado a su cara.

Sally rebosaba felicidad y orgullo. Todos me sonrieron menos la rubia, quien puso los ojos en blanco con mala actitud.

—Me da igual —gruñó ésta última.

—Gina, ¿te costaría tanto ser amable? —intervino Sam, el chico delgado—. ¿Con qué frecuencia conocemos a alguien nuevo en este viejo pueblo?

—Con demasiada —replicó ella, observándome de la cabeza a los pies.

Por un instante, debatí si debería sentarme en otro sitio. Preferentemente, en algún lugar cerca de la luna.

—Ignora a Gina —Jen saltó a defenderme—. Aunque, hoy está de buen humor. Cuando está masticando balas es cuando tienes que llevar cuidado —me sonrió.

No pude evitar reírme.

—¡Venga ya! Gina sólo estaba bromeando —intervino Sally.

Sam se levantó de su asiento y sacó la silla que lo separaba de la rubia.

—Siéntate a mi lado. Yo no muerdo —sonrió, señalando la silla—. Yo soy el más guapete de todos los que están aquí.

Con su acento sureño y su deslumbrante sonrisa, supuse que Sam era el pacificador del grupo. Conmigo ya había ganado un par de puntos. Además, el brillo de sus ojos me recordaba a Logan. Suspiré con anhelo.

Acepté su oferta y tomé asiento junto a él. Todos parecían bastante amigables, excluyendo a la rubia amargada. A lo mejor se ablandaría al ver que los otros me habían aceptado.

Jen fue la primera en comenzar con las preguntas.

—¿De dónde vienes? —preguntó con una cálida sonrisa.

—Del oeste de Texas, Sweetwater.

—¿Es que allí el agua está dulce[1]? —Jen se rio de su propio chiste.

Los otros se rieron disimuladamente, y yo no pude evitar reírme con ellos.

—No, en verdad, no —contesté.

—¿Qué te parece nuestro pequeño pueblo? —preguntó Sally, su voz de niña pequeña se escuchaba por encima del resto.

—De momento, todo bien —mentí.

Sam se reclinó hacia atrás, disfrutando de una vista al completo de mí, y se rio.

—¡Qué mentirosa! —se burló—. A nadie le gusta este lugar.

Me volví a reír. Rara vez me pillaban mintiendo. Me fijé en los ojos marrones de Sam.

—¿Qué puedo decir? Me has pillado —me encogí de hombros, riéndome.

El resto se unió a las risas, todos menos Gina. Parecía que la agitación era su perfume del día. Entonces, llegó su turno.

—He oído que a tu padre lo mataron en un accidente de coche —su mirada era tan fría como el hielo.

¿Cómo lo sabía? Entonces, me golpeó como un bate en la cabeza: Internet.

—Sí. Es cierto —respondí sin entonación alguna y sin dar aclaraciones.

Reinó el silencio en la mesa durante un par de segundos.

—¿Encontró la policía al asesino? —preguntó Gina, ni una pizca de empatía en su voz.

Esta chica me estaba buscando las cosquillas. Lo último que quería hacer era provocar una pelea en mi primer día de clase.

—No —respondí de manera cortante.

—Apuesto a que tu padre parecía un animal atropellado —espetó Gina.

Antes de que pudiera detenerme, me había puesto en pie. Todo lo demás era un borrón. Con los puños apretados, arremetí contra la garganta de la rubia.

Sam saltó en su defensa, impidiéndome que le arrancara esa falsa melena rubia suya.

—¡Parad! —gritó.

Estiré el brazo sobre Sam, agarrando a Gina.

—Nadie habla de mi padre así y vive para contarlo —la amenacé.

—Si no te gusta, ¡vete! —vociferó Gina, dando un paso atrás para quedar fuera de mi alcance.

Alcé la mirada y vi que toda la cafetería se había abalanzado sobre nosotros. Entre la multitud, pude escuchar a algunos de los deportistas coreando «¡Pelea, pelea, chica contra chica!»

Sin previo aviso, alguien me colocó sobre su hombro como un saco de patatas, dejándome con los pies colgando.

—¡Sacadla de aquí ahora mismo! —escuché la voz de un hombre

mayor gritando. La voz profunda sonaba como la de mi profesor de historia, el señor Matthew.

Cuando volví a tomar una bocanada de aire, me desmayé.

Al abrir los ojos, el aroma de la lluvia arremolinaba mis sentidos. Estaba sentada, apoyada contra algo duro. Alcé la mirada y divisé las nubes grises más allá del follaje de un árbol. Levanté una ceja.

—¿Dónde estoy? —murmuré al aire, empujando a través de las telarañas en mi cerebro. Me froté los ojos y gruñí—. ¿Qué ha pasado?

Rocé algo extraño con la mano. Miré hacia abajo y descubrí que estaba sentada sobre un abrigo de color oscuro. Alguien me había apoyado contra el gran roble que estaba fuera de la cafetería. Pero ¿quién? Miré a mí alrededor y noté que había parado de llover. Pero el frío persistía. Sentí un escalofrío recorrer mi cuerpo.

El sonido de un hombre aclarándose la garganta me trajo de vuelta al presente. Me puse en pie demasiado rápido, tropecé y caí en los brazos de alguien.

—¡Ups! Tómatelo con calma —me recomendó una voz aterciopelada.

Cuando nuestras miradas se cruzaron, mi corazón se detuvo. ¡El chico nuevo! ¿Por qué estaba aquí?

Me zafé de su abrazo.

Sin decir nada, me escaneó con ojos agitados, oscuros y ominosos como el mar antes de una tormenta.

—¿Cómo te sientes? —arrastró las palabras en un tono perezoso.

—¿Cómo he llegado hasta aquí? —le pregunté.

—Soy Aidan Bane. ¿Y tú eres?

—Stephanie Ray —me di cuenta de que me dolía la cabeza, y era un dolor cegador—. Estoy un poco mareada.

—Se te pasará en un rato —sonaba como un médico, distante y frío.

—¿Eres una especie de experto? —espeté.

—Ten, toma mi chaqueta—ignoró mi comentario y me entregó su chaqueta.

Nuestras miradas se cruzaron por un segundo, pero, enseguida, desvié la mirada y cogí su chaqueta.

—Gracias —susurré, furiosa.

—De nada.

Le di vueltas a la chaqueta, tratando de encontrar las mangas.

—Ven, deja que te ayude —dijo, tratando de contener una seductora sonrisa.

Me arrebató la chaqueta de mis torpes manos y la colocó sobre mis hombros. Entonces, me sentí envuelta en una mezcla embriagadora de especias y tierra. Nada tenía sentido. ¿Por qué estábamos aquí fuera en el húmedo frío?

—¿Qué... qué ha pasado? —inquirí.

El chico se metió las manos en los bolsillos.

—No te preocupes, amor —respondió como si nada.

Por breve un momento, me permití perderme en sus rasgos cincelados.

Reinó el silencio conforme se apoyaba contra el árbol, cruzándose de brazos. Su mirada se desplazó lentamente sobre mí como si nos conociéramos íntimamente. Yo también lo sentía. Había cierta familiaridad entre nosotros. Pero ¿cómo era posible? No lo había visto nunca antes hasta hoy.

—¿Llegaste a comer algo? —preguntó. Su voz no denotaba ninguna emoción.

—No —negué con la cabeza.

—Puedo conseguirte una hamburguesa.

¿Por qué le importaba?

—Estoy bien. Gracias —espeté—. Puedes volver adentro. No necesito una niñera —me quité su chaqueta de los hombros y se la devolví, o eso intenté.

—Puedo quedarme —ignoró mi gesto.

¿Por qué estaba perdiendo su tiempo conmigo?

—No. No es necesario —estaba siendo borde con él, y aun le estaba ofreciendo su chaqueta.

El chico hizo una pausa, sosteniendo mi mirada. Mi corazón comenzó a latir más rápido al observar sus ojos intensos. Me hacía sentir incómoda, por lo que cambié el peso de un pie a otro. Su rostro permaneció ilegible.

—Como quieras —respondió con frialdad.

Se despegó del árbol y me arrebató su chaqueta de los dedos. Se marchó como en las películas, colocándose la sudadera sobre el hombro derecho conforme desaparecía hacia el interior del edificio. No se molestó en lanzarme otra mirada. No sabía por qué, pero eso me dolió.

Podría haber sido más educada. Aunque, que no me hubiera ofrecido ninguna explicación sobre cómo había terminado inconsciente sentada debajo de un gran árbol, me molestaba tanto como tener arena metida en los pantalones.

ESCALOFRIANTE

Cuando sonó el último timbre, tomé una fuerte bocanada de aire. Por fin había terminado el día. Estaba deseando irme a casa, ponerme el pijama, meterme en mi cama calentita y olvidar que este día había existido.

Pero, primero, tenía que pasar por algún sitio a ver si podrían reactivar mi teléfono móvil, aunque no tenía muchas esperanzas. Tener que ir al supermercado para activar mi teléfono me hizo dudar. Estaba viviendo en un pueblucho. Llegados a este punto, aceptaría cualquier teléfono que pudiera conseguir, siempre que fuera barato, claro, ya que cada centavo contaba.

Eso me recordó que necesitaba obtener el número del casero porque a Sara se le daba fatal pagar el alquiler. Necesitaba asegurarme de que no sucumbiría a algún impulso, como la última vez, y le daría todo nuestro dinero a un estúpido adivino. Con Sara eran todo desventajas. ¡Cada una de ellas!

Empujé las puertas de metal en la entrada principal del instituto y salí hacia la marquesina. Me paré en seco, y se me cayó el alma a los pies. Estaba diluviando como si de un monzón se tratara, como si los cielos estuvieran lanzando su ira sobre nuestras miserables almas, y la temperatura se había desplomado considerablemente desde la hora de la comida.

Me aferré a mi sudadera, que ya se había secado, mientras observaba cómo mi bicicleta recibía una paliza. Podría hacer de tripas corazón e irme a casa, o esperar pacientemente a que dejara de llover. Me balanceé sobre mis talones, mordiéndome el labio inferior.

«¡A la mierda!»

Hecha una furia, me coloqué la mochila sobre los hombros, me cubrí la cabeza con la capucha y eché a correr hacia mi bicicleta.

Estaba a sentada a horcajadas en mi bicicleta cuando divisé una sombra oscura por el rabillo del ojo. Alcé la mirada y advertí un Corvette negro acercándose. La lluvia que caía sobre mi cara obstaculizaba mi visión, pero, aun así, reconocería aquel Corvette en cualquier lugar. Observé cómo el vehículo se detenía lentamente a mi lado. Me invadieron un montón de preocupaciones. ¿No se había dado cuenta el conductor de quién era yo? ¿Es que no se acordaba de mí? Al fin y al cabo, me había abandonado como carroña para los buitres.

La ventana de cristales tintados se deslizó hacia abajo poco a poco, revelando la identidad del misterioso conductor y, cuando mi mirada se encontró con la suya, me quitó el aliento. Se trataba del chico nuevo... Aidan Bane.

—¡Súbete! —gritó por encima del ruido que producía la intensa lluvia, inclinándose sobre en el asiento del pasajero—. Yo te llevo.

Me quedé allí, mordiéndome el labio inferior, indecisa. Apreciaba mis dedos de los pies.

—¡Venga! —gritó Bane—. Hace muy mal tiempo ahí fuera.

—Mi bicicleta... no puedo dejarla aquí —le grité.

—No hay problema. La meteré en el maletero.

Antes de que pudiera protestar, el chico había salido de su coche y se encontraba a mi lado en un abrir y cerrar de ojos.

«Caray, sí que es rápido», pensé.

—Mi bicicleta no va a caber —protesté conforme la lluvia caía sobre mi cara.

—Yo puedo con ella —distinguí un toque de humor escondido tras su sonrisa.

Colocó las manos sobre el manillar, esperando mi aprobación.

No estaba segura de si debía confiar en él, pero mis dedos se estaban entumeciendo con cada minuto que pasaba, por lo que terminé cediendo.

—Está bien. No vivo muy lejos de aquí.

Me arrojó su chaqueta.

—¡Súbete! He puesto la calefacción —gritó. Se inclinó y me abrió la puerta del pasajero.

Asentí y me metí dentro con torpeza. Tan pronto como me instalé en el asiento, una ráfaga de calor sofocó mi cara.

—Ah —gemí.

Sostuve los dedos frente a la calefacción, dejando que hiciera el trabajo. Moví los dedos y pensé que aquello era el cielo.

Unos segundos más tarde, Bane se sentó en el asiento del conductor, la lluvia goteando de sus rizos oscuros. Cuando cerró la puerta, el coche se llenó con ese mismo aroma a madera que parecía seguirlo. Me di cuenta de lo apretados que estábamos dentro del Corvette de dos plazas. Sus anchos hombros ocupaban el poco espacio que había. Apretujada contra su brazo, me puse tensa, sin saber qué hacer. Cada vez que estaba cerca de un chico, de repente me convertía en una torpe, tropezándome como un pato mareado. Ser antisocial era una mierda.

Bane se pasó los dedos entre sus rizos oscuros y me lanzó una sonrisa. Desvié la mirada hacia la ventana, mordiéndome el labio inferior. Hablando de encender la chispa... Nunca me había sentido así con Logan. Claro que tampoco había estado tan pesada con él. Este era territorio desconocido para mí.

Le eché un vistazo por el rabillo del ojo, y me invadió una oleada de escalofríos. La barba de unos días que recubría su mandíbula lo hacía parecer mayor. Puse los ojos en blanco ante mi reacción y continué mirando por la ventana.

Estaba perdiendo el tiempo comiéndome con los ojos a este chico. Era como observar los dulces a través de un escaparate. ¿Qué sentido tenía? Los niños ricos y las niñas pobres no eran una buena combinación. A juzgar por su coche de lujo, hasta un ciego sordomudo podría darse cuenta de que había nacido en cuna de oro. Ningún adolescente conducía un Corvette nuevo trabajando en McDonald's, a menos que su padre fuera el dueño de la franquicia. Sin lugar a dudas, los padres de este tipo estaban forrados.

Yo era la pobre chica al otro lado del pantano. Las chicas como yo eran invisibles para los chicos populares. Entonces, ¿por qué se había ofrecido a llevarme? ¿Acaso pensaba que yo era una de esas chicas que se morían por sus huesos? Puse los ojos en blanco. Estaba segura de que este tipo rompía corazones por pura diversión.

—Pareces estar cómoda y calentita —me miró de arriba abajo como si me estuviera evaluando.

—Gracias —le ofrecí una dulce sonrisa—. Vivo en la calle…

—Sé dónde vives, princesa —me cortó. Su ojos azules se agitaron con diversión.

—No, no lo sabes.

—Tangi es un pueblo pequeño. Todo el mundo se conoce.

—Sí, pero tú también acabas de mudarte, ¿o no?

—¿Y?

—Sólo digo que es extraño que sepas dónde vivo cuando ni siquiera sabes mi nombre.

—Como ya he dicho, es un pueblo pequeño —sus ojos rezumaban humor.

—Ser un mirón pervertido puede ser un hobby peligroso.

—Ey, princesa. Yo no fisgoneo. Siempre estoy invitado —ya habían vuelto las palabras de sabiduría del capullo egoísta.

—Me gusta tu coche —sonreí con dulzura, cambiando de tema—. Por esta zona no hay mucha gente que conduzca un Corvette nuevo.

—No me digas —arqueó una ceja.

—Sí, si te lo digo. Un coche como este casi acabó con mi vida hace unas semanas. Estuve a punto de terminar como un insecto estampado contra el parabrisas.

—Siento lo de tu mala suerte.

—¡Deberías! —me giré en su dirección y lo fulminé con la mirada.

—¿Qué?

—¡Fuiste tú el conductor que me dejó tirada y herida!

Soltó una seca carcajada.

—Me acordaría si hubiera tenido un accidente —replicó.

«Mentiroso», pensé.

—¡A lo mejor tienes amnesia selectiva! —exclamé.

—Mi memoria está perfectamente. Puede que me hayas confundido con otra persona.

—Niégalo todo lo que quieras, pero no hay muchos Corvette con una matrícula que ponga «Inconformista» —me crucé de brazos, habiendo explicado un hecho de lo más incriminatorio. Tenía planeado ser una excelente abogada algún día.

Sus ojos cambiaron como si se hubiera encendido una bombilla en su cabeza.

—¡Oh! ¿Esa eras tú? La chica de la bicicleta oxidada —bufó.

—Sí, esa era yo. ¡La chica de la bicicleta oxidada! —estaba que echaba humo.

—Esas son tus palabras, no las mías —se defendió.

—¿En serio? ¿Acaso no has dicho...?

—¿Eres siempre tan desagradable? —me interrumpió—. Hoy, durante la hora de la comida, si no me hubiera involucrado, le habrías dado una buena paliza a esa pobre chica. ¿Por qué tanta ira?

—¿Por qué tanta arrogancia? —repliqué—. Anda, cállate —me recliné hacia atrás con un golpe y le di la espalda, la mirada fija en la ventana.

De repente, lo supe. Recordé por qué había querido pelearme con Gina. ¿Cómo podía haberlo olvidado?

Las cejas de Bane se fruncieron en un ceño, ofendido.

—No he dejado de portarme bien contigo. ¿No puedes devolverme el favor? —pidió.

—¿Por qué? —repliqué—. ¿Porque me dejaste tirada en la carretera como si estuviera muerta?

—Pero no te has muerto —se rio entre dientes.

Mi boca formó una O.

—¿Sabes qué, gilipollas? Esta maravillosa amistad termina en este momento —¿Por qué darle explicaciones a un extraño que me etiquetaba de problemática?—. Para el coche —exigí—. ¡Prefiero caminar en una maldita ventisca!

—¡Pensé que estábamos teniendo una gran conversación!

—Ah, sí, me ha encantado tanto nuestro pequeño cara a cara que quiero apedrear tu preciado coche —fui a abrir la puerta, pero me detuve. Nos encontrábamos delante de mi casa. Me volví hacia él, con los ojos abiertos—. ¿Cómo hemos llegado a mi casa tan rápido?

—No sé a qué te refieres, princesa —su ojos azules tenían un brillo travieso.

—Sólo ha pasado un minuto, y aquí estamos. ¿Hemos llegado volando o qué? —puede que estuviera siendo borde, pero esa sonrisa sardónica que se extendía entre las comisuras de sus labios había alimentado mi ira hasta volverme loca.

—Puede que tengas alas. Al fin y al cabo, eres un ángel.

—¿Un ángel? Sí, claro —abrí la puerta de golpe y salí del coche—. Imbécil —murmuré por lo bajini.

Le cerré la puerta de un portazo en su cara. Estaba harta. Eché a correr hacia el porche, dando zancadas. Podía sentir su mirada clavada en mi trasero. ¡Menudo idiota!

Entré dentro y cerré la puerta detrás de mí. Me apoyé contra la puerta, secándome las lágrimas con el dorso de mi mano. Lo único que quería era volver a casa... a Texas. Sentí que mi corazón se estaba rompiendo en mil pedazos.

Entonces, me di cuenta de que había olvidado mi bicicleta en su coche. Salí corriendo por la puerta para atraparlo a tiempo, pero me paré en seco, boquiabierta. Parpadeé, sorprendida. Allí estaba mi bicicleta, sobre su pata de cabra, justo en frente de la puerta. ¿Cómo había sacado mi bicicleta tan rápido? No había ningún rastro de pisadas en el porche. Apenas había pasado un minuto.

Atisbé un trozo de papel doblado metido en la cesta. ¿Una nota? Lo abrí y leí:

Espero con impaciencia nuestro próximo encuentro cara a cara.
-Aidan Bane.

La audacia de este tipo me impresionaba. Estaba equivocado acerca de mí. No era desagradable. Estaba cabreada. ¡Gran diferencia!

UN MENSAJE DE LOS MUERTOS

Cuando llegó el sábado, el cielo ya se había despejado, y aún no me había cansado del dulce aroma de las lagerstroemias. Había aceptado hacer una ruta extra de entrega de periódicos. El periódico de Tangi había necesitado un substituto para el día, dado que el repartidor no había podido ejecutar su ruta por algo que ver con un pariente enfermo en el hospital. Así que yo acepté la oferta con mucho gusto. Necesitábamos el dinero, ya que a Sara no le estaba yendo bien con las propinas. No estaba segura de si la creía o no, pero ¿qué otra opción me quedaba? ¿Cachearla?

Desde que nos habíamos mudado, había llegado a conocer mejor a la señora Noel. Antes creía que la librería De otro mundo era fascinante. Sin embargo, ahora que había tenido la oportunidad de pasar tiempo con mi vecina, la librería palidecía en comparación.

La señora Noel sabía un montón sobre magia, hierbas, vudú, muertos y todo lo demás perteneciente al extraño mundo de lo extraordinario. Incluso pronunciaba la palabra «magia» de una manera diferente. Decía que eso trazaba la línea entre los impostores y los de verdad.

La imaginación de la señora Noel era mejor que cualquier película de gran éxito y, dado que yo no tenía televisión ni vida social, contaba con todo el tiempo del mundo para llenar mi cerebro con todas sus histo-

68

rias. Puede que no compartiera sus creencias, pero, aun así, me contaba unas historias de lo más interesantes. Que las historias fueran verídicas o no, eso no me importaba. Las charlas eran tan emocionantes que conseguían que contuviera la respiración. Solía sentarme con la señora Noel en su porche, comiendo pastel de batata mientras escuchaba sus aventuras sobre el pasado. Valoraba nuestras tardes juntas.

Según la señora Noel, su talento provenía de una larga línea de antepasados que se remontaban varios siglos. El pariente en particular que más me llamó la atención fue Marie Laveau, una descendiente directa. La genealogía de la señora Noel era una mezcla entre africanos y franceses, o criollos de color, como diría ella.

Pensé que era genial tener parientes con una historia tan rica. Le tenía un poco de envidia. Mi genealogía era más parecida a una mezcla de nacionalidades. No sabía nada sobre la genealogía de mis padres. Sara afirmaba que ni ella ni mi padre tenían familia. Y yo no la cuestionaba.

La señora Noel me había acogido bajo su ala como si fuera su nieta. Una vez me dijo que ella y su esposo, quien había fallecido, nunca llegaron a tener hijos. A lo mejor, que yo le hiciera compañía curaba su soledad como ella curaba la mía.

Sara nunca me había prestado demasiada atención. Recordaba cuántas veces había deseado que fuera mejor madre o que cocinara. Pero Sara estaba hecha de otra pasta.

Aquello me recordó que Sara no había vuelto a casa en las últimas dos semanas. Se rumoreaba que un compañero de trabajo del restaurante acaparaba todas sus noches y sus días, aunque yo no había tenido el placer de conocer al hombre. Tampoco me importaba demasiado. Si no terminaba muerto, era sólo cuestión de tiempo antes de que Sara se aburriera y lo echara a patadas. Fuera como fuese, el nuevo novio estaba condenado.

Sara no tenía el mejor historial en lo que a novios respecta. O bien desaparecían misteriosamente, o terminaban muertos. Como ya había dicho, yo me mantenía fuera de su vida amorosa.

Iba montada en mi bicicleta, de camino al restaurante para pillar algo de comer, cuando, de repente, divisé a la señora Noel de pie en su porche. Acababa de hacer una parada en casa para darme una ducha rápida y cambiarme de ropa.

—¡Hola, vecina! ¿Puedes pasarte por aquí un momento? —gritó la señora Noel con dulzura.

—¡Claro! —acepté.

Supuse que necesitaría ayuda con la compra. Solía hacerle los recados un par de veces por semana porque creía que era justo devolverle el favor con otro favor. Además, si no fuera por la bondad de la señora Noel, yo estaría sufriendo horriblemente.

Me bajé de la bicicleta, puse la pata de cabra y subí los escalones del porche hacia la señora Noel, quien me recibió con una amplia sonrisa y un abrazo.

—Espero no estar retrasándote.

—No, señora. Iba de camino al restaurante, eso es todo.

—Ah, bien. Tengo algo especial que quería compartir contigo —abrió la puerta, invitándome a entrar.

—Florence, ya has sido lo suficientemente generosa —protesté.

—¡Sandeces, bonita! ¿No has estado trabajando en mi jardín?

Una amplia sonrisa se extendió sobre mi rostro.

—Sí, ¿has visto lo gordos que se están poniendo los tomates? ¿Quién hubiera pensado que se me daría bien la jardinería?

—¡Sip! Los vi esta mañana. Están preciosos —la señora Noel sonrió —. Ven aquí —me ordenó de forma persuasiva.

—Vale —respondí, entrando al interior, feliz de complacerla—. Soy toda tuya.

—Sígueme —se dirigió hacia la parte de atrás de la casa.

Conforme la seguía, paseé la mirada por el interior de la casa. Sospechaba que había estado en pie durante muchos años. Contemplé el sofá con rosas rojas descoloridas y la mecedora desvencijada que se encontraba junto a la chimenea con una cesta llena de lana. Supuse que habría pasado allí la mayor parte de su vida. Por el contrario, yo no sabía lo que era vivir en el mismo lugar durante más de un mes, ya que Sara y yo vivíamos como los gitanos.

—Justo aquí, bonita —dijo la señora Noel antes de detenerse.

Al principio, pensé que se habría confundido. Se había quedado plantada frente a una pared de yeso. Entonces, la señora Noel se dio la vuelta para hacerme frente. La expresión en su rostro era extraña.

—Stevie, creo que ya es hora. No te asustes. Lo que estoy a punto de mostrarte... es posible que no lo entiendas, pero espero que confíes en mí y mantengas la mente abierta.

Sus palabras me golpearon como un ladrillo en la cara.

—Vale —tragué saliva.

—Bonita, no te preocupes. No te va a pasar nada.

Simplemente asentí. Es un cliché, pero me temblaban las malditas rodillas.

De repente, la señora Noel comenzó a cantar algún tipo de melodía que no conocía. Su cadencia era espeluznante y antinatural. Sin previo aviso, la pared blanca desapareció y, en su lugar, apareció una pequeña habitación secreta.

—¡Qué diab...! —me quedé boquiabierta.

Sabía que mi vecina trabajaba con hierbas y esas cosas, pero esto no era lo que me había imaginado. Miré fijamente a la señora Noel.

—¿Eres una bruja o algo así? —pregunté.

La señora Noel me ofreció una sonrisa que hizo que mi pulso se acelerara.

—Venga —insistió—, siéntate, niña.

Dudé por un momento, inspeccionando la pequeña habitación con los ojos. Era consciente de que, una vez cruzara el umbral, me embarcaría en un trayecto hacia un mundo sobre el que sabía muy poco, y no estaba segura de estar lista para aceptar aquella paradoja.

Lentamente, extendí la mano hacia el umbral para confirmar que no estaba alucinando y, extrañamente, lo único que pude llegar a tocar con los dedos fue el aire fresco. Me quedé sin aliento y, rápidamente, retraje la mano, llevándomela hacia el pecho. Independientemente de cuánto deseaba que aquello fuera un producto de mi imaginación, no podía negar el hecho de que era real.

Curiosa como nueve gatos, y aterrorizada, di un paso hacia la habitación. Arrugué la nariz, y me giré hacia la señora Noel.

—No puedo creer lo que ven mis ojos.

La señora Noel se rio ligeramente, provocando que su cuerpo se meneara.

—Niña, las posibilidades nunca han estado puestas en duda —reposó su mano sobre mi hombro—. Siempre ha estado a tu alcance. Sólo tienes que abrir esos bonitos ojos verdes tuyos.

—Está bien.

A pesar de que estaba aterrorizada, le di un voto de confianza y me senté en una de las sillas que había junto a una pequeña mesa redonda cubierta con una tela de terciopelo color púrpura que brillaba a la luz de las velas. La señora Noel se sentó frente a mí.

Permanecimos en silencio durante un rato. Contemplé las sombras bailando al son de las velas, haciendo que el poco espacio que había pareciera un tanto escalofriante. Atisbé una colección de distintos libros de hechizos, una baraja de cartas del tarot y una bola de cristal que reposaba sobre la mesa. Supuse que serían todas las cosas que uno necesita para comunicarse con el mundo de los espíritus. Leer libros y escuchar historias sobre lo sobrenatural era una cosa, pero aventurarse en ese mundillo era algo totalmente diferente.

—Bonita, ¿cómo estás? —sonrió—. Estás un poco pálida.

—Todo esto es bastante extraño —señalé los cientos de símbolos que empapelaban las paredes interiores.

—He crecido rodeada de magia y te aseguro que no tienes nada que temer —los ojos de mi vecina brillaron con un nuevo propósito.

—¿Por qué me estás enseñando esto ahora? —negué con la cabeza, escéptica.

—Fannie tiene un mensaje para ti —me comunicó.

—¿Tu difunta hermana? —mi corazón se estremeció.

—Sí, tiene un mensaje de alguien que está al otro lado.

—¿Al otro lado? —me quedé sin aliento—. ¿Quieres decir de alguien que está muerto?

—Sí, ¿tienes algún miembro de la familia que haya fallecido?

—No —odiaba mentirle, pero estaba entrando en pánico.

—¿Confías en mí, niña? —preguntó.

—Sí, pero no es a ti a quien temo —estaba al borde de la histeria.

—¿Tienes dudas?

—Eh... un poco —me encogí de hombros.

—Bonita ¿te ha hablado tu madre alguna vez sobre esto?

—¿Sobre qué? —arqueé las cejas.

—Sobre tu vida, bonita —respondió como si fuera lo más obvio.

—¿De qué hay que hablar? —inquirí.

—Niña, se trata de la muerte de tu padre.

Me quedé patidifusa.

—¿Mi padre?

—Bonita, el mundo de los espíritus me habla.

—¿Un fantasma te ha hablado sobre el asesino de mi padre? —la sorpresa drenó la sangre de mi rostro.

—Sí —respondió la señora Noel con confianza—. En el más allá, nunca se reciben los mensajes a la vez. Es como un rompecabezas. Sólo recibes pedazos poco a poco hasta que puedes ver la imagen al completo.

—Pero...¿qué es lo que sabes de mi padre?

—La muerte de tu padre fue deliberada —las palabras de la señora Noel eran extrañas.

—Sí, supuse que habría sido intencionado. Las autoridades sospechan que el conductor iba ebrio.

—El conductor no iba piripi —negó.

—¿Quieres decir borracho?

—Niña, la policía no siempre acierta.

—Tenía ocho años cuando murió —susurré. Las lágrimas comenzaron a acumularse en mis ojos.

—Lo siento mucho, bonita. Razón de más para escuchar lo que Fannie tiene que decir.

Desvié la mirada hacia otro lado. Necesitaba un momento para ordenar mis pensamientos. La pérdida de mi padre seguía siendo un tema delicado. Había estado tan perdida sin él durante tanto tiempo...

—Fannie está aquí. Ha estado preguntando por ti —me alentó la señora Noel.

—¿Puedes transmitir el mensaje? —le pregunté.

—Es posible, pero lo tendremos que ver. El más allá cuenta la historia a su ritmo. No podemos controlar el tiempo que tarda.

Pensar que la señora Noel iba a hablar con los muertos me revolvió el estómago una barbaridad. Pero, si Fannie podía arrojar luz sobre el asesinato de mi padre, tenía que averiguar todo lo que pudiera. Se lo debía a él.

—Vale, hagámoslo —accedí.

La señora Noel colocó una vela encendida en el medio de la mesa y me cogió de las manos. Se me aceleró el pulso, pero no podía abandonar ahora. Había atravesado el umbral, y ya no había vuelta atrás.

La señora Noel comenzó con un extraño encantamiento en un idioma similar al castellano, pero diferente. Creo que estaba cantando en latín. El aire en la habitación se volvió espeso, y empecé a sentir que la habitación daba vueltas como un tiovivo a una velocidad endiablada. Sin que me importara nada más, mantuve mis ojos clavados sobre el rostro de la señora Noel. Después, cerré los ojos con fuerza. No me atrevía a respirar.

La señora Noel procedió a invocar a su hermana.

—Fannie, estamos aquí. Ven a la luz y habla con nosotras.

La llama de la vela en el centro de la mesa comenzó a crecer. Lamía el techo como si estuviera agitada. Una mezcla de duda y puro miedo comenzó a apoderarse de mi mente. ¿Había tomado la decisión correcta?

Sin previo aviso, la señora Noel se desplomó, y su cabeza cayó sobre la mesa con un fuerte golpe seco. Se había desmayado. El miedo se apoderó de mí.

—Florence, ¿estás bien? —la examiné con la mirada, esperando que mostrara alguna señal de vida.

Finalmente, atisbé la ligera subida y bajada de su pecho.

—¡Uf! —exhalé.

Esto había sido una mala idea. Tenía que ponerle fin a esta sesión espirista ya mismo. Usando todas mis fuerzas, tiré de mis manos, pero mis esfuerzos fueron en vano, el agarre de la señora Noel era mucho más fuerte de lo que había anticipado.

«¡Mierda!»

Me sentía impotente.

Con una fuerza repentina, la señora Noel alzó la cabeza. El iris de sus ojos se había desvanecido, revelando el blanco de sus ojos como si estuviera poseída.

—¡Madre mía! —me quedé sin aliento. Esto elevaba lo extraño a otro nivel.

Entonces, el terror estranguló cualquier posibilidad de escapar, y la situación se volvió más loca que un esquizoide sin medicación. La cabeza de la señora Noel comenzó a sacudirse como si estuviera sufriendo una convulsión, y las venas le sobresalían de las sienes.

«Juro que, si su cabeza empieza a girar y se pone a vomitar una sustancia verde, voy a retirar las manos», pensé.

Entonces, la señora Noel se calmó como un mar apacible, y sus ojos volvieron a la normalidad.

—¡Ay Dios mío! Alguien está interfiriendo con mi hermana —respiró profundamente, exhausta—. ¿Conoces a alguien que se llame...? —hizo una pausa, entrecerrando los ojos con fuerza—. El nombre suena como John, pero se escribe de manera diferente.

Estuve a punto de desmayarme.

—¡Mi padre, Jon! —exclamé.

—Sí, J.O.N —deletreó su nombre—. Quiere hablar.

Me quedé sin aliento.

—Tu padre está diciendo algo sobre el Soda Parlor y el sabor a chicle.

—Ay, Dios mío —negué con la cabeza—. ¡Ese es mi helado favorito!

—Sí, ahora está hablando de un chico. No deja de repetir «chico sin rostro».

Me quedé pasmada. Nunca le había hablado a nadie sobre mis sueños.

—Te está advirtiendo que te mantengas alejado de él —explicó la señora Noel.

—¿Un chico sin rostro? —se me pusieron los pelos de punta.

¿Cómo lo podía haber adivinado?

—Sí, el chico lleva un anillo en el cuarto dedo de la mano izquierda. Dice que es un símbolo... un ojo.

¡Ay, por Dios! Era como si me estuviera leyendo la mente.

—He estado teniendo ese sueño desde que murió mi padre cuando tenía ocho años —admití.

—Tu padre tiene algo que decirte. Una advertencia —la señora Noel cerró los ojos—. Me está diciendo que el chico sin rostro, el anillo y una familia poderosa te están lanzando hechizos de magia oscura.

—¿En serio? —de pronto, tuve una corazonada.

—¿Te dice algo el término «genéticamente modificado»? —preguntó.

—No, nada —parpadeé varias veces, confundida.

—Tu padre no deja de repetirlo.

—¡No! No tengo ni idea —sacudí la cabeza, asustada.

Aunque pareciera extraño, la frase me resultaba un tanto familiar. Aun así, no tenía ni idea de a qué se refería mi padre.

—Tu padre está repitiendo algo sobre tu sangre. Dice que no es la suya.

—¿Qué se supone que significa eso? —fruncí el ceño.

—Sus palabras están entrecortadas —hizo una pausa—. Le preocupa una sociedad secreta, una facción muy antigua. No van a dejarte ir hasta que hayan tomado lo que es suyo. Algún tipo de don que posees.

—¿Un don? No tengo ningún tipo de don.

—Sigue diciendo que lleves cuidado con el chico sin rostro.

—Florence, ¡me estás asustando! —chillé.

—Ahora está hablando de tu madre. Dice que deberías preguntarle por qué está huyendo.

—Mi madre no está huyendo. Es bipolar.

Quería saber más sobre mi padre y su muerte.

No obstante, tan rápido como la sesión espirista había comenzado, llegó a su fin, y la señora Noel me soltó las manos. Estaban adormecidas, por lo que me las llevé hacia el pecho y las froté.

—¡Señor, ten piedad! Ese sí que ha sido un espíritu fuerte —sonrió débilmente, limpiándose el sudor de la frente con una servilleta.

Me preocupaba que pudiera haber sufrido un derrame cerebral.

—Deja que te traiga un poco de agua —dije. Me di la vuelta y salí corriendo hacia la cocina. Regresé con un vaso de agua fría y hielo envuelto en un trapo de cocina—. Ten. Puede que esto te ayude —le entregué el vaso de agua y el trapo con el hielo. Me quedé observándola, preguntándome qué más podría hacer.

—Gracias, bonita —esbozó una débil sonrisa. Permaneció sentada, bebiéndose el agua y sosteniendo el trapo con el hielo contra su cabeza.

—¿No estarías más cómoda en tu cama, o en el sofá? —me sentía fatal al pensar que esto era mi culpa.

—Estoy bien —me dio unas palmaditas en la mano—. Ay, Dios. Menuda locura ha sido eso.

—Florence, deja que te lleve a la cama.

Debería haber protestado, haberme negado y marchado. Cualquier cosa sería mejor que estar aquí sentada, dejando que mi buena amiga sufriera una tortura.

—Bonita, estoy bien. Deja de preocuparte.

Podía volver a respirar y estaba empezando a relajarme. El rostro de la señora Noel estaba volviendo a su color normal.

Sonreí, aunque seguía preocupada.

—¿Quieres más agua? —fui a coger su vaso, pero me dio unas palmaditas en la mano.

—No, bonita, necesito hablarte de un asunto urgente.

—Ahora no. Necesitas descansar. ¿Quieres que vaya a por tu medicamento para el corazón? —estaba llegando a mi límite. Sentí que venía un dolor de cabeza. Creo que había llenado mi cupo de sesiones espiristas para el toda la vida.

—Niña, necesito hablar contigo. Tu madre te está ocultando algo.

—No quiero hablar de mi madre.

—No quiero tener que decirte esto, pero tu padre está preocupado. No paraba de decir que tu madre tiene un oscuro secreto —respiró con dificultad.

Apreté los labios por la tensión. Hablar sobre Sara siempre me ponía de un humor de perros. Nadie podía someter su espíritu. Yo me había dado por vencida hace mucho tiempo, no podía comprender a mi madre.

—Florence, dudo que Sara apenas pueda pensar. Es bipolar.

—Entiendo lo que dices, pero necesitas averiguar qué secreto te está ocultando.

Apreciaba su preocupación, pero no me quedaban fuerzas para lidiar con Sara.

—Sé que tú intención es buena, pero mi madre es como es, y no puedo hacer que cambie —me encogí de hombros—. Así que me toca a mí apechugar con su enfermedad mental.

—Siento que tengas tantos problemas, bonita, pero creo que te interesaría escucharme.

Rápidamente, me alejé de la mesa.

—Sé que Sara guarda secretos. Es así desde que murió mi padre —me pasé los dedos por el pelo—. Acribillarla a preguntas no me llevará a ninguna parte. Si está ocultando algún secreto traumatizante, nunca sabré de qué se trata. Preferiría llevárselo a la tumba antes que confiar en mí —me crucé de brazos, sintiéndome débil.

—Stevie...

Alcé una mano para que no dijera nada más. Odiaba ser tan brusca, pero ya tenía suficiente con lo mío.

—No entiendo nada de esto —hice una pausa—. Tú has tenido toda tu vida para encontrarle sentido a lo paranormal. Yo he tenido cinco minutos. Ni siquiera estoy segura de creer en fantasmas y magia. ¿Cómo se supone que debo aceptar algo de lo que no sé nada?

—Todo es muy nuevo, pero ya te harás a la idea —la voz de la señora Noel era amable y esperanzadora.

Sin embargo, no estaba preparada para aceptar el mundo de lo extra-ordinario.

—Me encantan tus historias, pero no puedo tragar con todo esto a la primera. Vaya, ni siquiera estoy segura de creer en Dios. Así que, si no te importa, me gustaría macharme.

—Por supuesto, bonita. Sé que llevará un poco de tiempo, pero ya lo entenderás.

Le di un abrazo a la señora Noel en la puerta porque no quería que pensara que me había enfadado con ella. Empecé a abrir la puerta, pero me detuve.

—Siento no poder creer como tú.

Estaba a punto de derramar alguna lagrimilla, por lo que salí de allí antes de que pudiera hacer el ridículo.

SECRETOS ENTERRADOS

Cuando entré en el restaurante, pasé al lado de los clientes y caminé en dirección a la mesa situada más al fondo. Me senté rápidamente en una de las sillas y resoplé, irritada. Reposé la cabeza sobre la mesa y cerré los ojos. Mi corazón latía erráticamente.

Estaba loca por creer en la trola de una mujer de ochenta y tantos años sobre un estúpido fantasma. Pero, entonces, ¿cómo demonios sabía la señora Noel lo del chico sin rostro y el anillo? ¿Cómo sabía cosas de mi vida? Sí que es verdad que parecía tener un sexto sentido. Sí, algo horripilante. Me resultaba difícil tragarme sus creencias disparatadas. Pero ¿qué sabría yo? Yo nunca me había preocupado por mi alma perdida, ni me había molestado en confiar en un Dios al que nunca había conocido.

Entonces, recordé lo que la señora Noel había dicho sobre una vil familia que iba a por mí. Me parecía difícil de creer. Yo era una simple repartidora de periódicos. ¿Qué sentido tendría secuestrarme? No tenía ni un centavo a mi nombre.

Inesperadamente, una sensación extraña me recorrió el cuerpo. Mis ojos se fijaron en un hombre que me observaba como si fuera un ciervo a tiro de piedra. Debía ser el nuevo novio de Sara. Lo observé conforme caminaba hacia mí.

«¡Mierda!»

—*Bonjour*, preciosa —esbozó una sonrisa lujuriosa y tomó asiento a mi lado.

Me coloqué de espaldas a la pared. Este hombre era la última persona a la que quería ver. Ya me caía mal. Entre que tenía el pelo sucio, que el aliento le apestaba a licor y a cigarrillos, y que capté un destello de maldad en sus ojos de antracita, el hombre me ponía los pelos de punta.

La señora Noel había mencionado que corrían rumores sobre que Francis había pasado un tiempo en la cárcel. Lo habían arrestado por drogas. Normalmente, no me creía los rumores, pero sí me creía este.

—¿No tienes platos que fregar? —le eché un vistazo a su delantal sucio.

Estaba segura de que lavar platos era el mejor trabajo que sería capaz de conseguir. Parecía ser bastante más joven que Sara, puede que hubiera unos quince años de diferencia entre ellos.

Me quedé mirándolo en silencio mientras encendía un cigarrillo sin despegar sus ojos negros de mí. Me miraba como si yo fuera un entrecot.

—Estoy en mi hora de descanso —soltó una ráfaga de humo—. Ya que somos prácticamente familia, pensé que debería conocer a la persona de la que mi novia suele hablar tanto —sonrió—. Yo soy Francis.

—Gracias por la introducción. Ya te puedes ir —no me importaba si estaba siendo borde. Lo único que quería era que me dejara en paz.

—Parece que hubieras visto un fantasma —se rio con un fuerte acento francés cajún y, después, le dio una calada a su cigarrillo.

—Estoy bien —respondí con brusquedad.

Soltó una risilla y comentó a decir algo en francés del tirón.

—*Vous ferez mieux d'être gentille avec moi.*[1]

No necesitaba saber francés para entender su amenaza. Sin embargo, iba un paso por delante de él, dado que había estudiado francés en la escuela como un pequeño chiste privado que tenía la intención de guardarme para mí.

—Suéltalo ya —espeté.

—Lo mismo digo —replicó con desdén, lanzándome una mirada de mala muerte.

—¿Qué quieres? —era evidente que estaba tratando de intimidarme.

Se frotó la barbilla y clavó su mirada en la mía.

—Me recuerdas a una gatita que tuve una vez —comentó—. Pequeña pero peleona —le dio otra calada al cigarrillo y la ceniza brilló de un color rojo intenso. Luego, soltó la corriente de humo en dirección a mi cara.

Comencé a toser y abaniqué el aire con la mano para deshacerme de la nube de humo. El capullo se estaba burlando de mí, mostrando así el hombre maduro que no era. Lo detestaba.

—He venido aquí a ver a mi madre. ¿Te importa?

Ninguno de los dos sentía ningún tipo de afección hacia el otro. Lo gracioso era que yo conocía a la perfección su futuro.

«Tal vez debería aconsejarle que obtenga un seguro de vida. Nah, ¿por qué molestarse con una escoria como él? Mejor dejar que se encuentre cara a cara con su destino», pensé.

—No, en absoluto —sus ojos brillaban como la obsidiana negra—. Primero, hay una cosa que quiero que entiendas —me mostró sus dientes manchados por el tabaco—. Tu madre y yo estamos juntos, así que no la pongas a parir porque he llegado para quedarme.

Sin decir nada más, apagó su cigarrillo en la mesa de madera y se levantó de la silla, sonriendo como si acabara de llevar a cabo algún movimiento de gánster.

Me quedé observándolo en silencio conforme desaparecía hacia la parte trasera. Su mensaje era claro. Había ignorado el cenicero que había sobre la mesa a propósito para transmitirlo. No quería que le aguara la fiesta. Quizás debería haberle dicho que obtuviera un seguro.

Entonces, pensé en la señora Noel. Me sentía fatal por haberla abandonado. Había exagerado. Me resultaba difícil hablar sobre mi padre. Su muerte había sido tan inesperada... Él había sido lo más importante en mi vida y, de repente, ya no estaba, y mi vida había sido un desastre desde entonces.

Incluso Sara se había convertido en una persona irreconocible. Unos seis meses después de la muerte de mi padre, terminó siendo arrestada por robar en una de las lujosas tiendas Neiman Marcus. Cuando la capturaron, se volvió loca, tanto que tuvieron que admitirla en la unidad de psiquiatría del hospital local. Fue entonces cuando los médicos diagnosticaron a Sara con un trastorno de bipolaridad, con intensos buenos y malos momentos. Aunque nunca había visto muchos de esos buenos momentos.

No estaba de acuerdo con lo que pensaba la señora Noel. La inestabilidad y la paranoia de Sara se debían a su enfermedad. Aparte de para evitar a los caseros, Sara no tenía ninguna razón para huir.

Pasé los ojos sobre el restaurante y divisé a Sara. Estaba terminando con un pedido. Cuando metió su libreta en el bolsillo, me vio. Atisbé cómo las comisuras de sus labios se curvaban ligeramente conforme caminaba hacia mí. La multitud de la hora de la comida se había disipado, y sólo quedaban un par de clientes en el restaurante. Así mejor. Podría tener la oportunidad de hablar con ella.

Sara no había vuelto a casa desde que nos habíamos mudado. Sospechaba que se habría estado quedando con Francis. Curiosamente, no había vuelto para llevarse su ropa, y eso que Sara no podía vivir sin sus preciadas posesiones, ya que apreciaba demasiado los regalos caros que le hacían los hombres. A Sara se le daba bien conseguir que los hombres le compraran ropa de marca, a pesar de que ninguno de sus novios ricos había pasado por el altar con ella. Por eso no entendía qué era lo que Sara veía en Francis. No era su tipo. El hombre no parecía tener ni un cubo en el que mear y, por el amor de Dios, se ganaba la vida fregando platos. Por lo general, Sara salía con hombres que tenían los bolsillos llenos, por lo que esto era de lo más raro. Mudarse aquí había sido raro.

—Hola, forastera —Sara llevaba puesta su sonrisa de madre.

—Si volvieras a casa de vez en cuando, no sería una forastera —sonreí de mala gana.

—¿Quieres pedir algo para comer? —me preguntó conforme mascaba chicle. Después, sacó la libreta de su bolsillo y se quitó el bolígrafo de la oreja.

—Sólo un batido de chocolate y unas patatas fritas, por favor.

De repente, Sara frunció el ceño al ver la mesa.

—¿Has hecho tú este desastre? —señaló la colilla del cigarrillo que yacía sobre la mesa.

—Esto es obra de tu querido Frank —me encogí de hombros, sin que se notara lo irritada que estaba.

Sara se quedó mirándome durante un minuto. Sabía que no me creía.

—Se llama Francis —espetó—. Te traeré la comida en un rato —volvió a meter la libreta en su bolsillo—. Y limpia este desastre antes de que mi jefe lo vea —Sara se marchó antes de que pudiera protestar.

Decidí cambiarme de mesa. Para cuando Sara volviera, tendría la mente en otra cosa. Reposé la cabeza entre mis manos y apoyé los codos sobre la mesa. Mi mente divagó hacia una época en que era feliz.

Cuando mi padre seguía vivo era de lo más feliz. Por aquel entonces, vivíamos en una comunidad agrícola a las afueras de Eufaula, en Oklahoma. Allí, mi padre dirigía un bufete de abogados por sí mismo. Puede que trabajara en un pueblo pequeño, pero él no era un don nadie, sino todo lo contrario, los lugareños lo amaban y lo respetaban. Solíamos tener una pequeña granja a las afueras de la ciudad. Vivir en el campo era una maravilla, y lo que más me gustaba en el mundo era recolectar los huevos.

Suspiré. Era curioso cómo las cosas más mundanas me producían tanta felicidad. Si tuviera una máquina del tiempo, volvería a ese momento y evitaría que mi padre saliera a correr aquella mañana. Seguiría vivo, y el mundo sería un lugar mejor. Contuve un doloroso suspiro.

Volví al presente al escuchar los tacones de Sara acercándose por el pasillo. No entendía cómo era capaz de llevar tacones mientras trabajaba. Me enderecé y eché los hombros hacia atrás. Necesitaba tener mis preguntas en orden, ya que sonsacarle respuestas a Sara era como sacarle un diente a un rinoceronte a punto de embestir.

Sara depositó el plato de patatas fritas rizadas, aun chisporroteando, frente a mí. Me quedé mirando el batido de chocolate. No podía esperar más, por lo que se lo arrebaté de las manos. Sara se sentó frente a mí, tomándose un café. Compartimos un momento de tranquilidad mientras me comía mis patatas fritas.

Para mi sorpresa, Sara fue la primera en iniciar la conversación.

—¿Has tenido una agradable charla con Fran? —tomó un sorbo de su café.

—Supongo —quería evitar ese tema por completo.

—Espero que le des una oportunidad. Fran es muy especial para mí.

—¿Qué es lo que ves en ese hombre tan grasiento? —dejé caer la patata en el plato.

—¿A qué te refieres? —Sara clavó su intensa mirada en mí.

—No entiendo por qué te gusta —expliqué.

—Si le das cinco minutos de tu tiempo y te deshaces de tu mala actitud, es posible que te caiga bien.

—Mamá, es un perdedor. Y está más cerca de ser de mi edad que de la tuya.

—La edad sólo es un número. Francis me hace feliz.

—¡Es un tipo asqueroso! —exclamé.

—Fran es diferente, eso es todo —Sara me lanzó una de sus miradas hostiles.

Sabía que estaba pisando terreno pantanoso.

—¡Arg! —me crucé de brazos.

¿Qué sentido tenía? Sara estaba empeñada en quedarse con esa escoria.

—Si no fuera por el casero, estaría viviendo con nosotras —Sara se puso de morros como una niña pequeña a la hora de la siesta—. No he llegado a conocer al casero, sólo a su mayordomo. Así que probablemente sea un vejestorio gordo.

—Qué pena me da —le di un sorbo a mi batido.

—Me alegro —resopló Sara.

Me dio la espalda, como si fuera mi culpa.

—Si me das la información del casero, me puedo encargar yo —ofrecí.

Me alegraba que lo hubiera mencionado. Necesitaba comprobar que estaba pagando el alquiler.

—Oh, eso sí que no. No te voy a dar nada. La última vez que te di esa información, me dejaste en ridículo —se quejó.

—¡Eso es porque no pagaste el alquiler!

—¿De qué estás hablando? Le di su dinero.

Quería a mi madre, pero creo que a veces llegaba a tragarse sus propias mentiras. No quería entrar en eso, así que cambié de tema.

—Mamá, ¿te han dado alguna noticia sobre el caso de papá? —pregunté.

De repente, Sara se puso rígida.

—¿A qué te refieres?

—¿Te ha llamado la policía para decirte si tienen alguna nueva pista sobre el caso?

—¿Por qué molestarse? Es un misterio que nunca se resolverá.

—¡No podemos rendirnos! —exclamé.

Sara se retorció en su asiento, me miró y bufó.

—Ese barco ya zarpó hace diez años —la frialdad en su voz me daba escalofríos.

—Si se tratara de una de nosotras, papá nunca habría dejado de investigar hasta que hubiera encontrado al asesino —le recriminé.

—Oh, deja de actuar como si Jon fuera un santo.

—¿Porque tú eres mejor? —repliqué, furiosa.

—Cuidado con lo que dices. Fran está al otro lado de esa puerta —Sara gestionó con la cabeza hacia atrás—. Y no tolerará que me hables de mala manera.

—No me puedo creer que me estés amenazando con tu nuevo novio —me incliné hacia delante y susurré—. Ambas sabemos que tu chico está condenado —me enderecé de nuevo y le sostuve la mirada a Sara, quien se había quedado sorprendida.

—¡Actúas como si me hubieran echado el mal de ojo!

—¿Te acuerdas de Charles? —le solté con la esperanza de que le refrescara la memoria.

—No sé de qué me estás hablando —se revolvió en su asiento.

Sabía que esto no iba a ser nada fácil. Sara era experta en esquivar mis preguntas, por lo que decidí ir más lejos.

—Entonces, dime por qué te tienes que mudar cada dos meses.

—¿Quién te has estado metiendo cosas en la cabeza últimamente?

—Quiero que sepas que me voy a poner en contacto con la policía de Eufaula —le informé.

—¡Por amor de Dios, supéralo! Jon está muerto y no va a volver.

Ahora ya me estaba provocando.

—¡Lo superaré cuando el asesino de papá esté entre rejas!

—Estoy segura de que quienquiera que fuese está pagando por ello de alguna manera.

A Sara le resultaba fácil desestimar la muerte de mi padre. Creo que pensaba que, si no hablábamos de ello, desaparecería.

—Papá se merece nuestra lealtad.

—Tu padre no es más que huesos —hizo una breve pausa—. Haz algo útil con tú vida. Yo estoy en ello —sus palabras eran duras, una barrera para mantenerme fuera.

Eso me puso negra.

—¿Cómo puedes decir eso? —se me quebró la voz—. Seguir adelante no es ir de un pueblo abandonado a otro, viviendo en hoteles baratos, sin un hogar, ¡comiendo de la basura! —chillé.

Un músculo se movió en la mandíbula de Sara.

—¡Me estoy cansando de tu actitud de mierda! —espetó.

—Bien —dije entre dientes.

Antes de que pudiera detenerme, empujé todos los platos de la mesa hasta que terminaron chocando contra el suelo en una oleada, con tanta fuerza que el ruido resonó en todo el restaurante.

Cuando levanté la mirada, noté varios pares de ojos observándome. Ya no podía soportar mirar a Sara a la cara. Me levanté de la mesa y, en un momento fugaz, la puse a parir.

—Durante toda mi vida, te has preocupado más por tus novios y por el alcohol que por ser mi madre —la ira se enrolló alrededor de mi corazón y apretó—. A veces me pregunto si soy tu hija.

Los ojos de Sara se encendieron.

—No tienes ni idea de lo que yo he sacrificado, señorita. Y estoy pagando caro por ello ahora. ¡Así que a mí no me tires tu mierda!

Me negaba a quedarme allí un minuto más. Sin más alboroto, salí corriendo del restaurante y, en segundos, me encontraba al final de la calle montada en la bicicleta, poniendo tierra de por medio.

TERCER ENCUENTRO

Quién sabe cómo, había conseguido sobrevivir a la primera semana de instituto. Gina se había resignado a dejarme en paz, aunque seguía poniendo los ojos en blanco de vez en cuando. Podría lidiar con eso. Había llegado a conocer mejor a Sam y a Jen. A Sally... la toleraba.

A primera hora de la mañana, cuando entré en la clase de inglés, Sally levantó la cabeza y me dedicó una sonrisa demasiado amplia para ser tan temprano. Odiaba que la gente estuviera contenta por la mañana antes de que me hubiera tomado mi café. Con Sally, necesitaba al menos diez tazas para defenderme de sus incesantes chillidos. La chica nunca paraba.

Tiré mis libros sobre la mesa y me dejé caer sobre el asiento. Me di cuenta de que la mesa que estaba detrás de mí estaba vacía. Bane había estado faltando durante las últimas semanas. Me preguntaba si lo volvería a ver. Tal vez su familia había decidido abandonar este pueblo.

«Ojalá yo pudiera hacer lo mismo», pensé.

Sin perder ni un minuto, Sally se giró en mi dirección.

—¡Buenos días! —me saludó.

En presencia de Sally, debería ser un requisito llevar gafas de sol. Mi ropa podría estar muy usada, pero su elección de estilo podría dañarle la vista hasta a un ciego. Su ropa de color naranja intenso y su sonrisa demasiado entusiasta me estaban dando dolor de cabeza.

—Buenas —gruñí, hundiéndome en mi asiento y cubriéndome los ojos con la gorra.

Metí la mano en mi mochila y saqué el libro que había estado leyendo. Era uno de mis favoritos. Dado que no teníamos televisión en casa, me habían quedado dos opciones: estudio o lectura recreativa.

Sally observó la portada del libro.

—¿Nos han asignado ese libro para la clase? —preguntó con preocupación.

Suspiré y alcé el libro, enseñándole la portada.

—No —respondí bruscamente y volví a concentrarme en mi libro.

—*Matar a un ruiseñor*... No suena muy emocionante —se inclinó sobre el borde del libro y le echó un vistazo a la página que estaba leyendo.

Levanté la cabeza de golpe, molesta.

—Es un clásico —espeté.

—Yo suelo mirar las chuletas —se encogió de hombros.

Puse los ojos en blanco. No me sorprendía.

—¿No has oído hablar de Harper Lee? Su libro ganó el premio Pulitzer.

—Oh —se encogió de hombros—. A menos que la historia cuente con un chico guapo, no me interesa.

—Hay cosas más importantes en la vida que pensar en chicos.

Sally me recordaba a un burro con anteojeras.

—¿Tienes novio? —continuó indagando.

—¡No! No tengo tiempo —volví a concentrarme en la lectura.

—Yo sacaría tiempo. Preferiría tener un novio a leer un libro antiguo que ni siquiera es actual.

Fruncí el ceño, sorprendida. «Creo que Sally acaba de criticarme», pensé. Deposité el libro sobre la mesa y la miré a los ojos.

—Mi libro no es aburrido. La autora es una escritora renombrada. Además, salir con alguien no tiene sentido —volví a coger mi libro.

—¿Por qué dices eso?

—¿Por qué empezar algo que no puedo terminar? —me encogí de hombros.

No quería mostrarle mis heridas a Sally. Mudarnos de ciudad en ciudad era un tema delicado para mí.

—Ah, sí, tiene sentido —hizo una pausa— ¿Qué hay del chico nuevo, Aidan? Te vi subirte en su coche el otro día.

«¡Por Dios! La reina cotilla está al acecho».

—Sí, estaba lloviendo, y yo iba en mi bicicleta. Bane sólo estaba tratando de ser amable —respondí.

Decidí meter el libro en mi mochila. La clase iba a empezar pronto de todos modos. Desafortunadamente, eso no evitaría que Sally continuara hablando.

—¿Cómo es? —Sally siguió husmeando.

—Aparte de un completo imbécil, nada especial.

¡Joder! Sally era como un perro con un hueso nuevo.

—¿A quién le importa si es un esnob cuando está tan bueno? —soltó.

—Pues sal tú con él —mi implacable expresión era un indicio de que me importaba una mierda.

Me agaché para coger mi mochila y sacar los deberes. Cuando me di la vuelta, mi mirada se encontró con un par de ojos azules. ¡Bane! ¿Cuándo había llegado? Habría jurado que su asiento estaba vacío hacía un momento. Lo debería de haber visto pasar junto a mi mesa. Las cosas se ponían más raras cada vez que Bane decidía hacer una aparición.

Sin perder tiempo, clavé los ojos en mi trabajo sobre Macbeth. Me concentré en mi ensayo, escaneando los apuntes. La tragedia más corta de Shakespeare trataba sobre un general escocés que recibió una profecía de un trío de brujas que decía que se convertiría en rey de Escocia. La historia terminaba mal. Yo, personalmente, pensaba que la ambición había sido su condena.

Sentí un fuerte golpe en mi espalda que interrumpió mis pensamientos.

«¡Joder! ¿No puedo sentarme aquí en paz sin que nadie me moleste?», pensé.

Agaché el hombro lo suficiente como para echarle un vistazo por el rabillo del ojo. Lo último que quería era quedarme mirando esos ojos azules que me comían el cerebro.

—¿Por qué me estás apuñalando? —la irritación en mi voz era bastante evidente.

—Lo siento, princesa. Sólo quería saber de qué va el trabajo —podía sentir su diversión erizándome la piel.

—Si asistieras a clase de vez en cuando, no tendrías que preguntar —espeté.

—Ya, pero prefiero preguntarte a ti para poder ver tu preciosa carita ruborizarse —esbozó una sonrisa perfecta.

Un par de chicos unas filas más abajo soltaron una risilla.

—¡Arg! —me di la vuelta y miré hacia el frente.

Escuché una risa a mis espaldas, pero la ignoré como planeaba ignorar al culpable.

Como de costumbre, la profesora entró en la clase cuando sonó el timbre. Incluso Sally se volvió hacia el frente. Me resultó agradable escuchar a la profesora para variar.

Cuando el reloj dio las doce, me dirigí a la cafetería. Estaba falta de dinero, por lo que sólo tenía suficiente para comprar una Coca-Cola. Bah, había estado peor. Metí mi dólar en la máquina de refrescos y pulsé el botón adecuado. Luego, recogí mi bebida y me dirigí a la mesa de siempre. Me gustaba pasar la hora de la comida con Sam y con Jen. Por lo general, ignoraba a Sally y a su mejor amiga, Gina.

Sentí un atisbo de culpa penetrar mi consciencia. Sally se había roto el lomo tratando de ganar mi amistad. No era que no me cayera bien. Sí me caía bien. Era sólo que Sally era demasiado intensa y escucharla hablar sin parar resultaba agotador. Si se tomara un respiro entre cada tema, podría llegar a tratarla mejor.

Luego estaba la mejor amiga de Sally, Gina. Ambas eran inseparables. Gina había sido un problema. Me había resultado difícil olvidar su comentario sobre la muerte de mi padre, por lo que, si tenía que mantenerme alejada de Sally para evitar a la rubita, era un precio que estaba dispuesta a pagar.

Conforme me dirigía a la parte del fondo, divisé la cabellera oscura de Jen. Me estaba saludando. Sonreí y me abrí paso a través de los estudiantes para llegar hasta el lugar dónde nos sentábamos todos los días.

—Hola, guapa. Te he guardado un asiento —Jen colocó su mano sobre el sitio que había a su lado y me sonrió.

—¡Genial! —le devolví la sonrisa.

Me dejé caer en la silla y le quité el tapón a mi bebida.

—¿Eso es todo lo que vas a comer? —preguntó Jen, ojeando mi bebida.

—Tía, puedo sobrevivir a base de Coca-Cola —bromeé.

Las dos nos reímos.

—¿Quieres comer de mis patatas fritas? —me ofreció, empujándolas hacia mí.

Tenía que admitir que olían a delicia y se burlaban de los gruñidos de mi estómago.

—¡Gracias! —agarré una y le sonreí.

Justo entonces, capté con la mirada el ceño fruncido de Gina. Puse los ojos en blanco. Evité la mirada de aquella amargada y la bordeé, haciendo una parada junto a Sam.

Con sólo echarle un vistazo, no podrías saber que Sam jugaba al fútbol. No entendía cómo conseguía evitar que lo machacaran. Con lo musculosos que eran todos los deportistas, a Sam se lo comerían vivo. Era lo suficientemente alto, pero no tenía mucha carne en los huesos. Eso sí, con esas piernas tan largas, podía correr como el viento. Me gustaba pasar el rato con Sam. Era encantador y divertido. Con su cabello castaño y el brillo en sus ojos color avellana, siempre conseguía hacerme sonreír.

—¡Ey, guapetona! —Sam me había dado ese apodo el segundo día de clase. Era una tontería, pero me hacía reír.

—Hola, Sam —lo saludé.

Inconscientemente, mis labios esbozaron una amplia sonrisa.

—¿Por qué no estás comiendo? —pasó su mirada de mi cara a mi bebida. Me encantaba su acento sureño.

—Ah, no tengo hambre —mentí.

Sería demasiado vergonzoso admitir la verdad.

Sally llegó con una bandeja cargada de comida y se sentó a mi lado, justo enfrente de Gina y Sam.

—Me estoy muriendo de hambre —anunció, quedándose sin aliento.

—Deberías comerte una ensalada —Gina arrugó la nariz—. Ya estás bastante gorda.

—Gina, déjala en paz —intervino Sam, fulminándola con la mirada.

—Sólo le estaba dando mi opinión —puso los ojos en blanco—. Sally, si ganas ciento ochenta kilos no vengas a llorarme a mí.

De repente, capté un contorno oscuro por el rabillo del ojo. Bane. Oí el sonido de una silla siendo arrastrada sobre el suelo. Había colocado una silla a mi lado. Tomó asiento con facilidad y se inclinó hacia delante, depositando una bolsa blanca sobre la mesa justo delante de mí. Estaba tan cerca que nuestros labios casi se rozaban.

—Espero que te gusten las hamburguesas —sus ojos rezumaban diversión.

—Eh... gracias.

—No hay de qué, princesa.

—¡No es justo! ¿Qué hay de nosotros? —se quejó Sally, contemplando la bolsa. Frunció los labios.

—Mis disculpas, pero es sólo para Stevie —Aidan me guiñó un ojo y, extrañamente, cuando se puso en pie, fulminó con la mirada a Sam.

Por las miradas que se echaban, era obvio que había algún tipo de discordia entre esos dos. Me pareció extraño, puesto que Bane era un nuevo estudiante. Sin embargo, a mí ya me caía mal Gina y casi había terminado tirándole de los pelos.

Me quedé observando a Bane conforme se abría camino a través de los estudiantes hasta salir de la cafetería. No pude evitar admirar su talla, alto y sereno, la fluidez con la que se movía. Si pudiera vender su andar en un paquete, acabaría con el mercado. Suspiré para mí misma.

Entonces, me acordé de la bolsa. La cogí y la abrí. Dentro, tal como y como había prometido, encontré una hamburguesa con patatas fritas y una galleta de mantequilla de cacahuete. Esbocé una sonrisa y cogí la galleta primero.

Cuando levanté la mirada, vi que Sam me estaba observando, y pude distinguir un atisbo de resentimiento en sus ojos.

—Así que tú y ojitos azules sois amigos, ¿eh?

—En verdad no —me encogí de hombros—. Bane me llevó a casa el otro día, pero no acabó bien —le di un gran bocado a la galleta.

Entonces, Gina decidió contribuir con su granito de arena.

—No me sorprende que se haya fijado en ti. Con esa ropa vieja que llevas, parece que vivieras en un contenedor de basura.

Solté una risa seca.

—Mejor que estar parada en una esquina como tú —espeté, y le ofrecí una sonrisa burlona.

Gina se puso de pie con un salto. Estaba que echaba fuego por la nariz.

Le ofrecí mi mejor sonrisa, despreocupada, conforme le daba otro bocado a mi deliciosa galleta.

Rápidamente, Sam rodeó a Gina con los brazos, haciendo que se volviera a sentar en su silla, y soltó una palabrota por lo bajini.

—No tienes derecho a ofenderte cuando lanzas la primera pulla —presionó la palma de su mano contra el pecho de Gina—. Siéntate y cierra la boca.

Jen y yo nos miramos, arqueando las cejas.

—¡No me importa! —gritó Gina—. No quiero que se siente en nuestra mesa.

—Gina, si no te gusta la compañía, puedes irte —saltó Jen.

Sally mantuvo una expresión seria mientras jugaba con su comida, sin pronunciar palabra.

—¡Pues vale! Me voy —resopló—. ¡Vamos, Sam! —Gina se levantó de la mesa y recogió su bandeja. Sam permaneció sentado. Gina se quedó mirando a Sam con la boca abierta, totalmente sorprendida—. ¿No vienes?

—No —Sam le dedicó una amplia sonrisa—. Yo me quedo aquí, amorcito.

Gina estaba como si le fueran a salir cuernos. Jen y yo nos miramos por el rabillo del ojo y nos reímos. Ver cómo rechazaban a Gina no tenía precio.

Gina posó su furiosa mirada sobre mí.

—Ay, cállate, zorra —espetó.

Me reí disimuladamente. Meter mierda nunca me había molestado.

—Gina, déjalo ya —intervino Jen.

—¡Tú eras mi amiga antes de que llegara ella! —gritó Gina. Luego, me fulminó con la mirada y dijo—: Voy a ir a buscar a ese chico de ojos azules, Aidan. Apuesto que él se sentaría conmigo.

En ese momento, casi se me quedó la hamburguesa atascada en la garganta. Las palabras de Gina me molestaron. Pensar en esa chica poniendo sus garras sobre Bane me mataba.

—Venga ya —se burló Jen—. El único amigo que tienes es tu espejo.

Con un simple resoplido, Gina cogió su bandeja y salió por patas. Sally apartó su silla de la mesa y se puso de pie, cogiendo su bandeja.

—Lo siento, chicos, pero tengo que apoyar a mi chica —y, sin decir nada más, Sally se marchó con su amiga.

—Chica —Sam me dio una palmadita en la mano—. No le hagas caso a Gina—. El director le quitó su estatus de animadora y le dio la vacante a una de sus rivales.

—Eso es terrible —me reí.

—Gina nunca me llegó a caer del todo bien —Jen se rio disimuladamente.

Sam le dio un mordisco a su sándwich, dejándolo a la mitad. Continuó masticando conforme daba sus consejos.

—Ignora a la pobre. Pasará a molestar a otra persona cuando no reciba una reacción de tu parte.

—Oye, el sábado por la noche vamos a salir. Deberías venir —me invitó Jen.

—No sé —respondí, mordiéndome el labio inferior, indecisa. ¿Quería repetir lo que había conseguido en Sweetwater?—. ¿Qué tenéis planeado?

—Podemos ir a jugar al billar al Mother Blues —propuso Jen.

—Suena bien —coincidió Sam, sonriendo.

Me encogí de hombros. No estaba segura.

—¿Quién va? —pregunté.

—Pues como Gina se ha des-invitado a sí misma, iríamos sólo nosotros —contestó Sam.

—No te preocupes por Gina —me tranquilizó Jen—. Puede que mañana esté odiando a Sally.

Nos reímos los tres a la vez.

—Al tipo ese nuevo —se rio Jen—, deberíamos invitarlo también.

Sam frunció el ceño.

—Nah, deja en paz a ojitos azules. Sólo trae problemas.

—¿Qué sabes sobre él? —pregunté. Me picaba la curiosidad.

—Nada bueno —respondió Sam—. Oí que tuvo un encontronazo con la ley, que tiene mal genio, que le dio una paliza a un tipo, y que lo mandaron a un reformatorio.

Eso explicaba las miradas asesinas que se habían lanzado Sam y Bane.

—¡Vaya! No me sorprende.

—¡Un chico malo! —Jen me dio un codazo en el brazo—. Podría ser divertido.

—Entonces, supongo que no lo invitaremos el sábado —bromeé.

—Supones bien —coincidió Sam—. Te recogeremos a las ocho.

—¡Genial! Me parece bien —les ofrecí una sonrisa.

El último timbre resonó por los pasillos conforme los estudiantes corrían hacia las puertas. La jornada escolar había llegado a su fin. Otro día que podría tachar de mi calendario.

Me dirigí a mi taquilla para descargar los libros y así aligerar mi viaje en bicicleta hasta casa. Abrí la cerradura y comencé a meter los libros. Anoté en mi mente que necesitaba limpiar mi taquilla en cuanto me fuera posible. Cuando hube terminado, me coloqué la mochila sobre el hombro y me di la vuelta, dispuesta a marcharme, cuando choqué contra un pecho firme.

—¡Ay! —me quejé, irritada. Entonces, mi mirada se encontró con dos vívidos ojos azules—. Maldita sea, Bane, mira por dónde vas —su nombre se deslizó por mi lengua con demasiada facilidad.

Parecía estar tranquilo.

—Eso es lo que estoy haciendo... mirar —una sonrisa comenzó a aparecer entre las comisuras de sus labios.

Le lancé una mirada amenazadora. No me gustaba su insinuación.

—No seas pervertido —lo amenacé.

Se inclinó hacia mí, presionando ligeramente sus palmas a cada lado de mi taquilla, y me empujó contra la pared, dejando apenas centímetros entre nuestros cuerpos.

—Primero, me acusas de ser un mirón, y ahora soy un pervertido —distinguí un atisbo de diversión en sus ojos azules.

—Corta el rollo, Bane —le di un débil empujón.

—¿Disfrutaste de la hamburguesa? —preguntó.

—Sí, gracias, pero no puedes tratarme como si fuera una de tus conquistas.

—¿Debes despreciarme así? —presionó su mano derecha sobre su pecho como si estuviera a punto de recitar una balada.

—¿Qué es lo que quieres? —pregunté y, sin quererlo, mis mejillas se sonrojaron.

—Creo que te debo una disculpa —respondió—. Parece que he olvidado mis modales. Espero que puedas ser lo suficientemente benévola como para perdonar mi indecencia.

Permanecí en silencio durante un segundo, absorbiendo sus ojos de zafiro. Cualquiera podría hundirse en esas piscinas profundas con facilidad. Me reprimí internamente por aquel momento de debilidad.

—Estás perdonado —esbocé una dura sonrisa y comencé a escabullirme por debajo de sus brazos.

Rápidamente, Bane me agarró de la muñeca, deteniéndome.

—¡Espera! —su voz se volvió tan seria que mandó escalofríos por todo mi cuerpo. Y no eran de los buenos—. Tengo que advertirte —sus ojos serios me estudiaron por un breve minuto—. Deberías mantenerte alejada de Sam.

Tiré de mi brazo para librarme de su agarre.

—Dame una buena razón —dije.

—No puedo decirte por qué —los músculos de su mandíbula se tensaron.

—Sam no ha sido más que amable conmigo —objeté.

—¡No es quien crees que es! —soltó Bane.

Su encanto juvenil había desaparecido, y había sido reemplazado por el odio.

—¿Qué problema hay entre vosotros? ¿Sois amantes? —lo provoqué.

¡Bingo! Bane era gay. Una pena para mí.

Bane agachó la cabeza hasta colocarla en el recoveco de mi cuello. Su aliento me hizo cosquillas. Sus hombros se movieron al son de su risa silenciosa.

—No. Sam y yo no somos amantes. Simplemente me preocupo por tu bienestar —aclaró.

Me reí internamente. Los hombres heterosexuales odiaban cuando una chica cuestionaba su sexualidad.

—No sé yo —bromeé—. Me da que tienes un rollo gay.

Bane arqueó una ceja.

—A mí me da la sensación de que te pongo nerviosa —contraatacó.

—¡Arg!

De repente no quería seguir jugando a este juego.

—¿Te importaría que te lleve a tu casa? —en un abrir y cerrar de ojos, su comportamiento había cambiado a una versión más tranquila—. Me he percatado de que tu bicicleta está rota —a Bane le gustaba provocarme.

—Mi bicicleta rota funciona perfectamente. Y no es gracias a ti —espeté.

—¿Todavía me culpas por tu pequeño accidente? —arqueó su oscura ceja.

—¡Obviamente! Casi me aplastas —me crucé de brazos.

—Deberías estar agradecida. Si hubiera sido otro cualquiera, estarías a dos metros bajo tierra en lugar de estar aquí hablando conmigo.

—¿Qué se supone que significa eso? ¿Cómo evitaste atropellarme? —lo cuestioné.

—Princesa, hay cosas que es mejor dejar a la imaginación —Bane deslizó sus dedos bajo el tirante de mi camiseta.

«¡Escalofríos! ¡Más malditos escalofríos!»

—Vamos —sus labios carnosos esbozaron una sonrisa—. Te llevaré a casa.

El tipo era de lo más persuasivo.

—¡Fuera de mi camino! —exigí sin mucho esfuerzo.

—Estás empezando a herir mis sentimientos —frunció el ceño.

—Gracias, pero no —me negué.

—¿Dónde están tus modales, princesa?

—Le dijo el cazo a la sartén —espeté—. ¿Te importa? —bajé la mirada hasta su brazo y, luego, lo fulminé con la mirada.

Sus hombros temblaron cuando se rio, divertido.

—Pensé que estabas disfrutando de nuestro pequeño interludio —dijo.

—Jamás de los jamases —retiré el pelo de mi hombro, mirándolo.

Bane se quedó quieto durante un momento, el humor visible en sus ojos azules y, entonces, dio un paso atrás, dándome espacio.

—Gracias.

Lo dejé donde estaba y tuve que esforzarme al máximo para no mirar atrás.

CAMBIO DE PLANES

Cuando llegó la noche del sábado, estaba entusiasmada. La pandilla había hecho planes para salir, y me habían invitado. Al abandonar Sweetwater, me había resignado al trabajo y a los estudios solamente. Pero decidí que había llegado la hora de dejar esa regla a un lado y tomarme un descanso.

Quería tratar de no preocuparme por las finanzas, aunque todavía tenía que pagar la factura del alquiler y de la electricidad. Sara decía que no estaba ganando mucho con las propinas, por lo que no me quedaba más remedio que tomarme su palabra al pie de la letra, lo cual significaba que tendría que asegurarme de pagar las facturas yo misma. No obstante, estaba más que acostumbrada a juntar mi dinero con las monedas de Sara para pagar por nuestras facturas.

Para conseguir lo faltante, estaba haciendo una ruta adicional los fines de semana. No era mucho dinero, pero cada centavo contaba. Sin embargo, a pesar de mis esfuerzos, no estaba segura de que un par de monedas extra supusieran una gran diferencia. Además, Sara aún no había soltado la información de contacto del casero. Esperaba que nos llegara una notificación de desalojo en cualquier momento. Pero esta noche iba a soltarme el pelo y pasármelo bien.

El plan de la noche era jugar al billar en el Mother Blues. No era lo mío, pero haría una excepción. No me importaba a dónde fuéramos. Es más, estaba de tan buen humor que no me importaría si Gina decidiera bendecirnos con su maravillosa presencia. Como pez en el agua, nada iba a arruinar mi estado de ánimo esta noche. Ni siquiera una rubia rencorosa.

Como contaba con una limitada variedad de ropa, no me fue difícil elegir un conjunto. Decidí ponerme unos vaqueros con agujeros y una camiseta de tirantes azul claro, nada elegante. Después de vestirme, tuve que abordar la tarea más importante... mi pelo. Me miré en el espejo, y mis hombros se desplomaron. Odiaba mi pelambrera. ¿Por qué teníamos las pelirrojas el pelo tan grueso?

Cuando era pequeña, a los niños les había encantado burlarse de mí. No era divertido que se metieran conmigo por mi pelo rústico y mis ojos de gato. Incluso se habían burlado de mis pecas. A menudo, para escapar de mi mundo, fantaseaba con ser una princesa encerrada y con que un día un príncipe galante me rescataría de mi malvada madrastra. Me reí para mis adentros. Los sueños de una niña, tan tontos e ingenuos.

Una vez pensé que mis padres me habían adoptado porque ni Sara ni mi padre tenían el pelo rojo y la piel clara como yo. Pero la genética es así de divertida. Suspiré, pensando en mi padre.

Agarré el cepillo, dejando mi aflicción a un lado, y comencé a deshacer los nudos, un doloroso enredo tras otro. Cuando hube terminado, permanecí de pie frente al espejo, observando mi reflejo. ¡Mi pelo había quedado genial! Le eché un vistazo a la parte de atrás y silbé. No me había dado cuenta de lo largo que tenía el pelo. Me llegaba hasta la cintura, pero la mayoría de las veces lo llevaba recogido en una coleta, ya que no solía tener tiempo para lidiar con esa gruesa pelambrera.

Después, tomé prestado el maquillaje de Sara. No quería embadurnarme la cara, sólo ponerme un poco de colorete y pintalabios. Justo cuando me estaba calzando las botas camperas, sonó el timbre como una sirena. Me puse en pie de un salto, corrí hasta abajo y abrí la puerta de par en par.

Sam tenía la mano sobre el timbre, como si fuera a llamar por tercera vez.

—¡Hola! Llegas temprano —sonreí, sin aliento.

—¿Ah, sí? —arqueó las cejas. Entonces, me miró de arriba abajo, desde la cabeza hasta las botas viejas, y escondió una sonrisa de aprobación—. ¡Guau! Estás tan buena que te comería enterita.

Me sonrojé. Para mí, recibir un cumplido era como dar con una mina de oro. Sucedía rara vez, especialmente viniendo de un chico.

—¡Gracias! —agaché la cabeza, ruborizada.

Me di cuenta de que me gustaban sus hoyuelos. Sam estaba adorable. Vestía unos Levis, una camiseta de color negro y un sombrero de paja, un estilo muy del oeste, acompañado de una amplia sonrisa que resaltaba sus ojos marrones. No era muy fan de los sombreros de vaquero, pero podría cambiar de opinión al ver a Sam con uno. Sacaba a relucir sus hoyuelos y los rizos castaños que se asomaban por debajo de éste. Le quedaba bien.

Después de compartir sonrisas durante un minuto, mi mirada se posó sobre la camioneta de Sam, un viejo Ford verde.

—¿Dónde está todo el mundo? —pregunté, volviendo a mirar a Sam—. ¿Nos están esperando en el Mother Blues?

Sam cambió el peso de un pie a otro y metió las manos en los bolsillos.

—Los otros han cancelado —se encogió de hombros—. Parece que somos sólo tú y yo esta noche.

—Sólo nosotros dos, ¿eh? —me mordí el labio inferior, incómoda.

—Sí, eso parece —sonrió tímidamente.

Pude notar que estaba nervioso. Dudaba que Sam quisiera pasar una noche a solas conmigo. Claramente había venido sólo por ser amable.

—Oye, podemos hacer esto en otro momento cuando el resto pueda venir —me encogí de hombros—. Estoy segura de que prefieres hacer otra cosa.

—¡Qué va! Quiero salir contigo. Hay una feria en el pueblo. No es gran cosa, pero habrá atracciones y cosas interesantes que hacer. ¡Sería divertido! —atisbé una chispa de afán en su mirada.

Sonaba divertido, y quería ir. Estar con Sam era fácil. Era un buen amigo.

—Vale, deja que coja mi dinero —hice ademán de ir a darme la vuelta para volver a entrar en la casa, pero Sam me tiró del brazo.

—No te preocupes. Yo te invito —ofreció, sonriendo.

Abrí los ojos de par en par.

—¿Vas a pagar por mí? —no sabía cómo sentirme al respecto.

—No es problema. Deja tu dinero.

—Está bien, ¡vámonos! —me encogí de hombros con timidez.

Hasta donde podía ver, había coches de todas las marcas y modelos a ambos lados de la calle. ¿De dónde habían salido todas estas personas? Tangi no era más que un hoyo en el suelo, y sabía que toda esta gente no había salido de ese pequeño hoyo. Sin embargo, aquí estábamos, teniendo que caminar durante un kilómetro para llegar hasta la entrada.

No me sorprendí cuando encontramos la feria a rebosar. Había toneladas de gente de pie, hombro con hombro, chocando unos contra otros, y la cola de la ventanilla parecía interminable.

Una vez entramos por la puerta y compramos nuestros billetes, vi que el parque estaba lleno de vida: música a tope, gritos incesantes y risas que flotaban en el aire. Además, el oscuro cielo estaba adornado con miles de coloridas luces de neón. La energía endulzaba la atmósfera conforme mi corazón se aceleraba con fervor.

—Oye, estoy hambriento —gritó Sam por encima del ruido—. Vamos a pillar algo de comer primero. Necesitamos energía para enfrentarnos a las atracciones —sus ojos brillaron bajo las luces.

—Me parece bien —le grité al oído.

Al mismo tiempo, capté un fuerte olor a peritos de maíz y a pastel de embudo flotando, lo cual hizo que mi estómago rugiera.

Sam extendió el brazo y me cogió de la mano conforme nos abríamos paso a través de la multitud, pero no le di demasiada importancia al gesto. Simplemente no quería que termináramos separados, dado que la multitud era tan abundante.

Nos detuvimos en el puesto de limonada, y Sam pidió cuatro perritos de maíz y dos vasos grandes de limonada. Sólo pude comerme la mitad de lo mío, por lo que le entregué el resto a Sam, quien lo liquidó todo de un bocado.

Después de comer, nos dirigimos a las atracciones. No dejamos piedra sin mover. Disfrutamos de cada atracción que nos alzaba en el aire hasta terminar boca abajo y luego nos dejaba caer a una velocidad de muerte. Gritamos y reímos durante todo el trayecto. Fuimos intrépidos.

Sam llegó a ganar un oso de peluche con uno de los juegos de la feria y, cuando me entregó el premio, su rostro se iluminó. Le sonreí y estrujé el animal, llena de alegría. Recordaría este momento para siempre.

Cuando el parque estaba a punto de cerrar, nos subimos a la noria. Habíamos dejado lo mejor para el final. Nos pusimos a la cola y, pronto, llegó nuestro momento de subirnos a la atracción. Sam me ofreció, cortésmente, que subiera primero. Finalmente, un chico se acercó a asegurar la barra que nos mantenía abrochados con seguridad. Con cada pasajero que embarcaba, nuestro asiento se acercaba más y más a las estrellas, y, cuando llegamos a la cima, me quedé sin aliento.

—¡Mira! Es precioso —susurré, mirando hacia abajo.

Desde aquí arriba la vista era impresionante. Debajo de nosotros, las luces de neón iluminaban con un suave resplandor el parque. Era interesante ver a la gente del tamaño de una hormiga yendo de un lado para otro. Levanté los ojos para ver las estrellas, y contemplé su maravilla conforme una brisa ligera me alborotó el pelo. Sonreí, absorbiendo la frescura.

—Gracias por esta noche —dije, y me apoyé sobre el hombro de Sam —. Ha sido una pasada —alcé la mirada de nuevo hacia las estrellas, disfrutando de su gloria.

Entonces, el ambiente cambió cuando Sam pasó su brazo alrededor de mi cintura y me atrajo hacia él. Luego, inclinó la cabeza y plantó un beso húmedo justo en medio de mi boca cerrada. Me quedé helada, confundida, sin saber qué debía hacer. Mi primer beso, y apestaba a perrito de maíz y a menta. ¡Puaj!

Cuando se echó hacia atrás, una sonrisa orgullosa, más brillante que las luces de neón, iluminaba su rostro. Estaba demasiado orgulloso de su conquista como para darse cuenta de que yo no había sido partícipe. ¡Por Dios! Hasta un maniquí le hubiera ofrecido más acción. Me quedé mirándolo, parpadeando, mientras que, horrorizada, vi que se lanzaba a por un segundo beso. Apresuradamente, presioné mis manos contra su pecho.

—¡Ey! ¿Qué haces? —abrí los ojos de par en par, estupefacta.

—¿No te han besado nunca?

—No esperaba que tú... —me detuve a mitad de la frase.

Los ojos de Sam brillaban con lujuria, como si estuviera poseído.

—¡Vamos a balancear este asiento! —dijo, ignorando mi protesta.

Me invadió una oleada de pánico. Estábamos demasiado alto como para que pudiera saltar. Sam me tenía justo donde quería... atrapada.

—Oye, vaquero, para el carro —esta vez presioné mis manos contra su pecho con más fuerza.

—Guapetona, sé que te gusto —Sam resopló. Hizo ademán de ir a lanzarse a por otro beso, pero esta vez con más agresividad.

Le di un empujón con más fuerza, apretando los dientes.

—¡Para! —grité. Mis gritos pasaron desapercibidos. Era obvio que el rechazo era territorio desconocido para Sam.

—¡Ah, ya lo entiendo! No quieres enrollarte conmigo hasta que mande a Gina a la mierda.

—¿Qué dices? —fruncí el ceño.

—Gina y yo estamos saliendo —explicó.

—¿Por qué no me lo habías dicho antes? —pregunté.

«Debería empezar a cavar mi propia tumba ya», pensé.

—No vi por qué —se encogió de hombros—. Ahora que estamos saliendo, estaba planeando romper con Gina.

¿Acaso necesitaba que le tirara una roca a la cabeza?

—¡Espera! ¿Vas a romper con Gina por mí? —mi estómago se sacudió al ritmo de la noria—. No puedes ir en serio.

—¡Tengo que decírselo, tonta! —Sam extendió la mano y me alborotó el pelo—. No podemos presentarnos en el instituto cogidos de la mano sin habérselo dicho a Gina primero. ¿Qué clase de hombre crees que soy?

—Sam, ¡no puedes romper con Gina!

—¡No te preocupes, guapetona! Todo esto pasará al olvido en una o dos semanas.

—¡Tal vez para ti! —grité—. ¡Gina hará de mi vida un infierno! ¡Ya me odia!

—Entonces, ¿cuál es el problema? —me apretujó con demasiada fuerza, por lo que me zafé de su agarre—. No puede odiarte más de lo que ya te odia.

Me quedé boquiabierta ante la frívola actitud de Sam.

—¿Sabes qué? —sonrió—. Lo voy a hacer ahora.

—¿Hacer qué ahora? —el pánico se apoderó de mí.

Sam sacó el móvil de su bolsillo y comenzó a escribir un mensaje de texto.

—Voy a romper con Gina ahora mismo.

«¡Virgen santa!» Le arrebaté el teléfono y lo sostuve en el aire.

—¡No, no y no! No rompas con Gina por teléfono —sujeté el teléfono con los dedos—. ¡No rompas con ella en absoluto!

¡No podía creérmelo! Ahora que me estaba empezando a gustar vivir aquí, Sam tenía que arruinarlo.

—Oye, devuélveme mi teléfono —insistió—. ¡Voy a romper con Gina porque me gustas tú!

—¡He dicho que no! —me negué.

«¡Mierda! Soy hombre muerto».

—Soy una extraña a la que apenas conoces —añadí, y forcé una sonrisa—. Cuando vuelvas al instituto el lunes, vas a fingir que nunca hemos tenido esta conversación —deposité el teléfono en la palma de su mano.

—Entonces, todo este tiempo que has estado coqueteando conmigo... ¿me estabas tomando el pelo? —chispas de ira brillaron en sus ojos marrones.

—Yo no he coqueteado contigo —objeté.

—Si no te gusto, ¿por qué has venido a una cita conmigo? —preguntó Sam.

—Esto no es una cita —aclaré.

—¡He pagado por lo tuyo!

—¡Tú te has ofrecido! —bramé.

—¡A eso me refiero! Cuando un chico paga, es una cita —sentenció.

—¡Mira! Te devolveré cada centavo, pero esto de aquí... no es una cita.

Sam se puso serio.

—Sally me contó lo que dijiste. Así que más vale que lo admitas.

—¿Qué te ha dicho Sally? —pregunté.

—Me dijo que tú le dijiste que yo te gustaba de verdad.

—¿Gustarme como novio? —parpadeé varias veces, atónita.

—¡Sí!

—¡Yo nunca he dicho eso! —exclamé.

—Pienso que estás mintiendo, tontita.

Oh, ahora estaba intentando parecer mono.

—Pues intenta no pensar tanto. No querrás perder tu última neurona —espeté.

—¿Sabes qué pienso? —los ojos de Sam se oscurecieron—. Que cambiaste de opinión sobre mí cuando ojitos azules entró en escena.

—Estoy hasta el moño de tus acusaciones —empecé a numerarlas con los dedos—. Primero, te crees que he estado coqueteando contigo, lo cual no es verdad. Hace un segundo, me has llamado mentirosa, que no lo soy. Y, por último, pero no menos importante, crees que estoy loquita por el chico nuevo, ¡lo cual no es asunto tuyo!

Cuando aparté los ojos de la cara resentida de Sam, me di cuenta de que nos habíamos detenido. El sonido del motor hidráulico de la noria era música para mis oídos. Cuando el feriante abrió la cerradura, salí de allí tan rápido como pude, manteniendo mis pies en constante movimiento. Escuché a Sam llamar mi nombre, pero lo ignoré. Las lágrimas corrían por mis mejillas. La personalidad de Sam había cambiado drásticamente y me había cogido desprevenida. No lo había visto venir. Entonces, recordé la advertencia de Bane. Maldita sea, odiaba admitir que tenía razón. Pero deseaba haberle hecho caso aún más.

ACOSADOR

Cuando mis lágrimas se secaron, alcé la vista y me di cuenta de que me había perdido. El pánico se apoderó de mí. La multitud se había dispersado, y el parque se había sumido en la oscuridad. Las atracciones, las luces y el jaleo incesante que antes alegraban el lugar habían desaparecido. Puede que abandonar a Sam no hubiera sido lo más inteligente. Mi impulsividad me había costado un viaje a casa. Me di una vuelta y examiné mis alrededores. Me pasé los dedos por el pelo, al borde de un ataque de pánico. Me había quedado sin opciones. No tenía dinero para un taxi. Ni siquiera estaba segura de que tal cosa existiera en este insignificante pueblo. Francis era la única persona que conocía que tuviera un coche, y la última persona a la que quería llamar. Sin embargo, ¿qué otra opción tenía? ¿Caminar treinta kilómetros en la oscuridad? Andar no me molestaba, pero tener que lidiar con insectos, serpientes y cocodrilos no me gustaba tanto.

«Puede que Sara siga en el trabajo, pensé». Solté un suspiro tembloroso y me puse a rebuscar a en mi bolsillo trasero, pero me detuve. Frenéticamente, rebusqué en mis otros bolsillos. «¡Tiene que ser una broma!». Mi problema se acababa de convertir en una emergencia. ¡Había perdido mi móvil!

Volví a todos los lugares en los que Sam y yo habíamos estado. Estiré el cuello, buscando algo que me resultara familiar. Me relajé un poco cuando divisé el puesto de limonada donde Sam y yo habíamos parado en primer lugar. Puede que lo hubiera dejado allí. Me invadió una oleada de esperanza, y eché a correr en esa dirección.

Cuando llegué al quiosco de comida, mi esperanza se vino abajo. Un cartel que ponía «Cerrado» colgaba de la puerta. Me acerqué a la ventana de cristal y llamé con los nudillos. No parecía que hubiera nadie dentro, pero las luces seguían encendidas. Esta vez, golpeé el cristal con fuerza como si estuviera tratando de despertar a los muertos. ¡Bam, bam, bam! La ventana tembló.

Mi corazón dio un brinco cuando vislumbré a una mujer de pelo canoso. Abrió la ventana de cristal sólo unos pocos centímetros.

—Estamos cerrados, bonita —anunció con brusquedad. Rápidamente, cerró la ventana y desapareció.

—¡Espera! —salté frente a la ventana, gritando con las manos y la cara contra el cristal—. Me he dejado el teléfono aquí.

La mujer mayor reapareció, abriendo la ventana un poco más esta vez.

—¿Has dicho que has perdido tu teléfono? —me preguntó.

—¡Sí! —salté de alegría—. ¿Lo tienes? —escupí las palabras a toda prisa, ahogando un llanto.

—Déjame que vaya a mirar —dijo roncamente.

—Sí, señora.

Observé como desaparecía por la parte trasera. Metí las manos en mis bolsillos y solté un largo suspiro. Empecé a relajarme hasta que una brisa espeluznante me erizó el cuello. Eché un vistazo por encima de mi hombro y detecté a un hombre alto que llevaba gafas de sol de pie a solas junto a las mesas, a sólo unos metros de donde estaba yo. Como si me estuviera esperando, se quedó allí parado. Me daba la sensación de que quería algo. Me vino a la mente una palabra... sobrenatural. Qué suposición tan extraña. El hombre parecía estar fuera de lugar. Llevar un traje negro a una feria ya era bastante extraño, pero las gafas de sol gritaban espeluznante. Di un paso adelante para quedar bajo la marquesina del puesto, a la luz. Tras la artimaña de Sam y haber abandonado a mi chófer, la paranoia parecía estar apoderándose de mí. Aunque aún seguía alarmada, le eché un vistazo al hombre por encima del hombro. ¿Acaso lo conocía? Sentí una extraña familiaridad.

La mujer regresó, sacándome de mis pensamientos, abrió la ventana del todo y asomó la cabeza, sosteniendo un teléfono.

—¿Es este tu teléfono, bonita? —su amplia sonrisa estaba rodeada de arrugas.

—¡Sí! Muchísimas gracias —dando saltos de alegría, cogí mi teléfono entre mis manos y lo acuné contra mi pecho.

—Mi esposo lo encontró y pensó que alguien lo reclamaría antes de que terminara la noche. Buenas noches —sonrió y rápidamente cerró la ventana, desapareciendo.

—Ay, gracias a Dios —me dispuse a desbloquear el teléfono, cuando mi euforia cesó. Me había olvidado de cargar el maldito móvil—. ¡Maldita sea, joder!

Volví la vista hacia el puesto de limonada. Esta vez, tanto las luces exteriores como las interiores estaban apagadas. Corrí hacia la ventana y golpeé el cristal de nuevo. Nada. Golpeé con más fuerza, conteniendo la respiración. No obtuve señales de la mujer. Se me estaban agotando las opciones. Tenía que encontrar a alguien que tuviera un teléfono.

Le eché un vistazo a la línea de puestos de comida. No había señales de vida por ninguna parte. Entonces, mis ojos se posaron en el hombre del traje. Al igual que la estatua de mármol de Afrodita, el hombre estaba de pie, inamovible, aunque parecía estar interesado en mí. El miedo me heló la sangre. Necesitaba encontrar a alguien con un teléfono que funcionara.

Comencé a andar en dirección opuesta al hombre del traje, pasando por delante de todos los puestos con la esperanza de encontrar al menos a una persona. Mis ojos examinaron todas las direcciones, rezando para encontrar cualquier señal de vida.

—¡Joder! La policía también ha desaparecido —murmuré, el pánico intensificándose.

Las posibilidades de encontrar a alguien estaban disminuyendo por segundos. El parque estaba cerrando; la música, las atracciones e incluso el jaleo habían cesado. Sólo corría una ligera brisa. Al darme cuenta de que estaba sola sentí una puñalada en mi intestino. Cuando me giré hacia atrás, horrorizada, vi que el hombre del traje me estaba siguiendo. ¡Mierda! Me estaba acosando.

Apuré el paso, pero no podía pensar. Mi corazón iba a mil por hora. Estaba indefensa, a solas... era una presa fácil. Revisé los puestos cerrados y, cuando volví a echar un vistazo sobre mi hombro, vi que el hombre me estaba ganando velocidad.

El terror se hizo evidente cuando eché a correr hacia el corral con la esperanza de encontrar a alguien cuidando del ganado, un cerdo, un caballo, o incluso un maldito perro. ¡Me daba igual! Cualquiera, menos el bicho raro que me estaba siguiendo.

Cuando llegué al corral, capté un hedor a tierra y a orina de animales. El ganado parecía estar perturbado, mugiendo y arrastrando los pies en los corrales, pero ninguna señal de su cuidador.

Toda mi vida pasó por delante de mis ojos. El extraño me había acorralado, no tenía salida. Al ver la sonrisa de mala muerte en su rostro, sabía que me había atrapado.

Decidí enfrentarme al acosador. Hundí los talones en la tierra y cerré los puños, preparada para luchar conforme me daba la vuelta para confrontar a mi acosador. Sin embargo, chillé, sorprendida, y di un paso hacia atrás. La última persona a la que pensaba encontrarme... ¡Bane!

—¡Vaya! ¿Tan contenta estás de verme? —esbozó una pretenciosa sonrisa.

—No te eches tantas flores —solté.

Con los ojos entrecerrados, eché un vistazo sobre el hombro de Bane, intentando localizar a mi acosador. Para mi sorpresa, había desaparecido. Una sensación de alivio se apoderó de mí, por lo que exhalé un largo suspiro.

—¿Te preocupa algo, princesa? —me preguntó Bane.

Volví a posar la mirada sobre él.

—¿Qué?

Bane frunció el ceño.

—Parece que hubieras visto un fantasma —echó un vistazo por encima de su hombro y, luego, posó su mirada en mí, desconcertado.

—¡No! Estoy feliz como una perdiz —junté las manos.

—Estás temblando —me inspeccionó con la mirada—. ¿Ha pasado algo? —su voz apestaba a sospecha.

—¿Qué estás haciendo aquí? —desvié la conversación.

—Podría preguntarte lo mismo.

—Perdí mi teléfono en uno de los puestos de comida —señalé el puesto de la limonada.

—¿Lo has encontrado? —preguntó.

—Sí —me mordí el labio inferior, arrastrando los pies.

—¿Estás en una cita? —le pregunté.

—¿Lo estás tú? —sus ojos azules me penetraron—. No tienes buen aspecto. ¿Te ha hecho algo el tipo?

—No, estoy bien —contesté.

—Eso lo dudo —se mofó—. Estoy seguro de que asustaste al pobre chico con tu personalidad de erizo.

—No asusto a todo el mundo —repliqué.

—Tengo mis dudas debido a experiencias pasadas —esbozó una sonrisa blanca y perfecta que quedaba bien contra su piel oscura.

Bane era un regalo para los ojos… hasta que abría la bocaza.

—¿Has venido aquí para torturarme?

—Pensé que te gustaría que te llevara a casa. Pareces estar perdida.

—No estoy perdida —respondí demasiado rápido.

—Yo creo que sí —se tapó la boca para sofocar una risa—. ¡Vamos! Te llevaré a casa —atisbé un inesperado rastro de amabilidad en sus ojos.

—No, gracias. Estoy bien —hice un gesto con la mano, protestando, y me giré sobre mis talones en dirección opuesta.

Una breve risa llegó a mis oídos.

—Por allí no hay salida —su voz rezumaba diversión—. Vas a tener que volver en esta dirección. ¿Quieres que te espere?

Me di la vuelta para confrontarlo, pero me paré en seco. Se estaba riendo disimuladamente y tenía los brazos cruzados sobre el pecho. Era un pecho atractivo. Resoplé, sintiendo que había sido derrotada.

—¿Me llevarás directa a casa? ¿Sin hacer nada raro?

—Te lo prometo —colocó una mano sobre su pecho—. Te doy mi palabra.

No tenía más opciones. O bien elegía al acosador detrás de la puerta número uno o a este engreído detrás de la puerta número dos.

—Vale —acepté de mala gana, y pasé pisando fuerte junto a él, caminando apresuradamente como si fuera el *black friday*

Cómo odiaba la derrota.

Bane me alcanzó y colocó su chaqueta sobre mis hombros. De repente, me vi envuelta en su cálido aroma a madera. No me había dado cuenta de que estaba temblando. Busqué su mirada y le sonreí tímidamente. Me alegré de que la semioscuridad ocultara mis mejillas sonrojadas.

Esta era la segunda vez que Bane había acudido a mi rescate. Lo supiera él o no, creo que me acababa de salvar la vida esta noche.

«Puede que el chico no sea tan malo», pensé.

LUCIÉRNAGAS

Cuando llegamos a la salida del parque, pude ver que Bane había aparcado el coche a sólo unos metros de la puerta, lo cual me pareció extraño. Era como si lo hubiera planeado.

—Ya veo que tienes una zona de aparcamiento especial. Qué conveniente, ¿no?

—Soy especial —bromeó.

—¡Arg! —solté una risa molesta. ¿Por qué me molestaba en preguntar?

Caminé hacia el lado del pasajero, pero Bane se me adelantó. Cuando llegué, ya tenía el brazo extendido, y estaba sujetando la puerta. Me quedé sorprendida, y nuestras miradas se encontraron.

—¿No puede un hombro abrirle la puerta a una señorita? —esbozó una sonrisa que resaltaba sus hoyuelos.

Puse los ojos en blanco.

—Creo que las mujeres son más libres hoy en día. ¿Aún no te has enterado?

—*Au contraire, mon ami* —sonrió—. Dada mi experiencia, me atrevería a aventurar que las mujeres aprecian los esfuerzos de un hombre.

No pude evitar reírme.

—¿Experiencia y esfuerzos? ¿Desde que eras un bebé?

Bane no era mucho mayor que yo. Sin embargo, había cierto misterio detrás de su mirada que sugería algo diferente. Era como si tuviera un chiste privado.

Lo estudié por un breve momento.

—¿De dónde eres? —pregunté.

—De todas partes —atisbé las verdades a medias en sus ojos.

Estaba claro que no me lo iba a aclarar. Me limité a poner los ojos en blanco y me guardé mis pensamientos para mí misma.

Cuando entró por el lado del conductor, la pequeña cabina se llenó rápidamente con su delicioso aroma a madera y, una vez más, me bañé en su característico aroma.

—¿Te importa si tomamos un desvío antes de que te deje en tu casa? —preguntó.

—¡Prometiste que me llevarías directa a casa! —lo acusé.

«¡Qué mentiroso!», pensé.

—Cierto, pero hay algo especial que quiero mostrarte —dijo.

¿Cómo podía negarme? Su sonrisa con hoyuelos era demasiado cautivadora.

—No es como si tuvieras otro plan, ¿no?

—¿Cómo sabes que no tengo planes? —le pregunté.

—Porque no los tienes, y yo tengo algo mucho mejor que ofrecerte.

Reinó el silencio entre nosotros por un segundo.

—Está bien —y, así de rápido, me había pasado al lado oscuro.

—Esa es mi chica —una sonrisa se extendió por su rostro conforme arrancaba el motor.

Enseguida, estábamos de camino hacia la noche bajo las estrellas relucientes. No tenía ni idea de a dónde nos dirigíamos. ¿Y si Bane me dejaba tirada en medio de la nada? ¿Qué haría entonces? Apreté las rodillas contra mi pecho y le lancé una mirada a Bane.

—Eh... —carraspeé—, ¿puedo preguntarte algo?

Posó sus ojos en mí y, rápidamente, volvió fijarse en la carretera.

—Soy un libro abierto, princesa.

—Primero, puedes dejar de llamarme así.

—¿Por qué? ¿Te resulta ofensivo? —arqueó una ceja.

—Esa palabra tiene importancia para mí. Y es raro que me llames así.

—Déjame adivinar... ¿por tu padre?

—Simplemente no me llames así, por favor.

Cualquier cosa que me recordara a mi padre me partía el corazón. Algunos asuntos eran demasiado personales.

—Está bien —hizo una pausa—. ¿Cómo quieres que te llame?

—Stevie, llámame Stevie.

—Stevie, entonces —esbozó una sonrisa.

Me recliné hacia atrás en el asiento conforme volvía a reinar el silencio. Observé la línea de los árboles pasar por mi ventana. Los altísimos pinos eran interminables, y parecía que nos estábamos internando en las profundidades del bosque. Esa idea me puso los pelos de punta y, de repente, tuve que preguntar.

—Tengo una pregunta.

—Adelante —respondió.

—¿Cómo te las arreglaste para evitar atropellarme? Me quedé pasmada como un ciervo ante los faros del coche. Al evitarme, tendrías que haber chocado contra un árbol.

Sonrió para sí mismo como si guardara un secreto. Un secreto que yo quería descubrir.

—¿Qué puedo decir? Tengo buenos reflejos —argumentó.

—Sé que me estás mintiendo —lo acusé.

—¿Son todas las pelirrojas tan fogosas como tú? —se divirtió. Había algo sospechoso en la comisura de su boca.

—No lo sé. Todavía no he conocido a todo el clan —le espeté, llevándome las rodillas contra el pecho—. ¿Por qué estás evadiendo mi pregunta?

—Algunas cosas están destinadas a permanecer ocultas —el músculo de su mandíbula tembló.

—Menudo gilipo...

—¿Sabías que cuando te enfadas el verde de tus ojos reluce? —me interrumpió Bane, mirándome a los ojos—. Casi merece la pena provocarte sólo para ver ese brillo.

—Recuerdo que dijiste que era desagradable —le recriminé.

—Sí. Me acuerdo —admitió Bane.

—No veo de qué se trata el gran misterio —indignada, me giré hacia el otro lado—. Tiene que haber una razón lógica que explique que pudieras esquivarme.

De repente, soltó una carcajada y negó con la cabeza.

—¿Qué te parece tan gracioso? —pregunté.

—¿Te vas a rendir alguna vez?

—Sólo quiero saber qué pasó.

—¿No te puedes contentar con estar viva y en buen estado? —frunció los labios.

—Sólo te pido que me digas la verdad —arrugué la nariz—. Debería estar muerta, pero, quién sabe cómo, derrotaste la ley de la gravedad. ¿Cómo es posible?

Clavó sus ojos azules en mi rostro.

—Supongo que tuvimos suerte —sus ojos encontraron los míos.

—La suerte no tuvo nada que ver con esto —repliqué.

Bane sonrió a través de su máscara de secretos. Sin embargo, aún seguía sin explicarme nada.

Me crucé de brazos, exasperada. ¿Qué sentido tenía preguntarle a Bane? No tenía intención alguna de darme explicaciones. Miré por la ventana y el silencio reinó de nuevo.

Salimos de la carretera por un estrecho camino de tierra, internándonos aún más en el bosque oscuro hasta que, finalmente, Bane detuvo el coche a un lado del camino. Entonces, se desabrochó el cinturón de seguridad y se inclinó sobre mí.

—Amor, si te lo cuento, tendría que matarte —una leve sonrisa se dibujó entre las comisuras de sus labios, pero no se reflejó en sus ojos—. ¿Podemos dejarlo ahí?

—Quiero irme a casa. ¡Ahora mismo! —exigí conforme el miedo se apoderaba de mí.

«No debería haberme subido en el coche con él».

—No estoy tratando de asustarte.

—No tengo miedo —mentí conforme me envolvía con su chaqueta.

—Estaba bromeando. Venga ya, ¿qué hay de tu sentido del humor?

—Lo dejé en el parque de atracciones —respondí con sequedad.

—Primero, tienes que ver esto —Bane apagó el motor, y la lucecita se extinguió, sumergiéndonos en una oscuridad total.

Un ligero jadeo escapó de mis labios.

En un abrir y cerrar de ojos, Bane estaba a mi lado. Me tomó entre sus brazos, llevándome lejos. Solté una risilla mientras me daba vueltas en sus brazos.

—Tengo una sorpresa preparada para ti —susurró junto a mi oído.

—No me vas a tirar al lecho de cocodrilos, ¿verdad?

Soltó una carcajada.

—Suena bastante tentador, pero no esta noche —respondió.

—Puedo caminar yo sola.

Estaba en los brazos de Bane, con un brazo sujeto alrededor de su cuello y con la otra mano agarrándome a su camiseta. Extrañamente, me gustaba estar así.

—Si te libero, señorita, temo que a mi reputación como caballero le iría terriblemente —su poderoso y musculoso cuerpo se movía con gracia.

—Míster Inconformista, creo que ese barco zarpó hace mucho tiempo.

—¿Y cuándo has llegado a esa conclusión? —inquirió.

—Oh, hace unos diez minutos, pero no es que esté llevando la cuenta.

Como estaba apretujada contra su pecho, pude sentir el suave rumor de su risa.

Tras un par de segundos, comencé a relajarme, escuchando el coro de cigarras entre la arboleda. Había insectos, muchos insectos, pero no me molestaba demasiado.

Comencé a pensar en Bane. Tenía que admitir que había una fuerza inherente a su rostro, y su risa era contagiosa. Me sentía atraída hacia él. Sin embargo, tenía la persistente sensación de que estaba caminando al borde de un precipicio.

Con Bane, nada tenía sentido. Había estado colada por Logan, pero él no hacía que me hirviera la sangre como este tipo, que me temblaran las piernas y que me dieran ganas de apuñalarlo, todo al mismo tiempo. Este chico tenía algo especial, era diferente a cualquier persona que había conocido. Por ejemplo, Sam. Ni siquiera se encontraba en el mismo rango que Bane.

Fuera lo que fuese lo que había entre Bane y yo, era algo emocionante y aterrador, como escalar el Everest sin el equipamiento adecuado. ¡Joder! Me había metido en un lío.

—¿A dónde me llevas? —le pregunté.

—Ya lo verás.

Se me puso la piel de gallina.

—He leído suficientes libros como para saber que esa frase es código para arrojar el cuerpo de la chica en el lago. En mi caso, en el pantano.

—Amor, puedo asegurarte que matarte es lo último que se me pasaría por la cabeza —su sonrisa escondía una chispa de travesura.

Un delicioso estremecimiento calentó mi cuerpo. Este chico me afectaba. Lo interesante era que aparentaba ser algo más que un simple chico. Incluso su forma de hablar parecía ser de otra época.

Finalmente, me dejó sobre mis pies, colocándome sobre una zona de agujas de pino. Por lo que podía ver, parecía que estábamos en un pequeño círculo rodeado de pinos. Estábamos tan cerca el uno del otro que nuestros muslos se tocaban. Su respiración, suave y constante, alivió mis nervios. Entonces, se me pasó por la cabeza que mi móvil estaba sin batería, y me golpeó una oleada de pánico.

—Dame tu móvil —le pedí.

—¿Qué? —soltó una risita.

—Quiero que me des tu móvil, por favor —extendí la palma de la mano.

—¿Por qué quieres mi teléfono? —preguntó.

—Por seguridad. El mío está sin batería —sabía que parecía una locura, pero la inquietud que aumentaba en mi interior estaba al mando —. Dámelo.

—Lo que la señorita desee —Bane suspiró conforme rebuscaba con los dedos en su bolsillo trasero. Sacó su móvil y lo depositó en la palma de mi mano—. ¿Te sientes mejor ahora? —podía distinguir la suavidad en su voz aterciopelada.

—Sí, mucho mejor —sonreí, apretando con los dedos su móvil contra mi pecho.

—Ahora que estás a gusto, mira las copas de los árboles —rodeó mi cintura con un brazo y me acercó a su lado.

—Vale —sonreí para mí misma, sujetando con fuerza su móvil.

Entonces, Bane se metió dos dedos en la boca y silbó.

El sonido hizo eco en las ramas de los árboles. Luego, sucedió algo extraordinario. Desde la punta del pino más alto, una delgada línea de diminutas luces comenzó a ascender, alejándose de las sombras. Me quedé mirando, sin aliento, incapaz de creer lo que veían mis ojos.

—¿No es increíble? —susurró Bane.

—¿Qué son? —volví a posar mi mirada sobre los pequeños puntos de luz que parpadeaban dentro y fuera de las copas de los árboles.

—Luciérnagas —Bane extendió la mano y entrelazó sus dedos con los míos.

Nos quedamos un rato en silencio, hipnotizados por los pequeños puntos de luz. Estaban aumentando por docenas, descendiendo lentamente. Me recordaban a Campanilla, sólo que había cientos de ellas, revoloteando por el cielo sin rumbo.

Una luciérnaga se posó sobre mi brazo. Me reí, y miré a Bane. Nuestras miradas se cruzaron.

—Es increíble —un calor emocionado fluyó a través de mi cuerpo—. Nunca había visto nada como esto en toda mi vida. ¿Cómo has encontrado este lugar?

—Encuentro soledad en el bosque —una sensación de satisfacción floreció en su voz.

—Yo soy todo lo contrario. No soy gran fan de los insectos ni de las criaturas que tienen dientes más grandes que los míos.

Bane se rio, y me encontré a mí misma sonriendo ante su grave risa gutural.

—Bueno —se inclinó hacia mí, acercando la cabeza a mi oído—. Espero que no todos los insectos estén en tu lista negra.

Mis mejillas se sonrojaron, y sonreí tímidamente.

—Te puedo asegurar que las luciérnagas están a salvo de la extinción.

Antes de que pudiera prepararme, Bane me estrechó suavemente entre sus brazos, reposando sus manos en la parte inferior de mi espalda. Tomé una gran bocanada de aire, perdida en sus brillantes ojos azules, y apoyé las manos contra su pecho. Su móvil se cayó al suelo, pero no pareció importarle.

—¿Alguna vez te han besado? —me preguntó.

—¿Cuenta si no fue recíproco? —susurré, jadeante, atrapada en sus ojos.

Sam era la última persona en la que quería pensar en este momento.

Bane se rio con una risa gutural que hizo que sus hombros se agitaran suavemente.

—No, supongo que no —contestó.

—En ese caso, mi respuesta es no.

Sus dedos sujetaron mi barbilla temblorosa. La repentina tristeza en sus ojos me conmovió. Quería extender la mano y acariciar su rostro, pero estaba demasiado asustada. Me quedé paralizada, con la boca medio abierta, esperando a que me besara. La anticipación prolongada era casi insoportable.

Dios, yo también ansiaba ese beso.

Entonces, sin ninguna explicación, su estado de ánimo se oscureció rápidamente, y dejó caer sus manos a los costados.

—¿Estás lista para volver? —apretó los labios y dio un paso atrás.

Nuestro momento mágico se había esfumado y, en su lugar, sólo quedó un escalofrío. ¿Lo había ofendido de alguna manera? Parpadeé, aturdida, conforme Bane me daba la espalda y comenzaba a caminar de vuelta hacia el coche.

Frustrada por su repentino cambio de humor al estilo doctor Jekyll y señor Hyde, mi ira se aprovechó del momento.

—¡Espera un maldito segundo! —me acerqué a él y lo agarré del brazo. Bane se detuvo, aunque se mantuvo de espaldas a mí—. ¿Qué acaba de pasar?

—Nada. Nos tenemos que ir —su rostro estaba escondido por las sombras, pero pude sentir su voz dura como hielo.

Había alcanzado mi cupo de chicos gilipollas por una noche. Con valentía, me planté delante de Bane.

—¿A ti qué te pasa? —estudié su rostro con la esperanza de encontrarle sentido a su cambio repentino—. Pensé que ibas a... —me detuve, la humillación coloreándome la cara de un color escarlata intenso.

—¡Oh! —arqueó una ceja—. ¿Pensabas que te iba a besar?

El rencor escondido tras su respuesta me enfureció, por lo que arremetí contra él.

—¡Eres un imbécil! —lo miré fijamente a sus ojos fríos con atrevimiento—. ¡Yo no te pedí que me trajeras aquí!

—*Mea culpa*. No debería haberte traído aquí —coincidió.

Me quedé allí durante un momento, perpleja, y, luego, resoplé con exasperación y salí pitando en dirección al coche.

El trayecto de vuelta a mi casa fue el más incómodo que había experimentado jamás. Ninguno de los dos pronunciamos una palabra más.

Ni aunque viviera hasta cumplir los cien años, no llegaría a entender a los hombres. Puede que no tuviera mucha experiencia, pero no cabía ninguna duda de que Bane había pensado besarme. Lo había visto en sus ojos. Y, luego, sin ninguna explicación, su comportamiento había cambiado y se había deshecho de mí como si fuera su empleada. Qué estúpido por mi parte pensar que se podría haber interesado en alguien como yo. Al fin y al cabo, yo era la chica de la bicicleta oxidada.

Cuando llegamos a mi casa, salí por patas nada más detuvo el coche. Me di media vuelta y le arrojé su chaqueta. La atrapó al vuelo y la dejó caer sobre el suelo del coche. Cuando me encontré con su mirada, la ira se apoderó de mí. Le saqué el dedo como despedida y cerré la puerta de su precioso coche de un portazo. ¡Estaba segura de que eso sí que lo entendería!

Al ver que las luces de la casa estaban encendidas, pensé que Sara podría estar dentro. La casa estaba iluminada como un árbol de Navidad. Cuando llegué a la puerta, me di cuenta de que no estaba cerrada con llave. Conforme cerraba la puerta detrás de mí, escuché el coche de Aidan alejándose. Cerré los ojos y me apoyé contra la puerta, escuchando el sonido del motor desvaneciéndose.

Me di cuenta de que estaba sola. Sara habría llegado a casa mucho antes que yo. Sospechaba que necesitaría recoger su ropa. Mi madre nunca había sido de las que pasaban mucho tiempo en casa. Recordaba haber pasado muchas noches a solas mientras ella entretenía a los hombres.

Me dejé caer sobre el gélido suelo, me llevé las rodillas al pecho y me eché a llorar. Las puertas se abrieron y recibí la avalancha de lágrimas que llegaba. Quería volver a Texas. Echaba de menos a mis amigas, Laurie y Becky. Enterré la cabeza entre los brazos, y me mantuve así hasta que me quedé dormida.

CONFESIONES DE LOS MUERTOS

Me desperté cuando sonó el timbre. Me levanté del suelo, me sequé las lágrimas con el dorso de la mano y abrí la puerta lentamente.

—Lamento estar llamando a tu puerta tan temprano, pero tuve la premonición de que podrías estar en problemas. Estás un poco pálida, bonita —el rostro de la señora Noel se llenó de arrugas—. Ay, no, has estado llorando.

—Sobreviviré —suspiré—. Entra —me hice a un lado y atisbé las dos bolsas de la compra que cargaba en sus brazos—. ¡Florence! —me sentía culpable—. Espero que no hayas...

—Ay, calla, niña —me interrumpió antes de que pudiera terminar la frase—. No es mucho, sólo un poco de sopa de quingombó y pan de maíz. Ah, y mi pastel de boniato que tanto te gusta —sonrió mientras entraba.

Le quité las dos bolsas de los brazos, y nos dirigimos a la cocina.

—¿Qué hora es? —pregunté.

Mi cerebro aún no se había despertado.

—Es temprano por la mañana —respondió.

—¿Mañana? —me asomé por la ventana—. ¡Si ni siquiera es de día!

—Oh —hizo un gesto con la mano en el aire como si se estuviera deshaciendo de las moscas—. Me levanto antes que esos malditos gallos —dijo, y me sonrió—. Supuse que ya estarías despierta porque las luces estaban encendidas.

—Oh… ni siquiera he llegado a la cama, en verdad —me estiré—. Voy a preparar un poco de café.

Debí de haberme quedado frita.

—¡Por amor de Dios! ¿Por qué diablos no te has ido a la cama?

Me encogí de hombros.

—He tenido una mala noche y… —se me quebró la voz. No quería hablar del tema.

—Te sentirás mejor cuando hayas comida algo y descansado —el rostro de la señora Noel se iluminó con una amplia sonrisa—. Déjame que te ayude a preparar el café.

—Lo menos que puedo hacer es preparar una taza de café —sonreí, metiendo la mano en el armario y cogiendo el café.

Me sentí agradecida de tener a la señora Noel. Aunque echaba de menos a mis amigos en Texas, mi amistad con la señora Noel hacía que mi estancia en Tangi fuera soportable.

Cuando nos hubimos sentado a la mesa con el café y un gran plato de pastel casero, la señora Noel me preguntó:

—Niña, ¿qué es lo que te tiene de un lado para el otro? —clavó sus ojos azules en mí.

—Tuve un malentendido con un par de amienemigos —me encogí de hombros, observando el vapor que desprendía mi taza de café.

—¿Es uno de ellos el chico que te trajo a casa? —preguntó.

—Sí, señora. Bane conduce el Corvette negro.

—¿Lo conoces del instituto?

—Más o menos. Bane es difícil de descifrar.

La señora Noel se reclinó hacia atrás en su silla y suspiró.

—Bonita, tienes que llevar cuidado en quién confías —dijo.

Percibí algo más, un significado oculto.

—¿Conoces a este chico? —le pregunté.

La señora Noel extendió el brazo, cortó un trozo del pastel, lo colocó en uno de los platos pequeños y lo empujó hacia mí. Luego, depositó el cuchillo sobre la mesa y respondió:

—Fannie ha estado hablando conmigo.

Me incliné hacia delante, intrigada.

—¿Por qué tengo la sensación de que hay algo que no me estás contando? —le pregunté.

—Fannie me dijo que ibas a conocer a un chico de pelo oscuro y ojos azules. Siente que la oscuridad lo acecha —explicó.

—¿Qué clase de oscuridad?

—No puedo estar segura, pero la oscuridad no trae nada bueno —la señora Noel negó con la cabeza.

—Fannie no tiene por qué preocuparse —fruncí los labios—. No lo voy a volver a ver.

En verdad, no importaba cuánto quisiera creerme mis propias palabras, porque mi corazón tenía preparados otros planes.

—Bonita, ¿te gusta ese chico? —me preguntó la señora Noel.

Me encogí de hombros ligeramente y agaché la cabeza.

—Posiblemente —contesté.

—No te preocupes. Te sentirás mejor cuando hayas dormido un poco —estiró el brazo y me dio unas palmaditas en la mano.

—¿Puedo preguntarte algo? —fruncí el ceño.

—¡Claro!

—En la feria, me encontré con un hombre mayor que llevaba un traje negro y gafas de sol —tragué saliva, tratando de calmarme—. Creo que me estaba acosando.

Se quedó boquiabierta.

—¿Por qué crees eso? —inquirió.

—Cuando lo vi por primera vez, sólo me estaba observando —me recorrió un escalofrío al recordar lo sucedido—. Pero, cuando empecé a caminar, me di cuenta de que me estaba siguiendo.

—¡Ay, Dios mío! ¿Cómo te deshiciste de él? —frunció el ceño.

—Apareció el chico de ojos azules en el Corvette. Creo que me salvó la vida —me estremecí, dándome cuenta del peligro en el que casi me había metido.

—¡Madre mía, niña! —se llevó las manos a la cabeza.

—¿Conoces a alguien que se ajuste a la descripción de este hombre?

—No, pero tengo la sensación de que tu madre lo conoce.

—¿Mi madre?

124

—Tu madre tiene un espíritu oscuro que la rodea. Está guardando muchos secretos.

—Sara es reservada. Es parte de su bipolaridad.

—Tu madre está guardando un oscuro secreto que cambiará tu vida para siempre —la señora Noel frunció el ceño.

Sara tenía una tumba llena de oscuros secretos.

—¿Hay algo que puedas hacer tú? —inquirí—. ¿Como leerme la palma de la mano o mirar en tu bola de cristal? Quiero saber quién es ese hombre.

—A veces, uno se las tiene que arreglar como puede.

—¿A qué te refieres?

—Niña, necesitamos descubrir quién es esa serpiente ahora que la memoria está fresca —tomó una gran bocanada de aire—. ¿Tienes una vela blanca?

—Eh... espera. Sara tiene una en su habitación. Ni siquiera se dará cuenta de que ha desaparecido —me levanté de la silla y corrí hasta el piso de arriba.

Enseguida, estaba de vuelta con una vela en la mano. La deposité sobre la mesa y saqué las cerillas de uno de los cajones de la cocina.

—¿Tengo que encender la vela yo? —pregunté, sosteniendo la pequeña caja en el aire.

—Sí, ya que este hombre está atado a ti. Así el hechizo será más fuerte. Primero, vamos a despejar la mesa y a atenuar las luces. Los espíritus gravitan hacia la luz al igual que los insectos a una bombilla.

—Tú eres la que sabe del tema.

Después de haber despejado la mesa, apagué la luz. Súbitamente, nos sumergimos en la oscuridad. Sólo se filtraba una chispa de la luz de la luna a través de la ventana, dándole a la cocina un tono plateado. Tomé asiento y exhalé para aliviar las palpitaciones de mi corazón.

—¿Estás segura de que quieres hacer esto? —me preguntó la señora Noel.

Me invadió una intensa ola de remordimiento. Necesitaba hacer las paces con ella.

—Perdón por cómo me comporté el otro día. Estaba asustada, pero ahora soy más fuerte.

—Todo está perdonado, bonita —me tomó de la mano, dándome un apretón—. Esto es diferente. La puerta a la que vamos a llamar vendrá de un lugar oscuro. Asegúrate de que esto es lo que quieres. Ya no hay vuelta atrás.

Ni siquiera llegaba a entender el mundo de la magia. Sin embargo, creía firmemente que la única manera de acabar con esto era encontrando la respuesta. Lo que significaba que tenía que averiguar quién era el hombre de negro y por qué me estaba acosando. Contar con la señora Noel como guía hacía que me sintiera segura.

—Estoy preparada —asentí con la cabeza, dándole el visto bueno.

—Pues empecemos. Coloca la vela en el centro de la mesa y enciéndela —me instruyó.

Asentí y saqué una cerilla de la caja. Necesité un par de intentos para conseguir prender la cerilla, puesto que lo estaba haciendo a tientas. Enseguida, la vela cobró vida, lamiendo la pequeña mecha y proyectando sombras en las paredes.

—Ahora vamos a juntar las manos. Pase lo que pase, no rompas el contacto.

—No te soltaré. Lo prometo.

Sabía que esto era arriesgado. Involucrarme con lo sobrenatural me asustaba, pero tenía que saber cuáles eran las intenciones de ese hombre.

—Creo que estamos listas —asintió—. Cierra los ojos y despeja la mente. Crea una imagen de este hombre en tu cabeza, como lo viste cuando estabas en la feria. Bloquea la mente justo en ese momento y congela la imagen.

—Vale —cerré los ojos y respiré profundamente.

—¿Qué ves, bonita? —me preguntó la señora Noel un par de minutos más tarde.

Empecé a temblar a medida que la imagen crecía en mi mente.

—Veo a mi acosador de pie junto al puesto de limonada —hice una pausa—. Me da la sensación de que no es humano.

—Abre tu ojo interior. Busca alguna pista —me alentó la señora Noel.

—Lo intentaré.

Me eché hacia atrás, inhalando y exhalando, permitiendo que la tranquilidad se apoderara de mi mente. Pasaron unos momentos conforme el desorden desaparecía, y mi enfoque se hizo más evidente.

Con cada respiración, me hundía más y más en mi mente. Era como una montaña rusa que viajaba a través de un túnel eléctrico, dando vueltas a la velocidad de la luz.

Como si hubiera caído del cielo, de pronto, me encontré ahí parada en el mismo puesto de la limonada que la noche en la feria. Podía sentir la suciedad bajo mis pies y oler el aroma de los perritos de maíz y el algodón de azúcar. Una ligera brisa me alborotó el cabello.

Todo volvió a mí de golpe: las risas, las chicas gritando, la música sonando y las luces de neón que colgaban sobre el terreno. Entonces, mis ojos se posaron sobre el hombre de negro, y me quedé pasmada, observándolo. Como si un imán tirara de mí, me acerqué más. Cuando me encontraba a sólo unos pocos metros de él, paré en seco y estudié sus rasgos faciales. El extraño se giró hacia mí. Al principio, movió el labio, como había pasado en mi sueño. Me esforcé por escucharlo. Me acerqué hasta situarme al alcance del oído. Inesperadamente, sus palabras vibraron dentro de mi cabeza.

—Hola, ángel. Voy a por ti —estiró la mano y se quitó las gafas de sol.

Me quedé sin aliento, y la visión se rompió.

Me sobresalté cuando volví a mí, y el miedo se apoderó de mí. Levanté la mirada hacia la señora Noel, jadeante.

—Lo he visto... y sus ojos.

—¿Qué has visto? —el rostro de la señora Noel reflejaba mí mismo miedo.

Una sensación gélida se deslizó por mi columna vertebral. Sentía que los ojos me miraban.

— Sé que suena raro... pero ¡es un alienígena!

—¿Por qué dices eso, bonita? —la señora Noel entrecerró los ojos.

—El acosador se quitó las gafas de sol —sacudí la cabeza, incrédula —. ¡Tenía los ojos amarillos como un gato!

—Ay, Señor, ¡ten piedad! —los ojos de la señora Noel se posaron en la vela y, luego, otra vez en mí—. ¿Dijo algo el hombre?

—¡Sí! El acosador me llamó «ángel» —reinó el silencio en la cocina. Entonces, dije en voz alta: —¡Y viene a por mí!

—No saquemos conclusiones todavía —hizo una pausa—. ¿Te dijo algo más?

—No. Eso fue todo —el miedo comenzó a roer mi interior—. ¿Crees que este es el hombre sobre el que mi padre trató de advertirme?

—No estoy segura. Hablaré con Fannie. Puede que ella haya escuchado algo.

—Sí, por favor, habla con ella. Nada de esto tiene ningún sentido.

No podía continuar otro minuto más sin saber nada. Me levanté de la silla y tiré de la cadena que colgaba del techo, haciendo que la pequeña bombilla nos volviera a iluminar.

Estaba nerviosa. Necesitaba ocuparme con algo, así que cogí el resto del pastel y lo envolví en papel film. Luego, agarré la cafetera y vertí una taza para mí y otra para la señora Noel. Le entregué su taza a la señora Noel y me senté de nuevo a la mesa.

—Agradezco tu ayuda —le dije mientras me tomaba el café.

—No te preocupes más. Vamos a conseguir llegar hasta el fondo del asunto —me tranquilizó.

Apreciaba la determinación de la señora Noel. Aun así, no hizo que me sintiera mucho más cómoda. Un escalofrío me recorrió el cuerpo y, de repente, sentí la necesidad de revisar todas las puertas y ventanas.

MI VIDA APESTA

Como aún no había salido el sol, y no tenía que ir a trabajar, subí hasta el piso de arriba y me metí en la cama. Mi mente seguía pensando en el hombre de la feria y, luego, divagó hacia Bane. No entendía por qué su estado de ánimo había dado un giro de ciento ochenta grados, pero no me quedaban fuerzas para intentarlo. Me obligué a contar ovejas y, finalmente, me quedé dormida.

Cuando abrí los ojos, los recuerdos de la madrugada con la señora Noel comenzaron a volver lentamente a mi consciencia. Me di la vuelta y miré el reloj. ¡Vaya! Era mediodía. Me recosté sobre la cama, mirando el techo blanco, y me tapé la cara con una almohada con la esperanza de que aclarara mi cerebro. Aun así, no pude sacarme al hombre de negro de la cabeza.

Resoplé y pensé en mi padre. Me incliné hacia mi mesita de noche y saqué una foto que había estado ocultándole a Sara. Era la única que quedaba porque Sara había destruido todas las otras. Me incorporé sobre la cama y me llevé las rodillas al pecho mientras sujetaba la foto. Una lágrima repentina rodó por mi mejilla. Si mi padre siguiera vivo, él sabría qué hacer.

Recordaba el día que nos echamos esa foto. Mi padre y yo habíamos posado frente a la farmacia local mientras un empleado nos echaba la foto. La tienda tenía una fuente de refrescos antigua en la parte trasera, y mi padre había pedido un *Bubble Gum Jubilee* para mí y un *Black Walnut* para sí. Yo siempre me pedía el mismo sabor.

Mi padre falleció no mucho después de habernos echado esta foto. Iba corriendo por el borde de un camino cerca de nuestra granja en Oklahoma. Los vehículos ya no pasaban por allí, a excepción de los granjeros con sus tractores. El camino había visto mejores tiempos cuando los caballos y los carruajes eran el medio de transporte habitual. Teniendo en cuenta todos los baches y la erosión que se habían formado después de tantos años, la mayoría del tráfico solía tomar la carretera.

El informe policial indicaba que mi padre había estado corriendo por el camino cuando fue asesinado por un conductor que lo atropelló y se dio a la fuga. Aunque no dudaba de los hallazgos de la policía, lo que sí cuestionaba era que el viejo camino era demasiado estrecho como para que los vehículos modernos pasaran. Había visto las fotos de la policía innumerables veces y, a pesar de todo, seguía sacando la misma conclusión: que había sido una hazaña imposible. Le eché otro vistazo más a la foto de mi padre y, rápidamente, la volví a ocultar en mi escondite.

Decidí vestirme y salir a tomar un poco el sol. Como el único medio de transporte con el que contaba era mi bicicleta, no iría demasiado lejos, pero no importaba. Al menos saldría de la casa. Podría coger mi diario. Tal vez escribiría alguna entrada tipo «querido diario».

Antes de largarme, pasé por la casa de la señora Noel para hacerle saber que estaba bien. Así no me preocuparía por ella más de lo normal. Poco después, estaba montada en mi bicicleta, de camino a donde el viento me llevara.

Cuando llegué al centro, la pequeña plaza parecía un pueblo fantasma. No había ni un alma a la vista. Mis ojos examinaron el cúmulo de tiendas. Había olvidado que la vida cerraba los domingos. El único lugar abierto en este antro era el Mudbug Café. Puede que me pasara a tomar algo para comer más tarde. Supuse que debería hacerle saber a Sara que seguía respirando.

Por otro lado, necesitaba hablar con ella sobre el alquiler. Me las había arreglado para posponer la mayoría de mis visitas sabiendo que la factura del alquiler estaba a la vuelta de la esquina, sin embargo, como no tenía el número de contacto del casero, tenía las manos atadas. Conociendo el historial de Sara de no cumplir con las facturas y, teniendo en cuenta que no había vuelto a casa en semanas, debía ser más que precavida.

Distinguí el destello del tiovivo en el horizonte, justo al otro lado del supermercado local. Pensar en aventurarme más allá de los límites del pueblo me revolvió el estómago. Después de la noche que había pasado con Sam, el acosador y, luego, el mimado de Bane, estaba saturada. Hoy preferiría quedarme cerca de casa.

Llegué a mi destino y extendí una manta sobre el césped afelpado. Soplaba una suave brisa que enfrió la atmósfera a una temperatura casi perfecta. Me estiré sobre la manta boca abajo con los pies en el aire y los tobillos cruzados, sujetando mi cuaderno y un bolígrafo en la mano.

El parque estaba desierto, por lo que me deleité ante la idea de tenerlo para mí sola. Abrí el diario por la última página en la que había escrito hacía más de una semana. Iba con retraso en los registros diarios.

Me quedé mirando la página en blanco, sin saber bien qué escribir. Volví a pensar en Aidan Bane. Era guapísimo, lo admitía, pero tenía la sensación de que él era mucho más que una simple cara bonita. Bane era un misterio y una caja fuerte repleta de secretos.

«¿Qué puedo escribir?», pensé, llevándome el bolígrafo a los labios.

Estuve a punto de tener mi primer beso el sábado por la noche con el chico más intrigante y más guapo del instituto. Y yo también quería que me besara. Sin embargo, volví a casa cabreadísima y extremadamente decepcionada.

Además, Sam no es como pensaba, el depravado; Sally está en mi lista de no-amigos, y ahora Gina tiene razones para matarme. He sido una estúpida. Debería haberme quedado en casa.

¡Mi vida apesta!

Tiré el bolígrafo y mi diario contra el suelo, y suspiré con frustración. No quería ni pensar en el mañana. No tenía ni idea de cómo iba a conseguir salir de este triángulo amoroso entre Sam y la infame Gina. ¿Cómo no me había dado cuenta de que Sam era tan conspirador? Sally era la cabecilla y estaba la primera en mi lista negra. Pero, primero, tendría que sobrevivir a la ira de la rubita.

Entonces, pensé en la feria y en el hombre de negro. La visión que había tenido con la señora Noel había parecido increíblemente real. ¿Estaba mi imaginación jugándome una mala pasada? De ser así, era un truco de lo más convincente. Me estremecí al pensar en lo que podría haber sucedido anoche y en todos los «¿y sí?» que plagaban mi futuro. Si la visión era verídica, sería mejor que fuera pensando en comprarme un espray de pimienta. Si tenía a un loco acosándome, necesitaba protección.

Puede que lleváramos necesitado protección desde hace algún tiempo. Cuando habíamos vivido en Dakota del Sur, ocho años atrás, Sara había conocido a alguien con quien yo había pensado que se casaría. Sara había conseguido un trabajo en un supermercado, y Charles había sido su jefe y el dueño de la tienda.

Charles era un hombre gigante, con una panza igual de grande, pero tenía un corazón de oro. Además, él pensaba que Sara era fascinante, y ella se había aferrado a él rápidamente también. No pensaba que lo hubiera amado, pero Charles parecía haber conseguido que Sara pusiera los pies en la tierra. Me había gustado Charles.

Habíamos empezado a sentirnos como una familia otra vez y, no mucho después, se había convertido en una parte importante de nuestras vidas. Me había encantado cada minuto que habíamos pasado con él. Charles se había interesado de verdad tanto en Sara como en mí. Era un buen tipo.

Entonces, el destino había actuado una vez más. Había sido una noche igual que el resto. Sara había preparado la cena y estábamos esperando a que Charles llegara. No obstante, la cena nunca llegó esa noche, ni Charles tampoco.

Todo había ido cuesta abajo a partir de ese momento. Sara me había mandado a la cama temprano y con hambre. Mientras había estado acostada en la cama con mi barriga rugiendo, había escuchado voces enfadadas hasta altas horas de la noche. Había supuesto que Sara estaría discutiendo con Charles, pero había supuesto mal.

Antes de que amaneciera, sin ninguna explicación, y con poco más que las camisetas que llevábamos, habíamos abandonado Dakota para no volver nunca más. Después de esa noche, Sara nunca había vuelto a pronunciar el nombre de Charles. Yo había tenido diez años por aquel entonces, pero recordaba esa noche como si fuera ayer.

Habían pasado cinco años cuando descubrí la verdad. Me había topado con una vieja caja de zapatos que se había caído de la estantería, derramando todo su contenido. Al parecer, Sara había guardado recortes de periódicos que hablaban sobre la muerte de Charles. El titular decía en negrita que habían encontrado su cuerpo junto a un charco de sangre en la puerta de su casa. Era tal el misterio del delito que los detectives se habían devanado los sesos. Tras la noticia, me había quedado sollozando en el armario de Sara. Había querido a Charles, y me había roto el corazón que su vida hubiera terminado tan violentamente. Parecía que la buena gente en mi vida moría: primero, mi padre y, luego, Charles. ¿Quién sería el siguiente?

Cuando por fin abrí los ojos, tardé un momento en darme cuenta de que me había quedado dormida sobre el césped. El cielo había adquirido un hermoso tono dorado, porque estaba a punto de atardecer. Se estaba haciendo tarde, y quería pillar a Sara antes de que terminara su turno. Recogí mis pertenencias y lo metí todo en mi mochila. Me monté en la bicicleta y me dirigí hacia el pueblo.

Aparqué la bicicleta en posición vertical bajo el letrero de color rojo neón brillante en el que ponía «Mudbug Café». Había llegado justo a tiempo antes de que el último rayo de sol cayera detrás del horizonte.

La campanilla sonó cuando empujé la puerta. Una brisa trajo el olor a pescado frito al tiempo que me dirigía hacia la parte trasera, a mi mesa habitual. Estiré el cuello para ver si Sara seguía en su turno, y atisbé su cabeza rubia a través de la puerta de la cocina. Le estaba sonriendo a Francis. Se me cayó el alma a los pies. Tenía el rostro de una mujer enamorada. Un semblante que no recordaba haber visto nunca. Ni siquiera había compartido ese tipo de miradas con mi padre. Aquello me molestó... y mucho.

Me senté en la mesa y me mantuve alerta por si localizaba a Francis. Esperaba que se quedara en la cocina y me dejara en paz. Como me había quedado sin aliento al venir en bici, me recliné hacia atrás, relajando la cabeza contra el vinilo. Todavía me sentía un tanto inactiva debido a la falta de sueño.

Pasó un rato hasta que escuché los tacones de Sara golpeando contra el suelo. Levanté la cabeza y vi que sonreía. Le devolví la sonrisa, contenta al ver que estaba de buen humor.

—Vaya, vaya. Ya sólo te veo cuando tienes hambre —resopló con sarcasmo.

«Bueno, más o menos de buen humor», pensé.

—Lo siento. Voy a empezar a venir por más a menudo —lo último que quería era irritarla, por lo que decidí lidiar con el estado de ánimo irascible de Sara y mantener la boca cerrada—. ¿Puedes traerme un batido de chocolate y unas patatas fritas?

—¿Vas a pagar? —levantó la vista de su libreta y alzó una irritada ceja.

—Supongo —respondí respetuosamente.

Dejó la libreta y el bolígrafo sobre la mesa y se agachó, acercándose demasiado a mi cara.

—He oído que tuviste una cita el sábado por la noche —me susurró —. ¿Es eso cierto?

«¿Qué problema tiene?»

—Salí con un chico, pero no fue una cita —contesté.

—Oí que mantuviste relaciones sexuales con un chico. ¡Más vale que no te quedes embarazada, porque yo no pienso cuidar de ti y de tu bebé! —exclamó.

—Son todo mentiras —me quejé.

—¡No vayas por ahí arruinándolo todo!

Sus palabras me hirieron como una puñalada al corazón, provocando que mi ira se intensificara rápidamente. Salté de mi asiento y me acerqué a su cara.

—¡Entonces no tienes nada de qué preocuparte, Sara! —dije entre dientes—. Nunca te ha importado, ¿por qué empezar ahora? —escupí—. Te preocupa que vaya a arruinar tu vida, ¡pero tú has arruinado la mía! —grité, apretando los puños.

Sara retrocedió un par de pasos, con los ojos abiertos como platos y los hombros rígidos por la ira.

—¡Fuera! —estiró el brazo, señalando la puerta—. ¡Vete a casa, zorra ingrata! —sus palabras me atravesaron como balas en el pecho.

—¡Vale! —pasé por su lado, ofendida, y estampé mi hombro contra el suyo, haciendo que perdiera el equilibrio.

Todas las miradas se posaron en mí conforme me apresuraba a salir de allí, pero me quedé sin aliento cuando vi un par de ojos azules observándome. ¡Maldita sea! De todas las personas... ¡Aidan Bane! ¿Por qué tenía que venir aquí? Y no estaba solo. Reconocía a la chica del instituto. Estaba aferrada a él como salsa al pollo frito y parecía estar pedo, incapaz de sostenerse a sí misma.

Nuestras miradas se encontraron, y un atisbo de dolor parpadeó en sus ojos azules por un segundo. Aparté la mirada. A pesar de que mi disputa con Sara había sido humillante, que Bane sintiera pena por mí hizo que me sintiera avergonzada.

Salí corriendo del restaurante. Quería esconderme. Tras haber presenciado mi pelea con Sara, Bane debía de pensar que no era más que una ordinaria. Aparentemente, debido a un rumor estúpido, todo el pueblo pensaba que lo era.

Justo cuando alcancé mi bicicleta, sentí unos dedos agarrándome de la parte superior del brazo. Me di la vuelta, esperando encontrarme a Sara, pero me sorprendí al ver a Bane.

—¿Estás bien? —preguntó, sus ojos rezumaban preocupación.

Me pasé los dedos por el pelo mientras mi corazón daba martillazos en mi pecho.

—No lo sé —la vergüenza hizo que mi voz sonara dura.

Agaché la cabeza y me miré los pies, incapaz de mirar a Bane a los ojos.

—Deja que te lleve a algún lugar —comenzó a acariciar la parte superior de mi brazo con suavidad.

—¿Qué pasa con tu cita? —señalé a la chica que iba ciega, quien lo había seguido hasta la puerta.

—No es mi cita —le tembló el labio—. Es la de mi primo. Me cargó a mí con el muerto después de emborracharla. He llamado a Jeffery, mi mayordomo, para que venga a recogerla y la lleve a casa. Estamos esperando su llegada —el color azul de sus ojos se había intensificado bajo el ámbar del atardecer.

—¿De verdad?

—Te doy mi palabra —sonrió y se le iluminó el rostro.

—Parece amigable, como una novia —le eché un vistazo con recelo, aunque quería creerle.

Un par de rizos oscuros cayeron sobre su rostro.

—Mmm, no le tengo demasiado aprecio a los borrachines —comentó él.

No pude evitar reírme.

—Bueno es saberlo, pero no estoy segura de que deba irme contigo. No quiero agregar a esta chica a la lista de mujeres que están cabreadas conmigo.

Bane se llevó el dedo a la boca. Sospechaba que estaba sofocando una risa.

—Te prometo que defenderé tu honor hasta la muerte —echó un vistazo sobre su hombro y, luego, se volvió a fijar en mí—. ¡Mira! —sonrió —. Aquí está Jeffery. Vuelvo en un segundo, no te muevas —se apresuró hasta la chica.

Me quedé observando conforme le sostenía la puerta abierta, y la chica se deslizaba en el asiento trasero. En cuanto cerró la puerta, la limusina negra se marchó calle abajo y desapareció.

—Pues sí, tiene un mayordomo —murmuré para mis adentros.

En segundos, Bane se encontraba de pie a mi lado.

—¿Ves? Ahora somos sólo tú y yo.

—Mi madre no lo aprobaría. Estoy segura de que escuchaste nuestra discusión.

Me quité el pelo de los hombros y moví los pies, avergonzada. Sus palabras aún picaban como una herida fresca, abierta y sangrante.

Bane colocó sus dedos bajo mi barbilla, obligándome a mirarlo a la cara.

—No te merecías eso —su mirada era dulce.

Entonces, recordé nuestro último encuentro, y lo fulminé con la mirada.

—¿Por qué este cambio tan repentino? —puse los brazos en jarra, mirándolo a los ojos.

—¿Cambio? —arqueó las cejas conforme dejaba caer la mano.

—¡Sí! En el nido de luciérnagas —lo miré fijamente—. Diste un giro de ciento ochenta grados. No fue mi momento favorito.

—Ah, eso —se frotó la barbilla—. Parece que la urgente necesidad de que me disculpe está creciendo exponencialmente —su sonrisa se amplió, mostrando sus perfectos dientes blancos.

—¿Tú crees? —me crucé de brazos, sin tragarme su encanto de colegial.

—Lo siento —se disculpó—. Deja que te lo compense.

—Vas a tener que darme una explicación.

Bane era ingenioso, pero tendría que hacerlo mejor para convencerme.

Tomó una bocanada de aire.

—Me puse incómodo al darme cuenta de tu inocencia —confesó.

—Y ¿pensaste que insultarme ayudaría? —le recriminé.

—Me temo que mi comportamiento es inexcusable —posó la mano izquierda sobre su pecho—. ¿Podrás perdonarme, por favor? —con esos suplicantes ojos azules, podría haber sido un exasesino, que yo le habría abierto mi puerta y lo hubiera invitado a entrar igualmente.

Dejé escapar un suspiro, dudando sobre si debería o no darle una segunda oportunidad.

—¿A dónde podemos ir? —pregunté.

No podía dejar de echarle vistazos a la entrada del restaurante. Supuse que Sara saldría del lugar de un momento a otro.

—Hay otro restaurante justo al final de la calle —dijo. Luego, se inclinó junto a mi oído y susurró—: La comida allí es mucho más sabrosa —cuando levantó la cabeza, sus ojos azules parecían traviesos.

—Tengo mi bicicleta —agarré el manillar.

—Puedo cargar con tu bicicleta.

Claramente, le gustaba hacerse cargo.

—Está bien —accedí, reacia.

Si Sara se había enfadado tanto por un rumor, ¿qué haría cuando me viera subiéndome al coche de Bane? No podría perdérselo, ya que Bane había aparcado justo en frente del restaurante, y no había demasiada gente por la zona que condujera un Corvette.

Una vez entramos en el coche, Bane estiró el brazo y agarró mi cinturón de seguridad. Sin quererlo, nuestras miradas se cruzaron, y los dos nos quedamos helados. Me mordí el labio inferior, sin atreverme a respirar. ¿Por qué no terminaba de abrocharme?

—Tus ojos... —susurró con suavidad—, me recuerdan a un prado.

Son un verde tan intenso —una sonrisa silenciosa apareció entre las comisuras de sus labios.

Luego, respiró profundamente y terminó de abrocharme el cinturón de seguridad. A la siguiente respiración, ya estábamos de camino. ¿O debería decir su respiración? Yo aún estaba aguantando la mía.

Detuvo el coche en el aparcamiento vacío de un establecimiento que parecía estar en ruinas. Había un letrero colgando de la fachada en el que se leía «Alubias y pan de maíz». No era más que una choza en ruina. No lo entendía. Bane y este lugar simplemente no cuadraban. Supuse que estaba dispuesta a lo que fuera.

Después de apagar el motor, Bane me observó por el rabillo del ojo.

—Te va a gustar este sitio. Es divertido —me mostró sus hoyuelos y se bajó del coche.

—Ah, vale.

En verdad, no me importaba. Cualquier lugar que no fuese ante la presencia de Sara me parecía bien.

En un instante, Bane estaba sosteniendo mi puerta abierta, sonriéndome.

—Te va a encantar este lugar —sonrió y me tomó de la mano.

Cuando entramos en el barsucho, necesité un segundo para que mis ojos para se adaptaran a la oscuridad, ya que el restaurante sólo estaba iluminado por la luz de las velas. Éramos los únicos en el lugar, excepto por una camarera y un cocinero que llevaba un delantal blanco manchado.

El interior era tan rústico como su exterior. Las paredes eran de madera desnuda, sin pintura, y en ellas colgaban fotos de hombres sujetando peces y otros artículos de decoración un tanto extraños. Como tres hombres en una bañera[1] y ese tipo de cosas.

—¿Te parece bien que cojamos una mesa? —preguntó Bane.

—Vale —me encogí de hombros.

Me cogió de la mano y marcó el camino. Fue muy agradable y, aunque no quería admitirlo, me gustaba Bane.

Nos sentamos en una mesa acogedora que tenía una vela en el centro. Me recordó a la noche anterior con la señora Noel y, de repente, sentí la necesidad de mirar por encima de mi hombro.

No mucho después, la camarera se acercó a darnos la bienvenida.

—Hola, guapetón —saludó a Bane.

Al parecer se conocían bastante bien, ya que Bane se puso en pie y le dio un abrazo a la mujer. La camarera era un poco más mayor que nosotros, tendría unos veintipocos años, más o menos.

—Hola, guapa —contestó Bane—. ¿Cómo está tu marido?

—Mucho mejor gracias a ti —la camarera sonrió.

—No fue nada. Me alegro de poder ayudar —los ojos de Bane brillaban cuando se volvió a sentar a la mesa.

—¿Qué vais a pedir hoy la señorita y tú? —preguntó la camarera.

—Tráenos dos Coca-Colas, y la señorita aún no ha decidido qué comer. Danos un momentito.

—No hay problema. Volveré enseguida con vuestras bebidas, señor Bane —le sonrió y le dio unas palmaditas en el hombro. Después, se dio media vuelta y desapareció.

Bane me miró fijamente.

—A su marido lo acaban de despedir de su trabajo —explicó—. Yo soy su casero... bueno, mis padres lo son. Yo llevo el negocio cuando mis padres están fuera del país. En fin, le recomendé a su marido a un agricultor local que sabía que estaba buscando empleados. Eso es todo —se quedó callado durante un segundo, manteniendo sus ojos en mí—. ¿Tú cómo estás?

Aparté la mirada. Por un instante, me había olvidado de la gran escena que había montado con Sara.

—Sobreviviré —en verdad no quería hablar de ello.

—¿Tu madre te trata así a menudo? —inquirió Bane.

—Así es la vida, ¿no? —me encogí de hombros.

—No necesariamente. Tu madre es una abominación.

—¿Me has traído hasta aquí para sentir pena por mí?

Su compasión era lo último que quería.

—Perdona —su tono tenía cierto grado de empatía—. No era mi intención husmear.

—No pasa nada. Mi madre es bipolar y, cuando no se toma los medicamentos, lo cual pasa la mayor parte del tiempo, puede ser difícil —desvié la mirada.

—Oh, ¿es así como lo llaman hoy en día? —la voz de Bane escondía una nota de sarcasmo.

—¿Por qué dices eso? —pregunté.

—Lo siento —su tono se suavizó—. Por supuesto que tienes razón. Los trastornos mentales no son algo sobre lo que se deba bromear.

¿Por qué tenía la impresión de que sabía algo que yo desconocía?

—¿Podemos hablar de otra cosa? —no quería pasarme el resto de la noche hablando de Sara y de sus problemas, especialmente con Bane.

—Claro. ¿Tienes hambre? —sonrió de nuevo, sin rastro de su anterior hostilidad.

—No mucha —me encogí de hombros.

—Venga, come algo. Odio comer solo —me guiñó el ojo—. Voy a pedir por ti.

—¿Qué tiene de especial este lugar? —paseé la mirada por el restaurante rústico.

—Aparte de la compañía —sonrió—, la comida es fantástica. ¿Has probado alguna vez los cangrejos de río, o *mudbugs*?

—No, no los he probado —mis mejillas se sonrojaron.

—A diferencia de otros restaurantes... este lugar tiene lo mejor de lo mejor —sus labios formaron una sonrisa natural.

Estaba bastante segura de que había hecho el juego de palabras a propósito, pero no me importaba.

Cuando la camarera regresó con nuestras bebidas, Bane pidió una considerable porción de cangrejos de río. Cuando la camarera se marchó, continuamos con nuestra conversación.

—Aparte de su estética un tanto irregular, es un sitio guay. La comida está buena, la gente es amable y tienen mucha cerveza —continuó diciendo Bane.

—¿Cerveza? —arqueé una ceja—. ¿Tienes veintiún años²?

Tenía que admitir que era más probable que tuviera veintiuno que dieciocho. Se comportaba como un adulto. Puede que el dinero lo hubiera hecho madurar.

—Soy especial —bromeó.

—Sí, claro —no pude evitar reírme.

Una sonrisa juguetona se formó en sus labios.

—¿De dónde eres? —le pregunté—. He oído que acabas de llegar al pueblo también —sentía curiosidad por saber qué lo había traído a este pueblucho.

—Eh... nací en Marsella, Francia. Mi familia y yo nos mudamos a los Estados Unidos cuando era un bebé, aunque no afirmo pertenecer a ningún lugar en particular. He viajado por el mundo, Europa, Oriente Medio... —juntó las manos y apoyó los codos sobre la mesa.

Me fijé en que tenía unas manos bonitas, fuertes y cuidadas. Le eché un vistazo a las mías y, rápidamente, las escondí debajo de la mesa. No era mi intención sentirme insegura de mí misma, pero seamos realistas, ¿por qué pasaba Bane tiempo conmigo? Yo no era la opción principal. De repente, sentí la necesidad de preguntar.

—¿Qué estás haciendo?

—¿Perdona? —arqueó sus cejas oscuras.

—¿Qué está pasando aquí?

Su sonrisa desapareció ligeramente.

—Estamos comiendo juntos —contestó.

—No, quiero decir, ¿por qué te portas bien conmigo ahora?

—¿Tengo que tener una razón? —la confusión era evidente en sus ojos.

—Supongo que no —jugueteé con mi pajita—. Es sólo que... no entiendo por qué quieres pasar el rato conmigo. Anoche perdiste los estribos conmigo, y me gustaría saber por qué.

Bane se encogió de hombros.

—Cuando me quedé observando ese rostro angelical tuyo, me dio que pensar. Eres tan joven e inexperta... —hizo una pausa, sosteniendo mi mirada. Sus ojos eran convincentes, magnéticos.

—¿Mi rostro es angelical? —murmuré. ¿Lo había escuchado correctamente?

—Sí, eres bastante deslumbrante.

Me alegré de que la semioscuridad ocultara mis mejillas sonrojadas. Entonces, mi rubor se convirtió en frustración.

—Nunca te entenderé —solté, recostándome en mi asiento—. Un momento me estás dando un cumplido y, al siguiente, estás listo para echarme una bronca —negué con la cabeza—. Ya tengo suficiente con tener a una chiflada en mi vida.

—¿Soy un hueso duro de roer, malhumorado y un chiflado? —sus hombros se agitaron ligeramente mientras se reía para sí mismo.

—No tiene gracia —espeté—. Actuaste de una manera despreciable

—me crucé de brazos, sintiendo la herida de la noche anterior abriéndose y las lágrimas que gritaban por salir.

—Lo siento. No quiero reírme, pero tu elección de palabras me hace gracia.

—Y ¿de dónde sacas tú tu vocabulario? ¡Abominable!

—Tal vez puedas ponerme al día.

—No sé yo. Estás bastante atrasado. Tienes que dejar de juntarte con Jesús.

Los dos nos echamos a reír.

No mucho más tarde, la camarera volvió a aparecer con nuestro pedido. Colocó una hoja de periódico sobre la mesa y arrojó un enorme montón de bichos de color rojo intenso con bigotes más grandes que mis manos. Luego, depositó una cesta de pan de maíz, mazorcas de maíz y patatas cocidas.

Me quedé boquiabierta al ver a los bichos.

Mi cara debía de ser un cuadro porque, cuando alcé los ojos, vi que Bane fruncía el ceño.

—Eh... ¿qué pasa? —me preguntó.

—¡Son bichos! —exclamé.

—No son bichos, tontita —una repentina oleada de humor se arremolinó en sus ojos azules—. Es marisco.

Pensaba que el nombre era una metáfora. No sabía que existían de verdad.

Bane echó la cabeza hacia atrás y dejó escapar una carcajada.

—Anda, ¿dónde está tu espíritu aventurero?

—No lo sé —traté de recoger uno sin hacer una mueca, pero retiré la mano rápidamente.

—No te preocupes —se rio entre dientes—. No es complicado —primero, se remangó y, luego, cogió un bicho del montón y lo sostuvo en el aire—. Ahora, observa —dijo—, pellizca la cabeza entre dos dedos con una mano, así —agarró el bicho con dos dedos—. Ahora, coge la cola con la otra mano —agarró la cola conforme me enseñaba—. Y retuerce la cabeza hasta que se desprenda —sostuvo las partes que le había quitado entre sus dedos, el jugo goteándole hasta los codos.

—Eh... menuda porquería —me reí y le pasé una servilleta.

—Puede serlo —tomó la servilleta—. ¡Gracias!

Tomé una gran bocanada de aire, tratando de no acobardarme, y me obligué a mí misma a coger uno de los bichos. Luché contra las arcadas. ¡Joder! Hice lo que Bane me había enseñado y retorcí la cabeza del bicho.

—Vale, ¿ahora qué? —levanté el bicho amputado, sujetando la cola en mi mano izquierda y la cabeza en mi mano derecha.

—Ahora coloca la parte abierta de la cabeza entre tus labios y chupa el jugo. Esa parte de los cangrejos es un manjar —me demostró cómo hacerlo.

Me quedé mirándolo, boquiabierta.

—Estás de broma, ¿no? —arrugué la nariz—. ¡Eso es asqueroso!

—Dale una oportunidad —trató de convencerme.

Tragué saliva como si estuviera tragándome una tonelada de pastillas.

—Vale, pero no prometo que me vaya a gustar.

Bane negó con la cabeza, sonriendo.

Envolví mis labios alrededor de la cabeza, cerré los ojos con fuerza y drené el jugo del bicho decapitado. Me sorprendió que estuviera bueno, aunque picaba un poco. Alcé la mirada para mirar a Bane.

—No está mal —admití.

Bane esbozó una sonrisa.

—Nunca dudé de ti, princesa —sus ojos azules brillaron.

Le devolví la sonrisa. Me fijé en esa última palabra... princesa. Me di cuenta de que me había gustado. Su voz era suave y dulce.

—¿A qué esperas? Lánzate.

Nos quedamos allí hasta que cerraron el restaurante. Nunca había hablado tanto en toda mi vida. No hablamos sobre nada que tuviera gran importancia, a menos que uno considere el fútbol americano un tema vital. Bane afirmó ser un leal fan de los Dallas Cowboys, y yo le dije que preferiría apoyar a un nido de avispas. Mi falta de lealtad a un equipo hizo que el rostro de Bane casi se pusiera azul de tanto reírse.

Cuando llegamos a mi casa, apagó el motor del coche. Un silencio incómodo reinó entre nosotros. Era como si Bane estuviera debatiendo si contarme algo o no.

Me quedé allí sentada, jugueteando con mis manos, preguntándome si debería darle las gracias por esa noche y despedirme. No se me daba nada bien seguir la etiqueta adecuada. Extrañamente, no estaba preparada para alejarme de él. Odiaba admitirlo, pero me había divertido mucho esta noche. Estaba esperando que Bane me diera una señal.

Estábamos tan apretados en el deportivo de dos plazas que su aliento calentaba mis mejillas. Bane se revolvió ligeramente en su asiento, y una sonrisa comenzó a formarse entre las comisuras de su boca.

Aguanté la respiración.

Nuestras miradas se cruzaron.

Respiré profundamente. Me preocupaba poder arruinarlo todo como la última vez.

—Me lo he pasado muy bien esta noche —su voz rezumaba ternura —. Es bastante agradable hablar contigo.

—Gracias por esta noche —esbocé una sonrisa y me mordí el labio inferior.

—Ha sido todo un placer, de verdad —dijo él.

Se quedó callado un momento, sosteniendo mi mirada. Luego, cuando volvió a respirar, se inclinó hacia mí. Sus labios casi rozaban los míos. Mi corazón palpitaba con fuerza en mi pecho. La anticipación era demasiado. ¡Quería que me besara más que cualquier cosa que jamás hubiera deseado!

«¡Maldita sea, hazlo ya!» le grité en mi cabeza.

—¿Qué narices estás haciendo en ese maldito coche, jovencita?

Cerré los ojos, mortificada. Súbitamente, Bane se enderezó en su asiento y sus hombros se tensaron.

Sara se encontraba de pie junto a la ventana del conductor, golpeándola con el puño, como si fuera Frankenstein.

«¡Qué oportuna!»

Consternada, salí pitando del coche y corrí hacia la casa. No me podía creer que me estuviera haciendo esto. No obstante, no llegué muy lejos antes de que Sara me agarrara del pelo, tirándome hacia atrás y obligándome a enfrentarla. Sus dientes rechinaron conforme sostenía un puñado de mi pelo firmemente en su mano. Me estremecí de dolor, agitando mis manos sobre las de Sara, tratando de conseguir que aflojara su agarre.

—Ya te he avisado, ¡nada de chicos! —gritó.

—¡No hagas esto aquí! —le pedí. Me estremecí y dejé que las lágrimas cayeran por mis mejillas.

Entreví una silueta oscura que se acercaba rápidamente bajo la luz de la luna. Era Francis que venía de la parte trasera de la casa. ¿Acaso se trataba de algún tipo de intervención? ¡Impedir que Stevie tuviera una vida!

—¡Hablaba en serio cuando lo dije! —dijo Sara entre dientes.

Después, todo sucedió demasiado rápido.

Bane se colocó entre Sara y yo. Con suave autoridad, su mano obligó a Sara a retraerse.

—Perdona, ¿hay algún problema? —preguntó. A pesar de que su cuerpo estaba tenso, su voz sonaba tranquila.

Atisbé un oscuro destello por el rabillo del ojo. Era Francis. Le dio un empujón a Sara, tirándola al suelo, y se plantó delante de Bane, hostil y preparado para pelear. Desde el primer encuentro que había tenido con Francis, había sabido que era peligroso. Sentí miedo por Bane.

Bane me había empujado contra el coche, y su enorme cuerpo impedía que Francis llegara a mí. Me quedé observando, jadeante, preocupada porque se diera el peor caso posible. Me preparé para lo inevitable.

—Creo que deberías irte —Francis mostró sus dientes ennegrecidos —. Esto es un asunto familiar.

—¡Familiar! —se burló Bane—. Entonces, quizás deberías irte tú —la mirada de Bane era fría como el hierro.

—¡Escúchame, gamberro! —divisé algo plateado brillando a la luz de la luna. Francis había apretado una navaja automática contra la yugular de Bane—. No me lo pensaré dos veces antes de tirarte a los cocodrilos —apretó los dientes; sus ojos oscuros brillaban de ira.

¡Virgen santa! Mi corazón se estremeció. Un baño de sangre era lo último que quería. Traté de protestar, pero, en un movimiento rápido como un rayo, me encontraba de pie al otro lado del coche, y Bane había conseguido que Francis besara el asfalto. Francis tenía los brazos separados y la rodilla de Bane enterrada en su espalda. El cuchillo había desaparecido.

Escuché un murmullo en el aire fresco de la noche conforme Bane se inclinó hacia el oído de Francis. Me esforcé por escuchar lo que decía, pero no pude distinguir sus palabras. El rostro de Francis era una máscara de dolor, y la baba le goteaba de la boca. Extrañamente, Sara se había enrojecido como un tomate y tenía los brazos estirados como si tratara de alcanzar a Francis, pero fuera incapaz de mover sus pies, como si estuviera pegada al asfalto.

Un momento después, Bane se quitó de encima de Francis y Sara corrió hacia su novio. Dándome la espalda, Bane se inclinó y le susurró algo a mi madre. No podía verle el rostro a Bane, pero por la expresión espantada de Sara, supuse que éste había conseguido darse a entender. Pude distinguir miedo en la forma en que se le salían los ojos marrones de sus órbitas.

En un abrir y cerrar de ojos, todo había terminado. Francis y Sara se pusieron de pie y echaron a correr hacia el viejo Cadillac que estaba estacionado detrás de la casa. Me escandalizaba que me hubieran tendido una emboscada así. ¿Por qué iban mi madre y su espeluznante novio a querer asaltarme? Si hubiera llegado a estar sola, quién sabe lo que me hubieran hecho. Me quedé observando la escena, incapaz de moverme, conforme mi madre y Francis se alejaban a toda velocidad, quemando llanta. Sin darme cuenta de que había estado conteniendo la respiración, me dejé caer contra el coche y presioné la mano izquierda contra mi pecho conforme intentaba tragar oxígeno.

Bane apretó los labios en un ataque de ira y se acercó a mi lado.

—¡A la mierda! —musitó—. ¡He esperado lo suficiente!

Con fuerza, me acogió entre los pliegues de sus brazos y presionó su boca contra la mía con una intensidad salvaje. Posesivamente, colocó sus manos sobre mi rostro, acercándome más a él.

Nuestras lenguas chocaron, trabajando la una con la otra. Estiré las manos y agarré los rizos oscuros de Bane. Entonces, me puse de puntillas para encontrarme con sus besos enérgicos. Suavemente, sus manos se desplazaron hacia el centro de mi espalda, y me apretó con más fuerza. Me deleité en cada centímetro de su cuerpo musculoso presionado contra el mío conforme una oleada de fuego lamía mi interior, quitándome el aliento.

Cuando despegó su boca de la mía, Bane capturó mi mirada. Me quedé mirándolo, con la respiración agitada. Toqué con los dedos mi boca hinchada. Los labios me ardían tras ese ardiente beso.

—Llevo queriendo hacer esto desde la primera vez que te puse los ojos encima —arrastró las palabras con ronquera.

Traté de encontrarle el sentido a lo que acaba de pasar: mi madre y Francis, la pelea, el beso electrizante. ¡Guau!

—Eh... no sé qué decir —mi cerebro no estaba funcionando.

—¿Estás herida? —me inspeccionó con la mirada y posó sus manos sobre mis caderas con suavidad.

—Eh... no lo sé —me aparté de él. Necesitaba respirar—. ¿Qué le has dicho a mi madre?

—No importa —peinó el barrio con la mirada. Suavemente, colocó su mano sobre la parte baja de mi espalda y me instó hacia la casa—. Deja que te acompañe al interior de la casa.

Asentí con la cabeza, luchando por contener las lágrimas.

Cuando entramos dentro, encendí una lámpara y me volví hacia Bane.

—¿Te gustaría tomar un poco de café? —estaba empezando a sentirme débil conforme pasaba los dedos por mi desastrosa cabellera.

—Estoy bien. Gracias. ¿Tú cómo estás? —sentí sus enternecedores ojos atravesándome.

—Estoy tan bien como es de esperar —me froté la parte posterior del cuello. Mi cabeza estaba palpitando.

—Debería echarle un vistazo —dio un paso adelante—. Estás herida —frunció los labios, preocupado.

—¡No! Estoy bien —di un paso atrás y puse las manos en alto

Bane se detuvo y dejó caer las manos a ambos lados de su costado.

—Lamento que hayas tenido que presenciar eso esta noche. El novio de tu madre se ha pasado de la raya.

—Sí, es un tipo asqueroso —cogí un chal y me lo puse sobre los hombros. Un escalofrío me recorrió el cuerpo.

—¿Te molesta?

—No es nada que no pueda manejar —apreté la mandíbula para deshacerme del sollozo que amenazaba con salir de mi garganta.

Bane resopló, frustrado, y pasó los dedos entre sus rizos negros.

—Te ha amenazado, ¿no es verdad? —dio un paso adelante y posó su mano sobre mi hombro.

—No es nada. De verdad —agaché la cabeza y posé la mirada en el suelo.

—¡Estás temblando! —me acarició los brazos con los dedos.

—Estoy bien —me deshice de su mano—. Estaré mejor por la mañana.

—¿Por qué me cuesta creerte? —acogió mi barbilla en la palma de su mano, obligándome a mirarlo—. Te prometo que ni Sara ni su novio te volverán a hacer daño.

Le creí. Había sido testigo de su lado oscuro. Sin dudarlo, Bane podría haber acabado con la vida de Francis en un instante.

Respiré hondo. Estaba embelesada y aterrorizada al mismo tiempo.

—No. Yo me encargaré de mi madre y de Francis —le dije.

—¿Crees que tu madre y ese borracho tenían derecho a atacarte? — sus cejas oscuras formaron una línea recta.

—No, por supuesto que no —mi voz se quebró—. Sólo creo que podrías haberlo manejado de manera diferente.

—La vida no es tan simple, amor —su enfado era evidente—. Soy un hombre directo, y me comporto en consecuencia.

—Sara y Francis son problema mío. Tú no tienes de qué preocuparte —me abracé la cintura—. Mira, te agradezco que hayas salido a defenderme, pero creo que deberías irte —mi voz sonaba dura incluso a mis oídos.

Si Bane se había vuelto contra Sara y Francis a la primera de cambio, ¿quién me aseguraría que no haría lo mismo conmigo?

Bane se quedó parado, perforándome con la mirada, pero yo no fui capaz de mirarlo a los ojos. Me quedé en silencio, mirándome los pies.

—Está bien —apretó la mandíbula—. No hace falta que me acompañes a la puerta. Pero cierra con llave —abrió la puerta y se había marchado antes de que pudiera llegar a la ventana. Salió volando como alma que lleva el diablo.

Me quedé allí, helada, sacudiendo la cabeza, completamente confundida. ¿Cómo se las apañaba Bane para desafiar las leyes de la gravedad? ¿Era Superman o es que yo me estaba volviendo loca?

Me dejé caer en la silla junto a la ventana, tratando de procesar lo que acaba de pasar. Bane debía tener una obsesión con las damiselas en apuros. Ahora que lo pensaba... todo había empezado cuando Bane me salvó de una pelea con Gina, luego, de ese bicho raro que me acosaba en la feria, del arrebato de Sara en el restaurante y, por último, pero no menos importante, de la pelea con Francis en el jardín delantero. El denominador común de estos eventos era Bane. ¿Cómo conseguía estar en el lugar y el momento oportuno cada vez?

Posé el dedo sobre mi labio, rastreando todo el fiasco de esa noche. Sara había parecido estar paralizada. Yo había terminado al otro lado del coche misteriosamente en un abrir y cerrar de ojos. Bane había desarmado a Francis y lo había puesto contra el suelo. Todo había sucedido demasiado rápido.

Lo primero que haría al volver del instituto al día siguiente sería hablar con la señora Noel.

MENTIRAS

El sol salió a la mañana siguiente, pero, por desgracia, no ayudó a mejorar mi estado de ánimo. La tristeza de un lunes se comparaba a una patada en el trasero y una mala resaca. Quería esconderme bajo las sábanas y quedarme en la cama todo el día.

Le eché un vistazo al despertador y resoplé al observar los números. Maldita sea, eran las 5 de la mañana.

Los residuos de la noche anterior aún se aferraban a mi piel como un grave sarpullido. No quería volver a pasar por otro altercado con Sara cuando fuera que se dignara a aparecer de nuevo. Ya me preocuparía por eso cuando llegara el momento. Sin querer abandonar las comodidades de mi cama, me quité las sábanas de encima y me dirigí a la ducha.

En cuanto hube terminado con la ruta de los periódicos, me marché hacia el instituto y llegué con el tiempo suficiente para ir al baño. Estaba terminando de lavarme las manos cuando la puerta se abrió con un chirrido, y escuché unas pisadas acercándose. No le di ninguna importancia hasta que me miré al espejo y vi que Gina y Sally estaban de pie justo detrás de mí. O bien la rubita tenía dolor de barriga, o quería ajustarme las cuentas. Estaba segura de que se trataba de este último caso.

Tiré el trozo de papel con el que me había secado las manos en la papelera, respiré profundamente y me volví hacia ambas chicas.

—Hola, Gina —la saludé, y le asentí con la cabeza a Sally—. ¿Qué tal? —mantuve la voz tranquila.

—Tenemos que hablar —Gina dio un paso adelante. Sus labios de color rosa intenso esbozaron una sonrisa.

—Chicas, me encantaría quedarme a charlar con vosotras, pero voy a llegar tarde a la clase de inglés. Podemos hacer esto después de las clases, fuera del campus —pensé que, si nuestra conversación se nos iba de las manos, así al menos evitaríamos que nos expulsaran.

—¡Prefiero hacer esto ahora!

Bajé la mirada, observé la manicura que Gina llevaba en las manos y aguanté la respiración. Esas uñas largas y puntiagudas iban a hacer que me doliera una barbaridad.

Me había metido en varias peleas, aunque no era algo de lo que me enorgulleciera. Las ventajas de ser la chica nueva.

Suspiré.

—Venga, desahógate, entonces —mantuve un ojo sobre la rubia hostil y el otro ojo buscando una escapada rápida.

—Escuché que saliste con mi novio el sábado por la noche.

—¿Estamos hablando de todo el equipo de fútbol?

Los ojos de Gina se volvieron negros.

—Estoy. Hablando. De. Sam.

—Sabes que varios de nosotros habíamos quedado para salir esa noche, ¿no? Tu novio se presentó en mi puerta él solito —me apoyé contra el lavabo, cruzando los pies. Mantuve las manos contra el lavabo, preparada para la acción—. Además, no sabía que Sam estaba saliendo contigo.

Entonces se me ocurrió que Sally era la fuente de problemas entre Gina y yo. Le lancé una mirada mientras ella se acurrucaba en una esquina, permaneciendo en silencio.

—¿Por qué debería creerte? —Gina colocó los brazos en jarra—. Has estado yendo a por él desde el primer día.

Puse los ojos en blanco.

—Gina, no me interesa tu novio. Nunca me ha interesado.

—¡Estás mintiendo! —dijo entre dientes—. Sam me contó que no le quitabas las manos de encima.

—¿Qué? —el impacto de su acusación me golpeó con toda su fuerza.

—¡Di la verdad, Steve! —gritó Gina—. Sam y tú os acostasteis en la parte trasera de su camioneta.

Ahora sabía por qué Sara había escuchado ese rumor. Sam era un bocazas. La ira brilló en mis ojos.

—Mi nombre es Stephanie, y ¡Sam es un mentiroso! —grité.

Entonces, Gina lo llevó a otro nivel al entrar en mi espacio personal. Su aliento de menta rozó mis mejillas calientes.

—Con el complejo de Electra que tienes, cualquier tipo de atención te sirve, ¿no?

La rubita estaba pasándose de la raya. Alejándome del lavabo, con los puños cerrados y los nudillos blancos, me coloqué cara a cara con Gina.

—¡Mantén a mi padre fuera de esto! —chillé.

—¿Cuál es el problema? —se rio con malicia—. Pensaba que te gustaba la atención.

—No sé yo —sonreí sarcásticamente en su cara—. Todo esto me importa un comino.

Clavó sus ojos sobre mí y frunció el ceño.

—Sam te vio subirte al coche de Aidan Bane. ¿Te lo tiraste a él también?

—Te estás pasando —estuve a punto de arremeter contra su mandíbula.

De repente, la puerta chirrió y escuchamos el eco de unas pisadas que nos sobresaltaron. Las tres nos detuvimos y giramos la cabeza hacia la puerta. Esperaba ver entrar al director Van, dejando al descubierto sus dientes, pero, sorprendentemente, fue Bane quien entró contoneándose mientras hablaba con una voz musical.

—Hola, señoritas —sonrió ampliamente a la vez que se colocaba en el espacio que había entre Gina y yo—. Os he oído desde el pasillo. Pensé que me uniría a la diversión —rápidamente me miró de arriba abajo como si estuviera buscando señales de alguna lesión.

Gina se quedó allí, con los brazos cruzados, mirando a Bane con sospecha. Sally permaneció en la esquina, temblando como una rata acorralada.

Casi sentí pena por ella. Casi.

Gina se metió entre Bane y yo, dándome la espalda. Mirar su cabeza rubia no era exactamente mi pasatiempo favorito, así que di un paso atrás y me volví a apoyar contra el lavabo con los brazos cruzados. Me reí para mí misma. Ver cómo Gina intentaba manipular a Bane podría ser un espectáculo divertido.

—Aidan, sabes que me caes bien —Gina pestañeó varias veces, moviendo sus pestañas falsas, mientras colocaba suavemente su mano sobre el pecho de Bane—. Pero, ¡esta chica salió con Sam a mis espaldas! —Gina me echó una mirada maliciosa por encima de su hombro.

—¿A qué noche te refieres? —Bane tenía un brazo sujeto contra su pecho y el otro levantado, tocándose los labios con un dedo como si fuera Sherlock Holmes investigando un misterioso asesinato.

—Stevie convenció a Sam para que nos dejara plantadas a Sally y a mí, y juntos fueron a la feria —me lanzó otra mirada asesina por encima de su hombro—. Tu chica intercambió sexo por dinero. Lo hicieron en el maletero de la camioneta de Sam —Gina se puso de morros—. ¿No se fue contigo esa noche?

Esta chica acababa de darle la vuelta a la tortilla. De un salto, agarré el brazo de Gina que había posado sobre Bane y le di media vuelta para que se enfrentara a mi puño. Sin embargo, Bane volvió a intervenir, sujetando mis hombros con sus manos y, suavemente, pero con fuerza, me plantó contra la pared.

—¡Gina está mintiendo! —grité entre dientes.

La mirada de Bane se encontró con la mía.

—No te muevas —me pidió.

—¡Esto es asunto mío! Yo me encargo —traté de empujarlo para quitarlo de en medio.

—¡Cálmate! —clavó sus ojos oscuros sobre mí. Luego, volvió a posar la mirada en Gina—. Ha habido un malentendido —dijo con énfasis—. Sam te ha engañado a ti y a Stevie —Bane hizo una pausa, posando su mirada en Sally, la cobarde de la esquina y, luego, volvió a mirar a Gina —. Sally fue quien inició toda esta farsa para enfrentaros la una contra la otra. Quizás deberías interrogar a tu mejor amiga en lugar de a la Señorita Ray —la desenvoltura de Bane era perfecta. Actuaba como un rey delegando autoridad.

—Sally no es una traidora —argumentó Gina.

Casi me atraganté ante su idiotez.

—Gina, Sally planeó todo este fiasco. Se lo oí decir al mismo sinvergüenza de Sam —dije.

Gina volvió a fijar su ardiente mirada en mí.

—¡No me creo lo que me digan las putas mentirosas!

—Yo creo que sí —le espeté, fulminando a Sally con la mirada.

Bane intervino, empujándome suavemente hacia atrás una vez más mientras me lanzaba una mirada de advertencia.

—Tranquila —me pidió.

Eché las manos al aire y cedí, exasperada, pero no antes de lanzarle una mirada asesina. Resoplé exageradamente y me recliné contra la pared, mosqueada.

Bane volvió a centrar su atención en Gina.

—Perdóname por hablar con tanta franqueza, pero ¿no estabas tú con uno de los jugadores de fútbol bajo las gradas el viernes pasado? —la acusó.

—¡Eso es mentira! —me lanzó una mirada acosadora.

—Digamos... actividades extracurriculares —añadió Bane.

Gina se había quedado sin palabras, y aquello no tenía precio.

Bane desplazó su atención hacia a la mirada esquiva de Sally, que estaba temblando.

—Deberías confesar y decir la verdad por una vez en tu miserable vida —le dijo.

Sally se estremeció, sin pronunciar ni una palabra.

Yo, por otro lado, estaba atónita por la dirección que había tomado esta contradanza. El radar de Bane estaba empezando a ser útil.

Gina me sacó de mi momento de triunfo conforme pasaba sus ojos ácidos entre Bane y yo.

—Lo que yo hago no es asunto tuyo —exclamó acaloradamente antes de darle órdenes a Sally—: Llegamos tarde a clase —Gina me lanzó una mirada asesina conforme ella y Sally salían pitando por la puerta.

Respiré profundamente, aliviada, aunque sabía que esta pelea no había llegado a su fin. Pero, por el momento, podría relajarme. Esperé en silencio a que Bane dijera algo primero.

—¿Estás herida? —preguntó después de mirarme de arriba abajo.

—Estoy bien —me encogí de hombros.

—No me dijiste que habías estado con Sam —frunció el ceño con una expresión furiosa.

Alcé la mirada.

—No me preguntaste —respondí.

—Yo creo que sí lo hice. Me mentiste.

—No te mentí —puse los ojos en blanco—. Simplemente no te dije toda la verdad.

—Ajá... —Bane alzó la ceja izquierda—. Continúa.

—Cuando me encontré contigo, Sam ya se había largado. No vi por qué teníamos que discutir sobre la noche.

—¿No te dije que te mantuvieras alejada de él? —me recriminó.

—No eres mi madre —le solté.

—¡Gracias a Dios no lo soy! —frunció el ceño, su expresión volviéndose un tanto melancólica.

—¿Me vas a acusar de acostarme con Sam tú también? —lo acusé.

—¿Es necesario? —su expresión tenía una nota de burla.

—¿Sabes qué, gilipollas? ¡Que no tienes que preguntarme una mierda! ¡Así no te tengo que mentir! —exclamé.

Atisbé una repentina ola de ira en los ojos de Bane conforme se acercaba y me forzaba a ponerme de espaldas contra la pared. Se inclinó y pude sentir su aliento caliente contra mi rostro.

—¿Hay algo más que no me estés contando?

Empecé a temblar conforme las imágenes temerosas de su comportamiento violento con Francis regresaban a mi mente. Bane no era alguien a quien debiera de provocar.

Dejé de lado mi determinación y comencé a despotricar.

—Es cierto, ¿y sabes qué?

—Te ruego que me lo cuentes —su tono de voz era brusco y ansioso, como si estuviera impaciente.

—¡Sam es mucho mejor amante de lo que tú nunca serás! —escupí.

Quería hacerle daño, así que mentí. Eso es lo que obtenía por creerse una mentira.

—Entonces, ¿los rumores son ciertos? —capté un atisbo de dolor detrás de su mirada.

El aumento de su desesperación iba más allá de las lágrimas. Había ido demasiado lejos. Necesitaba acabar con esto entre Bane y yo.

—¡Créete lo tú que quieras! —espeté.

—Lo que me gustaría es que comenzaras a comportarte como una señorita y acabaras con estos juegos tan infantiles —sus ojos azules ardieron como la llama de una cerilla.

—¡Tus ojos están en llamas! —exclamé.

Una ola de puro temor me recorrió el cuerpo.

—No te preocupes por mí —su voz era cortante—. ¿Hemos llegado a un acuerdo?

—¿Qué? —mi mente daba vueltas con tanta confusión.

—¡Qué si lo has entendido! —repitió Aidan.

—¡Lo siento! No respondo bien a las amenazas.

De golpe, todo se volvió borroso. Fue como una experiencia extracorporal. Una extraña sensación se propagó en mi interior, un ardor que llegaba hasta mi corazón, como una olla a presión saliendo a la superficie.

Como si se tratara de un terremoto, el suelo comenzó a temblar. A partir de ese momento, todo se descontroló. Las puertas de los baños golpearon hacia adelante y hacia atrás, arrancando sus bisagras. Las tuberías estallaron, soltando agua, y las ventanas explotaron, rociando fragmentos de vidrio por todas partes.

Cuando todo terminó, me encontraba en los brazos de Bane, desorientada, empapada y acostada en medio del campo de fútbol. No tenía ni idea de cómo habíamos terminado en medio del campo, ilesos.

Inmediatamente, pateé y empujé a Bane.

—¡Quítate de encima! —le grité.

Rodó hasta aterrizar sobre su espalda y se apoyó sobre los codos. Enseguida, vi la estupefacción en sus ojos.

—¿Qué acaba de pasar? —mi respiración estaba entrecortada y estaba temblando.

—Qué coño voy a saber yo —respondió Bane, medio susurrando.

Me puse en pie, aunque aún me temblaban las piernas.

—¡Mantente alejado de mí! Lo digo en serio —grité, sin aliento, asustada y cabreada.

Me marché de allí, ofendida, y eché a andar en dirección a mi bicicleta. Necesitaba salir de allí y alejarme de Aidan Bane y de sus trucos increíbles.

SECUELAS

Fui directamente a casa de la señora Noel. Necesitaba calmarme primero, por si acaso Sara decidiera pasarse por la casa. Tras el horrible altercado que había sucedido en el jardín delantero la noche anterior, la riña con Gina y haber hecho explotar el baño de chicas, me encontraba al borde de un abismo con una caída de varios metros, preparada para saltar.

Subí los escalones de dos en dos y corrí hacia la puerta de la entrada. Tras tocar el timbre por tercera vez, la puerta se abrió, y pude ver a la señora Noel tan sonriente como siempre.

—¡Ay señor! Estás empapada —me miró de pies a cabeza.

—¿Puedo entrar, por favor? —mi voz tembló.

—Ven aquí —se hizo a un lado, abriendo la puerta de par en par.

Pasé al lado de la señora Noel mientras ella cerraba la puerta, y me di la vuelta, incapaz de esperar.

—El baño de chicas ha explotado, Aidan Bane es un sociópata y Francis lleva una navaja —dije rápidamente.

—Niña, ven a sentarte junto a la chimenea y deja que te prepare una taza de té caliente —señaló la mecedora.

Me instalé en la silla mientras la señora Noel desaparecía en la cocina. No me di cuenta hasta que me senté junto a la chimenea de que

157

estaba helada hasta los huesos y tenía los dedos de las manos y de los pies entumecidos. Me incliné con las manos abiertas sobre el fuego, dejando que el calor se deshiciera de la rigidez de mis dedos.

La señora Noel regresó con una taza de té caliente.

—Gracias —susurré.

Agarré la taza con ambas manos. La calidez me venía bien para los dedos.

La señora Noel soltó un ligero gemido al sentarse en el sofá.

—Ahora, empieza desde el principio y dime qué es lo que te tiene tan nerviosa —me pidió.

—Comenzó ayer —empecé a hablarle sobre la pelea con Sara, sobre cómo Bane había puesto a Francis contra el suelo... y terminé la historia con la explosión en el instituto.

—¡Virgen santa! El Señor dio y el señor quitó, niña —predicó—. Has estado trabajando horas extras.

Una breve risa escapó de mis labios.

—Eso es lo que estoy diciendo —negué con la cabeza—. ¿Me puedes explicar toda esta locura?

—Ese tipo que te trajo a casa, ¿es el chico de ojos azules?

—Sí, Aidan Bane —confirmé.

—¿Has conocido a los padres de este joven? —me preguntó.

—No. Bane mencionó que pasan gran parte del tiempo fuera del país. Incluso si estuvieran en casa, no soy el tipo de chica que le presentaría a sus padres —deposité la taza de té sobre una mesita al lado de la silla.

—¿Por qué dices eso, bonita? —la señora Noel frunció su grisáceo ceño.

—La gente rica como Bane suele preferir a los de su clase —me encogí de hombros, mirando el fuego.

—El dinero no tiene nada que ver con el valor de una persona. Es el corazón lo que hace que una persona sea buena.

—Ya...

—Bane... ¿dónde he oído ese nombre? —dijo la señora Noel para sí misma.

—Es nuevo en el pueblo.

—Creo que es el hijo de tu casero —comentó la señora Noel.

—¿En serio? —me incorporé.

—Mi sobrino Jeffery trabaja para la familia Bane. Lleva años trabajando para ellos. Se acaban de mudar al pueblo, pero vienen de Nueva Orleans.

—¿Nueva Orleans? —pregunté. A veces me costaba entender el acento de la señora Noel.

—Sí, bonita, de allí son.

—¿Puedes preguntarle a tu sobrino? —le pedí.

—No me importa preguntar, pero ¿no tiene tu madre esa información?

—Sí, pero Sara no me lo dirá.

—Dios te bendiga, niña. No tendrías que preocuparte por estas cosas.

—No me queda otra —no me gustaba hablar de Sara sin parar, por lo que cambié de tema—. Florence, creo que hay algo que no me cuadra en cuanto a Bane. Es decir, cada vez que estoy cerca de él, suceden cosas extrañas.

—No te he contado esto antes... —las arrugas alrededor de los ojos de la señora Noel delataron su preocupación—, pero creo que ese joven tiene un don.

—¿Un don?

—Sí, un don especial, habilidades paranormales.

—¿Cómo lo sabes? —le pregunté.

—Es parte de ser vidente —explicó—. Pero la magia del chico es oscura.

—Ese es un pensamiento aterrador.

—¿Crees que este joven es el chico sin rostro de tus sueños? —preguntó.

—No lo sé —sacudí la cabeza—. Creo que es alguien a quien no hay que enfadar —solté un largo suspiro—. Cuando tiró a Francis contra el suelo, se movió tan rápido que me lo perdí todo. Y eso que sucedió ante mis propios ojos.

—Tal vez deberías evitar a ese chico por ahora. Déjame hablar con Fannie.

—¿Qué hay de la explosión? ¿Has recibido algún tipo de sensación sobre eso?

JO WILDE

—Esa parte me tiene desconcertada, niña. Hablaré con Fannie sobre eso también.

—Aprecio todo lo que has hecho por mí —se me empañaron los ojos conforme me puse de pie y le di un abrazo a mi querida amiga—. Tengo que irme a casa. Si necesitas que vaya al supermercado por ti, dímelo.

—Gracias, bonita, pero estoy bien. No necesito hacer la compra hoy —sus ojos brillaban—. No te preocupes, que vamos a resolver este misterio.

Esbocé una sonrisa y suspiré. La señora Noel siempre parecía tranquilizar mis preocupaciones. Si algo bueno había pasado a raíz de mudarnos a este pequeño pueblo, era mi amistad con la señora Noel. La quería de verdad.

Cuando llegué a casa, las luces estaban apagadas y corría el aire por la casa. Tiré las llaves sobre la mesita que había junto a la puerta y suspiré de alivio. Por una noche, no me importaba que la casa estuviera vacía. Necesitaba algo de tiempo a solas para relajarme. Mi cerebro estaba hecho un lío debido a todos estos eventos escalofriantes que me dejaban abrumada con tantas preguntas.

Mi cuerpo me pedí dormir, por lo que me arrastré hacia el piso de arriba con los hombros caídos, dando un paso tras otro, hasta que llegué a mi cómoda cama, tan suave y cálida. Antes de todo, necesitaba darme una ducha y ponerme ropa seca.

Horas más tarde, me desperté cuando sonó el timbre de la puerta, sacándome de un sueño, el mismo sueño que había estado teniendo desde la muerte de mi padre. Me estremecí, tratando de eliminar el efecto escalofriante. Rápidamente, me puse en pie y bajé las escaleras.

Puede que la señora Noel tuviera que darme alguna noticia. Abrí la puerta y me paré en seco, asombrada. Jen estaba de pie en mi porche. Sonreía y cargaba con una tonelada de libros en sus brazos.

—Traigo diversión —bromeó.

No pude evitar reírme.

—Justo lo que me recetó el doctor.

Jen se rio también.

—¿Quieres un trozo de pastel? —le pregunté, feliz de tener una visita.

160

—¡Claro! ¿Lo has hecho tú? —entró en la casa, y cerré la puerta detrás de ella.

—Ah, no, qué va. Lo ha preparado mi vecina, que es así de maja —respondí conforme nos dirigíamos hacia la cocina.

Serví dos tazas de café, y Jen y yo nos sentamos a la mesa con nuestras tazas y un trozo de pastel de boniato. Incluso saqué nata de montar para echarle por encima.

Luego, Jen comenzó a hablar de los acontecimientos del día. Mis oídos ardían tanto como se revolvía mi estómago.

—Te perdiste toda la diversión de hoy —me informó.

—¿Qué pasó? —pregunté, aparentando ser lo más indiferente posible.

—Hubo una gran erupción en el baño de chicas —explicó.

—Eso fue mi culpa. Me metí allí con Gina y Sally —sabía que tenía que contarle la verdad, al menos sobre la discusión. Ya sabía que el trío de Gina, Sally y Sam me iban a poner verde.

—Ah, ya. Eso ya lo sabía. Me alegro de le hayas hecho frente a esas zorras entrometidas —Jen abrió los ojos como platos, claramente emocionada.

—Fue como quitarse un peso de encima. Gina y Sally son verdaderas manipuladoras.

—Ya... pensé que todos habían cancelado la quedada. Y Sally no me dio ninguna razón, simplemente dejó un mensaje en mi móvil.

—¡Esa sucia rata! Sally te mintió a ti también —apreté los labios hasta formar una línea, irritada.

—Ay Dios, ¿qué es lo ha hecho ahora?

—Sally y Sam me tendieron una trampa. El sábado por la noche, Sam se presentó en mi puerta él sólo. Mintió y me dijo que el resto habían cancelado.

—¡Estás de broma! —Jen estaba boquiabierta.

—Ojalá lo estuviera —contesté—. Y, bueno... Sam y yo fuimos a la feria juntos. Yo honestamente pensé que era algo platónico, sólo un par de amigos pasando el rato juntos. Pero, luego, durante la última atracción, Sam se abalanzó sobre mí y me confesó que estaba saliendo con Gina.

—¡¿No lo sabías?! —los ojos de Jen se abrieron como platos.

—¡No! Pensé que eran sólo amigos —contesté—. En fin, Sam y yo tuvimos una discusión, y lo dejé tirado en la feria.

—¡Bien por ti! —Jen sonrió y estiró el brazo para que le chocara los cinco.

—Se pone aún peor —proseguí—. Sam va por ahí diciendo que me acosté con él, lo cual es mentira, y ahora Gina viene a por mí.

—¡Menudo perdedor! —gritó Jen.

—Pues sí, eso digo yo —el temor sobre todo este fiasco me tenía con un nudo en el estómago.

—No dejes que te dé un bajón por esos tres «amigos». Son su propia marca de veneno.

—Ojalá me hubiera quedado en casa —apuñalé mi pastel.

—Ha pasado algo más que te va a dejar patidifusa, literalmente —pude distinguir la emoción en los ojos de Jen, pero me puso de los nervios.

No podía salir nada bueno de esta pesadilla.

—¿Qué ha pasado?

—El baño de chicas se hizo cenizas —Jen estiró los brazos—. Hubo una fuga de gas que se prendió, y todo el baño se incendió. ¡Fue súper guay!

—¿Hubo algún herido? —el miedo plagaba mi mente.

—No, ningún herido. Lo más extraño es que nadie escuchó la explosión.

—¿De verdad? ¿Nadie?

—¿No es eso una locura?

—Sí, menuda locura —respondí, dándole vueltas en mi mente al hecho de que Bane y yo habíamos aterrizado, ilesos, en el campo de fútbol—. Entonces, ¿piensan que fue una fuga de gas? —cogí mi taza y me levanté de la mesa para servirme más café. Mi corazón latía a mil por hora. Me serví otra taza y me giré hacia Jen—. ¿Quieres otra?

—No, estoy bien, gracias —empujó su taza a un lado—. No puedo creer que no hayas visto las noticias. Ha estado saliendo en todos los canales.

Me recliné de nuevo en mi asiento.

—No tengo televisión.

—¡Vaya! Qué mierda.

—Supongo —me encogí de hombros—. Ya estoy acostumbrada —¡Joder! ¡Estaba saliendo en las noticias! Entonces, estaba segura de que también saldría en el periódico—. Me alivia saber que nadie salió herido —añadí.

—Oye, algo bueno ha salido a base de esto —Jen esbozó una sonrisa un tanto élfica.

—¿Qué? —creía que mi corazón iba a implosionar.

—¡No hay clases durante el resto de la semana! —exclamó.

—¿Tenemos toda una semana libre? —aquello era como música para mis oídos. No me metería en ninguna pelea durante al menos una semana.

—Deberíamos salir juntas. Podríamos ir a ver una película —sugirió Jen.

—¿Es que hay un cine aquí? —pregunté.

—No, pero hay uno en un pueblo cercano. ¡Y yo tengo coche! —Jen alzó sus llaves y las movió en el aire.

—Suena bien.

—Oye, ¡casi se me olvida! —estuvo a punto de caerse de su asiento.

—Ay no, ¿ahora qué?

—Hay alguien que está pilladísimo por ti —atisbé un destello de humor en sus ojos marrones.

—¿Qué? —pregunté, confundida.

—Uf, es que es muy fuerte... —esbozó una amplia sonrisa—. Aidan le dio una paliza a Sam.

—No me lo creo... —me quedé boquiabierta.

—Si el director no los hubiera separado, Sam habría terminado en el hospital, porque Aidan le dio una buena.

—¿Los viste? —me revolví en la silla, inquieta.

—Vi las secuelas. Sam estaba sangrando de la cabeza a los pies.

—¿Por qué iría Bane a por Sam? —pregunté.

—Tonta, ¿no lo sabes?

—No, supongo que no.

Jen parecía estar convencida de conocer los motivos de Bane, pero yo tenía mis dudas.

—Bane le partió la cara a Sam por difundir rumores sobre ti —explicó.

—Dudo realmente que Aidan Bane estuviera defendiendo mi honor —me burlé—. Ni siquiera nos gustamos como amigos.

—¿Estás ciega o qué? Ese chico nunca te quita los ojos de encima, y creo que a ti también te gusta —a Jen nunca le preocupaba ser franca. Eso era lo que me gustaba de ella. Nunca tenía que cuestionarla.

Esa noche, cuando la luna se alzó hacia el cielo estrellado, y el suave coro de cigarras cantaba entre los árboles, me acosté en la cama con un libro sobre mi pecho. A pesar de que traté de concentrarme en la lectura, mi mente divagaba hacia lo sucedido esa mañana. Había tachado a Sam de mi lista de amigos y no lo podía ni ver.

Entonces, pensé en Bane. Pensé en el odio que había atisbado en sus duros ojos azules y en la huella que había dejado en mi corazón. Me llevé la mano a los labios, recordando su beso. Había tratado de negar mis sentimientos, pero tenía que afrontar la verdad. Me gustaba Bane, y el misterio que se escondía detrás de sus ojos me llamaba. Estaba claro que debía de tener tendencias suicidas, teniendo en cuenta su temperamento. Sin embargo, nunca me había sentido más viva que cuando estaba con él. Había despertado un espíritu en mi interior que nunca supe que existía. Estos sentimientos inexplorados me cautivaban y aterraban al mismo tiempo.

Dejé el libro a un lado, me di la vuelta hasta quedar bocabajo y cerré los ojos con fuerza. Quería pensar en margaritas, cachorritos y luciérnagas. Maldita sea. Me odiaba a mí misma por mi debilidad.

OLVIDARLO

Me desperté sobresaltada y me incorporé al instante. La luz del sol me acarició la cara. Me froté los ojos para aclarar el desenfoque y tragué saliva para aliviar la sequedad de mi garganta. La misma pesadilla había regresado, persiguiéndome. Mi pecho estaba agitado y el sudor goteaba por todo mi cuerpo.

El sueño había comenzado con el chico sin rostro cogiéndome de la mano para conducirme por un pasillo oscuro. Su rostro permaneció oscurecido, pero el anillo que llevaba en su mano izquierda estaba a la vista: un cúmulo de diamantes negros que delineaban un ojo ovalado. Para mi consternación, me quedé parada en el centro de un círculo de túnicas negras. Trece hombres. Siempre eran trece. Luego, en algún lugar de la bruma, escuché el grito de un niño. Conforme mi mente me conducía a través del sueño, sentí un escalofrío

No obstante, en cuanto abrí los ojos, el sueño se esfumó. Los efectos nunca cambiaban, siempre me dejaba sintiendo que estaba cayendo en picado.

Me tomé un momento para recomponerme y estabilizar mi pulso. Un momento después, escuché sartenes traqueteando en el piso de abajo. ¡Mierda! Sara estaba en casa. Le eché un vistazo a la hora: las cuatro y media de la mañana. Las clases se habían cancelado, pero aún tenía trabajos que entregar. Me apresuré a ponerme en pie, quitándome las sábanas de encima, y corrí hacia mi baño.

Cuando terminé de vestirme, me dirigí al piso de abajo. Pensé en el camino de la muerte. Después de la pelea del domingo por la noche, no me sorprendería que Sara estuviera armada con una sartén de hierro. Cuando entré en la cocina, el olor a grasa caliente y a masa me golpeó la nariz.

«¡Ay, no, otra vez no!», pensé, «voy a potar».

Con un delantal con volantes atado alrededor de su cintura y una espátula en la mano, Sara estaba frente a los fuegos, haciendo tortitas. No podía culpar por completo a mi madre, ya que nunca me había molestado en desvelarle mi pequeño secreto: que odiaba las tortitas. Apreciaba las pocas veces que había hecho el esfuerzo de hacer de madre. Eso me llevó a preguntarme por qué la madre pródiga habría decidido regresar.

Sara alzó la cabeza para mirarme y sonrió.

—¡Buenos días! —saludó.

—Buenas —gruñí, arrastrando mis pies hacia el armario.

Fui directamente a coger mi taza favorita y me serví una taza de café negro. Después de agregarle leche, me senté a la mesa y empecé a soplarle al café, sin quitarle el ojo a Sara.

La bipolaridad de mi madre hacía que fuera impredecible, y el fiasco que había sucedido en el jardín delantero aún estaba muy presente. Me preguntaba qué tendría escondido bajo la manga. Probablemente tenía que pagar la factura del alquiler.

Me quedé sentada en la mesa, haciendo como si nada, pero internamente me sentía como un gato nervioso. Sara me entregó un plato hasta arriba de tortitas cubiertas con sirope. Un hedor a quemado flotó hacia mi nariz conforme miraba la mantequilla derretida que se deslizaba por la pila de tortitas. Traté de no echar la pota.

—Veo que todavía usas esa taza tan fea —Sara desplazó la mirada hacia mi taza y, luego, hacia mí.

No era ningún secreto que Sara odiaba cualquier cosa que le recordara a mi padre, lo cual incluía esta taza medio rota, decorada con corazones rojos descoloridos. No valía nada, pero para mí, era inestimable.

Era lo último que mi padre me había dado antes de su desafortunada muerte.

—Ya, siempre uso esta taza.

Sara se unió a mí a la mesa.

—He oído que hubo una explosión en el instituto —le dio un sorbo a su café.

—Sí, yo también.

—Me alegro de que estés bien —Sara esbozó una sonrisa.

—Doy gracias porque nadie saliera herido —respondí, y le di un trago a mi café.

Sara se retorció en su asiento, inquieta.

—Perdona por lo del domingo —se disculpó—. Sólo quería protegerte, eso es todo.

Conocía a mi madre. Cualquier acto de bondad por su parte escondía un motivo malvado.

—¿De verdad? —apenas alcé la mirada por encima del borde de mi taza.

—Me equivoqué al sacar conclusiones —mantuvo su mirada clavada en su taza de café.

Le eché un vistazo al reloj de la pared.

—Tengo que irme. Trabajo —forcé una sonrisa rápida y me levanté de la mesa.

—¡Espera! —Sara estiró la mano, agarrando mi brazo. Sus ojos parecían desesperados—. Francis estaba equivocado —suspiró—. Le juré que, si alguna vez volvía a intentar hacerte daño, rompería con él.

—No puedo hablar. Llego tarde —tiré de mi brazo para librarme de su agarre.

—Voy a pasar más tiempo por aquí. Espero que traigas a tu novio para cenar algún día. Me gusta mucho Aidan.

—No es mi novio, ni siquiera un amigo.

Fue entonces cuando terminó con aquella farsa y la verdadera Sara apareció como una serpiente de entre la hierba.

—Pues más vale que encuentres una manera, señorita —susurró—. ¡Porque es la mejor oportunidad que tienes!

—Puede que esto te sorprenda, pero tengo otras opciones. Ir a la universidad, por ejemplo —dejé mi taza en el fregadero y me giré para mirar a Sara—. Podemos hablar luego —la ira en mi voz fue tan intensa como la mirada perniciosa que me lanzó Sara.

Conforme me escabullía por la puerta de atrás, escuché el sonido de un plato golpeando contra el cristal de la ventana y los trozos de vidrio chocando contra el suelo. Tuve la corazonada de que Sara había tratado de darme a mí. Me alegré de que su puntería fuera tan mala por la mañana, porque ir cubierta de sirope durante todo el día no hubiera quedado bien con mi conjunto.

Después de terminar mi ruta, me dirigí a casa. Se me aceleró el pulso al pasar pitando por la esquina de la calle Santa Ana. Percibí el olor a lagerstroemias que inundaba el aire, la mejor fragancia del mundo. Llegué a la entrada de la casa. Por lo que podía ver, estaba vacía. En cualquier caso, quería comprobar el interior antes de poder relajarme por completo.

Momentos después, estaba parada en la cocina junto a la puerta trasera. Tal y como esperaba, el vidrio y las tortitas se entremezclaban y goteaban de la puerta hasta el suelo. Aparte de no haber limpiado el desastre que había causado, Sara había dejado la cafetera encendida, por lo que toda la casa apestaba a café requemado y a sirope.

—¡Mierda! Me va a llevar una semana deshacerme de este olor —me quejé.

Con un profundo suspiro, apagué la cafetera, saqué la escoba de la despensa y empecé a barrer aquel desastre. Necesitaba cubrir la ventana rota con algo hasta que pudiera repararla. Eso significaba que tendría que sacar el dinero de los pocos ahorros que tenía, lo cual me hizo pensar en el alquiler. Como Sara se negaba a darme el nombre del propietario, tenía las manos atadas. No tenía pensado darle mi dinero, eso estaba fuera de discusión, ya que se lo gastaría en lugar de pagar el alquiler. Sentí la repentina necesidad de arrojar algo. Ni siquiera sabía si yo tenía suficiente para pagar el mes completo. Puede que la Señora Noel hubiera hablado con su sobrino.

Mientras tanto, le pregunté a mi supervisor si tenía otras rutas de entrega de periódicos disponibles. Había estado trabajando un poco más los fines de semana, pero no era suficiente y, dado que no iba a tener clases esta semana, podría usar las horas extra para ganar algo más de dinero. Crucé los dedos. El supervisor me dijo que revisaría el horario y ya me diría algo. Para mí, eso significaba que sí.

Esa misma noche, Jen se pasó para recogerme. No podía dejar de hablar de su garito favorito en el centro, el Mother Blues. Aunque nunca había estado dentro, sabía qué sitio era. Estaba al otro lado de la calle donde se encontraba el Mudbug Café.

Nunca me habían llamado mucho la atención los clubs. Yo prefería la soledad de mi habitación o algún rincón tranquilo en un hotelucho. Aun así, le daría una oportunidad. Probablemente me tomaría una Coca-Cola y me quedaría mirando mientras Jen jugaba al billar o al futbolín. Aparte jactarse sobre sus habilidades, Jen juró que el antro tenía las mejores canciones y las mejores ostras fritas en toda Luisiana. Tomaría su palabra sobre las ostras, pero pasaría.

Cuando entramos en el Mother Blues, Jen guiando el camino, llevé a cabo una evaluación rápida del lugar. A pesar de que nunca antes había estado en un bar, me había imaginado algo similar a esto. Poca iluminación, nada especial. La principal atracción eran unas cuantas luces de neón que colgaban de la pared y varias mesas de billar y futbolín situadas bajo lámparas que iluminaban remotamente el lugar. Avisté la barra del bar y algunas mesas al fondo.

Lo único que podía oír era el jaleo, la música a todo volumen y las bolas de billar chocando entre sí. Además del licor, también olía a humo.

Jen localizó a un par de sus amigos y comenzó a caminar en su dirección. Mientras, yo deambulé hacia la parte del fondo, tratando de distinguir las cabezas que reconocía del instituto. Conocía a algunos, aunque no iba a clase con ninguno de ellos.

Cuando terminé de pedir una Coca-Cola, Jen me había alcanzado.

—Yo me tomaré lo que ha pedido ella —le dijo al del bar.

Le di un largo sorbo a mi bebida a través de la pajita conforme pasaba la mirada por el lugar.

—¿Te gusta? —gritó Jen por encima de la música a todo volumen a la vez que le pagaba al camarero por su bebida.

—Está genial —le sonreí.

—Te desafío a una partida de futbolín —me dio un codazo.

Se notaba que Jen estaba a gusto en este sitio. Aunque no me gustaban los juegos, sí que disfrutaba de su compañía. Era fácil hablar con ella, y me hacía reír con sus bromas. A pesar de que nadie podría reemplazar a Beck y a Laurie, Jen se acercaba bastante.

—Está bien, manos a la obra —me alejé de la barra, y nos abrimos camino hacia la esquina más al fondo.

Jen metió un par de monedas en la ranura de la mesa de futbolín, y la partida comenzó. Jugamos un par de partidas antes de que dos chicos de un pueblo vecino se unieran a nosotras. Entonces, Jen y yo formamos un mismo equipo y jugamos una partida contra los chicos. Juntas, Jen y yo éramos feroces. Ganamos tres partidas de cuatro.

Uno de los chicos comenzó a tirarme la caña. Estuvo tonteando conmigo durante toda la partida. Cuando terminamos, Jen y el chico de cabello oscuro se marcharon hacia la barra, dejándome a solas con el rubio alto. Era tímido como yo, por lo que ambos nos dedicamos más a sonreír que a hablar. Cuando, finalmente, se armó de valor, se inclinó y me susurró una tontería al oído, hablando de cualquier cosa. Estaba sonriendo, disfrutando de la velada, hasta que alcé la vista y mi rostro se puso rojo como un tomate.

Aidan Bane acababa de entrar en el bar.

Fue como si todo se hubiera congelado y lo único que podía escuchar era mi corazón palpitante. Bane me vio desde el otro extremo de la sala, y nuestras miradas se cruzaron. Se me puso la piel de gallina por todo el cuerpo. El chico tenía ese tipo de efecto en mí. No mostró ningún indicio de conocerme, lo que hizo que sintiera un repentino pinchazo de dolor apuñalarme el pecho. El rechazo de Bane me molestaba más de lo que quería admitir.

Se unió a un pequeño grupo de chicos que se encontraban junto a una mesa de billar en el lado opuesto a nosotros. No reconocía a ninguno de los chicos. Estaban apiñados en un círculo, riéndose y chocando los cinco los unos con los otros.

Bane sacó un palo de billar de la funda. Supuse que sería bastante bueno jugando al billar. Claro que estaba en el genoma del ADN de cada niño rico que tenían que conducir un Corvette y emplear a un mayordomo, y, además, venían equipados con su propio palo. No era un juego de palabras.

El chico rubio me atrajo hacia sí.

—¿Quieres que nos sentemos en una mesa? Te conseguiré otra Coca-Cola. Yo pago —me sonrió.

El tipo era bastante atractivo. Me recordaba a Logan. Pero no preveía que fuéramos a tener nada más que una amistad. Sin embargo, teniendo en cuenta que estaba soltera, no me vendría mal disfrutar de un poco de coqueteo inofensivo. No necesitaba permiso para hacer eso.

—¡Claro! —sonreí tímidamente.

El chico me guio a través de la multitud hacia una mesa vacía. Curiosamente, seguía sintiendo un par de ojos azules clavados en el centro de mis omóplatos, lo cual estaba empezando a irritarme.

Jen y el otro tipo se unieron a nosotros.

—Chica, tienes que probar las ostras fritas —me dijo ésta.

Miré hacia abajo y vi que ambos sostenían una cesta cada uno de algo que se parecía a los *Nuggets*. Aunque esto no olía a pollo frito, y el olor casi me hizo potar.

—Gracias, pero paso —sonreí, aguantando la respiración.

Jen y el chico de pelo oscuro se rieron.

Enseguida, el chico rubio regresó con dos Coca-Colas y dos perritos calientes. Conforme se sentaba junto a mí, empujó un perrito y una bebida frente a mí.

—Aquí tienes, preciosa.

—¡Genial! Gracias.

Compartimos una breve mirada y una sonrisa sin vida. Era extraño que aún no hubiéramos intercambiado nuestros nombres y, aún más extraño, que no me molestara lo suficiente como para preguntar.

Afortunadamente, Jen y los dos chicos tenían labia, así que yo me contenté con mirar y escuchar. En realidad, no hablaron de nada en particular, y yo estaba más que contenta de poder permanecer sentada y escuchar.

Entonces, el ambiente cambió cuando capté una sombra oscura por el rabillo del ojo. Aidan Bane iba de camino hacia nuestra mesa. Debería haberlo sabido.

—¡Buenas noches! —su sonrisa se extendió a través de su rostro oscuro, revelando su distintiva sonrisa perlada.

La charla en nuestra mesa cesó, y Jen y yo compartimos una mirada irónica.

—¡Hola, Aidan! —saludó Jen, siendo educada—. ¿Cuándo has llegado?

—Eh, ahora mismo. He quedado aquí con algunos amigos —luego, volvió a clavar sus ojos sobre mí—. Stevie, ¿podría hablar contigo un momento? —gestionó con la cabeza hacia la puerta.

—Eh... estoy con mis amigos. ¿Puede esperar?

Estaba teniendo una disputa interna. Quería ir con él, pero la pequeña voz en mi cabeza gritaba... «¡no vayas!»

Bane se rascó la mandíbula.

—No tardaré mucho —sonrió, pero no se reflejó en sus ojos.

Me quedé mirándolo, dubitativa. Hasta que, con un largo suspiro, asentí con la cabeza.

—Vale —acepté—. Pero que sea rápido.

El muchacho rubio se levantó de la mesa para que yo pudiera salir y fulminó con la mirada a Aidan.

—¿Estás bien? —me preguntó.

—Estoy bien. Volveré. Guárdame el sitio —esbocé una sonrisa.

El chico le volvió a lanzar una mirada asesina a Bane, luego, me volvió a mirar y asintió. Me alegré de que no intentara provocar a Bane, aunque tenía la impresión de que el chico se sentía un poco intimidado por la altura imponente de Bane. Sólo estar en presencia de Bane podría hacer que una persona se sintiera incómoda. Tenía ese efecto en la gente.

Tomé la iniciativa, saliendo fuera. Bane me siguió, pisándome los talones. Me imaginaba que querría hablar de la explosión, aunque yo preferiría pretender que no había sucedido. No era como si hubiéramos hecho explotar el baño con dinamita, simplemente nos encontramos en el lugar equivocado en el momento equivocado.

Luego, recordé que habíamos aterrizado en el estadio de fútbol al otro lado del campus del instituto. Ese pequeño hecho me asustaba de muchas maneras. La explicación de cómo habíamos aterrizado a cientos de metros de distancia estaba fuera de mi alcance.

Tan pronto como nos encontramos lo suficientemente lejos como para que nadie nos oyera, fuera de la vista de la gente, giré sobre mis talones, y lo miré.

—¿Ahora qué? —estaba ansiosa.

—¿Quién es esa chica con la que estás? —arrastró las palabras con un extraño tono de voz.

—¿Jen? —arqueé una ceja.

—Me refería a la otra chica —Bane esbozó una sonrisa malvada. Bajo la luz de la luna, su mirada era tan afilada como una navaja de afeitar.

Respiré profundamente.

—¿Qué quieres, Aidan? —esta era la primera vez que me permitía llamarlo por su nombre. Me recliné contra la pared, brazos cruzados sobre el pecho, aun sintiendo el dolor causado por lo que me había dicho en nuestro último encuentro.

Bane dio un paso hacia delante, entrando en mi espacio personal, y, con ternura, sus dedos trazaron la línea de mi pómulo. El arrepentimiento parecía estar pesando mucho sobre sus hombros. Suspiró.

—Sólo quería disculparme —las comisuras de su boca se curvaron hacia arriba, casi formando una sonrisa, pero enseguida se desvaneció.

—¿Por qué la disculpa? Te creíste los rumores.

—Sí, sobre eso... —inhaló profundamente—. Mi comportamiento fue bastante deplorable.

Curiosamente, aunque estaba bastante enfadada, lo único en lo que podía pensar era en nuestro beso.

—No te lo voy a discutir.

No iba a ceder tan rápido. Podría haberme llamado o pasarse por mi casa en lugar de encontrarse conmigo por casualidad. Pero, para ser justos, le había dicho que se mantuviera alejado.

—¿Sabes qué causó la explosión? —le pregunté.

El semblante de Bane se mantuvo cortés, demasiado sereno, como si estuviera jugando al póquer.

—Menudo espectáculo, ¿no? —se frotó la mandíbula con el pulgar.

Acerqué los labios a su oreja.

—¿Cómo sobrevivimos a eso sin siquiera un rasguño? —susurré.

—Cosas más extrañas han pasado —se encogió de hombros.

—Cosas extrañas suceden a tu alrededor —entrecerré los ojos—. ¿Por qué?

—¿Como qué? —preguntó, sus ojos llenos de secretos.

—¡Como cada maldita vez que respiro! —exclamé.

Bane era más que exasperante. Me presionó contra la pared, y nuestros muslos se tocaron. Dios, olía demasiado bien.

—¿No puedes dejarlo estar? —susurró mientras jugaba con un mechón de mi cabello.

Recordé la amenaza que me había lanzado en el nido de luciérnagas. Era difícil de olvidar.

—Si no lo hago, ¿vas a enterrar mi cuerpo debajo de tu casa?

—Princesa —su voz era suave como el satén—, tu paranoia me está empezando a preocupar.

—Siento molestarte —respondí con sarcasmo.

Reinó un silencio frágil entre nosotros cuando nuestras miradas se cruzaron, heladas, incapaces de apartarse el uno del otro. ¿Por qué no podía alejarme y no mirar hacia atrás? Y olvidarme de él. ¿Por qué tenía que ser él? Aidan Bane era problemático. Sin embargo, todo el sentido común me abandonaba cuando me perdía en sus ojos azules como el mar. Fuera lo que fuese lo que había entre nosotros, era mucho más profundo y más significativo que cualquier cosa a la que me hubiera enfrentado, y me aterrorizaba a dónde podría llevarme esto.

Entonces, el breve silencio se rompió cuando Bane respondió.

—Te comportas como si estas cosas tan minúsculas mancharan tu propiedad. ¿Por qué debes insistir en estos asuntos como si estuvieran atados a tu tobillo?

—¿La gente de donde tú vienes habla como tú? —le solté de repente. Morderme la lengua no era una de mis virtudes.

Se rascó detrás de la oreja.

—¿Ahora tienes un problema con mi lenguaje? —inclinó la cabeza hacia un lado.

Sentí su cálido aliento contra mis mejillas.

—Hablas como el abuelo de mi abuelo. En mi opinión.

Aidan echó la cabeza hacia atrás y soltó una carcajada. Cuando volvió a respirar, la risa todavía brillaba en sus ojos.

—Nunca dejas de divertirme, Stevie Ray.

Me gustó la forma en que pronunció mi nombre.

Estiró la mano y paseó sus dedos sensualmente a lo largo de mi brazo. Contuve la respiración y dejé caer los brazos, inmóvil.

—¿Qué estás haciendo? —le pregunté.

Sus manos se deslizaron hacia mis caderas, y me atrajo con fuerza contra su torso musculoso. Me quedé helada cuando acarició mis labios con los suyos y, luego, se deslizó hacia el lóbulo de mi oreja.

—Estoy teniendo una charla encantadora con mi chica —murmuró, y me penetró con sus ojos azules de nuevo—. ¿Es eso un problema? —atisbé una chispa de deseo en sus ojos.

«¡Escalofríos! ¡Malditos escalofríos!», pensé.

—Depende.

Ignoró mi respuesta conforme sus manos se abrían paso bajo mi camiseta, sus palmas calientes entrando en contacto con mi piel.

«¡Jesucristo!» Me estremecí.

—¿De qué depende? —rozó mi nariz con la suya y, luego, besó ligeramente mi boca.

Tenía que rescatar mi dignidad y resistir sus avances. Cuando había pocas reglas en la batalla, jugar sucio no era impropio de mí. Entonces, saqué la tarjeta paternal.

—Depende de si mi madre empieza a perseguirte con una escoba o no —gestioné con la cabeza hacia el restaurante que estaba al otro lado de la calle—. Las luces todavía están encendidas.

Le echó un vistazo por encima del hombro y, luego, me volvió a mirar.

—Supongo que eso presenta un problema —suspiró con fuerza—. Vámonos de aquí —esbozó su característica sonrisa de dientes blancos perlados y hoyuelos.

Mi corazón quería decir que sí, pero mi buen sentido gritó que no.

—No puedo. Estoy con Jen —dije.

Entonces, como si un ladrillo me hubiera golpeado en la cabeza, caí en la cuenta de que Aidan Bane sólo estaba buscando una cosa... ¡sexo! Me puse rígida.

—No escuchas la palabra «no» muy a menudo, ¿verdad?

—Raramente —esbozó una sonrisa sardónica.

—Bueno, pues que este sea el primero —le di un golpe con el dedo en el pecho—. No. Nada. Ni ahora, ni nunca. ¡No puedes simplemente aparecer sin ser invitado y esperar que abandone a mis amigos y me vaya contigo cuando a ti te venga bien! —me alejé de la pared y salí por patas, volviendo al interior del bar donde se encontraban mis verdaderos amigos.

—¡No lo entiendo! —gritó Bane, levantando las manos en el aire, irritado—. ¿Qué es lo que he hecho mal?

Me detuve con la mano sobre la puerta de cristal. Mi mirada furiosa se encontró con la cara de Bane.

—¡Me merezco algo mejor! —exclamé.

Y desaparecí en el interior del bar. No importaba cuánto me gustara Bane, no iba a dejar que me usara.

Jen y los dos chicos, cuyos nombres aún desconocía, estaban sentados en la mesa donde los había dejado. Supe que, con sólo echarle un vistazo a mi cara, Jen sabía que no estaba bien.

—Oye, ¿estás bien? —me preguntó.

Me senté al lado del chico rubio, agarré mi Coca-Cola, y le di un sorbo a la bebida aguada.

—Estoy bien —desvié la mirada, tratando de tranquilizarme. Se me comenzaron a acumular las lágrimas en los ojos, y no podía detenerlas.

Me puse en pie y corrí hasta el baño de las chicas conforme las lágrimas caían por mis mejillas. Encontré el letrero encima de la puerta en el que ponía «aseos» en letras blancas. Me metí por el corto pasillo corriendo antes de que alguien me viera sollozando. Justo cuando llegué a la puerta con el símbolo de la mujer, recordé la explosión y me quedé helada. Desde la explosión, desconfiaba un poco de cualquier instalación pública con aseos. Cambiando de idea, encontré privacidad en una vieja cabina telefónica y me metí dentro. Sólo necesitaba un minuto para respirar.

—¿Qué ha pasado entre tú y Aidan? —me preguntó Jen más tarde esa noche, de camino a casa.

—Aparte de que es un imbécil, nada —fruncí el ceño.

—Vi tu cara. Estabas molesta, tía.

Suspiré y me di por vencida.

—Bane esperaba que fuera un polvo asegurado —dije.

—¡Menudo idiota! —exclamó Jen, boquiabierta.

—Sí, ¿verdad? —negué con la cabeza—. Le dije que no, y eso puso fin a cualquier interés de corto plazo que sintiera por mí —me encogí de hombros.

No obstante, por dentro, mi corazón estaba roto.

—Peor para él. ¿Verdad?

—¡Verdad! —le ofrecí una sonrisa.

—¿Quieres quedarte en mi casa esta noche? Tengo películas que podemos ver. Podemos hacer palomitas de maíz y quedarnos despiertas toda la noche.

Jen me había lanzado un tentador cebo. Si hubiera sido cualquier otra noche, habría aceptado su oferta.

—Suena genial, pero tengo que trabajar por la mañana. ¿Lo posponemos? —le pregunté.

—¡Absolutamente! Oye, Al me ha pedido salir. Su amigo, Cal, el rubio, creo que está pillado por ti. Al mencionó que podríamos ir todos juntos al cine este viernes. Podemos hacer que sea una cita doble.

Me dio la sensación de que yo iba incluida en el paquete. Puede que el chico que le gustaba a Jen no fuera si su amigo no iba. Lo haría por Jen, en cualquier momento. El chico rubio era guapo y muy amable, una buena distracción para un corazón dolorido.

—Sí, suena divertido. Deja que le pregunte a mi madre.

No tenía que pedirle permiso a Sara, pero lo dije por si cambiaba de opinión, así tendría una excusa para escabullirme sin herir los sentimientos de Jen.

SOBRENATURAL

El instituto volvió a abrir, lo que supuso el fin de nuestras cortas vacaciones. Cuando llegó el lunes, las cosas parecían haber vuelto a la normalidad.

Mi preocupación por que me arrestaran disminuyó cuando el instituto y el inspector de incendios declararon que la causa de la explosión había sido una fuga de gas, y yo no estaba preparada para discutírselo. Teniendo en cuenta todo lo ocurrido, cualquiera con medio cerebro sabría que el gas ni siquiera había sido un factor. No obstante, me había guardado ese pequeño secreto para mí y había disfrutado de mi semana de vacaciones. Jen y yo habíamos pasado la mayor parte del tiempo juntas, a veces en su casa y otras en la mía. Al final, no habíamos tenido una cita con los dos chicos porque Al había llamado a Jen y lo había cancelado. Al parecer, había contraído la gripe y se había quedado sin blanca para todo el fin de semana. Una pena, pero esas cosas pasan.

El lunes a primera hora tenía clase de inglés y un ajuste de cuentas pendiente con Sally. Ella era la que había empezado toda esta mierda entre Gina y yo. Ver hasta dónde había ido Sally para hacerle daño a su mejor amiga me impresionaba. Había llegado la hora de ajustar cuentas.

Cuando entré en clase, vi que Sally se encontraba en su mesa, retorciendo las manos nerviosamente. Bien, me deleité con su ansiedad. Mis ojos se fijaron en el escritorio vacío de Aidan, y me sentí aliviada. Estaba demasiado ocupada con Sally y no necesitaba su interferencia.

Dejé caer mis libros sobre la mesa con un golpe seco que resonó por encima del animado parloteo de la clase, sorprendiendo a Sally.

Ahogué una risa.

—Hola, Sally —no me molesté en ocultar la ira en mi tono.

—Ah, hola —respondió sumisamente.

Me puse en pie, de brazos cruzados, mirando fijamente a mi enemiga.

—¡Qué demonios, Sally! ¿Por qué te unirías a Sam para hacerle daño a tu mejor amiga? —la acusé.

Los hombros de Sally se desplomaron y, tras un par de segundos, se dio la vuelta y para enfrentarme.

—No tenía la intención de meterte en medio —se defendió.

—Entonces, ¿por qué me involucraste?

Todo el cuerpo de Sally se agitó con un largo suspiro.

—A Sam le gustabas, y pensé que deberíais de liaros.

—¡Eso es mentira, Sally! ¡Dime la verdad!

—¡Está bien! —Sally levantó la mano en señal de protesta, y los hechos comenzaron a salir por su boca—. Gina no tiene ningún problema para conseguir novios —dijo, secándose una lágrima—. Aidan no estaba mintiendo cuando dijo lo de Gina bajo las gradas. El chico con el que se enrolló es alguien que a mí me gustaba, y Gina sabía que yo también estaba pillada por él —se lamió los labios secos—. Así que fui a ver a Sam y le conté lo de Gina. Y, entonces, él te mencionó —se retorció en su asiento—. Sam y yo queríamos devolvérsela a Gina. Sabíamos que Gina y tú os odiabais y... —se encogió de hombros—. Ya sabes el resto.

Quería propinarle un puñetazo en la cara.

—¡Era un plan penoso, Sally! —exclamé.

—Supongo —continuó retorciéndose las manos, evitando mirarme a los ojos.

—¿Pensaste en algún momento que tu idea podría hacerme daño?

—Lo siento —espetó como si la estuviera molestando.

—¿Lo sientes? ¿Eso es todo lo que puedes decir?

—Pensé que te gustaba Sam —Sally se encogió de hombros, como un perro acorralado en una esquina.

—Sam y tú me tendisteis una trampa para vengaros de Gina. ¿Te has molestado en contarle a tu mejor amiga ese pequeño detalle?

—¡No! —negó con la cabeza—. Y tampoco planeo hacerlo.

—¡Oh! Sí, claro. ¿Crees que Gina lo va a dejar pasar?

—No lo sé. No soy su cuidadora.

—¿De verdad? Tienes que aclarar esto con tu chica. Gracias a ti y a Sam, ahora tengo un objetivo pegado a la espalda.

—He dicho que lo siento —su actitud desenfadada me dejó de una pieza.

—Un lo siento no va a arreglar este fiasco —me pasé los dedos por el pelo.

—¡Lo pillo! No volverá a pasar.

—Oh, ya te digo yo que no —desvié la mirada. Mirar su patética cara era como tener arena en los pantalones.

Sally fue salvada por la campana, ya que la señora Jenkins entró en la clase, terminando con nuestra discusión.

Todos perdíamos en esta situación con Sally, pero permanecer enfadada con ella era un desperdicio de buena energía y, para ser sincera, sentía pena por ella. Al principio, no había entendido la conexión entre las dos chicas. Parecían tan diferentes. Sin embargo, ahora, estaba más claro que el agua. Sally era débil y no tenía agallas para defenderse, y haría cualquier cosa para captar la atención del sexo opuesto. Por otro lado, Gina se alimenta de las inseguridades de Sally y la utilizaba para recordarse a sí misma que ella era superior, la bomba rubia. Gina y Sally se merecían la una a la otra. Ambas eran las peores amigas posibles, tanto la una para la otra, como para cualquier otra persona en sus garras.

Cuando la profesora comenzó a pasar lista, Aidan Bane entró en el aula, tarde, como si fuera la excepción. Era el epítome del chico malo al que no parecía importarle la autoridad.

La señorita Jenkins le lanzó una mirada furiosa. Bane le guiñó un ojo en respuesta, antagonizándola aún más mientras se dirigía a su mesa. Me preguntaba por qué la profesora no lo mandaba a la oficina del director. Puede que recibiera un tratamiento especial debido a que sus padres tenían los bolsillos llenos, o puede que el profesorado le tuviera miedo. Había visto su temperamento en acción, y era intimidante en el mejor de los casos.

Cuando Bane pasó junto a mí de camino a su asiento, no me miró, y me dolió un poco que me hiciera el vacío. Bane me estaba volviendo loca. Nunca había querido no querer algo tanto en mi vida. ¿Por qué me castigaba a mí misma?

Pasé el resto de la clase sintiéndome como un sándwich de jamón york; delante de mí estaba sentada Sally, el conejito energético con sus incesantes chillidos y, detrás de mí, Bane, lanzándome miradas asesinas contra mi espalda.

Finalmente, cuando sonó el timbre, Aidan pasó pitando a mi lado como si se dirigiera hacia un incendio. En fin, no importaba. Nuestro pequeño rollo había terminado. Fruncí el ceño mientras reunía mis libros y me dirigí al gimnasio. Gimnasia no era mi asignatura favorita. Además, tener que ducharse delate de extraños era lo peor.

Después de gimnasia, la entrenadora Rosedale me llevó a un lado.

—Oye, ¿te gustaría ganar un poco de dinero extra? —me preguntó.

—Claro. ¿Qué tienes pensado? —pregunté.

Me caía bien la entrenadora. Era dura pero justa.

—La sala de almacenamiento necesita un poco de reorganización. Te daré cincuenta dólares si quieres el trabajo.

—¡Genial! Sí, señora, estaré encantada de hacer el trabajo —acepté.

—Perfecto —sus pequeños ojos marrones brillaron de alegría—. Pásate por mi oficina después de las clases para que puedas empezar. La limpieza no debería de llevarte más de un par de horas como mucho —me dio unas palmaditas en el hombro y se marchó en la dirección opuesta, por el pasillo.

¡Qué oportuna! Es cierto que necesitaba el dinero. Me preocupaba que el casero viera la ventana que Sara había roto y nos desalojara por daños a la propiedad, lo cual ya nos había sucedido antes. Le eché un vistazo al reloj de la pared. Sólo tenía dos minutos para llegar a la clase de historia antes de que sonara el timbre.

Cuando las clases terminaron al final del día, el taconeo de los pies y las risas llenaron los pasillos, y un mar de cabezas y mochilas se dirigió hacia la puerta principal.

Cuando terminé de dejar los libros en mi taquilla, los pasillos se habían despejado. Me resultó raro escuchar sólo el eco de mis pisadas rebotando contra las taquillas mientras caminaba hacia el gimnasio.

Cuando por fin atravesé el gimnasio y llegué a la oficina de la entrenadora, me paré en seco, divisando un sobre blanco con mi nombre pegado a la puerta. Lo despegué y lo abrí. Dentro, encontré una llave y un mensaje corto.

Stevie, por favor, reorganiza todo el equipamiento. Lava los uniformes, barre y saca la basura. Pásate por aquí mañana antes de las clases, y te daré el dinero. Lamento haberme marchado. Emergencia familiar.
Gracias,
La entrenadora Rosedale.

Estaba un poco decepcionada, puesto que había asumido que la entrenadora me estaría esperando. Bueno, no era un problema, no necesitaba que me llevaran de la mano. Me encogí de hombros.

Cogí la llave, tiré el papel a la basura y me fui hacia la sala de almacenamiento. Tarareé una melodía mientras abría la puerta.

«Es una pena que no pueda usar este dinero extra para comprarme un par de auriculares, porque me encantaría poder escuchar música en este momento», pensé.

Abrí la puerta con la llave y di un paso hacia el interior, buscando el interruptor de la luz.

—Ah, ahí está —murmuré. Estiré el brazo y le di al interruptor. Inmediatamente, la bombilla parpadeó y se extinguió. La negrura me envolvió, y jadeé, sobresaltada—. ¡Mierda! —percibí un tufillo e inmediatamente me tapé la nariz.

Tanteando como una persona ciega, saqué mi móvil y encendí la linterna. Moví la pequeña corriente de luz de un lado al otro de la habitación, y se me cayó el alma a los pies. La entrenadora se había saltado algunos pequeños detalles sin importancia. El lugar parecía una leonera. Había basura tirada por el suelo, ropa arrojada en un montón... Ni de broma iba a tardar dos horas. Limpiar de este lío me iba a llevar toda la noche.

Me balanceé sobre los talones, debatiendo sobre la situación. Era demasiado tarde para echarse atrás, aunque le podría decir a la entrenadora que me había enfermado. Sentí una pizca de esperanza. Luego, recordé la ventana rota y se me cayó el alma a los pies.

Con los hombros caídos, me di la vuelta, echándole un buen vistazo al desorden con la poca luz de la linterna de mi móvil. Vislumbré una linterna potente en la esquina del estante y sentí una ráfaga de alivio e ira pasar por todo mi cuerpo. Al menos tenía algo de luz con la que trabajar, pero, por otro lado, la entrenadora debería de haber sabido que la bombilla estaba a punto de fundirse.

Sentir lástima por mí misma no haría el trabajo. Me retiré el pelo de la cara, agarré la linterna y la encendí. No era tan luminosa como la iluminación fluorescente, pero era mejor que la linterna de mi móvil. Entonces, encontré una cesta al fondo y decidí que primero comenzaría a meter la ropa sucia ahí. Cuando estaba llena, me dirigí a la lavandería que se encontraba al final de un corto pasillo. La misma melodía de antes volvió a mi mente, una de las canciones de Charlie Puth, *I Warned Myself*, y empecé a tararearla. La música era atemporal.

Inesperadamente, el calor de la habitación se disipó repentinamente, y una brisa fría subió por mi espalda. Atisbé una sombra oscura moviéndose en la oscuridad de mi linterna, y me quedé sin aliento. Me di la vuelta sobre mis talones y enfoqué la luz sobre las taquillas, pero no vi nada. Aliviada, solté un largo suspiro cuando vi un balón de fútbol rodando por el suelo. Su eco resonó en mi mente hasta que se detuvo a mis pies.

—Qué paranoica —me reí y le propiné una patada rápida.

Entré en la pequeña sala de lavandería y arrojé la ropa en la lavadora, agregué el jabón y cambié la temperatura del agua a caliente. Cerré la puerta y me volví, sosteniendo la linterna por delante para que extendiera su haz de luz por el suelo. Fue entonces cuando capté la silueta de un hombre de pie entre las sombras. Sobresaltada, chillé y, rápidamente, iluminé con la linterna la pared de las taquillas. Aun así, ¡nada!

—Soy una cobardica —me regañé.

De repente, mi mirada aterrizó en un par de botas negras que caminaban hacia la tenue luz. Los zapatos no se movían solos.

—¡A la porra! —solté. El pánico brotó de mi garganta.

Fui directa hacia la puerta. Justo cuando mis dedos rodearon el manillar de la puerta, unos puños me tiraron del pelo y me mandaron volando por la sala hasta que choqué contra una pila de ropa sucia. La linterna salió volando, y una oscuridad total devoró la sala de almacenamiento.

Parpadeé por un segundo conforme caía en la cuenta de que estaba en peligro. ¡Tenía que llamar al 911! Con manos temblorosas, me apresuré a tantear en mi bolsillo trasero, pero enseguida sentí un pinchazo agudo.

—¡Ay! —retiré los dedos, sintiendo algo húmedo y pegajoso. ¡Sangre! Debía de haber aplastado el teléfono cuando caí contra el suelo.

El miedo se apoderó de mi garganta y comencé a jadear. Al no tener un teléfono, estaba a la merced de este acosador.

Cuando volví a respirar, un puño agarró un montón de mi pelo y tiró de mí hasta que me puse de pie. El dolor me estaba atormentando, pero luché, agitando las manos en el aire, hasta que una repentina explosión de calor me golpeó la cara. Me tapé los ojos ante la luminosidad conforme una voz aparecía por detrás de la luz.

—Nos volvemos a encontrar —la voz del extraño pitó como una máquina cuando habló.

Me quedé sin aliento. ¡El hombre de negro de la feria! Debía de haberme seguido.

Sin que yo pudiera hacer nada para evitarlo, me levantó por la coronilla de la cabeza, dejándome colgando. Estaba aterrada y dolorida.

—¡Por favor, señor! Deja que me vaya —le rogué, llorando.

—¿Es que no te han contado nada?

—¿Quién? ¿A quién te refieres? —grité—. ¡Por favor, deja que me vaya! No se lo diré a nadie. ¡Lo juro!

Produjo un sonido gutural profundo que sonó como un animal.

—Esperaba que lucharas más. Estoy bastante decepcionado.

—¡Por favor, sólo deja que me vaya!

—Es una pena que no te hayan hablado de las historias de tu herencia.

—Señor, yo no soy nadie. ¡Tienes a la persona equivocada! —exclamé.

—Ahí es donde te equivocas, ángel.

Tenía que actuar rápido si quería sobrevivir, así que decidí acribillarlo a preguntas.

—¿Por qué me estabas siguiendo en la feria? —solté.

Cuanto más tiempo pasara hablando, más viviría.

—Represento a una facción muy antigua. Mi misión es vigilarte.

—¿Por qué te contrataría alguien para vigilarme? —inquirí.

—No soy un humilde mundano —me mostró sus dientes irregulares—. Sin embargo, soy un esclavo.

—¡Lo siento, lo siento! ¡Lo siento tanto! Sólo estoy tratando de entender todo esto. Eso es todo, señor —atisbé la puerta, a sólo unos metros de distancia. Puede que tuviera una oportunidad de escapar.

«Continúa distrayéndolo», me instó una voz en mi cabeza.

—¿Un prisionero? Eso es horrible.

—Ni te lo imaginas —gruñó.

Decidí hacerme la simpática.

—Cuéntame más. Me gustaría saber más —intenté ignorar el dolor que sentía y traté de sonar interesada.

—¿La palabra Illuminati te dice algo?

—No. Nunca he oído hablar de eso —apreté los ojos con fuerza.

¡Ay, dios! Quería vomitar.

—¡Estás mintiendo! —me sacudió con aún más fuerza—. Tu novio es miembro de la familia.

—Señor, yo no tengo novio.

—Eres muy valiosa para él.

—¡No sé de quién estás hablando! —el extraño apretó con más fuerza, haciéndome gritar—. ¡Lo juro! ¡No lo sé!

—Eres una mentirosa muy dotada —meditó—. Pero no lo suficiente como para engañarme. Te conozco muy bien. Al fin y al cabo, llevo observándote desde tu infancia. Eres un híbrido, propiedad de la familia. No eres más humana que yo.

—¡Mira! —le golpeé la mano—. No sé nada de esa familia, señor.

El extraño me acercó más a su torso y olfateó mi cuerpo como una bestia carnal, moviendo sus fosas nasales.

—Hueles bastante bien —gruñó—. Tú y yo nos vamos a divertir —dijo contra mi cabello.

El miedo se apoderó de mí. No me cabía duda alguna de que antes de que acabara conmigo, estaría rogando que me matara.

—¡Por favor, no me hagas daño! —supliqué.

—Me temo que no puedo cumplir con tu solicitud —besó mi mejilla, lo cual hizo que se me revolviera el estómago—. Verás, debo castigarlos por deshonrar a mi especie. Debo vengarme de ellos.

—¡Pues ve tras ellos! —grité—. Conmigo no tienes ningún problema —examiné la habitación con la mirada con la esperanza de encontrar un arma a mi alcance.

—Ah... estoy haciendo precisamente eso. Eres una mercancía invaluable para la familia y, sin embargo, te han dejado desprotegida. Así de tontos son.

Toda mi vida pasó por delante de mis ojos. Quería vivir. Sabía con innegable certeza que tenía que luchar.

—¡No te creo! —grité, soltándole lo primero que me vino a la mente —. Sólo eres un feo pervertido que se ha olvidado de tomarse sus medicamentos —escupí saliva en su cara—. ¡Eres un esquizo, loco y bastardo, vuelve al agujero del que has salido! —si lo enfureciera lo suficiente, puede que aflojara su agarre.

En un movimiento rápido, me sacudió la cabeza con tanta fuerza que el dolor me atravesó la columna vertebral, y estuve a punto de desmayarme.

—Te mostraré lo que soy —esbozó una sonrisa orgullosa y, entonces, todo se volvió extraño.

El hombre dejó caer sus gafas de sol, revelando sus ojos. La visión que había tenido con la señora Noel apareció en mi mente. Me quedé helada, mirando los ojos del diablo de un amarillo repugnante, idénticos a los ojos de un gato.

Sin previo aviso, soltó su agarre y su risa atravesó la tenue luz. Dio un paso atrás, con los hombros rectos, preparado como un bailarín de ballet. Entonces, como si estuviera actuando en un escenario, comenzó a bailar un vals, de un lado para otro, adelante y atrás, desapareciendo y materializándose ante mis ojos.

—Ahora me ves... —gritó—. Ahora no me ves.

Observé en silencio, aturdida, mientras desaparecía en un lugar y reaparecía en otro. Entonces, aproveché mi oportunidad y eché a correr a toda velocidad hacia la puerta. Sin embargo, antes de que pudiera llegar, la criatura me agarró del pelo y me arrojó con una fuerza letal contra las taquillas de metal, golpeándome.

Grité, luchando por mi vida. Me dolía la cabeza y mi cuerpo se encogía de la agonía. La sangre saturó mi cabello, mi ropa. Era hombre muerto.

Entonces, mi mente comenzó a caer por un túnel, dejándome en un estado de ensueño.

—Ya estás a salvo, princesa. Te tengo —susurró Bane, cerniéndose sobre mí.

El calor envolvió mi cuerpo helado, y un débil resplandor me rodeó mientras entraba y salía de un estado de conciencia. Una sensación de calma se apoderó de mí, y cerré los ojos mientras llegaba el sueño.

RECUPERACIÓN

Cuando me desperté y abrí los ojos, estaba mareada, tratando de luchar contra el monstruo que plagaba mi mente. Al escuchar la voz de Bane, me calmé, tranquilizándome.

Un fuerte latido resonó en la parte posterior de mi cabeza, y el resto del cuerpo me dolía. Traté de levantar la cabeza, pero Bane, con suavidad, mantuvo mis hombros apoyados contra la cama.

—No te muevas, amor —su voz me calmó como una canción de cuna. Me aferré a ella como si fuera mi salvavidas.

Toqué con los dedos la parte posterior de mi cabeza y me estremecí de dolor. Luego, cerré los ojos, bloqueando la luz molesta.

—¿Qué ha pasado? —mi voz sonaba áspera.

Bane estaba sentado en el borde de mi cama, sus dedos entrelazados con los míos. Alcé la mirada hacia su rostro perfectamente cincelado y vi que me estaba sonriendo.

—Tuviste una mala caída y te golpeaste la cabeza. El médico ha dicho que te recuperarás después de reposar en cama durante unos días —me informó.

—¿Me golpeé la cabeza? —sentí como si mi cerebro estuviera lleno de telarañas—. ¿Cómo me caí? —mi mente estaba en blanco.

—Te resbalaste en aceite para bebés en el instituto.

—¿Cómo me encontraste? —la confusión se arremolinaba en mi mente.

—Volví por mi mochila y te encontré tirada en el suelo.

—Qué suerte la mía, ¿no? —traté de sonreír, pero me estremecí por el dolor.

—Ciertamente —sus ojos azules rezumaban afecto.

—¿Dónde me encontraste?

—Calla y descansa por ahora. No hables más. Te podrás preocupar por los detalles más tarde —inclinó su cabeza y me besó suavemente en la frente.

—¿Puedes quedarte conmigo? —me aterrorizaba la idea de quedarme sola. No quería ser dependiente, pero lo necesitaba.

—Cualquier cosa por mi princesa —Aidan se deslizó por debajo del edredón y pasó su brazo sobre mí, pegando su cuerpo al mío.

De pronto, sentí calidez y una sensación de seguridad. Aidan besó suavemente mi cuello y mi hombro desnudo, y se movió hacia mi mejilla sonrojada. Incluso cuando mi mente estaba abrumada, lo deseaba.

Me di la vuelta para quedarme de lado, cara a cara con Aidan. Cuando nuestras miradas se cruzaron, se me aceleró el pulso. Estiré la mano y pasé mis dedos a través de sus rizos negros. Sus ojos brillaban como las estrellas. Acercó sus labios a los míos y me besó. No fue agresivo ni posesivo como nuestro primer beso. Esta vez, su beso fue cuidadoso y dulce. Caray, había estado anhelando esos labios suyos. Quería beberlo hasta la última gota.

Miré hacia abajo y me di cuenta de que llevaba puesta una camiseta fina y blanca.

—Eh... —alcé la vista, los ojos abiertos como platos—. ¿Me has desnudado tú? No recuerdo haberme cambiado —la vergüenza hizo que me pusiera roja como un tomate.

Bane se tapó la boca con la mano mientras sus hombros se agitaban suavemente en silencio, y tardó un minuto en responder.

—Creo que tu madre tuvo el placer.

—Ah —respondí en voz baja.

Bane me besó una vez más en la frente y exhaló un suspiro pesaroso.

—Ahora, a descansar —colocó su cuerpo de lado y puso suavemente su pierna sobre la mía, acercándome a su pecho. Sentí su cálida sonrisa descansando contra mi cuello.

¡Escalofríos, malditos escalofríos!

Un haz de luz atravesó la ventana, esparciendo su calor por toda mi habitación. Parpadeé para deshacerme de la confusión mañanera y me tomé un momento para reunir mis pensamientos. Me froté los ojos y bostecé. Le eché un vistazo al reloj de mi mesita de noche y salí disparada de la cama.

«¡Mierda! Son las ocho de la mañana, tengo que vestirme», pensé.

Me apresuré a ponerme de pie. Tenía que hacer la ruta de periódicos e ir al instituto.

Fui golpeada por un ataque imprevisto de mareos y, rápidamente, me volví a sentar en el borde de la cama, esperando a que se me pasara. Escuché un ligero golpe en mi puerta.

—¿Puedo entrar? —Sara asomó la cabeza por la puerta.

—Sí —murmuré, agarrándome el estómago. Sentía que iba a vomitar.

Cuando la puerta se abrió del todo, Sara entró y caminó hacia mi cama. Sostenía una taza en la mano. Vi cómo el vapor salía del líquido oscuro.

—No te preocupes por el trabajo o el instituto —dijo.

Parecía más amigable de lo habitual. Esperaba que hubiera vuelto a tomarse sus medicamentos.

—Mamá, no puedo permitirme perder mi trabajo. Ya llego tarde.

—No, no te preocupes —le dio un sorbo a su café—. Quédate en la cama. No es que tengas que ir a ningún sitio.

—Eh... en verdad sí. Tengo un trabajo —me quedé mirándola, desconcertada.

—Tómate el día libre, eso es todo lo que te estoy diciendo.

—Bueno, eso suena genial, pero no consigue que paguemos el alquiler.

—¡Deja de preocuparte! Ya está todo pagado.

Un temor repentino se apoderó de mí.

—¿Quién ha pagado el alquiler?

—Alguien muy generoso se está haciendo cargo de nuestros gastos. No más ser tacañas —Sara esbozó una sonrisa que era de todo menos dulce.

Tal vez necesitara una dosis saludable de algo que desatascara mi cerebro, pero...

—No lo entiendo.

—Algunos cambios han entrado en juego.

El temor se apoderó de mí.

—¡Tengo un nuevo trabajo! —exclamó Sara—. Soy la cuidadora de Aidan. Sus padres me pidieron que lo vigilara mientras ellos están fuera de los Estados Unidos —Sara sonrió como si fuera la hija de Satanás.

—¿Por qué iban los padres de Bane a contratar a una extraña para que cuide de su preciado hijo?

Sara tenía una facilidad especial para darle la vuelta a la tortilla.

—Vaya, gracias por el voto de confianza —espetó.

—Lo siento, pero me resulta difícil de aceptar. Si no puedes ni cuidar de ti misma.

—¡Acostúmbrate! Te han despedido de tu trabajo, y yo he dejado el mío.

—Sólo llego un poco tarde —negué con la cabeza, buscando mi móvil —. ¿¡Dónde está mi teléfono?! —me acerqué a una pila de ropa que había en el suelo y comencé a rebuscar por los bolsillos—. Le haré saber al periódico que estoy llegando tarde. Problema resuelto.

Una expresión presumida se extendió por el rostro de Sara.

—Tu trabajo en el periódico ha terminado, niña. Has estado durmiendo durante tres días, ¿qué esperabas? —soltó conforme se miraba las uñas de color rosa chillón.

—¿Qué? —me quedé mirándola con la boca abierta.

—¿Aceite para bebés? ¿Caída? ¿Accidente? ¿Te suenan alguna de estas cosas? —Sara se encogió de hombros, tomando un sorbo de su café.

Dejé caer mis pantalones sobre el suelo y la miré.

—¿Me resbalé?

—Sí, y te golpeaste en esa cabeza dura que tienes.

—¿Dónde está mi móvil? —exigí. No tenía tiempo para estos jueguecitos—. ¡Necesito mi trabajo!

—Es demasiado tarde —continuó bebiéndose el café, sentada en la cama—. Ya han contratado a otro.

—Mamá, no me puedo creer que me esté pasando esto.

—¿No te he dicho ya que está todo bien? —el comportamiento de Sara era peculiar, incluso para ella.

Entonces, me percaté de algo.

—¿Ha estado Bane aquí?

¿O lo había estado soñando?

—Sí. Ese joven se quedó a tu lado todo el tiempo. Llamó a su sofisticado médico. Muy rico también. Condujo hasta aquí en una limusina. En fin, el doctor Ashor ha dejado unos medicamentos para que te los tomes —Sara gestionó con la cabeza hacia la mesita de noche donde había una botella de prescripción con mi nombre impreso en la etiqueta.

Aparte de la prueba del bote de pastillas, la historia de Sara no tenía sentido. Levanté la mano y me toqué la cabeza.

—¿Qué tipo de medicamento me ha recetado el médico?

—Sólo algo para que te duermas —hizo una pausa—. ¿Por qué?

—¿Te dio el médico un diagnóstico?

—Por supuesto, estúpida, tienes una conmoción cerebral.

—¿Pidió el médico algún análisis de sangre o una radiografía?

Sara se movió, inquieta.

—No obtuve todos los detalles.

—Alguien no me está contando toda la historia. Hasta yo sé que darle pastillas para dormir a alguien con un cráneo roto puede ser letal.

—¡Deja de quejarte! —Sara lanzó sus brazos al aire, enfadada—. ¡La generosidad de Aidan es una ganga, señorita! No te vas a encontrar a demasiados chicos como él por tu camino. ¡Tómalo mientras puedas!

—¡Guau! ¿Ahora te gustan los clichés?

—¡Al menos yo no voy montando una bicicleta vieja oxidada!

Ay, Dios. No podía morderme la lengua por más tiempo.

—¿Es eso lo que hiciste con papá? ¿Era sólo una buena oportunidad?

—Pues, francamente, sí, esa fue una oportunidad que desearía haber dejado pasar.

«¡Au, eso ha dolido!» No era especialmente lo que una hija quiere escuchar de una madre.

—Siento ser una carga.

—Seguro que lo sientes —replicó, mirándome con ojos asesinos.

No entendía por qué me culpaba a mí por su miseria.

—¿Por qué estás de parte de Aidan después de lo que ocurrió en nuestro jardín el otro día? —pregunté.

Sara se puso ansiosa, nerviosa incluso.

—Francis y Aidan han resuelto sus diferencias. Aidan promete comportarse.

Me reí antes de poder sofocarlo.

—¿Qué pasa con el encantador de Fran? ¿Se ha dado cuenta de lo erróneo que es su camino?

—A Francis no le cuesta contener el desagrado que le tiene a aquellos que no son merecedores.

Conocía su doble significado. Sara no sólo le guardaba resentimiento, sino que también resentía su presencia. Mi madre temía a Aidan Bane.

—En fin, no estoy aquí para discutir sobre Fran —añadió—. Te estoy diciendo que me parece bien que salgas con Aidan. Lo he invitado a cenar el domingo.

—Eh... Aidan no es mi novio, pero espero que os lo paséis genial. Aunque yo no pienso ir.

—Me temo que no tienes otra opción. Estás postrada en cama.

—Entonces, me quedaré en la cama a leer —me encogí de hombros despectivamente—. A pesar de la esperanza que tienes en mente, soy la última chica en la tierra a la que le pediría salir. No corro en su círculo exactamente, mamá —me volví a meter en la cama y me llevé las rodillas hacia el pecho.

—Tal vez su círculo no sea tan noble como piensas.

Me quedé boquiabierta.

«Creo que Sara acaba de darme un cumplido», pensé.

—Gracias, creo —respondí.

Lo dejé ahí.

ANHELO

Si tenía que pasar un día más en casa, iba a explotar. Nunca pensé que diría esto, pero daba gracias a Dios por el instituto.

La señora Noel se había pasado a visitarme todos los días desde mi accidente para asegurarse de que no me faltara nada. Su cara era la única que había visto en las últimas dos semanas. Parecía que Sara y Bane habían desaparecido de la faz de la tierra, lo cual me parecía bien. Mi vida había cambiado desde el accidente, pero no estaba segura de que fuera a mejor. Asimismo, no tener un trabajo no me sentaba bien. No podía recordar la última vez que había estado sin trabajo. El lado positivo era que me había estado poniendo al día con el sueño.

Las cosas estaban yendo demasiado bien. No obstante, Sara no pintaba nada trabajando para los Bane. ¿Qué persona en su sano juicio contrataría a mi madre como cuidadora? Yo no confiaría en ella ni con el gato. Sin embargo, no me quedaba otra opción que aceptar su afirmación. No podía confirmar la información con Aidan, ya que se había esfumado. Nada inusual.

Necesitaba concentrarme en otras cosas más apremiantes. Como prepararme para cuando todo esto se fuera al garete. No era cuestión de «si», sino más bien cuestión de «cuándo». Conociendo a Sara, era inevitable que todo colapsara.

Me había distraído, había perdido la noción del tiempo, y sólo me quedaban diez minutos para llegar al instituto. Me las arreglé para beberme una taza de café hirviendo de un trago antes de salir corriendo a por mí bicicleta. Esta mañana hacía bastante fresquito, pero el olor a madreselva aromatizaba el aire. Inhalé por la nariz conforme me dirigía al porche trasero. El sol se asomaba por detrás de los árboles, y sabía que iba a ser un día precioso.

Mis pasos rebotaron en las tablas de madera mientras me apresuraba, hasta que llegué a la parte de atrás y me detuve en seco.

—¿Dónde está mi bicicleta? —me di la vuelta, examinando con los ojos el porche y el césped.

Entonces, me vino a la mente un pensamiento inquietante. ¿Había dejado mi bicicleta en el instituto? ¡Ay, joder! Puse los brazos en jarras, apunto de ponerme echa una furia.

—¡Mierda! Me han robado la bicicleta —maldije.

Traté de recordar los acontecimientos de ese día. Sara juraba que me había resbalado, pero yo estaba en blanco al respecto.

Le eché un vistazo a mi reloj para comprobar la hora. Ahora sólo me quedaban ocho minutos para llegar al instituto antes de que tocaran el último timbre.

—¿Dónde demonios está mi bicicleta? —mis ojos se deslizaron sobre el patio trasero y se detuvieron en el garaje. Puede que alguien la hubiera metido allí.

«¡Maldita sea! No, me niego», pensé.

Ese viejo cobertizo me daba escalofríos. Lo había estado evitando desde el día en que aparqué el coche allí. Seguro que ahora mi escarabajo estaba recolectando telarañas y óxido. Había esperado ahorrar suficiente dinero para reemplazar los neumáticos, pero ese sueño había muerto en el momento en que perdí mi trabajo. Ahora que estaba sin un duro, no veía que fuera a tener ninguna posibilidad de abordar ese obstáculo.

Me dirigí al garaje, que estaba apartado de la casa. Era viejo, una monstruosidad, cuadrado, no mucho más grande que un dormitorio normal y estaba pintado de blanco.

Después de un buen jadeo, logré abrir las puertas asimétricas. La fuerte protesta y el olor a moho eran una indicación de lo viejo que era.

Tosí, eché un vistazo al interior y localicé el cordón de la lámpara de techo a la izquierda, cerca del fondo. No quería seguir adelante. Arañas y bichos espeluznantes residían en lugares oscuros como este. Una luz débil entraba en el interior, aunque no llegaba a la esquina del fondo, donde atisbé mi bicicleta.

Volví a mirar la hora. Ahora sólo tenía cinco minutos para llegar al instituto. Después de reunir suficiente valor, traté de relajarme. Clavé la mirada sobre la débil línea que era mi bicicleta y eché a correr a por ella.

Cuando llegué al manillar, me detuve en seco. Qué raro. Cuando había aparcado el escarabajo aquí, los neumáticos estaban desinflados. Me puse en cuclillas y pasé la mano sobre el neumático trasero izquierdo. ¡Era nuevo! Examiné los otros tres neumáticos, y me rasqué la cabeza, pasmada. Los cuatro neumáticos eran nuevos.

¿Cómo era esto posible si Sara no tenía nada de dinero? Me toqué el labio con el dedo. Puede que Francis hubiera soltado algo de pasta. Pero ¿desde cuándo tenía un lavaplatos dinero suficiente para neumáticos nuevos?

Agaché la cabeza y busqué las llaves. Había metido las llaves del coche en el mismo llavero que las llaves de la casa. Abrumada por el entusiasmo, me metí dentro del coche, metí las llaves y el motor arrancó con un suave ronroneo. Mis ojos se fijaron en el medidor, y vi que el depósito estaba lleno. Otra rareza. La última vez que había conducido el coche, el depósito estaba vacío. Una amplia sonrisa se extendió sobre mi rostro.

—Genial —dije conforme metía la marcha atrás.

Con la radio a tope, aceleré en dirección hacia el instituto. Las posibilidades de llegar antes de que sonara el timbre eran escasas, pero este tendría que ser mi día de suerte.

Atravesé la puerta de la clase de inglés sólo un minuto antes de que sonara el timbre. Me sentí aliviada cuando me dirigí a mi mesa.

Sally parecía estar más animada de lo habitual esta mañana, y me sonrió cuando me deslicé en mi asiento.

—Hola —la saludé educadamente.

—Buenos días.

Inesperadamente, una voz grave hizo que se me erizara la parte de atrás del cuello.

—Veo que ya tienes tu coche en marcha.

¿Cómo no me había percatado de Bane? ¿No había visto su mesa vacía?

Me di la vuelta en mi asiento.

—Correcto —le mostré una deslumbrante sonrisa.

—¿Supongo que te has recuperado completamente de tu caída? —sus ojos azules eran magnéticos.

—Estoy mejor, gracias —de repente, una ráfaga de preguntas invadió mi cerebro—. Oye.

—¿Sí? —inclinó la cabeza hacia delante.

—Tú me encontraste, ¿no?

Una sonrisa presumida se extendió sobre el rostro de Bane mientras se hundía hacia abajo en su asiento, estirando sus largas piernas por debajo de la mesa. Su rodilla empujó mi muslo juguetonamente mientras su mirada me mantenía cautiva.

—Correcto —me estaba repitiendo como un loro.

—Tenemos que hablar —dije.

—Claro. No hay problema.

—Eh... genial. Nos vemos a la hora de comer en el roble. Ya sabes cuál —dije.

De repente, Bane se enderezó e inclinó su silla hacia mí.

—¿Por qué no hacemos pellas y nos vamos a mi casa? —me guiñó un ojo—. Tendríamos toda la casa para nosotros solos.

Los chicos en la fila de al lado, que nos habían estado mirando, comenzaron a reírse disimuladamente.

Entrecerré los ojos.

—¿Practicas ser un gilipollas todas las mañanas ante el espejo? ¿O es tu naturaleza? —quería patearle su culo arrogante.

—Disfruté cuando nos acurrucamos —su aliento me hizo cosquillas en las mejillas—. Te echo de menos —una luz vagamente sensual parpadeó en sus ojos como si tuviera un secreto.

—No debió de haber sido tan memorable si no puedo recordarlo —esbocé una sonrisa triunfante.

Los dos chicos soltaron una carcajada.

—¡Bane, te odia, tío! —se burló el chico pelirrojo.

—Nah, sé que me quiere. Sólo que todavía no lo sabe —sus ojos azules rezumaban confianza.

Justo en ese momento, entró la señora Jenkins, y con eso terminó aquel cara a cara.

Cuando terminó la clase, Bane salió pitando del aula. Sally se demoró. Sabía que estaba planeando algo. Desde el fiasco con Sam, seguía siendo reacia a dejar que Sally volviera a caerme bien. Había aprendido hace mucho tiempo que cuando alguien te apuñala en la espalda, los debes evitar como la mafia evita los impuestos.

Me detuve frente a mi taquilla para descargar los libros cuando Sam decidió bendecirme con su compañía. Se apoyó contra el metal, sonriendo. Recordé una época en la que me gustaba su sonrisa y disfrutaba de su compañía.

—¿Qué quieres? —fruncí el ceño.

—Pensé que ojitos azules había arrojado tu cuerpo al río —dijo, e hizo una pausa—. ¿Dónde te habías metido, guapetona?

—Ni se te ocurra actuar como si te importara —le advertí—. Sally y tú sois basura peligrosa en lo que a mí me concierne.

Me di la vuelta sobre los talones para irme, cuando los dedos de Sam se clavaron en mi brazo. Lo miré con los puños apretados, lista para golpearlo. Pero, sin previo aviso, la cabeza comenzó a darme vueltas y todo se distorsionó como si estuviera colocada con alucinógenos. Visiones borrosas inundaron mi mente, y empecé a temblar cuando una sensación de quemazón me recorrió cada centímetro de mi cuerpo.

Los ojos de Sam se abrieron como platos. Dio un brinco hacia atrás y me soltó.

—¿Estás bien? —preguntó.

—Tengo que irme —solté conforme lo empujaba para que se apartara de mi camino, y seguí andando por el pasillo.

Mi corazón latía a mil por hora, el sudor me goteaba por el puente de la nariz y mis manos no paraban de temblar. ¿Qué me estaba pasando? ¿Estaba teniendo una crisis emocional? Necesitaba salir de aquí. Miré a mi alrededor frenéticamente. ¿A dónde podría ir? A los baños ni de broma. Giré sobre mis talones, y me dirigí hacia mi coche.

Cuando llegué, saqué el llavero de mi bolsillo trasero. Mis manos hurgaron, temblando, tratando de mantener la pequeña llave firme en la palma de mi mano, pero no pude evitar dejarla caer. El llavero cayó contra la gravilla con un golpe seco, y el sonido resonó en mis oídos con tal fuerza que me dolieron. Todos los sonidos se amplificaron: el piar de los pájaros, los crujidos de los árboles, los insectos zumbando... Mi mente daba vueltas frenéticamente.

—¡Maldita sea! —me eché a llorar y me dejé caer sobre el asfalto.

Me acurruqué junto a mi coche, apretando las rodillas contra mi pecho. Me mecí hacia delante y hacia atrás, aterrorizada ante la idea de haberme vuelto loca. Cerré los ojos con la esperanza de que desapareciera, pero la locura continuó carcomiéndome la mente.

No tenía ni idea de cuánto tiempo había pasado allí cuando escuché unos pasos familiares. Bane se arrodilló a mi lado. Atisbé una delgada arruga entre sus cejas que se profundizó conforme acariciaba mis mejillas húmedas con sus dedos..

—Princesa, ¿estás herida? —sus ojos preocupados me examinaron

Lágrimas comenzaron a brotar de mis ojos.

—No lo sé —balbuceé—. ¿Qué me está pasando?

—Ya te tengo. Estás a salvo —susurró Bane mientras me levantaba entre sus brazos.

Me aferré a su pecho, manteniendo los ojos cerrados, y apoyé mi cabeza sobre su hombro.

No sabía cuánto tiempo había pasado cuando abrí los ojos de nuevo. Di un brinco, sobresaltada. La confusión se apoderó de mí mientras miraba a mi alrededor, pero en el momento en que la cara de Bane apareció a la vista, me relajé.

Estábamos sentados en su coche frente a la orilla del río. Podía escuchar el agua goteando al fondo, y capté el aroma de los peces y los pinos en el aire. El bosque nos rodeaba, pero este lugar era diferente al nido de luciérnagas.

—¿Dónde estamos? —mi garganta estaba áspera y reseca.

—Estamos junto al río Tangi —Bane pasó la mano por detrás de su asiento y sacó una mochila blanca—. Pensé que la soledad podría darte un momento de consuelo.

—¿Qué ha pasado? —me erguí. Estaba confundida, como si me acabara de despertar de un sueño de diez años de duración—. Recuerdo hablar con Sam. ¿Me desmayé?

Ignorando mis preguntas, Bane sacó una lata de Coca-Cola y una botella de bourbon de la mochila blanca. Mis ojos se desplazaron hacia la etiqueta de la botella: *Old Rip Winkle*. Parecía un nombre tonto para el alcohol.

Sin decir palabra, Bane abrió la lata y un chisporroteo retumbó en el coche. Me quedé mirándolo conforme tiraba la mitad de la Coca-Cola por la ventana. No fue hasta que comenzó a llenar la lata con el bourbon que continuó hablando.

—No es que me entusiasme la idea de proporcionarle alcohol a una menor —comenzó a decir—. Sin embargo, cuando las situaciones extremas requieren medidas extremas, suelo ignorar el dictado habitual —sus palabras rezumaban pomposidad. Sus ojos azules se cruzaron con los míos mientras me entregaba la cola con alcohol sin romper su expresión solemne.

Me quedé parada, sin coger la bebida.

—No me gusta el alcohol —volví a mirarlo a sus fríos ojos azules.

Ni su mirada ni su oferta flaquearon.

—¡Vale! —le quité la bebida de las manos, eché la cabeza hacia atrás y le di un gran trago. El líquido frío se deslizó por mi garganta. Como no tenía experiencia bebiendo alcohol, comencé a atragantarme como si hubiera tragado fuego—. Joder —solté—. ¿Cómo puedes beberte algo tan desagradable?

—¿Te sientes mejor? —me preguntó.

—¿Me estás preguntando si estoy borracha? —me mofé.

—Sigue bebiendo, amor —arrimó la lata a mis labios—. Bébete todo el líquido como una buena chica —no se molestó en ocultar el sarcasmo en su voz.

—No entiendo por qué me estás obligando a beberme esta mierda.

—Porque tuviste un ataque de pánico —explicó.

—¿Ataque de pánico? —repetí.

¿Por qué no me acordaba?

—Bebe —me ordenó. Su voz rezumaba impaciencia.

Le lancé una dura mirada y cumplí de mala gana, llevándome la lata a los labios.

Reinó un silencio tenso en el coche conforme el dictador alto de tez oscura continuaba observándome. Miré por la ventana y tomé otro trago.

Al rato, el ardor se disipó y el bourbon comenzó a calentarme los dedos de los pies. Supuse que la gente toleraba el horrible sabor por sus efectos. Finalmente, me tragué la última gota. La mejor manera de describir mi condición era como... agradable.

—Ya me lo he bebido todo. ¿Contento? —sonreí, poniendo la lata del revés.

—Mucho —respondió conforme una expresión de satisfacción brillaba en sus ojos. Cogió la lata y la metió en la mochila blanca.

—Tengo preguntas —dije, arrastrando las palabras.

—Por supuesto.

—¿Por qué no has respondido a mis preguntas, entonces? —mi frente se arrugó, irritada.

—Estoy esperando a que me interrogues.

—¡Deja de liarme la cabeza con tus jueguecitos! —exclamé.

—Nunca juego con asuntos apremiantes —respondió Bane con calma formal.

—¿Por qué hablas raro?

—¿Porque no hablo la jerga ofensiva de un adolescente y elijo mis palabras sabiamente, a tus ojos, estoy condenado? —no desvió su mirada de mi rostro.

Puse los ojos en blanco.

—Sólo digo que, si usaras palabras de este siglo, puede que le cayeras mejor a la gente —me encogí de hombros—. Sólo digo eso.

Bane soltó una fuerte carcajada. Su risa era grave y gutural.

—Ganar un concurso de popularidad es lo último en lo que estoy pensando —inclinó la cabeza hacia mí—. Sabes, si no estuvieras beoda, te besaría —susurró.

—¿Beoda? ¿Qué significa eso?

—Perdóname —sonrió para sus adentros—. Quería decir achispada.

—¿Eres de este siglo?

—¿Acaso importa?

—Es tu culpa que esté borracha —lo acusé.

—Supongo que sí —ignorando mi acusación, Bane se inclinó con delicadeza y besó mi mejilla enrojecida.

Cerré los ojos con fuerza, sin poder evitar que me recorriera un escalofrío

—¿Qué preguntas apaciguarán tu hermosa mente? —susurró mientras sus labios se abrían paso por mi cuello hasta llegar a mis hombros.

Joder. Me estaba matando.

Decidí echar el freno.

—¡Deja de tocarme! No puedo pensar —aparte de ser una idea descabellada, hacerlo por primera vez en un coche no me atraía nada.

Sus ojos brillaban como si fuera un gato terminando su cena.

—Si así lo deseas —dijo.

—¡Arg! —por Dios, ¿es que se pensaba que su encanto y sus hoyuelos podrían hacer que se me cayeran las bragas?—. Está bien, ya que me has preguntado, comencemos con cómo lograste evitar atropellarme ese día que iba en mi bicicleta, y no olvidemos la explosión en el baño de chicas. ¿Cómo pasó eso?

Bane vaciló, como si estuviera evaluándome por un momento. Sus ojos carnales hicieron que me retorciera.

—¿Por qué estás tan empeñada en saberlo?

—¿Por qué estás evitando responder?

Sus ojos rezumaban recelo y cautela.

—¿Y bien? —insistí.

—A veces, es mejor dejarlo estar.

—Entonces, ¿no me vas lo a contar?

—Es mejor que no lo sepas.

—¿No puedo ser yo quien juzgue eso?

—Dejémoslo en que tuviste suerte de que tenga unos reflejos tan buenos —sonrió, pero no con los ojos.

No pude evitar reírme.

—¡Sí, claro! Ni que fueras un vampiro o un estúpido hombre lobo —negué con la cabeza, desconfiando de él.

—Te aseguro que hay criaturas mucho peores de lo que te imaginas. Yo no soy ninguna de ellas, pero tampoco soy el típico hombre.

Una advertencia extrañamente primitiva resonó en mi cerebro.

—Entonces, ¿eres peligroso? —inquirí.

Había visto con mis propios ojos lo que era capaz de hacer, junto con otros eventos inexplicables que me dejaban temblando de miedo y ávida de respuestas.

—Cuando es necesario, sí —noté por su tono de voz que estaba empezando a molestarse—. ¿Podemos pasar a la siguiente pregunta?

Ese único comentario hizo que sonaran las alarmas en mi cabeza.

—No me vas a hacer daño, ¿verdad? —la pregunta se deslizó por mis labios.

—No —arqueó sus cejas oscuras, sorprendido—. No tienes nada que temer en lo que a mí respecta.

—Siempre estás ahí cada vez que me meto en un lío. ¿Cómo es posible?

Por la intensidad reflejada en sus hombros, vi que lo estaba haciendo sentir incómodo. Aun así, tenía que saberlo.

—Deberías dejarlo estar —su expresión se oscureció con una emoción ilegible.

—¿Quieres decir que debería dejarte a ti en paz? —pensamientos extraños e inquietantes comenzaron a aparecer por mi mente.

—Algunas cosas pueden interesarte, pero no merece la pena intervenir con la mano del destino.

—¿El destino? —estaba más que cansada de su balbuceo.

Suspiró con impaciencia.

—Me refiero a la muerte —explicó.

—Ah —mi aliento parecía haberse solidificado en mi garganta.

Bane se reclinó en su asiento, estudiándome con sus penetrantes ojos azules, y juntó las manos.

—Haces muchas preguntas.

—Es un mal hábito mío —respondí.

—Sí, ya lo veo —se divirtió.

—¿Sabes qué? —le espeté—. Esta conversación es agotadora. ¡Hasta nunca! —le lancé una mirada asesina, me desabroché el cinturón de seguridad y salí corriendo del coche.

No me importaba si estaba perdida. Tenía que irme antes de volverme loca. Mi padre solía decir que un hombre sin secretos no tiene nada que ocultar. Sospechaba que, con los labios tan apretados, Bane debía de tener una flota de secretos.

Eché a correr, determinada a alejarme lo máximo posible de este tipo, pero, antes de que hubiera dejado atrás el coche, Bane me había adelantado. Se plantó delante de mí, bloqueándome el camino, con los brazos cruzados sobre su pecho en una postura oscura.

—¡Joder! —di un brinco, sobresaltada.

—No hagas que te persiga —sus palabras me produjeron un escalofrío repentino.

Giré sobre mis talones y eché a correr en la dirección opuesta, pero, antes de que pudiera dar un paso más, me choqué contra su pecho. Bane era rápido. Inhumanamente rápido.

—¡Quiero irme!

Intenté pasar junto a él, pero Bane dio un paso al lado para impedírmelo. Tiré para el lado opuesto, pero, una vez más, me bloqueó como si supiera lo que estaba pensando.

—¿Qué quieres de mí? —parpadeé, aturdida.

Recogió un rizo suelto que había caído sobre mi rostro con sus dedos y lo metió detrás de mi oreja.

—No estoy tratando de asustarte —la sinceridad de sus ojos azules me confundió.

—Debes querer algo —me crucé de brazos.

—No quiero nada —susurró.

—Entonces, ¿por qué me tienes aquí en contra de mi voluntad? — escupí.

Bane estiró la mano para acariciar mi mejilla, pero, cuando me estremecí ante su tacto, suspiro profundamente y se apartó.

—En mi mundo, la vida no permite elegir. Hago lo que hago porque es lo que se espera de mí. Es como respirar. No tengo otra opción que no sea la muerte.

—Hablas en acertijos. ¿No puedes simplemente decir lo que piensas?

Sus ojos prolongaron el momento, y, luego, reveló la verdad.

—No disfruto de tu compañía —confesó.

Odiaba admitirlo, pero su confesión me había dolido.

—¿Por qué? ¿Por qué no soy lo suficientemente buena como para salir con tu círculo? Al fin y al cabo, soy la patética chica con la bicicleta.

Alzó la cabeza hacia el cielo y soltó un suspiro, frustrado. Luego, se centró de nuevo en mí.

—Mi aversión hacia ti no tiene nada que ver contigo —explicó—. Y al mismo tiempo, tiene todo que ver.

—Sigues hablando en acertijos —suspiré, exasperada—. ¡Deja de venir a por mí si mi compañía te molesta tanto!

—No es tan simple —apretó los labios.

—¡Sí, lo es! —espeté.

—No es posible —hizo una pausa, como si estuviera teniendo una lucha interna—. Estamos conectados.

—Esas son tus hormonas hablando, gilipollas —le di un empujón en el pecho—. ¡Llévame a casa!

—Esto que hay entre nosotros no ha terminado —dijo a la defensiva —. He estado luchando contra la atracción, pero estoy fracasando. Y... —apretó los dientes—, ¡yo nunca fracaso en nada!

—Uy, perdona, ¿se supone que debo sentir pena por ti?

Apretó los labios.

—Tal vez si te lo muestro, lo entenderás —en un segundo, se quitó su camiseta, la tiró al suelo y tiró de mi mano hasta colocarla contra su pecho desnudo, presionando mi palma contra un cálido parche de cabello. Luego, colocó mi otra mano debajo de mi camiseta sobre mi corazón —. Escucha —gruñó.

Al instante, me estremecí, y traté de liberar mi mano, pero su agarre acorazado era más fuerte que yo. Lo fulminé con la mirada, obligada a hacerle caso.

Unos segundos más tarde, volvió a intervenir.

—¿Lo sientes? —me preguntó.

Me quedé sin aliento. El corazón de Bane latía tan rápido como el mío, pero simultáneamente, como uno. Atónita, me eché para atrás.

—¡Esto es una locura! —acuné mi mano como si estuviera herida.

—¿Alguna vez te has sentido tan viva? —la voz de Bane se suavizó hasta quedar en un mero susurro.

—No —respondí, asustada. Entonces me retracté—. ¡No lo sé! —me pasé los dedos por el cabello—. ¿Este es tu dilema?

—Sí —espetó.

—Y por eso no te gusto —me quedé mirándolo—. Pero ¿te acostarías conmigo?

—A veces tienes cualidades redentoras —un destello de humor

parpadeó en sus ojos, pero se extinguió rápidamente—. No quiero hacerte daño, pero no soy el tipo de hombre que asienta la cabeza con una sola mujer. Nunca lo he sido y nunca lo seré, independientemente de cuánto quiera tenerte en mi cama. Yo no podría hacerte feliz. No preveo un futuro en el que estemos juntos.

—¡Eres un auténtico imbécil! —exclamé.

—Los insultos no son educados, amor.

—¡Que te den por culo! —le di la espalda. Profundos sollozos atormentaron mi interior.

—Mira... —hizo una pausa—. No me gusta más que a ti.

—Perdona —lo miré por encima del hombro—, pero no veo que haya ninguna bola con una cadena atada a tus tobillos.

—Mírame, por favor —¿Acaso estaba Bane implorando?—. Mírame —su voz era suave pero exigente.

Cuando no le hice caso, me agarró la barbilla y me obligó a mirarlo.

—Es mejor que no me conozcas —atisbé cierta suavidad en sus ojos azules—. Prefiero herir tus sentimientos antes que arruinar tu vida. Deberías tener una vida normal y casarte con un buen chico.

—¡Tú eres el que ha estado yendo detrás de mí! —chillé—. Hasta hace un minuto, me estabas tirando los tejos.

—Soy un chico. ¿Qué puedo decir? —levantó las manos, medio encogiéndose de hombros.

Lo fulminé con la mirada.

—Me voy a casa andando —le eché un vistazo por encima del hombro conforme me dirigía hacia la carretera.

Sin embargo, no llegué muy lejos antes de que Bane me arropara entre sus brazos y reclamara mis labios, aplastándome contra él. Quería luchar, pero estaba indefensa ante sus besos, que me derretían contra su cuerpo firme y delgado. Bane era un experto en conseguir lo que quería, y yo era demasiado débil como para luchar.

Cuando terminó, me soltó con una sacudida. Di un paso atrás, abrumada por el disgusto, y traté de borrar los rastros de sus besos con el dorso de la mano.

—No puedo negar que te deseo. Estás en mi cabeza, en mi sangre, incluso en mi alma —confesó—. Pero ambos sabemos que esto terminará mal —sus ojos se entristecieron—. Especialmente para ti.

—Esa es la peor excusa que he oído nunca —le solté las palabras como si fueran piedras—. ¡Excusas, débiles excusas! La verdadera razón es que te avergüenzas de mí porque vengo del lado equivocado del pantano.

Bane apretó los labios.

—¡Eso no es cierto! —exclamó.

—Ah, ¿no? Pues dame la verdadera razón.

Se quedó allí parado, en blanco. Ni siquiera podía darme la cortesía de admitir la verdad.

—¡Quiero irme a casa! —la furia casi me ahogaba.

—Está bien —me miró y se dio la vuelta.

Bane detuvo el coche en el aparcamiento del instituto justo al lado de mi coche. Al ver la dureza con la que apretaba la mandíbula, supe que estaba más que listo para deshacerse de mí.

—Gracias por ayudarme —dije, manteniendo la mirada al frente.

—Descansa un poco —su voz era extrañamente tierna—. Y no te metas en líos —las comisuras de sus labios formaron una pequeña una sonrisa, pero sus ojos azules parecían antipáticos.

—No puedo prometerte nada. Al fin y al cabo, soy una adolescente rebelde —agregué con una leve sonrisa desafiante.

—Princesa, eres muchas cosas, pero rebelde no es una de ellas — nuestras miradas se cruzaron por un instante. Atisbé una chispa de dolor indefinible en sus ojos que me conmovió tanto como me desconcertó.

Pero la magia desapareció cuando suspiró y miró hacia otro lado. Sentía algo por Bane, un anhelo que ya no podía negar.

Abrí la puerta y salí, cerrándola detrás de mí.

Las clases habían acabado hace horas. El sol estaba comenzando a ponerse detrás de los árboles. Mi escarabajo era el único coche que quedaba en el aparcamiento. Me metí dentro, encendí el motor y salí pitando. Miré por el espejo retrovisor y vi que Bane estaba sentado en su coche, que estaba al ralentí. No fue hasta que salí del aparcamiento que escuché su coche ponerse en marcha.

Suspiré con agonía. Quería borrarlo de mi mente. Simplemente eliminarlo de la página. El problema era que mi corazón tenía voluntad propia. Sentía que Bane estaba luchando contra sus propios fantasmas. Siempre aparecía como el caballero de radiante armadura, pero en su interior parecía tener una tumba repleta de secretos oscuros. Había algo raro en él. La forma en que se movía como un rayo y siempre acudía a mi rescate. Y el hecho de que nuestros corazones latieran como uno... ¿De qué iba eso?

Aparqué en la entrada de la casa y entré directamente al interior. Sin molestarme en encender la luz, me desmoroné sobre las rodillas y sollocé en la oscuridad.

—Maldita seas, Aidan Bane. Y maldita sea mi vida —lloriqueé—. ¿Por qué me tiene que gustar un chico que me odia? —golpeé el suelo con el puño.

Sus palabras me dolían. Necesitaba enfrentarme a la realidad, yo no pertenecía a su mundo, un mundo de la alta sociedad donde la gente como yo no encajaba.

Cuando terminé de sollozar, me sequé los ojos, dejando que la tranquilidad de la casa se sumergiera en mis huesos cansados, y me tendí sobre el suelo de madera. Tenía otras preocupaciones que eran más importantes, como el hecho de que me estuviera pasando algo extraño que me tenía nerviosísima y de que estaba encontrando agujeros en mis recuerdos. Qué raro. Puede que esto hubiera surgido a raíz de mi lesión cerebral, lo cual era un pensamiento aterrador... amnesia. Una cosa sabía con certeza. Necesitaba mantenerme alejada de Bane. No tendría de qué preocuparse. Lo había pillado.

HOMBRE DE NEGRO

Mi alarma sonó bien temprano a las cinco de la mañana. La apagué y me quedé bocarriba, mirando al techo. La habitación estaba tan oscura como la casa estaba tranquila.

No quería enfrentarme al instituto, a Sara y, especialmente, a Aidan Bane. Pensé en saltarme las clases. No obstante, ya me había perdido muchas últimamente. Sabía que mis notas también reflejarían mi negligencia y no podía dejar que eso pasara. Había trabajado demasiado duro como para tirar la toalla ahora. Suspiré, furiosa. Me levanté de la cama y empecé a prepararme para ir al instituto.

Cuando llegué a Tangi High, sólo había un par de coches en el aparcamiento. Había llegado temprano. Estiré el brazo hasta el asiento trasero y cogí mi mochila. Era una mañana agradable y cálida, a pesar de que el clima de Luisiana era una locura. Decidí sentarme bajo el roble y ponerme al día con las tareas que había estado posponiendo.

Me quité el abrigo, lo extendí sobre el césped húmedo y me senté encima. Tomé una bocanada de aire, levantando los ojos a través de las ramas del árbol. El otoño había llegado, y las hojas se habían tornado de un color dorado y naranja intenso. Me encantaba esta época del año. Cerré los ojos por un segundo, dejando que el calor del sol acariciara mi rostro.

Luego, con pesar, abrí el libro de matemáticas y comencé a hacer los deberes de cálculo. Con un poco de determinación y trabajo, sabía que me pondría al día. Además, los deberes serían una buena distracción y mantendrían mi mente alejada de ciertas personas de las que prefería olvidarme.

De repente, escuché el sonido de la hierba crujiendo. Alcé la cabeza y atisbé a Jen caminando hacia mí, lo cual me hizo sonreír. La amistad de Jen significaba mucho para mí.

—¡Hola! —la saludé—. Ya veo que tú también llegas temprano.

—Te he visto y he pensado que me uniría a ti.

—¡Claro! Toma asiento —le di unas palmaditas al trozo de abrigo que quedaba a mi lado.

Jen se cruzó de piernas y se dejó caer sobre el suelo.

—¿Cómo está tu cabeza? —preguntó—. ¡Te veo bien!

—Estoy mejor —me encogí de hombros.

—Te eché de menos ayer. Pensé haberte visto llegar en tu coche, pero luego no te vi a la hora de comer.

—Sí, estuve aquí para la primera clase —dije. A diferencia de otros, Jen sabía cómo guardar un secreto—. Tuve que irme porque me dio un ataque de pánico.

—¡Dios mío! ¿Fuiste a la enfermería? —preguntó.

—No, Bane me encontró junto a mi coche, sentada en el suelo, abrazándome las rodillas —sentí un nudo en mi estómago.

—Tía, ese chico está enamorado de ti —Jen soltó un suspiro de ensueño.

Me eché a reír.

—Eres una romántica, pero no podrías estar más lejos de la realidad.

—No puedo evitarlo —se rio conmigo. Inesperadamente, su estado de ánimo cambió a un tono más serio—. Me pica la curiosidad sobre una cosa... —hizo una pausa, arrancando un trozo de césped—. ¿Cómo te hiciste daño exactamente?

—Me resbalé con aceite de bebé. ¿Por?

El rostro de Jen sugería que estaba escéptica.

—Aidan Bane te encontró, ¿no? —preguntó.

—Sí, eso es lo que tengo entendido —me encogí de hombros.

—¿Dónde te caíste?

No entendía por qué me hacía tantas preguntas, pero supuse que Jen tendría sus razones.

—Junto a mi taquilla. ¿Por qué?

—No quiero alarmarte, pero creo que Aidan Bane te está mintiendo —atisbé un brillo pensativo en la sombra de sus ojos.

Una sensación espeluznante se deslizó por mi columna vertebral.

—¿Sabes algo sobre mi accidente? —dejé mi libro a un lado, centrando toda mi atención en Jen.

Me miró por encima de su hombro, inquieta, y se volvió hacia mí, acercándose más.

—Esta mañana, fui al gimnasio para practicar los tiros de baloncesto antes de las clases. Fui a la sala de almacenamiento para coger una pelota, pero la puerta estaba cerrada y, cuando bajé la mirada, noté una extraña sustancia que salía por debajo de la puerta —hizo una pausa, arrancando otro trozo de césped—. Sentí curiosidad por ver qué era, así que usé una moneda para rascarlo. Los pequeños copos eran suaves, y se desmoronaron como polvo, nada parecido a la pintura seca. No soy una patóloga forense, pero parecía sangre. Hay un rastro que sale por debajo de la puerta —Jen me miró fijamente a los ojos—. Creo que lo que sea que haya detrás de la puerta encierra la verdad sobre lo que te sucedió.

—Vamos a echarle un vistazo —le dije.

—¡Vamos! —Jen se puso en pie—. No tenemos mucho tiempo, así que tenemos que darnos prisa.

—Muéstrame el camino —me puse de pie rápidamente, metí apresuradamente los libros en mi mochila y me la coloqué sobre los hombros.

Fuimos directamente a la sala de almacenamiento.

—Vigila la costa por mí —Jen examinó el gimnasio y el pasillo con la mirada.

—Vale —susurré. Me quedé en la entrada vigilando que no se acercara nadie.

No teníamos mucho tiempo para investigar la teoría de Jen antes de que los pasillos se inundaran de estudiantes. Me quedé allí conforme los segundos pasaban, mordiéndome las uñas y temiendo que nos pillaran.

Jen sacó una horquilla de su bolsillo y, como un ladrón en mitad de un atraco, torció el metal hasta convertirlo en un trozo de alambre fino y recto. Me quedé mirándola, conteniendo la respiración, conforme Jen forzaba la cerradura. Después de un segundo, escuché un clic. Jen giró el pomo de la puerta y la abrió.

—Tenemos que darnos prisa —susurró, agitando la mano frenéticamente.

—¿Cómo has aprendido a hacer eso? —me acerqué a ella, bocabierta y asombrada.

—Me enseñó un exnovio —una sonrisa traviesa se extendió sobre su rostro.

—Pues es una habilidad súper útil.

—Vamos, antes de que alguien nos vea —instó Jen.

En una fracción de segundo, ambas estábamos paradas en el centro de la sala.

Sin previo aviso, mi cabeza comenzó a reproducir visiones borrosas, y me quedé sin aliento. Incapaz de dar otro paso adelante, pivoté sobre mis pies para salir de allí, pero Jen me cogió por el hombro.

—No te va a pasar nada. Lo prometo —me consoló.

Asentí con la cabeza, con los pelos de punta, y le di el visto bueno. Cuando nos detuvimos, Jen señaló una taquilla en la esquina.

—Parece que alguien hubiera cogido un mazo y lo hubiera pagado con la taquilla —comentó.

Sorprendida, me acerqué a la taquilla que parecía delinear la forma de un cuerpo. La toqué con mis dedos, trazando el metal frío cubierto de un líquido carmesí oscuro que goteaba hasta el suelo.

—¿A ti te parece que te resbalaras con aceite de bebé? —preguntó Jen.

Pasé la mirada lentamente por la sala de almacenamiento. No podía creer lo que veían mis ojos. La única palabra que me vino a la mente fue... malevolencia. Lo más inquietante de todo era la considerable cavidad que había en el suelo del tamaño perfecto para una cabeza... la mía. Mi estómago se estremeció mientras miraba el líquido rojo acumulado en el cráter.

—Me atacaron —jadeé—. Pero Bane afirmó que me había resbalado —en el momento en que esas palabras salieron de mis labios, supe que me había mentido. De repente, quise saber por qué.

Como si me hubiera tragado un tornado, imágenes del violento altercado pasaron por mi mente. ¡Lo recordaba! Recordaba hasta el último detalle del asalto. No me había resbalado con aceite para bebé, sino que habían sido atacada aquí mismo, en esta sala de almacenamiento, por el mismo hombre de negro que me había acosado en la feria y, para mi asombroso horror, lo había reconocido... más o menos.

Lo recordaba como si fuera ayer. Recordaba haberlo visto cuando no era más que una niña de ocho años y aún vivíamos en nuestra antigua granja en Oklahoma. Recordé lo asustada que había estado, sentada en la parte superior de las escaleras, escuchando voces furiosas que habían llegado a mi habitación y me habían despertado.

Sara había mantenido la puerta ligeramente abierta, pero, aun así, había visto a través del hueco a dos hombres vestidos con trajes negros y gafas de sol de pie en nuestro porche. Me había esforzado por escuchar lo que decían, pero habían hablado en débiles susurros y, aun así, había temido su presencia.

Cuando Sara había cerrado la puerta y se había vuelto, su rostro estaba pálido. Esa noche nos marchamos con un par de maletas. Eso había sucedido diez años atrás, justo después de la muerte de mi padre. La criatura que me había atacado tenía cuentas que ajustar. Suponía que sería con Sara. Entonces, ¿por qué me había atacado a mí?

Por extraño que sonara, la criatura no había envejecido en diez años. ¿Cómo era eso posible? ¿Cómo era todo esto posible? ¿Sería posible que aquel hombre de negro fuera el hombre sobre el que mi padre me había advertido? Todo esto me daba muy mala espina. Necesitaba hablar con la señora Noel.

—Stevie, ¡vuelve a la Tierra! ¡Tenemos que largarnos! —Jen me sacudió por los hombros suavemente, trayéndome de vuelta al presente.

—Ah, sí, lo siento —tartamudeé, parpadeando.

—Vámonos de aquí —instó Jen.

Asentí con la cabeza.

Sin tiempo que perder, saqué el móvil de mi bolsillo y le eché un par de fotos a las taquillas y a la abolladura en el suelo. Acababa de comprarme el móvil nuevo en el supermercado. Sabía que la función de la cámara me resultaría útil, aunque no me había esperado esto.

Apresuradamente, metí mi móvil en el bolsillo de mis vaqueros y comencé a andar, pero me detuve cuando mis ojos se fijaron en un pequeño objeto que estaba a mis pies. Estuve a punto de pisarlo. Lo recogí y lo examiné. Sabía que lo que tenía en mi mano era un trozo de tela arrancado de la ropa de mi atacante, lo cual significaba que ahora tenía pruebas.

Afortunadamente, Jen y yo salimos de allí antes de que nadie se diera cuenta y decidimos separarnos para no despertar ninguna sospecha. Le di las gracias y me dirigí a mi primera clase, inglés.

Decidí guardarme mi pequeño descubrimiento para mí sola. Jen ya se había jugado el pellejo lo suficiente y, si mi atacante volvía a aparecer, no quería que Jen se encontrara en medio de todo este desastroso embrollo.

PRUEBAS

Tuve una lucha interna conmigo misma durante unos cinco minutos hasta que, finalmente, decidí saltarme la clase. No tenía otra opción, debía alertar a las autoridades por temor a que alguien pudiera manipular la escena del crimen.

Veinte minutos más tarde, me encontraba frente al departamento del sheriff. Atravesé corriendo las puertas de cristal y me planté delante de la recepción.

El hombre de aspecto desaliñado que estaba detrás del mostrador se acercó a mí. En su placa ponía que se llamaba Bob.

—Hola, señorita, ¿qué puedo hacer por ti? —me preguntó con un fuerte acento sureño.

—Me gustaría denunciar un intento de asesinato.

Revisé que la tela y mi móvil seguían en mi bolsillo. Eran todas las pruebas que necesitaba. Sonreí para mis adentros.

El hombre sacó el palillo que tenía entre los dientes.

—¿Te he escuchado correctamente? —preguntó con brusquedad, y me observó con unos ojos oscuros y ágiles.

—Sí, señor —afirmé.

—¡Oye, Bubba! —gritó el oficial por encima de su hombro—. Tengo una chica aquí que quiere denunciar el abuso del novio —me lanzó una mirada hostil como si yo fuera un Pitbull—. Jovencita, no puedes venir aquí a quejarte de tu novio porque lo has pillado con otra chica —el oficial alzó la voz—. Ahora sal de aquí antes de llame a tu papá.

—¡Me estás confundiendo con otra persona! —espeté. Me negaba a echarme atrás—. Tengo una denuncia legítima —lo miré fijamente a los ojos.

Un hombre alto de pelo canoso apareció por la esquina, agarrándose el cinturón. Dado que sus labios estaban apretados bajo su grueso bigote, no tenía que adivinar su estado de ánimo.

—¿Qué demonios está pasando aquí? —exigió con el mismo acento sureño.

—Esta niñata impertinente quiere hacer una declaración. Creo que le ha pegado el novio —el oficial escupía saliva mientras gritaba.

—¡Yo no he dicho nada de mi novio! —exclamé.

El oficial alto y delgado alzó una mano.

—Espere, señorita —agarró a Bob del brazo y lo escoltó hacia la parte de atrás, fuera de mi vista.

Pude escuchar sus voces, pero no pude distinguir lo que estaban diciendo, así que me quedé allí, esperando con impaciencia.

Bob no volvió a salir, pero el sheriff Bubba Jones apareció y se acercó a la recepción.

—Perdón por mi compañero. Ha estado teniendo algunos problemas en casa. Ahora, jovencita, ¿qué le parece si redactamos esa denuncia? —las comisuras de su boca se curvaron hacia arriba.

Asentí y lo seguí cuando me condujo a su escritorio. Era una comisaría pequeña, y dudaba que hubiera más agentes aparte de estos dos hombres. El sheriff señaló una silla que estaba colocada al lado de su escritorio, así que tomé asiento sin decir palabra.

Estaba demasiado nerviosa. Para evitar inquietarme, junté las manos sobre mi regazo. Supuse que después de esto, Bane me contaría la verdad, dado que lo había pillado con las manos en la masa. Me gustaría verlo escapar de esta mentira ahora que había encontrado pruebas.

Entonces, se me ocurrió algo... ¿y si Bane conocía a mi atacante? Tendría sentido. ¿Por qué si no iba a mentirme?

El sheriff Jones se acomodó en su asiento detrás del escritorio, abrió un cajón y sacó un formulario de denuncia. Colgó el sombrero en un perchero y se pasó los dedos por su cabello fino. Luego, volvió a centrarse en mí.

—Vale —el sheriff suspiró con un bolígrafo en la mano—. Comencemos con su nombre y dirección, por favor.

—Mi nombre es Stephanie Ray, y mi dirección es... —le proporcioné la información que me había pedido y esperé a que me pidiera más detalles sobre el crimen.

—Cuénteme lo que pasó —su semblante no mostró señales de que tuviera ninguna opinión preconcebida, a diferencia de su compañero. Fue minucioso y al grano, e indagó con preguntas.

Empecé desde el principio, incluyendo hasta el último detalle sobre mi ataque.

«Qué sobrecogedor es recordar el ataque a la perfección cuando hace apenas unos minutos no recordaba nada», pensé.

Le di al oficial una descripción exhaustiva de mi atacante, incluyendo las gafas de sol que había llevado.

Una vez terminé de soltarlo todo, el sheriff alzó la vista del papel.

—¿Hay algo más que le gustaría agregar a su historia, señorita? —preguntó con un tono de voz monótono.

—¡Oh! Casi se me olvida... —saqué mi móvil del bolsillo trasero de mis pantalones—. ¡Tengo pruebas! Eché fotos. —le dije, deslizando por la pantalla para ver las fotos que había guardado. Me quedé boquiabierta—. No lo entiendo. ¡Eché fotos! —se me quebró la voz—. ¡Las tenía aquí!

—Puede que no hiciera la foto. Suele pasar.

—¡No! Lo comprobé dos veces —mi voz se convirtió en un chillido—. ¡Estaban aquí! Las guardé —volví a revisar todas las fotos de nuevo y, luego, miré al sheriff—. ¡Sé que estaban aquí!

—Respire profundamente. Estoy seguro de que las imágenes aparecerán. Me las puede mostrar más tarde —le echó un vistazo a la denuncia—. ¿Algo más?

—¡Ah, espere! —rebusqué en mi bolsillo y saqué el pequeño trozo de tela. Abrí la mano, revelando mi preciado hallazgo—. Tome —se lo entregué. Al menos tenía eso como prueba.

—¿Qué es esto? —lo sostuvo bajo la lámpara de escritorio, examinándolo.

—Es un trozo del traje de mi atacante. Creo que se lo arranqué —permanecí en silencio, jugando con las manos.

El sheriff frunció el ceño.

—Ojalá no hubiera hecho eso. La manipulación de las pruebas no va a ayudar en su caso —me regañó.

—Lo siento. No pensé en eso.

Sacó una bolsita de plástico transparente.

—Trate de no preocuparse —esbozó una leve sonrisa conforme metía el trozo de tela en la bolsita—. Voy a quedarme con esto —afirmó mientras lo sostenía en alto—. Tengo que registrarlo como una prueba. Claro que aún tengo que inspeccionar la escena del crimen. Me pondré en contacto con usted sobre mis hallazgos. ¿Dónde estará esta tarde? Puede que tenga que hacerle más preguntas.

—Puede encontrarme en casa.

El sheriff se puso en pie.

—Tengo su número y dirección, señorita Ray, así que estaremos en contacto —prometió, extendiendo la mano.

Al salir del departamento del sheriff, me fui directamente a casa. Pensé que mantenerme alejada del instituto sería lo mejor. En cuanto obtuviera pruebas sólidas, tenía la intención de confrontar a Bane.

Estaba de lo más confundida. ¿Qué ganaba Bane al mentirme? Sacudí la cabeza, vadeando a través un mar de «¿y sí?». Golpeé el volante. ¡Arrrg! ¡Quería gritar desde la cima de la montaña! ¡Odiaba mi vida! Odiaba Tangi y odiaba a Sara por insistir en que nos mudáramos a este pueblo dejado de la mano de Dios.

Cuando llegué a casa, subí lentamente las escaleras hasta mi habitación, entré en mi baño y abrí el botiquín.

—¡Ah, bien! —cogí el bote del ibuprofeno, le quité la tapa y saqué dos pastillas. Me metí las pastillas en la boca y me las tragué con agua del grifo.

Al volver a la habitación, cogí un libro de mi mochila, *Macbeth*, y me acomodé bajo las sábanas. Abrí el libro por donde lo había dejado. No era exactamente mi lectura favorita, sino una tarea para la clase de inglés.

Shakespeare no me parecía gran cosa. El lenguaje era anticuado y las historias no eran realistas. Por ejemplo, en *Romeo y Julieta*, ninguno de los dos terminaba bien. Ambos terminaban perdiendo la vida por nada. Era un cuento de lo más triste. Mientras todas las chicas de la clase sollozaban, yo había puesto los ojos en blanco. Ahora estábamos estudiando *Macbeth*, una opción mejor. Seguía sin ser mi favorito, pero era mejor que una historia romántica deprimente. Odiaba los finales que no eran felices.

Debí haberme quedado dormida. Abrí los ojos, sobresaltada. Unos segundos más tarde, la nube de sueño se retiró. El timbre resonó en mi cabeza, por lo que caí en la cuenta de que alguna persona encolerizada estaba llamando al timbre.

—¡Qué puñetero! —me levanté de la cama, molesta—. ¿Quién está dándole tanto al timbre?

Entonces, caí en algo. ¡El sheriff Jones!

Salté de la cama y corrí hacia el piso de abajo, bajando los escalones de dos en dos. Cuando abrí la puerta, mis hombros se desplomaron y mi sonrisa se transformó en un amargo ceño fruncido.

—¡Qué demonios! ¿Acaso eres estúpida? —Bane maldijo por lo bajini conforme se acercaba a mí.

Bloqué la puerta, impidiéndole entrar.

—¡¿Perdona?! —mis ojos verdes lo arañaron como garras.

—¿Por qué no viniste a mí con tus hallazgos? —espetó.

Mi sorpresa se tornó rápidamente en furia.

—¿Por qué iba a hacer eso cuando me has estado mintiendo? —lo acusé.

—Stevie, no sabes lo que has hecho.

—¿Que no lo sé? —le golpeé el pecho con un dedo—. ¡Me asaltaron! Y tú me lo ocultaste a propósito.

Bane se pasó los dedos a través de sus gruesos rizos y resopló con exasperación. Di un paso hacia atrás, mirando hacia otro lado. El semblante de Bane reflejaba su rabia.

—¡Me has puesto en una situación incómoda! —alzó los brazos—. Pero claro, ¿cómo lo ibas a saber?

—¿De qué estás hablando? —pregunté.

—No importa —me cortó—. El daño ya está hecho. Tendré que encargarme de esto yo mismo —soltó las palabras como si todo esto fuera mi culpa.

—¿Te encargarás de qué, Bane?

—No te preocupes por nada. Ya me encargo yo —espetó—. Mientras tanto, no le digas ni una palabra sobre esto a nadie —se acercó y me agarró los brazos, quedando a apenas un par de centímetros de mi rostro—. ¿Me he explicado bien?

—¡Suéltame! —chillé.

—No tienes ni idea de lo que has hecho —repitió con desprecio.

—Sé que me atacaron. A menos que... —me mordí la lengua.

¡Bane estaba implicado en mi ataque! ¿Por qué si no iba a estar aquí gritándome, tan enfadado? Ahora todo tenía sentido. Cada vez que el hombre de negro había estado cerca de mí, Bane no había estado muy lejos.

Una serie de emociones se apoderaron de mí: ira, miedo, dolor.

—¡¿A menos que qué?! —su voz era ácida.

—¡Quítame las manos de encima! —las lágrimas amenazaban con salir.

—Está bien —dejó caer las manos al costado—. Pero no me voy —Bane se echó hacia atrás y se cruzó de brazos. Su mirada era dura y rezumaba odio.

—¡Estoy harta de tus mentiras! —estiré el brazo y señalé su coche—. ¡Vete de mi casa!

Bane se inclinó hacia delante y abrió la boca para hablar, pero se detuvo. Inesperadamente, el crujido de los neumáticos rodando sobre la gravilla hizo que ambos alzáramos la cabeza, deteniendo la discusión.

Me invadió una repentina sensación de alivio cuando el sheriff apagó el motor y abrió la puerta de su coche. Suspiré y me sequé las lágrimas de los ojos. Bane echó un vistazo por encima de su hombro y, luego, volvió a posar su mirada sobre mí. Su mandíbula se contrajo cuando nuestras miradas se cruzaron.

Bane y yo nos separamos. El mentiroso se acercó al columpio que colgaba al otro lado del porche, y yo me quedé justo delante de la puerta. Bane se balanceó hacia adelante y hacia atrás con las manos apoyadas detrás de su cabeza como si no le importara nada en el mundo. Lo fulminé con la mirada, obligándolo a marcharse. En ese momento, no podía pensar en nadie a quien odiara más.

Sus labios esbozaron una sonrisa engreída.

Fruncí el ceño.

Cuando el sheriff llegó al porche, le echó un vistazo a Bane y, luego, me miró a mí. Por el rostro contraído del sheriff y por su movimiento preciso, era obvio que sabía que había intervenido en una discusión.

—Buenas tardes, señorita Ray —inclinó su sombrero hacia mí cortésmente y luego se volvió hacia el mentiroso—: ¡Señor Bane! —la voz del sheriff sonó más aguda de lo normal—. Qué sorpresa verlo aquí, señor. Se me había olvidado que este es uno de sus alquileres —el sheriff se le acercó y le extendió la mano para que la estrechara.

Bane se puso en pie y cumplió con un buen apretón de manos.

—Sí, señor, Sheriff. Estaba recolectando el dinero del alquiler para mis padres —Bane sonrió como si fuera un día estupendo.

Me quedé pasmada, sin saber qué decir. Bane era nuestro casero. Eso explicaba por qué Sara no me había querido dar ninguna información. Le eché un vistazo a Bane por el rabillo del ojo, pensando que este era un misterio más para agregar a la lista que no dejaba de crecer.

El sheriff Jones se aclaró la garganta, jugueteando nerviosamente con el anillo de su sombrero.

—Señorita Ray, no sé cómo decir esto, así que voy a ir al grano —hizo una pausa—. Me he pasado por el instituto y le he echado un buen vistazo a la escena del crimen, o dónde afirma que ocurrió el ataque.

Parpadeé, desconcertada.

—Ni las taquillas ni el suelo estaban dañados tal y como atestiguó en su denuncia —soltó una breve risa—. Vi muchas salas de almacenamiento en mis días como jugador de baloncesto, y no he visto nada que corrobore sus afirmaciones —las comisuras de sus labios se curvaron hacia arriba—. A menos que tenga más pruebas, me temo que esta investigación es un callejón sin salida, señorita.

Mi rostro reflejaba mi estupefacción.

—Eso... eso no puede ser posible. ¡Yo misma vi cómo estaba la sala de almacenamiento hace sólo dos horas! —exclamé.

Las arrugas en la frente del sheriff se profundizaron.

—El trozo de tela que me dio proviene de uno de los uniformes de baloncesto. El señor Dunn me mostró el uniforme desgarrado, así que me temo que la tela no pertenecía a su atacante. Lo siento mucho, señorita.

—¿Puede devolverme la tela, por favor? —extendí la mano.

Mi esperanza se había extinguido rápidamente. Nada tenía sentido. Sabía lo que había visto. ¡Y Jen lo había visto también!

—Lo siento, señorita, pero ese pequeño trozo de tela es propiedad de la escuela. El señor Dunn lo tiene bajo su custodia. Me temo que tendrá que hablar con él sobre eso.

—¿Qué hay de mi amiga, Jen Li? Ella también vio la escena del crimen.

—Me temo que sin pruebas que corroboren su historia, el testimonio de su amiga no es más que un rumor.

—Gracias —conseguí decir antes de darme la vuelta y entrar corriendo dentro de la casa.

Escuché la voz de Bane dirigiéndose al sheriff mientras subía las escaleras a mi habitación. Me tiré sobre la cama y me derrumbé, temblando mientras sollozaba.

No podría decir cuánto tiempo había estado en un estado de crisis emocional cuando escuché una voz a través de mis sollozos.

—Princesa —su suave voz penetró mi mente como un pequeño parpadeo de luz en un túnel oscuro—, ven aquí —su tono de voz era aterciopelado y amable.

—Bane —murmuré.

Mis ganas de luchar se habían extinguido y, aunque le ordenara que se fuera, dudaba que fuera a escucharme.

Mantuve los ojos cerrados conforme Bane se sentaba en la cama junto a mí y me atraía hacia su pecho con fuerza. Descansé mi cabeza en el recoveco de su abrazo. Como una tonta, me eché a llorar de nuevo y temblé debido a una oleada de desesperación.

Aidan acarició mi cabello con ternura y me besó las mejillas húmedas. No fue nada sexual, pero, aun así, no pude evitar estremecerme ante su roce. No entendía su dulzura. Se suponía que me odiaba.

Después de que la manecilla del reloj hubiera girado unas cuantas veces, más de las que había querido contar, conseguí hablar sin tartamudear. Necesitaba quitarme un peso de encima.

—Sé que me mentiste —solté—. Vi la sala —hice una breve pausa para armarme de valor—. Lo que no entiendo es cómo sobreviví. Parecía como si un misil cohete hubiera atravesado las taquillas. Y el cráter en el suelo... con el charco de sangre seca... —se me revolvió el estómago. La visión me debilitó—. El impacto debería haber aplastado mi cráneo.

Bane suspiró.

—Te mentí para protegerte —admitió—. El ataque fue por mi culpa —apretó los labios—. Es por eso por lo que no puedes estar cerca de mí. Es demasiado peligroso.

—¿Por tu culpa? —la vitalidad de su voz me había pillado con la guardia baja—. Pero tú no lo contrataste, ¿o sí?

—¡No! No, por Dios, él te atacó por su propia voluntad —aclaró.

—Entonces, ¿por qué es tu culpa? —pregunté.

Su expresión se calmó, y se puso más serio.

—Simplemente lo es, mi amor, y punto —atisbé un brillo pensativo en la sombra de sus ojos.

Quería saber qué era lo que me estaba escondiendo. Sabía que, si insistía, sólo conseguiría que se cerrara en banda. Con pesar, pasé a la siguiente pregunta.

—¿Puedes decirme por qué me atacó?

—No te preocupes por asuntos que ya no existen. Me aseguré de que nunca te vuelva a molestar —Bane rozó mi mejilla con sus labios, y me estremecí.

—Eres la persona más confusa que conozco. ¡Me odias!

Traté de levantarme, pero Bane tiró de mí hasta volver a acunarme entre sus brazos y suspiró. Parecía estar teniendo una lucha interna.

—Princesa, no te odio —inclinó la cabeza y besó suavemente la comisura de mis labios—. Todo lo contrario —la ternura en su voz me conmovió.

—Haces que me dé vueltas la cabeza —me alejé de él—. Recuerdo que dejaste muy claro que no te gusta mi compañía.

—Es cierto... pero no tiene nada que ver con mis sentimientos. Es por otras razones, mi amor —Bane evadía mis preguntas como un gato evade una manada de perros.

—¿Por qué razón? —insistí.

—Déjalo estar, por favor —sus ojos azules me lo suplicaban, pero sólo consiguió que me enfureciera aún más.

—¡Ayúdame a entenderlo! ¿Crees que me he olvidado de la última vez? —espeté—. Porque las palabras que me soltaste fueron duras, bordes e hirientes.

La mandíbula de Bane se tensó.

—Lamento haberte hecho daño, pero no debes obcecarte por detalles sin importancia sobre tu atacante.

—¡Obcecarme! —di un brinco y me incorporé, conteniendo un montón de palabrotas—. ¡Esa criatura trató de matarme! Lo mínimo que puedes hacer es darme una explicación honesta.

Un gélido silencio reinó entre nosotros.

—Se ha hecho justicia —susurró Bane. Suspiró como si estuviera reteniendo noticias privadas—. Eso es todo lo que necesitas saber.

—¿Se ha hecho justicia? Ese acosador ha estado acechando a mi madre y a mí desde que era una niña. ¡Tengo derecho a saber lo que está pasando!

—Dejémoslo... —besó el hueco de mi garganta—, en que mi familia tiene conexiones. Por lo que no tienes nada que temer —sus labios descendieron hacia los suaves pliegues de mi pecho—. Tu madre y tú estáis a salvo —su aliento rozó mi piel, logrando que me diera vueltas la cabeza—. No te molestará más —aunque sus besos eran alucinantes, lo dijo con tanta certeza que me heló la sangre.

—¿Lo has matado? —mi corazón latía a mil por hora.

Por un breve momento, reinó el silencio entre nosotros como una espesa niebla.

—Sí —confirmó Bane, cediendo finalmente.

La confesión de Bane hizo que me estremeciera, y la ausencia de emoción en su voz me perturbó. Luché por mantenerme coherente.

—¿Es por eso por lo que no querías que la policía lo supiera?

—No veo por qué meter a forasteros en una situación familiar. Somos más que capaces de encargarnos de nuestros problemas con discreción —dijo.

—Oye, ¿has sido tú quien ha limpiado la...?

—Como he dicho, preferimos encargarnos de nuestros problemas en privado —me interrumpió.

—¿La familia? Tu familia limpió todo el desorden, reemplazó todas las taquillas y reparó el suelo en menos de treinta minutos —tragué saliva, negando con la cabeza—. ¿Cómo es eso posible?

—¿Por qué no lo dejas estar? —me pidió.

—Hablas de tu familia como si fueran la mafia y... ¡y le has quitado la vida a un hombre! —un débil hilo de histeria recorrió mi voz temblorosa.

—Hice lo que tenía que hacer —dijo como si fuera de lo más normal.

—¡Aunque estuviera justificado, le quitaste la vida a ese hombre! —no podía ignorar ese hecho.

—¿No te he dicho que no te preocupes?

—¡Ah, claro! —me burlé—. Para ti es fácil decirlo, pero me has hecho cómplice de un homicidio.

—Te he dicho que tengo conexiones. Nadie se enterará. Sin embargo, debes guardarlo bajo siete llaves. No queremos que salga a la luz.

Suspiré, resignada.

—¿Fue difícil?

—¿Fue difícil qué? —Bane frunció el ceño.

—Quitarle la vida a otra persona.

Bane exhaló.

—Hice lo que tenía que hacer. Tú misma dijiste que fue justo.

—Justo o no, no debió de ser fácil.

—Simplemente me encargué del problema —parecía estar cansado, agotado y distante.

—Ah, ya veo —le ofrecí una leve sonrisa, pero en el fondo no estaba segura de cómo me sentía acerca de nuestra situación.

Lentamente, cogió un mechón suelto de pelo que reposaba sobre mi mejilla y lo colocó detrás de mi oreja. Su mirada se cruzó con la mía y fue como si el tiempo se hubiera congelado.

Entonces, confesé mi secreto.

—Esa criatura no era humana, ¿verdad?

—¿Por qué dices eso?

—Eh... los ojos de la criatura me recordaron a los de un gato y, además, hizo algún tipo de truco de magia —arrugué la nariz, sabiendo lo ridículo que sonaba—. Apareció y desapareció de mi vista, como en *Embrujada*.

La cama se sacudió ligeramente con su risa.

—No vayas por ahí contándole a la gente eso. Podrían pensar que te has vuelto loca, amor —dijo.

—Es demasiado pronto para juzgar —le di un suave golpe a su hombro con el mío—. La criatura habló de cosas muy raras.

—¿Como qué? —Aidan sonaba ligeramente curioso.

—No dejaba de decir que soy muy valiosa para una facción antigua —hice una breve pausa—. Se refirió varias veces a los Illuminati —una oleada de terror se apoderó de mí—. ¿Es esa tu familia? —indagué.

—Princesa, ese hombre era un lunático —me dio un beso en la frente —. No le des más importancia a su locura.

—Aidan, parecía estar muy seguro de sí mismo —tomé una gran bocanada de aire—. ¿Crees que hay otros como él que vendrán a por mí?

—Creo que te preocupas demasiado —sonrió—. El bastardo está muerto. No podía tolerarlo por más tiempo. Comer patatas fritas y helado es una abominación. Tenía un paladar de lo más terrible, me atrevería a decir —su dulce humor favorecía su voz.

—Ahora te estás burlando de mí —me deshice de su abrazo, pero él me volvió a agarrar, aplastándome contra su cuerpo delgado, y colocó su pierna sobre la mía.

—Oh, no, eso sí que no —sonrió contra el lóbulo de mi oreja—. Esta vez no te me escapas. Estamos compartiendo un momento de lo más encantador.

—Ya estás otra vez —dije mientras Bane apretaba su cuerpo ceñidamente contra el mío—, hablando como si fueras de otro siglo —sonreí para mis adentros.

—¡Bah, sandeces! Lo último que deseo es sonar como uno de los zopencos de por aquí —se inclinó para darme un ligero beso en los labios.

Entonces, me surgió una pregunta rápida e inquietante, y tuve que preguntar.

—¿Habías matado antes?

—Sí —la alegría en sus ojos se desvaneció y fue reemplazado por algo irreconocible.

—¿Estaba justificado? —pregunté con anticipación y un poco de miedo.

—Sí, extremadamente.

Tenía que preguntarle una cosa más antes de enfriar los ánimos.

—¿Hay alguna razón por la que debería temerte?

A diferencia de lo que había pensado la primera vez, supuse que, si hubiera planeado hacerme daño, ya lo habría hecho. No obstante, Bane parecía ser parte de los servicios de primera respuesta, puesto que siempre me sacaba del fuego y me salvaba el pellejo.

—¿Te he hecho daño alguna vez? —sus dedos me sujetaron la barbilla, obligándome a mirarlo—. ¿Y bien? —me exigió con sus ojos azules.

—No —murmuré.

—No tienes nada de qué preocuparte, amor —su voz era grave y reconfortante.

Aun así, Bane era tan misterioso como peligroso. Pero, a pesar de su lado oscuro, lo necesitaba.

—Creo que sientes que tienes que protegerme. ¿Tengo razón? —indagué.

—¿Por qué dices eso? —arqueó una oscura ceja.

—¿Por qué no puedes responder a una pregunta tan simple?

—La respuesta es sí —admitió.

Poco a poco, comenzó a desabrochar mi blusa, exponiendo así parte de mi sujetador de encaje. El simple roce de sus dedos envió un gélido escalofrío por mi espalda.

—¿Por qué no me habías dicho que eres mi casero?

—No vi la necesidad —un brillo humorístico se escondió detrás de sus ojos azules.

—Te tengo que pagar el alquiler, pero he perdido mi trabajo y...

—No tienes de qué preocuparte —me interrumpió a mitad de la frase—. Ese y otros gastos ya han sido cubiertos.

Permanecí en silencio durante un par de segundos, pensativa.

—¿Soy una mantenida? —era un pensamiento bastante tentador, pero pasaría de eso.

Una repentina carcajada inundó el aire.

—Por supuesto que no, tontita —metió sus dedos entre mis rizos de manera juguetona y me despeinó hasta crear un desastre.

Le quité la mano.

La cama tembló con su risa. Tenía una risa contagiosa, algo que nunca me cansaría de escuchar.

—¿Por qué la generosidad? —le lancé mi siguiente pregunta.

—¿No es obvio?

Nuestras miradas se encontraron como dos imanes, y me quedé sin aliento. No podía leerle la mente, y Bane parecía cambiar de opinión constantemente. Un día le gustaba y, al otro, no.

—Si fuera obvio, yo... —comencé a atacar.

De repente, sus labios atraparon de nuevo los míos, esta vez con más exigencia. Enseguida, me había olvidado de mi ira conforme nuestros cuerpos se entrelazaban el uno con el otro, encajando con la forma del otro como un rompecabezas perfecto. Mi cuerpo se arqueó contra el suyo y un gemido se escapó de mis labios.

—Me perteneces —susurró contra mi oído.

Entonces, como si la niebla se hubiera disipado, tras un largo suspiro, Bane se quitó de encima, aunque me mantuvo sujeta entre sus brazos. Se inclinó para besar mi mejilla mientras se calmaba en silencio.

Permanecí allí sentada, con el corazón golpeando contra mi pecho, sin tener ni idea de lo que acaba de suceder. No estaba totalmente desinformada en lo que al sexo se refería. Había visto series y había escuchado a antiguas amigas hablar sobre ello, pero esto... me había pillado por sorpresa.

Pensaba que íbamos a mantener relaciones sexuales. Aunque sonara increíble, deseaba a Bane pero, al mismo tiempo, me sentía aliviada porque no lo hubiera llevado más lejos. Aun así, a pesar de mi mente confundida, Bane me había dejado anhelando más.

—¿Puedo preguntarte algo? —susurró Bane.

Permanecí en sus brazos, ruborizada por la vergüenza.

—Vale —susurré.

—¿Alguna vez has intimado con alguien? —su voz era suave y curiosa.

—Eh... —mis mejillas se ruborizaron aún más.

«¡Ay, mierda! Debo de haberlo hecho fatal», pensé.

—No, nunca —me moví hasta quedar sobre mi costado. Desvié la mirada y cerré los ojos con fuerza.

—¿Nunca has llegado a segunda o tercera base? —indagó.

—Eh, no —me ardían las mejillas.

—Exceptuándome a mí, ¿alguna vez te han besado? —siguió indagando.

—Eh... no estoy segura de qué es lo que define un beso —me avergoncé. Me sentía como una estúpida.

Sentí su risa silenciosa contra mi espalda.

—Un beso es cuando dos personas unen los labios —atisbé una chispa de diversión en su voz.

Me di la vuelta para enfrentarlo, con las mejillas ardiendo y todo.

—Tomé parte en un beso no recíproco —expliqué.

Aidan suspiró.

—Supongo que voy a tener que hablar con Sam de nuevo —dijo.

—¿Por qué me da la sensación de que no hablaréis mucho?

Bane se encogió de hombros en su manera arrogante habitual.

—Soy más del tipo silencioso. Prefiero demostrar lo que quiero decir —sonrió.

—Creo que ya tuvisteis esa charla —tomé una gran bocanada de aire —. Sam intentó besarme, pero yo no se lo devolví. Sucedió tan rápido que ni lo vi venir.

Bane suspiró, claramente molesto.

—A ver si lo he entendido... Cuando me dijiste que habías mantenido relaciones sexuales con Sam, ¿era una mentira?

—Lo siento —me estremecí por la culpa—. Pero me dolió que no me creyeras —me encogí de hombros—. Así que te mentí.

—No eres la única que necesita disculparse —atisbé una pizca de arrepentimiento en el rostro de Bane—. Siento no haberte creído —de repente, su semblante se oscureció—. No conoces a Sam como yo —hizo una pausa—. Me sentiría mejor si te alejaras de él.

—¿Cómo lo conoces tan bien si te acabas de mudar al pueblo tú también?

—Digamos que es cosa de chicos. Ya sabes... lo que se dice en los vestuarios y todo eso —podía distinguir la acerbidad en su voz—. Cuando pienso en las cosas que ha... —Bane se detuvo en mitad de la frase y, finalmente, dijo—: Me dan ganas de patearle el trasero de nuevo —sus músculos se tensaron.

—No tienes que preocuparte por Sam. Sólo me gustaba como amigo y, después de la trampa que me tendió, ni siquiera quiero estar en la misma habitación que él —tracé la ceja de Bane con mi pulgar y sonreí.

Sus tormentosos ojos azules brillaban como si fuéramos dos amantes desafortunados. Fue entonces cuando lo supe. Me había enamorado de Aidan Bane.

Un pensamiento amargo cruzó por mi mente. Sabía que Bane no compartía los mismos sentimientos por mí, y me odiaba a mí misma por haberme permitido llegar tan lejos. Bane me había advertido que nuestra relación terminaría mal para mí. Sabía que me tendría que conformar con un aterrizaje forzoso.

Un poco más tarde, cuando mi pulso se hubo calmado, comencé a derretirme en los brazos de Bane.

Enseguida, sentí como su pecho se alzaba y escuché un suave ronquido. Me calmé al escuchar el dulce ritmo de su respiración. Poco después, mis ojos se cerraron y mis pensamientos se convirtieron en un sombrío pacífico.

AMIGENEMIGA

Cuando abrí los ojos el sábado por la mañana, mis pensamientos se desviaron hacia un haz de luz. Cientos de pequeñas ráfagas de polvo pirueteaban sin rumbo, disfrutando del sol.

Entonces, los recuerdos del día anterior saquearon mis pensamientos.

Posé los ojos en la almohada vacía sobre la que Bane había dormido esa noche. Lo único que quedaba de su presencia era un débil aroma a madera y una rosa roja que reposaba sobre su lado de la almohada. Cogí la flor, llevando cuidado de no pincharme el dedo con las espinas, y olfateé su delicado aroma.

—Mmm... —sonreí y me llevé la rosa a la nariz.

Las rosas siempre olían tan bien... Una sensación de aturdimiento me recorrió el cuerpo y suspiré. Me pregunté por qué Bane no me había despertado.

Se me ocurrió que podría pasar el día aventurándome. Podría salir a mirar los escaparates y dar una vuelta en mi bicicleta. Esta vez, sería por elección. Por mucho que me encantara conducir mi escarabajo, necesitaba conservar la gasolina. En cuanto el depósito se quedara vacío, tendría que volver a montar en bicicleta hasta que robara un banco. ¡Era una broma! Posiblemente.

Primero de todo, pasé por la casa de la señora Noel para ver si necesitaba algo del supermercado. Me entregó una pequeña lista de la compra: leche, pan y mantequilla; y me dio un par de monedas extra para mí por si acaso me entraba hambre. La señora Noel tenía un corazón generoso.

Aun así, odiaba aceptar su dinero. Ganaba apenas unos pocos dólares vendiendo sus hierbas y vivía de la seguridad social. Pero no importaba cuánto protestara, ella siempre insistía. Terminé cediendo a regañadientes, aceptando su amable oferta.

Había llegado a querer a la señora Noel. Tras mi estúpido accidente en el instituto y, puesto que ya no tenía un trabajo, había estado encargándome de las entregas a su clientela. No me importaba ayudar. Aliviaba la culpabilidad que sentía en mi consciencia y me daba algo que hacer. Además, la artritis de la señora Noel parecía estar yendo a peor últimamente. Nunca se quejaba lo más mínimo, pero lo veía en sus ojos y en la forma de caminar tan rígida que había adoptado.

Acababa de salir del supermercado local y me había montado en mi bicicleta cuando me topé con Sally.

—Ah, hola —no oculté la irritación en mi tono de voz.

—¡Hola! —esbozó una amplia sonrisa.

Caí en la cuenta de que nunca había visto a Sally mostrar emociones genuinas. Su sonrisa me recordó a un payaso con una sonrisa pintada de rojo carmesí, enmascarando un ceño fruncido. Supuse que la verdadera Sally estaría acurrucada en un rincón oscuro, temblando de miedo.

—¿Dónde has estado durante los últimos días? —me preguntó.

Ahí estaba Sally metiendo su narizota en mis asuntos, husmeando como un perro sabueso. A esta chica le encantaba cotillear. Todos en Tangi High recibían el mismo trato. Con Sally y su lengua rebelde no había excepción que valiera.

—Sí, he estado un poco mala —coloqué la mano sobre mis ojos como si fuera una visera para bloquear el resplandor del sol.

—Escuché que te rompiste la cabeza —sonrió, aunque no fue una sonrisa de verdad.

—Ya, eso es lo que sigo escuchando —curiosamente, mi mención sobre el accidente sonó como si lo hubiera ensayado.

—¿No recuerdas haberte golpeado la cabeza? —frunció el ceño.

«Debería depilarse esos arbustos», pensé con malicia.

—No. Conmoción —me quedé mirándola.

—Bueno, yo te veo bien —el acento sureño de Sally me pareció extraño. No recordaba que lo tuviera.

—Gracias. Me tengo que ir.

Levanté el pie, lo coloqué sobre el pedal y comencé a empujar, pero Sally se colocó justo delante de mí y agarró el manillar, deteniéndome.

—¿Has oído —su voz se alzó—, que Sam y Gina han roto?

—Sally, no tengo tiempo para esto —espeté.

Tiré de mi bicicleta hacia atrás para liberarme de su agarre, pero Sally no se soltó. Se aferró al manillar como si estuviera pegada con pegamento.

—¿Quieres saber con quién está saliendo Gina?

—Deja que lo adivine... —me llevé el dedo a la barbilla como si lo estuviera pensando—. Eh, no sé, ¿con todo el equipo de fútbol?

De acuerdo, había sido un golpe bajo, pero no era como si Gina no se lo mereciera. Aún estaba molesta por que hubiera comparado a mi padre con un animal atropellado.

Sally soltó una risilla y le dio la vuelta a su muñeca como si fuera una especie de aristócrata con una cartera bien gorda.

—¡No, Texas!

Levanté una ceja.

—¡Mi nombre no es Texas! —chillé.

—¡Vale, lo siento! Adivina a quién ha atrapado Gina —continuó.

El rostro de Sally estaba oculto tras el resplandor del sol, pero atisbé una chispa peculiar en su tono.

—¡Gina está saliendo con el chico más buenorro de todo Tangi! —su emocionada voz rebotó en mis oídos.

—Salir con tu hermano no cuenta, Sal.

Olvidémonos de las críticas, había decidido meter mierda.

Parecía que mis respuestas retorcidas le entraron por un oído y le salieron por el otro. Sally actuaba como si anunciar los últimos cotilleos fuera un asunto de vida o muerte.

—Gina está saliendo con, redoble de tambores... —sonrió—, ¡Aidan Bane!

Me quedé boquiabierta, y mi entorno se convirtió en un túnel. Sally siguió barbullando, pero sus palabras eran como un ruido de fondo para mí. Se me revolvió el estómago.

De repente, las palabras de Bane retumbaron en mi cabeza: «No soy un hombre de una sola mujer y nunca lo seré».

Me convencí de que no me importaba. Me mentí a mí misma.

—¡Sally, tengo que irme! —anuncié.

Cuando nuestras miradas se cruzaron, vislumbré un brillo engreído en sus ojos. Entonces, me di cuenta de que ella sabía que sentía algo por Bane. Tras regodearse en su triunfo por unos segundos, Sally dio un paso atrás y soltó el manillar.

Me quedé allí. Había una pregunta que necesitaba hacer.

—¿Cómo lo haces, Sal?

—¿Cómo hago qué?

Apreté el manillar fuertemente con mis dedos. Odiaba la idea de hacer que le sangrara la nariz por primera vez.

—¡Hacerme daño! Parece ser tu única misión en la vida. ¿Qué te he hecho yo para causar esta lucha continua entre nosotras?

—No sé por qué me estás atacando —negó con la cabeza como si se hubiera perdido de camino a la última tienda de donuts—. No mates al mensajero.

—Es no dispares al mensajero —la fulminé con la mirada—. Al menos dilo bien.

—Siento herir tus sentimientos —Sally se encogió de hombros—. No sabía que te gustaba Aidan.

—No te hagas la tonta —puse los ojos en blanco—. Estabas demasiado empeñada en contarme esto como para que sea por casualidad.

Inesperadamente, una mujer y un niño pequeño pasaron a nuestro lado, empujando un cochecito lleno de bolsas de la compra. Sally no dijo nada mientras esperaba a que la mujer se alejara. Luego, volvió a posar su mirada en mí.

—Pensé que querrías saber que tu novio está jugando contigo —escupió.

—¡Espera! Hace un minuto me has dicho que no lo sabías. ¿Cuál es la verdad, Sal?

—Bueno, es bastante obvio por la forma en cómo lo miras —capté un atisbo de desdén en su voz.

—Y me cuentas esto porque... —alcé la mano en el aire—. ¡No importa!

Me molestaba ser tan transparente con mis sentimientos. ¿A quién estaba engañando?

—Gina me dijo que no confiara en ti —espetó Sally con odio.

—¡Tengo que irme! —rápidamente, me monté en mi bicicleta, dejando a Sally de pie con sus labios fruncidos.

Sally y Gina se merecían la una a la otra.

Cuando llegué a casa de la señora Noel, mi ira se había convertido en sollozos. No me podía creer que hubiera estado a punto de acostarme con él la noche anterior.

Dejé tirada mi bicicleta en la entrada de la casa de la señora Noel y cogí las bolsas de la compra. Antes de que hubiera levantado el puño para llamar a la puerta, ella ya había abierto. Noté que estaba preocupada.

—¿Qué pasa, bonita? ¿Estás herida? —preguntó.

—Físicamente, no —rompí a llorar una vez más y me encogí de hombros.

—Ay, ven aquí —eso era todo lo que tuvo que decir para que me dejara caer entre sus brazos cálidos y consoladores.

No sé cómo la señora Noel logró llevarme adentro y acomodarme en el sofá. Luego, me preparó una taza de té de manzanilla caliente. Después de mi segunda taza, mi pulso comenzó a calmarse.

—Gracias, Florence —sonreí, a pesar de que no me apetecía hacerlo.

—Ya sabes que se me da bien escuchar, si quieres hablar de ello —la señora Noel se sentó en la mecedora situada junto al sofá.

Reinó el silencio durante un par de minutos, en los cuales la señora Noel mantuvo sus ojos preocupados fijos en mí.

—Lo sé —traté de contener otro ataque de lágrimas—. Estaba hablando con una chica de mi clase, Sally. No es exactamente una amiga —suspiré—. En fin, me contó algo que no me ha sentado nada bien.

—¿Y eso es lo que te molesta?

—¡Sí! —recliné la cabeza hacia atrás contra el sofá y levanté la mirada hacia el techo—. Ya tengo suficientes problemas en mi vida, pero desde que conocí a este chico, mis problemas se han multiplicado.

—¿Cómo es eso, cielo? —la señora Noel parecía estar de lo más confundida.

—Pues, para empezar, es mi casero —me encogí de hombros despectivamente—. Bueno, sus padres son los dueños.

—¡Virgen santa, sí que es complicado! Por cierto, llamé a mi sobrino, pero todavía estoy esperando su respuesta. Quería preguntarle acerca de eso.

—Eso no es lo peor. Además, he oído que Bane está saliendo con otra chica.

—Cielo, parece que te gusta este joven.

—Ojalá fuera así de fácil —escupí con amargura.

—¿Qué quieres decir?

—Soy inepta en lo que a chicos se refiere. Es decir, nunca antes me había sentido así por cualquier chico. Había otro chico en Texas que me gustaba, pero nunca salimos juntos.

—Ay, cielo, se supone que debes ser inexperta a tu edad —me consoló la señora Noel.

—Florence, la mayoría de la gente de mi edad ha besado a alguien, como mínimo, entre otras cosas.

—Niña, no te entristezcas por este chico. Si no puede ver lo especial que eres, entonces no te merece —la señora Noel estiró el brazo y apretó mi mano con suavidad.

Esbocé una hiriente sonrisa.

—Bane admitió que no le gusto y también me dejó bien claro que nunca asienta la cabeza por una chica —me llevé las manos a la cabeza—. Simplemente me molesta enterarme de que está saliendo con una chica a la que no puedo soportar.

—Tal vez debería hablar con este joven. Suena como si fuera un granuja rastrero —espetó la señora Noel, indignada.

Por un segundo, me miré las manos y sonreí internamente. Era agradable importarle a alguien. Alcé la vista para mirar a la señora Noel.

—Por eso no entiendo por qué me gusta tanto. No me gustan los chicos ricos.

—No eres la primera chica a la que le rompe el corazón un chico. ¡Habrá días mejores! —sus ojos brillaban—. Eso sí, no cometas ninguna tontería.

Sonreí con timidez.

—Hay algo más que me está matando —añadí.

—¿El qué, bonita?

—Últimamente no soy yo misma —permanecí en silencio durante un segundo—. Mi memoria tiene agujeros, hay días que no puedo recordar nada. Me preocupa —suspiré—. Cuando me resbalé y me caí, debí de golpearme la cabeza con más fuerza de lo que pensaba porque mi cerebro no deja de quedarse en blanco. Tengo recuerdos a trozos —expliqué.

—Qué extraño. Déjame ver si tengo alguna hierba que pueda ayudarte —cogió mi taza y se puso de pie—. ¿Quieres un poco más de té?

—Estoy bien, gracias. Tengo que volver a casa —me levanté del sofá.

—¡Ah, espera! —exclamó—. Te he preparado algo para cenar.

Antes de que tuviera tiempo de protestar, la señora Noel se había metido en la cocina. Cuando volvió, cargaba con una gran bolsa de papel marrón, una tradición muy conocida en el sur. Una sonrisa iluminó mi rostro.

—Eres mi ángel de la guarda —le di un beso rápido en la mejilla y la abracé con fuerza.

—Niña, somos familia —sonrió ampliamente, aunque no llevaba puesta su dentadura blanca.

Le devolví la sonrisa.

Esa misma noche, llegó una tormenta que trajo consigo nubes amenazantes. Los truenos retumbaban con furia, chocando contra el cristal de la ventana conforme un relámpago se dibujaba a través del cielo magullado. Luego, llegaron los cántaros de lluvia que golpearon el techo de la casa. Nunca me habían gustado las tormentas, y esta no fue una excepción.

Finalmente, me di por vencida y cerré mi libro de matemáticas. Quería echarme la bronca por holgazanear. Iba con retraso, y seguía empeorando. Es más, por alguna razón, no podía recordar algunas de las fórmulas necesarias para mi clase de matemáticas. Agujeros, más y más agujeros en mi cerebro. Me froté las sienes como si eso fuera a hacer que mis recuerdos volvieran.

Luego, salí de la cama y bajé las escaleras hacia el piso de abajo. Como me apetecía un café, me dirigí a la cocina. Preparé la cafetera entera, me serví una taza y me senté a solas en la pequeña mesa junto a la ventana, observando la lluvia.

El café era probablemente lo peor que podría tomarme antes de irme a dormir, pero, teniendo en cuenta el clima de esta noche, imaginé que no dormiría mucho de todos modos.

Me quedé mirando por la ventana durante un buen rato, preguntándome si debería evaluar lo que había dicho Sally. De todas formas, ya no importaba, porque había decidido cortar lazos con Bane. No sabía cómo, pero encontraría una manera de pagar el alquiler con tal de no tener que aceptar su caridad.

Entonces, se me ocurrió una idea. Puede que Bane estuviera deduciendo el alquiler y los gastos del sueldo de Sara. Quizás Sara no estaba mintiendo y realmente trabajaba para los Bane después de todo. Aunque no tenía sentido preocuparse por eso ahora. Sara era predecible hasta decir basta. Es decir, que cuando se cansara de este lugar, nos iríamos pitando al siguiente cuchitril. Suspiré y sacudí la cabeza. Lo único que me impedía marcharme eran la señora Noel y Jen.

Desde que me había resbalado sobre el aceite para bebés, reventándome la cabeza, mi mente no había sido la misma. Tenía suficientes problemas, a cada cual más sobrecogedor, como para comerme el coco durante toda una vida.

Decidí meterme de nuevo en la cama con un buen libro, esperando que eso me relajara. Me puse un pijama de Bugs Bunny y, luego, me metí bajo las sábanas con uno de mis libros favoritos, *Matar a un ruiseñor*, un clásico de Harper Lee.

Sólo había leído unas pocas páginas cuando me quedé dormida. No tuve un sueño tranquilo, sino todo lo contrario. La misma pesadilla tan inquietante que me había estado persiguiendo desde la muerte de mi padre regresó para vengarse.

Le sonreí al adorable chico, y él me devolvió la sonrisa, cogiéndome de la mano. Como de costumbre, sólo podía ver su sonrisa, ya que el resto de rasgos faciales estaban borrosos.

Cuando aparté la mirada, me quedé sin aliento. Unas graves voces masculinas resonaron en mis oídos. Las palabras no estaban claras, pero parecía que estuvieran cantando, y su cadencia subía y bajaba en un salmo congruente. Un goteo constante hizo eco como el goteo del agua.

El chico se volvió hacia mí, tirándome del brazo. Sus labios se movían, pero no podía oírlo. Me esforcé por escucharlo, pero fui incapaz de distinguir sus palabras.

Entonces, arremetió contra mí y clavó sus dedos con fuerza en la carne de mi brazo, obligándome a seguirlo. Chillé de dolor y le grité que me soltara. Ignorando mis gritos, me arrastró por un pasillo oscuro. Lo había enfadado. El miedo me recorrió la columna vertebral.

Una vez más, estaba sola. El chico sin rostro había desaparecido. Me di la vuelta para buscar una salida y me quedé helada. Los mismos hombres en túnicas carmesí con las manos juntas estaban de pie formando un círculo de doce.

—¿Dónde está el decimotercero miembro? —murmuré para mí.

Un empujón desconocido me instó a avanzar hacia la luz. Salí de las sombras y, cuando bajé la mirada, me di cuenta de que llevaba puesta una túnica de color rojo intenso.

Rápidamente, me encogí de hombros hasta que uno de los hombres me tocó el hombro. Hice una mueca al sentir su mano fría y húmeda.

En las otras pesadillas, los hombres de las túnicas nunca interactuaban conmigo, sino que yo solía ser invisible, como un fantasma. El sueño había cambiado. Al igual que el chico sin rostro, el rostro del hombre no era más que un borrón oscuro en movimiento.

El hombre de cara borrosa reposó su mano en la parte baja de mi espalda y me empujó para que me uniera al círculo. Di un paso adelante, uniéndome al círculo de doce hombres, creando así un total de trece túnicas.

Mis ojos se clavaron en una gran silla chapada en oro que reposaba sobre una plataforma. Me recordó a los tronos en los que se sentaban los reyes en la época medieval. Divisé símbolos o dibujos grabados profundamente en la piedra que se alzaba justo por encima del altar y reconocí la pirámide con un ojo en el centro. Había visto ese mismo ojo en los billetes de un dólar.

Los hombres comenzaron a arrodillarse, inclinando la cabeza. Sin saber qué hacer, le lancé una mirada confusa al hombre que me había traído al círculo. Sin embargo, cuando alcé la mirada, era el chico de siempre el que se erguía en su lugar, vistiendo una túnica negra también. Aunque su rostro seguía estando borroso, mis ojos atisbaron los hoyuelos de su sonrisa. Entonces, vislumbré el reflejo de algo brillante por el rabillo del ojo y bajé la mirada para fijarme en su mano. Tal y como esperaba, el chico lucía el mismo anillo que había visto en todos los otros sueños: diamantes formando un ojo.

El chico sin rostro inclinó la cabeza y me susurró palabras al oído. Sonreí para mis adentros. Un hormigueo de emoción me atravesó el cuerpo mientras sus dedos se deslizaban sensualmente a lo largo de mi brazo. Lentamente, se llevó mi mano a sus labios y la besó. Sorprendida, observé cómo las cejas del chico se unían hasta fruncir el ceño. Se había enfurecido. Comenzó a gritarme, aunque sólo se movían sus labios. Luego, tirándome de la parte superior del brazo de mala manera, me obligó a cogerlo de la mano. Me estremecí bajo su mirada amenazadora y seguí sus órdenes.

Un segundo más tarde, una luz cegadora parpadeó, y mi entorno se transformó en algo irreconocible. Divisé el contorno de un hombre extremadamente alto, pero no podía vislumbrar su rostro. A diferencia de las otras caras borrosas, él se escondía en la oscuridad.

Una helada ácida recorrió mi espalda. No entendía lo que estaba pasando. Examiné las túnicas negras frenéticamente conforme alzaban sus barbillas hacia arriba como si estuvieran orando.

—¿Qué está pasando? —musité.

Un repentino silencio reinó en la cámara oscura. Contuve la respiración, esperando que la silueta oscura se acercara a la luz.

Cuando la bestia retiró su rostro de la oscuridad, grité a pleno pulmón.

Abrí los ojos como platos y se me heló la sangre por los gritos, mis gritos. Di un brinco en la cama, pateando las sábanas y usando los brazos para defenderme de las manos fantasmales que se arrastraban sobre mi piel.

Mi corazón latía a mil por hora, como un caballo corriendo hacia la línea de meta.

Me derrumbé contra el suelo, jadeando. Todo mi cuerpo estaba cubierto de sudor, y me estremecí. Por primera vez en diez años, la pesadilla había cambiado.

Conseguí ponerme en pie y me senté sobre el borde de mi cama. Me sentía exhausta y sin energía. Deslicé la mano sobre el brazo e hice una mueca al sentir un repentino dolor agudo. Me remangué la camiseta del pijama y me quedé sin aliento.

Visiones del chico sin rostro atravesaron mi mente. Recordé el insoportable dolor de sus dedos clavándose en mi piel y lo furiosa que me había puesto. Aun así, sólo había sido un sueño. No era real. Entonces, ¿cómo se explicaban los moretones y las huellas dactilares en mi brazo?

YO NO TE HE INVITADO

Para el domingo, la tormenta ya había pasado, y el sol, en su mayor esplendor, apareció por el horizonte. La vida había vuelto a la normalidad. Mientras los pájaros piaban felizmente y los insectos cantaban sus canciones, yo lavé la ropa y logré ponerme al día con los deberes al fin.

Me las arreglé para terminar mis últimos deberes y cerré mi libro justo cuando Sara irrumpió por la puerta principal. Entró en la casa cargando con varias bolsas de la compra y las dejó caer junto a la puerta con un golpe seco.

Corrí hacia el piso de abajo y, cuando me paré al final de las escaleras, me quedé boquiabierta.

—¡Bueno, no te quedes ahí parada con la boca abierta! —me ordenó Sara con brusquedad—. Ven a ayudarme.

—Ah, vale —la seguí hasta afuera pero, cuando llegué al porche, me paré en seco.

—¿De dónde has sacado el dinero para este coche? —me quedé boquiabierta observando el Ferrari rojo que estaba aparcado en la entrada.

—Deja de mirar y saca las bolsas —espetó Sara.

—Ya... —murmuré conforme me dirigía hacia la parte de atrás del coche.

Sara tenía el maletero abierto y me fijé en que había varias bolsas del supermercado local.

—Mamá, ¿qué has hecho?

—¿Te gusta? —una sonrisa malvada apareció en sus labios, el tipo de sonrisa que un asesino esbozaría justo antes de decapitarte.

—Eso no es lo que te he preguntado —aclaré.

Sara se quedó en silencio durante un segundo, probablemente pensando en qué mentira soltarme.

—El coche pertenece a la familia Bane. Como soy una empleada tan indispensable, me dejan que conduzca su coche. Es una de las ventajas de trabajar para la familia más rica del pueblo.

—Ajá... ¿esperas que me crea que los Bane te permiten conducir un Ferrari nuevo? ¿Sabes cuánto cuesta uno de estos coches? —la duda cubría mi voz como el hielo en las líneas eléctricas.

—¡Pues no me creas! —Sara apretó los dientes.

¡Ups! Ahí estaba, confirmando lo que ya esperaba... mentiras. Desviarse era una herramienta útil que Sara usaba a menudo y esquivar las acusaciones era su mecanismo de defensa. Cada vez que la pillaba en alguna de sus muchas mentiras, usaba la ira para prevenir que sus mentiras fueran expuestas.

Eché un vistazo dentro del coche, pero no encontré ninguna señal de Francis.

—¿Dónde está tu novio? —pregunté.

—Se fue a jugar a las cartas con unos amigos —me dedicó una sonrisa, aunque su mirada aun rezumaba frialdad.

Sara nunca flaqueaba en cuanto a su impaciencia hacia mí y, esta noche, su agitación parecía ser más intensa de lo habitual.

—Oh —me encogí de hombros y me metí las manos en los bolsillos—. Entonces, ¿por qué estás aquí?

—Voy a preparar la cena —dijo.

—La cena —me burlé. Sara podría quemar hasta el agua.

Furtiva como un gato, Sara caminó hacia el maletero del coche con tranquilidad, sobre unos tacones Christian Louboutin rojos de quince centímetros. El vestido que llevaba puesto se ajustaba a su cuerpo como una segunda piel.

—Sí, la cena —sus uñas de color sangre reflejaban la luz de la farola mientras soltaba órdenes—. ¡Date prisa! —gestionó con la cabeza hacia las bolsas—. ¡No tengo toda la noche!

—¿De dónde has sacado el dinero para todo esto? —divisé una caja repleta de platos, tazas, utensilios de cocina, ollas y sartenes. Sentí una oleada de sospecha—. Toda esta comida y utensilios de cocina deben de haberte costado una pequeña fortuna.

—Adivina quién viene a cenar —una sonrisa de mala muerte adornó su rostro.

—¿Quién? —pregunté.

—Tu novio —respondió con un tono despreocupado.

—¿Qué novio?

—Saca la bolsa que he dejado sobre el asiento del pasajero también. Te he comprado algo bonito para que te pongas —me miró de arriba abajo con una mirada crítica—. No quiero que parezcas una sin techo —chasqueó la lengua—. También te he traído maquillaje para que resaltes tus ojos verdes porque tus ojos no tienen vida. Son tan aburridos como los pomos de las puertas.

«¡Au! Eso ha dolido».

—¡A papá le gustaban mis ojos! —espeté.

Lo gracioso era que en realidad no me parecía en nada a ninguno de mis padres.

—Tus ojos son muy normales. Eso es todo lo que quiero decir —otro disparo al estómago.

La fulminé con la mirada, aun cargando con las bolsas en mis manos.

—Todavía no me has dicho cuál es la verdadera razón por la que estás aquí.

Sara me cogió de la barbilla con brusquedad, clavando sus uñas afiladas en mi piel. Reprimí el dolor causado por su puñalada.

—No voy a dejar que me arruines esto. Aidan Bane tiene ojos para muchas chicas —empujó mi barbilla hacia un lado—. Esta es tu única oportunidad de ser alguien —dijo entre dientes—. Ese joven está acostumbrado a mujeres de cierta calidad, no a paletas como tú.

Me quedé mirándola, sin palabras.

Sara atrapó un mechón de mi cabello en su mano y lo tiró hacia un lado, levantando la nariz.

—Ojalá te hubiera comprado algo de tinte para el pelo. Ahora ya es demasiado tarde. Espero que le gusten las pelirrojas. No entiendo por qué la gente alaba tanto el color rojo —Sara hizo una pausa—. Bueno, ¿por qué sigues aquí parada?

Sentí las lágrimas acumulándose en mis ojos conforme miraba a la mujer que afirmaba ser mi madre. Puede que Sara cargara con el título, pero nunca había cumplido con su posición.

—Sara, si quieres cocinarle la cena a Aidan Bane, adelante. Pero yo no me voy a quedar aquí para animarte —espeté—. Y tampoco jugaré a los disfraces por ti —empujé la bolsa de ropa contra su pecho—. Puedo valerme por mí misma sin tu ayuda.

—Ah, ¿sí? ¿Y cómo planeas hacer eso? —Sara me miró con desdén y arrojó la bolsa blanca llena de ropa en mi cara.

Atrapé la bolsa en el aire y la tiré contra el suelo.

—¡Tengo pensado ir a la universidad! —mi rostro se enrojeció por la ira—. Puede que me convierta en abogada, como papá, y así podré vivir mi vida como a mí me plazca.

Sara soltó una risa malvada.

—¡Sobrevaloras a tu padre! —se burló.

—Aunque así fuera, deberías estar orgullosa de mí por mis aspiraciones. Orgullosa de que no tenga que prostituir mi cuerpo a un hombre con la esperanza de que me tire algunas monedas a los pies —saboreé el rencor en mi lengua—. ¡Carga tú con tus bolsas de la compra! —dejé caer las bolsas a sus pies y me marché echando humo por las orejas, dejando que Sara disfrutara de lo desagradable y despreciable que era.

Cuando entré en la casa, cerré la puerta con llave, y Sara no tardó en marcharse. Escuché cómo cerraba la puerta del coche con fuerza y el chirrido de las ruedas sobre el asfalto.

No entendía por qué estaba tan empeñada en que saliera con Bane. Sara tenía que darse cuenta de que su hija tenía otros planes, y que éstos no implicaban la cuenta bancaria de un hombre.

Decidida a olvidar las palabras hirientes de Sara, subí a mi habitación y me metí bajo las sábanas de mi cama. Cogí una almohada, enterré mi cara en ella y lloré hasta que caí rendida.

Una hora más tarde, sonó el timbre de la puerta. Bajé las escaleras de mala gana, medio esperando que fuera Sara. Sin embargo, cuando abrí la puerta, me encontré con una silueta oscura en una gabardina negra y una extraña sonrisa que deletreaba problemas, devolviéndome la mirada.

¡Aidan Bane!

—¿Qué estás haciendo aquí? —fruncí el ceño.

Bane sujetaba un par de bolsas de la compra en las manos.

—¿No se te ha olvidado algo? —sus ojos azules rezumaban diversión.

—Todavía no has respondido a mi pregunta —espeté.

—Perdóname por la intrusión, pero tengo entendido estar invitado a la cena de esta noche —levantó una ceja, agitando las bolsas de la compra—. Supongo que estas bolsas son para eso —estaba diabólicamente guapo con sus hombros musculosos chocando contra la tela de su abrigo.

—Yo no te he invitado —espeté con más dureza de la que quería.

Pude ver el humor en sus ojos conforme me atravesaba con la mirada. Se estaba riendo de mi indiferencia hacia él.

—¿Debo suplicar? —preguntó.

—Yo no voy a cocinar —me mordí el labio inferior para evitar sonreír.

—Entonces cocinaré yo —atisbé cierto brillo en sus ojos azules.

Suspiré y cogí un mechón de pelo que se había caído sobre mi cara conforme me hacía a un lado.

—La cocina está al fondo. Aunque tú probablemente ya lo sepas porque eres el casero —me apoyé sobre el pomo de la puerta, frunciendo el ceño.

En secreto, me reprendí a mí misma por aquella repentina oleada de alegría que se había apoderado de mí.

Seguí a Aidan conforme él daba sólo un par de zancadas para llegar a la cocina. Mis pasos fueron un poco más lentos, ya que me había quedado admirando sus vaqueros ajustados. O, para un mejor término, la forma en que se vertía en ellos. Los vaqueros enmarcaban el contorno de sus muslos y sus musculosas nalgas. Me mordí el labio inferior mientras pensaba si sería posible embotellar y vender ese pavoneo suyo en el mercado. De ser así, haría feliz a muchas amas de casa.

Después de quitarse su abrigo y tirarlo sobre una silla, la mirada de Bane se fijó en el cristal roto de la puerta.

—¿Qué ha pasado? —frunció el ceño.

—Eh... tortitas y Sara —me encogí de hombros.

Sus ojos pasaron de mí a la ventana con un ligero ceño fruncido.

—Haré que venga alguien mañana para arreglarlo —dijo.

—No. Ya me encargo yo.

No sabía cómo, pero me las apañaría, aunque no tuviera ni un centavo a mi nombre.

—No te preocupes. Yo lo arreglo —sus ojos se suavizaron.

—Vale —me encogí de hombros.

Bane centró su atención en nuestra cena. Primero, se lavó las manos y, luego, comenzó a vaciar las bolsas y a colocar los artículos en la encimera de la cocina para ver qué había en el menú de la noche. Después, sacó la sartén del armario y la colocó encima de la cocina de gas. Entonces, sacó un par de filetes que habían sido envueltos en papel de la carnicería. A continuación, envolvió un par de patatas en papel de aluminio, las metió en el horno y lo puso a temperatura alta. Después, vació una bolsa de lechuga para ensaladas en un bol grande, la espolvoreó con una pizca de queso blanco, agregó picatostes y lo mezcló todo bien. Por último, dejó el plato reposar en la nevera.

Me quedé observándolo desde la mesa, sorprendida de que un niño rico supiera manejarse en la cocina. Claro que sus otros atributos eran igual de impresionantes. Para ser un chico que se alzaba sobre la mayoría, con unos hombros anchos y amenazantes, se movía sobre sus pies con ligereza y facilidad, como un gato, con fluidez y gracia.

Ver cómo sus músculos delgados se flexionaban bajo su camisa blanca hizo que me hormiguearan los dedos de los pies, y mi mente divagó hacia la última vez que habíamos estado juntos y el recuerdo de sus besos. Casi deseaba que pausara la cena y me llevara al dormitorio antes de que cambiara de opinión.

Resoplé para mis adentros. Me había convertido en una persona de lo más débil que se desmoronaba en su presencia. Me sentía viva cuando estaba con él y, aun así, tampoco sentía que fuera yo misma.

Entonces, Gina apareció por mi mente. ¿Realmente quería saber si Bane estaba saliendo con otra chica? Negué con la cabeza. Si creía que le gustaba a este tipo para algo más que para su mera diversión, me estaba engañando a mí misma.

«Debería acabar con esto de una vez por todas y decirle que se largue», pensé. Sin embargo, no podía obviar el hecho de que era mi casero, lo cual podría complicar las cosas.

Mis ojos se desviaron hacia sus manos, y me pregunté...

De repente, Bane se dio la vuelta y vi que estaba sujetando dos platos llenos hasta arriba de comida. Rápidamente, retiré mi mirada de sus vaqueros ajustados y la posé sobre su rostro conforme mis mejillas comenzaban a acalorarse.

Bane se detuvo en seco y abrió los ojos como platos.

—¿Qué? ¿He olvidado algo? —estaba de pie, sosteniendo cada plato en sus manos, arqueando una ceja.

«Sí, mi virginidad», pensé. «¡No digas eso en voz alta!», me advertí interiormente.

—No, todo va estupendamente —fingí una sonrisa.

Nos sentamos a la mesa para comer. La mesa parecía ser tan estrecha como el interior del coche de Bane. Además, sus anchos hombros y su altura ocupaban casi todo el espacio, ya que la pequeña mesa no era lo suficientemente grande para dos personas. Nuestros platos chocaban entre sí, y sus rodillas rozaban las mías.

Me di cuenta de que me gustaba aquella comodidad. Me sorprendió que a Bane no pareciera molestarle nuestra falta de cubiertos ni que, a falta de suministros, compartiéramos el mismo cuchillo. Aunque no había mucho que compartir, puesto que Bane hizo todo el trabajo; cortó mi comida por mí e incluso me dio de comer el primer bocado. Tenía que admitir que era adorable, y me gustó más de lo que debería. Dejando a un lado mi orgullo, debía admitir que el chico no me había decepcionado. El filete estaba delicioso.

Entonces, pensé en Sara. Sus palabras me habían herido como una patada en el culo, peor que un perro arrastrando el culo por la alfombra. Decidí comenzar la noche pisando fuerte.

—He oído que estás saliendo con Gina —comenté antes de morder un trozo de carne con demasiada fuerza.

Por un segundo, los ojos de Bane reflejaron sorpresa, pero se tranquilizó enseguida.

—Los rumores circulan por este pequeño pueblo con demasiada

rapidez —respondió, mostrándome sus hoyuelos—. Son un desperdicio de aliento, en mi opinión.

—No estoy segura de que puedas llamarlo desperdicio cuando obtienes la información directamente de la fuente —contraataqué.

Pasó un momento de inquietud antes de que Aidan hablara.

—Amor, ¿qué puedo decir? Tengo que mantener las apariencias —sonrió y se llevó un gran trozo del filete a la boca.

Odiaba su tono caballeroso y el hecho de que no estuviera admitiendo ni negando nada. Miré por la ventana para calmarme, aunque no sirvió de nada, ya que había caído la noche y no pude ver nada más aparte de mi reflejo: una cara amarga y agria que me devolvía la mirada.

—Mi madre ha venido de visita hoy. Podrías haberla visto —dejé caer la mirada hacia mi plato y apuñalé otro trozo de carne—. Mi madre piensa que soy demasiado sosa para un chico como tú —deposité el tenedor sobre la mesa y levanté mi mirada para encontrarme con la suya —. Quiero saber por qué estás aquí. Ni siquiera soy tu tipo.

Siguiendo mi ejemplo, Bane depositó su tenedor sobre su plato y, luego, cortésmente, se limpió la boca con una servilleta, puso el trozo de tela blanca a un lado y reposó las manos en su regazo. Cuando nuestras miradas se cruzaron, sus profundos ojos azules me penetraron con fiereza.

—Sara no te ve a través de mis ojos —dijo casi susurrando.

La confusión plagó mi mente. No estaba segura de si Bane me estaba tomando el pelo o si hablaba en serio.

—¿Eh? —respondí como cualquier mujer con un poco de sentido común.

—¿Por qué te haces esto a ti misma? —me preguntó.

—¿Qué es lo que me hago a mí misma?

—Tu madre... ¿siempre es tan brusca contigo? —inquirió.

—¿Brusca?

—Sí. Creo que no te otorgas el reconocimiento suficiente. La mayoría de las chicas en tu lugar se habrían decantado por las drogas y la prostitución —comentó.

—Como Gina —escupí.

—Gina cumple su función —respondió con ironía.

—¿Qué clase de función? —presioné.

—¿Debes insistir en obtener una respuesta a eso? —la ira en su voz retumbó en el aire.

—¿Por qué Gina de todas las personas? Hay un centenar de chicas con las que podrías salir que no fueran ella.

—¿Por qué crees que estoy saliendo con Gina?

—Hasta Sara lo sabe —me encogí de hombros—. Si estáis saliendo, pues es lo que hay. Pero al menos admítelo.

Odiaba actuar como una novia celosa, pero no podía evitarlo.

—No estoy saliendo con Gina. Ella me pidió que la llevara a casa. Estaba en el Mother Blues jugando al billar con mi primo. Gina había estado bebiendo. Ella y su amiga, Sally, se pelearon. Sally la abandonó allí. Yo simplemente llevé a la chica a su casa.

—Qué caballeroso por tu parte —de repente, se me había quitado el apetito.

El aire se volvió espeso, y la culpabilidad acribilló mi mente. Había arruinado la noche con mis malditos celos.

Sus dedos repiquetearon sobre la mesa. Reinó un tenso silencio entre nosotros hasta que Bane respondió.

—Soy consciente del comentario que hizo Gina sobre tu padre —hizo una pausa y me atravesó con sus ojos azules intensos, golpeándome el corazón—. Se comportó maliciosamente.

—Recuerdo ese día —agaché la cabeza y me mordí el labio, evitando echarme a llorar.

—Admito que no tuvimos un comienzo muy agradable —atisbé una chispa de humor en sus ojos.

Se puso en pie y se acercó hacia mí. Alcé la mirada hacia su rostro conforme se arrodillaba ante mí y cogía mi barbilla con la palma de su mano suavemente. Sus ojos se detuvieron en el borde de mi mandíbula.

—Tienes moratones y marcas —abruptamente, su tono se sumergió en la ira. Su gélida mirada me obligó a mirar hacia otro lado—. ¿Quién te ha hecho esto?

Retiré mi cara ante su roce.

—No es nada.

Traté de ponerme de pie, pero Bane apoyó sus manos sobre mi cintura, evitando que me levantara.

—¿Te ha hecho esto Sam? —preguntó. Capté un atisbo de rabia en sus ojos.

—No —me encogí de hombros.

Bane se puso de cuclillas. Sus ojos azules se oscurecieron conforme caía en la cuenta.

—¡Sara! —apretó los labios.

Rápidamente, se puso en pie y me agarró de la parte superior del brazo, arrastrándome con él.

—Ve a hacer la maleta. Te vienes a mi casa. Haré que Jeffery vuelva a recoger el resto de tus cosas mañana.

—Aquí estoy bien...

—No te voy a dejar sola —gruñó.

—No pasa nada. Estoy acostumbrada a Sara —estaba tratando de no hacer una montaña de un grano de arena—. Si se estuviera tomando sus medicamentos, nunca me habría puesto la mano encima.

Bane se pasó los dedos a través de su pelo de azabache, suspirando a causa de la frustración. Se volvió hacia mí y acarició mi mejilla con sus dedos suavemente.

—Mírame —me pidió.

Al principio, me resistí. No podía soportar ser testigo de su compasión, pero, un segundo más tarde, alcé la mirada lentamente hacia él.

—No puedo quedarme contigo —susurré, tragándome el nudo que se había formado en mi garganta—. Si mi madre montó una escena cuando me vio en un coche contigo, ¿qué hará si me voy a vivir a tu casa?

—No te molestará, lo prometo. Te protegeré como si estuviéramos dentro de un búnker.

Sabía que Bane sólo me estaba ayudando por pena.

—Aprecio tu amabilidad, pero Sara es mi madre, y tengo que lidiar con ella yo misma.

—Ya veo que te está funcionando de maravilla —gruñó Bane. Sus ojos azules se endurecieron.

Caminó hacia la nevera, la abrió y repasó los contenidos del interior con la mirada. Sólo podría encontrar un par de cosas: un pedazo de pastel y un tazón de sopa de quingombó, cortesía de la señora Noel. Bane giró sobre sus talones y volvió a posar su mirada en mí.

—¡Esto no es vivir! —gritó. Luego se acercó a los armarios y comenzó a abrir una puerta tras otra—. ¡Los armarios están vacíos! ¿Cómo estás sobreviviendo? —posó su ardiente mirada sobre mí.

Furiosa, me di cuenta de que tenía razón, y las lágrimas se derramaron de mis ojos.

—¿Qué esperas que haga? —me sequé las lágrimas del rostro con el dorso de la mano—. ¡No soy rica como tú!

La inflexibilidad en los ojos azules de Bane me robó el aliento. Me estremecí cuando me estrechó entre sus brazos con brusquedad.

—Sabía que las cosas estaban siendo difíciles para ti, pero no tenía ni idea de que fueran tan mal —por la chispa en sus ojos, sabía que me estaba juzgando como si yo fuera un perro callejero, lastimero y sin hogar.

No quería que me mirara así. Quería que me viera como a un igual, pero eso parecía ser un sueño descabellado. ¿Cómo podría llegar a verme como algo más que una ordinaria? Yo no era nada. ¡No tenía nada! Incluso las ropas que vestía parecían trapos en comparación con la suya.

Me zafé de su abrazo.

—Me las arreglaré. Siempre lo he hecho —espeté con brusquedad, temblando.

—¡No parece que te las estés arreglando! —Bane extendió su brazo y señaló los armarios vacíos.

—¡A ver! —mis ojos captaron sus atormentados ojos azules—. Sara es mi problema.

—Ya no. Te voy a llegar a casa conmigo —sentenció.

—Aidan, ¡no necesito que me salves! —mi corazón palpitaba con fuerza en mi pecho—. Tengo pensado buscar un trabajo mañana. Puedo cuidar de mí misma.

—Morirte de hambre no es cuidar de ti misma —criticó.

Aidan tenía razón. Preocuparse por las facturas y la comida no era forma de vivir.

—No puedo quedarme en tu casa. Sara trabaja para tus padres —me rodeé la cintura con los brazos.

—¿Qué? —arqueó sus cejas oscuras.

—¿No te lo han dicho tus padres? —le pregunté.

—¿Decirme qué?

—Sara me dijo que tus padres la contrataron para que te vigilara, como una guardiana. Supuse que estaba diciendo la verdad porque iba conduciendo uno de tus coches.

—Princesa, mis padres y yo estamos distanciados. Llevamos así durante algún tiempo. Cuento con un personal que atiende todas mis necesidades —parecía estar diciendo la verdad—. En cuanto al coche de Sara, no es uno de los míos, eso te lo aseguro.

—No entiendo nada. Sara tiene que estar trabajando para ti. ¿De dónde sino sacaría el dinero para comprar toda esta comida y conducir un Ferrari?

—No sé lo que te ha contado, pero puedo asegurarte que no trabaja para mí, ni ahora ni nunca —me informó.

—Pero tú mismo dijiste que habías cubierto mis gastos.

—¿Qué tiene que ver eso con Sara? —Aidan frunció el ceño, desconcertado.

—Supuse que estabas deduciendo los gastos de su salario —expliqué.

—Princesa, llevo pagando tus gastos y facturas desde que te mudaste a esta casa —apretó la mandíbula—. Es algo que acordaron nuestras familias hace tiempo.

Di un paso atrás, los ojos abiertos como platos, estupefacta.

—¿Qué?

—Vaya... —Bane apretó los labios. Dio un paso adelante y apoyó sus manos sobre mis hombros—. Ya veo que Sara no te ha contado nada sobre el acuerdo.

—¿Qué acuerdo?

—Stevie... —se detuvo a mitad de la frase.

—¡Dios mío! —lo veía en sus ojos—. ¿Qué es lo que ha hecho Sara? —le grité.

—A ver... —hizo una pausa—. Lamento ser yo el que te cuente esto —detrás de sus ojos pude divisar un arrepentimiento innegable.

—¿Contarme qué?

Bane dio un paso hacia mí, pero yo me eché hacia atrás hasta topar con la mesa. No quería que me tocara.

—¿Puedes calmarte y tomar asiento? Tenemos que hablar —hizo un gesto con la mano hacia una de las sillas.

Ignoré su oferta. Mis pies se quedaron plantados en el suelo. No había nada que explicar. Ya lo sabía.

—Mi madre me ha vendido a ti —murmuré conforme las lágrimas brotaban de mis ojos. Antes de que Bane pudiera responder, exploté—: ¡Sal de mi casa ahora mismo!

Hizo ademán de ir a tocarme, pero, luego, se retrajo y dejó caer la mano a un lado. Su garganta se movió conforme tragaba saliva. Supuse que estaba conteniendo su aversión hacia mí. Sin decir una palabra, se dio media vuelta y salió de la casa, cerrando la puerta detrás de sí con un portazo.

Furiosa, dolorida y con el corazón partido en dos, tiré los platos de la mesa con un rápido movimiento, haciendo que se estrellaran contra el suelo. La comida salpicó las paredes, y yo me quedé allí, con lágrimas corriendo por mis mejillas. Siempre estaba enfadada, siempre estaba llorando, ¿cuándo iba a parar?

Me sequé las lágrimas con el dorso de la mano. No podía quedarme en esta casa por segundo más. Cogí las llaves y corrí hacia el garaje.

INFORTUNIOS DE UNA REBELDE

Minutos después, me encontraba en mi coche conduciendo a toda velocidad por las carreteras oscuras, dejando la casa y mis pensamientos sobre Bane detrás de mí.

Me sentía completamente avergonzada. ¿Cómo había podido traicionarme así mi propia madre? Era algo enrevesado. Me había vendido al mejor postor... ¡Bane! Lo que Sara había hecho no se diferenciaba en nada del tráfico sexual.

Nada tenía sentido con Bane. Es decir, ¿por qué molestarse tanto en actuar como un caballero? Si ya había pagado por los servicios, podría haberse salido con la suya la noche que se quedó a dormir, pero no lo hizo.

Sara tenía razón. No era lo suficientemente guapa o lo suficientemente buena para él. ¡Odiaba lo mucho que me importaba este tipo! Deseaba que no me importara, pero así era, y no sabía cómo evitarlo.

Me pregunté cuánto le habría costado comprarme. De repente, me vinieron a la cabeza la imagen de ese coche tan caro en el que había aparecido Sara y todas esas bolsas de la compra. No me podía creer que alguien pagara tanto dinero por un rollo de una noche.

Conduje hasta el Mother Blues. Necesitaba una distracción o alcohol. Puesto que era demasiado joven para comprar alcohol, y que no tenía ni un centavo, decidí que el billar sería la alternativa más segura. Podría evitar meterme en problemas en una sala de billar, siempre que no me golpearan en la cabeza con un palo de billar, ¿verdad?

Atisbé el coche de Jen y aparqué en el espacio que había justo al lado. Jen siempre conseguía hacerme reír y, ahora mismo, necesitaba una gran dosis de risas.

Cuando abrí las puertas de vidrio, me di cuenta de que el lugar estaba a rebosar. Examiné el área para asegurarme de no ver una cabeza oscura asomando entre las demás y, entonces, me relajé. Ninguna señal de Bane. Así mejor.

Divisé a Jen sentada en la esquina más al fondo junto a la última mesa de billar, manteniendo una conversación seria con Sam. Qué raro. Pensaba que Jen había dejado de hablarle a después de que hubiera jugado conmigo.

—¡Hola, guapa! —la saludé conforme me acercaba a ellos. Sonreí.

—¡Hola! Cuánto tiempo sin verte, amiga —Jen se levantó y me abrazó. Le devolví el abrazo.

—Ya... lo siento —me encogí de hombros. Posé mi mirada sobre Sam —. Hola, Sam —saludé con menos emoción.

—Hola, guapetona —se acercó y me dio un abrazo—. ¿Por qué tienes tan mala cara? —agarró su palo de billar.

—No lo sé —me encogí de hombros—. ¿Porque es domingo? —una mala excusa, pero era mejor que nada.

—Sé de algo que te levantará el ánimo —Sam esbozó una sonrisa que se extendía de oreja a oreja.

—Ay, por Dios. ¿Qué?

No necesitaba que me levantaran los ánimos. Lo que necesitaba era un trasplante de corazón.

—Jen y tú deberíais venir conmigo a Speakeasy. Está a un par de pueblos de aquí, donde Cristo perdió la chancla. Las criaturas más oscuras y feas merodean por allí —dijo Sam con voz grave para darle dramatismo—. Sería divertido. Ya sabéis, aventurarnos en el lado salvaje —nos guiñó un ojo.

—¿Speakeasy? ¿Qué es eso? —preguntó Jen.

—Es un bar que sólo unos pocos llegan a ver, todo un espectáculo. Yo voy allí todo el tiempo —se jactó Sam.

Miré a Jen.

—¿Vas a ir? —le pregunté.

Se encogió de hombros.

—Voy si tú vas, aunque no puedo quedarme mucho tiempo. Mañana hay clase —respondió.

—Sí, yo igual, no puedo permitirme faltar otro día más —me mordí el labio inferior—. Pero podría ser divertido escaparnos un rato —dijo la chica que nunca salía de su zona de confort: ¡yo!

Sam me abrazó, colocándome bajo su axila sudorosa. ¡Puaj!

—Venga. ¡Nos lo pasaremos de puta madre! —esbozó una sonrisa que dejaba ver su dentadura desigual—. Yo os cubro la espalda. ¡Lo juro por todo el licor en las parroquias! —Sam levantó su mano derecha, haciendo como si lo estuviera jurando.

Jen soltó una carcajada.

—Ah, sabes que no está mintiendo cuando lo jura por el alcohol —Jen me chocó los cinco.

Me quedé pensativa un momento, dándole vueltas en mi cabeza. ¿Debería aventurarme en el lado salvaje o irme a casa? Mis ojos iban y venían entre Jen y Sam mientras ambos sonreían, aventureros ellos. Suspiré y me zafé del brazo de Sam.

Antes de salir, le pedí una solicitud de empleo al camarero que estaba detrás de la barra. Lo menos que podía hacer era intentarlo. Lo peor que podría pasar era que me dijeran que no.

Por ahora, me estaba alejando de la Stevie prudente y convirtiéndome en una Stevie rebelde, como un buen par de tacones de aguja.

Nos apretujamos en la camioneta de Sam, quien había insistido en ser el chófer de la noche. Jen y yo nos miramos la una a la otra y nos echamos a reír porque ambas sabíamos que se iba a poner como una cuba. Pero nos daba igual, ya que ni a Jen ni a mí nos gustaba demasiado el alcohol, así que decidimos que una de nosotras se encargaría de conducir a la vuelta. Sin problema.

Pasamos por un pequeño pueblo llamado Le Diablo que no era mucho más grande que Tangi. Con parpadear una vez, ya te perdías

todo un bloque de casas y una tienda o dos. Cuando estábamos a un kilómetro de Tangi, nos aventuramos por una carretera de tierra que tenía
más cráteres que la luna.

Cuando finalmente llegamos a nuestro destino, nos detuvimos en un
aparcamiento que estaba más destrozado que la carretera de tierra. Al
echar un vistazo a todos los automóviles estacionados alrededor del
antro, me preocupé al ver desde motos oxidadas hasta lo mejor de lo
mejor, el aparcamiento estaba a rebosar.

«Menuda mezcla de clientes tan extraña», pensé.

El edificio estaba en ruinas, no parecía ser más que una caja de metal
estropeada con tornillos y algunas tablas que lo ayudaban a mantenerse
en pie. El lugar me daba escalofríos.

«Tal vez deberíamos ir a otro sitio», pensé.

Le eché un vistazo a Jen mientras nos bajábamos de la camioneta.

—Oye, no estoy tan segura de este lugar —me abracé la cintura mientras seguía observando el antro.

Vi cómo una pareja se tambaleaba por el aparcamiento y, cogidos del
brazo, se dirigían hacia las sombras de los árboles.

Sam salió de la camioneta y se colocó a nuestro lado.

—¿Qué pasa, guapetona? —preguntó con una amplia sonrisa en su
rostro—. ¿No te gustan mis amigos?

—No, tío, el problema es donde se juntan —le di un golpe en el
pecho con el dorso de mi mano y, alejándome de la camioneta, eché a
andar hacia la puerta principal.

Jen me siguió, y Sam vino después.

Cuando llegamos a la puerta, escuché melodías animadas que
vibraban contra el edificio de metal. El aire se llenó de estática, intoxi-
cándome con una sensación de libertad.

Nunca antes había estado dentro de un bar como este, que rezumaba
peculiaridad. Por entonces no sabía que Jen y yo nos estábamos embar-
cando en un mundo secreto, extraño y espeluznante.

Justo cuando entramos en un pasillo muy mal iluminado, Sam me
tiró del brazo y se inclinó sobre mi oreja.

—Si alguien te ofrece una bebida, no la aceptes. O te arrepentirás —
rozó el lóbulo de mi oreja con los labios.

Al instante, aparté la cabeza. Cuando Sam se alejó de mí, capté una extraña chispa en sus ojos que me produjo un escalofrío, y no de los buenos.

Le seguí la corriente y asentí con la cabeza mientras me apresuraba a acercarme a Jen, quien había llegado hasta donde estaba el segurata y estaba señalando a Sam. Sam pasó por delante de mí, se inclinó en la oreja del hombre corpulento y le gritó para hacerse oír por encima de la música ensordecedora. El segurata asintió, indicando que pasáramos, abrió la puerta y nos permitió entrar. Un ligero matiz de arrepentimiento atravesó mi conciencia. En secreto había esperado que el segurata nos hubiera enviado a freír espárragos.

Cuando atravesamos la entrada, entramos en una gran sala con música a todo volumen. Era difícil distinguir la melodía del constante martilleo.

Había luces de neón colgadas en las paredes, iluminando el bar con un escalofriante resplandor azulado. El lugar estaba repleto de cabezas rebotando en todas direcciones, bailando en la pista.

Mis ojos aterrizaron sobre la barra. Los estantes de cristal estaban decorados con intensas luces azules y botellas de licor. Detrás de la barra había un atractivo camarero que llevaba un sombrero y tirantes, pero iba sin camiseta. Se movía con fluidez, vertiendo bebidas al ritmo de la gran demanda. Le eché un vistazo a Sam, que ya iba en dirección a la barra, relamiéndose los labios.

Cuando le eché un vistazo a la pista de baile, me quedé boquiabierta, escandalizada. Entonces, caí en la cuenta de que éramos nosotros tres los bichos raros en esta fiesta. La pista de baile parecía un mar de cuerpos desnudos. La muchedumbre lo estaba dando todo, hombro con hombro, sacudiendo sus partes íntimas. Mis mejillas se ruborizaron y me di media vuelta, dándole la espalda a la pista de baile.

—¡Jen! —le tiré de la manga.

—¿Qué? —me gritó al oído.

—Estas personas están desnudas —chillé.

—¡Ya lo sé! Es gracioso —Jen se echó a reír.

Vislumbré una mesa en la que había una pareja, parecían estar envueltos el uno al otro. Volví a tirarle de la manga a Jen.

—¡Mira! A las diez en punto, la pareja en esa mesa. ¡Tía! ¡Se lo están montando!

La chica le estaba dando al chico un baile privado... un baile de lo más privado. No era algo que quisiera ver.

Jen tomó una gran bocanada de aire, imitándome, y se aferró a mi brazo.

—¿A qué tipo de lugar nos ha traído el Sambo? —preguntó.

Jen y yo nos echamos a reír.

—¡Creo que deberíamos irnos! —dije.

Eché un vistazo por encima de mi hombro y, luego, volví a fijarme en Jen.

—¡Creo que tienes razón! ¿Dónde está Sam? —Jen se puso de puntillas y estiró el cuello para mirar por encima del mar de cabezas—. No lo veo —gritó por encima de la música.

—¡Mierda! Nos ha abandonado —apreté los labios. Eché un vistazo rápido otra vez y, luego, miré a Jen—. ¿Crees que se ha ido al baño de chicos?

—¡No, creo que nos la ha metido doblada!

Abrí los ojos como platos.

—Ay, joder —grité, pasando la mirada sobre la barra una vez más—. ¡Espera! —dejé caer el brazo de Jen y me acerqué hacia el segurata.

Cuando el fornido segurata me repasó con los ojos, esbozó una sonrisa como si me conociera de algún otro lugar. Se agachó para gritarme al oído.

—Tu amigo se fue con otra tía. Lo siento —dijo roncamente.

—¿Estás seguro?

Hubiera sido fácil perder a Sam debido a toda la gente que había ahí dentro, aunque, por otra parte, éramos los únicos que iban vestidos.

—Guapa, Sam es un cliente habitual —gruñó con una media sonrisa. Era el tipo de sonrisa que hacía que sintieras necesidad de ducharte.

—Vale, gracias —me di media vuelta, furiosa.

Si Jen y yo salíamos de aquí con vida, planeaba matar a ese hijo de puta. Volví junto a Jen, lista para ponerme echa una furia en contra de nuestro supuesto amigo.

—¡Sambo se ha largado! —le dije junto al oído.

—¡Menudo gilipollas! —los ojos de Jen parecían ir a salirse de sus órbitas.

—¡Lo mismo digo! —me crucé de brazos. Estaba que echaba humo—. ¿Qué vamos a hacer?

De repente, Jen alzó la vista, y pareció como si una chispa se hubiera encendido en su interior.

—Anda, mira quién viene por ahí —sonrió.

Giré la cabeza siguiendo la dirección de su mirada y me quedé sin aliento.

—¡Bane! —susurré con los labios apretados.

Él también estaba mirando en nuestra dirección, y no parecía estar nada contento.

Jen y yo compartimos una mirada preocupada.

—Creo que tu amorcito está enfadado contigo —comentó.

—Creo que tienes razón —le sostuve la mirada a Bane, viendo cómo su cuerpo rígido rezumaba ira.

El segurata estaba hablando con él y echó un vistazo en nuestra dirección. El ceño fruncido en el rostro de Bane se volvía más oscuro con cada minuto que pasaba.

—¡Guau! No recordaba que a Aidan le quedara tan bien una camiseta blanca. ¡Menudos bíceps! —comentó Jen, admirándolo.

Le di un codazo en el brazo.

—¡No babees tanto! Ese es mi hombre —bromeé.

—Tía, ese chico está loquito por ti —Jen arqueó una ceja—. Ha venido hasta aquí en medio de la noche para buscarte. Eso es lo que yo llamo amor —me devolvió el codazo.

—Ya... —fingí una sonrisa.

Bane estaba actuando según su sentido de obligación. Supuse que querría sacarle partido a su dinero antes de que otro chico me pusiera las manos encima... Los infortunios de la Stevie rebelde.

—Oh, no, aquí viene —anunció Jen, tirándome de la manga.

Observé al torreón enfadado abriéndose camino hacia nosotras.

—¡Qué narices, Stevie! —Bane me agarró de la parte superior del brazo—. ¡No deberías haber venido aquí! —su rostro estaba de color rojo escarlata y tenía la mandíbula más tensa que una banda elástica estropeada lista para romperse.

—Suéltame —dije entre dientes.

Bane posó su mirada en Jen.

—Buenas noches, señorita Li. ¿O debería decir buenos días? —bramó
—. ¿Saben tus padres que sigues fuera a estas horas? —su mirada era
dura y decidida.

—Eh... —Jen colocó los brazos detrás de su espalda, con los ojos bien
abiertos—. Mis padres están fuera del pueblo.

—¿Puedo suponer que no conocen tu paradero? —Bane frunció el
ceño.

Jen me miró de reojo.

—¡Juro que no volveré a subirme a ningún vehículo con Sam nunca
más! —gritó.

—Me alegra escuchar que algunas han aprendido una valiosa lección
—la furiosa mirada de Bane se encontró con la mía—. ¡Vamos! Me
gustaría conseguir dormir algo esta noche —gestionó con la cabeza hacia
la salida.

Al pasar por la puerta, Bane asintió con la cabeza hacia el segurata.

—Gracias por llamar, amigo mío —le dijo.

—No hay problema, señor Bane. Me alegro de poder ayudar —el
segurata nos guiñó el ojo a Jen y a mí—. Vosotras dos niñas no volváis
más por aquí —movió la cabeza hacia nosotras, el tipo de gesto que
prometía que, si alguna vez aparecíamos por allí de nuevo, habría consecuencias.

Apuré el paso, acercándome a un patilargo Bane enfadado. Escuché
a Jen riéndose con el segurata y me pareció ver que le pasaba su número
de teléfono. Sólo tenía una cosa que decir respecto al respecto... ¡asal-
tacunas!

Bane jugó con las llaves que sujetaba en su mano conforme se pavo-
neaba furiosamente hacia el aparcamiento. Jen y yo tratamos de seguirle
el ritmo a sus pasos de gigante. No hacía falta poder leerle la mente para
saber que Bane estaba furioso. Y esto que yo ya la había liado parda esa
misma noche cuando Bane se había marchado de la casa abruptamente.

Bane había estado guardando un secreto familiar y no me lo había
contado hasta esta noche. Ya podría recuperar su dinero porque yo no
era partícipe en este acuerdo que él tenía con mi madre. Hablando del
rey de Roma... estaba deseando ver a Sara porque tenía pendiente varios
ajustes de cuentas con ella.

Habíamos llegado al final del aparcamiento, y seguía sin divisar su

Corvette. Estaba empezando a preocuparme que Bane planeara dispararnos a Jen y a mí y abandonar nuestros cuerpos en mitad de la nada.

—Oye, ¿dónde está tu coche? —pregunté, escaneando el aparcamiento con los ojos.

Bane no pronunció palabra, sino que mantuvo su paso a un ritmo uniforme.

Cuando pulsó el mando del coche, los faros de un Rolls Royce de color champán se iluminaron. Me quedé boquiabierta, sin poder creérmelo. Hablando del abuelete de todos los coches...

Cuando llegamos al coche, Bane ya se había posicionado junto al lado del pasajero, y estaba manteniendo la puerta delantera y la trasera abiertas.

—A dentro —ordenó.

Jen y yo compartimos una mirada y nos metimos dentro del Rolls Royce. Jen se sentó en el asiento trasero, y yo estaba deseando meterme en la parte de atrás junto a ella, pero el furioso conductor me lanzó una seria mirada de advertencia mientras sostenía la puerta delantera abierta para mí. Qué suerte la mía, me tocaba sentarme con gruñón.

Cuando las puertas se cerraron, me sentí rodeada de cuero. Nunca me había sentado en un coche tan lujoso. El interior de un color rojo intenso me dio una pequeña dosis de emoción. Discretamente, pasé la mano sobre el asiento. El cuero estaba frío al tacto y, aun así, suave como el culito de un bebé.

Cuando Bane abrió la puerta del conductor, una tenue luz brilló y se apagó tan pronto como cerró la puerta.

En poco tiempo, habíamos llegado a las afueras de Tangi, dejando atrás a Le Diablo en el espejo retrovisor. Mi instinto me decía que estaba a punto de enfrentarme a una acalorada discusión. Por la mandíbula apretada de Bane y la tranquilidad prohibida que reinaba entre nosotros, sabía que el momento estaba cerca.

A pesar del humor de perros de Bane, había un lado positivo en todo esto. Si Bane no se hubiera presentado allí, Jen y yo nos habríamos metido en un serio problema. Estando tiradas en mitad de la nada, en un bar que permitía la entrada a cualquier chusma, habíamos tenido todas las papeletas para estar en peligro.

Me picó la curiosidad y me pregunté si Bane sería un cliente habitual allí también, ya que el segurata tenía su número. Por otra parte, todo el mundo parecía conocer a Bane y a su familia. ¿Cómo era eso posible cuando acababan de llegar al pueblo?

Permanecí sentada en mi asiento, contemplando cómo los faros se tragaban la carretera, y reproduje los acontecimientos de la noche en mi mente. ¡Joder! Me sentía como una niña a la que habían pillado escabulléndose de la casa. Resoplé. A pesar de su indiferencia hacia mí, teníamos que hacer las paces. Además, no quería que Bane culpara a Jen por esto, así que empecé mi discurso.

—Mira... —tragué saliva, tratando de armarme de valor—, fui yo quien insistió en que fuéramos al sitio este, así que, si quieres culpar a alguien, cúlpame a mí —le eché un vistazo a su rostro tenso.

Jen se acercó, sentándose en el borde del asiento, con los brazos apoyados en el reposacabezas. Le hice una señal no verbal para que me dejara hablar a mí. Jen asintió y se reclinó hacia atrás en el asiento. No es que yo estuviera mejorando la situación en absoluto.

—Oye... Lamento que hayas tenido que venir a rescatarnos —añadí.

Bane mantuvo sus labios sellados y los ojos fijos en la carretera.

—No estábamos bebiendo... —continué—, ¡y no nos quitamos la ropa! —me avergonzaba tener que confesar algo tan humillante. Hice una pausa, tratando de leer la expresión de su rostro de piedra—. Gracias por molestarte, pero puedes dejarnos en el Mother Blues. Nuestros coches están aparcados allí —ofrecí, esperando apaciguar a mi amigo el mustio, que se encontraba en el asiento del conductor.

—Ya me he encargado de vuestros coches —bramó conforme subía rápidamente el volumen de la música: Mozart.

«Vaya. Parece no tener ganas de hablar».

Invité a Jen a pasar la noche en mi casa, pero declinó la oferta. Al parecer, su tía la había llamado y le había dicho que volviera directamente a casa y que ella estaría allí esperándola. Alguien se había puesto en contacto con la tía Betty y se había chivado. Sospechaba que Bane tenía algo que ver con eso. También sospechaba que la tía de Jen informaría a sus padres.

Una vez llegamos a la casa de Jen, supe, por la expresión de espanto en su rostro, que podría tener que lidiar con una buena semana de castigo.

Con gran pesar, salí del coche, abracé a mi amiga y le di las buenas noches.

—Tía, lo siento —solté una disculpa conforme las lágrimas brotaban de mis ojos.

Jen soltó un suspiro despreocupado e hizo un gesto con la mano en el aire.

—No te preocupes por mí. Sólo me obligarán a hacer tareas extra y me confiscarán el teléfono durante una semana. ¡Pan comido! —sus ojos de color azabache estaban llorosos cuando se dirigió a su casa.

Me quedé mirando como Jen caminaba por la acera hasta la puerta principal. Justo antes de que llegara al porche, la luz se encendió y la puerta se abrió.

—Sip, esa es una clara señal de que está metida en un lío —murmuré para mí mientras veía a Jen desaparecer dentro de la casa.

La luz del porche se apagó, y escuché cómo cerraban la puerta. Me sentía fatal, aunque también me daba un poco de envidia, dado que Jen tenía una familia que la quería. El dolor me desgarró por dentro al pensar en mi situación familiar, y resoplé, lista para enfrentarme a la realidad de mi vida.

Apesadumbrada, me volví a subir al coche y cerré la puerta en silencio. Bane seguía sin decir palabra y permaneció en silencio durante todo el trayecto de camino a mi casa.

Había decidido no inquietarme. Sabía que diría algo cuando estuviera preparado. Me recosté en el asiento acolchado y miré por la ventana. Me gustaba la tranquilidad, aunque temía las consecuencias que acarrearía mi comportamiento irresponsable de esta noche. Sin embargo, dudaba que Sara estuviera esperando junto a la luz del porche como la tía de Jen. Suspiré con anhelo.

«Ojalá pudiera hablar con mi padre», pensé.

Llegamos a la entrada de la casa y, antes de que el coche se detuviera, me quité el cinturón de seguridad y coloqué la mano sobre la manilla de la puerta, preparada para huir en el momento en que el coche disminuyera la velocidad. Planeaba obtener ventaja al correr a toda velocidad hacia la puerta y cerrarla con llave. Pero, cuando me incliné hacia la puerta, los dedos de Bane se ciñeron suavemente alrededor de mi brazo.

—Espera —me llamó en voz baja—. Tenemos que hablar.

¡Ay, joder! Sonaba como mi padre.

—¿No puede esperar? —no quité la mano de la manilla.

—Quiero que te vengas a casa conmigo. Puedes quedarte en la otra punta del ala, lejos de mí, si así lo deseas. Ni siquiera sabrás que estoy allí, si eso es lo que quieres. Es sólo que… —se le rompió la voz—, prefiero que te quedes bajo mi techo en vez de dejarte sola y desprotegida.

—¿Desprotegida? —mis ojos se encontraron con sus conmovedores ojos azules. Atisbé una chispa de preocupación genuina detrás de sus ojos que me quitó el aliento—. ¿Te preocupas por mí?

—Sí —su voz rezumaba intransigencia, aunque era suave.

—Pensaba que estabas enfadado conmigo —dijo.

—Sí, y bastante —contestó tras un largo momento en silencio—. Sin embargo, sigo queriendo que estés bajo mi techo para mantenerte fuera de peligro.

—¿Quién me va a hacer daño? —me burlé.

Bane se inclinó hacia mí. Estaba tan cerca que sus labios quedaron a sólo unos centímetros de los míos. Sensualmente, sus dedos trazaron la línea de mi barbilla hasta llegar a mis mejillas enrojecidas. Sus ojos azules estaban tan llenos de dolor y de un calor insaciable que tuve que cerrar los ojos, luchando por contener las lágrimas que amenazaban con salir. Cuando volvió a hablar, su voz era tierna, casi un murmullo.

—Hay cosas en este mundo que la mayoría de la gente nunca ha visto y… —hizo una pausa—, tienen suerte. Si sólo fueran conscientes de la oscuridad que acecha entre las sombras, sería tan aterrador que la mayoría se volverían locos —acarició mis labios con su pulgar gentilmente—. Sólo quiero protegerte. ¿Podrías al menos concederme este simple deseo, por favor?

Tragué el nudo que se había formado en mi garganta, consciente de que nada era simple en lo que a este hombre se refería. Pero le concedería su deseo.

—Está bien, me quedaré una noche —esbocé una débil sonrisa—. Deja que coja un par de cosas.

Bane apretó su agarre, deteniéndome.

—Lo siento —sus ojos azules brillaban bajo la luz de la luna—, pero te quedas conmigo indefinidamente.

—¿Indefinidamente? —me quedé mirándolo, boquiabierta.

—No vas a regresar a esta casa. Te vas a quedar conmigo, aún si tengo que encadenarte —la bondad en sus ojos se había evaporado.

—¡Eso es un secuestro! Puedo hacer que te arresten —amenacé.

—Ve a buscar tus cosas —su respuesta escondía una nota de irritación.

—¿No tengo ni voz ni voto? —parpadeé, estupefacta—. ¿Es que soy tu prisionera?

—¿Vamos a pasarnos toda la noche discutiendo?

—Está bien —accedí entre dientes—. Pero tú lidias con Sara.

—Creo que ya lo he hecho —dijo con un tono de burla.

—En fin... —repliqué sombríamente. Me bajé del coche y cerré la puerta con fuerza.

Estaba deseando encontrar a Sara. No me podía creer que me hubiera vendido como esclava. ¡Menuda madre!

Para cuando abrí la puerta y entré dentro, Bane me estaba pisando los talones. Encendí una luz rápidamente y di un grito, sobresaltada, cuando sentí algo cálido y suave rozando mi pie. Cuando bajé la mirada al suelo, atisbé una bola de pelo blanco acurrucándose contra mi pierna.

—¡Un gatito! —chillé, cogiendo rápidamente al gatito entre mis brazos.

Rozó mis dedos con sus patitas y escuché cómo ronroneaba cuando lo acaricié. Sonreí, abrazando el gatito contra mi pecho.

Entonces, caí en algo y alcé la mirada para mirar a Bane. Una pequeña sonrisa se extendía sobre su rostro.

—¿Me has comprado tú este gatito? —fruncí el ceño, desconcertada.

Me resultó extraño ver al caballeroso Aidan Bane metiendo las manos en sus bolsillos, nervioso. Un segundo más tarde, se aclaró la garganta para contestar.

—Sí, pensé que te podría gustar la compañía —admitió.

—¿Cuándo lo has comprado? —pregunté.

—Cuando me marché de aquí, fui a comprar un par de cosas para la casa. Me encontré con una señora en el mercado que estaba regalando una camada de gatitos —de repente, estornudó, y se cubrió la nariz y la boca—. En fin... me llevé el último —sus ojos azules estaban vidriosos, aunque podría haber sido por su alergia.

—Tú... tú...¿has hecho esto por mí? —tartamudeé las palabras.

Entonces, como si se hubiera cubierto su semblante con un velo, su comportamiento se volvió distante.

—Coge tus cosas —su mandíbula se tensó—. Tenemos que irnos.

Me quedé dudando un momento, sosteniendo mi mirada dudosa frente a su postura helada. Noté debidamente que su aire autoritario y la mirada severa de alguien que ordena la obediencia instantánea se enroscaba en sus hombros.

«Vaya, vaya, vaya», sonreí para mis adentros.

A Bane le esperaba una sorpresa. Él quería que acatara sus reglas, pero yo tenía otros planes. Las reglas eran para las estiradas mujeres mayores en los clubs de la alta sociedad. Yo prefería un enfoque más directo, ir improvisando sobre la marcha y esperar que el aterrizaje no doliera demasiado. Esta era la nueva Stevie, y el modo de vida de la Stevie rebelde.

EL CASTILLO MANIÈRE

Nos llevamos a mi nuevo amigo peludo, Bola de nieve, con nosotros. Por los constantes estornudos de Bane, supe que a él no le agradaba tanto la idea. Decidí que, si tenía que quedarme en su casa, las mismas reglas también se aplicarían a Bola de nieve, lo que significaba que el gatito se venía conmigo. Si le gustaba bien y, si no, también.

Tras unos treinta kilómetros de trayecto por la carretera, nos internamos en las profundidades del campo antes de llegar a su casa. Cuando nos acercamos a una puerta doble, apunto estuve de quedarme sin aliento. ¡Virgen santa! Las puertas de hierro resemblaban una fortaleza impenetrable. Me recordaba a una escena de una película de terror en la que, al atravesar las puertas de hierro oscuro, te encontrarías con una mansión encantada.

Bane pulsó un botón en su llavero, y las puertas gigantes se abrieron de par en par, permitiéndonos el paso. No mucho más tarde, pude vislumbrar un castillo a lo lejos. Las luces alineaban la morada lavada a la piedra, como si estuviera custodiando a un rey de mediados de siglo.

—¿Aquí es donde vives? —contuve la respiración.

—Por el momento —respondió Bane secamente.

—¿Vives en un castillo?

Me sentía como un pez fuera del agua. Este lugar era un palacio donde vivía la realeza, y donde la gente común eran sirvientes. Estaba segura de que yo sería una sirviente.

—Sí, algunos lo llaman así —su tono de voz era monótono—. Yo simplemente lo llamo hogar.

Me eché a reír, asombrada.

—Este lugar no tiene nada de simple. ¡Vives en un maldito castillo!

—Creo que eso ya lo hemos establecido —su superioridad quedaba clara.

No era de extrañar que destacara entre el resto de la gente, dado que Bane era lo más de lo más, un aristócrata con riqueza suficiente como para comprar el aire.

Me relajé un poco, reclinándome hacia atrás en el asiento. Las palmas de mis manos estaban pegajosas, y se me estaba revolviendo el estómago.

—Creo que voy a vomitar —me agarré la barriga y me abracé las rodillas.

Nos detuvimos frente a la entrada trasera del castillo. Después de apagar el motor, Bane se acercó a mi lado y me abrió la puerta. Supuse que se habría dado cuenta de que yo estaba estupefacta. Me cogió de la mano y me ayudó a levantarme. Mantuvo sus ojos clavados en mí, estudiándome la mirada.

—¿Hace cuánto que no has comido? —espetó—. Recuerdo que no comiste nada durante la cena.

—Eh... ¿a qué día estamos?

—¿Lo dices en serio? —Bane frunció el ceño.

Abrí la boca para hablar, pero enseguida la cerré. Puse los ojos en blanco y evité la pregunta de Bane.

—No me molesta saltarme un par de comidas.

—¡Eso no es lo que te he preguntado! —soltó, y apretó los labios con fuerza—. No importa, haré que Dom te preparare algo.

Entramos por la puerta lateral, claro está, la entrada de los sirvientes; y atravesamos un corto pasillo. Supuse que sería el vestíbulo que conectaba con el resto de la casa. Sólo que aquello no era una casa. En este lugar podrían caber cincuenta casas.

Cuando entramos en la cocina, Bane señaló un taburete junto a la isla.

—Siéntate —me ordenó.

La cocina moderna estaba equipada con todo lo necesario: un gran frigorífico americano que seguramente estaría repleto de cosas deliciosas y una cocina de gas perfecta para un rey.

—Me temo que mi chef, Dom, ya se ha retirado a dormir. Supongo que yo soy todo lo que te puedo ofrecer hasta mañana —forzó una sonrisa y se dio media vuelta para acercarse a la nevera.

Observé en silencio mientras Bane metía la mitad de su cuerpo dentro del enorme frigorífico. Cuando volvió a aparecer, sus brazos estaban completamente cargados de comida: mayonesa, tomate, lechuga iceberg y jamón york.

—Puedo prepararme mi propio sándwich. Puede que esté desesperada, pero no soy una inútil —apoyé los codos sobre el granito negro, reposando mi barbilla sobre la palma de mi mano.

Seguí con la mirada los movimientos de sus hábiles manos conforme restregaba la mayonesa, agregaba el jamón york, un montón de lechuga y unas rodajas de tomate entre dos rebanadas de pan integral.

—Demasiado tarde —levantó la cabeza y nuestras miradas se cruzaron mientras deslizaba el plato hacia mí—. Come mientras yo voy a buscar el m... —comenzó a maldecir, pero se detuvo, corrigiéndose a sí mismo—. Perdón. Bola de nieve —de repente, movió la nariz y se la frotó.

—Vale —respondí mientras masticaba.

Cuando terminé de comer y me bebí un vaso de leche fría que había compartido con Bola de nieve, Bane cogió mi maleta y nos dirigimos hacia el cuarto de invitados. Cargué con Bola de nieve en mis brazos. Estaba descansando como un bebé después de haberse bebido casi toda mi leche.

En lugar de subir por la escalera de caracol, Bane insistió en que cogiéramos el ascensor.

«Ascensores y castillos, ¡madre mía!»

Cuando el ascensor se detuvo en el tercer piso, salimos hacia un pasillo que parecía extenderse hasta el infinito. Las luces iluminaban las paredes de piedra caliza, destellando un suave resplandor dorado a lo lardo del pasillo.

Bane se detuvo frente a la última puerta a la derecha y giró el pomo.

—Ya hemos llegado. Hogar dulce hogar —agachó la cabeza para mirarme y atisbé cómo las comisuras de su boca temblaban—. Las damas primero —sostuvo la puerta abierta.

Capté su mirada y pasé junto a él para entrar en la habitación.

Me dio la sensación de que la suite había sido decorada por un hombre con un gusto caro: paneles de madera oscura, molduras doradas y, para rematarlo, alfombras persas rojas. Vislumbré la cama con dosel, del que colgaba una tela gruesa que combinaba con los tonos otoñales de las alfombras y las cortinas. La habitación estaba decorada al estilo de un rey.

Volví a mirar a Bane.

—Es bonita —dije.

Era una habitación exquisita, pero no era de mi gusto. Nunca me habían gustado demasiado las habitaciones oscuras, incluso aquellas bien iluminadas. Sin embargo, no me atrevería a quejarme y ofender al noble anfitrión.

—Deberías tener todo lo que necesitas. Tienes tu propio baño, equipado con una variedad de cosas... cepillo, pasta de dientes, jabón... —me ofreció una sonrisa rápida—. Si no necesitas nada más, te dejaré para que disfrutes de tu cuarto y te veré por la mañana —Bane comenzó a marcharse.

—¡Espera! ¿Cómo voy a ir al instituto mañana?

Bane se giró hacia mí justo antes de salir por la puerta.

—Jeffery te llevará —su expresión no me dio ninguna pista sobre lo que sentía.

—Oh... ¿tú no vas a ir al instituto? —pregunté.

—Sí, pero creo que es mejor que no nos vean juntos en público, especialmente en el instituto —parecía bastante distante.

—Oh. ¿Y eso por qué? —sus palabras me tocaron la fibra sensible.

—Creo que es lo mejor por ahora —se encogió de hombros.

Enfrentarse a un oso polar hubiera sido pan comido en comparación con esto.

—Quieres decir que es lo mejor para ti, ¿no? —puse los brazos en jarras.

—Stevie, podemos hablar mañana a la hora de la cena —su rostro estaba tenso.

—¿Qué hay de malo en hablar ahora? —insistí.

Supuse que no querría darle la impresión equivocada a la gente, ya que salir con una empleada sería algo repugnante. Pero, aun así, no le importaba tontear conmigo. Entonces, me vino a la mente el acuerdo.

—Quiero saber más sobre el acuerdo que mi madre y tú habéis hecho a mis espaldas —le sostuve la mirada.

Rápidamente, los dedos de Bane se clavaron en la parte superior de mi brazo, y me empujó hacia el interior de la habitación. Entró en la habitación, cerrando la puerta detrás de sí con un portazo, y, entonces, me soltó, aunque estaba que echaba chispas por los ojos.

—Siempre eliges el mejor momento —dijo entre dientes con sarcasmo—. Si realmente quieres saberlo, yo te lo digo.

—Tengo derecho a saberlo —mi cuerpo temblaba bajo su intensa mirada.

Se pasó los dedos por el cabello y suspiró, furioso. Un segundo más tarde, me volvió a mirar.

—Yo... —apretó los dientes—, no tengo un acuerdo con tu madre, Sara —hizo una pausa—. Este contrato se llevó a cabo entre tus padres y mi familia hace mucho tiempo, yo simplemente soy un participante reacio —sus repugnantes palabras salieron de su boca y me golpearon en la mandíbula.

Comencé a retroceder, trastabillando, hasta que mi espalda chocó contra uno de los postes de la cama.

—¿Estás diciendo que mi padre aceptó este acuerdo? —apenas fui capaz de pronunciar las palabras.

—Sí —confirmó como si no le importara hacerme daño.

—¿Qué se acordó?

—Creo que ya sabes la respuesta.

—¿Puedes responder a mi pregunta por una vez? —grité con los ojos llorosos—. ¡Pensaba que mi madre me había vendido al tráfico sexual, por el amor de Dios!

—Menuda conjetura más tonta —Bane frunció el ceño.

Pude distinguir la repulsión en sus ojos. Pensaba que yo era repugnante.

—¿Cómo podría no pensar eso? ¡Mi madre va por ahí conduciendo un Ferrari! ¡¿Hola?! ¿Cómo si no habría conseguido el dinero?

—El acuerdo es el matrimonio —sus palabras sonaban monótonas.

—¿Matrimonio? —abrí los ojos como platos.

—Sí —afirmó.

—Y ¿cuándo se va a celebrar este feliz evento? —dije con sarcasmo.

—En Samhain, lo que la mayoría de la gente conoce como Halloween —Bane se mostraba frío e insensible.

—¿Por qué ese día? —indagué.

—Es una festividad para mi familia. Un día especial.

—¡Ah, qué día tan perfecto! Yo seré la que vaya de negro.

—No estoy de humor para tus bromas cínicas —había cierta advertencia en el tono de su voz.

—¿Qué? ¿Es que no te alegras de ser el novio? —lo provoqué.

—No es mi deseo —admitió en un susurro apenas inteligible.

La honestidad de Bane me dolió como si me clavaran una daga en el corazón.

—Entonces, ¿por qué estás de acuerdo? —me burlé—. Los matrimonios concertados son cosa del pasado. Tu familia no puede obligarte.

—Mi familia es muy persuasiva.

—Pues cambia de idea —le grité.

—No eres consciente de la precedencia de este acuerdo. No nos podemos retractar, ninguno de los dos puede. Estamos unidos el uno al otro.

—¿Como esa estúpida cosa del corazón? —un escalofrío me recorrió el cuerpo.

—Algo parecido, sí —la mandíbula de Bane se tensó.

—No me importa lo que sea que le prometieran mi madre y mi padre a tu familia. ¡Yo decido por mí misma!

—Esto puede que te resulte difícil de entender porque no sabes nada de tu herencia, pero, en nuestras familias, no pertenecemos a nosotros mismos. Debemos cumplir con nuestro deber —me explicó.

—No lo entiendo. ¿Nuestras familias? No conocemos a la familia del otro.

—¡Claro que tú no tienes ni idea de este asunto! Tu madre te ha mantenido desinformada —se quejó.

—¡Entonces comparte ese misterioso secreto conmigo! —grité.

—Nuestra unión es por el bien común del nuevo sistema, el nuevo orden mundial.

Sus palabras despertaron una sensación incómoda que me recorrió el cuerpo hasta la médula.

—¿Sabes qué? ¡Me estás tocando la moral! —apreté los dientes, enfadada y asustada—. Necesito dormir un poco. Tengo que levantarme temprano por la mañana —le di la espalda a Bane.

No podría soportar mirarlo a la cara ni un segundo más.

—Una última cosa —hizo una pausa—. No quiero que vuelvas a salir con Sam Reynolds. Espero que te quede bien claro.

Mi labio inferior tembló conforme interiorizaba su demanda tan atrevida.

—¿Ahora estás dictando a mis amigos?

—No creo que comprendas la gravedad de tu situación —una repentina y delgada capa de hielo colgaba en el borde de sus palabras.

Me encontré con su gélida mirada.

—No soy tu posesión.

—Mientras te encuentres bajo mi techo, harás lo que te digo —se acercó hasta quedar a milímetros de mi cara, cerniéndose sobre mí—. Fin de la conversación.

—¡No puedes decidir el fin de la conversación cuando me concierne a mí! —lo golpeé con el dedo—. ¡Yo controlo mi destino, amigo!

Bane enderezó los hombros. Sus ojos azules eran tan duros como los de un halcón.

—En nuestro mundo, tenemos dos opciones; puedes aceptar tu destino, o resistirte y morir —respiró profundamente—. Cuanto antes te des cuenta, mejor será tu vida.

Me estremecí ante su sutil amenaza. A pesar de que estaba aterrorizada, tenía que mantenerme firme.

—Nuestras vidas no están talladas en piedra. Somos individuos morales libres, capaces de elegir nuestros propios caminos —argumenté.

—Eres una chica idealista al borde de un precipicio con una gran caída. Una caída de la que me temo que no te recuperarás —atisbé un indicio de dolor en su voz—. Te doy las buenas noches.

Le di la espalda. En este momento, lo odiaba.

—Aidan —lo llamé por su nombre antes de que saliera por la puerta, dándome la vuelta.

Se detuvo, aunque seguía dándome la espalda.

—Sólo para que te quede claro mi punto de vista, que sepas que yo también soy una participante reacia en esta unión.

Bane simplemente asintió y salió de la habitación en silencio, cerrando la puerta detrás de sí.

Me quedé allí, mirando la puerta durante un breve momento. La habitación estaba tan silenciosa que podría oír el vuelo de una mosca. Odiaba el silencio y la forma en que nos habíamos separado esta noche. Sabía que me estaba comportando como una auténtica niñata, pero, si no lo alejaba de mí, me rompería el corazón. Además, su bondad se debía únicamente a las obligaciones que tenía con su familia, fuera cual fuese. Me pregunté si sus padres asistirían a la boda.

No había nada que pudiera hacer al respecto esta noche, por lo que decidí que una ducha caliente me ayudaría a aliviar mis nervios exaltados.

Cuando entré en el baño, me quedé boquiabierta. La ducha de mármol negro tenía tantas funciones que necesité un par de intentos para adivinar cómo usarla. Permanecí bajo el agua humeante, dejando que las gotas cayeran contra mi cuerpo. El aroma del jabón (a gardenias, creo) me embriagó. Fue una ducha maravillosa que me dejó la piel suave, como nueva, y permanecí allí hasta que el agua se enfrió.

Cuando salí, atisbé un albornoz blanco sobre el lavabo, junto con pasta de dientes, un cepillo, productos para el cabello y un secador. Me coloqué el albornoz caliente sobre los hombros y ajusté el cinturón alrededor de la cintura.

Avisté un frasco de perfume que me llamó la atención. Lo cogí y examiné el recipiente de diamantes. Brillaba como si fueran diamantes de verdad.

—Nunca he visto algo como esto —tenía que probarlo. Le quité el tapón y olfateé la fragancia—. ¡Mmm! —sonreí para mis adentros.

¿Por qué tendría un hombre un perfume de mujer? Me mordí el labio inferior, pensativa. Era muy posible que el perfume perteneciera a un visitante.

—¡Una mujer! —sentí golpe de celos. Pensar que Bane pudiera haber entretenido a otra mujer me sentó como una patada en el culo.

Me eché un poco de perfume detrás de las orejas y perfumé mi muñeca con el tapón.

—Mmm —el olor flotaba en el aire—. Agradable y con un toque a jazmín —busqué el nombre del perfume: Clive Christian—. Eh... no he oído hablar de esta marca nunca. Apuesto a que la chica echa de menos esta mierda. Quién sabe, puede que Bane lo comprara para ella.

De repente, todo se volvió oscuro y lo impensable sucedió: vertí el contenido de toda la botella por el desagüe. Me reí, pensando en lo malvada que me había vuelto.

—Esa chica no va a recibir un regalo de mi futuro marido —me acerqué hacia la ventana y la abrí—. Tío, no me había dado cuenta de que estuviéramos tan alto —alcé la cabeza para mirar las estrellas. Brillaban en contraste con el cielo oscuro.

Entonces, recordé que aún estaba sujetando el frasco de perfume en la palma de mi mano. Con un rápido lanzamiento, el frasco salió volando por la ventana y, en menos de un segundo, se estrelló contra el suelo de guijarros. El ruido que produjo el vidrio al romperse sonó como música para mis oídos. Me reí para mis adentros.

—Ay, qué pena, supongo que ahora tendrá que comprarse un frasco nuevo.

Me metí en la cama y me hundí en los suaves pliegues del colchón de plumas. Las sábanas eran tan suaves como un pequeño trozo de cielo. Respiré profundamente.

Entonces, mi mente se vio golpeada por una sensación de incomodidad poco acogedora. Me hacía gracia la palabra «invitada». Creo que el término «intruso» hubiera sido una mejor descripción de mi persona. ¿Qué estaba haciendo yo aquí? Yo no encajaba en la tierra de los fastuosos ricos.

Qué irónico, ¿no? Bane era un rey sin reino, y yo sólo era una campesina sin hogar. No teníamos nada en común. A mí me gustaban los perritos calientes, y él disfrutaba del caviar.

Sería una locura seguir adelante con este matrimonio sin amor. A pesar de que sentía algo por Bane, no quería un matrimonio por conveniencia y, a diferencia de él, me negaba a honrar una promesa cuando no había tenido ni voz ni voto en el asunto.

Me rompía el corazón pensar que mi padre había formado parte en toda esta atrocidad, aunque sospechaba que Sara habría influenciado significativamente su decisión. Lágrimas brotaron de mis ojos, y las sequé.

Pensé en Bane. Había dicho algo sobre un nuevo orden mundial, y sobre que este acuerdo matrimonial de alguna manera beneficiaba a nuestras familias.

La única persona que veía beneficiándose de este acuerdo era Sara, quien debía de haber recibido un cheque bien gordo. ¿Cómo si no podría permitirse un Ferrari? Ahora entendía por qué había sentido que esta mudanza era distinta de todas las demás. Sara estaba cumpliendo con su parte del trato, entregándome a mi preestablecido futuro marido y recogiendo un cheque enorme por ello. Sentí una oleada de traición y de ira recorrerme el cuerpo.

Tenía pensado encontrar a Sara al día siguiente antes de que esta catástrofe empeorara. Me debía una explicación. Me encontraba al borde de las lágrimas, por lo que me mordí el labio inferior con fuerza. No me podía creer lo lejos que estaba dispuesta a ir mi madre. Que Sara me vendiera a otra familia había hecho que llegara a mi límite. Ya era hora de que ella y yo nos separáramos para siempre. Sabía que la enfermedad de Sara la llevaba a tomar decisiones irracionales, pero obligarme a un matrimonio por conveniencia por un poco de dinero era algo imperdonable.

Enterré el rostro en la suave almohada y me eché a llorar. Las manchas en la almohada y mis ojos hinchados serían prueba de la noche tan mala que iba a pasar.

CONOCIENDO AL PERSONAL

Abrí los ojos cuando escuché que alguien carraspeaba y sentí que la cama se movía. Al levantar la cabeza, vislumbré una silueta oscura sentada al pie de la cama que me estaba mirando con los labios fruncidos.

—Vaya, ¡la bella durmiente se ha despertado! —detecté una nota de sarcasmo en su acento sureño.

Automáticamente, tiré de las sábanas y me tapé hasta la barbilla.

—¿Quién eres tú? —mi voz sonaba ronca y mi garganta estaba reseca.

El hombre, que era bastante delgado, soltó una nube de humo por la boca. Comencé a toser y traté de agitar el tufo gris para alejarlo de mí, arrugando la nariz.

—¿No puedes encontrar otro lugar en el que hacer eso? —dije antes de que me dieran arcadas—. Estoy segura de que este castillo tiene un montón de rincones en los que puedes ocultar ese hábito tan desagradable.

—¿Por qué haría eso cuando puedo tener una conversación encantadora contigo? —preguntó el hombre de piel color caramelo, totalmente en serio.

—¿Puedes al menos abrir una ventana y echar el humo fuera? Me estoy asfixiando —tosí repetidamente.

—No quiero ser grosero, pero si saco la cabeza por la ventana con un cigarrillo en la mano, Dom y el jefe me colgarán vivo —le dio una buena calada y soltó el humo en mi cara—. Ni de broma voy a hacer que me despidan a mí por tus delicados sentidos —debatió el malcriado.

—Disculpa, ¡pero tengo derecho a respirar, amigo! —me incorporé hasta sentarme sobre la cama.

—Chica, es posible que no tengas más derechos cuando el señor Aidan descubra ese frasco de perfume tan caro hecho añicos sobre su Rolls Royce. Nunca pensé que un frasco tan pequeño pudiera dejar una abolladura tan grande y decolorar la pintura —el maldito mocoso me miró de arriba abajo—. Anda que no le estás costando a ese hombre una fortuna. Aparte de que esos diamantes son reales, el frasco de perfume que has hecho añicos valía casi tanto como el Rolls Royce —le dio otra calada a su cigarrillo y soltó el humo en el aire.

—¿Por qué crees que he sido yo? Estoy segura de que no soy la única mujer en este castillo a la que el señor Aidan le hace compañía.

—Puf, por favor. El señor Aidan nunca recibe visitantes.

—Puedo entender por qué si despiertas a todos los invitados y los privas de oxígeno.

Sorprendentemente, el hombre se rio.

—Yo soy Jeffery Noel, el mayordomo —se presentó—; ya conoces a mi tía. Me dijo que tienes agallas, así que te estaba poniendo a prueba —atisbé una chispa de travesura en sus ojos conforme esbozaba una ligera sonrisa con sus labios regordetes, aunque no apagó el cigarrillo. Luego, me dio unas palmaditas en el pie—. Venga. Vístete. Dom te ha preparado el desayuno, cari —se levantó de la cama y se fue dando saltos hacia el baño. Escuché cómo apagaba el cigarrillo y, luego, tiró de la cadena. Apareció de entre una nube de humo y caminó hacia la puerta—. Sólo tienes que meterte en el ascensor y pulsar el botón del primer piso. Sigue las migas de pan, cari. Me encontrarás en la mesa, comiendo —sonrió—. No hagas que Dom tenga que esperar, porque se vuelve un alma vieja y malhumorada cuando su comida se enfría. Ya sabes cómo pueden ser los chefs irritables —dio una vuelta con elegancia y salió por la puerta.

Me recliné hacia atrás y me eché a reír.

—Eh... así que ese es Jeffery.

Debería de haber sabido que era el sobrino de la señora Noel. Se le parecía mucho. Aunque era más alto y delgado que la señora Noel, tenía el mismo tono de piel color caramelo y sus mismos ojos azules.

Bola de nieve me sobresaltó con sus maullidos. Saltó sobre la cama y se acercó hacia mí, empujando mi mano para que lo acariciara.

—¡Hola, pequeñín! Apuesto a que tienes hambre —sonreí, me llevé a mi nuevo amigo a los labios y le di un beso en la cabeza.

Siguiendo las instrucciones de Jeffery, me encontré vagando hacia la cocina. La cocina de gas estaba cubierta de ollas y sartenes, y pude distinguir el olor a beicon y a café en el aire. Inmediatamente, mi estómago rugió.

Clavé la mirada en Jeffery. Estaba sentado en la isla y su rostro estaba decorado con un ceño fruncido. Me di cuenta de que el taburete a su lado estaba vacío.

Jeffery levantó la cabeza y me vio, cobrando vida.

—Chica, ¿por qué traes ese maldito gato a mi cocina? —su acento sureño era muy evidente.

Abrí los ojos como platos.

—Eh... tiene hambre. Quería darle un poco de leche.

El hombre mayor que llevaba puesto un delantal blanco manchado fue quien habló a continuación.

—Señorita, no le preste atención. ¡Venga! Siéntese, ¿sí? Tengo el desayuno preparado —dijo con un fuerte acento francés y, cuando sonrió, sus ojos marrones resplandecieron como el agua a la luz de la luna.

Ya me caía bien. Le devolví la sonrisa.

—¡Gracias! —me sentía un poco incómoda bajo la acalorada mirada de Jeffery.

—Deja que me presente. Mi nombre es Dominique Florentine. Usted puede llamarme Dom —hizo una reverencia conforme una sonrisa estiraba su delgado bigote.

—Encantada de conocerte, Dom —respondí, devolviéndole la sonrisa.

—*Vous êtes encore plus rayonnante que je l'imaginais*[1] —me dijo en un francés perfecto.

—*Merci, monsieur* —sonreí.

—¡Ah, una chica conforme a mi corazón! —su rostro resplandecía.

Jeffery le dio unas palmaditas al taburete a su lado.

—Niña, ven a sentarte aquí para que podamos echarte un buen vistazo —Jeffery esbozó una sonrisa tan falsa como las uñas de Sara.

Agaché la cabeza, sintiendo cómo mis mejillas se sonrojaban.

—Vale —tomé aire y me subí al taburete. Aún sostenía a Bola de nieve entre mis brazos.

Jeffery miró con desdén a Bola de nieve y me fulminó con la mirada. Le devolví la mirada asesina. A ver si se atrevía a ponerle un dedo encima a mi gatito. Luego, centré mi atención en el chef.

—Dom, ¿de qué parte de Francia eres? —le pregunté.

—Vengo de un pequeño lugar al sur de Francia, en Saint-Rémy-de-Provence —los ojos marrones de Dom eran acogedores y atractivos—. Es un pueblo pintoresco. El mercado de los sábados es *magnifique* —agrupó sus dedos y los besó—. El mercado es donde encontré por primera vez mi inspiración para el arte culinario. Mi hogar cuenta con gran variedad de viñedos y pequeños cafés —sus ojos brillaban. Entendía su nostalgia—. No hay otro lugar igual en el mundo, ¿sí?

—*Je l'entends est belle et riche en histoire*[2] —sonreí ante el brillo en los ojos de Dom.

—*Tu parles bien le français*[3].

—Gracias. Lo estudié en la escuela —entonces pensé en Tangi—. ¿Qué te trajo aquí, a este pueblo fantasma?

Atisbé un suave revuelo en los ojos de Dom, puede que estuviera recordando agradables recuerdos de una época diferente.

—Empecé a trabajar para el *monsieur* Bane cuando compró un pueblecito cercano a mi hogar en Francia —me ofreció un plato hasta arriba de huevos revueltos y beicon junto con un croissant con mantequilla a un lado y un vaso grande de leche. Dejé a Bola de nieve en la encimera y compartí mi leche con él mientras Dom continuaba hablando—. El pueblo estaba deshabitado. Tal vez haya oído hablar de él, Baux de Provence.

—¡Espera! ¿*Monsieur* Bane compró un pueblo entero? —tragué saliva y me quedé helada con el tenedor a mitad de camino a mi boca.

—*Oui!* Es un pueblo de lo más pintoresco, situado al borde de un afloramiento rocoso. Sin embargo, el pueblo ya no está prosperando —se encogió de hombros bruscamente—. A pesar de su estado, es un placer especial pasear por las calles antiguas y alrededor del castillo. Una experiencia que te dejará sin aliento.

—Suena maravilloso —aunque en mi mente no podía dejar de pensar en la parte sobre comprar un pueblo.

Una horrible sensación se apoderó de mí. Si este tipo tenía tanto poder adquisitivo, me preguntaba de qué sería capaz si lo forzaran.

Jeffery se levantó de su asiento de un salto y se acercó a la cocina de gas. Con un semblante amargo, sacó un plato y se sirvió una generosa cantidad de huevos revueltos. Luego, caminó de vuelta a su asiento y soltó un resoplido, claramente mosqueado.

—Supongo que, como la preciosa y encantadora señorita es la principal atracción, tengo que conseguir mi propia comida —Jeffrey estaba que echaba humo.

Dom puso los ojos en blanco.

—Jeffery, *monsieur* Bane no esperaría menos de nosotros. Al fin y al cabo, la señorita es nuestra invitada, y ¿con qué frecuencia tenemos el placer de entretener a los invitados? —Dom le lanzó a Jeffery una mirada como para decirle «o te comportas o te arrepentirás luego».

—¡Oye, lo siento! No quería entrometerme —dije, pensando que debería marcharme. Lo último que me apetecía era meterme en una pelea con la reina Jeffery—. Yo no le pedí que me trajera aquí. *Monsieur* Bane insistió —le eché un vistazo a ambos hombres—. Está claro que estoy molestando.

Empecé a bajarme del taburete, pero me detuve en seco cuando unos dedos dorados reposaron sobre mi hombro. Sobresaltada, levanté la cabeza.

—Lo siento, cari —se disculpó Jeffery—. No te vayas. Me pongo de mal humor cuando no he comido —dejó caer la mano a su costado—. Quiero que te quedes. Está bien poder hablar con alguien nuevo para variar —Jeffery señaló con la nariz a Dom.

Vaya, vaya. Sería mejor que me anduviera con cuidado junto a este hombre delgado. Tomé una gran bocanada de aire.

—Disculpa aceptada, pero no entres en mi habitación de nuevo sin haber sido invitado, especialmente si es para fumarte un cigarrillo —miré a Jeffery a los ojos.

Se quedó boquiabierto.

—No me puedo creer que te hayas chivado de mí —chilló.

La expresión de Dom reflejaba su estupefacción.

—Jeffery, por favor, dime que no has hecho eso —frunció los labios y colocó los brazos en jarras—. ¡Lo habíamos acordado!

—Dom, lo juro, ¡la zorra está mintiendo! —Jeffery sacudió la cabeza, nervioso.

No pude evitar reírme.

—No soy una zorra, y no estoy mintiendo.

No mentía acerca de ser una mentirosa. Mentía de vez en cuando, pero esta vez, no. Si las miradas mataran, Jeffery estaría muerto.

—¡Dame el paquete! —Dom extendió la mano, fulminando con la mirada a Jeffery.

—¡No me puedo creer que vayas a requisar mis pitillos! —Jeffrey estaba boquiabierto—. ¡Soy un hombre adulto, maldita sea!

—Estoy de acuerdo, y *qui manque de prudence!*[4]

Madre mía, ¡había desencadenado la Tercera Guerra Mundial!

—Chicos, lo siento. No debería haber dicho nada.

—No, no te disculpes, cari —espetó Jeffery—. Se los voy a dar. Es un hábito caro, a pesar de que Dom los ha pagado —Jeffery le lanzó una sonrisa picante a Dom.

La mirada que compartieron sugirió que eran algo más que simples compañeros de trabajo.

—¡Bueno, danos los detalles jugosos! —añadió Jeffrey como si nada. Se revolvió en su asiento, su mirada clavada en mí como una chincheta —. ¿Cómo tiene el paquete?

Me quedé sin aliento. ¡Mierda! La venganza era una zorra que llevaba mi nombre.

De repente, un plato se estrelló contra el suelo. Se había deslizado de las manos de Dom, que estaba escandalizado. Se había quedado helado, mirando a Jeffery en silencio.

Haciendo caso omiso a la reacción del chef, Jeffery se comportó como si no le importara, con el codo sobre la mesa y su barbilla descansando en su mano, mirándome fijamente.

—¿Y bien? —insistió.

Sonreí, incómoda y con las mejillas sonrojadas.

—Stevie, no tiene por qué responder a esa pregunta —intervino Dom. Fulminó con la mirada al hombre de piel de caramelo—. Jeffery, sabes que no puedes hacerle una pregunta tan personal.

—Te contaré mis secretos más oscuros si tú me cuentas los tuyos —le dije a Jeffrey, desafiándolo con una ceja arqueada.

Después de una pequeña pausa, Jeffery cambió de tema.

—¡Levanta! Deja que te eche un vistazo —me lanzó una mirada furtiva.

—Estoy comiendo. Luego, si eso —sonreí mientras me metía una cucharada de huevos revueltos en la boca.

—¡Venga ya! Puedes comer de pie. Quiero echarte un buen vistazo —sonrió con demasiada dulzura—. No te preocupes, no eres mi tipo.

No pude contenerme, así que solté una carcajada.

—Vale —sonreí, bajándome del taburete.

Jeffery sostuvo su dedo sobre mi cabeza e hizo un movimiento circular.

—Date una vuelta para que pueda verte mejor.

Gemí y di una vuelta a cámara lenta, pero me detuve en seco al ver el crítico semblante de Jeffery.

—No estás hecha para ser modelo —colocó un dedo contra su barbilla, observándome.

—¡Gracias! —espeté con sarcasmo.

—No, querida, eso es algo bueno —me miró detenidamente de pies a cabeza—. ¡Tienes curvas! —saltó de su asiento y se acercó hacia mí—. No eres un palillo, cari, a eso me refiero —Jeffery agarró un mechón de mi cabello—. Tu color de pelo es como el color del óxido, no es ni rojo y ni moreno. Te echamos un poco de producto para el cabello y cepillamos ese nido de pájaro que llevas encima, y tu cabello brillará como el vidrio —frunció los labios—. ¿Por qué no llevas el pelo suelto en vez de esconderlo con esa horrible cola de caballo?

—La coleta es fácil —me pasé los dedos por el pelo.

—Chica, tienes que dejar que te haga un cambio de look —trazó la silueta de mi cuerpo en el aire con las manos—. Ahora mismo, pareces estar totalmente cansada. Necesitamos ponerte al día.

¡Au! Eso me dolió. Bajé la mirada para observar mi elección de ropa: unos vaqueros harapientos con agujeros gigantes en las rodillas que había comprado dos años antes en Wal-Mart, una camiseta de tirantes amarilla descolorida, una sudadera arrugada y mis botas de vaquero maltratadas. Suspiré.

—Yo... —no era capaz de encontrar las palabras correctas—. Nunca tengo tiempo —me encogí de hombros y cambié rápidamente de tema—. ¿Alguno de vosotros ha visto a Bane esta mañana? —me subí de nuevo al taburete.

—Estuvo aquí hace un rato —Jeffery sonrió, volviendo a ocupar su asiento a mi lado—. Pero no se quedó por mucho tiempo, sólo el suficiente para tomarse un café y salir pitando.

—¡Café! —abrí los ojos como platos—. ¿Os queda algo?

«Ah, lo que daría por una taza de café ahora mismo», pensé.

—*Oui!* Perdóneme por no ofrecerle una taza antes —Dom sonrió.

Cogió la cafetera y vertió una gran cantidad en una taza grande. Cuando se acercó a mí, vi que cargaba con un plato de nata y azúcar junto con una fuerte dosis de cafeína caliente. Dom colocó la taza frente a mí, y yo me cerní sobre el vapor, esnifando su delicioso aroma. Una rica oscuridad, suave, con un sabor afrutado. Si el mundo se fuera al garete, yo estaría bien siempre y cuando tuviera mi café.

—¡Gracias!

La energía del café haría que este día fuera mucho mejor. Desgraciadamente, no ayudaría en nada a mi situación. A pesar de que Jeffery y Dom me estaban empezando a caer bien, me negaba a ser prisionera. Necesitaba encontrar una salida, y rápido. El único problema era que necesitaba dinero.

—Chica, será mejor que te tragues esa mierda ya porque tengo que llevarte al instituto. ¡Venga, vamos! —Jeffery chasqueó los dedos—. El señor Aidan me pateará el culo si llegas tarde —Jeffery me empujó del taburete, lo que supuso que casi me derramara el café encima.

—¡Vale! ¡Cálmate, amigo, ya voy!

Le di otro trago al café hirviendo, apunto estuve de llevarme quemaduras de tercer grado en la lengua, y salí por la puerta detrás de Jeffery.

Cuando entré en el garaje, Jeffery ya había puesto en marcha el Rolls Royce y estaba frunciendo el ceño. Me apresuré, y me metí en el asiento del pasajero. Entonces, Jeffrey frunció el ceño aún más, torció los labios hasta crear una mueca y me miró con los ojos que parecían ir a salirse de sus órbitas.

—¿Qué diablos crees que estás haciendo?

—Me estoy montando en el coche —lo miré, sorprendida.

—Chica, se supone que debes ir en la parte de atrás, no aquí delante con el empleado —dijo.

Puse los ojos en blanco.

—Yo soy como tú, Jeffery, soy una empleada también, pero de otro tipo —espeté—. Tú conduce.

—¡Espera un momentito! —Jeffery abrió los ojos como platos—. ¿El señor Aidan te tiene aquí en contra de tu voluntad?

Le lancé una mirada de complicidad sin pronunciar palabra.

—¿Y tu madre lo sabe? —inquirió.

Me tragué el nudo que se había formado en mi garganta antes de contestar.

—Sí, mi madre ayudó a organizarlo —miré por la ventana.

—Ay, Jesucristo. Señor, ¡ten piedad de mi maravillosa alma! —despotricó Jeffery como si fuera él a quien habían convertido en un esclavo—. ¡Eso explica un montón de cosas! —se llevó la mano a la boca—. No es típico del señor Aidan traer huéspedes a casa. De hecho, nunca ha traído a una chica. Los únicos que vienen de visita son su tío y ese puto primo suyo. Y ese primo es mala cosa, tienes que esconderte de él. Está más loco que una cabra loca y es más malo que el diablo —Jeffery me apuntó con el dedo.

—Cuando me dejes en el instituto, ¿puedes ir a comprobar que tu tía esté bien? —jugueteé con mi mochila—. No quiero que se preocupe —clavé los ojos en el rostro de Jeffery.

—Claro, cari, tengo que ir a visitarla de todos modos —me dio unas palmaditas en la mano—. Tú no te preocupes, aquí cuidamos de los nuestros —sonrió.

BÉSAME LOS OJOS

Deseé que Jeffery me hubiera dejado a una manzana del instituto. No obstante, a pesar de mis protestas, había insistido en llevarme hasta la puerta principal. Quería que me tragara la tierra. Las miradas que me lanzaron y las cabezas que se giraron hacia mí me provocaron vergüenza. Supuse que ver a una muñeca de trapo saliendo de un Rolls Royce no era algo que veían todos los días.

En cuanto entré en la clase de inglés a primera hora, Sally levantó la cabeza y me lanzó una mirada asesina, como si yo fuera una diana. Un ceño fruncido apareció fugazmente en su rostro antes de que esbozara una sonrisa. Era evidente que no nos preocupábamos la una por la otra. Parte de mí se sintió aliviada, no más falsos pretextos.

—¡Buenos días! —Sally se giró a medias en su asiento, mirándome.

—¿Qué tal? —respondí de mala gana.

—¿Cómo está Aidan? —preguntó como si nada.

Me preguntaba cuánto sabía sobre mi estado actual. Los rumores corrían rápido en un pueblo tan pequeño como este. Tenía la impresión de que Sally había oído algo.

—Bien, supongo —dejé caer la mochila a mis pies y me instalé en mi asiento.

—Me alegra ver que has vuelto, pero creo que Gina está enfadada contigo —Sally se encogió de hombros, incómoda.

—No es nada nuevo.

—Sabe que has estado saliendo por ahí con Aidan. No la culpo, ya que son novios —Sally hizo hincapié en la palabra «novios».

—¿Puedes parar? Eres más molesta que el chirrido de la tiza en la pizarra —le reproché—. Me importa una mierda lo que piense Gina, o si planea darme una paliza. Como si pudiera —me burlé—. ¡Date media vuelta y cierra el pico para variar! En realidad, sería un verdadero placer escuchar a la señora Jenkins en lugar de escuchar la mierda que sale por tu boca.

—Sólo te estaba avisando. Pensé que te estaba haciendo un favor.

—Sal, ¡eres la mayor mentirosa de la historia! Lo único que haces con la cabeza... —estaba que echaba chispas—, seamos honestas, es chupársela a todo el equipo de fútbol.

—Todavía estás enfadada conmigo por contarte lo de Gina y Aidan —me lanzó las palabras como si fueran fragmentos de vidrio.

—Sal, no entiendo tus motivos. ¿Esperabas que le diera una paliza a Gina o qué? —cerré la boca, pero luego decidí echarle más leña al fuego—. Quizás eres tú quien quiere patearle el culo a Gina, pero eres demasiado cobarde como para hacerlo tú misma —estaba en racha—. Creo que odias a Gina más que a nadie en todo el mundo —arqueé una ceja, desafiándola a negar mi teoría.

—¡Mi amistad con Gina no es asunto tuyo! —la réplica de Sally endureció sus rasgos.

—Tengo razón, ¿no es así? —la observé conforme su cara se sonrojaba.

—Tú tampoco eres perfecta —espetó Sally.

Reprimí una carcajada. Sally me sorprendía. Al fin y al cabo, resulta que sí tenía algunas agallas.

—Tienes razón. No debería haber arremetido contra ti. Lo siento —me mordí el labio, haciendo una pausa—. Pero haces que sea difícil que me caigas bien. Después de todo lo que has hecho para hacerme daño, sería tonta si confiara en ti otra vez.

Las fosas nasales de Sally se agitaron, y podría haber jurado que vi el vapor saliéndose por su nariz. Entendía por qué no le gustaba que la atacara a ella, pero su odio hacia mí parecía ir más allá, aunque no tenía ni la más remota idea de por qué.

En ese momento, la profesora entró justo cuando sonó el timbre, y eso finalizó la conversación. Sally se giró para mirar a la profesora y no se molestó en hablar conmigo durante el resto de la clase, lo cual se apreciaba.

Después de treinta minutos de clase, el *monsieur* Aidan decidió bendecirnos con su presencia. Nuestras miradas se cruzaron, y mi corazón se estremeció. Iba muy guapo. Me gustaba la forma en que su cabello negro caía sobre su rostro, así como su andar, fluido y seguro, mientras captaba todas las miradas en la sala.

Dejó caer un pequeño papel rosa sobre el escritorio de la profesora y no se detuvo hasta que llegó a su asiento.

La señora Jenkins se aclaró la garganta antes de hablar.

—Señor Bane, esta ya es la tercera vez que llega tarde esta semana. Un permiso no es excusa suficiente —su semblante se endureció—. Espero que esto no vuelva a suceder.

—No hay problema, profe —Bane esbozó una sonrisa engreída que podría hacer que una chica se cayera de rodillas—. Me aseguraré de darle sus saludos al director Van.

La clase entera se echó a reír. Sin decir nada más, la señora Jenkins se sonrojó, claramente mosqueada.

Conforme Bane andaba por el pasillo hacia su escritorio, agaché la cabeza, enterrando mi cara en el libro de inglés. Bane parecía preferir ignorarme como si fuera una extraña.

Entonces, tuve una epifanía. Me di cuenta de que Bane tenía una doble personalidad. Aquí en el instituto, aparentaba ser el típico chico malo, desafiante y terco. No obstante, fuera del campus se comportaba como alguien muy diferente, incluso más mayor. Era todo un misterio y un hueso duro de roer.

Se deslizó en su asiento con un suave gemido, el tipo de sonido que hacía que se me pusieran los pelos de punta y que un escalofrío me recorriera los brazos. Sólo escuchar su voz y oler ese aroma característico suyo a una especia amaderada conseguía que mi corazón fuese a mil por hora.

Ni siquiera me lanzó una mirada. Después de todo, no quería que nadie nos viera juntos. Sentí un ardor que llegó hasta mi intestino y suspiré. Nunca había sido lo suficientemente buena como para relacionarme con sus círculos sociales, pero ¿cómo me separaba de él cuando el aire a su alrededor parecía magnificado, y yo siempre me quedaba atrapada en su trampa?

Cuando sonó el timbre, Sally salió pitando por la puerta.

Recogí mis cosas, metí el libro y mi trabajo dentro de mi mochila y me la colgué al hombro.

Bane estaba hablando con uno de los jugadores de fútbol cuando pasé a su lado. No se molestó en mirarme. Me convencí a mí misma de que no me molestaba, pero en verdad sí lo hacía.

Me detuve junto a mi taquilla para descargar la mochila, cuando Sam se acercó sigilosamente a mis espaldas y comenzó a hacerme cosquillas en la cintura. Chillé y di un brinco, lo que provocó que mis libros y libretas salieran volando. Me di la vuelta y le propiné un fuerte puñetazo en el brazo.

—Eso es lo que te llevas por asustarme —le espeté con el corazón en la garganta. Entonces, recordé los acontecimientos del domingo por la noche, y lo golpeé de nuevo—. Y eso es por dejarnos a Jen y a mí tiradas, ¡capullo!

Supuse que Sam estaba intentando redimirse por lo sucedido cuando se ofreció a ayudarme a reunir mis libros. Sus ojos de cordero degollado brillaban como la obsidiana negra.

—Tenía que mear —se excusó.

—¿Y el retrete estaba fuera?

Sam se encogió de hombros.

—Os estuve buscando contra viento y marea, hasta que al final le pregunté al segurata si os había visto, y, entonces, descubrí que ojitos azules había venido y os había llevado en su escoba mágica.

—Ah, qué gracioso, ahora Bane es una bruja —puse los ojos en blanco.

—No, no exactamente —se frotó el brazo inconscientemente—. He oído que su familia es dueña del antro.

Bajé la mirada hacia su brazo y me quedé sin aliento al ver los tres cortes profundos y sangrientos que iban desde su muñeca hasta la parte superior del brazo.

—¡Dios mío! Estás herido —alcé la vista para mirar a Sam—. ¿Qué te ha pasado?

Rápidamente, tiró de su brazo y se cubrió las marcas con la manga.

—Eh, nada.

—A mí me parece que te has metido en una pelea de gatas —fruncí el ceño.

—No te preocupes por eso —me dio unas palmaditas en el brazo—. Oye, tengo entrenamiento. Nos vemos más tarde —esbozó una sonrisa.

—Sí, claro —le eché un vistazo con recelo. Pues sí que se había marchado rápido cuando mencioné los arañazos. Me pregunté qué habría pasado.

Cuando llegó la hora de la comida, me fui a buscar a Jen. Tenía una misión en mente, y necesitaba sus habilidades. Además, que me diera su opinión también sería útil. Sólo tenerla a mi lado hacía que estuviera más segura de que no me estaba volviendo loca. Jen era la única amiga que tenía en todo el instituto, y por eso me sentía agradecida.

La encontré justo fuera de la cafetería, de camino a nuestro árbol, el mismo roble bajo el que Bane y yo nos habíamos sentado el primer día de clases. Jen y yo solíamos comer allí si el clima lo permitía, dado que era mucho mejor que estar sentada en la cafetería bajo las miradas asesinas de Gina.

—Jen —la llamé y me abrí camino hacia ella, jadeando ligeramente.

Los ojos de Jen se iluminaron.

—Ya veo que has sobrevivido a los males del castigo —me sonrió—. ¿Cuánto tiempo te han impuesto?

Sentí una punzada de dolor golpeándome el corazón. No era fácil admitir la perdición de una madre.

—Ya, que te castiguen es una mierda —me encogí de hombros. Decidí cambiar de tema inmediatamente. Aunque sabía que Jen no me juzgaría, no quería darle la vara sobre mis problemas—. Necesito tus increíbles habilidades informáticas. ¿Te apuntas al desafío?

Jen se lo pensó durante un momento. Entonces, sus ojos marrones rezumaron con travesura.

—¿Qué estás maquinando en ese cerebro tuyo?

—Quiero buscar a Aidan Bane en Google —contuve la respiración, esperando que aceptara la tarea.

Jen se rio.

—¡Chica, no paras! —se encogió de hombros—. Vamos, no tengo hambre de todos modos.

—Sí —mis ojos brillaban—, yo tampoco —chocamos los cinco, riéndonos.

Cuando entramos en la biblioteca, nos dirigimos directamente a la zona de ordenadores, que estaba muy bien escondida en cubículos privados, fuera del alcance de oídos forasteros. Quería mantener todo esto en secreto, así que escogimos el último cubículo al fondo. Jen dejó su mochila en el suelo junto a una silla, se sentó y se puso manos a la obra con los dedos en el teclado. Hizo clic en el icono de Google y, en la caja, escribió «Aidan Bane». Contuve la respiración mientras el circulito daba vueltas.

—Este ordenador debe de ser de la prehistoria —comenté.

—Ojalá tuviera mi portátil aquí. Este maldito ordenador es demasiado antiguo —gimió Jen.

—El instituto tiene que actualizarse. Shakespeare ya está muy anticuado.

Nos reímos en voz baja.

Finalmente, el motor de búsqueda nos mostró varias fotos y una larga lista de Aidan Banes.

—¡Vaya! Supongo que su nombre es bastante común —me mordí el labio inferior.

—Hay un montón, pero mira este —Jen hizo clic en un enlace que parecía llevar a la biografía de una persona fallecida.

El circulito dio vueltas durante un par de segundos hasta que, finalmente, se detuvo. Ambos nos quedamos sin aliento al ver la nueva página que mostraba una foto de quien podría haber sido el gemelo de Bane.

—¡Ay, Dios mío! —exclamé en un susurro—. Ese debe de ser el bisabuelo de Aidan.

—Vaya, vaya —comentó Jen—. ¡Lee esto, Stevie!

Me acerqué a la pantalla y revisé la información. Se trataba de un obituario:

Aidan Bane, 23 años, nacido el 21 de agosto de 1897 en Nueva Orleans, Luisiana; falleció el 25 de febrero de 1918 a causa de la gripe española. La única sobreviviente es su esposa, Sabella Mae, ya que no tenía hijos. El señor Bane estudiaba en Yale y era miembro de la hermandad Calavera y Huesos.

—¡Madre mía! —me sujeté a la mesa. Estaba anonadada. Esperaba muchas cosas, pero no esperaba encontrar a su gemelo. Miré a Jen—. ¿Crees que este es nuestro Aidan Bane? —en cuanto la pregunta salió de mi boca, me di cuenta de lo ridículo que sonaba. Por supuesto que no podría serlo. Este hombre había muerto a comienzos de siglo.

Jen se encogió de hombros.

—No veo cómo sería posible, pero el tipo en la fotografía podría ser el clon de Aidan perfectamente —Jen soltó un largo suspiro—. Tal vez el difunto Aidan Bane tuvo un hijo con otra mujer sin saberlo.

Me llevé un dedo a los labios, pensativa.

—Es posible, supongo —coincidí—. Oye, busca Calavera y Huesos — me picaba la curiosidad.

—Ya, es un nombre extraño para una fraternidad —se rio Jen—. Los niños ricos que disfrutan de los bolsillos llenos de papá suelen ser traviesos.

—Sí, como los de ese bar —me reí.

—¡Ya tú sabes! —negó con la cabeza—. Qué raritos —Jen se rio conforme tecleaba.

Cogí una silla del cubículo de al lado y la coloqué junto a Jen.

Después de buscarlo, el navegador mostró varias coincidencias. Jen hizo clic en un enlace sobre la sociedad Calavera y Huesos de Yale, archivo de conspiración. La primera página mostraba un gran cráneo con huesos cruzados ante un fondo de color carmesí que me recordó al emblema en las banderas de los piratas.

Mientras navegábamos por la página, nuestros ojos se fijaron en una foto en blanco y negro que mostraba a trece hombres endomingados vestidos con trajes y corbatas negras. El año «1916» aparecía escrito a pie de foto.

En la primera fila, había dos caballeros sentados a cada lado de una mesa decorada con una calavera y huesos cruzados. Detrás de los dos hombres sentados, había otros once hombres de pie, todos luciendo majestuosos bigotes. Entonces, mis ojos gravitaron hacia un hombre que le sacaba casi una cabeza más al resto, y di gracias por la silla que me salvó de caerme contra el suelo.

Jen y yo compartimos una mirada de asombro. Reinó el silencio durante un minuto conforme estudiábamos la cara del hombre más alto. La única forma en que podría explicarlo era que el tipo de la foto parecía ser el doble de Bane.

—Jen, ¡esto no puede ser posible! —mi corazón latía más rápido que un caballo de carreras.

—Si, ¡imposible! —Jen se quedó mirando la pantalla.

El temor se apoderó de mí.

—¡No es posible! —exclamé, levantándome de la silla. Sentía como si me hubieran electrocutado.

—Stevie, tienes que ver esto.

Jen me tiró de la mano para que me acercara al ordenador.

Me lanzó una mirada rápida y comenzó a leer.

El cráneo y los huesos es un símbolo antiguo con una connotación poderosa y clandestina. Hoy en día, la gente suele creer que el cráneo y los huesos cruzados representan el veneno, pero esto no es más que un engaño creado por la élite para ocultar su verdadera interpretación. El cráneo y los huesos cruzados es un instrumento antiguo utilizado por los nigromantes para obtener poderes satánicos.

Cuando Jen terminó de leer, se dio la vuelta y me miró. Cuando nuestras miradas se encontraron, ambas estábamos igual de aterradas.

—¿Qué demonios es un nigromante? —preguntó.

—Qué sé yo —Jen frunció el ceño. Volvió a colocar las manos sobre el teclado y buscó en Google la palabra—. Significa «hechicero, una persona que practica la magia» —esbozó una leve sonrisa.

—Me pregunto si eso incluye al ratoncito Pérez. Si es así, me acaban de arruinar la vida —bromeé, fingiendo que todo esto no me había puesto nerviosa.

—¡Sí, claro! —Jen se rio.

Luego, permanecimos sentadas en silencio por un momento, cavilando sobre nuestro descubrimiento.

—¿Podría ser Bane? —masculté, metiéndome las manos en los bolsillos de mis vaqueros.

Jen suspiró, jugando con las manos.

—No entiendo cómo es posible. Pero, aun así, ¿cómo explicas que se parezcan tanto? El tipo este de la foto no sólo es la viva imagen de Bane, pero además tiene su misma sonrisa. Mírale los dientes.

Me incliné hacia adelante, examinando la imagen.

—Dime que no son clavados.

—¡Santo cielo! —sacudí la cabeza—. Tienen la misma sonrisa.

—¡A lo mejor es como el de *Highlander*! Viejo pero súper buenorro.

Solté una carcajada. Jen siempre conseguía hacerme reír.

—Viejo y buenorro ni siquiera deberían estar en la misma frase —dije.

—Ya, es un poco asqueroso.

Ambas nos reímos disimuladamente y nos tapamos la boca con la mano.

Le eché un vistazo a mi reloj para comprobar la hora.

—Mierda, el timbre está a punto de sonar —fruncí los labios—. Supongo que tendremos que seguir con esto la próxima vez —me eché la mochila al hombro.

—¿Qué vas a hacer esta tarde? —Jen cogió su mochila y su bolso, y caminó

detrás de mí conforme salíamos de la biblioteca—. Podría pasar por tu casa cuando terminen las clases.

—Me encantaría tener compañía, pero estoy castigada —mentí. —Oye, pensaba que tus padres te habían castigado a ti también, ¿no?

—Tía, eso ya es agua pasada. Me libré del castigo con un par de avemarías, y tuve que jurar que no volveré a ir a ninguna parte con Sam —se rio—. Pero ni siquiera quiero hablar con ese perdedor.

—Sam me dijo que había estado en el baño de chicos.

—¡Oh, no me lo puedo creer! —los ojos de Jen estaban a punto de salírsele de sus órbitas—. ¡Ese maldito mentiroso! A mí me dijo que se fue a su camión para pillar unos condones. Le quitó importancia diciendo «sin condón no hay follón» —Jen se metió un dedo en la garganta, como si fuera a vomitar.

—¡Menudo gilipollas!

—Bueno, esto ha sido muy educativo. Ahora ya sabemos que no se puede confiar en Sam, y que el buenorro de tu novio es más viejo que matusalén.

Me reí disimuladamente.

—¡Venga ya! Sabes que no es mi novio. Nunca saldría con un chico que tiene más de veinte años —las dos nos reímos, pero por dentro, me odiaba a mí misma por mentirle.

Me daba demasiada vergüenza contarle la verdad. ¿Cómo le explicaba que mi madre me había vendido por unos pocos dólares, obligándome a vivir con un tipo que me odiaba?

Cuando sonó el último timbre del día, me dirigí afuera. Nadie se había molestado en informarme sobre el protocolo de vuelta al castillo después de las clases, así que permanecí bajo la marquesina, meciéndome sobre mis talones y mordiéndome las uñas. Odiaba sentir que no tenía hogar.

Cuando ya me había mordido todas las uñas, decidí coger al toro por los cuernos y eché a andar hacia mi casa. No podría ser tan malo, ¿no? Andar durante tres kilómetros era pan comido. Además, la señora Noel se alegraría de verme. Llevaba caminado durante menos de una manzana, cuando atisbé el Corvette acercándose a la acera.

Mi querido prometido bajó la ventanilla del coche.

—¡Entra! —gritó. Sus ojos azules parecían estar lanzando dardos al rojo vivo contra mi espalda.

—Lo siento, prefiero dormir en mi cama esta noche —continué caminando, manteniendo mi ritmo.

—Vamos, si no te ha gustado tu habitación, hay muchas otras entre las que puedes elegir —dijo.

Seguí caminando con los ojos fijos en el horizonte. No estaba de humor para discutir. El sonido de los neumáticos crujiendo sobre la grava retumbó en mis oídos.

Debí de haberme desmayado por un segundo porque, cuando alcé la mirada, Bane estaba de pie frente a mí, cruzado de brazos y un ceño fruncido decorando su mirada asesina.

Me paré en seco y abrí los ojos como platos.

—¿Cómo has llegado de tu coche a mí tan rápido? —di un paso atrás, sobresaltada.

—No tengo tiempo para tus estúpidos jueguecitos. Súbete al coche —me ordenó bruscamente.

—¡Para el carro, amigo! Eres tú el que no deja de jugar conmigo. Ni siquiera me dirigiste la palabra en clase de inglés. ¿Quién está jugando con quién? —espeté.

—Stevie, no te lo puedo explicar todo. No quiero que ciertas personas se hagan una idea equivocada.

¿De verdad pensaba que eso iba a hacer que me sintiera mejor?

—¿Qué idea? ¿Que estás saliendo con una chica pobre?

—Tu jerarquía social no tiene nada que ver con mi distanciamiento —la ira escondida en su voz me hirió en lo más profundo de mi ser.

—Lo pillo —escupí las palabras como si fueran veneno—. Soy lo suficientemente buena para ti cuando es conveniente, pero no soy digna de tu presencia en público —quería echarme a llorar, pero me tragué el nudo de la garganta, obligándome a mí misma a ignorar ese impulso.

Por un segundo, sus ojos se suavizaron, pero enseguida volvió a enmascarar su expresión como si estuviera guardando un terrible secreto.

—Mira... no lo entiendes, y yo no tengo tiempo para explicártelo —me recorrió un escalofrío al escuchar sus palabras—. Vas a venirte conmigo, lo quieras o no. No pesas tanto —esbozó una sonrisa, revelando sus dientes blancos y perfectos—. ¿Qué va a ser, princesa?

—No entiendo por qué tengo que quedarme contigo. Ni siquiera nos gustamos mutuamente —repliqué con frialdad.

—¡Súbete al coche ya mismo! —gritó.

Tomé una gran bocanada de aire, tratando de comprender todo este dilema. Si echaba a correr, Bane me atraparía y me llevaría con él. Pesaría al menos cuarenta y cinco kilos más que yo. Me crucé de brazos, mirándolo a los ojos, a pesar de que por dentro estaba temblando de miedo.

—No tengo nada que ponerme en tu casa —solté lo primero que se me pasó por la mente—. Necesito pasarme a recoger mi ropa.

—Jeffery ya se ha encargado de eso —la insolencia en su voz no ocultaba mucho—. Ya no vives allí. A partir de ahora vives conmigo.

Me quedé boquiabierta. Mi dolor se convirtió en ira.

—¿Quién te ha dado permiso para hacerte cargo de mi vida?

—Creo que ya sabes la respuesta.

En ese momento, no podría haberme sentido peor ni aunque quisiera. Claramente, era su prisionera.

—¡Vale! —las palabrotas salieron por mi boca conforme me daba media vuelta y me metía en el coche.

LA VIE DU CHÂTEAU

Una vez más, estaba atrapada en el Corvette de Bane, teniendo que escuchar su música clásica a todo volumen como forma de tortura. Este tipo era de lo más raro. ¿Qué clase de adolescente escuchaba a Beethoven y realmente lo disfrutaba?

Cuando finalmente llegamos al palacio de su majestad, nos detuvimos ante una barrera que me recordó a un pedrusco. Bane pulsó un botón en sus llaves y la roca se levantó, dando a luz a un túnel oscuro. Tras un momento de oscuridad, entramos en un garaje subterráneo que albergaba todo un arsenal de vehículos. Traté de evitar quedarme boquiabierta, pero ¡joder! No pude evitarlo. Aquella colección debía de ser una de las colecciones de metal sobre ruedas más caras del mundo.

Me bajé del Corvette y me quedé embobada observando los millones de juguetes. Había varios modelos diferentes de motocicletas, y reconocí una de ellas fácilmente: la clásica Harley. El garaje era una exhibición de una variedad de coches extranjeros, brillantes y en todos los colores imaginables. Divisé el Rolls Royce de inmediato, ubicado junto a mi escarabajo en la esquina más alejada.

Entonces, recordé que Jeffery había mencionado el frasco de perfume que se había estrellado contra el Rolls Royce y le eché un vistazo rápido a Bane, preguntándome si lo sabría.

De pronto, Bane captó toda mi atención cuando me agarró por el codo con los dedos. Me estremecí al sentir su roce. Bane era la última persona que quería que me tocara. Puede que no tuviera que preocuparme por mi próxima comida, pero cuando me robaban la libertad de elección, el resto dejaba de importarme.

Nos detuvimos frente a un ascensor. Bane presionó el botón y, un momento más tarde, la campanita sonó y las puertas se abrieron. Me empujó por la parte baja de mi espalda, instándome a entrar dentro. Puse los ojos en blanco, pero hice lo que quería.

Bane pulsó el botón del primer piso, y las puertas se cerraron. Con una sacudida, mi estómago se estremeció cuando el ascensor comenzó a elevarse. Me balanceé sobre mis talones mientras escuchaba la horrible melodía.

Segundos más tarde, la campanita sonó de nuevo y las puertas se abrieron, dando paso a un vestíbulo oscuro. Bane me cogió por el codo una vez más y me condujo por un pasillo estrecho que daba a la cocina luminosa. Atisbé a Dom preparando la cena en la cocina de gas y a Jeffery sentado en la isla leyendo el periódico.

El rey del castillo no malgastó su tiempo entreteniéndome.

—Jeffery —la voz de Bane sonó como si estuviera a punto de gritar—. ¿Puedes acompañar a nuestra invitada a su cuarto? Dale la suite presidencial en el ala este. Creo que será más afín a su gusto. Encárgate de que tenga todo lo necesario y asegúrate de que se arregle para la cena de esta noche —ordenó como si yo fuera una niña indeseada.

Puede que esa fuera la costumbre para las personas de la élite. Me fijé en que parecía estar distraído, como si estuviera a mil kilómetros de distancia. Una vez que terminó de instruir a Jeffery, Bane me soltó el codo y me dejó allí sola, sin siquiera molestarse en mirarme.

Sentí que se deshacía de mí como si fuera una zorrilla barata a la que se hubiera tirado un viernes por la noche. No lo entendía. Si me odiaba tanto, ¿por qué molestarse? Lo observé conforme desaparecía por la esquina, dejándome en la cocina a solas con Dom y Jeffery.

Jeffery me miraba como si hubiera pisoteado su último cigarrillo.

—Debería pedirle un aumento —espetó Jeffery—. Que estés aquí ha hecho que crezca mi larga lista de tareas —estampó el papel contra la mesa, irritado, y se bajó del taburete.

Dom fulminó a Jeffery con la mirada y, luego, me miró y sonrió.

—No le hagas caso —dijo. Su mirada era acogedora—. La lista de tareas de Jeffery consiste en recoger el periódico y ponerlo en un montón desordenado antes de que el *monsieur* Aidan haya tenido la oportunidad de leerlo.

Bajé la cabeza y le eché un vistazo al papel que yacía sobre el granito. Sonreí interiormente.

—Si no lo conociera —continuó Dom—, juraría que Jeffery ha pegado su trasero a ese taburete —el bigote delgado de Dom se extendió por su rostro cuando sonrió.

Le devolví la sonrisa. Tenía la sensación de que ese par de dos harían que mi estancia aquí fuera un poco más llevadera, incluso el irritable de Jeffery. Dejé mi mochila en el suelo, me dirigí a la isla y me subí al taburete junto al de Jeffery.

—De verdad que agradezco tu hospitalidad —dirigí mi comentario al chef con el delantal manchado.

Dom colocó un vaso de Coca-Cola y un sándwich de cruasán frente a mí, provocando que se me hiciera la boca agua instantáneamente.

—Gracias —mis ojos brillaron al ver el sándwich. De repente, me di cuenta de que me había saltado la comida.

Me volví hacia Jeffery.

—¿Has ido a la casa de tu tía hoy? —le pregunté.

—Sí, y le dije que tú también me estás fastidiando —Jeffery frunció los labios—. Te manda un abrazo y dice que sigas haciéndolo así de bien —negó con la cabeza—. Qué vejestorio más gracioso.

No pude evitar reírme.

—Estoy preocupada por la señora Noel. He estado encargándome de las entregas a sus clientes, y necesita ayuda.

—Yo puedo cuidar de mi tía, no te preocupes por eso.

—Alguien está un poco sarcástico hoy —le sonreí a Jeffery mientras le daba un bocado a mi sándwich.

Dom sonrió.

Jeffery frunció el ceño, entrecerró los ojos y cambió rápidamente de tema.

—Bueno... ¿cómo te ha ido hoy en el instituto? —detecté una chispa de sospecha en su voz.

—Eh... me ha ido bien —me encogí de hombros y le di otro bocado a mi sándwich. El pan se derritió en mi boca conforme masticaba. Tragué antes de seguir hablando—. Encontré algo raro en internet —le di un sorbo a la Coca-Cola.

Jeffery se irguió en su asiento, inclinándose hacia delante.

—¡Oh! Cuenta, cuenta —dijo.

Puse los ojos en blanco.

—Puede que esto os suene un poco raro, pero busqué al demonio en Google. Me refiero a Aidan, ¡ups!

Dom sonrió, y Jeffery soltó una carcajada tan fuerte que se dio una palmada en los pantalones.

—No, chica, lo has dicho bien la primera vez. Ese puto ricachón no me ha dado un aumento en dos años —Jeffery frunció los labios, enfadado—. Debería de alegrarse de que no haya renunciado todavía.

Dom se rio y se dio media vuelta para quedar cara a cara con Jeffery.

—Y tú deberías alegrarte de que el *monsieur* Aidan no te haya despedido —arqueó una ceja canosa—. ¡No haces más que comer y quejarte! —algo me decía que Dom tenía fichado a Jeffery.

Este último se quedó boquiabierto mirando a Dom, incrédulo.

—¿Qué sabrás tú? ¡No tienes ni idea de toda la mierda que yo hago por aquí!

—Pero lo poco que veo —se llevó el dedo al ojo—, es suficiente para satisfacerme toda la vida, *mon ami* —replicó Dom, igual de furioso.

—¡Eso no es lo que me dijiste a mí anoche! —por el tono de voz de Jeffery, decidí que prefería no saber nada. Éste decidió volver a centrar toda su atención en mí—. Cari, ¿qué estabas diciendo sobre el instituto? —usó un tono dulce, aunque sonó más bien engañoso.

Pensé que sería mejor no compartir mis hallazgos. Además, mi instinto me advirtió que esperara.

—Oh, nada —me encogí de hombros—. Como otro día cualquiera.

—Bueno, pues como no tienes ningún secreto que compartir, supongo que es mejor que te lleve a tu nuevo cuarto —se estiró al bajarse del taburete—. ¿Qué problema había con la primera habitación, no era lo suficientemente elegante para tu culito de princesita?

—Mi culo está lejos de ser de la realeza —entrecerré los ojos—. Si por mí fuera, preferiría dormir en el banco del parque en vez de tener que escuchar lo que sale de tu boca —arqueé una ceja y cogí mi mochila—. Si tu culo no es demasiado orgulloso, ¿crees que podrías decirme dónde voy a dormir?

—Jeff, ¡creo que has encontrado la horma de tu zapato! —Dom me guiñó un ojo.

—¡Cállate, Dom! No le des ideas a esta niña —Jeffery frunció los labios.

—No osaría. Creo que esta joven es lo suficientemente inteligente como para averiguarlo por su cuenta —respondió Dom, agitando la cuchara de madera en el aire y riéndose.

—Vámonos de aquí antes de que meta a ese francés en el contenedor de basura —escupió Jeffery.

Me mordí el labio para contener la risa, aunque no estaba segura de si lo decía en broma o en serio.

Cuando el ascensor se detuvo en el tercer piso, las puertas se separaron como el mar Rojo y, de inmediato, noté una gélida brisa acariciando mi rostro. Sentí que había vuelto al pasado. La tenue iluminación remarcaba el tapiz que decoraba todo el tramo de pared, y las alfombras persas, que podrían ser del siglo pasado, embellecían el suelo de piedra oscura.

Cuando finalmente nos detuvimos, Jeffery abrió la boca por primera vez desde que habíamos salido de la cocina.

—Hemos llegado —anunció—. Hogar dulce hogar —añadió con sarcasmo.

Entramos dentro, y un familiar aroma inundó mis sentidos. Atisbé un ramo de rosas rojas metidas en un florero que embellecía una mesa redonda en el recibidor. A diferencia de la otra habitación, ésta era luminosa, y en su interior brillaba la luz solar. Se asemejaba más a la suite de un hotel que a un dormitorio normal y corriente.

La suite estaba completamente equipada, al igual que una cara habitación de hotel. Me fijé en que había un gran televisor de pantalla plana en la sala de estar y, al fondo, detrás de unas puertas francesas, se encontraba el dormitorio.

Me había olvidado de Jeffery hasta que carraspeó. Se encontraba de pie junto a la ventana.

—Bueno, ¿se ajusta esto a tu gusto un poco mejor? —su tono de voz me enfureció.

—Contrariamente a lo que puedas pensar, no soy una oportunista. Ya te he explicado mi situación —dejé caer mi mochila con un resoplido y le lancé una mirada asesina al flacucho que ya parecía haber sacado su propias conclusiones.

La mirada de Jeffery se suavizó conforme se dirigía al sofá, y se dejó caer sobre los suaves cojines.

—Una cosa que debes saber sobre mí es que puedo leer a la gente — se quitó la pelusa de los pantalones.

—Entonces, debes de pensar que soy una cazafortunas —dije.

Cruzó las piernas y suspiró, mirándome a los ojos.

—Lo pensé al principio —esbozó una sonrisa engreída—. Pero no entiendo por qué te tiene aquí cuando está claro que tú quieres estar en otro lugar.

—Yo me pregunto lo mismo —hice una pausa, debatiendo si debería preguntarle o no, pero, finalmente, decidí ir por todas—. ¿Tu jefe está loco?

Jeffery se cruzó de brazos y comenzó a mover el pie de un lado a otro.

—Probablemente te hayas dado cuenta de que el señor Aidan es un hueso duro de roer. Es taciturno de cojones y un misterio interminable. No me malinterpretes. Tiene familia, pero nadie viene a visitarlo. Creo que el señor Aidan lo prefiere así. Yo odio a su primo, no tiene juicio —el semblante de Jeffery se agrió—. ¡Y es un borde de cojones! —comenzó a mover la pierna un poco más rápido.

Tomé asiento en una silla situada frente al sofá. Por primera vez, estaba llegando a entender mejora al rey del castillo.

—¿Qué más sabes? —indagué.

—Sé que al señor Aidan le gustas —Jeffery estudió mi reacción conforme seguía moviendo el pie.

—¿Cómo lo sabes? —sonreí, escondiendo mi asombro.

—Para empezar, el señor Aidan se comporta de manera muy protectora contigo —Jeffery rebuscó en su bolsillo y sacó un paquete de cigarrillos Lucky Strikes. Luego, rebuscó en los otros bolsillos—. Mierda, no

puedo encontrar mi mechero —me miró a mí—. ¿No serás tú una piró-
mana por casualidad?

—No. Me temo que no estás de suerte —me recliné en la silla y me
senté sobre mis piernas.

—Pues como no tienes ningún mechero, yo me voy —se puso en pie.

—¡Venga ya! ¿No puedes quedarte un minuto más?

Jeffery se detuvo y me miró con sospecha.

—Mira... No puedo aguantarme sin fumar, pero te diré una cosa —
Jeffery se dirigió a la puerta—. Algo está pasando aquí, y me tiene de los
nervios —dijo en un susurro—. Te aconsejo que te mantengas alejado del
tío de Aidan y de ese maldito primo suyo porque son peores que el
diablo —se detuvo con la mano sobre el pomo de la puerta—. Ah, sí —
dijo, arqueando una ceja—. El señor Aidan espera que te arregles para la
cena a las ocho en punto. Yo te acompañaré a la sala de estar —empezó a
marcharse, pero se detuvo. Se giró para mirarme y se tocó la barbilla con
el dedo—. Ah, por cierto, mantén a ese maldito gato lejos de mí. Está en
mi habitación echándose una siesta en mi fabulosa cama —Jeffery arrugó
la nariz, claramente disgustado—. Por cierto, estás mona con tu pelo rojo
y tus deslumbrantes ojos verdes, pero toda esta mierda rústica no te
queda nada bien, cari. Quema todo ese conjunto —agitó el dedo en mi
dirección, examinándome de pies a cabeza—. Esas prendas son espantosas —esbozó una sonrisa diabólica—. Te he elegido un conjunto que
resaltará esas curvas de muerte que tienes, para que vayas guapísima esta
noche —dicho esto, se marchó, cerrando la puerta detrás de sí.

Dejé escapar un chillido, mosqueada. ¡Odiaba los esnobs! Sin
pensarlo, pasé los dedos por mi cabello. Jeffery tenía razón. Parecía una
gorrona. Hasta los empleados tenían más clase que yo.

Saqué mi móvil y comprobé la hora. Sólo eran las cinco. Tenía tres
horas de tiempo libre antes de la cena. Me acerqué a la televisión, cogí el
mando a distancia y me quedé mirándolo. En verdad tampoco me
apetecía ver una película.

Entonces, me llamó la atención la ventana. Me acerqué y eché a un
lado las finas cortinas para echarle un vistazo al exterior. El terreno se
extendía hasta donde podía ver. Me sentí como si estuviera en la cima
del Everest. Las nubes estaban bajas, oscuras y amenazantes. Se venía
una tormenta tan agitada como mi estómago revuelto.

Aunque Jeffery no conocía todos los detalles de mi ardua relación con Bane, había expresado las mismas preocupaciones que yo tenía. Que la familia de Bane lo obligara a participar en un matrimonio de conveniencia me desconcertaba. ¿Por qué le daría su familia dinero a Sara a cambio de una chica que no tenía nada?

Entonces, recordé la sesión espirista con la señora Noel y me mordí el labio inferior. Casi se me había olvidado que había mencionado algo sobre una facción vil y peligrosa que iba a por mí. Pero por más que lo intentara, no podía adivinar quién. ¿Qué querría alguien de mí? Yo no poseía nada de valor. Y, poniendo la guinda en el pastel, Bane había asegurado que me estaba protegiendo, pero ¿de quién?

De repente, bostecé, y sentí que me pesaban los ojos. Decidí que estaría bien echarme una siesta, puesto que no había dormido mucho la noche anterior. Además, ya no había nada que pudiera hacer respecto a mi situación, y no tenía nada mejor que hacer que descansar antes de la cena.

Atravesé las puertas francesas y entré en el dormitorio. Cuando levanté la mirada, me paré en seco, boquiabierta. Era como si hubiera vuelto a los años cincuenta. En el centro de la habitación se encontraba una cama con dosel, acompañada de una colcha de color rosa y almohadas de color rosa intenso y dorado que iban a juego con el empapelado de color rosa conejito. Me eché a reír conforme inspeccionaba la habitación. Supuse que este era el intento de broma de Jeffery.

«Qué hombre tan gracioso», pensé.

Entré en el baño de mármol blanco, que estaba equipado con unas toallas de color rosa y un albornoz a juego, rosa también, por supuesto. Me mordí el labio inferior, sofocando una carcajada. Atisbé una bañera redonda enorme en la que podrían caber perfectamente cinco personas adultas y me fijé en el rastro de pétalos de rosa que llegaban hasta la bañera. Abrumada y contenta, me quedé embobada mirando todos los aceites de baño y los jabones que yacían junto a la bañera. Y, como si eso fuera poco interesante, el suelo estaba decorado con varias velas blancas y su suave resplandor.

—Mmm... —me llevé el dedo a la boca. Una suave risa escapó de mis labios—. Jeffery me ha mentido sobre su mechero.

La bañera estaba situada justo frente a una ventana con vistas al horizonte que me estaba llamando. Me desvestí rápidamente y, enseguida, la bañera estaba llena de agua con aroma a rosas. Estaba emocionada, así que, sin perder ni un segundo, metí ambos pies en el agua y me hundí en su magia calmante.

Un suave gemido escapó de mis labios conforme me apoyaba contra el mármol fresco y cerraba los ojos, dejando que el calor penetrara mis músculos cansados. Era como tener mi propio pedacito de cielo.

Repentinamente, un intenso destello de luz se reflejó en mi rostro. Abrí los ojos rápidamente y vislumbré un amenazante relámpago rasgando el cielo a lo lejos. Las nubes se estaban congregando minuto a minuto, volviéndose más oscuras y amenazadoras con cada segundo. Otro relámpago iluminó el cielo gris al tiempo que un trueno retumbaba con ferocidad. Me sobresalté cuando el sonido reverberó a mi alrededor.

Luego, me relajé y me quedé contemplando la exhibición de fuegos artificiales hasta que el agua de mi baño se enfrió. Lamentándolo, suspiré, salí de la bañera, puse los pies sobre la alfombra rosa y cogí el albornoz. Me lo puse y me dirigí a la habitación.

De repente, sentí como una bombilla se encendía en mi cerebro. Negué con la cabeza, sintiéndome un poco estúpida. Por supuesto... el armario. Me había olvidado de una cosa tan práctica como un armario. Abrí las puertas dobles. Dentro, colgando en soledad, vislumbré un vestido rojo escarlata y unos tacones negros en el suelo. Cogí el fino vestido y lo examiné.

—¡Maldita sea! —me preocupé—. No es gran cosa —agarré los zapatos y cerré la puerta del armario con el pie.

Atisbé una pequeña pila de algo negro en la cama y algo brillante al lado. Me acerqué y encontré un collar de diamantes y pendientes a juego.

—Genial, pero no me puedo imaginar llevando algo tan elegante —susurré. Luego, centré mi atención en la pequeña pila negra. Lo alcé, sosteniéndolo en mis dedos—. ¡Virgen santa! —mis ojos se iban a salir de sus órbitas—. ¿Esto no será ropa interior?

Me encontré cara a cara con un sujetador de encaje y una tanga a juego. Ya me sentía desnuda, y mis mejillas ardieron. Ninguna de las piezas parecía cubrir demasiado. A juzgar por la copa del sujetador, ni siquiera estaba segura de que fuera a sostener mis pechos.

Pensándolo mejor, el vestido de satén tampoco dejaba mucho a la imaginación. Tanto el escote delantero como el de la espalda llegaban hasta abajo y, en cuanto a la longitud... apenas había longitud. Jeffery me la había jugado.

El miedo se apoderó de mí. Ya sabía que la cena iba a ser un fracaso. ¡No podría ponerme este vestido casi inexistente!

LLAMAS MÁGICAS

A las ocho en punto, escuché que alguien llamaba a la puerta. La cita de la cena me tenía de los nervios. Llevar puesto un vestido de tirantes con una etiqueta en la que ponía «Couture» y unos tacones de Louboutin hacía que me sintiera como una prostituta cara en vez de como una invitada.

Revisé mi cabello una última vez ante el espejo antes de abrir la puerta. No estaba segura de si llevar el pelo recogido en un twist francés sería suficiente.

—En fin, tendrá que valer —murmuré para mí misma conforme me acercaba a la puerta. Podía imaginarme el semblante malhumorado de Jeffery al otro lado, esperando con impaciencia.

Casi me di de bruces, pero me las arreglé para abrir la puerta, preparada para echarle la bronca a Jeffery, pero, cuando abrí la puerta, me paré en seco, mirando boquiabierta a la persona que estaba de pie en el umbral. El asombro desvió la sangre de mi cara.

—¡Aidan! —exclamé.

Reinó el silencio durante un minuto mientras éste paseaba sus ojos lentamente sobre mí como si fuera chocolate caliente derretido, examinando cada curva y línea de mi cuerpo, hasta que finalmente esbozó una sonrisa perlada de aprobación.

—¿Hay algún problema? —mis mejillas se ruborizaron.

—Ningún problema desde donde yo estoy, princesa —su voz, grave y sensual, mandó un chorro de calor a lugares innombrables, mientras sus ojos azules continuaban vagando por mi cuerpo, deteniéndose demasiado tiempo en las curvaturas de mis pechos.

Al instante, sentí la necesidad de cubrirme. Agaché la cabeza para mirarme las manos, incómoda.

Bane recuperó su elegancia antes de hablar.

—Pensé que podría acompañarte a la cena —sus ojos resplandecían—. ¿Me concedes este honor? —extendió su brazo.

—Eh... vale —esbocé una leve sonrisa, aunque me sentía ridícula con este atuendo y maquillaje.

Incluso bajo coerción, no me libraba de mi acompañante alto y guapo. Bane se irguió, preparado, luciendo de maravilla en un esmoquin Armani. Un delicioso escalofrío me recorrió el cuerpo, y me sonrojé.

—Espero que este cuarto sea más de tu gusto —comentó.

Entonces, sentí una punzada de dolor al recordar por qué estaba aquí en primer lugar.

—Si por mi gusto te refieres a en contra de mi voluntad, entonces sí —alcé la barbilla, desafiante.

—Sólo estoy protegiéndote, por tu seguridad. Espero que entiendas que lo hago por tu beneficio —dijo.

«Mantener a una persona prisionera no es lo que yo llamo "proteger"», pensé.

—Seguridad, una mierda —lo fulminé con la mirada y pasé por su lado.

Cuando llegué al ascensor, Bane colocó su mano en la parte baja de mi espalda, empujándome hacia adelante. Lo miré, un poco alarmada.

—Dime que no vamos a bajar por las escaleras —pensar en andar a cualquier parte en estos tacones asesinos hizo que me sudaran las palmas de las manos.

Bane inclinó la cabeza y habló con suavidad junto a mi pelo.

—Pensé que te gustaría cenar en la terraza. La puesta de sol es bastante espectacular; los colores intensos en contraste con el cielo azul nunca son los mismos.

—Ah, pensé que estaba lloviendo.

Sin pensarlo, tiré de la parte posterior de mi vestido porque la corriente estaba alborotando el dobladillo y lo último que necesitaba era dejar al descubierto mi trasero antes de la luna de miel. Puse los ojos en blanco ante mis pensamientos.

Bane se tapó la boca y sus hombros se agitaron ligeramente.

—Sí, escuché el pronóstico. Te puedo asegurar que ni tú ni yo nos empaparemos si el clima empeora —esbozó una sonrisa pícara.

Después de recorrer varios pasillos oscuros y subir un pequeño tramo de escaleras, llegamos a la terraza. Inmediatamente, una brisa fresca despeinó mi cabello. Capté el aroma a lluvia flotaba en el aire, pero lo que me quitó la respiración fue la vista que se encontraba ante mis ojos. Cientos de farolillos flotantes, como monedas de oro, decoraban el cielo, y el sol se estaba poniendo, salpicando el cielo azul oscuro con una pizca de rosa salmón.

—¡Es precioso! —exclamé.

—Pensé que te gustaría —su voz rezumaba dulzura y en sus ojos atisbé una chispa de alegría.

Me quedé sin palabras, parpadeando, asombrada.

—¿Me concedes el primer baile? —me preguntó Bane, y extendió la mano, esperando pacientemente.

—Eh... —me mordí el labio inferior—. No sé bailar.

—Yo te enseño —vislumbré la confianza en sus ojos.

Súbitamente, me rodeó con sus brazos. Solté una risilla cuando choqué contra su pecho, y él me devolvió la sonrisa.

—Haz lo que yo haga —sugirió con voz ronca, apretando su brazo alrededor de mi cintura.

Como si estuviera bajo un encantamiento, obedecí, aunque primero me quité los ridículos tacones.

Entonces, Bane colocó mi mano en la posición correcta y me quedé sin aliento al darme cuenta de que cada centímetro de su cuerpo firme estaba pegado contra la fina tela de mi vestido.

«Ojalá me hubiese puesto ese tanga», pensé.

Aunque no hubiera importado. Estaba preparada para tirar todas mis inhibiciones por la ventana y entregarme a él, sin requisitos, sin expectativas, entregarle mi mente y alma, e incluso mi corazón. Era oficial, estaba a su merced. Cuando lo miré a esos ojos azules suyos, sentí que me hundía más y más, y ya no había vuelta atrás.

Escuché un piano tocando una melodía sin letra, sin ningún otro instrumento, únicamente el suave sonido de las teclas. Reconocí la canción enseguida: *All of me.*

De repente, todas mis inseguridades desaparecieron, y nada más importaba o existía en este momento. Bane y yo, juntos, tenía mucho sentido.

A pesar de mi torpeza, Bane se movía con fluidez, arrastrándome por la pista como si estuviéramos flotando entre las nubes. Me pregunté si él y yo podríamos encontrar una manera de querernos, como mi padre había querido a mi madre. ¿Me atrevería a caminar sobre la tabla y arriesgar mi corazón?

Súbitamente, me estremecí.

—¿Tienes frío, amor? —me preguntó Bane.

—No —mis mejillas se sonrojaron.

Cuando la música cesó, nuestros pies se detuvieron, nuestras miradas se cruzaron y los dedos de Bane trazaron la línea de mi mandíbula.

—Estás encantadora esta noche —su mirada se detuvo en mis labios—. Tendré que darle las gracias a Jeffery por su buen sentido de la moda.

Se me puso toda la piel de gallina, y me reí.

—Sí, Jeffery tiene talento —mascullé.

Aidan sonrió, encendiendo una llama sensual que armó un revuelo en mi interior. Sin lugar a dudas, si no llevaba cuidado, me iba a enamorar.

—Dom nos ha preparado una cena sencilla. Una que creo que complacerá tu paladar —pude ver en su semblante que se estaba divirtiendo.

—No es difícil complacerme —me aparté de él y recogí mis tacones.

Aidan me condujo hacia una mesa pintoresca, una mesa para dos que era bastante íntima. Estaba cubierta con un mantel blanco y decorada con una única rosa roja que reposaba en un florero junto a una vela; los platos de la cena resplandecían como el vidrio blanco y había servilletas dobladas alrededor de la vajilla. Era simple, pero elegante.

Bane sacó la silla por mí para que tomara asiento, y él se sentó en una silla frente a mí.

Un rayo apareció a lo lejos, pero el intenso ruido de los truenos sonaba como si la tormenta se cerniera directamente sobre nosotros. Me sobresalté, sujetándome el pecho.

—No te preocupes —Bane sonrió—. Tenemos al menos una hora antes de que caiga el chaparrón —me guiñó un ojo.

—No es por la lluvia, son los rayos los que me preocupan —miré por encima de los farolillos.

—Si no estás cómoda, podemos llevar la cena adentro —me ofreció.

—No, esto está bien —descansé las manos en mi regazo—. Me gusta así —sonreí.

En ese mismo instante, Dom apareció con una botella entre sus manos. Casi se me salieron los ojos de las órbitas al leer la etiqueta en la que ponía «Château d'Yquem, año 1811». No estaba muy puesta en vinos, pero no hacía falta ser un experto para saber que aquella botella no había salido del supermercado local.

—Traigo el champán que ha pedido, *monsieur* —Dom llevaba una toalla blanca colgada del brazo.

—¡Excelente! —los ojos de Bane se iluminaron.

Dom descorchó la botella y sirvió una pequeña cantidad del líquido dulce en la copa de champán de Bane. Como si fuera un experto francés, Bane se llevó la copa a la boca y le di un sorbo, saboreando el vino. Luego, asintió con la cabeza hacia Dom y sonrió.

—Está bastante *brut*, perfecto para la señorita —comentó.

—Sí, *monsieur* —Dom llenó la copa de champán de Bane y, luego, se acercó para llenar la mía.

Debía admitir que el champán tenía un aspecto delicioso con ese color tan dorado y las pequeñas burbujas subiendo a la superficie.

—Toma un sorbo. Está delicioso —me animó Bane mientras sus ojos azules resplandecían bajo la luz ámbar.

—Vale —cogí la copa de tallo alto y le di un sorbo. El champán me hizo cosquillas en la nariz, y me reí. Tomé otro sorbo y se deslizó por mi garganta con mucha más facilidad en comparación al bourbon—. Hace cosquillas, pero me gusta —de repente, sintiendo la intensidad de la mirada firme de Bane, agaché la cabeza para admirar mi regazo.

Bane esbozó una sonrisa traviesa entre las comisuras de su boca.

—¿Te gusta el vestido que Jeffery ha escogido para ti? —me preguntó.

—Sí, gracias.

—No sé muy bien cómo decirte esto con delicadeza... —hizo una pausa, tapándose la boca—, pero creo que te has olvidado parte de tu vestimenta.

Tragué saliva, sintiendo que me ardía el rostro.

—¿Cómo lo has sabido?

—Bueno, el vestido es bastante... fino —me lanzó una mirada divertida.

Estaba escandalizada.

—Yo... yo... no quería llevar ese hilillo —tartamudeé las palabras.

Sabía que Bane se estaba divirtiendo lo suyo con esto.

—Te aseguro que he disfrutado mucho de la vista —dijo.

Me quedé boquiabierta.

—No estaba tratando de complacerte. Lo hice por comodidad —tragué saliva—. Quiero decir, ¿por qué pensaste que me pondría ese maldito tanga?

—Por supuesto —esbozó una sonrisa diabólica—, princesa, ponte tan cómoda como quieras.

—¡Sí, claro! —cogí mi copa de champán y me bebí todo el contenido de un sorbo.

—¿Te pongo nerviosa? —preguntó, como si pudiera leerme la mente.

Era como si me tuviera bien calada.

—¿Te molesto? —contrataqué, sosteniéndole la mirada.

Bane alzó la copa de champán.

—*Touché!* —respondió. Luego, se llevó la copa de tallo alto a sus labios y terminó de beberse el champán.

Quería cambiar de tema, así que solté lo primero que me vino a la mente.

—¿Qué quisiste decir con eso del nuevo orden mundial? —pregunté.

—¿Es necesario que discutamos sobre política esta noche? —se revolvió en su asiento.

—¿No crees que tengo derecho a saberlo, dado que formo parte del plan? —repliqué.

—Tienes razón —se sirvió otra copa de champán—. Está bien... el nuevo orden mundial —tomó una gran bocanada de aire—, es una economía centralizada.

—¿Para todo el mundo? —inquirí.

—Sí.

—No veo cómo sería posible.

—Es más plausible de lo que piensas. Los líderes mundiales están trabajando para lograr una utopía en la que todos puedan vivir en paz y armonía —explicó.

—El gobierno es muy corrupto y, además, tendría que conseguir que otros líderes mundiales estuvieran de acuerdo... Encima, tienes que considerar la deuda de la nación —no quería aguarle la fiesta, pero tenía que ponerle los pies sobre la tierra.

—Te sorprenderías —sus ojos azules escondían un misterio.

—Dijiste que nuestra unión tiene algo que ver con el nuevo sistema. No lo entiendo.

—Te lo explicaré cuando llegue el momento, pero por ahora tendrás que confiar en mí.

Me frustraba una barbaridad que siguiera sin contarme nada. Me pregunté si es que pensaba que era demasiado tonta como para entenderlo, por lo que decidí ir directa a la yugular.

—¿Cuánto? —solté.

—¿Cuánto qué? —arqueó las cejas.

—¿Cuánto dinero le ha pagado tu familia a mi madre?

—¿Acaso importa? —frunció el ceño.

—Sí, quiero saber cuánto valgo.

Se recostó en su silla, estudiándome bajo una mirada severa.

—Tu madre podrá vivir bien durante el resto de su vida si no lo desperdicia todo —fue todo lo que dijo.

Sentí una punzada de traición. ¿Cómo podría una madre vender a su hija?

—¿Por qué me eligió tu familia? —seguí indagando.

—¿Por qué respiramos? —fue su respuesta. Le dio un trago a su champán.

—¡Venga! ¿Puedes al menos decirme cómo se conocen nuestras familias y cómo se desarrolló todo este acuerdo? —le pedí.

Súbitamente, los hombros de Bane se volvieron rígidos, y su

semblante pasó de juguetón a tenso.

—Nuestras familias están conectadas —respondió.

—Recuerdo que dijiste que no compartimos la misma sangre. Entonces, si no somos familia, ¿qué somos?

—No somos familia —confirmó—. Suelo usar el término «familia» muy libremente.

Estiró el brazo para sacar la botella de champán del cubo de hielo y se sirvió otra copa. Cuando terminó, sostuvo la botella, ofreciéndome otra a mí. Alcé la mano en señal de rechazo. Volvió a colocar la botella en el hielo, cogió su copa y se la llevó a los labios, vaciándola.

—¿Me puedes explicar lo que significa esa palabra? —me sentía como una niña tirándole de la camiseta a un adulto.

—Nuestro linaje pertenece a un grupo muy antiguo de trece familias, cada familia con diferentes genealogías. Nuestras historias se remontan a siglos atrás, a una sociedad secreta que sólo unos pocos han tenido el privilegio de conocer.

—¿Y dónde está esta familia de la que hablas tan bien? —hasta donde yo sabía, ninguno de mis padres tenía parientes.

Bane apretó los labios.

—Tu madre nunca formó parte de la orden. Sin embargo, tu padre, Jon, sí era miembro.

—Espera... ¿Mi padre tiene parientes que siguen vivos?

Bane frunció los labios.

—Sí, y solía ser miembro —explicó.

—¿Solía? —negué con la cabeza, desconcertada.

—Jon poseía un espíritu rebelde. Se enamoró de una mujer mundana, ajena a nuestra especie... tu madre.

—¿Mundana? ¿A qué te refieres?

—Sara era una extraña, atea, y no la favorita de la familia.

—No lo entiendo —de repente, se me erizó la piel.

—Se negaron a darle a tu padre su bendición. Como resultado, tu padre desertó de la familia y se casó con tu madre, yendo en contra de las órdenes de la familia.

—¿A la familia de mi padre no le gustaba Sara?

—No. La familia tenía a otra persona en mente.

—¿Esta gente se cree Dios o qué? —sacudí la cabeza, horrorizada—.

¿De qué va eso?

—Preservar nuestro linaje es esencial para poder promover nuestros objetivos. Nuestro linaje nos hace más fuertes.

Esta conversación se estaba volviendo más inquietante con cada segundo que pasaba.

—Me parece que mi padre hizo bien al huir. Yo me hubiera marchado también.

—Ah, ¿sí? Y, ¿cómo planeas llevar a cabo tu escapatoria? —sonrió con malicia—. Me intrigas.

En silencio, observé cómo engullía su tercera copa.

—No tengo un plan de escape, pero tengo claro que no acataré las órdenes de un extraño cuando se trata de mi futuro —alcé la barbilla, desafiante—. Supongo que soy como mi padre en ese aspecto —dije.

Estiré el brazo y saqué la botella del cubo de hielo. Ignorando mi copa de champán, me llevé la botella directamente a la boca y le di varios tragos. Necesitaba un poco de coraje líquido.

Los ojos de Bane estaban tan afilados como un arma de doble filo.

—¿Te pido una botella? —no me estaba haciendo una ofrenda de paz, sino más bien lo contrario.

Sabía que le molestaba mi independencia.

—Gracias, pero ya tengo una —esbocé una sonrisa de suficiencia, sosteniendo la botella en el aire como si estuviera brindando, y lo miré a los ojos—. Entonces, ¿estás diciendo que mi padre y tu familia crearon este acuerdo?

—Así es, más o menos —su mandíbula tembló—. Acordaron nuestra unión. Socios, a falta de un término mejor.

—¿Socios para qué?

—¿No puedes leer entre líneas? —pude ver cómo su irritación iba aumentando—. ¿Debo deletrearlo para que lo entiendas?

—Mi padre era abogado. Estoy segura de que estaría familiarizado con un contrato. Así que te lo voy a preguntar una vez más... ¿qué significa el término «unión» exactamente?

—Significa que nos casaremos y tendremos hijos.

—¿Hijos? —me quedé sin aliento—. ¿Y mi padre estaba de acuerdo con esto?

—¿Por qué sigues torturándote a ti misma? —Bane suspiró con exasperación.

—Porque quiero saber la verdad —dije entre dientes.

—A veces es mejor dejarlo estar.

—¡No estoy de acuerdo! —alcé la voz, dejando al descubierto mi ira—. Es decir, sólo tengo parte del linaje de la familia, ¿por qué yo?

—No creo que estés lista para saberlo todo —su semblante se suavizó brevemente, pero, rápidamente, la máscara de hierro volvió a cubrir su rostro.

—Esté lista o no, tengo derecho a saberlo —lo miré, tratando de encontrar el significado que se escondía tras sus palabras—. ¿Puedes al menos decirme cuándo tendré que abrirme de pi...?

—La vulgaridad no te sienta bien, princesa —me interrumpió Bane.

—¿Qué vas a hacer, atarme al poste de la cama y acostarte conmigo como tu familia te ha instruido? —me levanté de la silla y me acerqué a él, lentamente y de manera seductora. El viento levantó el bajo de mi vestido, revelando un poco de piel desnuda, pero no me importó. Tenía un argumento que presentar.

Con los dedos, tiré de cada tirante del vestido, de uno en uno, deslizándolos por mi hombro y mi brazo, hasta que la tela formó un charco rojo en el suelo. Me deshice de la tela de satén con los pies y me abrí paso hacia su majestad.

Bane permaneció indiferente, más fresco que una lechuga, conforme proseguía a quitarme el sujetador y lo tiraba al suelo junto al resto de mi vestimenta. Llevaba puestos sólo el collar de diamantes y los pendientes que rozaban los suaves recovecos de mi cuerpo. Estaba lista, dispuesta y borracha. De repente, tuve que detenerme cuando el suelo comenzó a girar bajo mis tacones negros, por lo que agarré la mesa en busca de apoyo. Un segundo más tarde, caí en los brazos de Bane, y él atrapó mi cuerpo desnudo con su chaqueta.

—Princesa, aprecio la oferta, pero tal vez cuando seas tú misma —su voz rezumaba diversión cuando su mirada se encontró con la mía.

Aun así, los efectos del alcohol no consiguieron que mi corazón cambiara de parecer. Deseaba a Bane de la peor manera posible y anhelaba su roce, sus besos ardientes, pero, sobre todo, anhelaba su corazón.

—¡Te quiero! —susurré las dos palabras condenadas a través de la neblina que era mi embriaguez.

NOMEOLVIDES

Me desperté en mi habitación, parpadeando ante el empapelado de color rosa, y con Bola de nieve acurrucado al pie de la cama, ronroneando. Una de las lámparas seguía encendida, iluminando la habitación con un suave haz de luz. Mi boca estaba reseca como el papel de lija. Gemí, y me incorporé. Me sentía como si me hubieran dado una paliza.

Retiré las sábanas que me cubrían y coloqué los pies a un lado de la cama. Entonces, me di cuenta de que alguien me había cambiado de ropa. Asumí que lo que llevaba puesto era un pijama de hombre por el aspecto que tenía. La prenda negra me quedaba tan grande que parecía tragarme. Por otro lado, gracias al cordón que rodeaba mi cintura, los pantalones me abrazaban las caderas. Olfateé la tela y reconocí el aroma de Bane: una mezcla de especias y olor a madera que penetró mis sentidos.

Entonces, los acontecimientos de la noche anterior volvieron a mí. Puede que mi cerebro estuviera un tanto confuso, pero nunca olvidaría la noche más embarazosa de mi vida. La cena había terminado con un mi patético intento de ser seductora.

—¡No me puedo creer que le haya dicho que lo quiero!

Desnudarse era una cosa, pero pronunciar esas dos palabras tan profundas hacía que me odiara aún más. Me llevé las manos a la cara. Era oficial, me había convertido en la virgen más patética de la historia.

Me dirigí al baño en busca de un ibuprofeno. La energía que me había proporcionado el alcohol se había esfumado y, en su lugar, había aparecido un dolor de cabeza que me estaba matando. Rebusqué en el botiquín, pero no encontré nada. Miré en todos y cada uno de los rincones de la habitación, pero terminé con las manos vacías. Resoplé, preguntándome en qué otros sitios podría buscar.

Atisbé mi móvil, que reposaba sobre la mesa del vestíbulo, lo cogí y miré la hora. ¡Las tres de la mañana! Lo dejé sobre la cómoda. A lo mejor podría encontrar algo en la cocina.

A Bane no le gustaría que vagara por el castillo a las tantas de la madrugada, pero... que se jodiera. Esta menda necesitaba drogas. Me acerqué a la puerta y tiré del picaporte con fuerza. Fruncí el ceño. Tal y como esperaba, estaba cerrada con llave. Lo primero que se me pasó por la cabeza fue tirarla abajo, pero luego se me ocurrió algo mejor.

Recordé que Jen había usado una horquilla para abrir una puerta. Aunque, por más que lo intentara, no podía recordar por qué habíamos allanado la propiedad de la escuela. Otro agujero en mi cerebro. Pero, curiosamente, de lo que sí me acordaba era de su ingenioso truco. Rápidamente, pasé los dedos a través de mi cabello y encontré una horquilla. Retorcí el pequeño trozo de metal hasta que se convirtió en una tira larga, siguiendo lo que recordaba que había hecho Jen. Me agaché y metí el trozo de metal en el ojo de la cerradura. Lo moví y retorcí hasta que sentí que algo hizo clic. Rápidamente, me puse de pie y retiré la horquilla del agujero. Contuve la respiración mientras agarraba el picaporte y lo giraba. Para mi deleite, cedió. ¡Había funcionado! Di un salto de alegría y aplaudí para mí misma.

Entonces, me di cuenta de que el ruido hacía eco en estos pasillos vacíos. Tenía que llevar cuidado. Puede que hubiera algún guardia acechando. Pegué la oreja contra la puerta, pero no oí nada. Miré por debajo de la puerta por si pudiera ver alguna sombra pasando, pero no vi nada. Despacito, abrí la puerta lo suficiente como para echar un vistazo. No había señales de vida, y el pasillo parecía estar vacío.

Silenciosamente, salí al pasillo, descalza. Mi corazón palpitaba con fuerza en mi pecho. Cerré la puerta detrás de mí con cuidado de no hacer ningún ruido y caminé de puntillas hasta el ascensor, manteniéndome alerta y atenta ante cualquier invasor.

Entré en el ascensor y estiré el brazo para pulsar el botón del primer piso, pero me detuve. Me mordí el labio inferior, sintiéndome traviesa. Dos palabras me vinieron a la mente... segundo piso. Quería saber qué misterio se escondía allí, así que pulsé el segundo botón.

Cuando el ascensor se detuvo, después de producir un sonido agudo, las puertas se abrieron de par en par. Asomé la cabeza y eché un vistazo a ambos lados. ¡Bingo! No había ni un alma a la vista. Estuve a punto de chillar de alegría.

Me dirigí a la izquierda, caminando sigilosamente por el tenue pasillo. Escuché una repentina explosión de truenos y, enseguida, un relámpago iluminó las ventanas biseladas, haciendo que me sobresaltara y me tuviera que llevar la mano a la boca para sofocar un chillido. Me tomé un minuto para restablecer mi pulso y, después, seguí adelante.

Este piso no parecía ser diferente a los otros dos. No vi nada fuera de lo común o extraordinario. Intenté abrir la primera puerta que encontré, pero estaba cerrada. Recorrí todo el pasillo, tratando de abrir cada una de las puertas, pero estaban todas cerradas con llave. Bane lo tenía todo bien sellado.

—Todo esto para nada —murmuré por lo bajini.

Deseé haberme quedado en mi habitación y llamado al servicio de habitaciones. El dolor de cabeza se había intensificado, la aventura había resultado ser un fracaso y mi emoción había desaparecido. Sólo quería encontrar un ibuprofeno e irme a la cama.

Volví al ascensor, penando que probaría suerte en la cocina. Puede que encontrara algo allí. Y, si no, al menos podría coger algo para comer y beber. Mi estómago empezó a rugir como si no hubiera un mañana.

De pronto, las puertas del ascensor comenzaron a abrirse, y me quedé helada. ¿Quién estaría despierto a estas horas? Sin pensarlo dos veces, me escondí en un rincón oscuro con la espalda pegada contra la pared, y contuve la respiración.

Escuché los pasos mientras se acercaban. Cuando el intruso apareció por la esquina, sentí que mi rostro palidecía y parpadeé varias veces, atónita. ¡Se trataba del señor Van Dunn, el director! ¿Qué estaba haciendo él aquí? Observé en silencio conforme pasaba por mi lado nescientemente. El hedor de su cigarro inundó el pasillo, por lo que tuve que taparme la boca rápidamente para contener las náuseas.

Se detuvo frente a la última puerta al final del pasillo. Escuché cómo llamaba a la puerta con suavidad a lo lejos. Un momento después, la puerta se abrió y una corriente de luz iluminó el pasillo. Escuché una voz masculina que me resultó familiar. Luego, en una fracción de segundo, la puerta se cerró y Van desapareció. Escuché el sonido amortiguado de unas voces.

Me pegué más a la pared en la oscuridad y tomé una gran bocanada de aire. Si fuera inteligente, saldría de allí pitando y me olvidaría de lo que había ocurrido esta noche. ¿Elegiría ser A: inteligente o B: temeraria? Eché un vistazo rápido por el pasillo, mordiéndome el labio inferior. Claramente, elegí la segunda opción.

Me acerqué hasta la puerta que desprendía un haz de luz por la parte de abajo. Tenía la sensación de que la visita de Van indicaba que algo no iba bien. Me pareció algo sospechoso que el director estuviera visitando a un estudiante a estas horas.

Entonces, como cualquier fisgón espabilado, me incliné hacia la puerta y pegué la oreja contra la madera de caoba. No me lo podía creer. Podía escucharlo todo.

—¡Espero que tengas una buena razón para haberme sacado de la cama a estas horas! Está cayendo la de Dios ahí afuera —se quejó la voz de un hombre mayor conforme se sentaba sobre algo acolchado. Supuse que este sería Van.

Escuché el sonido de otra silla y unas ruedas rodando por el suelo. Puede que alguien se hubiera sentado en una silla de oficina, posiblemente detrás de un escritorio. De repente, una voz grave, joven y aterciopelada atravesó la puerta. ¡Bane!

—Perdón por tenerte en vela, tío, pero esto no podía esperar. Y no quería que alguien te viera.

—Ya, otro de los muchos secretos que debemos guardar —reconocí la voz de Van. Recordaba el sarcasmo de su voz a la perfección.

—¿Nos ponemos manos a la obra, o vamos a pasarnos toda la noche discutiendo sobre la semántica? —la voz de Bane era energética.

Me recorrió un escalofrío por la columna vertebral.

—No estamos discutiendo —resopló el hombre mayor. Sonaba como si fuera un fumador empedernido—. Necesito hablar contigo sobre uno de mis hombres, Zak. No tenías por qué matarlo. Me ha sido leal durante años.

—¿Leal, dices? —Bane sonaba mosqueado—. Ese bastardo casi mata a la chica. Yo simplemente le di su merecido.

—Eh, relájate. Zak sólo se estaba divirtiendo un poco con la híbrida.

—¡¿Que me relaje?! —espetó Bane—. Si ese maldito crypt hubiera logrado lo que quería, ¿qué sería de tus planes ahora?

—Es posible que confiara demasiado en él —escuché cómo Van le daba una calada a su cigarro y soltaba el humo—. A lo hecho, pecho. La híbrida está bien y preparada para lo que le toca.

—¡No está bien! Para limpiar tu mierda, tuve que espolvorear a la señorita Ray y a su amiga, Jen Li. ¿Tú sabes los efectos a largo plazo que tiene el polvo de ángel? —bramó Bane.

—¿Y qué si borraste todos sus recuerdos? Pronto estará muerta ¡y tendremos sus poderes! —Van se rio con malicia—. Problema resuelto.

La actitud desenfadada del hombre mayor me puso los pelos de punta.

—Si tú te hubieras encargado de limpiar la escena del crimen, yo podría haberme ahorrado lo del polvo de ángel y hubiera convencido a la chica de que había sido todo una pesadilla.

—Te preocupas demasiado, sobrino —Van respiró profundamente—. Cuéntame la verdadera razón por la que me has llamado aquí.

Escuché el sonido de las botas deslizándose sobre una superficie dura y, luego, cayeron con un fuerte golpe seco. Bane debería de haber tenido sus pies apoyados sobre el escritorio y los acababa de plantar en el suelo.

—Iré directamente al grano —exhaló Bane—. No deseo extraerle los poderes a la chica. Va en contra de la familia.

—¡Que se vayan a la mierda ellos y su orden! —se mofó Van—. ¿Prefieres estar unido a esta chica por el resto de tu vida inmortal?

El tono de voz de Bane cambió súbitamente, y empleó la misma dureza que había utilizado cuando atacó a Francis.

—No debes preocuparte por mis sentimientos cuando tenemos otras preocupaciones mayores —Bane hizo una pausa—. Creo que es para beneficio de la familia que nos atengamos al plan original. Sólo tenemos una oportunidad.

—¡No puedes echarte atrás ahora! Ya hemos cometido una traición —la voz de Van explotó de rabia.

Sonó como si golpearan el escritorio con un puño y escuché una silla chocando contra la pared.

—Querido tío, yo no soy el traidor —dijo Bane entre dientes—, simplemente he acatado órdenes.

—Eres un cobarde —replicó Van, igual de fiero.

Bane se rio con malicia.

—¿Quién está insultando a quién ahora, Edward Van Dunn? Eres tú el que quiere quitarle la vida a la chica como si fuera un chivo expiatorio.

—¿No es eso lo que es? —señaló Van bruscamente—. ¿El chivo que ha creado nuestra hermandad? ¿No es ella la elegida?

Reinó el silencio durante un momento, hasta que Bane fue el primero en romperlo.

—Sí, es la creación de la familia —afirmó.

—DuPont, si nos echamos atrás ahora, nos puedes dar por muertos. Quiero... —Van sonaba desesperado—. Necesito sus poderes.

—No entiendo por qué estás tan empeñado en quitarle la vida a la chica —replicó Bane.

—Su muerte no será más que otra muesca en tu cinturón. Por amor de Dios, ¿es que no ves el panorama al completo?

—¿Crees que va a ser así de simple? —insistió Bane.

—No, claro que no, pero al final habremos conquistado nuestro tesoro más valioso. ¡Podemos conseguirlo!

—Lo que tú sientes es un empalme, tío.

—Tú no te preocupes por eso. Me lo debes, DuPont.

—Tío, sé que estás ansioso, pero hay otras cosas en juego.

—¡Madre mía, hombre! ¿Qué es más importante que tener la rueda del poder a nuestros pies? —puntualizó Van con mal gusto.

—Esto es difícil para mí, ¿vale? Siento cómo los poderes de la chica aumentan cada vez que la toco, y mi deseo de aparearme con ella sigue creciendo. No me la quito de la cabeza. No puedo dejar de pensar en ella. ¡Y, joder, nuestros corazones laten como si fueran uno! —Bane exhaló bruscamente—. No sé cuánto más podré resistirme —detecté disgusto en la voz de Bane—. No puedo quitarle la vida. Haz lo que quieras conmigo, pero no haré tu trabajo sucio —sentenció.

—¡Es nuestro billete hacia la libertad! —gritó Van.

—No quiero formar parte de tu plan diabólico, y nunca me habría apuntado si no me estuvieras chantajeando —Bane hizo una pausa—. Si en algún momento desarrolla sus habilidades al completo, podría aniquilar toda esta galaxia. Joder, sabes tan bien como yo que lo que sucedió en el baño de chicas no fue un escape de gas. Stevie lo hizo ella sola. Te digo yo que es una híbrida muy poderosa —y, por último, dijo entre dientes—: Sería prudente que no la provocaras.

Escuché a Van carcajearse.

—Estás enamorado de ese pequeño ángel de ensueño.

—No seas absurdo; la única persona a la que he querido es a mí mismo —negó Bane.

—Entonces, ¿por qué te importa lo que le pase? —preguntó Van con desprecio.

—Es biológico. Esa chica es mi pareja de por vida. Y, conforme se desarrollan sus poderes, también aumentan sus feromonas. Me resulta casi imposible abstenerme de mis impulsos naturales.

—¡Por amor de Dios, Du Pont, no lo arruines! Si vamos a extraer sus poderes, tiene que ser virgen.

—¿No crees que ya lo sé, vil pervertido? —espetó Bane con dureza, enfadado.

Escuché cómo alguien soltaba el humo que llenó la habitación. Debía de ser Van fumando.

—¿Le has entregado al recipiente su cuota?

—Sí, Sara ha recibido el pago —espetó Bane.

—¿Le has desvelado a la híbrida quién mató a su padre?

Reinó el silencio entre los dos hombres. Entonces, escuché que Bane exhalaba.

—No se lo he contado todavía —respondió.

—¡Maldita sea, Du Pont! Tenemos que hacer esto en Halloween. Ponte a ello, ¡y rápido!

Divisé una sombra moviéndose hacia adelante y hacia atrás bajo la puerta. Bane debía de estar caminando de un lado para otro.

—Entonces ya sabes lo que debes hacer a continuación —lo persuadió Van.

—Sí. Soy plenamente consciente de lo que debo hacer a continuación. Actúas como si fueras mi maestro. ¿Has olvidado que soy mayor que tú? —escupió Bane.

—Puede que eso sea cierto. Aun así, tienes que empezar a tomarte más en serio tu posición. Haz tu trabajo. Deshazte de la madre. Ya no nos sirve para nada. Por más que lo intente, no consigo entender qué es lo que vio Jon Collins en esa puta.

—No siempre podemos elegir de quién nos enamoramos —espetó Bane.

—¡Por amor de Dios, sobrino mío! Te has vuelto un blandengue por esa putilla.

—No te preocupes por mis sentimientos o por a quién le pertenece mi corazón abstinente —Bane sonaba como si quisiera estrangular a Van.

—Oh, yo no me preocupo, Du Pont. Tengo fe en que no me defraudarás. Mientras sigas adelante con nuestro acuerdo, me guardaré tu sucio secreto para mí y mantendré la prueba en una caja fuerte cerrada con llave —Van suspiró, cansado—. Pero, si me traicionas, informaré de mis hallazgos al consejo. No tolerarán tu insubordinación, independientemente de cuales fueran tus razones —la voz de Van rezumaba pura malicia.

Me quedé sin aliento. Como si me hubieran golpeado con un ladrillo en la cabeza, experimenté una sensación de *déjà vu*, y me quedé helada durante varios minutos, con los pies pegados al suelo. Permanecí allí, reviviendo cada uno de los terribles eventos que habían ocurrido desde que Bane había llegado a mi vida.

Recordé hasta el último detalle de todo que me había sucedido, y los recuerdos se abrieron paso hasta la parte delantera de mi cráneo. Bane conociendo al asesino de mi padre, el hombre de negro que me atacó, la sala de almacenamiento, mi lesión, el encubrimiento. Incluso recordé la noche en que los hombres de negro vinieron a visitar a Sara en medio de la noche cuando era sólo una niña. Lo veía tan claro como si fuera ayer. Había sucedido poco después de la muerte de mi padre. Los hombres de negro habían estado advirtiendo a Sara. Recordaba haber tratado de escuchar sus palabras amortiguadas. Fueran cuales fuesen sus motivos, habían conseguido que Sara cayera en picado, y habíamos estado huyendo desde entonces.

¡La señora Noel tenía razón! Qué ciega había estado. Todo tenía sentido ahora. La imagen de chico malo de Bane era una farsa y su interés en mí también era una mentira. Todo había sido una mentira para atraerme hacia su trampa traicionera. Bane, el director Van y mi propia madre estaban tramando mi muerte. ¿Cómo es que no lo había visto antes? ¡Mierda! Habían utilizado a mi propia madre para llegar hasta mí, y ella había caído en su trampa por su codicia egoísta. Todo esto resultaba inquietante en muchos aspectos. No me cabía en la cabeza.

¡Oh, Dios mío! Jen también estaba en peligro. No sólo me habían drogado a mí, sino que Jen se había visto atrapada en el fuego cruzado al ayudarme.

El sonido de los pasos y los pies arrastrándose por el suelo me devolvió a la realidad. Si me pillaban, estaría muerta, así que eché a correr en busca de un escondite. Me fijé en una puerta que conducía a las escaleras y corrí hasta llegar al tercer piso. ¡Tenía que salir de aquí! Necesitaba coger un par de cosas de mi habitación y sacar a Bola de nieve.

«Tengo que encontrar las llaves de mi coche de dondequiera que las haya escondido Bane», pensé.

Tenía que advertir a Jen y encontrar a Sara. Luego, dejaría atrás este pueblo del diablo y me piraría.

PASAJES SECRETOS Y ALIADOS INESPERADOS

Cuando torcí en la esquina, mi corazón dio un salto mortal, se estampó contra mis costillas y me quedé helada. Recordaba haber cerrado la puerta de mi habitación. Entonces, ¿por qué estaba abierta de par en par?

«Puede que no la hubiera cerrado del todo», pensé.

Pero no importaba que intentara convencerme a mí misma de lo contrario porque yo sabía con certeza que había alguien en mi habitación, esperando mi regreso. Me mordí el labio, indecisa. ¿Qué pasaría si daba media vuelta hacia la escalera y huía de allí a pie? Estaría dejando atrás a Bola de nieve.

Respiré profundamente para tratar de calmarme. Simplemente mentiría sobre mi paradero. No era como si nunca hubiera soltado una mentirijilla. No era mi mejor habilidad, pero resultaba útil de vez en cuando. Caminé hacia la puerta, prestando atención a cualquier indicio que me hiciera saber quién estaba esperando en mi habitación. Eché un vistazo al interior de la habitación y me quedé mirando, incrédula, a la última persona con la que pensaba encontrarme, tirado en mi sofá... ¡Jeffery! Entré, de brazos cruzados, y le lancé una mirada asesina a mi sospechoso visitante.

—Vaya, la niña pródiga ha decidido regresar —el sarcasmo en la voz de Jeffery sólo consiguió que me enfadara aún más.

—Jeffery, ¿qué estás haciendo en mi habitación a estas horas?

—Oh, pensé que, como te habías emborrachado un poco en la terraza, quizás tendrías un poco de hambre. Acabo de llegar al castillo. Tengo una vida social ocupada, pero tú no lo sabrías porque nunca me has preguntado —me miró a través de sus pestañas—. Hubiera llegado antes, pero algo me dice que tu cara bonita no habría estado aquí para recibirme —sonrió y alzó los hombros con un dramático suspiro, tratando de parecer inocente—. Entonces, ¿qué has estado haciendo?

Entrecerré los ojos, preparada para lo que sea que me fuera a arrojar, y me acerqué a la silla que había junto a la ventana.

—No es que tenga que darte explicaciones, pero me dolía la cabeza, así que fui a buscar un ibuprofeno —me dejé caer en la silla acolchada.

Jeffery me arrojó una pequeña caja.

—Pensé que los necesitarías. Supongo que tenía razón —esbozó una amplia sonrisa.

Atrapé la caja en el aire y le eché un vistazo a la etiqueta: «ibuprofeno».

—Gracias —respondí en un tono uniforme.

Era un buen gesto, pero no podía evitar preguntarme qué trucos se guardaría Jeffery bajo la manga.

—Vi el coche de una persona en particular cuando llegué al castillo, así que estaba preocupado por ti. Ese tío suyo es tan malo como un demonio de Tasmania —Jeffery hizo una pausa, estudiándome—. Pareces estar un poco alterada, cari —se llevó un dedo a la barbilla, juzgándome con la mirada—. ¿Estás bien?

Apoyé los codos sobre mis rodillas y reposé la cara en las palmas de mis manos. La nueva información era un gran peso sobre mis hombros. Si se lo contaba a Jeffery, haría una de dos cosas, A: chivarse a Bane, o B: ayudarme a escapar.

—Sé que te va a parecer que me he vuelto loca, y tal vez así sea, pero creo que Van y Aidan están planeando matarme —me lamí los labios—. ¡Necesito salir de aquí! ¿Me puedes ayudar a encontrar las llaves de mi coche? —le supliqué a Jeffery con la mirada.

—Chica, me estás poniendo en una posición complicada, lo cual la mayoría de las veces es algo bueno, pero esta vez, no.

Las lágrimas comenzaron a acumularse en mis ojos mientras miraba a Jeffery en un silencio absoluto. Hizo una pausa, contemplando mi terrible rostro. Luego, frunció los labios y negó con la cabeza.

—No importa, cari —Jeffery puso los ojos en blanco—. Iré a por tus llaves. El señor Aidan las guarda en el cajón de los trastos de la cocina —se puso en pie—. Recoge tus cosas. Y no te olvides de ese puto gato. No me pagan lo suficiente como para cuidar de ningún gato apestoso.

Poco más tarde, ya lo había metido todo en mi mochila, me había cambiado de ropa rápidamente y tenía a Bola de nieve metido en su maleta especial para gatitos.

Con la guardia en alto y las manos llenas, nos pusimos en marcha.

—Conozco un camino por la parte de atrás que nadie coge. Es la entrada de los sirvientes. Al señor Aidan no le importa qué dirección tomemos Dom y yo para llegar al castillo, pero cada vez que su tío o ese puto primo suyos vienen por aquí me escondo en estos viejos pasajes secretos. Vamos, tenemos que darnos prisa. Dale cuerda a esas piernas —soltó Jeffery, y tiró de mi mano, provocando que estuviera a punto de darme de bruces.

—¡Ya voy, ya voy! Joder —masculló por lo bajini.

Ese era el don de Jeffery. Tenía la arrogancia de una abeja reina y, como la tierra del néctar y la miel dorada, era pegajoso y dulce, pero a la misma vez, te picaría hasta matarte. Había que cogerle el gustillo, la verdad.

Atravesamos una puerta que conducía a un salón de caballeros, o algo parecido a una sala de estar. Las paredes estaban cubiertas con paneles de madera de caoba oscura, y había sillones de color carmesí colocados alrededor de una mesa de juego. La sala era claramente una cueva para hombres y apestaba a cigarros y a sudor.

Jeffery corrió hacia la gran estantería que cubría toda una pared, tiró de uno de los libros del estante, y una puerta oculta se abrió. Me quedé boquiabierta, sin poder creérmelo. Pensaba que cosas así sólo existían en los libros y en las películas.

En un dos por tres, Jeffery me arrastró hacia la pequeña abertura.

—¡Presta atención, chica! Nos estamos jugando el pellejo los dos —instó Jeffery mientras cerraba la estantería detrás de nosotros.

—Es una broma, ¿no? —abrí los ojos como platos, aterrorizada.

—Yo nunca bromeo sobre mi preciosa vida —hizo una mueca—. Venga, vamos —tiró de mi brazo y me llevó por un pasaje oscuro y estrecho.

Me cubrí la boca, tosiendo a causa de la nube de polvo que volaba hacia mi cara.

—¿Cómo puedes ver algo? No hay luz y... —tosí—, hay tanto polvo.

—¡Deja de quejarte!

—No me quejo —repliqué.

—Calla —tiró de mi brazo con más fuerza, haciendo que acelerara el paso—. Por aquí abajo se oye todo.

—Perdón —susurré, y me atraganté con un montón de polvo.

Tras pasar por varias esquinas y escaleras de caracol, sentía como si estuviera en una montaña rusa. Mi estómago estaba revuelto, y tenía náuseas por haber ingerido todo ese polvo. Entonces, nos detuvimos.

Jeffery golpeó tres veces en el centro de una pared, abriendo otra entrada secreta. La atravesamos y recorrimos otro pasillo, uno menos polvoriento y más luminoso que el anterior.

Cuando mis ojos se ajustaron a la luz, me di cuenta de que estábamos en la cocina. Aprisa, Jeffery se abalanzó sobre un cajón y sacó mis llaves. Luego, tiró de mi muñeca y me arrastró hasta el garaje. Atravesamos unas puertas dobles y caminamos por otro pasillo. Mis pulmones pedían aire a gritos, pero no había tiempo que perder por algo tan tonto como respirar. Podría hacer todo eso una vez hubiera conseguido escaparme.

Cuando llegamos al ascensor, Jeffery pulsó el botón G y, segundos más tarde, estábamos en el garaje. Jeffery siguió caminando sin perder el ritmo hasta que llegamos a mi escarabajo, y, entonces, se paró en seco.

—Cari, toma esto —Jeffery colocó un puñado de dinero entre mis manos—. Lo vas a necesitar. No le digas a nadie a dónde vas. Sal pitando de aquí. El tío del señor Aidan es un puto loco. Te digo yo que cuando los blancos se portan mal, no quieres cruzarte en su camino. Así que tú echa a correr, cari, corre como alma que lleva el diablo y no pares hasta que estés en China —Jeffery tiró de mí, me rodeó con sus brazos y me abrazó—. Venga, vete de aquí antes de que cualquiera de esos malditos te vea.

—Gracias, Jeffery —se me empañaron los ojos—. No sé qué decir.

—No digas nada. Vete ya —Jeffery me abrió la puerta del coche y me entregó las llaves—. Sigue las flechas, y te sacarán de aquí. No necesitas una contraseña para salir —sonrió, pero atisbé la preocupación en sus ojos.

Pasó un momento en el que Jeffery y yo nos despedimos una vez más en silencio y, luego, me metí en el escarabajo y encendí el motor. El escarabajo hizo tanto ruido como siempre. Sin tiempo que perder, quité el freno de mano y metí la primera marcha. En un instante, me había largado. Saboreé la amarga libertad en mis labios resecos.

Miré por el espejo retrovisor y vi que Jeffery seguía allí, observando cómo huía. Lo había juzgado mal. Había sido mi amigo durante todo este tiempo. Eso me conmovió. Le estaría agradecida por su amabilidad de por vida. Abrí la mano para echarle un vistazo al fajo de dinero que Jeffery me había dado y me quedé sin aliento, estupefacta. Parecían ser todos billetes de mil dólares. ¡Mierda! Ni siquiera sabía que fabricaran billetes tan grandes.

Jeffery me había aconsejado que me marchara del pueblo, pero sabía que Bane y su tío contaban con todos los recursos necesarios para poder encontrarme en cualquier lugar. ¿A dónde podría ir? ¿Quién podría ayudarme a encontrar una solución? La policía sería un caso perdido, puesto que Bane parecía ser el rey del pueblo. Es más, había aprendido la lección desde la última vez.

Entonces, caí en algo: ¡la señora Noel!

INTOCABLE

Resultó que había decidido escaparme del castillo justo la noche con la peor tormenta del año. Si pensaba que la granizada no podía empeorar, pronto descubriría que me había equivocado.

Los truenos rugieron, rompiendo las barreras del sonido, mientras los relámpagos iluminaban el cielo amenazante, acorralándome por todos los lados. El viento aullaba mientras los cegadores cántaros de lluvia golpeaban mi escarabajo.

Conduje a través del campo mientras mi coche se balanceaba como la cuna de un bebé. Los faros apenas me ayudaban a ver el camino oscuro que se extendía por delante, pero eso no impidió que acelerara, aunque temía que mi coche pudiera ser arrastrado por la inundación. Todo empeoró cuando un imponente pino se rompió en dos. No me quedó otra que rezar para llegar a casa de la señora Noel de una pieza. Eché un vistazo por el espejo retrovisor y no vi señales de los faros de otro coche. Al menos tenía esa ventaja.

Mi instinto me decía que en cuanto Bane y su tío descubrieran que me había largado, vendrían a buscarme. Mi mejor amigo en este momento era mi ímpetu. Era una carrera a contra reloj. Mi corazón iba a mil por hora conforme pisaba el pedal del acelerador.

Finalmente, comencé a divisar manchas de luz en el horizonte. Casi había llegado a la casa de la señora Noel. Giré hacia la calle principal, pasé por el restaurante y llegué a la calle Santa Ana. Ahora, la casa de la señora Noel estaba a la vista. De repente, mis pulmones se expandieron y pude respirar. La luz del porche estaba encendida, como si me hubiera estado esperando. Rápidamente, detuve el coche junto a la acera y tiré del freno de mano. Sabía que debería esconder el escarabajo, pero eso tendría que esperar. Quería meterme dentro y escapar de este aguacero torrencial antes de que Bola de nieve y yo nos ahogáramos. En ese mismo instante, escuché el estruendo de un rayo. El cielo se iluminó, electrificado y enfurecido. Me sobresalté, y Bola de nieve siseó. Ambos sentíamos el peligro en la atmósfera.

Abracé a Bola de nieve, que estaba temblando de miedo, y lo metí bajo mi sudadera. Abrí la puerta del coche y eché a correr hacia el porche de la señora Noel mientras que los truenos me pisaban los talones. El pobre Bola de nieve clavó sus garras en mi pecho, maullando, agarrándose como si su vida dependiera de ello.

En cuanto mis pies rozaron el porche, atisbé a la señora Noel, vestida con una bata de andar por casa, sosteniendo la puerta abierta.

—Niña, ¡date prisa! Esta tormenta es peor que el diablo —gritó.

—Siento haber venido a estas horas —me estremecí, de pie en una enorme piscina de agua. Bola de nieve, igual de empapado, yacía temblando entre mis brazos—. No sabía a quién más recurrir.

—No te preocupes, bonita. Deja que coja a Bola de nieve. Le daré un poco de leche. Mientras tanto, puedes descansar en el sofá —la sonrisa de la señora Noel me sentó mejor que cualquier tazón de sopa de pollo.

La señora Noel se metió en la cocina con Bola de nieve, y yo me dirigí a una de las mecedoras que había junto a la chimenea. Cuando mi mente comenzó a relajarse, empecé a temblar. Me estaba empezando a dar cuenta del escándalo y, conforme la lluvia me calaba hasta los huesos, reflexioné sobre todo lo demás que había pasado desde el momento en que había pisado este pueblo. No podía dejar de temblar, y mis dientes castañeaban, así que me incliné hacia delante, con los brazos estirados, dejando que el calor del fuego penetrara mis huesos cansados.

La señora Noel regresó con una taza de té caliente y una manta seca. Siempre sabía cuál era el remedio perfecto. Le sonreí.

—Toma, bonita, cúbrete con esto y bebe un poco de té. Te calmará los nervios —me dio unas palmaditas en el hombro y se sentó en el sofá —. Sabía que vendrías esta noche —sonrió cálidamente—. El diablo está ahí fuera esta noche y ha venido a jugar.

Me encogí de hombros con una risa amarga.

—¿El diablo tiene ojos azules por casualidad?

—Cielo, el diablo tiene muchas caras —la señora Noel parecía estar reflexionando sobre algo—. Recuerda que a Dios no le gusta lo malo. Ajá, eso seguro que no.

—¡Vienen a por mí, Florence! —exclamé.

—Niña, ¿quién viene a por ti? —me preguntó la señora Noel, claramente preocupada.

Un escalofrío me recorrió la columna vertebral conforme la conversación inundaba mi cerebro una vez más.

—Escuché a Bane hablar con el director Van —tragué saliva—. ¡El director Van es su tío! —respiré profundamente—. ¿Recuerdas la sesión espiritista? —me arropé los hombros con la manta.

—Claro que me acuerdo.

—Creo que Bane es el chico sin rostro de mis sueños, y que él y su tío vienen a por mí. Creo que ellos son las personas de las que mi padre me estaba advirtiendo. Creen que tengo poderes de algún tipo. ¡Menuda locura! —mi voz se tornó una octava más alta—. ¡Planean matarme! —me daba vueltas la cabeza—. Todavía no llego a entenderlo todo —la miré con los ojos abiertos como platos—. Tenías razón sobre Sara. El... el acosador, él es la razón por la que Sara ha estado huyendo todos estos años —me quedé sin aliento, entrando en pánico—. Bane conoce al acosador. Su... su nombre es Zak, el hombre de negro con las gafas de sol —tomé una gran bocanada de aire—. Bueno, era. Bane lo mató después de que me atacara —volví a respirar profundamente—. Y no me resbalé con aceite para bebés, sino que Zak me atacó. Bane y Sara lo han estado encubriendo. Bane me dio algún tipo de droga para que lo olvidara todo.

—Ay, Señor, ¡ten piedad! —los ojos de la señora Noel reflejaban su conmoción.

—Eso no es todo —hice una pausa—. ¡Sara me vendió a la familia de

Bane! Creo que ella también está metida en todo este plan —me pasé las manos a través del cabello húmedo.

—¡Jesucristo! Sabía que esa mujer tenía el corazón negro.

Tragué el nudo que se había formado en mi garganta.

—Y aún no te he contado lo peor... Bane ha estado protegiendo al asesino de mi padre.

Que Bane hubiera hecho tal cosa me dolía más que la amenaza de muerte. Podría quitarme la vida, torturarme hasta que no pueda gritar más... pero ayudar a un fugitivo, al asesino de mi padre, era una traición tan incomprensible que nunca se lo perdonaría. ¡Nunca!

—Por amor de Dios, niña, ¿estás segura de que eso es lo que has escuchado?

—Sí, estoy segura. Lo escuché con mis propios oídos.

—Tú no te preocupes. Tenemos ayuda —esbozó una sonrisa prometedora—. Los visitantes vienen a ayudarnos.

Fruncí el ceño.

—¿Quién vendría a estas horas y con esta tormenta? —me acurruqué con la manta mientras los escalofríos me recorrían el cuerpo.

—Tú échate una cabezadita en el sofá. Vas a necesitar todas tus fuerzas. Esta noche hay magia en el aire, y está muy mosqueada —me dio unas palmaditas en la rodilla.

El temor se apoderó de mí, pero asentí con la cabeza. Había sido una noche agotadora. Comenzaron a pesarme los ojos, y me volvió a doler la cabeza, pero me incorporé, me acerqué a la señora Noel y le di un abrazo de oso.

—¡Gracias! Eres la única persona en el mundo en la que puedo confiar.

La señora Noel sonrió y sus ojos resplandecieron ante las brasas de la chimenea.

—Bonita —me dio unas palmaditas en el brazo—, pues claro que te protegeré.

Cuando me desperté, abrí los ojos y me fijé en las dos siluetas que se cernían sobre mí. Al instante, me quedé sin aliento y me incorporé, agitando los brazos en el aire, luchando contra las caras borrosas con túnicas negras. El sueño había vuelto en el peor momento.

—¡Stevie, Stevie! Soy yo, Jen. Estás a salvo —me sacudió por los hombros con suavidad.

Me detuve cuando la voz de Jen hizo que volviera en mí. Aun así, mi respiración estaba tan errática como el latido de mi corazón.

—¡Perdón! —me disculpé.

Mis ojos aún estaban medio cerrados y mi cerebro estaba confuso, así que me froté los ojos para tratar de deshacerme de la somnolencia y la neblina que parecía cubrir mi mente. Cuando alcé la mirada, vislumbré una figura alta y delgada de pie junto a Jen.

—¡Sam! —abrí los ojos como platos, sorprendida.

—Hola, guapetona —me saludó, y esbozó una amplia sonrisa.

—¿Qué estáis haciendo aquí? —pregunté.

Jen y Sam me miraron con desdén. Me sorprendí al caer en la cuenta de que ellos dos eran los visitantes.

—Jen, ¡tengo que advertirte de algo! —comencé a despotricar—. ¡Bane te drogó! Hizo lo mismo conmigo, con algo llamado polvo de ángel —sentí terror al recordarlo—. ¡Y el director Van es el tío de Bane!

Lentamente, Jen se sentó en el sofá a mi lado y apoyó su mano sobre mi hombro.

—Sí, ya sé lo del director Van —le echó un vistazo a Sam—. Y lo de la droga, polvo de ángel. No tiene un efecto tan fuerte en mí. Recuperé mis recuerdos después de un par de días —hizo una pausa—. Esto te puede resultar difícil de creer, pero... Sam y yo venimos de otra dimensión. Nos enviaron aquí para cuidar de ti —sonrió tímidamente—. Quería contártelo, pero nuestra fuente nos prohibió revelar nuestra verdadera identidad.

—¿Qué estás diciendo? —fruncí el ceño.

No reconocía a esta persona que se parecía a mi amiga.

—Somos tus guardianes —intervino Sam—. Guardianes de la luz.

—¿Qué? —pasé la mirada de Jen a Sam.

—Bonita, escucha lo que dicen —intervino la señora Noel.

—Vale —asentí con la cabeza—. Explicaos, por favor.

—Estamos aquí para protegerte —confesó Jen con delicadeza.

—¿Cómo podéis protegerme?

Jen sostuvo mi mirada.

—Sé que es difícil de creer...

—¿Tú crees? —la interrumpí.

—Esto te va a sonar absurdo, pero no eres humana —atisbé una chispa de preocupación en los ojos de Jen.

Me quedé boquiabierta, mirándola con los ojos abiertos como platos.

—¿Qué?

—Permíteme que me explique —la mirada de Jen se suavizó.

—Sí, por favor, antes de que me dé un ataque al corazón.

Unos hombres chiflados querían acabar conmigo, y ahora mis amigos estaban contándome cuentos sobre la tierra de Oz. ¡Por Dios! Claramente ya no estaba en Texas.

De repente, cayó un rayo y el sonido retumbó por toda la casa, como si fuera una explosión. Sin previo aviso, nos sumimos en la oscuridad. Me sobresalté y me llevé las manos al pecho. Cuando me volví a sentar, mi pulso seguía a mil. Si no fuera por el fuego en la chimenea, estaríamos inmersos en la oscuridad.

—Bonita, ¿estás bien? —me preguntó la señora Noel.

—Tan bien como es de esperar —asentí con la cabeza. Forcé una sonrisa, pero sólo era una máscara.

—Déjame que te consiga una bebida un poco más fuerte. Lo guardo para las emergencias —la señora Noel se fue pitando a la cocina.

—Teniendo en cuenta todo lo que ha ocurrido recientemente, necesitas saber la verdad —dijo Jen.

—Vale, te escucho —mis ojos se encontraron con los suyos.

—Ni Sam ni yo conocemos todos los detalles sobre cómo te crearon, pero lo que sí sabemos es que posees habilidades especiales.

—¿Habilidades? —me sentía como si estuviera en un túnel y sus voces hicieran eco a mi alrededor—. ¿Como cuando hice que explotara el baño de chicas en el instituto?

—¿Esa fuiste tú? —el rostro de Jen se iluminó.

—¡Claro que fuiste tú, chica! —intervino Sam—. Posees una energía muy fuerte.

Alcé la palma de la mano en el aire.

—Bane y su tío están planeando matarme. Quieren extraer los... —hice un gesto con los dedos como si estuviera citando algo—, poderes de mi cuerpo —me puse en pie, quitándome la manta—. Todo esto es demasiado raro.

La señora Noel regresó de la cocina con un vaso pequeño lleno de una sustancia transparente semejante al agua.

—Toma, cielo —me entregó el vaso—. Esto es lo que aquí en Luisiana llamamos aguardiente.

—Joder, tío —los ojos de Sam se iluminaron—. Eso es cosa buena —esbozó una sonrisa codiciosa y se lamió los labios.

La señora Noel le lanzó una mirada de advertencia a Sam.

—No te hagas ilusiones, joven, con esto no se juega —negó con la cabeza en dirección al chico con cara de cachorrito. Entonces, se volvió hacia mí—. Bébetelo despacio, cielo. Hará que te relajes.

—Gracias, Florence —eché la cabeza hacia atrás, me llevé el vaso a los labios y comencé a beberme el líquido transparente. De repente, empecé a jadear—. ¿Qué es esto? —me atraganté. Me ardía la garganta.

—¡Es el aguardiente! —Sam parecía estar salivando.

—No te ofendas, pero sabe fatal —solté.

—Esa sustancia te quemará el estómago hasta hacerte agujeros —Sam me guiñó el ojo con una sonrisa traviesa.

—Gracias por la advertencia —tosí.

Sam se acercó y se puso de rodillas en el suelo junto a mí.

—Sabemos que la magia fluye por tus venas con fiereza —continuó Sam—. Ojitos azules y su tío creen que, si te quitan tus poderes, podrán obtener la supremacía sobre el mundo.

—No lo entiendo —fruncí el ceño, confundida.

—Se llaman a sí mismos los Illuminati —intervino Jen—. Han existido durante siglos, desde los Caballeros Templarios, aunque los que existen hoy en día, a diferencia de sus antiguos hermanos, no forman parte de la luz.

—¡Espera! Bane dijo que mi padre era miembro, pero desertó. Y Van se refirió a un hombre con el apellido de Collins, pero el apellido de mi padre es Ray.

—No sabemos nada de tu padre —Jen se encogió de hombros—. Lamento no poder serte de utilidad.

—Puede que nunca llegue a saber la verdad —dije.

—Lo que sí sé es que los Illuminati son criaturas traicioneras —prosiguió Jen—, que conspiran para gobernar el mundo. Son la élite y se esconden detrás de una frenética campaña por el dominio mundial y un nuevo orden económico internacional. Y, con el máximo poder supremo a su disposición, tendrían la sartén por el mango. Se han infiltrado en el gobierno, el sistema bancario... son funcionarios en la Casa Blanca, capos de la droga y miembros del crimen organizado de aquí hasta la tierra de no retorno. Son fanáticos que adoran a Satanás y sólo causan destrucción, hambruna y guerras mundiales.

—En pocas palabras —siguió Sam por donde Jen lo había dejado—, la hermandad secreta enfrenta a los humanos unos contra otros como si fuera una partida de ajedrez. Ellos son los que cortan el bacalao, los que deciden quién vive y quién muere. Básicamente, un grupo de sociópatas con armas poderosas.

Me quedé en estado de shock, sin palabras.

Sam se puso de cuclillas frente a mí, con el ceño fruncido.

—Guapetona, a menos que cargues con artillería pesada y munición, tienes todas las de perder.

—¡No le digas eso! —Jen se quedó boquiabierta mirando a Sam.

—Es la verdad —agitó los brazos en el aire—. ¿Por qué mentir ahora?

—¿Por qué molestarse, entonces, si estoy prácticamente muerta? —espeté, sintiendo una mezcla de miedo y enfado. Tomé una gran bocanada de aire—. Ya que estoy, vuelvo al castillo y me presento voluntaria para su altar demoníaco —me pasé los dedos por el pelo, tratando de recuperarme—. ¿No hay algún hechizo de protección que me pueda mantener a salvo?

Sam le echó un vistazo a Jen, parecía preocupado.

—Esos diabólicos hombres son los reyes del inframundo —respondió —. Con sus incalculables riquezas y tesoros, tienen suficiente poder como para comprar incluso al diablo —me observó durante un minuto, permitiéndome digerir toda esta atrocidad—. Estos ocultistas están convencidos de que su destino es esclavizar a la humanidad. Tienen las manos metidas hasta el fondo en la masa de la magia y usarán cualquier medio para lograr su objetivo.

—Mira, no voy a negar que están pasando mierdas muy extrañas —espeté—, pero algunas de estas cosas son ridículas.

—El mal tiene muchas caras, bonita —intervino la señora Noel.

—¿Crees que es posible toda esta conspiración? —centré mi atención en ella.

—Me parece que este joven que ha velado por ti está metido en algo turbio. Ya sea que forma parte de una hermandad secreta o que sea el mismo diablo, creo que es mejor que no te acerques a él —la señora Noel nunca decía nada que no fuera la verdad, y confiaba en ella.

Miré a Jen y, luego, a Sam.

—¿Hay alguna solución? —pregunté.

Sam se puso de pie y comenzó a caminar con vehemencia de un lado para otro. Con cada paso, murmuraba palabras incoherentes. Se notaba que estaba teniendo una lucha interna.

—¿Estás bien, Sam? —le preguntó Jen.

Sam se paró en seco. Tenía el puño cerrado pegado a sus labios y sus ojos, prácticamente negros, se movían en todas las direcciones.

—Tengo una idea que podría impedir que la familia venga a por ti, o al menos evitar que te maten.

—¡Haré lo que sea! —le supliqué.

Sam frunció los labios, escéptico, se frotó la mandíbula y se detuvo momentáneamente.

—Tengo una idea, pero no te va a gustar —se acercó a mí y se puso de rodillas, mirándome a los ojos—. Si te tiras a ojitos azules en Samhain, antes de que de la medianoche, te convertirás. Tu esencia y el espíritu de Aidan se unirán como uno solo. Ese acto unirá vuestros poderes, pero estarás unida a él para siempre, y para siempre es mucho tiempo.

No pude evitar reírme.

—¿Quieres decir que tengo que acostarme con Aidan?

—Todavía eres virgen, ¿no? —la duda cubrió el semblante de Sam.

—¿A ti qué te parece? —puse los ojos en blanco.

Sam suspiró, aliviado.

—Pues nada, guapetona, ahí tienes tu solución.

—¡No entiendo cómo acostarme con Bane me sacará de esta pesadilla!

—¿Alguna vez has escuchado la expresión «cerrar el trato»? —Sam esbozó una sonrisa astuta.

—¿Quieres ir al grano, por favor? —repliqué.

—Si te fusionas con Aidan, los dos seréis intocables. Como uña y carne, y todo eso.

—¿Hay algo más que no me estés contando? —contuve la respiración conforme una sensación de hundimiento se apoderaba de mí.

—El problema es que tu amante no es precisamente un ángel —Sam se inclinó hacia delante—. El linaje de Aidan se remonta a siglos atrás. Pertenece a la dinastía *Maljut Beit David*, que significa «reino de la casa de David» en hebreo, aunque la mayoría lo conoce como la dinastía de David.

—¿El David de la Biblia? —pregunté, arqueando una ceja.

Jen reposó una mano sobre el hombro de Sam.

—Las historias revelan que la magia oscura está muy arraigada en la familia de Aidan por ambas partes —intervino ésta.

—Pero la dinastía de David era el linaje de Cristo —negué con la cabeza—. No te sigo.

—La historia no siempre pinta toda la verdad —explicó Jen—. Algunas historias se pierden en la traducción. En este caso, hubo algunas personas pertenecientes a la dinastía de David que tomaron otra dirección, un camino mucho más siniestro.

—No estoy segura de que sea capaz de asimilar mucha más información —admití, frotándome las sienes.

Jen me dio unas palmaditas en la mano, sonrió y, luego, continuó hablando.

—David tenía un pariente lejano que nació mucho después que él, tras el nacimiento de Cristo... Anne Montchanin.

—¿Qué tiene que ver un antepasado suyo con lo que yo estoy pasando? —inquirí.

—Ten paciencia —Jen sonrió—. Anne era una médium, podía relacionarse con el mundo de los espíritus.

—La señora Noel es una médium y es la persona más pura que conozco —me encogí de hombros.

—Estoy de acuerdo, pero Anne no se relacionaba con la luz, sino que convocaba el mal. Era estéril y quería tener hijos, por lo que, en un acto de desesperación, vendió su alma a la oscuridad —Jen se detuvo—. Este es el linaje al que pertenece Aidan, por parte de madre.

—¿Y por parte de padre? —no quería preguntar, pero escuché una voz en mi interior que insistía que lo hiciera.

—Dicen que por parte de padre su linaje proviene de Belcebú —atisbé la pena en el rostro de Jen.

Me quedé boquiabierta. Miré a Jen, luego a Sam y, por último, a la señora Noel.

—¿Ese no es el...?

Sam me cogió por los brazos para obligarme a mirarlo a la cara.

—Los Illuminati están contaminados con sangre malvada, sangre del diablo.

—¡Espera un segundo! —me zafé de las garras de Sam—. Mi padre era miembro de la familia, pero él era bueno.

Sam iba a retirar lo que había dicho, o de lo contrario le pondría el ojo morado.

—¿De veras? —Sam entrecerró los ojos—. Por lo que yo he oído, hizo algunas cosas horribles, lo cual lo convierte en un verdadero gilipollas —las palabras de Sam me golpearon como una ráfaga.

Me puse de pie, con los puños apretados a mi lado.

—Retíralo, Sam —lo obligué—. Es a mi padre a quién estás atacando.

Sam se puse de pie también, mirándome cara a cara.

—¿Por qué debería hacerlo? Es la verdad. Si no hubiera desertado, nada de esto estaría sucediendo.

—¿Cómo puedes decir eso? —jadeé—. Si mi padre no hubiera conocido a mi madre, yo no estaría aquí.

Sam se cernió sobre mí.

—A eso me refiero. No estaríamos en una guerra, luchando para protegerte.

—¿Estás diciendo que esto es culpa mía? —di un paso atrás.

—Involuntariamente, sí —Sam dio un paso adelante, ocupando mi espacio personal.

«¡Menudo gilipollas!»

Jen se interpuso entre nosotros.

—Sam, ¡no hemos venido aquí para discutir sobre quién ha hecho qué! —le reprochó.

Colocó su mano sobre el brazo de Sam para tratar de calmar su temperamento, pero en vez de conseguirlo, Sam se zafó de su brazo, todo mientras mantenía su mirada asesina sobre mí.

Posé mi mirada sobre Jen.

—No pasa nada. Ya me voy yo —evité mirar a Sam cuando pasé por su lado y busqué con la mirada a la señora Noel. Le sonreí—. Necesito ir a buscar a Sara. Al menos debería advertirle de que corre peligro. ¿Puedo dejar a Bola de nieve aquí contigo hasta más tarde?

—Sin problema, bonita. Mantente a salvo —me volvió a abrazar—. Avísame cuando llegues o me preocuparé.

—Vale —lágrimas brotaron de mis ojos.

Me dirigí hacia la puerta y, cuando alcé la vista, vi que Sam estaba bloqueando mi camino.

—No hemos terminado —los ojos de Sam habían adquirido una expresión depredadora.

—Oh, sí que hemos terminado —mis palabras sonaron severas y precisas.

Traté de pasar junto a Sam, pero sus dedos se clavaron en la parte superior de mi brazo.

—Te he dicho que no hemos terminado —dijo con voz grave que sonó casi como un gruñido.

Estaba a punto de perder los nervios y mi mal genio comenzaba a hervir. Entonces, súbitamente, Sam apartó su brazo como si hubiera tocado un hornillo caliente y sostuvo la mano en el aire conforme aparecían las ampollas. Pronunció unas cuantas palabrotas y, luego, me fulminó con la mirada.

—¡Me has quemado! —parecía estar espantado.

—¡Yo no te he hecho nada! —negué con la cabeza, asustada.

Esta persona hostil que se parecía mucho a Sam ya no estaba en mi lista de amigos. Decidí largarme de allí.

—¡Stevie! —me llamó Sam por mi nombre.

Me detuve con la mano en el pomo de la puerta, de espaldas a Sam.

—¿Qué? —pregunté con brusquedad.

—Si decides unirte a Aidan, tienes que hacerlo a la medianoche. De lo contrario, lo perderás todo, tus poderes y los de Aidan y posiblemente vuestras vidas.

Me detuve un momento, contemplando lo absurdo que era todo en mi cabeza.

—Gracias —respondí secamente, con voz monótona y vacía.

Sin más dilación, me puse la sudadera y salí pitando por la puerta.

EL AMOR DE UNA MADRE

C onforme bajaba los escalones velozmente, vislumbré una luz que provenía de mi casa. Me llamó la atención, por lo que me detuve. La lluvia caía sobre mi sudadera y obstaculizaba mi visión, pero el suave haz de luz penetró la lluvia como un faro.

No había llegado a pensar dónde buscaría a Sara. Pero puede que ella hubiera vuelto para buscarme. Necesitaba advertirle sobre mis hallazgos. No entendía por qué me había vendido a Bane, pero tampoco quería discutir con ella. Sólo quería desearle lo mejor antes de marcharme. A pesar de que me había traicionado, quería que Sara fuera feliz y estuviera bien. La vida era demasiado corta como para guardar resentimientos. Esperaba que ella y Francis abandonaran el pueblo también. Este no era un lugar seguro. Atisbé el viejo coche de Francis estacionado en la entrada, ninguna señal del Ferrari rojo. Necesitaba que fuera mi madre.

Calada hasta los huesos, caminé sobre el barro, medio cegada por la lluvia que caía sobre mi cara, con los ojos puestos en la pequeña casa blanca que una vez llamé hogar. Subí las escaleras rápidamente hasta que llegué al pomo de la puerta.

A pesar del fuerte aullido del viento y la lluvia que golpeaba el techo, pude escuchar unos chillidos débiles cuando cerré la puerta detrás de mí. Distinguí que los sollozos venían de la cocina.

—¡Mamá! —una fuerte oleada de preocupación se apoderó de mí conforme corría hacia la cocina. Mis problemas pendientes ya no parecían tan importantes. Sólo podía pensar en mi madre.

Cuando entré en la cocina, mis ojos se posaron sobre Sara, sentada a la mesa con el rostro enterrado entre sus manos. Había pañuelos esparcidos por el suelo como puntos blancos. Corrí a su lado y me arrodillé junto a ella.

—Mamá, ¿qué pasa?

Parecía tan frágil.

—Es Francis —dijo entre lágrimas—. Se ha ido —comenzó a sollozar intensamente, provocando que sus hombros temblaran.

—¿Dónde está? Lo llamaré —saqué mi móvil del bolsillo.

—Ya no está aquí —rugió.

—Mamá, no te preocupes por él. Tenemos que irnos. ¿Dónde están tus cosas?

—¿Quieres parar? —dijo entre dientes—. ¡Francis no me ha abandonado, idiota! Él me quería —Sara comenzó a sollozar aún más.

—No lo entiendo.

Sara se quitó las manos de la cara y me fulminó con la mirada.

—¡Francis está muerto, asesinado! —su mirada acusadora hizo que me recorriera un escalofrío por la columna vertebral.

Sin previo aviso, mi estómago se estremeció y no pude contenerme. Llegué al fregadero justo a tiempo. Débil y con las rodillas flojas, me enjuagué la boca, volví a la mesa y me senté en una silla junto a Sara. Ignoré mis náuseas y pregunté:

—¿Cuándo ha pasado?

—Esta mañana. Había dejado a Francis para ir a cuidar de nuestra... —Sara se detuvo de inmediato, claramente tratando de ocultar sus travesuras.

—¿Cómo murió Francis? —me vino a la mente un viejo conocido sobre el que no había pensado en mucho tiempo, Charles.

—¿Eso qué más da? ¡Está muerto! —gritó Sara, apenas capaz de hablar entre sus sollozos—. Lo encontré cuando volví. Estaba tirado en un río de sangre. ¡Fue horrible! —volvió a sollozar.

Algo me decía que esta pesadilla era como un tiovivo espeluznante. Me recliné hacia atrás, reflexionando en mi cabeza sobre Charles y su muerte inesperada.

—Mamá, ¿cómo ha muerto Francis? —insistí.

—Su garganta estaba rajada —gimió.

—Charles fue asesinado de la misma manera —comenté.

Sara no tuvo que confirmar mis sospechas. Lo había leído en los recortes de periódicos que había estado escondiendo.

—¿Por qué me estás hablando de Charlie? Tengo el corazón roto por Francis —gruñó, dejando al descubierto los dientes—. ¡Deja de darme la chapa con todas tus preguntas descabelladas! —se alejó de mí y me dio la espalda.

—Sé que Charles murió de la misma manera. ¿Por qué no puedes admitirlo? —presioné.

—¿Qué quieres que diga? —me soltó Sara por encima de su hombro —. Sí, a Charlie también le rajaron la garganta —escupió como si fuera veneno—. ¿Ya estás contenta?

No sabía por qué, pero me pareció que me estaba culpando a mí.

—Mamá, ¿no te parece extraño que tanto Charles como Francis murieran con la garganta rajada? ¿Y qué hay de la muerte de papá? Ya son tres hombres los que han muerto a sangre fría mientras tenían una relación amorosa contigo —me puse de pie, caminé hasta colocarme frente a Sara y me arrodillé—. ¿Crees que alguien de la familia de Bane nos ha estado rastreando? —tenía que saber que era Bane.

Cuando, finalmente, Sara me miró a los ojos, su mirada rezumaba rabia.

—Es gracias a ti y a tu padre que mi vida es tan miserable.

Posé la mirada sobre las manos de Sara. Estaba sosteniendo la taza que mi padre me había dado antes de morir. Me fijé en que también tenía la foto de mi padre que solía estar en mi mesita de noche. Las únicas dos cosas que me quedaban de mi padre. La taza no pasaba desapercibida con sus corazones rojos y un pequeño roto que tenía en el mango. La taza y la foto no tenían ningún valor, pero para mí eran invaluables. Sara había quemado todo lo demás, todas las fotos de mi padre menos esa, y todas sus posesiones.

—Ya veo que has estado rebuscando en mi mesita de noche y has encontrado mi foto. Y también tienes mi taza.

Atisbé la botella medio vacía de Jack Daniels sobre la mesa. Debería haberlo sabido. Deseaba que Sara estuviera sobria.

—¿Sabías que yo nunca quise tener hijos? —dijo con una voz incoherente, casi en un susurro, evitando mi pregunta—. Jon insistió. Los médicos pensaron que yo tenía un trastorno de la sangre —me miró fijamente a los ojos—. Fue fácil. Sufrir una contusión en un nuevo embarazo es un método anticonceptivo muy efectivo —sus labios formaron una mueca conforme colocaba la taza sobre la mesa y metía la imagen en su bolsillo.

Cuando volvió a sacar la mano, llevaba un paquete de cigarrillos y una pequeña caja de cerillas. Prendió la cerilla y encendió un cigarrillo. Le dio una calada y soltó el humo en el aire.

Rápidamente, me puse de pie para alejarme de la nube de humo. Había aprendido hace mucho tiempo que era mejor mantener las distancias cuando Sara estaba de mal humor. Me apoyé contra la encimera, observándola con cautela.

—Tu padre no se daba por vencido —le dio una segunda y larga calada a su cigarrillo.

Me quedé mirándola en silencio conforme la ceniza del cigarrillo se iluminaba. En silencio, Sara sacudió las cenizas sobre el suelo y soltó una nube de humo gris. Entonces, sus ojos odiosos se clavaron en mí.

—No fue hasta que alguien de la familia de Jon vino a hablar conmigo que consideré darle un hijo a tu padre. El caballero era un distinguido diplomático de la familia de Jon —esbozó una sonrisa malvada—. Sólo accedí a hacerlo por el dinero. Yo nunca te quise y me alegro de haberme deshecho de la carga —su mirada se cruzó con la mía—. ¿Por qué estás aquí de todos modos? Se supone que tienes que estar con él.

—No te preocupes. No me quedaré —un dolor crudo y primitivo se apoderó de mí—. ¡Me vendiste a un monstruo!

—¿Qué son algunos moretones cuando tienes el mundo a tus pies? —Sara me examinó con la mirada e hizo una mueca de disgusto—. Creo que tú te has llevado la mejor parte del trato. Eres de lo peorcito —le dio otra calada al cigarrillo y, luego, se echó a llorar y las lágrimas comenzaron a caer por su rostro—. ¡Francis está muerto! ¿Qué voy a hacer yo ahora? —Sara se llevó la mano a la cara y sollozó.

Sin pensarlo, di un paso en su dirección, pero una voz en mi interior me detuvo. Quería envolver mis brazos a su alrededor, consolarla, pero mis sentidos me advertían contra esa noción. Sara no habría apreciado mi abrazo. Si no que estar tan cerca de ella podría provocarla y lograr que esto terminara en un altercado físico, lo último que quería. Una sensación de desesperanza devoró mi mente y toda mi existencia. Aunque era consciente del trastorno de Sara, no significaba que sus palabras dolieran menos.

De repente, Sara arrojó la taza contra el suelo con una fuerza poderosa. Me quedé mirándola, boquiabierta, sin poder creérmelo. Había cogido mi preciada taza, el último regalo que mi padre me había dado, y lo había hecho añicos. En un frenesí, me caí de rodillas, llorando, mientras recogía los fragmentos de cerámica entre mis manos, con la esperanza de poder arreglarlo.

Entonces, una ira inestable se apoderó de mí y alcé la cabeza para mirar a Sara conforme me incorporaba.

—¿Qué hicimos papá y yo para merecer tanto odio por tu parte? —apreté los puños.

Sara me fulminó con la mirada como si tratara de matarme.

—Yo nunca quise esta vida —apretó los labios y, luego, soltó su veneno—: Pensaba que Jon era rico... ¡Sí, claro! —se burló—. Había ido a la universidad de Yale, ¡por el amor de Dios! —Sara levantó los brazos, enfurecida—. ¿Cómo diablos iba a saber yo que había planeado renunciar a su familia? —soltó—. El hijo de la gran puta me lo contó cuando ya estábamos casados —Sara soltó una carcajada—. Fue una luna de miel de cojones, sin electricidad, sin agua y sin una escapada de lujo. Y yo lo odiaba.

—No entiendo cómo puedes ser tan cruel. He estado perdiendo el tiempo contigo. Lo único que he querido de ti es tu amor, pero eres incapaz de sentir una emoción tan humana. No te importa nadie que no seas tú. ¡Nunca has sido una madre para mí! ¡Quieres esa botella de licor más de lo que te quieres a ti misma!

Ya fuera fruto de su trastorno mental o de su naturaleza sociópata, no importaba. Estaba harta.

—¡Exacto! No me porté como una madre porque no lo soy. Ni siquiera somos familia. Venga, no me mires así con esa cara tan fea —escupió con hostilidad—. Debías de haber sabido que yo no era tu madre biológica.

—¿Qué? —la estupefacción se apoderó mí como una avalancha.

De repente, sentí algo húmedo en mi mano. Miré hacia abajo y vi las gotas de sangre en mi mano derecha. Había estado apretando un trozo roto de la taza en el puño. Tiré el trozo al suelo, atónita.

—No he tartamudeado —su voz sonaba amarga.

—¿Alguna vez te he llegado a conocer de verdad?

—Estoy cansada —Sara evadió mi pregunta—. Supongo que sabes dónde está la salida —sonaba vacía, fría e insensible. Se puso de pie, un poco temblorosa—. Haz algo con tu vida junto a ese joven. Él se preocupa por ti.

Sin decir una palabra más, terminó de destruir la última posesión que tenía de mi padre... la foto. Tiró al suelo los trozos rotos, cogió la botella medio vacía de Jack Daniels y pasó junto a mí, de camino a las escaleras. Me quedé boquiabierta ante la única foto que tenía de mi padre, conforme las lágrimas caían por mis mejillas. ¿Cómo podía ser tan cruel?

En silencio, me quedé mirando la espalda de Sara conforme se arrastraba escaleras arriba. Parecía como si Sara hubiera envejecido diez años en pocos minutos, sus hombros se habían desplomado, y aparecía estar rota y marchita. Era gracioso que en el pasado había llegado a pensar que Sara era atractiva, con su pelo rubio y sus ojos marrones brillantes, llena de vida. Ahora, parecía vieja y demacrada.

Sin embargo, a pesar de su desdén hacia mí, no podía evitar quererla. Era mi madre, buena o mala, de mi propia sangre o no. Cuando escuché que la puerta de su dormitorio se cerraba, mi mente se descontroló. Me pasé los dedos a través del pelo húmedo. No tenía ni idea de qué hacer a continuación, pero sabía que abandonarla no era una opción.

Entonces caí en la cuenta de algo. Podría estar loca, o ser una estúpida, pero la única persona que se me pasó por la cabeza entre todo este sinsentido fue... Bane. Saqué el móvil de mi bolsillo. Contuve el aliento, deseando que no estuviera empapado e inútil.

—¡Ay, Dios! —la pantalla se iluminó. Me temblaban las manos conforme marcaba su número.

Bane respondió tras el primer tono y lo primero que salió de su boca fueron maldiciones.

—¿Dónde demonios estás? —me preguntó.

Tragué saliva.

—Estoy en mi casa. Necesito que vengas aquí en cuanto puedas y traigas el polvo de ángel.

—¿Qué? —se quedó en silencio.

—¡Que lo traigas!

Le oí suspirar al otro lado de la línea.

—Estaré allí en breve —respondió—. No te vayas, ¿me entiendes?

—Te esperaré, pero ven solo —le exigí con firmeza.

Entonces oí un clic, y mi móvil se apagó.

Me desplomé sobre el suelo de madera, encogiéndome en posición fetal. La frescura de la madera pareció consolarme mientras cerraba los ojos, tratando de alejarme del mundo. A pesar de todo, mi mente no se detuvo. Nadie podría ayudarme ahora, ni siquiera la señora Noel. Tenía que recurrir a Bane para encontrar respuestas. Si era cierto que me quería muerta, que así fuera. Haría cualquier cosa para superar esta pesadilla.

Abrí los ojos y me incorporé lentamente. Cada parte de mi cuerpo protestó por el dolor. Me había quedado dormida, pero me sentía como si la casa se me hubiera caído encima. Inmediatamente, escuché un fuerte golpe que venía de la puerta, tan fuerte que podría haber despertado a los muertos.

Me levanté del suelo y caminé hacia el salón. Abrí la puerta, y ahí estaba Bane, más enfadado de lo que lo había visto nunca. Estaba de pie y llevaba una gabardina negra, un par de rizos rebeldes colgaban sobre su rostro, todo su cuerpo goteaba agua, y sus ojos estaban oscuros y amenazantes.

Avanzó hacia delante, pasando por mi lado. Cuando estaba de espaldas a mí, rompió el silencio.

—Supongo que el polvo es para tu madre —sacó una pequeña bolsa de polvo blanco brillante.

Le eché un vistazo a la extraña sustancia.

—¿Eso es lo que usaste con Jen y conmigo?

—No tengo tiempo para discutir contigo. ¿Dónde está Sara? —me miró por encima de su hombro, su voz sonó fuerte y grave como la tormenta.

—Sólo quiero que se olvide de lo que ha pasado hoy —hice una pausa—. Han matado a Francis, y no se lo está tomando bien.

Nuestras miradas se cruzaron.

—Soy consciente de lo que le ha pasado a Francis. Espera aquí —se giró hacia las escaleras.

Rápidamente, lo agarré por la manga, deteniéndolo.

—¡No te perderé de vista cerca de mi madre! —lo avisé.

—¿Quieres que haga esto o no? —su mirada me aseguró que no le quedaba mucha paciencia.

—Sara tiene que olvidarse de Francis. No podrá soportar otra trage-dia, otra pérdida —traté de tragarme el nudo que se había formado en mi garganta.

—¿Por qué te molestas? —me preguntó—. Sara no se merece tu amabilidad.

—Sara es mi madre —luché para que no me temblara la voz—. ¿No es eso suficiente?

Durante lo que pareció ser una eternidad, Bane y yo nos quedamos allí, mirándonos el uno al otro. Incluso después de haber descubierto sus verdaderas intenciones, y saber que había protegido al asesino de mi padre, mi corazón lo anhelaba. Menuda locura.

Bane rompió nuestro trance y comenzó a subir las escaleras.

—Terminemos con esto antes de que cambie de opinión —fue todo lo que dijo.

Le pisé los talones mientras ambos entrábamos en la habitación de Sara. Tal y como esperaba, se había quedado frita. Estaba tumbada en la cama, con la mitad del cuerpo dentro y la otra mitad fuera. Atisbé la botella de licor en la mesita de noche. Se la había terminado.

Bane comenzó a abrirse camino hacia Sara hasta que lo agarré por la manga de su abrigo, esta vez con más fuerza. Se dio la vuelta y me miró fijamente.

—¿Y ahora qué? —su voz no mostraba ninguna emoción, y eso me heló la sangre.

—¿Cómo de bien conoces tus medicamentos? —señalé con la mirada la pequeña bolsa que sostenía en la mano—. ¿Qué demonios es eso? —sentí remordimientos.

—Esta no es una droga normal y corriente —la mirada de Bane era tan gélida como el Polo Norte—. Ni siquiera es conocida por la humanidad.

—Aunque no del todo —dije entre dientes.

—Es un componente místico hecho a base de joyas místicas. Se trituran hasta convertirlas en partículas tan finas como la arena o el polvo.

—Parece purpurina —comenté.

—Princesa, esto no es purpurina —dijo con una chispa de sarcasmo —, y esto tampoco es un cuento de hadas. Este polvo, conocido como polvo de ángel, puede acabar con toda una raza. No es un juguete, amor.

—Sé que puede borrar los recuerdos de una persona —le lancé una mirada torva—. ¿Puedes borrar sus recuerdos de Francis sin matarla? —tenía un mal presentimiento sobre todo esto, pero temía que, de no recuperarse pronto, Sara decidiera recurrir al suicidio.

—Le daré lo suficiente para que duerma durante unos cuantos días. Con la cantidad de licor que ha ingerido... —Bane señaló con la cabeza a la botella vacía—, en el peor de los casos se despertará con resaca.

—Vale —me pasé los dedos por el pelo—. Hazlo, y luego deshazte de esa mierda de hadas.

Bane asintió. Su semblante estaba vacío y distante mientras se dirigía al lado de Sara. Lo observé en silencio.

Pude ver cómo, incluso cuando dormía, Sara lloraba profundamente su pérdida. Esperaba que el polvo le diera tiempo para sanar y que, cuando sus recuerdos volvieran, pudiera ser más fuerte y capaz de lidiar con el dolor.

Observé mientras Bane depositaba cuidadosamente un par de gotas en su mano y recitaba palabras en un extraño idioma que no reconocía mientras hacía extraños gestos con la mano. Luego, espolvoreó el polvo sobre el cuerpo de Sara. Aunque no entendía el idioma, sentía que las palabras tenían una fuerte connotación.

En cuanto hubo terminado, Aidan se puso en marcha y bajó las escaleras, saliendo por la puerta.

Corrí tras él.

—¡Para! —grité.

Continuó caminando, haciendo oídos sordos ante mis palabras. No lo pude alcanzar hasta que hubo llegado a su coche.

—¡Du Pont! —lo llamé—. Escuché la conversación que tuviste con tu tío Van —estaba jadeando y la lluvia golpeaba mi cara, impidiéndome ver bien, pero continué hablándole a su espalda—. ¡Si quieres mi vida, tómala! —grité—. No tengo nada más que perder —una daga al corazón habría dolido menos que su traición.

Bane giró sobre sus talones y me miró como si quisiera matarme.

—¿Y bien? ¿A qué estás esperando? Aquí estoy. ¡Mátame! —alcé los brazos en el aire.

En un milisegundo, Bane se abalanzó sobre mí como si fuera una bala antes de que tuviera la oportunidad de acobardarme y, en un rápido e instantáneo segundo, me había atrapado entre sus brazos. La mejor manera de describir lo que había pasado era... como si nos hubiéramos metido en el ojo de un tornado y, acurrucada en los brazos de Bane, di vueltas y vueltas, a una velocidad que nunca había experimentado. Me sentí como Dorothy en *El mago de Oz*, pero sin la casa.

SÓLO TÚ

Cuando nos detuvimos abruptamente, llegué a la conclusión de que no me encontraba en la tierra de Oz, sino que Bane y yo habíamos vuelto al nido de las luciérnagas, o eso parecía. La atmósfera parecía ser más espesa, sin una brisa. Los árboles estaban tranquilos, y los bichos callados. La cabeza me daba vueltas.

—¿Qué... qué has... he-hecho? —tartamudeé las palabras.

Inmediatamente, se me revolvió el estómago, y tuve que abalanzarme sobre el arbusto más cercano. Bane se colocó a mi lado y me acarició suavemente la espalda. Pero aún estaba herida y enfadada con él, y quería castigarlo. Sacudiéndome, le di un manotazo y me zafé de su mano.

—¡No me toques! —chillé—. ¡Me has estado escondiendo que conoces al asesino de mi padre todo este tiempo! —grité.

—Stevie —parecía estar desgarrado—. Por favor, deja que me explique.

—¿Por qué molestarse? ¿No me has apuntado a una decapitación? Os felicito a ti y a tu maravilloso tío —espeté.

—Por favor, ven y siéntate conmigo —su voz suave y aterciopelada me erizó la piel.

Abrí la boca para protestar, pero, de repente, sentí algo extraño que hizo que me detuviera. Aparté la mirada de Bane y observé los árboles. Había algo diferente en este lugar. Era como si me hubieran copiado y pegado en una foto. Hasta el bosque parecía extraño y antinatural. Vislumbré las luciérnagas parpadeando entre las oscuras sombras de los pinos. Recordaba que la exhibición había sido espectacular la última vez. Observé cómo las luciérnagas descendían de los árboles. Las diminutas bolas de luz formaron una línea, abriéndose paso con gracia hacia nosotros.

«Qué raro. ¿Por qué no se quedan bajo los árboles, protegidas de la tormenta?», pensé.

Entonces, me di cuenta de que la lluvia había parado. ¿Habría pasado la tormenta? Bajé la mirada hacia mis pies. El suelo estaba seco. Alcé la mirada hacia cielo sin nubes. Las estrellas brillaban intensamente. Miré a Bane.

—¿Dónde estamos? —pregunté.

—Estamos en otra dimensión —su tono irónico me alarmó.

—¿Dimensión?

—Es una realidad alterada, paralela a la nuestra.

—¿No es el mismo nido de luciérnagas?

Bane se encogió de hombros.

—Pensé —sonrió—, que sería el lugar más seguro para hablar —me cogió de la mano con suavidad y me guio hacia un suave trozo de césped donde había extendida una manta a cuadros roja y blanca.

Sobre la manta yacía una cesta de picnic repleta de galletitas saladas y una variedad de quesos, como si estuviéramos de picnic. Mis ojos se fijaron en una botella de vino tinto y dos copas de tallo largo.

Nos sentamos sobre la manta. Bane cogió la botella y la descorchó, provocando un fuerte estallido que retumbó en la silenciosa atmósfera. Muy hábilmente, sostuvo la copa entre sus dedos, la llenó hasta la mitad y me la entregó.

Me quedé dubitativa durante un segundo, pensando que esto parecía más un sueño que una realidad, pero finalmente decidí forzar una leve sonrisa y aceptar la bebida. Olfateé su rico aroma y me llevé la copa a los labios, dándole un sorbo. Su sabor permaneció un momento en mis labios, una acidez que no reconocía. Eché un vistazo por encima de la copa y vi que Bane me estaba observando. Me sonrojé un poco.

—Está bueno —sonreí—. Gracias.

Bane me devolvió la sonrisa y, cuando terminó de servirse una copa, suspiró.

—¿Por dónde empiezo? —sus ojos azules me penetraron como si estuviera buscando mi alma.

—Podrías empezar por contarme cómo hemos llegado hasta aquí —sugerí.

—Supongo que no importa que lo sepas —su seriedad me puso nerviosa—. En el mundo de lo extraordinario, se conoce como «desplazamiento».

—¿A qué te refieres?

—¿Alguna vez has visto la serie *Embrujadas*?

—Aaaah —abrí los ojos como platos—. ¿Cómo es posible?

—Es un arte que he ido perfeccionando a lo largo de los siglos —le dio un sorbo a su vino.

—¡Jesús! Siglos —tragué saliva.

Las comisuras de sus labios se curvaron hacia arriba.

—Mi linaje proviene de una larga línea de druidas, y yo soy inmortal también. Yo... esto... no envejezco.

—Se te ha ido la olla —me reí a medias.

—¿Crees que me lo estoy inventando? —preguntó—. Entonces, explícame cómo hemos llegado hasta aquí —atisbé una chispa de satisfacción detrás de sus ojos.

—Los druidas son magos, ¿verdad?

—Correcto.

—¿Usaste tu magia el día que estuviste a punto de atropellarme? —inquirí.

—Sí.

—¿Y arreglaste mágicamente mi coche? —no sabía por qué no le había preguntado eso antes.

Bane se tapó la boca, haciendo una pausa, y se aclaró la garganta.

—Eh... no, pagué para que lo repararan —confesó.

—Oh... —me mordí el labio inferior—. Gracias —susurré.

—No hay de qué —Bane esbozó una sonrisa.

—¿Usaste la magia conmigo el día que me peleé con Gina? —contuve la respiración.

—Sí. Usé una pizca de polvo de ángel para confundir tu mente momentáneamente —su semblante permaneció serio.

—La noche que nos encontramos con Francis...

—Te estaba protegiendo —intervino Bane.

—¿Por qué me has ocultado todo esto? —negué con la cabeza, frustrada.

—No estaba seguro de que estuvieras lista para conocer la verdad —admitió.

—¿Has utilizado algún hechizo para hacer aparecer este bosque y el picnic? —posé la mirada sobre la manta y la comida.

—Sí —confirmó.

Inhalé profundamente y, luego, exhalé. Puede que por fuera pareciera estar tranquila, pero por dentro me sentía como un volcán en erupción.

—¿Cuántos años tienes? —recordé cómo se había jactado sobre su edad cuando hablaba con Van.

—Tengo trescientos años. Más o menos —las comisuras de sus labios se curvaron hacia arriba hasta formar una sonrisa.

—Eso explica por qué hablas de forma tan rara —murmuré, dejando que mis ojos se pasearan por el suave resplandor de las luciérnagas, hasta que volví a fijar mi mirada en Bane—. Esto puede sonar a una locura, pero ¿está tu linaje relacionado con el diablo?

Antes de responder, se rio de una manera jovial.

—Eh... —carraspeó—. Parece que alguien te ha estado susurrando cosas al oído. Mi linaje se remonta mucho atrás. Por lo tanto, al igual que cualquiera, no tengo ningún control sobre quiénes son mis antepasados. Lo que sí te puedo decir es que mi linaje acarrea una magia muy poderosa, lo cual ha sido útil de vez en cuando. Pero independientemente de mi genealogía, estoy agradecido por los dones de mis antepasados, a pesar de su naturaleza inherente.

—Ah, vale —decidí que necesitaba llegar al meollo de la cuestión—. Quiero saber quién mató a mi padre —entrecerré los ojos.

—Sé que quieres saber los detalles sobre la muerte de tu padre, y con razón. No obstante, me gustaría saber qué parte de la conversación escuchaste —Bane sacó una manzana de la cesta y comenzó a tirarla de un lado a otro, de mano en mano, sus ojos azules clavados en mí.

—Ah, eso —tragué saliva—. No era mi intención fisgonear.

—Ah, ¿de verdad? —arqueó una ceja.

Puse los ojos en blanco.

—Vale, lo admito. Estuve husmeando, pero no planeaba toparme con tu conversación privada.

—¿Y? —instó. Los ojos azules de Bane resplandecían bajo la luz de la luna, aunque parecía sospechar.

Agaché la cabeza y arranqué un puñado de hierba. Me extrañó que se sintiera tan real al tacto.

—Sé que su tío es el director Van y que su verdadero nombre es Edward Van Dunn. Hablasteis de una orden y de la familia.

Bane cambió de posición, apoyando un brazo sobre su pierna.

—Continúa. Cuéntamelo todo —me alentó con un tono severo.

—Escuché que ambos os referíais a mí como «la híbrida» —cogí mi copa de vino y, apresuradamente, le di varios sorbos y me limpié la boca con el dorso de la mano—. Discutisteis sobre mis habilidades —arranqué otro trozo de césped, ocultando mis ojos tras las pestañas—. Dijiste que tus impulsos se estaban volviendo más fuertes —puse los ojos en blanco—. Algo que ver con controlarte a ti mismo —admitir ese pequeño hecho hizo que me ardiera el rostro.

Me dio la impresión de que Bane estaba ocultando una amplia sonrisa cuando bajó la barbilla y asintió complacientemente.

—Te escuché decir que fui yo quien provocó la explosión en el baño de chicas —recordé cómo habíamos aterrizado en el campo de fútbol, ilesos—. Sé que tu tío quiere que te deshagas de mi madre. Van se refirió a ella como la «recipiente», sea lo que sea eso —cogí mi copa y me terminé la bebida—. Parece que la muerte llama mucho a mi puerta, y no en el sentido normal. Primero, la muerte de mi padre, luego Charles, un novio de Sara, y por último, pero no menos importante, Francis —me quedé mirándolo, escéptica—. Sospecho que podría haber sido alguien de la familia.

—¿Por qué crees que se trata de alguien de la familia? —ladeó la cabeza hacia un lado como si estuviera sorprendido.

—Porque recuerdo a los hombres —alcé la voz y lo fulminé con la mirada—. Han estado siguiéndonos a Sara y a mí desde que era una niña.

—¿Qué hombres? —frunció el ceño.

—Los hombres de negro —puse los ojos en blanco—. Tu amigo Zak me estaba siguiendo en la feria esa noche que me encontré contigo.

—Eso explica tu nerviosismo. ¿Por qué no me lo contaste entonces?

—Porque no confiaba en ti. Y está claro que tenía buenos motivos —aparté la mirada y me fijé en los árboles—. Recuerdo el ataque. Ese monstruo iba a matarme —me estremecí sólo de pensar lo que podría haber pasado—. ¡Tu tío le ordenó que me acosara! —grité en un susurro—. Tú sabías que estaba en peligro, ¡y no hiciste nada para detenerlo! —acusé.

Le di la espalda. No podía mirarlo a los ojos. ¿Cómo podría haberme importado cuando él había estado involucrado en una conspiración para matarme? Y eso no era lo peor. Saber que estaba protegiendo al asesino de mi padre había destrozado mi mundo por completo.

Reinó un silencio insufrible entre nosotros. La tensión era tan espesa que se podría cortar con un cuchillo. Finalmente, cuando no pude soportar el silencio por más tiempo, giré la cabeza, manteniendo la espalda contra él, y comencé a lanzarle un arsenal de acusaciones.

—¿Moriré de tu mano o de la de algún verdugo de la Edad Media? —a mis oídos, sonaba de lo más energética, pero, a decir verdad, ya estaba muerta.

Inesperadamente, Bane me envolvió en un abrazo. Al principio, me resistí, retorciéndome en sus brazos y arqueando mi cuerpo, tratando de liberarme. Bane era la última persona que quería que me tocara.

Sin embargo, cuando levanté la vista y divisé su hermoso rostro, atisbé una angustia tácita en sus ojos que logró que me calmara.

—Por favor, deja de decir eso —apoyó su frente contra la mía. Su aliento era cálido—. No sabía que mi tío tenía a alguien siguiéndote. Pensar que ese sangriento crypt te hubiera tocado hizo que me hirviera la sangre. Y no me disculparé por haberle quitado la vida. Lo volvería a hacer cien veces —inclinó la cabeza hacia atrás y me miró fijamente a los ojos—. No voy a quitarte la vida —rozó mi barbilla con una mano—. Desde el momento en que te vi, he estado tratando de protegerte. Para evitar que... —se le quebró la voz.

—¿Cómo puedes protegerme cuando te avergüenzas de que te vean conmigo?

—No me avergüenzo de ti —arqueó las cejas.

—Entonces, ¿por qué hiciste que Jeffery me llevara al instituto? ¿Y por qué estuviste todo el día ignorándome como si no existiera? —cuestioné.

—No quería que Van fuera a por ti. Temía que actuara si sospechaba que estaba interesado en ti. Por eso me mantuve alejado.

—Entonces, ¿no te importa que te vean conmigo?

Era posible que mi suposición fuera incorrecta, ¿no?

—¿Lo preguntas en serio? No me puedo imaginar tener a nadie más a mi lado que no seas tú —su voz se convirtió en un susurro—. Sólo tú.

—Dijiste que no te gustaba mi compañía, que eres un participante reacio y... y que no eres hombre de una sola mujer.

—Sí, al principio no quería que me gustaras, pero luego... —hizo una pausa—. Luego me di cuenta de que me preocupaba más por ti que por mí mismo.

—¿Te preocupas por mí? —dije en un susurro casi inaudible.

—Por supuesto, tontita —me besó la mano—. No me habría metido en todos estos problemas con el fin de mantenerte fuera de peligro, si no me importaras —se detuvo y esbozó una sonrisa—. Pero no me lo has puesto fácil.

—Si lo que me estás diciendo es cierto, ¿por qué estás escondiendo al asesino de mi padre?

—Una vez sepas la respuesta, tu vida cambiará para siempre, no habrá vuelta atrás. Y me niego a espolvorearte de nuevo, así que es mejor que estés completamente segura de que esto es lo que quieres.

Lo medité durante un momento. ¿Estaba dispuesta a saltar por el precipicio? Inhalé y exhalé. Por respeto a mi padre, y debido a la agitación que su muerte había causado a mi familia, no me quedaba otra opción, así que susurré la única respuesta posible.

—Sí, estoy segura.

La mirada de Bane se suavizó.

—Princesa, la respuesta ha estado justo delante de tus narices durante todo este tiempo —su voz era suave y tierna.

Quería fundirme en sus brazos y fingir que el mundo era un lugar feliz. Sin embargo, aunque intentara ver el mundo de color de rosa, la realidad era demasiado importante como para negarla.

—No lo entiendo —negué con la cabeza, confundida.

—Piensa en ello —la mirada de Bane buscó en las profundidades de mis ojos.

De repente, como una casa cayendo del cielo, lo supe. ¡Bane tenía razón!

—¿Sara? —susurré la respuesta y miré a Bane, buscando una explicación plausible—. ¿Por qué no lo había visto antes? —me puse de pie.

Las lágrimas me atravesaron como una bomba de plutonio. Lentamente, volví a mirar a Bane.

—¿Desde cuándo lo sabes?

Bane me cogió de la mano. Sus dedos eran cálidos y fuertes, y los entrelazó con los míos.

—Vuelve aquí y siéntate conmigo —frunció el ceño en una expresión agonizante.

«Si Sara era tan infeliz, ¿por qué no se marchó?», pensé.

—Te lo explicaré todo. Hasta el más mínimo detalle. Te doy mi palabra. Pero por favor, siéntate conmigo.

Asentí, y Bane tiró de mi mano, atrayéndome de vuelta hacia la manta. Luego, suspiró, inquieto, antes de comenzar.

—Tu padre, Jon, solía pertenecer a la misma sociedad secreta a la que pertenezco yo, conocida como los Illuminati, aunque se nos conoce de muchas maneras, ya que abogamos por la discreción a toda costa. Tú eres una de los nuestros. Tu verdadero apellido es Collins.

—No, no lo es —negué—. Mi apellido es Ray.

—Stevie, hasta hace unas horas pensabas que mi apellido era Bane. Es nuestra costumbre ocultar nuestra identidad a los forasteros. Sin embargo, tu padre tenía otras razones para ocultar su apellido.

—Me lo imagino.

—Decidió usar su segundo nombre para liberarse de la familia.

—¿La familia?

—Sí. Como ya te expliqué una vez, la familia es un colectivo de trece familias de distinto linaje. Los trece elegidos aportan un talento o habilidad particular a la mesa. Jon era un erudito en derecho. Se graduó con honores como uno de los mejores de su clase en Yale, era miembro de la fraternidad Calavera y Huesos, tenía un currículum bastante impresionante y era un genio.

—¡Vaya! Estoy empezando a preguntarme si conocía a mi padre en absoluto.

—Conocías las partes que más cuentan, princesa. Tenía un gran corazón, y eso se notaba. Jon era un buen hombre. Expresaba sus opiniones con bastante audacia. No ocultaba el hecho de que no aprobaba las tradiciones de la familia. Jon tenía diferentes ideas para un nuevo orden mundial, ideas que discernían de lo que la familia imaginaba. Pero, cuando se dio cuenta de que no podía persuadir a los concejales, decidió cortar lazos. No fue una decisión difícil porque se había enamorado de Sara. La familia se enfureció con Jon. Para nosotros, está prohibido unirse a un no creyente. Por lo que la familia exigió que disolviera su relación de inmediato, y ese fue el factor decisivo para que Jon desertara.

—Y ¿qué es lo que hizo? —pregunté.

—Jon se fugó con Sara y se mudó a un pequeño pueblo en Oklahoma.

—¡Eufaula! Ese es el pueblo donde crecí.

—Sí, sin embargo, Sara estaba muy disgustada con sus circunstancias. Ciega ante la decisión de Jon de liberarse de la familia, ella tenía planes mucho más grandes. Claro que, ¿por qué pensaría de otra manera? Al pillar a uno de los Collins, había esperado que eso la pusiera en el mapa, entre los círculos sociales de la élite.

—Sara, en un momento de debilidad, mencionó que mi padre repudió a su familia —comenté.

—Sí, y cuando Sara descubrió que tu padre ya no poseía riqueza alguna, se enfureció, pero no lo abandonó. Como alternativa, encontró otra vía para acceder a la fortuna de la familia.

—Sara es una persona con recursos —admití.

—Creo que eso es quedarse corto. Como iba diciendo, tras un año de matrimonio, Jon y Sara empezaron a tratar de concebir un hijo, o al menos eso es lo que Jon quería. Sara estaba en una página completamente diferente.

—Ya —solté—. Sara está en la página de Sara. Esa es la única página que yo he llegado a conocer.

—Desafortunadamente, estoy de acuerdo.

Sentí un repentino pinchazo de ira.

—En fin, la familia continuó vigilando de cerca a Jon. Eran conscientes de su amplio conocimiento de la ley y no querían encontrarse con ninguna sorpresa. Sin embargo, la familia descubrió algo de valor que podría beneficiarlos enormemente, el ansia de dinero de Sara. Poco después, revelaron un oscuro secreto: que Sara estaba provocándose abortos a sí misma en secreto. Era su enfermiza manera de vengarse de Jon por renunciar a la fortuna de su familia.

No podía entender la falta de humanidad de Sara.

—Sara me confesó a mí lo de los abortos —Bane se detuvo y cogió mis manos entre las suyas. Sus ojos rezumaban ternura—. ¿Necesitas que te dé un descanso? —preguntó.

—No, estoy bien. Necesito escuchar lo que tienes que decir —sonreí, aunque mi labio inferior estaba temblando.

Bane exhaló.

—Deja que termine de contarte esta terrible historia para que pueda dejar de torturarte. Como iba diciendo, la familia aprovechó la oportunidad y le hizo a Sara una oferta irresistible. Le presentaron un contrato de sangre.

—Deja que lo adivine. ¿Sara aceptó la oferta?

—Sí. La familia le ofreció un trato que Sara no pudo rechazar. Gracias a la persuasión inescrupulosa de la familia, Sara presionó a Jon para buscar un médico especialista en fertilización in vitro y, como a Sara se le daba muy bien mentir, fue más que convincente. Como todo parecía ir bien, Jon estuvo de acuerdo. De lo que Jon no se dio cuenta fue de que Sara lo había llevado a un médico designado por la familia, uno de los nueve miembros del consejo. El doctor Ashor es famoso por su ciencia avanzada, el mejor en su campo. Está a años luz por delante en tecnología alienígena y clonación genética de pre-implantación avanzada.

—¿Clonación? —jadeé.

—Sí. La familia tiene conexiones que superan con creces cualquier tecnología primitiva de la humanidad. Sus científicos son reconocidos por su investigación evolutiva en ingeniería genética e ingeniería alienígena.

—¡Alienígena! ¿Como bicharracos feos?

Bane se cubrió la boca con una mano.

—Lo tuyo con los insectos es una cosa... —se rio—. Pero no, es algo más bien celestial.

—¿Cosas de ángeles?

—Exactamente. La familia te apodó con el nombre «ángel de ensueño».

—Un ángel —me quedé mirándolo, boquiabierta y aturdida.

—Sí.

—¿Cómo es eso posible?

—Estoy llegando a esa parte —Bane sonrió—. Como iba diciendo, cuando el contrato de sangre se consolidó, Sara estaba atada a un acuerdo irrompible.

—¿Qué es un contrato de sangre exactamente? —indagué.

—Un contrato de sangre no es un documento legal ordinario. Se trata de un contrato que se lleva a cabo con magia oscura. Sara tuvo que firmar el contrato con su sangre, literalmente.

—¿Por qué la sangre?

—La magia de la sangre es muy poderosa. Al fin y al cabo, es la fuente de la vida y, sin ella, uno se moriría.

—¿Sara era consciente de los riesgos?

—Sí, pero no le importaba. La riqueza fue el factor decisivo para Sara, independientemente de las consecuencias. Cualquier otra cosa no pareció preocuparle.

—Entonces, ¿la familia quería usar a Sara como una rata de laboratorio?

—Lamentablemente, sí —hizo una pausa—. No fue una fertilización in vitro normal y corriente. Nuestros médicos habían estado investigando y ejecutando toneladas de pruebas, pero hasta entonces todas habían fracasado. Dado que Sara accedió a correr el riesgo, fue la primera humana en ser probada. Los médicos se ocuparon de que todo fuera perfecto para que la prueba tuviera éxito. Con el arte de la tecnología, en una cámara ambientalmente controlada, el científico extrajo el ADN de tu padre, Jon, y extrajo ADN de un ser celestial. Con ayuda del avance alienígena, fueron capaces de crear un esperma especial e inyectarlo en un óvulo celestial. Una vez que el embrión se hubo desarrollado a término, el doctor Ashor transfirió el embrión al útero de Sara.

—Entonces, Sara no es mi madre biológica —respiré profundamente.

—Correcto.

—¿Qué demonios soy?

—Eres increíble —Bane vaciló, como si tratara de suavizar el golpe—. Nos referimos a ti como un ángel genéticamente modificado. Eres un ángel de ensueño.

Mi cabeza daba vueltas.

—¿No soy humana?

A pesar de que sonaba como una locura, me creía lo que Bane me estaba contado.

—No del todo. Sólo en parte.

—¿A Sara le pareció bien estar embarazada de un monstruo?

—No hay nada en ti que se acerque a una abominación —discrepó Bane.

—Creo que estoy bastante cerca de serlo —todas estas incertidumbres hacían que me diera vueltas la cabeza y, sin embargo, por primera vez en mi vida, me sentía libre—. Toda mi vida me he sentido como un pez fuera del agua, y ahora sé por qué.

—No eres un bicho raro. Eres extraordinaria —los ojos de Aidan se encontraron con los míos—. ¿Por dónde iba? Ah, sí, todo iba sobre ruedas. Sara estaba siguiendo las reglas. Jon era inmune a las mentiras de Sara, y sus chequeos rutinarios hacían que pareciera, en la superficie, un embarazo normal. El bebé estaba creciendo como cualquier feto sano. Pero, entonces, hubo una complicación —Aidan frunció los labios—. Cuando Sara estaba en el tercer trimestre de embarazo, los médicos detectaron que algo iba mal con su hemograma, y también notaron una diferencia en su comportamiento. Le hicieron una prueba que reveló que había habido un cambio en su ADN. Esto sorprendió a los doctores, puesto que nadie lo había visto venir. El feto celestial la había infectado con un virus que alteraba su composición genética. Como esto era algo nuevo, el doctor Ashor no sabía si, tras el nacimiento del bebé, el daño podría revertirse a sí mismo, o si se trataba de una condición permanente. A pesar de que se trataba de un territorio inexplorado, el doctor Ashor sospechaba que era altamente improbable.

—¿Es por eso por lo que es...? —la palabra no podía salir de mis labios.

—Una sociópata, en parte —hizo una pausa—. Lo que me lleva a la muerte de tu padre.

—¡Mi madre está enferma por mi culpa! —exclamé.

Me estremecí. Lágrimas brotaron de mis ojos y se derramaron por mis mejillas.

Bane me cogió de la barbilla con sus dedos.

—Tú no es responsable del trastorno de Sara —inclinó la cabeza hacia atrás y dejó escapar un gemido, frustrado—. Escúchame —sus ojos atraparon los míos—. No quería decirte esto, pero la infección solamente intensificó sus defectos. Sara no era una samaritana antes del infortunio. Así que no te castigues por su indecencia.

—¡Sara dijo que le arruiné la vida! Al principio no entendí lo que quería decir, pero ahora tiene sentido.

—Sara fue afectada por el virus, pero aún conservaba su libre albedrío. Arruinó su propia vida. Sé que la quieres, pero ella no era una buena persona antes de conocer a tu padre tampoco —continuó Aidan—. Según el contrato, después de tu nacimiento, Sara aún tenía la responsabilidad de cuidar de ti. Como tú cuidadora, estaba obligada a atender tus necesidades. En secreto, manteniendo a Jon desinformado, la familia estableció una cuenta bancaria en nombre de Sara con un flujo de efectivo muy sustancial.

—¡Espera! ¿Sara ha tenido dinero durante todos estos años? ¿Mientras mi padre estaba vivo e incluso después de su muerte? —pregunté.

—Sí. La familia le pagaba bien.

—Hizo que pasara hambre, que viviera con sólo lo básico... —entrecerré los ojos, furiosa—. Eso explica cómo era capaz de permitirse ropa tan cara. Y yo que pensaba que sus muchos novios pagaban por sus caprichos caros.

—Sara manejó mal el asunto del dinero. Es por eso que Zak y su compañero fueron a tu casa en la madrugada cuando eras una niña. Sara había estado apostando y había perdido una gran cantidad de dinero. Zak le dejó un mensaje de advertencia, y por eso estaba huyendo.

—¡Joder! ¿Cómo podría no haber sabido? —le eché un vistazo al bosque y, luego, volví a mirar a Bane—. Sara quería conseguir el resto de su dinero, ¿no?

—Correcto. Una de las cláusulas del contrato establece que, en tu décimo octavo cumpleaños, Sara debe cederte a mí. Después de la transacción final, Sara recibiría su pago.

—¿Y tú accediste a esto?

—Uno no discute con la familia. Simplemente acatas órdenes.

—Vaya. Eso es muy inquietante —se me formó un nudo en el estómago.

—Puede que te resulte difícil de aceptar, pero es el camino de la familia, nuestro camino.

—Lo siento, pero yo nunca me rebajaría a un nivel tan bárbaro.

—Nunca digas nunca. A la hora de la verdad, cuando el instinto entra en acción, te encontrarás haciendo cualquier cosa para sobrevivir.

—Estoy empezando a entender muchas cosas.

—A pesar de todo, Sara comenzó a descuidarse —continuó Bane—. Jon se topó con las joyas caras y la ropa de marca de Sara, lo cual hizo que se enfureciera y que empezara una investigación en toda regla al respecto. En cuestión de días, Jon descubrió la cuenta a nombre de Sara en la que había una gran cantidad de dinero.

—¿Cuánto? —pregunté.

—¿Perdón?

—¿Cuánto dinero recibió mi madre?

—El pago se dividió en dos cuotas, conseguiría la mitad del dinero después de tu nacimiento, y el pago final cuando te entregara.

—Todavía no has respondido a mi pregunta.

—Recibió veinte millones.

—¡Guau! —apenas podía respirar—. No sabes cuántas comidas tuve que saltarme porque Sara decía que no teníamos ni un centavo —mis ojos se desviaron hacia las luciérnagas por un momento, pero, luego, volvía a mirar a Bane—. ¿Es tu dinero?

—¡No! La familia se encargó del pago.

—¿Dónde está esta misteriosa familia?

Extrañamente, nunca había visto a nadie excepto a su tío.

—La familia permanece escondida los unos de los otros. Nos reunimos únicamente para las emergencias. Así es más fácil mantener nuestro anonimato.

—Ah, ya veo.

Aidan suspiró.

—Jon confrontó a Sara sobre sus hallazgos. Por supuesto, Sara negó lo de la cuenta, alegando que tenía que ser otra Sara Ray. Pero Jon iba unos pasos por delante de ella. Había hecho que siguieran a Sara, por lo que poseía imágenes incriminatorias. Como era de esperar, esto provocó que Jon exigiera un divorcio y la custodia sobre ti. Sara sabía que Jon era un experto en derecho, que le llevaría ventaja y que no le resultaría difícil demostrar que era una mala madre, ya que Sara se había estado viendo con unos camioneros a menudo.

—¡Madre mía! No tenía ni idea —un dolor nuevo e inesperado me golpeó.

—Por aquel entonces eras sólo una niña. ¿Cómo ibas a saberlo? — Bane se acercó y me acarició la espalda—. Lamento informarte de estos deplorables hechos.

—No, estoy bien —asentí con la cabeza—. Continúa. Termina, por favor.

Aidan siguió narrando la historia.

—Sara se volvió paranoica al pensar que, si Jon seguía adelante con su amenaza, la familia podría anular el contrato, dejándola sin un centavo.

—No hay un final feliz en esta historia, ¿verdad?

—Me temo que sólo empeora —Aidan suspiró—. En fin, Sara buscó a un asociado de la familia que, como era partidario de su plan, decidió ayudarla. Éste materializó un coche saturado de encantamientos oscuros, y fue Sara quien condujo el vehículo que puso fin a la vida de tu padre en el impacto. Jon no la vio venir porque el coche era invisible —explicó.

Sentía que todo mi cuerpo se había entumecido.

—Eso explica por qué la policía no pudo encontrar ninguna prueba —¡Dios mío! La historia sonaba de lo más ridícula, pero sabía que era la verdad. Levanté la cabeza para mirar a Aidan—. ¿Fue Zak quien ayudó a Sara a matar a mi padre?

—No. Zak y su compañero simplemente le aconsejaron a Sara que aún tenía que cumplir con el contrato vinculante a pesar de la muerte de Jon, ya que Sara le había estado haciendo compañía a un personaje particularmente sombrío. La familia quería que ella entendiera que la estaban observando y que no tolerarían su mal comportamiento.

—Esa es la razón por la que nos fuimos esa noche. Recuerdo que me metió en el coche, y nos marchamos con poco más que la ropa que llevábamos puesta. Lo recuerdo como si fuera ayer. Todo este tiempo he culpado a su trastorno por su inquietud —tomé una gran bocanada de aire. Había algo más que tenía que saber—. Si sabías todo esto sobre Sara, ¿por qué no le impediste que matara a mi padre?

—Si lo hubiera sabido, hubiera intervenido, pero no tenía ni idea. Descubrí esta información recientemente cuando las cuentas cayeron en mis manos. La familia mantiene un registro de cada evento que ha ocurrido desde el principio de los tiempos —Bane hizo una pausa—. Debes saber que daría mi vida para protegerte.

—Ahora lo sé —me encogí de hombros—. Es sólo que he estado viviendo una mentira durante la mayor parte de mi vida.

—Sí, Sara estaba tratando de esconderse. No era consciente de que la familia os había puesto un chip a las dos.

—¿Un chip? —no me gustaba cómo sonaba eso.

—Sí, con implantes, unos dispositivos de rastreo —aclaró Aidan con calma.

—Eso explica cómo nos encontraban con tanta facilidad —me mordí el labio inferior, pensativa—. ¿Sigo teniendo el chip?

—No, se disolvió en el momento en que cumpliste dieciocho años.

—Ah. Entonces, ¿ya no pueden rastrearme?

—Correcto —sonrió débilmente—. Ahora estás bajo mi protección, y yo hago las cosas de manera diferente.

—¿Como encerrarme en mi habitación? —me burlé.

—Si te hubiera dicho que no te pasearas por los pasillos en mitad de la noche, ¿me habrías hecho caso?

—Probablemente no, pero sigo sin entender por qué necesitabas encerrarme en mi habitación.

—Lo hice para protegerte. No quería que te encontraras con las criaturas desagradables con las que me junto de vez en cuando.

Supuse que, estuviera de acuerdo con él o no, tenía que pasar a la siguiente pregunta.

—Y, ¿ahora qué? ¿Qué vamos a hacer?

—Voy a hablar con los concejales esta noche —Aidan suspiró—. Es nuestra reunión anual por Samhain, aunque la mayoría lo conoce como Halloween.

—¿No se supone que tenemos que casarnos esta noche? —inquirí.

—Ese plan está pausado. Estoy planeando entregar a mi tío por traición, y puede que me condenen por ser su cómplice. Pero, independientemente del resultado, no voy a permitir que mi tío te quite la vida.

—No entiendo por qué quiere hacerme daño. ¿Es porque soy diferente?

—¿Recuerdas que te dije que eres un ángel genéticamente modificado?

—¿Cómo podría olvidarlo? —me reí a medias.

—El propósito de tu creación es cerrar la brecha entre la vida y la muerte. Gracias a ti, podemos crear un mundo libre de enfermedades y muerte. Incluso la hambruna sería cosa del pasado. Eso es lo que llamamos el nuevo orden mundial.

—Suena genial, pero no veo cómo una persona puede cambiar un planeta entero.

—No será un cambio de la noche a la mañana. Depende de ti y de mí —hizo una pausa—. Como somos una pareja perfecta, nuestros hijos serían inmortales, nunca enfermarían ni morirían y vivirían su vida como se pretendía. Y la humanidad viviría en perfecta armonía, sin morir ni envejecer.

—¿Así que los Illuminati me crearon para que tú y yo tengamos niños sanos que pueblen el nuevo mundo?

—Sí. Somos almas gemelas o, a falta de un término mejor... espíritus gemelos. A diferencia de los humanos, tú no tienes alma. Tienes una esencia que te hace aún más única.

—La familia me llama ángel de ensueño, y ¿soy un ángel?

—Sí, correcto.

—¿Y somos espíritus gemelos destinados a ser amantes?

—Sí.

—A mí me suena a hormonas.

—Nuestros corazones están unidos como uno —Bane esbozó una sonrisa—. ¿No es eso suficiente prueba?

Pensé en Logan. Con él no había sentido esta carga estática que sentía con Aidan.

—Creo que estamos conectados —contesté finalmente.

Bane me acurrucó entre sus brazos y reclamó mis labios. Cuando se retiró, sus ojos mostraban tristeza.

—No te olvidaré, ni aunque me muera.

Lágrimas cayeron por mis mejillas.

—Tenemos que irnos. Tengo que estar en el castillo para reunirme con el consejo y confrontar a Van.

—No puedes arriesgar tu vida por mí —busqué sus ojos, aterrorizada por el resultado.

—Tengo que evitar que Van te haga daño —sus ojos azules rezumaban ternura.

—Si le dices al consejo que has conspirado con tu tío, te matarán —exclamé.

—No veo qué otro camino hay —la mandíbula de Aidan se tensó—. Cuando el consejo esté al tanto del plan de mi tío, lo arrestarán, y tú estarás a salvo.

Tiró de mí suavemente para que me incorporara y me rodeó con sus brazos.

—Agárrate, princesa —me sonrió.

Cerré los ojos con fuerza. Comenzamos a girar, y me quedé sin aliento, pero esta vez no fue tan violento.

En un abrir y cerrar de ojos, estábamos de vuelta en la calle Santa Ana frente a la casa de la señora Noel. La tormenta seguía siendo igual de feroz. Un relámpago apareció en el cielo oscuro mientras retumbaba el trueno, y la lluvia nos golpeaba por todos los lados.

Aidan sacó de su bolsillo algo pequeño y brillante. Agarró mi mano, lo depositó sobre mi palma e hizo que cerrara los dedos a su alrededor.

—Quiero que tengas esto por si no salgo de esta —su voz se alzó sobre la lluvia martilleante y los vientos santificadores—. Te pido perdón por mi parte en esta tragedia. Desearía que hubiéramos pasado más tiempo juntos —atrapó mi barbilla entre sus dedos—. Significas más para mí de lo que nunca sabrás, mi amor —sus ojos azules rezumaban tristeza.

Abrí la mano y vislumbré una llave.

—¿Qué es esto? —miré a Aidan con el ceño fruncido, confundida.

—Esa llave abre una caja de seguridad en el banco de ahorros y préstamos que hay en el centro. He recogido bonos y hay suficiente dinero para que puedas vivir el resto de tu vida.

—Aidan, ¿me estás diciendo que te vas a morir?

—Todo es posible. Por eso quiero que salgas pitando de aquí. No pares hasta que estés lejos. ¿Lo entiendes? ¡Y no me lo discutas! No te quiero cerca del castillo. Si Van te ve, no dudará en matarte.

—Aidan, no puedo dejar que te enfrentes a Van y a sus secuaces tú solo.

—Amor, soy más que capaz de cuidar de mí mismo. Confía en mí y vete a un lugar seguro —me rodeó con sus brazos, moldeando mis curvas al contorno de su cuerpo, y aplastó sus labios contra los míos.

Le devolví el beso con la misma pasión y fervor. La lluvia caía por nuestros rostros, pero no nos sacó de nuestro trance.

Luego, un segundo más tarde, sin pronunciar palabra, había desaparecido. Se había ido, así sin más. Tal vez para siempre. Las lágrimas inundaron mis ojos conforme aceptaba la realidad de nuestro amor, que terminaba antes de que tuviera una oportunidad de empezar. Me desmoroné sobre el suelo y dejé que el agua cayera sobre mí.

Tenía que recuperarme y salir de allí. Me incorporé, luchando contra el agua de lluvia que pulverizaba mi cuerpo. Si no me refugiaba, seguramente me ahogaría. Conforme la incesable lluvia me golpeaba, metí la llave que Aidan me había dado en mi bolsillo y me metí en el asiento del conductor de mi coche, cerrando rápidamente la puerta detrás de mí.

Con los dedos entumecidos, busqué la llave del coche y encendí el motor. Permanecí ahí un momento, mirando al aguacero que caía afuera. El viento azotaba los árboles de un lado a otro, y las zanjas estaban llenas. El agua se estaba acumulando velozmente, y me daba miedo que mi pequeño coche se lo llevara la corriente. Me había quedado estancada, sin saber qué hacer. Viajar en esta tormenta sería un suicidio.

Pero las posibilidades de que consiguiera escapar del tío de Aidan eran escasas o inexistentes. Entonces, ¿por qué huir? ¿No debería quedarme y luchar? Me vino a la mente la sugerencia de Sam. ¿Sería posible que Aidan y yo infundiéramos nuestros poderes y nos salváramos de su siniestro tío? Negué con la cabeza, riéndome, al borde de la histeria. Si la teoría de Sam fuera verdad, tendría que actuar rápido.

Lo cierto era que creía en la existencia de este extraño mundo y, gracias a un destino asombroso, había acabado metida en esta calamidad, estuviera preparada para el desafío o no.

Después de aceptar ese hecho, tuve que abordar la siguiente pregunta inminente... ¿quería estar encadenada a Aidan Bane Du Pont durante el resto de mi vida? Supuse que, dado que nuestras vidas estaban en juego, era un pequeño precio a pagar. Lo ilógico parecía lógico. Tenía que encontrar a Aidan antes de que fuera demasiado tarde. No podía quedarme a un lado y dejarlo morir por nada.

Apresuradamente, arranqué el coche. El motor se agitó, pero no se puso en marcha. Cuanto más lo intentaba, peor sonaba.

—¡Mierda! —maldije entre dientes.

Me recliné contra el asiento con fuerza y respiré profundamente, dándole un descanso por un segundo. Luego, probé a arrancarlo una vez más. Esta vez, escuché cómo el motor se moría.

—¡Me cago en la puta! —golpeé el volante con el puño—. ¿Ahora qué hago? —las lágrimas nublaron mi visión, pero me sequé los ojos con el dorso de la mano—. ¡De todas las noches, mi coche tenía que calarse hoy!

Miré por la ventana. La lluvia golpeaba el parabrisas y caía como cántaros a ambos lados de mi pequeño escarabajo. Sabía que la calle Santa Ana se inundaría pronto y, si me quedaba en el coche, me ahogaría.

Tenía que llegar hasta Aidan de alguna manera, y pronto. ¿Cómo conseguiría llegar a pie? Entonces, se encendió una bombilla en mi cabeza al atisbar el coche de Francis. Me mordí el labio inferior. La mayoría de las veces, Sara dejaba las llaves en el motor. Una chispa de esperanza me dio fuerzas para salir pitando de mi coche, andar por el barro y atravesar la tormenta hasta que llegué junto al Cadillac.

LA OTRA MUJER

Había comenzado a amanecer, pero la tormenta aún se cernía sobre mí, sumiéndome en la oscuridad. El sol se había desvanecido tras las nubes grises, sombrío y desesperanzado. Era como si los cielos se estuvieran vengando de nosotros, almas desafortunadas.

La idea de salir pitando en el coche de un hombre muerto en medio de este ciclón... era una locura. Sin embargo, aquí estaba yo, con la locura atada a mí alrededor como un cinturón de castidad, conduciendo por las calles inundadas, rezando para poder llegar al castillo sana y a salvo.

Mantuve los ojos sobre la carretera y el pie sobre el acelerador conforme me abría paso a través de la tormenta. A pesar de que el coche de Francis pesaba una tonelada, pude sentir cómo los neumáticos hacían *aquaplaning*. La lluvia obstaculizaba mi visión, incluso con los limpiaparabrisas a toda velocidad. Di un brinco cuando escuché el rugido de un trueno y, más tarde, atisbé el rayo rasgando el cielo. Estaba aterrorizada, pero no dejé que el miedo me detuviera y seguí adelante. Tenía que llegar hasta Aidan antes de que fuera demasiado tarde.

Al toparme con una curva en la carretera, debido a mi mal juicio, giré el volante con demasiada brusquedad y, antes de que pudiera

376

corregir el error, el coche comenzó a dar vueltas. Pisé los frenos, pero pronto me di cuenta de mi gran error. Debido al pánico y al miedo, grité y cerré los ojos con fuerza, sabiendo que estaba a punto de estamparme con este coche contra un árbol.

Lo que vino después sucedió demasiado rápido. Me golpeé la cabeza contra el volante, lo cual me dejó un poco desconcertada. El dolor atravesó mi cerebro confuso cuando me llevé la mano a la frente y sentí que estaba cubierta de algo pegajoso y húmedo. Me miré los dedos... ¡sangre! Enseguida, todo se volvió un borrón.

Cuando abrí los ojos, estaba acostada en uno de los asientos de la vieja camioneta de Sam, con la cabeza apoyada en su regazo. Lo primero que me llamó la atención fue el dolor palpitante que sentía en la frente. Me llevé la mano a la cabeza y, rápidamente, la retiré.

—¡Ay! —entrecerré los ojos ante el dolor—. ¿Qué ha pasado? —pregunté, un tanto grogui.

—Guapetona, te estrellaste contra un árbol. Te pondrás bien. Nadie se ha muerto nunca por sangrar un poco —a través de la luz de la cabina, vislumbré la amplia sonrisa de Sam.

Me alegré de que me hubiera encontrado. Respiré profundamente y me incorporé.

—¿Cuánto tiempo he estado inconsciente? —le pregunté.

—No lo sé. Cuando te encontré ya estabas desmayada.

—¿Qué hora es?

—Las 10 en punto.

—¿De la mañana? —me encontraba al borde de la histeria.

—¿Eh? Guapetona, debes de haberte golpeado la cabeza más fuerte de lo que pensaba —dijo—. No, aún es de noche.

—¡Joder! Sam, necesito que me lleves al castillo de Aidan. Tengo que encontrarlo antes de que sea demasiado tarde —le supliqué con la mirada.

—¿Demasiado tarde para qué? —el semblante de Sam reflejaba su confusión.

—No tengo tiempo para explicártelo. ¿Puedes ayudarme o no?

Sam se quedó pensativo, mirándome con sospecha.

—¿Crees que sería inteligente hacer eso teniendo en cuenta todo lo que sabes sobre él?

—¡Sí! —lo cogí por el abrigo para hacer que me mirara fijamente a los ojos—. Sé que parezco una loca lunática, pero tienes que escucharme.

—¡Cerrad los compartimentos! —los ojos de Sam resplandecieron de emoción cuando respondió—. Va a ser un viaje con muchos baches —metió la llave, y el motor rugió. Agarró la palanca de cambios con vigor y la empujó hacia adelante al tiempo que pisaba el acelerador, poniéndonos en marcha hacia el castillo—. ¿Cómo lograste estamparte contra un árbol?

—Perdí el control al girar en la curva. Todo lo que pasó después es un borrón.

—¿Por qué estabas aquí fuera con la que está cayendo?

—¿Has perdido la cabeza? —jadeé—. Recuerdas nuestra larga discusión en la casa de la señora Noel, ¿no?

—Siento las cosas que dije sobre tu padre, tío —Sam me echó un vistazo, apartando los ojos de la carretera por un segundo.

—No te preocupes por eso —me mordí el labio inferior—. Sé que no confías en Aidan, pero yo sí. Llámame estúpida, pero mi instinto me dice que lo crea —estudié el semblante de Sam con la mirada.

Me sostuvo la mirada.

—Sea bueno o malo, tienes que seguir tu instinto —sonrió, pisando el acelerador.

—Gracias, Sam. Te lo agradezco de verdad.

Me recliné en mi asiento y respiré profundamente conforme un sentido de urgencia se cernía sobre mí. Estaba agradecida por la ayuda y la comprensión de Sam. Puede que lo hubiera juzgado demasiado rápido. Al fin y al cabo, él era mi guardián. Su mal comportamiento había sido una máscara para engañar a todo el mundo. Tenía sentido, y me sentía mejor sabiendo que podía confiar en él. El largo tramo de carretera era traicionero, con curvas sinuosas que nos amenazaban con la muerte. La lluvia incesante todavía caía con fuerza, pero seguimos adelante, decididos a llegar al castillo.

Tras pelearnos con la tormenta, llegamos a las puertas del castillo

Manière. Extrañamente, las puertas estaban abiertas de par en par. Normalmente estaban cerradas a cal y canto.

—Sam, ¿alguna vez has estado aquí? —le pregunté.

—Vine a una fiesta en verano. Pero no recuerdo mucho de esa noche porque bebí demasiado —dijo con un guiño, sonriente—. Están dando una fiesta por Halloween esta noche, por cierto.

—¿Aquí, en el castillo? ¿Por qué no lo sabía?

—¿No lo sabías? Ojitos azules invitó a todo el mundo —Sam echó un vistazo por su ventana. Aunque las nubes eran amenazantes, había parado de llover—. Apostaría que han cancelado la fiesta.

—Puede. Pero entonces ¿por qué están las puertas abiertas? —me quedé mirando la fortaleza de hierro.

—Bien dicho —dijo Sam cuando atravesamos las puertas y llegamos a la entrada.

De repente, los ojos de Sam se encontraron algo en el camino.

—A mí me parece que se está celebrando algún tipo de fiesta —Sam gesticuló con la cabeza hacia delante.

Miré al frente y casi me quedé sin aliento. Había varios coches alineando la entrada, y no eran coches normales y corrientes. Estos coches eran de lo mejorcito que hay.

—¡Vaya! —estaba anonadada.

Esta debía ser la familia que Aidan había mencionado, la familia que sólo se presentaba en ocasiones importantes. Un temor inesperado me palideció el rostro.

—Sip, me gustaría conducir ese Bugatti rojo cereza —los ojos de Sam rezumaban anhelo—. Ese coche es un Rembrandt de edición limitada, un coche fantástico.

—Suena como si te hubieras puesto al volante —comenté.

Me pareció un poco raro, teniendo en cuenta que su camioneta era un dinosaurio.

—No, pero leí sobre ello en una revista —Sam exhaló.

Pronto, nos encontrábamos frente a la entrada principal.

—Sam, para aquí. No quiero llamar la atención.

No le conté por qué, ni a quién pretendía evitar. Pensé que, para protegerlo, sería mejor que no lo supiera.

Sam aparcó entre las sombras, donde nadie pudiera vernos.

—¿Quieres que te acompañe? —preguntó—. Por si necesitas refuerzos.

—No. Vuelve a casa —sonreí—. Esto es algo que tengo que hacer sola. Pero agradezco tu ayuda —me acerqué y le rodeé el cuello con los brazos, plantando un beso en su mejilla. Cuando me retiré, le sonreí—. Muchas gracias por rescatarme.

—No es problema, guapetona, eres mi chica —Sam sonrió, aunque había una chispa inusual en sus ojos.

Me encogí de hombros. Esta tormenta tenía a todo el mundo de los nervios.

—Vale, ¡deséame suerte! —esbocé una última sonrisa antes de salir de la camioneta.

Me dirigí hacia los arbustos que rodeaban el castillo. Me escondería entre las sombras de los arbustos para tratar de pasar desapercibida. Afortunadamente, la lluvia había cesado, pero el suelo seguía cubierto de barro. Permanecí agachada, apoyada sobre las manos y las rodillas. Para cuando encontrara a Aidan, estaría cubierta de barro. Caminando a cuatro patas, me aventuré a encontrar a Aidan Bane Du Pont.

Después de arrastrarme por los suelos durante un buen rato, finalmente llegué a una ventana que desprendía algo de luz. Estaba en alto, casi demasiado alto para que pudiera echarle un vistazo al interior. Miré a mi alrededor tratando de encontrar algo sobre lo que subirme, una rama de árbol rota o cualquier cosa.

—¡Ah!

Atisbé un par de ladrillos a sólo unos metros de mí, escondidos debajo de un arbusto. Los cogí y los coloqué debajo de la ventana, proporcionándome la altura suficiente como para que, al ponerme de puntillas, pudiera ver justo por encima del alféizar.

Se me paró el corazón cuando mis ojos captaron la festividad. Me sentí como una niña espiando a los adultos. La gran habitación acogía a una multitud decente de personas que charlaban alegremente. Por lo que pude ver, esto no era una fiesta de Halloween. Lo que se presentaba ante mis ojos me recordó a la película de *El gran Gatsby*. Las mujeres vestían brillantes vestidos que fluían como vidrio líquido alrededor de sus piernas conforme se paseaban por el suelo, y cada dama llevaba un arsenal de joyas, diamantes que resplandecían, desde los lóbulos de las orejas hasta los tobillos. A juzgar por el tamaño de las joyas, parecía que estas mujeres hubiera inventado el lujo.

Los hombres vestían de esmoquin y se mezclaban como pingüinos acurrucados para tomar el sol, aunque fue fácil distinguir los altos de los bajos y los gordos de los delgados.

Los camareros cargaban bandejas de aperitivos variados y copas de tallo largo llenas de una bebida burbujeante dorada que ofrecían a los huéspedes. La música animada vibraba a través del cristal.

Me fijé en el escenario de bailarines. Parecían estar fuera de lugar; llamaban la atención como estríperes irrumpiendo en la fiesta de la hija del presidente. Uno de los bailarines, que estaba en el centro del grupo, solamente llevaba puesto un extraño tocado que representaba a un carnero con dos cuernos. A parte de estar desnudo, el bailarín era tan impresionante como era misterioso. Su piel de bronce brillaba, suave como la porcelana.

Los otros bailarines eran hombres y mujeres, todos prácticamente desnudos. Eran cinco y rodeaban al que llevaba los cuernos, arrodillándose ante él y extendiendo los brazos sobre su cuerpo, tocándolo íntimamente. Quería mirar hacia otro lado, pero no podía apartar la mirada. Helada, observé como los bailarines indiscretos participaban en una fiesta lujuriosa.

«Y yo que pensaba que en la tele por cable hay programas subidos de tono».

Continué mi camino y pasé a la siguiente ventana, observando más parejas bailando. Todos llevaban una generosa cantidad de champán en cada mano, las cuales estaban decoradas con diamantes.

Me interesé en mirar a una señora mayor que vestía un vestido con un estampado llamativo. Era demasiado brillante e intenso, por lo que me recordó a Sally. Me reí para mis adentros. La rechoncha mujer, con guantes blancos que agarraban una copa de tallo alto en una mano, estaba tratando de abrirse paso a través del grupo de invitados, pero sin gracia. Se tropezó, chocándose con los demás, y derramó su bebida sobre un par de mujeres que parecían querer estrangularla.

Me quedé observando por un momento más y casi olvidé por qué estaba aquí. Deslicé la mirada hacia el otro lado de la habitación y me quedé sin aliento, boquiabierta, sin poder creérmelo. Se me inundaron los ojos de lágrimas y me sentí como una tonta. Atisbé a Bane, que iba vestido con un esmoquin como los demás, bailando con una rubia. No pude evitar admirar su elegancia y aplomo conforme se deslizaban por el suelo en un movimiento suave y fluido. Observé como Bane y la mujer se miraban a los ojos como si fueran amantes desafortunados. Bane sonrió ante algo que ella le susurró al oído.

Sentí un inesperado ataque de celos que me mordió como una serpiente de dos cabezas. Sentí el pinchazo de la traición; estaba enfadada, humillada y herida. Estaba arriesgando mi vida por un hombre que se había burlado de mí. De repente, fui consciente de la ropa que llevaba puesta y de que estaba cubierta de barro. Qué tonta había sido. No debía de estar aquí, yo no pertenecía a un mundo en el que la gente tenía los bolsillos llenos. Me aparté de la ventana. No podía seguir mirando. Había visto lo suficiente.

Sara tenía razón. Yo era desagradable e indeseable. Supuse que me merecía lo que me tocara por ser la persona más idiota del mundo mundial. Odiaba a Bane, pero me odiaba más a mí misma. Me sequé una lágrima con el dorso de la mano, manchando de barro mi mejilla.

Suspiré. Mi aventura había terminado, y nuestro romance había cesado como la lluvia. Cuanto antes saliera de este pueblo, mejor estaría. Puede que la señora Noel viniera conmigo.

Con los hombros caídos y mi espíritu destruido, comencé a alejarme de allí para buscar a Sam, cuando capté algo por el rabillo del ojo y me paré en seco. Volví a mirar a través de la ventana y me di cuenta de que todos los hombres estaba saliendo de la sala, abandonando la fiesta.

Entré en pánico, pensando que me habían visto, pero, cuando pasaron un par de segundos, me relajé. Los caballeros se aventuraron en otra dirección, hacia una zona remota del castillo, al parecer. Tenía que averiguar a dónde se dirigían los hombres. Observé mientras un mar de blanco y negro salía del gran salón de baile y dejaba atrás a las mujeres.

Vi a Aidan, cogiendo de la mano a la rubia, darle un beso en la mejilla. Su rostro resplandecía por su afecto hacia la chica, un cariño que a mí nunca me había mostrado. La joven tenía su corazón. Me dolía verlo, pero ¿cómo no hacerlo? Hacían buena pareja, ambos de sangre azul y de igual belleza. En cuanto a mí, yo era la chica que miraba desde fuera, donde tenía que estar.

Los hombres desaparecieron rápidamente, y mi curiosidad insaciable me imploró que los siguiera. Me apresuré y me acerqué a la siguiente ventana, pero los hombres habían desaparecido. Me acerqué a otra ventana un poco más allá y me detuve al escuchar una voz fuerte gritando palabras de enfado. Reconocía esa voz. Me acerqué al alféizar de la ventana y me asomé por el borde. Me quedé boquiabierta y abrí los ojos como platos, asustada. El director Van Dunn estaba hablando con uno de sus hombres de negro que no reconocía. Sin hacer ruido, escuché su conversación.

—Sospecho que mi sobrino planea abortar nuestros planes. Ese bastardo traidor —criticó Van.

—Sí, maestro, ¿y deseas que encuentre a la chica y la traiga hasta ti? —las palabras de la criatura eran robóticas, frías y sin entonación.

Un escalofrío me recorrió la columna vertebral.

—Sí, tráela hasta mí —gruñó Van—. Estaré en la mazmorra en camarilla con estos idiotas. Lleva a la chica al garaje y mantenla ahí hasta que llegue.

—Sí, maestro.

—Aunque mi sobrino quiera negar nuestra alianza, le voy a quitar los poderes a esa chica. Y, cuando obtenga sus poderes, iré a por mi sobrino. Creo que ya es hora de que me deshaga de ese estúpido inmortal.

Me bajé de los ladrillos y me alejé del alféizar, cayéndome de rodillas. Traté de obtener todo el oxígeno que mis pulmones exigían. La determinación de Van me aterrorizó tanto que me tambaleé. Si antes no sabía lo que era el pánico, estaba claro que ahora lo sabía.

¡Mierda! Lo quisiera o no, tenía que encontrar a Bane. ¿Cómo diablos encontraría esa mazmorra? Supuse que sería una cámara subterránea. Me mordí el labio inferior, pensando. Ahora que lo pensaba, Jeffery había mencionado que el castillo tenía pasajes ocultos por todo el interior.

—Eso es —murmuré.

Tenía que haber alguna puerta oculta que condujera a la mazmorra. Estaba que daba saltos de alegría... o casi.

Eché a correr hacia la parte trasera del castillo. Lo que sabía sobre la historia y los castillos de mediados de siglo era que los ataques siempre comenzaban por el frente. ¿Por qué si no tendrían un puente levadizo y agua para desviar las tomas de poder? Una puerta trasera para escapar se encontraría en el lugar menos visible. Pensé que la trampilla sería antigua y se encontraría en la parte trasera del castillo. Esperaba que mi corazonada fuera correcta. No estaba ansiosa por rebuscar en un castillo del siglo XVI.

Con sólo la luz de la luna como mi guía, continué hacia adelante. Rodeé el castillo con la esperanza de encontrar la puerta secreta. Pasé la mano por la piedra irregular, esperando encontrar algo que pudiera parecerse a una trampilla. Pasé por cada esquina, arrancando las enredaderas, pero no encontré nada que indicara que hubiera una entrada secreta. Volví sobre mis pasos y, de nuevo, terminé con las manos vacías. Puse los brazos en jarras y suspiré, sintiéndome derrotada. Me apoyé contra la piedra y contemplé el prado verde que se extendía hacia el horizonte. La luna llena iluminaba con su luz plateada las cimas de las colinas y la tierra estaba cubierta de una alfombra verde. Era precioso.

Caminé a través de la hierba verde en dirección a un gran roble, el único árbol en los alrededores. Como no miré por donde iba pisando, me tropecé con algo y me di de bruces. Frustrada, me di la vuelta hasta quedar tumbada sobre mi espalda y pateé el suelo con furia. Calada hasta los huesos, helada y cubierta de barro de pies a cabeza, lo único que quería era irme a casa y dormir hasta siempre.

Le propiné una rápida patada al suelo, y mi pie golpeó algo duro. Di un alarido por el dolor repentino, pero, entonces, abrí los ojos por la sorpresa. Parpadeé, miré hacia abajo, y allí estaba. Mi boca formó una enorme «O». Me incorporé y me agaché para inspeccionarlo. Mis manos se cerraron alrededor de algo frío al tacto que parecía ser de metal.

Empecé a arrancar las enredaderas y a cavar el barro con mis propias manos. No me importaba si tenía que cavar hasta la China.

Sin aliento, y con los músculos doloridos, me eché hacia atrás, contemplando lo que había hallado con incredulidad.

—Parece una trampilla —susurré con entusiasmo.

Estaba plana contra el suelo como la puerta de un búnker subterráneo, aunque parecía algo sacado de la Edad de Piedra y la madera parecía estar petrificada. Por su aspecto andrajoso, asumí que sería frágil. Aun así, era una puerta, y estaba segura de que conduciría a la cámara secreta que había descrito el tío de Bane. Quité el barro de la puerta lo mejor que pude.

La examiné con la mirada, observando su estilo. Nunca había visto un pomo como este. Ciertamente pegaba con la antigüedad del castillo, sin embargo, no entendía cómo esta puerta y el pestillo habían sobrevivido todos estos siglos.

Me maravillé ante el mecanismo de la puerta. El pestillo consistía en una barra horizontal sostenida en un bucle vertical, con un cierre unido al marco de la puerta. No cabía duda de que aquello era más viejo que matusalén, pero nada de eso importaba. Lo único que me preocupaba era si los años lo habían oxidado hasta arruinarlo. Sólo había una manera de averiguarlo.

Contuve la respiración, cogí el pestillo con los dedos y le di un tirón con fuerza. Al principio, no cedió cuando lo forcé, con los dientes apretados y el rostro rojo como un tomate; hasta que, de repente, se abrió, provocando que me cayera hacia atrás y aterrizara sobre mi trasero.

—Ay —grité de dolor, pero me incorporé rápidamente.

Entonces, volví a fijarme en la trampilla. Me puse en pie, agarré el mango y tiré de la puerta de madera. Se resistió, pero yo estaba determinada a salirme con la mía, por lo que seguí tirando hasta que la puerta se abrió de par en par. Una espesa nube de polvo voló hacia mi cara. Me caí a cuatro patas, jadeando y asfixiándome. El aire olía a rancio y la suciedad vieja apestaba a estiércol, y sabía incluso peor.

—¡Puaj! —tosí ante la suciedad asquerosa.

Después de aclararme la garganta, me puse de pie y limpié el hollín de mi rostro con el dorso de la mano, pero me salió el tiro por la culata porque, en lugar de limpiar la suciedad, lo único que conseguí fue restregarla por mi rostro, agregando a la capa de suciedad que ya llevaba encima. En qué desastre me había convertido, embadurnada en barro y bajo capas y capas de suciedad.

—¡No seas gallina! —apreté los dientes.

¡Por Dios! Me estaba volviendo loca por un poco de suciedad. Sacudí los hombros, deshaciéndome de mi paranoia, y me asomé por la trampilla. Las telarañas y la oscuridad cubrían el hueco, impidiéndome echarle un buen vistazo. Di un paso atrás, repugnada. Era consciente del riesgo que suponía entrar en ese agujero negro. Las serpientes y los caimanes eran sólo la guinda del pastel.

Saqué mi móvil y lo desbloqueé, pero entonces me di cuenta de que la batería se había agotado.

—¡Joder, joder, joder! —maldije.

En una rabieta, me golpeé la frente con el móvil. Quería pisotearlo. Olvidarme de cargar el móvil parecía ser una de mis tendencias suicidas. Resoplando, volví a meter el móvil inútil en mi bolsillo, soltando palabrotas que hubieran hecho sonrojarse a un marinero.

Me puse de rodillas y me asomé sobre el agujero. Metí la mano y quité las telarañas. No podía ni ver casi nada, y estuve a punto de perder los nervios cuando la sustancia pegajosa se pegó a mi mano. Rápidamente, restregué la mano sobre la hierba. Me llevó varios intentos deshacerme de las telarañas que se habían enredado en mis manos.

—¡Puaj!

Respiré profundamente y me obligué a meter la cabeza por el agujero. Abrí los ojos, conteniendo la respiración, y me asomé por el agujero, mirando adentro. Con la poca luz que desprendía la luna, vislumbré unas escaleras.

Sin una linterna, ni siquiera una cerilla, no me era posible calcular la profundidad del agujero, pero estaba prácticamente segura de que no se trataba de un pozo de agua, dado que había unas escaleras. No obstante, me preocupaba la condición de los escalones. Por lo que podía ver, las escaleras parecían estar compuestas de adoquines y argamasa, pero no tenía ni idea de si las viejas piedras se derrumbarían bajo mis pies. Se podrían dar tantas posibilidades... y cada una era igual de peligrosa. Si llegaba al fondo de una sola pieza, ¿me encontraría con el infame tío y su siervo diabólico, el hombre de negro? ¿O me encontraría en una guarida de serpientes venenosas y caimanes? Pensé en cada posible sinopsis.

—¡Mierda! —me puse de pie, alejándome, con el puño en la boca.

Estaba al borde de la histeria. Inhalé profundamente y exhalé, armándome de tanto valor como el aire de la noche lo permitía.

Me quedé mirando el agujero negro. O me la jugaba o me entregaba a Van. Giré sobre mis talones, tanteando en el suelo. Necesitaba hacerme con algo que pudiera utilizar como refuerzo y protección. Mis ojos captaron un palo largo que yacía bajo el roble. Me acerqué y lo cogí del suelo. También cogí una roca.

Volví a centrar mi atención en el agujero, aceptando lo que debía enfrentar. Simplemente tenía que hacerlo, sin pensarlo, y lanzarme de cabeza.

—Puedo hacerlo.

Con los dientes apretados, di una zancada y me zambullí en la oscuridad.

EL OJO QUE TODO LO VE

M e quedé helada conforme la piel de mi cuello se erizaba, como si estuviera caminando sobre la cuerda floja con los ojos vendados. Me encontraba al borde del delirio, sumergida en una oscuridad absoluta. Me vino a la mente la historia de Jonás y la ballena.

—Vale —inhalé el aire rancio—. Puedo hacerlo —me persuadí con gentileza.

Apoyé una mano en la pared irregular, pero, al instante, sentí telarañas pegándose a mis dedos, por lo que me retiré y me llevé la mano al pecho.

—Vamos, no seas gallina —resoplé.

Respiré profundamente y volví a colocar la palma de mi mano sobre la piedra gruesa. Con la otra mano, apreté el palo y lo agité frente a mí, tratando de encontrar cualquier obstáculo, aunque de momento no parecía haber ningún estorbo en el camino.

Golpeé con el palo de un lado al otro de la pared, tratando de calcular el ancho del túnel. Era bastante estrecho, lo que significaba que no tenía mucho espacio para moverme.

De repente, cuando moví el palo hacia la derecha tanto como pude, no pude tocar nada más que aire. No parecía haber una pared en ese lado.

—Perfecto —gruñí.

Eso significaba que mi espacio estaba limitado y que, si me resbalaba, me caería hasta encontrar mi muerte. Tiré la piedra y escuché su eco. Pasaron varios segundos hasta que escuché un fuerte golpe seco. Tenía la corazonada de que sería una caída fatal.

«Si me pego contra la pared, todo debería de ir bien. En teoría», pensé.

Me estabilicé y sentí la superficie áspera bajo mis pies. Era desigual e inestable. Escuché los pequeños guijarros cayendo por los escalones y por el precipicio. Tendría que tranquilizarme e ir dando cada paso lentamente antes de colocar mi peso sobre los escalones.

—Vale, hasta ahora todo bien —solté el aliento.

A la cuenta de tres, un pie tras otro, continué bajando los escalones. Mi equilibrio era de lo mejor posible, dadas las circunstancias. Di otro paso, descendiendo aún más allá en el abismo.

Sin darme cuenta, había bajado varios metros. Me giré para echarle un vistazo a la entrada y vi que el agujero se había vuelto mucho más pequeño y más tenue. Me estaba internando más y más en las entrañas de la negrura, pero seguía sin saber cuánto más tendría que bajar antes de llegar al final. Aunque sin duda, si me caía, sería mi final. Continué bajando, con una mano contra la pared y la otra moviendo el palo por delante de mí, guiándome como un ciego.

Justo cuando estaba empezando a sentirme un poco más segura, cometí un error de juicio y pisé con demasiada fuerza sobre una roca suelta. La piedra hizo que me tropezara, y dejé caer mi palo por el precipicio. Además, me resbalé y no pude evitar la caída. Descendí varios metros y aterricé con la parte superior del cuerpo sobre las escaleras, mientras que mis piernas colgaban del borde. Con mi corazón latiendo a mil por hora, me aferré a una roca, pero mi agarre era débil. Tenía que actuar rápido. Con todas mis fuerzas y los dientes apretados, levanté una pierna sobre la piedra, posicionándome de nuevo sobre los escalones. Luego, me recliné contra la pared, llené mis pulmones de aire y le di las gracias a mi ángel de la guarda por seguir con vida.

Entonces, recordé mi palo, mi guía de confianza, y comencé a maldecir. Estaba enfadada conmigo misma. A pesar de mi frustración, ahora estaba atrapada. Tanto subir como bajar sería peligroso.

Con miedo y determinación, me puse en pie lentamente y pegué la espalda contra la pared. Continué descendiendo hacia las oscuras profundidades con paso firme. Me detuve súbitamente cuando pude sentir lo que parecía ser una superficie plana bajo mis pies y escuché el eco del agua goteando en la distancia. El sonido me resultó tan familiar que se me pusieron los pelos de punta. Inhalé, respirando algo de polvo, y extendí el brazo, quitando las telarañas. Di unos pasos más, hasta que sólo pude sentir espacio a mi alrededor. Se me aceleró el pulso conforme seguía andando, paso a paso, con los brazos estirados hacia delante, buscando a tientas cualquier cosa que se presentara en mi camino.

Luego, repentinamente, mis dedos tocaron una barrera a cada lado de mí. Me quedé sin aliento. Se trataba de un pasillo. Era bastante estrecho, pero había más que suficiente espacio para pasar. Solté el aliento. Me sentí aliviada por encontrarme sobre una superficie plana, sin tener que dar más pasos en falso. Inconsciente de lo que quedaba por delante, procedí con precaución.

Me encontré con otra nube de telarañas y me tuve que tragar el pánico que se apoderó de mí. Luché sin miedo, deshaciéndome de cada telaraña que me rozaba la cara. A medida que avanzaba por el pasillo, vislumbré una tenue luz parpadeando en el horizonte, y el eco del goteo de agua sonaba con más fuerza. Al parecer, me estaba acercando a una abertura, posiblemente a una cámara. Aceleré el paso con fervor, con los ojos clavados en la tenue luz.

Cuando giré en la siguiente esquina, me paré en seco. Con el corazón en la garganta, entré en lo que parecía ser un sueño, el mismo sueño que me había estado persiguiendo desde la infancia.

La tenue luz de las velas iluminaba la cámara, creando sombras. Clavé los ojos sobre un grupo de trece hombres envueltos en túnicas negras, todos frente a un comité de nueve hombres vestidos con túnicas blancas que también llevaban puestas unas máscaras doradas. Supuse que serían los concejales que Bane había mencionado. Los hombres hablaban en susurros mientras yo me esforzaba por escuchar.

Me agaché, escondiéndome en las sombras, y me acerqué aún más, esperando obtener una mejor vista. Encontré un rincón en la sombra y me escondí detrás de la fuente de agua. Oculta entre las sombras, miré por encima del borde de la fuente y permanecí en silencio.

Me fijé en que la pared a mi izquierda estaba grabada, pero, debido a la débil iluminación, me resultó difícil distinguir los símbolos. Los petroglifos eran viejos símbolos y dibujos tallados en piedra, muy similares al arte egipcio, altamente simbólicos. Recordé haber leído que el simbolismo jugaba un papel importante en el establecimiento de aquellos en el poder y el orden. Todos y cada uno de los símbolos de los dioses y diosas egipcias estaba omnipresente en el arte egipcio. Me pareció extraño ver esas marcas en las paredes del castillo.

Un grabado en especial me llamó la atención: la representación era una mezcla de diferentes animales. Supuse que sería alguna criatura mítica derivada de la religión pagana. El grabado estaba un poco desgastado, y se notaba que había visto días mejores. Aun así, podía distinguir su contorno. Me pareció fascinante y espeluznante al mismo tiempo. Su cabeza tenía la forma de una serpiente y, descansando sobre ella, había dos cuernos, como los de una bestia. El cuerpo era escamoso, como un dragón. Las patas delanteras eran felinas, pero las patas traseras eran garras afiladas, tan letales como la cola de escorpión de la criatura. Qué bestia tan extraña.

Sobre el comité, atisbé un ojo brillante en el núcleo central de un triángulo, sentado sobre la parte superior de una pirámide. Me recorrió un escalofrío por la columna vertebral cuando me di cuenta de que ese ojo era el mismo que aparecía en la parte posterior de los billetes de un dólar.

—Maldita sea —murmuré en silencio—. ¿En qué me he metido?

Me llevé la mano al pecho para sentir los erráticos latidos de mi corazón. ¿Por qué me daba la sensación de que, de alguna manera, el ojo tallado y el ojo de mis sueños estaban conectados?

De repente, escuché unos pies moviéndose y algo golpeando el suelo. Centré mi mirada en los dos hombres vestidos de negro que cargaban con unos palos blancos.

«¿Qué demonios?». Me esforcé por echarle un mejor vistazo y, entonces, caí en la cuenta. «Virgen Santa. Llevan huesos. Huesos humanos», pensé. Se me heló la sangre mientras observaba la escena.

Los dos hombres depositaron la pila de huesos en un hoyo situado en el centro de la cámara y prendieron una hoguera. Las llamas se elevaron hasta casi rozar una abertura en el techo.

Entonces, las cosas comenzaron a cambiar rápidamente. En el lado más cercano a mí, atisbé una estrella de cinco puntas tallada en el suelo de adoquines, que comenzó a separarse. De las entrañas de su tumba, apareció un trono dorado en oro.

Los hombres de túnicas negras se reunieron alrededor del fuego gigante conforme los hombres de túnicas blancas se ponían de pie. Juntaron las manos, alzaron los rostros hacia las llamas y comenzaron a cantar todos a la vez. La cadencia aumentó a medida que la intensidad crecía. Las palabras no estaban claras, pero no tenía que entenderlo. En mi interior sabía que era pura malevolencia, y eso me puso mala.

Quería echar a correr, pero tenía los pies pegados al suelo.

Cuando dejaron de cantar, el silencio reinó entre las túnicas. Un fuerte ruido, como un trueno, retumbó en la cámara conforme las nubes oscuras y ominosas crecían y un viento feroz aullaba. Los hombres se habían puesto de rodillas, haciendo una reverencia con los brazos estirados y las palmas apoyadas contra el suelo como si estuvieran rezando.

«¿Rezándole a qué?», me pregunté interiormente.

El fuego se hizo más grande, bailando, arremolinándose, expandiéndose, encogiéndose y lamiendo el cielo.

Observé, aterrorizada, como una criatura apareció en el centro de la hoguera. A diferencia de todo lo que había visto, la criatura poseía la forma de un hombre envuelto en llamas. Cuando la criatura salió del fuego, su cuerpo se transformó en algo incomprensible. No era ni hombre ni humano. Ningún ser humano podría caminar a través de las llamas y salir ileso. De repente, recordé al bailarín con los cuernos de antes y caí en la cuenta de que la criatura era una deidad, un dios al que adoraban.

¿Cómo podía describir a esta criatura cuando ni siquiera creía lo que veían mis ojos? Su cuerpo escamoso debía de alcanzar al menos los tres metros de altura. Los cuernos que llevaba parecían una corona, y tenía una cola que era tan amenazante como sus colmillos. Además, tanto los pies como las manos de la bestia eran garras. Era algo espantoso.

Se me pusieron los pelos de punta. Estaba repugnada y aterrorizada, y quería correr y salir de allí, pero temía por mi vida y por la de Aidan. Tenía que averiguar si este monstruo planeaba matarlo.

Súbitamente, oí una voz familiar alzarse sobre el silencio letal. Paseé la mirada por toda la cámara hasta que di con Aidan. Mi corazón latía por él. Temía por su vida.

Aidan estaba de pie, vestido de negro, frente al trono dorado, donde reposaba la bestia sosteniendo un cetro con una serpiente tallada en la punta. Clavé los ojos en Aidan mientras trataba de escuchar.

—Levantaos, hermanos míos —gritó la voz mecánica de la extraña criatura—. Estamos reunidos aquí esta noche para celebrar.

Reinó el silencio sobre la cámara mientras los hombres vestidos de blanco y negro se ponían de pie, quedando cara a cara con la bestia.

—Hermano mío, Du Pont, me alegra verte otra vez. Tengo entendido que tienes algo que compartir con esta buena hermandad —dijo la criatura con autoridad.

—Sí, sabio, tu suposición es correcta —Bane se arrodilló ante la bestia.

—Entonces, cuéntanos, porque tenemos una celebración con la que deleitarnos de nuestro éxito —dijo la criatura entre dientes, golpeando el suelo de piedra con su cetro.

—Gracias, omnipotente, por permitirme tomar la palabra —la voz de Aidan se alzó entre los hombres, y habló con confianza—: Me ha llamado la atención que hay algunos entre nosotros que desean que procedamos en otra dirección para lograr el nuevo orden mundial —la voz de Aidan era grave y seria—. Me han chantajeado para que siguiera unas órdenes en contra de mi voluntad.

Inmediatamente, el parloteo se extendió como la pólvora en un campo de trigo seco.

Rápidamente, la bestia se incorporó y volvió a golpear el suelo con el cetro, exigiendo obediencia.

—¡Silencio, imbéciles! —gruñó la criatura con odio. Repasó con la mirada los hombres encapuchados y, luego, fijó su siniestra mirada en Aidan—. Procede con tu reclamación, hermano mío —la criatura se sentó de nuevo en el trono de oro.

—He servido a nuestra causa desde hace mucho tiempo y he trabajado por el nuevo sistema para que el mundo de la humanidad y los reinos místicos puedan vivir en paz y armonía. Nos encontramos en el umbral de un gran cambio, y yo deseo cumplir con mi parte.

—Y, ¿cuál es tu parte, hermano mío? —preguntó la criatura.

—La chica, la híbrida, ha sido confiada a mi cuidado. Estamos unidos por un contrato de sangre —Bane vaciló—. ¡La chica es nuestra única posibilidad de verdad de traer salud y perfecta armonía a nuestros mundos! Querido Cruis, debemos aprovechar esta impresionante oportunidad y permitir que este precioso regalo viva y cumpla su destino.

De repente, de entre las túnicas negras, apareció un hombre que se acercó a la bestia.

—Siento mucho hablar sin permiso —el hombre que hablaba era Van —. Si se me permite, me gustaría acercarme al consejo.

Reinó el silencio entre las túnicas.

—Hermano, Dunn, ¡será mejor que tengas una buena razón para haber interrumpido! —la amenaza de la criatura consiguió que el grupo de túnicas se quedara helado.

—Lo que mi sobrino está tratando de decir es que debemos seguir adelante según lo planeado con la híbrida. Sin embargo, mi sobrino ha expresado sus preocupaciones por la joven —exclamó Van—. La chica no está acostumbrada a nuestra forma de vida y puede que no esté dispuesta. Me temo decir algo así —dijo Van con fluidez.

La criatura se inclinó hacia adelante con los ojos clavados en Van.

—¿Por qué dices esto?

Bane permaneció en silencio, erguido, su expresión ilegible.

—La chica ha tenido una vida terrible. Vivir con una alcohólica le ha debido pasar factura —la voz de Van era fuerte y enfadada—. Tengo razones para creer que la híbrida no es estable. Han surgido rumores de que es una drogadicta. Si fuera cierto, es una contaminadora y debe ser tratada en consecuencia —Van escupió sus mentiras.

—¿Ha perdido la híbrida su virginidad? —preguntó la criatura.

—Sí, padre, creo que mi sobrino ha comprometido su pureza.

—¿Son estas afirmaciones verdaderas, hermano Du Pont? —la criatura le echó un vistazo a Bane.

La muchedumbre de túnicas negras comenzó a parlotear. En un instante, la criatura se puso en pie de nuevo y golpeó con su cola letal a los hombres encapuchados.

—Silencio, débiles estúpidos —criticó con indignación. La cámara se quedó en silencio, y la criatura centró su atención en Aidan—. Responde a la pregunta, hermano Du Pont.

Aidan fulminó con la mirada a su tío y, luego, se volvió hacia la criatura antes de responder.

—La chica aún mantiene su pureza. Pero no seguiré ocultando mis verdaderos sentimientos —gritó Aidan—. Al principio, no deseaba ninguna parte de la híbrida. Es una chica rebelde, obstinada y altamente malhumorada.

Una risa se extendió entre las túnicas.

—No obstante, al ver más allá de sus defectos, he podido cambiar de opinión y, por lo tanto, mis deseos han cambiado también. Cruis, gran todopoderoso, deseo cumplir con mi deber por el bien de la causa y llevar a esta joven a mi casa para protegerla —Aidan se mantuvo erguido con valentía.

—¡Bastardo! —le gritó Van a Aidan—. ¿Cómo te atreves a traicionarme? Eres un ingrato…

Aidan permaneció en silencio, frunciendo el ceño, claramente enfurecido.

La cámara explotó en un clamor inquieto, escuché pies moviéndose frenéticamente y vi puños alzados en el aire. Las túnicas blancas golpearon sus martillos. El ruido voraz retumbó en el aire.

La criatura alzó su cetro por encima de su cabeza y un rayo salió disparado entre todas las túnicas. Súbitamente, los cuerpos se dispersaron, las cabezas se agacharon y los hombres comenzaron a caer conforme sus cuerpos se debilitaban.

De repente, reinó el silencio, la cámara se calmó y todo el mundo abrió los ojos con horror. La criatura se detuvo y observó a uno de los hombres lentamente antes de tomar asiento.

—Hermano Van Dunn —la bestia se dirigió a él con renombrado desdén—, otra interrupción y te convertirás en mi cena —amenazó.

El tío de Aidan asintió en silencio con la mandíbula apretada.

—Hermano Du Pont, espero que acojas a la chica bajo tu ala esta misma noche. Todos tenemos que hacer nuestra parte por un nuevo mundo libre de enfermedades, muerte y hambruna.

Van se puso de pie y, dando pasos audaces, se acercó al trono.

—Por favor, gran señor, debes escucharme —le suplicó.

La criatura fulminó con la mirada a Van.

—Si te concedo la palabra, ¿aceptarás mi decisión de una vez por todas?

—Sí, Cruis, por supuesto —respondió Van rápidamente.

—¿Estáis de acuerdo con mi decisión de escuchar lo que tiene que decir el hermano Van Dunn? —la criatura centró su atención en las túnicas blancas.

—¡Sí! —respondieron en una voz colectiva los miembros del consejo.

Cruis asintió con la cabeza para que Van procediera.

—Yo no he sido bendecido con la inmortalidad como mi sobrino. Claro que uso ese término libremente. El hermano Du Pont ha vivido durante tres siglos, y yo todavía me encuentro en el primero.

Las túnicas soltaron débiles carcajadas.

—Sí es cierto que no soy más que un humano en nuestra hermandad. Pero, por favor, permitidme hablar en nombre de mis hermanos humanos y de los que son celestiales —Van comenzó a declarar su postura—. Compartamos esta noche un regalo maravilloso —extendió los brazos, acogedor—. ¡Tomemos parte de la esencia de la chica, y así todos podremos gobernar como dioses! No tendremos que esperar a que su descendencia traiga una armonía perfecta a nuestro sistema. Tomemos lo que nos pertenece ahora y disfrutemos del deleite de la vida eterna —rugió Van, mirando a través del mar de túnicas.

—¿De qué sirve un reino cuando no tienes cortesanos? —desafió Aidan a Van. Luego, se dirigió al resto de hombres—: Si abortamos nuestro objetivo original, ¡tendremos que enfrentarnos a una extinción! ¿Gobernarán los dioses los unos sobre los otros? —Aidan miró a Van con dureza y, luego, se centró en la criatura y en las túnicas blancas—. Esto —Aidan señaló a su tío—, son las divagaciones de un hombre desesperado y anciano que anhela la atención como un bebé amamantado llora por el pecho de su madre —la voz de Aidan causó una gran conmoción en todos los presentes—. La chica me pertenece a mí —se golpeó el pecho con el puño, mostrando su dominio—. Y quienquiera que me desafíe se pasará el resto de la vida en el infierno —con su postura depredadora, Aidan se mostraba de lo más amenazante.

La criatura se llevó la mano a la barbilla mientras parecía reflexionar sobre los argumentos de ambos hombres.

—Preguntaos por qué estos humildes merecen una segunda oportunidad. Los seres humanos son sus propios peores enemigos. Lo destruyen todo a su paso. Debido a su cabeza dura, están plagados —dijo Aidan—. Creo firmemente que la chica es la respuesta a nuestras oraciones, padre. Nosotros, los Illuminati, la creamos con este único propósito. Es nuestro verdadero destino sumergirnos en un nuevo orden mundial sin pestilencias ni guerras —gritó Aidan con fervor y, cuando alzó el puño, los demás lo siguieron. La emoción se elevó entre las túnicas mientras gritaban en su apoyo.

—¡Mi perro conoce más trucos que esa zorra con la que quieres acostarte! —escupió Van.

—¡Calla, viejo! Ya he tenido suficiente de tus mentiras insidiosas —arremetió la criatura.

Inmediatamente, Van agachó la cabeza, como si sintiera remordimientos, aunque yo sospechaba que no era eso lo que guardaba en su negro corazón.

—Perdóname, padre —se disculpó.

La criatura se puso de pie, agarrando su cetro con la mano derecha.

—Los concejales y yo le concederemos este deseo al hermano Du Pont. Pero, si la híbrida no cumple, tu castigo será la muerte —la criatura entrecerró sus ojos negros—. ¿Queda claro, hermano Du Pont?

—Sí, padre —Aidan hizo una reverencia y salió de allí.

La criatura, Cruis, se giró hacia Van.

—Por tu traición y tus mentiras, hermano Van Dunn, revocaré tus privilegios como miembro de esta hermandad. Permanecerás expulsado hasta que yo decida que has aprendido la lección —rugió la criatura—. Ya podéis salir —la criatura levantó la vista—. Esta reunión se ha suspendido.

Las túnicas comenzaron a corear. Se dejaron caer, arrodillándose ante la criatura, conforme ésta retrocedía hacia el fuego y desaparecía.

De inmediato, desapareció el aire de la atmósfera. Mis pulmones me estaban pidiendo oxígeno. Tenía que salir de esta cripta, y rápido.

TRAICIÓN

ateé de vuelta al pasaje por el que había entrado. Cuando llegué al pasillo oscuro, me puse en pie y salí de allí como alma que lleva el diablo. Mientras corría por mi vida, escuché un ritmo de oraciones. El sonido repugnante hizo que casi vomitara, pero me deshice de ese sentimiento y seguí mi camino.

Finalmente, llegué a las escaleras y comencé a subir, rezando porque no me hubieran reconocido. Sumergida en la oscuridad total de nuevo, me puse a subir a tientas cada centímetro de mi camino de regreso a la libertad. Súbitamente, oí pasos acercándose y entré en pánico. Quien fuera que se estuviera acercando, estaba avanzando, y rápido.

«Joder, me han pillado».

Mis pulmones se tensaron, y mi corazón iba a mil por hora. Estaba atrapada y no tenía dónde esconderme, así que hice lo único que podía hacer... ¡correr! Devorada por la completa oscuridad, me apresuré, paso a paso. Lo único que podía hacer era seguir moviéndome y rezar por llegar a la entrada. De repente, sentí un haz de luz golpeándome la espalda y me paré en seco. Me habían encontrado. Recé para que no fuera Van.

Eché un vistazo por el precipicio, preguntándome si podría saltar, y jadeé. La caída era un pozo sin fondo que se aventuraba mucho más allá de la luz. Estaba perdida. Como si me estuvieran apuntado con un arma a la cabeza, di media vuelta con las manos en alto y entrecerré los ojos ante la luz tan intensa. Con el corazón en la garganta, me preparé para lo peor.

—¡Guapetona! ¿Qué diablos estás haciendo en este agujero? —la voz amistosa vino de detrás de la linterna.

—¡Sam! ¿Eres tú? —me tapé los ojos con la mano.

Sam dejó caer la linterna a su lado.

—¿Acaso hay algún otro que te llame «guapetona»? —sonrió.

Corrí hacia él, me tiré a sus brazos y le planté un beso en los labios.

—Sam, no te imaginas lo feliz que estoy de verte.

—Creo que me lo acabas de demostrar —hizo una pausa, mirándome fijamente a los ojos—. ¿Qué estás haciendo en esta cripta?

Los sucesos de lo que acababa de presenciar inundaron mi mente.

—Sam, tenemos que salir de aquí, y pronto —lo cogí de la mano—. Te lo explicaré luego.

—Me da que tienes razón —se inclinó ligeramente sobre el borde, iluminando el precipicio con la linterna—. ¡Vaya! No me gustaría nada ver a alguien caerse en esos picos.

—Vamos, Sam. Tenemos que irnos ya —insté, tirando de su mano.

—Sí, señora —Sam sostuvo la linterna frente a nosotros, guiándonos de regreso a la entrada.

En unos minutos, nos encontramos fuera de la conejera. Me incliné, respirando profundamente el aire fresco. Nunca había tragado tanta suciedad en mi vida.

Después de estar un minuto quitándose el polvo, Sam habló.

—Chica, ¿qué te ha dado para que te metieras en ese agujero? —su voz parecía estar cargada de irritación.

Supuse que lo tenía preocupado. El bueno de Sam. Sonreí para mis adentros. Como no tenía tiempo para explicarme, tomé la ruta más fácil: mentir.

—Me caí por el agujero.

—¿Estaba la trampilla abierta cuando te caíste? —me miró con sospecha conforme levantaba la puerta de la entrada, la cerraba y le echaba el pestillo.

—Eh... sí —mentí—. Ni siquiera recuerdo que hubiera una puerta. Estaba caminando y tropecé —esa última parte no era una mentira.

Me sentía fatal por no contarle a Sam toda la verdad, pero mi instinto me advertía que me guardara los detalles para mí.

—¿No estás herida?

Miré hacia abajo a mi ropa sucia y mis brazos rasguñados.

—No, estoy bien, sólo un poco sucia —solté una carcajada.

Sam me limpió la nariz con el dedo, deshaciéndose de la suciedad.

—Yo diría que parece que has estado revolcándote en el barro —esbozó una sonrisa de mala muerte—. Te queda bien —me examinó con los ojos de lobo con bastante intensidad, haciendo que me sintiera incómoda.

—¿Qué vas a hacer ahora? —cambié de tema rápidamente.

—Oh, creo que voy a quedarme un rato sentado debajo de este roble, no vaya a ser que caigas en otra trampa —Sam esbozó una amplia sonrisa, pero no se reflejó en sus ojos.

Me pareció de lo más peculiar, pero, al pensarlo dos veces, sacudí ese pensamiento. ¿Por qué no confiaba en él? Sam era mi guardián y protector.

—Sam, gracias por estar aquí para mí.

—Estoy aquí para protegerte —me dio un suave apretón en el hombro.

—Entiendo por qué te comportaste como lo hiciste. Estabas tratando de encubrirte —dejé escapar un suspiro—. Agradezco tu consejo. He decidido seguir adelante con el hechizo de infusión.

—¿Al final vas a llevar a cabo la ceremonia de unión con Aidan? ¿Y arriesgarlo todo?

—Sí, acepto los riesgos —había tomado mi decisión. Me tocaba a mí salvar a Aidan.

—¿Estás segura de que estás tomando la decisión correcta? —su voz denotaba duda.

—Tengo que hacer lo correcto.

No podía darle la espalda a Aidan ahora. Él había arriesgado su vida para salvar la mía. Ahora que Aidan había traicionado a Van, era sólo cuestión de tiempo que enviara a sus perros tras él. Tenía que ayudarlo a detener a su tío.

—Lo entiendo, guapetona —Sam me quitó un trozo de hierba de mi pelo despeinado y sonrió. Luego, apuntó al roble con el dedo—. Estaré aquí esperando, por si me necesitas —se inclinó y me abrazó. Cuando retrocedió, allí estaba otra vez ese extraño destello en sus ojos.

Lo ignoré. Serían los nervios. Esta noche nos tenía a todos de los nervios.

—Gracias, Sam. Eres el mejor.

Tenía que darme prisa porque temía encontrar a Aidan demasiado tarde. A pesar de haberlo visto con otra mujer, sentía que Aidan me había estado protegiendo durante todo este tiempo. Estaba segura de que no me traicionaría, así que tenía que dar la cara por él. Sabía que Van no pararía hasta obtener lo que quería. Mientras siguiera siendo virgen y mis poderes estuvieran desprotegidos, Van representaba una grave amenaza. Si lograba quitarme mi esencia, significara lo que significase eso, se volvería imparable, lo que significaba que Aidan también corría peligro.

Según cómo yo lo veía, si pudiera detener a Van al entregarme a Aidan, ¿por qué no hacerlo? Era simplemente una forma de acabar con esta pesadilla que parecía tenernos prisioneros a Aidan y a mí. Si algo tan pequeño como renunciar a mi virtud conseguiría salvar nuestras vidas, era un pequeño precio a pagar. Tenía los pelos de punta. Necesitaba encontrar a Aidan, y sabía que la persona que podría llamarlo por mí sería Jeffery.

De pie frente a la ventana de la cocina, atisbé a varios camareros con uniformes blancos y negros yendo y viniendo con bandejas plateadas llenas de aperitivos. Vi a Jeffery amenazando con el dedo a un joven camarero. No podía oír ni una palabra de que lo decía, aunque la mandíbula de Jeffery estaba aleteando tanto como su dedo. Rápidamente, Jeffery le quitó la toalla blanca al joven camarero y se limpió la cara con un paño. No pude evitar reírme. ¿Cuándo había visto a Jeffrey sudar?

El joven camarero asintió con la cabeza y, luego, Jeffery le indicó que se marchara, rechazando al joven. Enfadado, Jeffery se dio media vuelta y se abrió camino a través de los otros miembros del personal. Casi todo el mundo estaba apresurándose, tratando de mantener a los huéspedes llenos con comida y bebida. Jeffrey sólo se detuvo cuando me vio. Sus ojos se abrieron tanto que parecía que iban a salírsele de las órbitas, y su mandíbula casi cayó contra el suelo. Luego, discretamente, señaló la puerta trasera, la entrada de los sirvientes.

Sin perder ni un segundo más, gateé sobre las raíces y el barro hasta que llegué a la puerta trasera. Manteniéndome fuera de la vista, me escondí detrás del único arbusto que había junto a la entrada: un rosal. Después de esta noche, nunca sentiría lo mismo acerca de esa flor.

—Ay —murmuré de mal humor.

Con un fuerte golpe, la puerta trasera se abrió y por ella salió un Jeffery agitado. Me estaba dando la espalda cuando salí de detrás de las tortuosas espinas. En silencio, caminando de puntillas, le di un golpecito en la espalda.

Jeffery se sobresaltó y soltó un chillido.

—Señor, ten piedad de mi deliciosa alma —gritó, agarrándose el pecho con la mano—. Chica, no tienes ni idea de lo que he pasado esta noche. Ese primo trastornado del señor Aidan va a hacer que me muera —Jeffery se abanicó con la toalla—. ¡Mantente alejada de ese puto feo sinvergüenza! —Jeffery le dio una calada a su cigarrillo. Entonces, me examinó con la mirada y se detuvo en mi cara. Como si se le hubiera encendido una bombilla en la cabeza, el semblante de Jeffery se agrió.

—¿Qué diablos te ha pasado? —me miró de pies a cabeza—. Mira que eres una andrajosa, pero, joder, chica, dime que no has sacado toda esa suciedad desagradable de mi cocina, por favor.

—Cállate un minuto —miré alrededor para ver si había alguien al alcance del oído—. El tío de Aidan me está buscando —solté. De repente, cambié de tema cuando me fijé en el cigarrillo entre los dedos de Jeffery—. Pensé que dijiste que ibas a dejar de fumar —lo acusé.

Jeffery le dio una calada al cigarrillo y soltó el humo por la nariz.

—Chica, lo dejé durante dos días enteros hasta esta noche. He tenido que usarlo como excusa para poder salir a verte —levantó el cigarrillo en mi dirección—. Esta mierda es tu culpa, verte aquí con un precio en tu cabeza, y el puto primo del señor Aidan... juro por mi madre que vosotros dos me estáis poniendo de los nervios. Necesitaba un cigarrillo sólo para sobrevivir a esta terrible noche. Tengo ampollas de rodearme con toda esta gente blanca presumida. ¡Y yo odio a los ricos blancos! —despotricó Jeffrey.

Después de que le diera otra calada a su cigarrillo y soltara el humo, me las arreglé para intervenir.

—Lamento tus problemas, pero, amigo, ¡necesito encontrar a Aidan! —espeté.

—¿Vas a ir a verlo con esas pintas tan espantosas que llevas? —Jeffery me miró con un ojo crítico—. Chica, ¿es que quieres perder a tu hombre?

—Mi ropa es el menor de mis problemas ahora mismo. ¿Dónde está Aidan?

—Bueno, si la señorita debe saberlo, está en una de esas reuniones secretas. Las tienen cada Halloween, una mierda supersticiosa sobre apaciguar a los muertos. Yo no lo pillo, pero lo que ellos quieran.

—Jeffery —interrumpí abruptamente—. Cállate y ve a buscar a Aidan. Estamos en peligro.

Sorprendido, se quedó boquiabierto.

—No estás de broma —estudió mi rostro durante un segundo.

—No, no lo estoy. ¿Puedes llamar a Aidan por mí, por favor?

Le dio una calada a su cigarrillo y la ceniza se encendió de un color rojo intenso. Finalmente, tiró el cigarrillo al suelo y lo pisoteó con el pie.

—Supongo que será mejor que vaya a por él —justo cuando estaba a punto de alcanzar la puerta, lo detuve—. ¡Espera! Casi me olvido.

Jeffery se detuvo y se giró hacia mí.

—Ahora, ¿qué? —frunció el ceño con fuerza.

Di un paso adelante y me acerqué a él, por si acaso alguien estuviera escuchando. Saqué la llave de mi bolsillo y la deposité en su palma.

—Toma esta llave. Quiero que Dom y tú salgáis de aquí en cuanto podáis. Aidan me dio esta llave.

Jeffery abrió los ojos como platos.

—Sé exactamente de dónde viene esta llave. Yo estaba con él cuando abrió la cuenta. ¿Tienes idea de cuánto dinero hay en esa caja?

—En este momento, no me importa. Estoy más preocupada por tu bienestar y el de Dom. Tú te arriesgaste al ayudarme a escapar, y Dom no ha sido más que amable conmigo. Así que os voy a devolver el favor. Prométeme que los dos saldréis pitando de aquí.

—¿Estás segura de que quieres darnos esto a Dom y a mí? —me preguntó.

—¡Sí! Pero, por favor, ve a buscar a Aidan —se me escapó una lágrima y corrió por mi mejilla.

—Ay, bonita, no llores —Jeffery hizo ademán de ir a abrazarme, pero se detuvo—. Te abrazaría, pero no quiero ensuciarme el Armani —en su lugar, me dio unas palmaditas en el hombro como si tuviera una enfermedad contagiosa.

Me reí y me sequé la lágrima con la toalla de Jeffery.

—Escúchame —me llamó la atención—. Pasa por la piscina y escóndete en la casa de invitados. La llave está debajo de una maceta junto a la puerta. Haré que el señor Aidan se reúna contigo allí —Jeffery dudó un momento—. No hagas que te maten —me advirtió. —Tenemos que ir de compras seriamente cuando todos estos malditos se hayan ido porque, cari, necesitas un cambio de look desesperadamente —Jeffery arrugó la nariz.

—Yo también te quiero, Jeffery.

LIRIOS PUTREFACTOS

Tal y como Jeffery me había dicho, encontré la llave de la casa de invitados escondida debajo de una maceta. En cuanto abrí la puerta, me metí en el interior y cerré la puerta detrás de mí. Me apoyé contra la puerta, tratando de no entrar en pánico. Mi pecho me estaba pidiendo a gritos oxígeno. Sentía como si me faltara el aire en esta pequeña cabaña.

El problema no era la habitación, sino que estaba empezando a dudar de mí misma. ¿En qué demonios estaba pensando? ¿Realmente creía que Aidan me arroparía entre sus brazos, y viviríamos felices como perdices para siempre? Debería estar más dispuesta a creer que la rubia que había visto en los brazos de Bane esta noche sería la elegida. ¿Acaso necesitaba que me golpearan con un ladrillo en la cabeza para darme cuenta de que Bane no había sido del todo honesto conmigo? Y luego estaba el comentario que había hecho ante esa criatura: «la chica me pertenece»... ¿Quería convertirme en su posesión? La desconfianza comenzó a extenderse como el veneno por mi interior. Envolví los dedos alrededor del picaporte de la puerta. Tal vez había ido demasiado lejos. Irme con Dom y Jeffery o incluso con Sam sonaba más lógico.

—Que le den, yo me largo de aquí —giré el picaporte, pero algo me detuvo. Escuché un ruido que provenía de las sombras y me quedé sin aliento. No estaba sola.

Cuando alcé la vista, todos mis miedos y dudas habían desaparecido.

—¡Aidan! —exclamé.

Salió de la oscuridad hacia la luz de la luna, tan guapo y alto como siempre. Corrí hasta él y me derretí entre sus brazos. Me eché a llorar por el alivio que sentía al haberlo encontrado.

—Oye —me zafé de su abrazo—. Llevo aquí parada varios minutos. ¿Por qué no has dicho algo?

—Estabas tan guapa ahí parada bajo la luz de la luna que me he quedado embobado —esbozó esa sonrisa suya que siempre me quitaba el aliento.

Estudié su rostro durante un momento. Estaba encantador, pero no parecía ser él mismo. Por otro lado, Bane se encontraba bajo mucha presión.

—Eh... he estado pensando... —me mordí el labio inferior—. ¿Puedes llevarnos a algún lugar seguro? Tenemos que hablar.

—Claro. ¿A dónde? —me sonrió.

—No lo sé. Tú eres el que suele decidir.

«Qué raro», pensé. Aidan siempre tomaba la iniciativa.

—Perfectito. Entonces, conozco el lugar perfecto.

«¿Perfectito?» ¿Había cambiado Aidan su forma de hablar, o sería este su verdadero yo?

—Estoy esperando —dije.

Aidan me apretó contra su pecho con demasiada fuerza, y me quedé sin aliento.

—Pon tus manos alrededor de mi cuello, nena —su voz rezumaba sensualidad—. No me gustaría que te cayeras.

Seguí su consejo y mantuve los ojos cerrados. Un segundo más tarde, estábamos flotando en algún tipo de corriente. Ésta fue muy diferente de las otras veces, no tan extraordinaria.

Nos detuvimos abruptamente y, cuando abrí los ojos, vi que nos encontrábamos de pie en un campo de lirios. Hasta donde podía ver, todo a mis pies era de color blanco y verde esmeralda. El sol se estaba poniendo, decorando el cielo de un color rosa intenso.

—¿Estamos en una dimensión diferente? —pregunté.

—¿Dimensión? —Aidan parecía estar desconcertado.

—¿Hola? ¡Despierta! —le di un golpe en la frente—. Fuiste tú quien me habló de las realidades alteradas —me quedé mirándolo, preguntándome si le habrían borrado la memoria con polvo de ángel.

—¡Ah, sí! Ya me acuerdo. Perdona, tengo mucho en la mente esta noche.

—Ya veo.

Era evidente que Aidan no iba a mencionar la reunión secreta. Me molestó que se lo guardara todo para sí. Yo no solía morderme la lengua, y no tenía sentido intentar cambiar esa pequeña idiotez ahora, así que me tiré de cabeza a la piscina.

—Aidan, ¿por qué estás actuando así?

Bane dio un paso atrás como si le hubiera pisado el dedo gordo del pie.

—Chica, ¿qué problema tienes?

—Encontré tu mazmorra secreta y vi como esa vil criatura salía del fuego.

Aidan simplemente se quedó allí mirándome.

—¿Por qué te haces el loco? —le di un golpe en el brazo—. Te vi con mis propios ojos.

—No sé de qué mierda me estás hablando, pero no me vuelvas a pegar —me advirtió con seriedad.

Curiosamente, no recordaba que Aidan tuviera un acento sureño. Y, además, acababa de amenazarme.

—¿O qué? —lo desafié.

—O acabaré contigo.

—Dime la verdad, o me voy —me crucé de brazos, sosteniéndole la mirada.

—¿Qué tal si para empezar te quitas la ropa y te abres de piernas para papaíto?

—¡Uf! ¡No me hables como si fuera una de tus putas! —exclamé.

—Te hablaré como me dé la gana, zorra.

¿Había estado ciega ante su verdadera naturaleza?

—¡Esta conversación ha terminado! —espeté.

Me di media vuelta, dirigiéndome a Dios-sabe-dónde.

Conforme observaba el campo, me di cuenta de algo. El sol no se había movido. No había aire en la atmósfera, ni viento que me despeinara el cabello o moviera las copas de los árboles. Era como si todo se hubiera congelado en el tiempo. Además, reinaba el silencio, no cantaban los pájaros, ni los grillos, y el olor que flotaba en el aire apestaba a putrefacción. Mi instinto me decía que ni siquiera estábamos en el planeta Tierra.

Fulminé con la mirada a Aidan.

—¿Dónde estamos? —le pregunté.

—Ya te gustaría saberlo —esbozó una sonrisa malvada.

—En realidad, no, llévame de vuelta. Ahora mismo —exigí.

Aidan comenzó a rodearme lentamente, hostil y amenazante. El corazón me golpeaba contra las costillas conforme observaba cada paso calculado que daba.

—Aidan, ¿por qué te estás comportando así?

—Te estoy dando lo que quieres —sus ojos se oscurecieron peligrosamente.

—Sí, has sido muy generoso conmigo, pero ¿podemos calmarnos un poco? Me estás asustando.

—Me gusta asustarte —Aidan echó la cabeza hacia atrás y soltó una carcajada que me puso los pelos de punta.

—¡Que me lleves de vuelta! —chillé.

—¿Crees que huir corregirá esta fatalidad apocalíptica que has creado? —las venas de su cuello parecían estar a punto de explotar.

—Yo no pedí nacer, y tampoco pedí estar atada a ti —grité.

—¡Cállate! O te desnudas o te arranco la ropa yo mismo. Y, cuando haya terminado de sacarte hasta los intestinos, te dejaré aquí para que te mueras —me enseñó sus dientes puntiagudos.

¿Desde cuándo los dientes de Aidan eran irregulares y afilados como una piraña? Di un paso atrás, pero perdí el equilibrio y caí sobre las flores. No obstante, contrariamente a lo que había pensado, aterricé sobre algo afilado. Retiré la mano y vi sangre, mi sangre. ¿Desde cuándo eran las margaritas afiladas como el vidrio?

—¿Por qué demonios me has traído aquí?

Se cernió sobre mí, mirándome a los ojos fijamente. Estaba tan cerca que podía oler su aliento a whisky.

—Sólo te lo voy a decir una vez más. Quita. Te. La. Ropa.

Me puse en pie para quedar cara a cara con él.

—¡Que te den! —le di la espalda, y fue entonces cuando cometí mi peor error.

Antes de saber lo que me había golpeado, me encontraba bocarriba, y Aidan me estaba estrangulando. Comenzó a arrancarme la ropa con violencia, por lo que hice lo único que sabía hacer: luchar. Sacudí los brazos, le clavé las uñas, lo pateé con los pies tan fuerte como pude, pero él era increíblemente fuerte. Grité pidiendo misericordia hasta quedarme sin aire. Recordé la advertencia de Sam y deseé haberlo escuchado desesperadamente.

A cambio de mis súplicas, apretó los dedos alrededor de mi cuello, tratando de quitarme la vida, dejándome sin oxígeno. Golpeé sus brazos ferozmente para liberarme de sus apretones de acero, pero él era mucho más poderoso.

Al quedarme sin aire, el ardor en mi garganta y los pulmones se transformó en un fuego abrasador. Sentí que la vida se me escapaba entre los dedos conforme él apretaba más y más. La luz se volvió más tenue con cada segundo, y mi voluntad de luchar se debilitó a medida que mi cuerpo se adormecía. Sentí vagamente que liberaba mi garganta.

Hasta el momento, había conseguido quitarme la ropa del cuerpo, la cual yacía en una pila a mi lado, hecha harapos. Expuesta bajo su violenta prisión, como si estuviera en un túnel, observé cómo se desabrochaba el cinturón y se quitaba los pantalones. Algo frío envolvió mi cuerpo conforme me hundía en la inconsciencia, desvaneciéndome hasta el punto del olvido.

Entonces, de repente, algo me trajo de nuevo a la dura realidad, y sólo pude sentir la agonía ardiente en mi intestino. En un último esfuerzo, comencé a golpearlo. Levanté la mano y metí mis pulgares en las cuencas de sus ojos.

Rápidamente, aflojó su agarre al llevarse las manos a la cara, aullando. En ese momento, le di un rodillazo justo en sus partes íntimas.

—¡Estúpida zorra! —se agachó, gimiendo e hizo una mueca. La baba le goteaba de la boca y se estaba sujetando la entrepierna.

Me incorporé velozmente, corriendo a refugiarme entre los árboles, pero, antes de que pudiera ganar impulso, me derribó contra el suelo. Sentí un dolor punzante. Me había golpeado la cabeza con algo afilado.

Una humedad cálida cubrió rápidamente mi cabeza. Sangre. Me había abierto la cabeza.

Cada célula de mi cuerpo gritaba con una miseria abrasadora conforme envolvía los dedos alrededor de mi cuello tratando de respirar. Sentía tanto dolor; un dolor cegador.

—¡Puta, te voy a enseñar a no huir de mí! —fue entonces cuando cogió impulso con un puño de hierro y arremetió contra mi mandíbula con tal fuerza que parecía imposible.

Me quedé inconsciente durante un segundo y, cuando volví a mí, supliqué por la dulce liberación de la muerte.

—¿Por qué no me matas? —atormentada por la angustia, no podría aguantar mucho más.

Rápidamente, Aidan me tiró sobre mi espalda, sacudiéndome de vuelta al presente, y abrió mis piernas por la fuerza. Mi mente daba vueltas a medida que mi muerte se hacía más inminente. Aidan pesaba al menos cuarenta y cinco kilos más que yo, y era mucho más fuerte. Tenía cara de ir a violarme, y el odio enfermaba su corazón. De todas las cosas sobre las que reflexionar, pensé que no tenía sentido que Aidan me quitara la vida.

Entonces, escuché un fuerte ruido, y sentí una puñalada insoportable. Traté de gritar, pero mi garganta ardía demasiado.

«Mi brazo. Ay, Dios mío, no puedo mover el brazo. Creo que está roto. Ay, joder, que me mate ya», grité en mi cabeza.

No podía soportar esta miseria. La insoportable tortura me quitó el aliento. Cuando abrí los ojos, los lirios habían desaparecido y, en su lugar, sólo encontré putrefacción: cráneos y huesos por todas partes. Ahora entendía de dónde venía el hedor. El campo era una ilusión.

—Es tu culpa que esté en este lío en primer lugar. Si no te hubieras mudado aquí, todo habría ido bien —despotricó Aidan, alocado—. ¡Te odié desde el momento en que te vi, guapetona!

«¿Guapetona? ¡No puede ser!»

—Qué demonios —jadeé—. ¡Tú no eres Aidan! ¡E... e-eres Sam!

—¿Cómo te...? —de repente, fue la voz de Sam la que retumbó en la atmósfera—. Tienes razón. Y has caído en mi trampa con demasiada facilidad. Casi parece injusto —sus ojos oscuros rezumaban malicia.

Una ráfaga de alivio me recorrió el cuerpo. Había llegado mi final, y lo único que podía hacer era esperar mi muerte. Nunca imaginé que mi final sería tan vil y violento. Me pregunté si vería a mi padre al otro lado. ¿Estaría él allí a las puertas del cielo dándome la bienvenida? Sonreí para mis adentros. Eso sería maravilloso. No más preocupaciones, no más decepciones, toda la tristeza quedaría reducida a la nada. La muerte era tranquila y serena.

De vuelta en el presente, vi que Sam se cernía sobre mí golpeando su pelvis contra la mía. De alguna manera, se había bajado los pantalones hasta las rodillas, y no se escondió de su virilidad cuando comenzó a meterse mano a sí mismo.

Esbozó una sonrisa malvada.

—¿Te gusta lo que ves? —gimió, lleno de una lujuria depravada, se inclinó sobre mí e intentó besarme a la fuerza.

Atrapé su labio entre mis dientes y lo mordí con fuerza. Luego, saboreé la sangre en mi boca y se la escupí a la cara. Sam se echó hacia atrás, llevándose la mano al labio, y vio la sangre.

—¡Puta! —gritó, y me dio un bofetón.

Me dolió, pero no le daría la satisfacción de verlo.

—Aidan te encontrará —amenacé—. Sé lo que es capaz de hacer y ¡estarás tan muerto como yo!

—Mi primo tiene que preocuparse de mi padre. Además, quiero que me encuentre —se jactó—. Planeo dejar tus restos en su puerta —gruñó—. Me voy a asegurar de que nadie obtenga tu esencia. ¿No te parece tan dulce como un vaso de limonada? —sonrió oscuramente.

—Entonces, ¿tú eres el primo de Aidan? ¿Quién es tu padre?

—Mi padre es su tío, guapetona. El mismo que desea tu muerte —se burló.

—Quítate de encima —dije entre dientes.

—¿Por qué haría eso? Nos estamos divirtiendo. Además, vas a estar muerta en unos pocos minutos —me mostró sus dientes, afilados y brillantes.

Cerré los ojos mientras Sam se preparaba y recé por que fuera una muerte rápida. De repente, algo gritó dentro de mí, como una palanca liberando su agarre. Atisbé un oscuro destello pasar junto a mí y, luego, un sonido fuerte asaltó mis oídos.

De la nada, una figura sombreada mandó a Sam a volar por los aires hasta que chocó contra el suelo, sangriento. Estaba perdiendo la conciencia, pero me obligué a mantener los ojos abiertos y vi a Aidan agachado en una postura de guerra frente a mí.

Gruñó con ferocidad conforme se cernía, alto y sin miedo, sobre Sam, defendiendo mi honor hasta la muerte. Intenté incorporarme sobre los codos, pero había perdido demasiada sangre y sólo me quedaba un brazo bueno. La cabeza me pesaba, y me resultaba aún más difícil pensar. La muerte prometía, por lo que permanecí allí, acostada, rindiéndome a su dulce llamada.

NOS PERTENECEMOS

Entrando y saliendo de un estado de conciencia, no sabría decir si estaba soñando o si aquello era real. Los lirios volvieron, y un lecho de flores suaves arropó mi cuerpo destrozado. Escuché dos voces masculinas conforme entraba y salía de un estado de sueño, escuchando...

—Sam, te advertí de que no te acercaras a ella —gritó Aidan conforme arremetía contra Sam, lanzándolo a varios metros de distancia como un poderoso rayo.

Sam se cayó de espaldas, chocando contra el suelo. Se incorporó, ignorando el dolor, mientras la sangre goteaba de su boca.

—¡Vamos, primito! —se tambaleó hasta ponerse de pie y se limpió la sangre de los labios con el dorso de la mano. Parecía que le faltaba el aire —. Sólo me estaba divirtiendo un poco con ella, eso es todo.

—Ya has causado suficientes problemas. ¡Voy a terminar con esto de una vez por todas! —la voz de Bane rezumaba una rabia ciega.

—Ay, primito, somos familia. ¿Dónde está el cariño? —Sam parecía estar agitado.

—¡Desapareció cuando secuestraste a Stevie! Te has pasado de la raya, querido primo, y ahora vas a pagar por ello —prometió Aidan con seriedad.

—¡He estado pagando por ello toda mi vida! —la risa loca de Sam retumbó en mi cerebro. Se había vuelto histérico—. Mi maravilloso padre me ha convertido en la criatura que soy hoy, un psicópata —hizo una pausa—. Y por algo que no es mi culpa, ¿me castigas quitándome la vida?

—¿Crees que formar parte de esta familia ha sido fácil para mí, o para cualquiera de nosotros? —gritó Bane. Su voz, aunque poderosa, rezumaba desesperación—. Tu padre me ha estado chantajeando durante mucho tiempo, querido primo. Ambos tenemos una historia que contar.

—¿Por qué no nos sentamos y comemos algo, primito? —me imaginaba a Sam sonriendo mientras le ofrecía una rama de olivo a Aidan.

—Nah, creo que ya hemos hablado lo suficiente. Tengo que evitar que acabes con más mujeres. Esto termina aquí.

—Y, ¿ya está? ¿No me das una segunda oportunidad? —Sam gruñó—. Recuerdo que cuando tú cometiste un error mi padre te acogió bajo su ala. ¡Le ha ocultado la verdad a la familia para salvarte el culo! —escupió Sam con ira—. Me pillas con el culo al aire por ¿quién... una chica inepta? ¿Y ahora estás empeñado en matarme?

—¡Ya he tenido suficiente, Sam! Eres un producto dañado, nadie puede controlarte. Si la orden no actúa y detiene tu locura, vas a arruinar nuestra tapadera. Tu comportamiento evidente ha ido más allá de la razón. Tengo que lidiar contigo.

—Ah, claro, porque tú, mi primo, un asesino, nunca ha matado a una mosca ni ha tomado a una mujer en contra de su voluntad, ¿no? —argumentó Sam.

—Para que conste, yo nunca me he forzado sobre ninguna mujer. En cuanto a los asesinatos, ¡estaban justificados!

—¡Claro, y ahora reclamas justicia! —la risa loca de Sam hizo eco—. Tu sangre está manchada, príncipe de las tinieblas.

—Primo, me gustaría poder decir que te voy a echar de menos, pero estaría mintiendo.

—Si me matas, ¡mi padre irá a por ti! —amenazó Sam, agarrándose a un clavo ardiendo.

—Que así sea —espetó Bane—. Que venga a por mí. Yo sólo estoy siguiendo órdenes directas del consejo. Me han pedido que me encargue de ti. Lo siento, primito.

De repente, estalló una explosión tan tempestuosa que arrastró con todo a su paso. Los árboles se rompieron, las hojas y las ramas cayeron como ladrillos, como si estuvieran lloviendo del cielo hasta estrellarse contra el suelo, y la atmósfera retumbó ferozmente.

Yo seguía indefensa, temiendo el resultado. Traté de prestar atención, aunque iba y venía entre la consciencia y la inconsciencia. Entonces, reinó el silencio en el campo de los lirios. Abrí los ojos por un segundo y vi un destello de lo que parecía ser algo ardiente, flotando hacia el cielo oscuro, a la deriva por encima de los imponentes árboles hasta que se disolvió.

Mis ojos se cerraron conforme la paz envolvía mis pensamientos. Me quedé a flote hacia la nada. Mis pulmones se abrieron, sin dolor, sin tristeza... El miedo había cesado, por lo que caí rendida en un sueño profundo.

Inconsciente de mi entorno, sentí unos cálidos brazos abrazarme. Seguidamente, oí una voz gutural cargada de preocupación.

—Princesa, asumo toda la responsabilidad por esto.

—¿Aidan?

¿Acababa de oír un sollozo?

—Debí haberlo detenido antes de que llegara a esto —me acurrucó contra su pecho mientras confesaba—. Lo siento mucho —su corazón latía violentamente, tan rápido como el mío—. Voy a conseguir que te mejores —susurró.

Cuando conseguí abrir los ojos, jadeé. Me daba vueltas la cabeza. No sabía si estaba viva o muerta. Hice ademán de ir a moverme, pero escuché una voz brusca que me detuvo.

—Quédate quieta. Estoy tratando de curarte.

Atisbé el semblante de Aidan, tenía el ceño fruncido y parecía estar concentrado.

Me quedé sin aliento, sorprendida.

—¿Qué estás haciendo? —abrí los ojos de par en par y me alejé, confundida y aterrorizada.

—No pasa nada, pero no te muevas.

Retrocedí, recordando la farsa viciosa de Sam. Pasó un minuto antes de que pudiera comprender que el hombre que se encontraba frente a mí era el Aidan Bane de verdad. Me relajé, y confié en él.

Me envolvió un remolino dorado de magia, penetrándome hasta los huesos con su calor. Bajé los ojos hacia mi brazo. Bane tenía las manos pegadas contra mi piel y su roce derramaba una luz. Sin saber cómo, el dolor comenzó a aliviarse conforme mi cuerpo se reparaba.

—Sam parecía idéntico a ti. ¿Cómo es eso posible? —pregunté.

Me dolía la cabeza, y mi mente luchaba a través de una nube de confusión. ¿Había estado soñando?

—Calla —me persuadió Bane. Sonrió débilmente, aunque su frente se llenó de arrugas—. No puedo sanarte si sigues inquietándote.

Asentí con la cabeza.

Me asombraba que mi voz hubiera regresado y que la quemadura en mi garganta se hubiera disipado, aunque seguía estando reseca. Incluso había dejado de dolerme la cabeza. Recliné la cabeza contra el cojín y cerré los ojos, dejando que el calor penetrara los poros de mi cuerpo, reparando todas las piezas rotas. La vida volvió a cada célula de mi cuerpo, como si Lázaro hubiera vuelto a la vida. El dolor había desaparecido, pero aún me sentía aturdida y débil.

Un poco más tarde, el calor se detuvo, y escuché a Aidan moverse. Abrí los ojos y pude ver en su rostro lo agotado que estaba. Sorprendida, examiné su rostro con la mirada. Sus labios se habían vuelto de un color azul claro y su piel estaba pálida.

—¿Estás bien? —le pregunté.

—Estoy bien —respiraba con dificultad—. Dame un minuto. La curación es bastante agotadora —una sonrisa débil apareció sobre su piel pálida.

—Lo siento —extendí la mano y le acaricié la mejilla—. Debí haberte escuchado.

La culpa aumentó en mi interior.

—No hay necesidad de disculparse. ¿Cómo ibas a saberlo? —aunque su sonrisa era débil, el color estaba volviendo a su rostro, y parecía estar respirando con mayor facilidad.

—¿Dónde estamos? —murmuré. Paseé la mirada por el bosque.

—Estamos de vuelta con las luciérnagas, en la realidad alterada.

—¿Qué ha pasado con el campo de los lirios, los muertos y los huesos por todas partes?

—El campo era una ilusión que creó Sam. No es real como las dimensiones.

Miré a mi alrededor. Estaba recostada sobre la misma manta de picnic, junto a la cesta y las botellas de vino aún intactas.

—¿Cambiaste el escenario, o aparecimos aquí? —inquirí.

Aidan ahogó una risa.

—Has visto demasiados capítulos de *Embrujadas* —sonrió—. No recuerdo haber aparecido en ninguna parte. Yo me desplazo. Es parecido a viajar en el tiempo. Las criaturas como nosotros tienen ese don.

—Lo pillo, te desplazas de una dimensión a otra —fruncí el ceño, desconcertada—. ¿Cómo se desplazó Sam?

—Sam es un ser místico. En verdad, parte místico y parte humano —Bane hizo una mueca—. Sam no es capaz de crear dimensiones. Su padre le «cortó las alas», a falta de un término mejor.

—¿Cómo es que Sam es tu primo y Van tu tío, si tú tienes siglos de edad?

—Si nos damos títulos, nos hace parecer menos sospechosos ante los forasteros.

—¿Sois parientes de sangre?

—No. La orden está formada por los trece linajes —explicó—. Yo soy el último del mío.

—¿Qué quiso decir Sam con lo de que Van te acogió bajo su ala?

—Como parezco joven, debo mantener la apariencia como tal. Van actuó como mi guardián. Fue sólo por pretensión, nada más.

—Pero, te estaba chantajeando. Tiene que haber algo más —insistí.

—Mi amor —Aidan hizo una pausa—. ¿Me permitirás encargarme de Van?

Lo miré fijamente a los ojos y decidí dejarlo estar por ahora.

—Vale —me mordí el labio inferior—. ¿Puedo preguntarte algo más?

Bane soltó un suspiro, agotado.

—Adelante. Algo me dice que preguntarás incluso si protesto.

—Sam vino con Jen a la casa de la señora Noel y afirmó que él y Jen eran mis guardianes. Y les creí.

—Es probable que Sam eludiera tanto a tu vecina como a Jen. Las criaturas místicas son conocidas por tal engaño. Fue un encantamiento.

—¿Así que los lirios y los huesos también eran de mentira?

—Sí, salió de su corazón negro. Por eso apestaba —añadió—. Sabíamos que Sam era un violador compulsivo y un asesino, pero la familia no obtuvo pruebas hasta hace poco —Bane hizo una pausa—. Yo sospechaba de su comportamiento criminal desde hace algún tiempo, y es por eso que no quería que te juntaras con él.

—Con un padre como Van Dunn, entiendo por qué Sam estaba tan dañado —me incorporé sobre los codos.

—No todos los que tienen malos padres se vuelven malvados. Como tú, por ejemplo —el rostro de Bane se tensó de dolor.

No pude evitar reírme.

—Yo tampoco soy perfecta. A veces miento —me mordí el labio inferior.

—Sí, lo sé bien. Y no nos olvidemos de esa obstinación tuya —sonrió.

—¿Era diferente para Sam?

—En el caso de Sam, era más su naturaleza que su infancia. Su naturaleza mística sobrepasaba su lado humano. Estaba vacío y no tenía conciencia. Las criaturas místicas son impredecibles, ninguna es buena —Bane suspiró—. Sam no podía evitarlo, aunque su muerte fue justa —apartó la mirada, rompiendo nuestro contacto visual. Tensó la mandíbula por un breve momento y, luego, me volvió a mirar—. Tengo que sacarte de aquí.

—Buena idea —forcé una leve sonrisa. Podía ver que Bane no estaba contento por haberle quitado la vida a Sam, y que era un peso sobre sus hombros—. Aidan, hiciste lo correcto al quitarle la vida de Sam —le aseguré.

—A veces hacer lo correcto no es lo más fácil —le tembló el labio.

—Lo sé —hice una pausa durante unos segundos—. Lo que me recuerda que necesito quitarme un peso de encima.

—Y, ¿de qué se trata? —sus ojos azules se oscurecieron.

—No te enfades —suspiré—. Observé la reunión secreta en la

mazmorra y vi a esa bestia sangrienta aparecer del fuego —lo miré a los ojos y él me sostuvo la mirada—. Lo escuché todo.

—Continúa —los ojos de Bane se oscurecieron, pero su semblante se mostraba ilegible.

Me lamí los labios.

—Si infundimos nuestros poderes, el intento de tu tío de quitarme la vida será en vano. Estarías apaciguando a la bestia y a los concejales, y ambos estaríamos a salvo —añadí.

Bane me miró fijamente, impasible, durante un momento. Supuse que estaría reflexionando sobre la idea en su cabeza.

—¿Eres consciente de lo que conlleva el hechizo? —me preguntó.

Tragué saliva, luchando contra mi inquietud.

—No del todo, pero sí sé que implica perder mi virginidad —me encogí de hombros, mis mejillas ardieron y me ruboricé.

—Eso es sólo una mera parte, princesa —buscó mis ojos—. Si hacemos el hechizo, estaremos unidos para siempre. No podremos vivir el uno sin el otro. Ninguna persona o criatura podrá separarnos. Ni tú ni yo tendremos el poder de cortar nuestros lazos —sostuvo su mirada—. ¿Estás lista para dar ese paso? Una vez hecho, no habrá vuelta atrás.

—¿Nos protegerá a ambos?

Bane vaciló, estudiando mi rostro.

—Sí. Pero ¿estás dispuesta a hacerlo?

—¿Y tú? —respondí.

Yo no tenía que pensármelo dos veces. Estaba segura de querer estar con Bane, pero no estaba convencida de que él quisiera lo mismo. Entonces, recordé a la otra mujer.

—Quiero decir, sé que estás interesado en otra persona —añadí—. Te vi con ella esta noche. Así que no espero que te quedes conmigo para siempre.

—¿De qué estás hablando, Stevie? —arqueó las cejas.

—Te vi bailando con una rubia muy guapa —expliqué.

Aidan echó la cabeza hacia atrás y se echó a reír.

—¿Qué te parece tan gracioso? —inquirí.

—Tontita, por supuesto, ¡la quiero con toda mi alma! —sus ojos azules resplandecían.

Sus palabras me dolieron como una puñalada al corazón, peor que el daño que Sam o el hombre de negro me habían hecho.

—Ah, ya veo —dije, apartando la mirada.

Bane me cogió por la barbilla con los dedos y me obligó a mirarlo.

—La rubia es mi hermana Helen —sonrió.

—¿Tienes una hermana? —arqueé las cejas.

—Sí —me miró a los ojos—. Estoy contigo. Sólo contigo —susurró con una voz tan suave como la seda.

—Entonces, estoy dispuesta si tú lo estás —dije, y me mordí el labio inferior.

Nuestras miradas se cruzaron. Bane respiró profundamente y se pasó los dedos por sus rizos de color negro azabache.

—Tenemos que hacerlo esta noche a medianoche para que el hechizo funcione —me cogió por los hombros, obligándome a mirarlo fijamente a los ojos—. Y no podemos usar protección. Tiene que ser completamente desinhibido.

Me miró tan intensamente con sus ojos azules que me quitó el aliento. Esta era una de las decisiones más importantes que llegaría a tomar en mi vida. Era más importante que la vida misma y más importante de lo que Aidan y yo pudiéramos imaginar. Pero, a pesar de todo, quería hacerlo por varias razones.

—Soy consciente de las consecuencias, y no me importa. Quiero hacerlo —le sostuve la mirada.

—Está bien. Tenemos cosas que hacer, así que nos tenemos que ir —atisbé una chispa de ansia brillando en sus ojos. De repente, Aidan se tapó la boca con la mano para reprimir una sonrisa—. Eh... por mucho que me encante la vista, princesa, supongo que querrás taparte.

Agaché la cabeza para observar mi cuerpo, y me ruboricé.

—Ay, joder, se me había olvidado —bajé la mirada, escondiéndome tras las pestañas.

—Yo, ciertamente, no lo he olvidado —esbozó una sonrisa sarcástica.

Sin decir nada más, siendo de lo más caballeroso, se quitó la camisa blanca que llevaba puesta y la utilizó para cubrir mi cuerpo desnudo. Me rodeó con sus brazos, me ayudó a ponerme de pie y, felices, nos desplazamos de vuelta a nuestra dimensión.

Giramos ferozmente durante un minuto, dando vueltas y más vueltas, como si estuviéramos siendo succionados por el vacío, hasta que nos detuvimos abruptamente. Aterrizamos con los pies sobre un suelo firme y estable, en el interior de una casa que no reconocía.

—¿Te encuentras bien? —Bane me sostuvo sobre mis pies, su rostro reflejaba su preocupación.

Me llevé la mano a la frente. Aunque habíamos dejado de dar vueltas, mi cabeza seguía girando.

—¿Cómo te acostumbras a esto? Es como estar mareada, pero multiplicado por mil.

Bane soltó una carcajada, deleitándome con esa risa tan graciosa y suave que tanto me encantaba escuchar.

—Mi amor, se me olvida que eres nueva en mi mundo —se inclinó y reposó su frente sobre la mía—. Hay una ducha al fondo. Ve a limpiarte mientras yo voy a por algo de comida.

—¡Espera! ¿Me vas a dejar aquí sola? —el miedo se apoderó de mí.

—Tengo que conseguirte algo de comer —Aidan me besó la frente.

—¿No puedes crear algo con tu magia druida? —estaba al borde de un ataque de pánico.

—Lo que comimos y bebimos en el nido de las luciérnagas no era comida real. Por eso el alcohol no te afectó —besó mi mejilla izquierda—. Necesitas comida real en tu estómago. No quiero que vuelvas a entrar en estado de shock —me rodeó con sus brazos y me abrazó con fuerza contra su pecho desnudo.

Sentir su pecho contra mi pecho desnudo provocó que un sentimiento maravilloso me recorriera el cuerpo.

—¿Dónde estamos? —pregunté. Eché la cabeza hacia atrás para poder mirarlo a los ojos.

—Estamos en un lugar extraordinario, un lugar que sólo conozco yo. Estamos a kilómetros de cualquier criatura, hombre o bestia —sonrió.

—Aidan Bane Du Pont, eres de lo más misterioso —sacudí la cabeza y le devolví la sonrisa.

—Eso es verdad —sonrió

—Eh… mientras estás fuera, ¿puedes comprobar que la señora Noel y Jen estén bien? No me relajaré hasta que sepa que están a salvo.

—Dalo por hecho —me guiñó un ojo—. Ahora, ve a ducharte —exigió, dándome una palmadita juguetona el culo.

MAGIA EN EL AIRE

S entí la magia en el aire.

Me encontraba de pie frente al espejo, tratando de deshacerme de los enredos en mi pelo. Después de varios intentos en vano, me di por vencida y me conformé con llevar el cabello despeinado. Había cosas más importantes que mi cabello salvaje.

Sentí algo de temor. Sabía que, a partir de esta noche, mi vida cambiaría para siempre. Había tanto pendiendo de un hilo... nuestras vidas, nuestro futuro. Si Bane y yo no llegábamos hasta el final con el hechizo en el momento exacto, seguiríamos siendo vulnerables ante Van. Nuestras vidas dependían de todo esto.

El lado positivo era que, si infundíamos nuestros poderes, Van no podría tocarnos ni un pelo. En fin... esa era la teoría. Sabía que sonaba descabellado, pero ¿cómo podría negarlo? No veía ninguna otra salida.

Y la gran pregunta era... ¿quería perder mi virginidad con este hombre? Se trataba de mucho más que perder mi virtud. Un escalofrío me recorrió el cuerpo. A decir verdad, si no nos hubiéramos encontrado entre la espada y la pared, en una situación tan peligrosa, no hubiera dudado en entregarme a él. Yo quería a Aidan. Por primera vez en mi vida, estaba completamente enamorada. Suspiré, mirándome en el espejo, envuelta en una toalla.

Necesitaba mover el culo y salir ahí fuera. No tenía ni idea de qué hora era. Nos encontrábamos en el momento de la verdad, literalmente. Respiré profundamente tres veces para armarme de valor y salí a la habitación principal, temblando.

Me llamó la atención la chimenea que se encontraba en la esquina de la cabaña. Me quedé mirando las llamas del fuego. Entonces, posé la mirada en la cama. Las sábanas eran blancas, y la cubierta estaba revuelta.

¡Dios mío! La vista me quitó el aliento.

Cuando me fijé en Aidan, se me pusieron los pelos de punta. Su cuerpo estaba ondulado con tantos músculos. No estaba tan corpulento como un culturista, sino como un jugador de béisbol, delgado y en forma. Pasé la mirada lentamente por sus abdominales, hasta que llegué a la delgada línea de vello que descendía más allá de la banda de sus calzoncillos, despertando mi curiosidad.

Estaba tan perdida en mis pensamientos que me sobresalté cuando Aidan se aclaró la garganta.

—Perdóname —esbozó una sonrisa—. Ven a comer —gesticuló con la cabeza hacia una bandeja que yacía sobre la cama—. Ah, y tus amigas están bien, sanas y a salvo en sus casas.

—Gracias —le devolví la sonrisa.

Me acerqué hacia la cama, examinando la bandeja. Comer era lo último en lo que estaba pensando. Mis mejillas ardieron.

—No te olvides de beberte el vino. Está cargado de azúcar y te calmará los nervios —se colocó una toalla sobre el hombro y se marchó hacia el baño.

—Vale —me senté en el borde de la cama.

Le eché un vistazo a la bandeja de comida. Lo único que me interesaba era el líquido oscuro. No me apetecía nada comer. Tenía el estómago revuelto debido a mi ansiedad. Me las arreglé para tomarme una copa de vino, pero, en cuanto a la comida, en su mayoría me limité a jugar con ella en el plato. No me gustaban demasiado los huevos.

Moví la cabeza hacia la chimenea y me fijé en el círculo blanco que había en el suelo de madera oscura. Dentro del círculo se encontraba una estrella de cinco puntas, también blanca. Había dos puntas en la parte superior, una en la parte inferior y velas blancas en cada punta. Me levanté de la cama y me acerqué para investigar.

—¿Qué demonios es esto? —di una vuelta alrededor del perímetro del círculo, con cuidado de no pisarlo.

En ese instante, me estremecí.

Aidan se me había acercado por la espalda y me había dado una palmadita en el trasero. Me di la vuelta para enfrentarlo y nuestras miradas se cruzaron. Esbocé una sonrisa conforme me deleitaba en su exquisitez: sus cautivadores ojos azules, el contorno firme de sus músculos y la confianza que se reflejaba en sus hombros. Me recorrió un escalofrío por todo el cuerpo. Seguía estando mojado tras la ducha que se acababa de dar, y sus desaliñados rizos negros caían sobre su rostro. Me mordí el labio mientras mis ojos se desplazaban hacia el sur, fijándose en las gotas de agua que se deslizaban lentamente sobre sus abdominales bien definidos hasta terminar en la toalla que envolvía su cintura. Su tono de piel era marrón dorado y estaba ligeramente bronceado, como si se hubiera pasado varios días tomando el sol.

Aidan se aclaró la garganta, devolviéndome a la realidad. Volví a mirarlo a la cara. Atisbé toques de humor en las comisuras de su boca y en sus ojos.

—¿Dónde me quieres? —pregunté, rompiendo el incómodo silencio.

«¡Ay, joder! Eso ha sonado fatal», pensé.

Agaché la cabeza y me puse roja como un tomate a causa de la vergüenza.

—Puedes entrar a través de la abertura en el pentagrama, pero tienes que dejar tu toalla aquí —arqueó una ceja.

—Eh… ¿ahora mismo, delante de ti? —tragué saliva con nerviosismo.

—Princesa, ni que nunca te hubiera visto desnuda —atisbé una chispa de humor en su expresión. Me miró de arriba abajo mientras daba un paso atrás con una sonrisa en el rostro.

—Vale —suspiré. Por una vez, deseaba estar sumergida en la oscuridad—. Esto… ¿puedes darte la vuelta, por favor? —me aferré a mi toalla.

Bane sonrió, sus ojos azules rezumaban diversión. Sin pronunciar palabra, me dio la espalda. En silencio, se encogió de hombros.

En fin… Reticente, dejé caer la toalla al suelo, pero me cubrí el pecho con los brazos. No entendía por qué me molestaba estar desnuda ahora cuando hacía sólo unos minutos había estado completamente desnuda ante él. ¡Por Dios! Estaba a punto de entregarle mi virginidad, y lo único en lo que podía pensar era en si Aidan pensaría que estaba gorda.

—Ya estoy desnuda —musité.

Bane se dio media vuelta para enfrentarme lentamente y, cuando nuestras miradas se encontraron, dejó caer su toalla también. Supuse que estaba tratando de hacerme sentir más a gusto, pero estar de pie junto a él, completamente expuesta, sólo consiguió que me pusiera más nerviosa.

—¿Entramos? —preguntó, extendiendo su mano hacia la abertura.

—Supongo —en ese momento, mi corazón latía con tal fuerza que no podía oír ni mis propios pensamientos.

Tomé la iniciativa y pasé por la abertura hacia el interior de la estrella. Bane entró detrás de mí, cerrando la abertura con un trozo de tiza blanca. Me concentré en la chimenea mientras escuchaba el sonido que la tiza producía contra el suelo de madera. Esperé, de pie en el centro, a obtener más instrucciones.

Cuando Aidan terminó de cerrar el círculo, se volvió hacia mí. Traté de evitar que mis ojos vagaran hacia el sur, pero parecían tener voluntad propia. Aidan estaba impresionante ahí de pie frente a mí a la luz de las velas. Cada línea de su cuerpo enviaba olas de éxtasis a un lugar profundo en mi interior. Al no tener nada con que compararlo, supuse que tampoco tendría nada de qué quejarme. Aidan estaba hecho para mí, y ese pensamiento hizo que me estremeciera.

—Eh... ¿dónde me quieres? —pregunté de nuevo con voz temblorosa.

—¿Estás segura de que esto es lo que quieres? —Aidan frunció el ceño.

Asentí con la cabeza.

—Sólo estoy nerviosa —forcé una sonrisa.

Se acercó a mí y pude sentir su cálido aliento acariciando mis mejillas. Una luz vagamente sensual pasó entre nosotros.

—Podemos ir despacio —susurró—. Tenemos tiempo —su dedo trazó la línea de mi pómulo con ternura.

Reinó el silencio mientras me observaba con una mirada tan suave como su caricia.

—Eres preciosa —su voz era grave, aterciopelada y deliberadamente seductora.

—Gracias —respondí secamente.

Aún tenía los brazos apretados contra mi pecho.

—Déjame verte —atisbé una chispa de ansia en sus ojos. Luego, colocó un mechón de pelo suelto detrás de mi oreja con gentileza.

Asentí, incapaz de hablar o de apartar la mirada de sus ojos. En cuanto sus dedos rozaron mis manos, me sentí más segura.

—Ah —murmuró—. Mucho mejor —sus ojos azules brillaron de placer.

Permanecí allí, helada, mientras una mezcla de sentimientos inexplorados se arremolinaba en mi cabeza. Contuve la respiración en silencio mientras, lentamente y de forma seductora, Aidan deslizaba su mirada sobre mi cuerpo con aprobación. Cuando volvió a posar sus sensuales ojos sobre mi rostro, mis mejillas ardían.

—Estás impresionante, amor.

Era fácil perderse en esos ojos azules. Agaché la cabeza con la boca medio abierta y, antes de que pudiera darme cuenta, Bane había reclamado mis labios, aplastándome contra él. Su lengua envió escalofríos de deseo por todo mi cuerpo. Deslizó una mano por mi estómago hasta llegar a la curvatura de mis caderas. Su tacto era suave y dolorosamente provocativo.

Me aparté de él un segundo, sintiendo una ola de pánico.

—Eh... ¿vamos a hacer esto en el suelo? —me acababa de dar cuenta de lo desnudo que estaba el suelo, sin una almohada, sin ninguna manta, sólo el suelo duro.

—Sí, el hechizo es bastante específico —los ojos de Bane rezumaban ternura.

No llegaba a entender el significado completo de este acto. Apenas sabía nada sobre mi herencia. Sólo sabía lo que me habían contado, que era un experimento de laboratorio con ADN de ángel. Lo que sí sabía era que quería estar con Aidan, siempre y cuando él me quisiera. Nada más importaba.

—Ya casi es la hora —Bane reposó su frente sobre la mía, con las manos apoyadas en mis caderas—. Princesa, ¿estás segura de que esto es lo que quieres?

Asentí, asegurándole que así era.

—Está bien, entonces —suspiró—, vamos a colocarnos —se acercó a una de las puntas de la estrella—. Ven —me cogió de la mano—. Acuéstate aquí con los brazos estirados hacia las puntas laterales de la estrella. Y tienes que estirar las piernas hacia las dos puntas inferiores.

—¿De verdad? —me quedé mirándolo, incrédula. No me lo había imaginado así.

—Amor, no te va a ver nadie más que yo —respondió.

Puse los ojos en blanco.

—Es sólo que parece ser puro teatro —me cubrí el pecho con un brazo y mis partes íntimas con la otra mano—. Está bien...

Siguiendo sus instrucciones, me acosté bocarriba al ras del frío suelo en la posición que había descrito. Cerré los ojos con fuerza y, luego, me abrí de piernas. Aidan se unió a mí, colocándose bocabajo con las rodillas a ambos lados de mi torso.

Abrí los ojos como platos cuando vislumbré algo de plata en su mano que me quitó el aliento al instante.

—¿Qué estás haciendo con un cuchillo? —exclamé.

—Tenemos que unir nuestra sangre —explicó—. Yo hago un corte en mi palma, y tú haces lo mismo con la tuya. Luego, nos cogemos de la mano, uniendo así nuestra sangre como una sola —Aidan hizo una pausa y frunció el ceño—. Y, por último, te penetro. Te va a doler, pero el dolor solo durará un segundo.

—¿Cuánto me va a doler? —sentí un hormigueo que hizo que se me erizara la piel.

Bane hizo una mueca.

—Debido a que va a ser rápido y molesto, te dolerá —hizo una pausa—. No voy a suavizar lo que supone el hechizo. Debes ser consciente de todas las repercusiones que conlleva lo que estamos haciendo.

Aunque las intenciones de Bane eran buenas, su explicación no ayudó a calmar mi ansiedad.

—¿Con cuántas vírgenes te has acostado? —cuestioné.

—No con tantas como piensas —las comisuras de su boca se curvaron hacia arriba, sugiriendo una sonrisa.

—Entonces, ¿qué somos? —inquirí.

Me descorazonaba pensar en lo que podía esperar de un futuro tan incierto.

—¿A qué te refieres?

—Es decir... ¿qué pasará con nosotros después de esta noche?

—Ah, te refieres a nuestro futuro. Nos casamos y vivimos felices como las perdices.

El impacto de su declaración me golpeó con toda su fuerza.

—Menuda propuesta de matrimonio más extraña —me reí.

Aidan sonrió como si no cupiera en sí de satisfacción. Se notaba que estaba disfrutando de lo suyo con mi reacción. De repente, todo el humor desapareció de su rostro. Había llegado la hora.

—Procedamos —instó.

Sus palabras me quitaron el aliento.

Aidan extendió la palma de su mano derecha y, sin pensarlo dos veces, cogió el cuchillo por la empuñadura e hizo un corte en su palma. Cerró la mano sangrante y me pasó el cuchillo.

Seguí su ejemplo y atravesé la carne de mi mano derecha con el afilado cuchillo. Me temblaban tanto las manos que me resultó difícil estabilizar el cuchillo. Quién sabe cómo me las arreglé para hacerlo y, luego, esbocé una débil sonrisa. Un momento más tarde, unimos nuestras manos ensangrentadas, extendiendo nuestros brazos hacia el techo, y Aidan comenzó con el encantamiento en un idioma que no reconocía.

Inmediatamente después, sin que tuviera tiempo de recuperar el aliento, selló el hechizo a un ritmo vertiginoso, metiéndose dentro de mí. Sentí un dolor tan cegador que tuve que sofocar mis gritos conforme las lágrimas caían por mis mejillas.

Luego, sin saber qué estaba ocurriendo, todo cambió: la habitación comenzó a dar vueltas y un rayo estalló a nuestro alrededor. Podía sentir la magia oscura en el aire. Una fuerte carga eléctrica salió disparada de entre nosotros. Cuando alcé la vista para mirar a Aidan a la cara, vi que sus ojos brillaban como bolas de fuego. La explosión se cernió sobre nosotros, dejándonos a ambos temblando.

Cuando finalizó el hechizo, las velas se apagaron y hasta el fuego dejó de arder. Reinó el silencio en la cabaña, y Aidan y yo nos desplomamos. Nuestros corazones latían al unísono mientras ambos respirábamos con dificultad, recostados en los brazos del otro.

LA ROSA

Cuando abrí los ojos, la interminable noche por fin estaba dando paso al amanecer. Lentamente, luchando contra un dolor de cabeza terrible, los recuerdos de la noche anterior comenzaron a plagar mi mente. Aidan debía de haberme llevado a la cama, puesto que ya no sentía el frío suelo contra mi cuerpo, sino que yacía sobre una suave nube de plumas en la cama de sábanas blancas.

Me estiré, bostecé y, repentinamente, sentí una punzada de dolor en la parte inferior de mi cuerpo.

—¡Ay! —murmuré.

Me llevé las piernas hacia el pecho y me di la vuelta para quedar cara a cara con Aidan, pero, para mi decepción, su lado de la cama estaba vacío y la única prueba de que había dormido a mi lado era la ligera mella en su almohada y las sábanas arrugadas. Reinaba el silencio en la cabaña, y Aidan no estaba a la vista.

Entonces, divisé una nota junto a una rosa roja que yacían sobre la mesita de noche. Me moví hacia su lado de la cama y cogí la rosa. Me incorporé, con las piernas pegadas al pecho, y me llevé la rosa a la nariz para inhalar su aroma.

—Qué dulce —susurré para mí misma.

Cogí la nota y la abrí. Lo primero que se me pasó por la mente fue que sería una carta de despedida. Pasé la mirada por las palabras:

He ido a por el desayuno. Volveré pronto.
Tuyo para siempre,
Aidan

Sin saber por qué, al ver la nota que yacía allí, me sentí como si la espina de la rosa hubiera apuñalado mi corazón. ¿Por qué no me había despertado? Suspiré, sintiéndome como una novia posesiva. La noche anterior había sido una locura. Las vueltas, la tormenta de fuegos artificiales que se apoderó de nosotros y nos dejó jadeando en los brazos del otro...

Paseé la mirada por la habitación pintoresca. Era de buen tamaño, pero pequeña como una hormiga en comparación con el castillo. Junto a la puerta principal (no tenía ni idea de si se trataba de una entrada de verdad o no), atisbé un pequeño sofá de color blanco, una mesa de centro hecha de madera vieja y un jarrón en el centro lleno de rosas. Asumí que serían frescas. Al otro lado, vislumbré un sofá, que seguía la misma tonalidad de la cabaña, situado frente a la chimenea.

Arqueé una ceja cuando me fijé en que no había cenizas en la chimenea.

Junto a la cama atisbé otro jarrón lleno de hortensias de color púrpura oscuro que reposaba en mi mesita de noche.

Era curioso que nunca hubiera visto a Bane en esta pequeña casa en absoluto. Me pregunté si habría creado él este pequeño lugar tan pintoresco, aunque la cabaña parecía estar decorada al gusto de una mujer. Recordé que había mencionado que nadie sabía de la existencia de este lugar.

Me levanté de la cama y caminé hasta el baño con la intención de ducharme antes de que Aidan regresara.

Cuando terminé de ducharme, salí a la habitación y vi que Aidan estaba sentado en el sofá junto a la chimenea. Me di cuenta de que llevaba puesta ropa nueva; iba vestido con unos vaqueros, unas botas de cuero marrón y una sudadera. Capté su característico aroma a madera en el aire.

Me sentí incómoda porque seguía llevando la misma toalla de la noche anterior alrededor de mi cuerpo.

Entonces, Aidan alzó la cabeza en mi dirección y sus ojos azules brillaron al verme.

—Buenos días, princesa —me saludó—. Espero que hayas dormido bien.

Adoraba su sonrisa perfecta. Sólo quería quedarme embobada mirándolo.

—Sí, gracias —caminé hacia el sofá y me senté en el extremo opuesto. Jugueteé con mi pelo, que todavía estaba mojado y goteaba.

Me fijé en que Bane parecía estar absorto en la lectura del periódico. Reinó el silencio entre nosotros, y con ello aumentó mi desasosiego.

—Eh… —carraspeé—. ¿Dónde estabas?

Bane me echó un vistazo por encima del periódico.

—Fui a recoger nuestra ropa y a comprar comida. Está ahí sobre la mesa. Y también he traído café caliente —gesticuló con la cabeza hacia la cama—. Todo lo que necesitas está sobre la cama —esbozó una sonrisa seca y volvió a centrarse en el periódico.

—Qué considerado —mi voz sonó más agitada de lo que pensaba.

—¿En qué estás pensando, mi amor? —Aidan arqueó una ceja y dejó caer el periódico sobre su regazo, prestándome toda su atención.

—Es sólo que me siento un poco inquieta acerca de qué vamos a hacer a partir de ahora.

Aidan suspiró.

—¿Te arrepientes? —me penetró con la mirada como si tratara de sonsacarme toda la verdad.

—No —hice una pausa—. Pero me hubiera gustado despertarme a tu lado esta mañana. Al menos podrías haberme despertado antes de irte.

Bane esbozó una sonrisa.

—Lo siento. No quería molestarte —se excusó.

—Ah —genial, ahora estaba actuando como una novia posesiva—. Yo también lo siento —añadí—. Supongo que estoy un poco de los nervios.

—No pasa nada, amor —atisbé una chispa de humor en sus ojos.

Necesitaba cambiar de tema.

—Entonces, ¿ya estamos a salvo de tu tío? —pregunté.

No podía ignorar esa inquietante sensación de que algo iba mal.

—Ahora que estamos unidos, Van no puede hacerte daño. Me imagino que estará enfurecido durante un tiempo, pero no irá en contra de los concejales ahora que saben que los ha desafiado.

—Entonces, ahora que estamos unidos, ¿no podemos separarnos nunca?

Bane se quedó pensativo durante un minuto, examinándome con la mirada.

—¿Acaso deseas que nos separemos? —inquirió.

—¡No! —exclamé. Me sorprendió que me preguntara algo así—. ¿Crees que hubiera accedido a acostarme contigo anoche si no estuviera comprometida contigo?

—No creo que aún hayas asimilado todo lo que sucedió anoche, mi amor —la mirada de Bane se suavizó.

—Entonces, ayúdame —insistí.

—Llevará tiempo. Sé paciente —Aidan sonrió, pero no llegó a sus ojos. Inmediatamente después, continuó leyendo el periódico.

Agaché la cabeza, fijando la mirada en mi regazo y, luego, le eché un vistazo a la chimenea mientras trataba de ordenar mis pensamientos. Entonces, clavé mi mirada sobre el rostro de Bane.

—Pues tengo preguntas.

—¿Por ejemplo? —el periódico hizo ruido cuando lo dobló y lo depositó a su lado.

—Por ejemplo, ¿llegaste a conocer a mi padre? —mantuve la mirada fija en su rostro.

—No, pero conocía sus buenas acciones. Era un samaritano.

—Ah, ¿sí?, ¿cómo? —indagué.

—Jon creía en la bondad de la gente. Si una persona necesitaba sus servicios y no tenía dinero para pagar por ellos, él llevaba su caso de todos modos. Era una de sus mejores cualidades. A diferencia de la familia, él no vivía por el dinero.

Las lágrimas comenzaron a acumularse en mis ojos, pero las mantuve bajo control.

—¿Sabía mi padre que la familia te había elegido a ti?

—Sí. Jon estaba informado.

—¿Sabía mi padre que eres un druida inmortal?

—Sí, lo sabía.

—¿Por qué no llegaste a conocerlo?

—La familia no lo permitió debido a algún tecnicismo en el contrato.

—¿Le pareció bien que tú fueras mi pareja?

—Francamente, creo que es la razón por la que estuvo de acuerdo.

Me recliné hacia atrás, desconcertada.

—Entonces, ¿por qué cambió de opinión?

—Creo que cuando Jon se dio cuenta de lo lejos que había ido Sara para traicionarlo, abrió los ojos e hizo todo lo posible por detenerla.

—¿Por qué odia Van a mi padre?

Aidan respiró profundamente.

—Mmm... en lo que a mi tío respecta, nunca se sabe. Tu padre era un hombre muy querido, y aquellos contra los que se mantenía firme, los odiaban. Van y Jon tuvieron algún que otro enfrentamiento. Creo que Jon se dio cuenta de la infamia de Van.

—¿Por qué estaba Van chantajeándote? ¿Qué podría usar en tu contra para obligarte a participar en su rebelión?

Súbitamente, el rostro de Aidan se tensó.

—Amor, en mi mundo, nuestro mundo, a veces nos vemos obligados a tomar decisiones duras, decisiones que puede que otros no entiendan —sonrió con la boca, pero no con los ojos—. ¿Puedes confiar en mí por una vez y dejarlo estar?

Sonreí, a pesar de que me dolía que estuviera así. Por su expresión, podía darme cuenta de que se trataba de un recuerdo doloroso sobre el que no quería volver a discutir. Simplemente tendría que confiar en él y aceptar que algunos secretos era mejor que permanecieran guardados.

—Vale, pasemos a otra cosa —hice una pausa—. Tú y tu hermana hacéis una pareja de baile maravillosa. Parece que sois... íntimos.

Aún sentía una pequeña punzada de celos por haberlos visto bailar sobre la pista. Puede que fuera porque me sentía como una forastera, no lo suficientemente buena para ser su pareja.

—Ah, sí, Helen —capté un brillo especial en sus ojos.

Sentí como se me erizaba la piel.

—¿Sólo Helen? —inquirí.

—Helen Claire Du Pont —Aidan suspiró.

—Le pega ese nombre. Parece una mujer exquisita.

Sentí los celos como una puñalada al corazón.

—Sí, para ser mi hermana, supongo —esbozó una cálida sonrisa.

—Tengo más preguntas —dije rápidamente antes de que me apartara de nuevo y volviera a meter la nariz en el periódico.

—¿Y bien? —respondió. Parecía estar abierto a mi lote de preguntas.

—¿Quién era esa criatura, la que vi aparecer del fuego?

—La criatura es un dragón mítico. Viene cada año en Samhain para hablar con nosotros. Lo llamamos la «fiesta de la bestia». Durante esa noche, las paredes entre diferentes mundos se vuelven más finas, por lo que criaturas como Cruis pueden cruzar a nuestra dimensión.

—Mató a uno de los hombres. Lo vi con mis propios ojos —cerré los ojos, reviviendo la visión.

Aidan frunció los labios, junto las manos y las colocó en su regazo.

—Ese es un buen ejemplo de tu falta de comprensión. Las vidas son prescindibles en mi mundo, y la muerte es a menudo utilizada como una herramienta de aprendizaje.

—¿Qué hay que aprender tras una muerte? ¡Es permanente! —me crucé de brazos.

—¿Qué quieres que haga? ¿Arremeter contra la criatura mítica que es inmortal?

—Supongo que no. Quiero saber por qué me atacó el hombre de negro —no iba a permitir que evitara contestarme a esa pregunta.

Aidan se movió para quedar cara a cara conmigo.

—Zak quería vengarse de Van por mantenerlo prisionero. Más tarde, descubrí que había planeado atacarte esa noche en la feria, hasta que yo aparecí en el último momento. Los crypt son criaturas de la oscuridad. Nunca les va bien en compañía de humanos. Mi tío lo retenía para que fuera en contra de su verdadera naturaleza y, simplemente, Zak decidió vengarse de él al deshacerse de ti. Sabía que Van contaba con hacerse con tu esencia.

Un gélido escalofrío me recorrió el cuerpo.

—¡Qué suerte la mía! —fruncí el ceño—. Tengo otra pregunta acerca de tus ojos. Anoche, cuando estábamos en mitad del hechizo, tus ojos ardieron. ¿Qué fue eso?

—Es parte de la magia druida. Cuanto más poderoso sea el hechizo, más intenso se vuelve el fuego.

—¿Te dolió?

—No, en absoluto. Proviene de la energía de la tierra. Este planeta prospera con electricidad.

—Ah, ¿y mis ojos también arderán? —esa era una habilidad que me gustaría poseer.

—Posiblemente —respondió, encogiéndose de hombros—. Con respecto a tus dones, aún estamos en la fase de prueba y no podemos saber cuánto se desarrollarán tus habilidades.

—¿De dónde viene mi magia?

—La tuya proviene de la magia de los ángeles —Aidan se inclinó y colocó un mechón de pelo suelto detrás de mi oreja—. Es diferente de la magia terrestre.

—No dejas de decir que tengo poderes, pero la única vez que he visto alguna prueba de ello fue cuando causé la explosión —me encogí de hombros—. Aún estoy tratando de entenderlo.

Bane suspiró.

—No podemos estar seguros del calibre de tus dones. En este momento, lo único que podemos hacer es especular. Pero yo creo que tus habilidades se irán manifestando a medida que crezcas.

—Tengo el ADN tanto de mi padre como de un ángel. ¿Cómo es eso posible? —tratar de pensar en eso hacía que me diera vueltas la cabeza.

Bane me cogió de la mano y me dio un apretón con suavidad.

—Sé lo difícil que te resulta todo esto —hizo una pausa—. ¿Cómo procrea la humanidad? —sonrió—. Nuestros científicos poseen tecnología más avanzada; tecnología alienígena que supera con creces cualquier cosa que los humanos puedan llegar a comprender.

—¿Es por eso por lo que te enfadaste conmigo por ir a la policía, porque soy... diferente? —pregunté.

—Pensaba que ya habíamos hablado de esto, pero sí —se acercó más hacia mí—. Si el hospital hubiera descubierto que no eres humana, hubiera sido un desastre catastrófico. El ministerio de defensa y el CDC[1] habrían ido a por ti, y bueno, puedes imaginarte el resto.

Agaché la cabeza y me miré las manos en mi regazo.

—Tiene sentido, pero ¿cómo desaparecieron las fotos que tenía en mi móvil?

—Nuestro mundo está oculto. Los humanos no pueden ver nuestra magia. Estamos ocultos a sus ojos.

—Entonces, ¿por qué no podía ver yo las fotos? —miré a Bane, sin saber qué pensar.

—No estoy seguro —se encogió de hombros—. Quizás, porque eres joven y estás desarrollando tus dones, tus habilidades no son del todo fiables.

—Pero Jen también vio el almacén —negué con la cabeza, sintiendo el impacto de un mundo lleno de cosas extrañas e inexplicables.

—Mi amor, no tengo todas las respuestas. Tal vez tu amiga Jen sea una vidente.

—¿Qué es una vidente en tu mundo? Da igual, no quiero saberlo. Quiero saber si soy inmortal.

—En este momento, sólo podemos especular, pero creemos que tendrás una vida muy larga. Ahora ¿puedo hacerte yo una pregunta? —atisbé el entusiasmo en sus ojos.

—Pregunta. Soy un libro abierto —me rodeé la cintura con los brazos.

—¿Dónde está la llave que te di? —Bane me dio un suave golpecito en la punta de la nariz.

«Oh, mierda, cualquier pregunta menos esa».

—Eh... no te enfades, pero no estaba segura de que fuéramos a salir con vida, así que tomé una decisión precipitada y le di la llave a Jeffery —me mordí el labio inferior—. Quería que Jeffery y Dom estuvieran a salvo.

—No te di la llave para que la regalaras. Quería que te fueras del pueblo —respiró profundamente—. No esperaba que estuvieras dispuesta a aceptar el hechizo, por eso no te lo mencioné. Esperaba poder tranquilizar a los concejales y ganar más tiempo para desarmar a Van —suspiró con dureza—. Incluso si eso significaba matar al canalla.

—Entonces, ¿piensas que todo esto es mi culpa? —me quedé boquiabierta, sin poder creérmelo.

—No del todo. Pero si te hubieras marchado... —Aidan no terminó su frase.

—Pensaba que esto era lo que querías —espeté, sintiendo una punzada de dolor.

—Pronto descubrirás que no existe una solución sin consecuencias —atisbé una chispa de decepción aparecer en el rostro de Aidan—. Ahora tenemos que sacarle el mayor provecho a una situación desagradable.

Me levanté del sofá de un brinco. Me molestaba que Aidan acabara de confesar estar arrepentido.

—Si no me querías anoche, deberías haber dicho algo. Te prometo que tampoco fue un lecho de rosas para mí. ¡Me dolió como el demonio! —exclamé.

Aidan se incorporó y se acercó a mí. Pude sentir su aliento acariciando mi hombro, aunque me mantuve de espaldas a él. Me resultaba difícil mantenerme firme cuando quería que me quisiera.

—¿Puedes mirarme, por favor? —me agarró el brazo con los dedos con suave autoridad.

Tragando el nudo que se había formado en mi garganta, me di media vuelta para enfrentarlo.

—Lo siento —sus ojos azules rezumaban ternura conforme susurraba —: No quise decir que me arrepentía de estar contigo. Quise decir que deseaba que hubiera sido más natural. Anoche no hubo ternura alguna. Fue rápido y salvaje. Y lamento que fuera así. Quería que tu primera vez fuera un recuerdo preciado y especial.

Levanté la vista, lágrimas acumulándose en mis ojos.

—¿Qué vamos a hacer ahora? —no estaba segura de estar preparada para enfrentarme a un futuro oscuro sin Aidan.

Rozó mis temblorosos labios con su pulgar.

—Pensaba encontrar a Jeffery y a Dom, conseguir mi llave, y que todos nos fuéramos a algún lugar lejos de aquí, alejados de mi tío y de la familia.

—Y, luego, ¿qué? —me zafé de su mano. No iba a ceder tan fácilmente.

—Nos casamos —sus ojos rezumaban diversión. Sus dedos acariciaron mi clavícula con persistencia.

—¡Deja de hacer eso! —entrecerré los ojos y me alejé de él.

—¿Que deje de hacer qué? ¿Que deje de desearte? —su voz era grave y sensual.

Comencé a sentir que lo anhelaba y lo deseaba con toda mi alma.

—¿Hay algo de malo en que quiera hacerte el amor? —Bane tocó el borde de mi toalla y tiró de ella con suavidad. La sonrisa en sus ojos contenía una llama sensual.

—¿Quieres hacerme el amor o simplemente acostarte conmigo? —sostuve mi mirada, negando la respuesta de mi cuerpo a su tierno roce.

Esbozó una amplia sonrisa.

—Quizás debería hacerte una demostración —atisbé una chispa traviesa en sus ojos que, aparentemente, tenía un doble significado, y fui incapaz de resistirme.

Súbitamente, Aidan me cogió entre sus brazos y, un segundo más tarde, me depositó sobre la cama. Se quitó la ropa y la tiró al suelo, donde terminó mi toalla también. Se subió a la cama a mi lado y me acunó entre sus brazos con suavidad.

—Estás aún más preciosa a la luz del día —me susurró contra el oído.

Los labios de Aidan besaron el hueco pulsante en la base de mi garganta, y un delicioso escalofrío me recorrió el cuerpo. Esto era tan diferente a cómo había sido la noche anterior. Esta vez fue gentil, excitante y más... cariñoso. Aidan se cernió sobre mí y sus labios rozaron los míos con una persuasión seductora que me puso los pelos de punta. Lo quería, y lo necesitaba aún más.

Entonces, las cosas se calentaron. Aidan tomó mi boca con intensidad, y yo le devolví los besos con las mismas ganas, sucumbiendo a la dominación convincente de sus labios.

—Me perteneces —susurró entre un beso y otro.

Su mano se deslizó por debajo de las sábanas para acariciar mis caderas y mis muslos mientras sus dedos buscaban puntos de placer, hasta que colocó su mano entre mis muslos, y mi cuerpo se arqueó ante sus hábiles caricias.

—¡Joder! ¿Qué me estás haciendo? —murmuré, jadeando.

—Te estoy haciendo el amor —respondió en voz baja conforme sus besos se deslizaban hacia la parte inferior de mi cuerpo.

—Te quiero, Aidan Bane Du Pont. Te quise desde el principio y te querré para siempre.

Enterré los dedos entre sus gruesos rizos negros, tiré de él para atraer sus labios a los míos y lo besé con ansia, como si fuera mi último aliento.

Enseguida, nuestros cuerpos se encontraron en exquisita armonía el uno con el otro, explotando en un aguacero de sensaciones ardientes. El mundo real daba vueltas y salía corriendo conforme nuestro amor alcanzaba alturas astronómicas.

Cuando todo terminó, yacimos en los brazos del otro, jadeando en dulce agonía. El amor fluyó entre nosotros mientras nuestros corazones latían el uno contra el otro. Envuelta entre sus brazos, en un capullo de seda de euforia, me sentí feliz, realmente feliz.

—¿Puedo hacerte una última pregunta? —susurré. Alcé la mirada para encontrar la suya.

Bane suspiró.

—Sólo una más —bromeó.

—¿Me saldrán alas? —sonreí para mis adentros.

De repente, Aidan soltó una carcajada que retumbó en el aire.

—Mi amor, no eres ese tipo de ángel —luego, se inclinó y me besó—. Duérmete, mi amor. Has conseguido que este viejo se agote.

—Esta vez ha sido mucho mejor. Ha sido agradable —me reí y me mordí el labio inferior.

Aidan abrió un ojo.

—¿Sólo agradable? —resopló—. Exijo un segundo intento —bromeó, rodeándome la cintura con sus brazos y acercándome más a él.

Una suave risa escapó de mis labios.

—Está bien, está bien. También fue bastante cachondo.

—Eso ya me gusta más. Nunca le digas al hombre que te acaba de hacer el amor que ha sido agradable. Ofende su virilidad y algunas otras partes que no mencionaré —me dio un beso en el hombro y otro en la cabeza—. Ahora, duerme, jovencita —sonrió contra mi oreja.

Me reí y, enseguida, los ojos me pesaron y caí rendida.

DUPLICIDAD

A brí los ojos al escuchar el sonido de las sábanas arrugándose.
Posé la mirada en Aidan, que estaba vistiéndose.

—¿Tenemos que levantarnos? —susurré, respirando profundamente, y traté de atravesar la bruma de la somnolencia que se cernía sobre mí.

Aidan se inclinó y me besó suavemente. Cuando nuestros labios se separaron, vi que estaba sonriendo.

—Quédate en la cama. Tengo que buscar a Jeffery y a Dom para obtener la llave. No debería tardar demasiado —se subió la cremallera de los pantalones y se puso la sudadera.

—¿No puedo ir contigo? —me incorporé sobre la cama, cubriéndome el pecho con la sábana.

—Iré más rápido si voy solo —se sentó en el borde de la cama y se calzó las botas.

—¿Por qué tanta prisa?

No sabía por qué, pero que se fuera me provocaba cierta ansiedad.

—Cuando vuelva, podemos irnos a donde tú quieras. Lo prometo —sus ojos azules brillaban como el cobalto.

—Supongo —suspiré.

Aidan se acercó y me dio un beso rápido antes de levantarse de la cama.

—Aidan, tengo un mal presentimiento —solté conforme la desazón me comía por dentro.

—Te aseguro que encontraré a los chicos y te los traeré antes de que te des cuenta de que me he ido —se acercó a mí y me cogió de la barbilla con la mano mientras se sentaba en el borde de la cama, a mi lado—. No me va a pasar nada. Lo prometo —atisbé una chispa de algo extraño en sus ojos que me dio muy mala espina. Luego, suspiró—. Aunque, debería advertirte sobre algo.

—¿Advertirme sobre qué?

—Princesa, en mi mundo nada es lo que parece —agachó la cabeza y capturó mi mirada—. Créete sólo la mitad de lo que ves y nada de lo que no ves. Recuerda eso y sobrevivirás —sonrió y depositó un beso rápido sobre mi frente.

—¿Qué? —negué con la cabeza—. Me estás dando un acertijo de niños.

—Tengo que irme. No tengo tiempo para explicártelo —rápidamente, se inclinó sobre mí, me dio un beso en los labios y desapareció.

—¡Mierda! Odio que desaparezca así —me quejé.

Paseé la mirada por la cabaña. No había mucho que hacer por aquí, así que decidí arreglarme. Me levanté de la cama, caminé hasta el baño y me duché.

Cuando volví a la sala principal llevando sólo la toalla que cubría mi cuerpo, me dirigí a la silla donde Aidan había colocado mi ropa. Me fijé en un vestido blanco decorado con cuentas y lentejuelas en el corpiño. Además, la falda estaba decorada con elegantes volantes. Acaricié el material aterciopelado con los dedos. Era exquisito. Bajé la mirada y me encontré unos zapatos: unos tacones no muy altos en un tono apagado que combinaban con las cuentas del vestido.

Aidan había pensado en todo. Atisbé un cepillo para el pelo, productos para el cabello y maquillaje. Me reí para mí misma y, sin pensarlo, pasé los dedos a través de mi pelo enredado. Había pensado hasta en la ropa interior a juego con el vestido.

Suspiré. No podría decir por qué, pero por alguna razón, me sentía fuera de lugar. Lo quería, pero no estaba segura de encajar en su mundo. Claro que su mundo podía llegar a ser horrible. Pero eso no me importaba. Mi mundo tampoco había sido el más fácil. Aun así, después de haber infusionado nuestros poderes y haber hecho el amor, seguía teniendo dudas.

Pero bueno, era demasiado tarde para cambiar de opinión ahora. A pesar de mis inseguridades, quería estar con Aidan más que la vida misma. De modo que, si quería estar con él, tenía que dejar de sentir que no era buena para él. Teníamos toda una vida para decidir juntos. Me pregunté a dónde planeaba que fuéramos. Supuse que todo era posible.

Terminé de vestirme, usé el producto para el cabello para deshacerme de los enredos, o al menos de la mayoría, me preparé una taza de café y me acomodé en el sofá. Le di un sorbo a mi café. Estaba perfecto, fuerte y caliente. Dejé la taza sobre la mesa de centro y cogí el periódico.

Primero, leí el horóscopo. Le eché un vistazo al mío, Géminis. Le di otro sorbo al café mientras leía. Me reí en voz alta. Según mi horóscopo, iba a viajar a una tierra lejana.

«Hasta las estrellas se alinean con Aidan y conmigo», pensé.

Pasé la página y le eché un vistazo a la siguiente. Entonces, algo me llamó la atención: el titular del periódico en letras negritas.

Se me paró el corazón.

Mujer encontrada muerta en su casa

El cadáver de Sara Ray fue encontrado en su lugar de residencia durante la búsqueda y rescate. Ray falleció de una sobredosis, aunque se desconoce la droga. La policía sospecha que se trata de un homicidio.

Escandalizada, sentí como si me hubiera chocado contra un meteorito con fuerza. Me puse de pie, dejando caer la taza de café, lo que provocó que el líquido cremoso salpicara sobre la alfombra blanca y sobre mi vestido.

«¡Madre mía! ¿Cómo puede estar pasando esto?», pensé.

Entonces, como si me hubieran tirado un cubo de agua fría sobre la cabeza, me di cuenta de que, todo este tiempo, mientras Aidan estaba en la cama conmigo, había sabido lo de la muerte de mi madre.

«¿Por qué no me lo ha dicho? Se ha ido sin decirme nada».

Golpeada por el dolor, comencé a caminar de un lado para otro. Se me había revuelto el estómago.

«¿Por qué tuve que pedirle ayuda a Aidan? ¿Qué estaba pensando al empolvar a Sara con algún tipo de droga alienígena? No la quería muerta, sólo quería que se olvidara de su dolor. Yo misma vi cómo Aidan le daba sólo una pequeña dosis».

Yo también me había tomado la droga y no me había pasado nada. Incluso cuando Jen había sido drogada no había sufrido ninguna complicación. Por otra parte, Sara era mayor que nosotras y una alcohólica. Recordé que Aidan había dicho que la droga no era un juguete. Había asumido que él sabía qué cantidad de dosis sería segura. ¿Sería posible que hubiera calculado mal la cantidad?

De repente, recordé la conversación que Aidan mantuvo con su tío esa noche en el castillo. Van quería que Aidan se deshiciera de Sara. Y Aidan había estado de acuerdo. Había estado trabajando bajo la mano de hierro de su tío durante algún tiempo, por razones que yo no llegaba a comprender.

¿Dónde se había metido Aidan? Comencé a caminar más rápido. Había pasado más de una hora desde su partida. Tenía que ir a mi casa y averiguar qué le había pasado a mi madre.

«No me puedo creer que me esté pasando esto».

Entonces, alguien llamó a la puerta con un suave golpe. Me quedé helada. Al principio, pensé que Aidan habría vuelto, pero, no, él no usaría la puerta principal. Entonces, recordé que había dicho que nadie más conocía este lugar. Golpearon la puerta de nuevo, esta vez con más fuerza. Se me pusieron los pelos de punta. ¿Quién podría ser? Abruptamente, los golpes se volvieron más agresivos. ¡Toc, toc, toc! Di un brinco hacia atrás. Una oleada de terror me recorrió el cuerpo.

«¡Mierda! ¿Qué hago?»

Me mordí el labio inferior. Los golpes se volvieron más explosivos a medida que la puerta sacudía sus bisagras.

Puede que Aidan estuviera en problemas y hubiera enviado a alguien para advertirme. Si me quedaba aquí en esta cabaña en Dios-sabe-dónde, me moriría de hambre. ¿Qué otra opción tenía aparte de abrir la puerta? Era evidente que quien estuviera al otro lado sabía que alguien estaba dentro.

Respiré profundamente, me dirigí a la puerta y me quedé parada con la mano sobre el picaporte. ¿Y si era el tío de Aidan quien estaba al otro lado? Agarré el picaporte, cerré los ojos y conté hasta tres.

—Uno, dos, tres —abrí la puerta de par en par, y se me heló la sangre—. ¿Qué haces tú aquí?

—¿Puedes dejarme pasar, por favor? —Sally sonrió dulcemente.

Esa voz infantil suya me ponía la piel de gallina.

—¿Por qué debería? —me crucé de brazos y entrecerré los ojos con sospecha. Apestaba a rata.

—Pensé que estaría bien que habláramos mientras esperas —detecté un poco de acidez en su tono de voz.

—¿Cómo has encontrado este lugar? —eché un vistazo por detrás de Sally y no vi nada más que un bosque de imponentes árboles verdes. Ni siquiera había un camino que condujera hasta la puerta. Volví a mirar a Sally—. Algo me dice que no has llegado andando —mi voz rezumaba escepticismo.

Sally esbozó esa estúpida sonrisa suya.

—Aidan me pidió que hablara contigo —dijo.

—¿Aidan? —estaba incrédula—. ¿Por qué te enviaría a ti? —espeté.

—Bueno, no quiero echarme flores, pero puedo ser una fuente bastante fiable cuando la situación lo requiere —arqueó una ceja—. ¿Me vas a dejar entrar o vamos a tener que hablar sobre esta plataforma a la que llamas porche? —capté la pedantería en su tono de voz.

Me quedé allí, mirándola. Había algo diferente en ella. Tenía los hombros rectos y toda su actitud irradiaba confianza. Reacia, me hice a un lado para dejarla pasar, aunque no confiaba en su mirada esquiva. Sostuve la puerta abierta, de pie en el umbral. No me gustaba nada estar encerrada en un espacio pequeño con esta chica tan peculiar. Planeé mantenerme alejada de ella hasta que descubriera lo que esta zorra tenía escondido bajo la manga.

Me apoyé contra el marco de la puerta, sin apartar la mirada de esta maldita invitada. Noté que Sally no dudó en ponerse cómoda en el sofá. Demasiado cómoda, en mi opinión, pero mantuve la boca cerrada y me preparé para cualquiera de sus travesuras.

Alisó su vestido rosa brillante mientras se sentaba, con la espalda recta y en perfecto equilibrio. Además, llevaba puestos unos guantes blancos y un bolso de los años cincuenta. Era oficial: estaba loca como una cabra. Aunque, a juzgar por su peso, podría haber aplastado a la cabra.

Sally comenzó su discurso. Me esperaba una buena.

—Bueno, tu chico me ha pedido que hablara contigo primero. Tiene una información bastante impertinente que darte —me informó.

—¿Tú has hablado con Aidan? —pregunté, arqueando las cejas.

—Por supuesto, ¿cómo si no estaría aquí? —se rio, pero su risa sonó muy falsa.

—¿Dónde está Aidan? —cuestioné.

¿Sería posible que Van hubiera capturado a Bane y, bajo coacción, lo hubiera obligado a confesar mi paradero? Recé para que ese no fuera el caso.

Sally ignoró mi pregunta y sus ojos se fijaron en el periódico.

—Ah, ya veo que has estado leyendo las últimas noticias —chasqueó la lengua dos veces—. Un accidente muy desafortunado, ¿no crees? Siento mucho tu pérdida.

Sally mentía como una cosaca. Nada de lo que decía era verídico. Es más, preferiría morirme antes que hablar con Sally de mi madre. Permanecí en silencio, escuchando sus palabras con una buena dosis de precaución y desconfianza.

—Estoy segura de que te va a resultar difícil seguir adelante después de tu horrible pérdida. Especialmente, cuando la policía encuentre pruebas de la droga —era como si Sally estuviera en mi cabeza, pero cuando nuestras miradas se cruzaron, atisbé el aparente odio en sus ojos oscuros—. Por más que lo intente —continuó con un tono de voz falsamente dulce—, nunca entenderé cómo una niña tan pequeña fue capaz de cometer tantos asesinatos.

Hablando de estar equivocada, joder, esta bruja parecía haber salido volando con una escoba metida entre las piernas hasta la tierra de las estupideces.

—¿De qué niña estás hablando? —la miré con incredulidad.

—Bueno, perdona mi franqueza, pero ciertamente tienes suficientes motivos. Claro que, después de todos esos años guardándole ese pequeño secretito a tu madre, no es de extrañar que estallaras. Saber que tu mamá había cometido un asesinato tan atroz te llevó al extremo, qué pena —sonrió.

—Sally, te has vuelto loca —dije entre dientes—. Creo que deberías irte.

No sabía a qué estaba jugando, pero yo me negaba a soportarla.

Haciendo oídos sordos, Sally continuó escupiendo su veneno.

—Y con todos esos hombres... Sin duda no querías que tu padre fuera reemplazado por otro hombre y tener un nuevo papá —añadió.

—Ahora sí que te estás pasando —la avisé.

—No es de extrañar que te vinieras abajo. Pobrecita. Y, cuando descubriste que tu mamá te iba a abandonar por su nuevo amante, perdiste el control por completo. Claramente, era más de lo que podías soportar —el acento sureño de Sally estaba más marcado ahora que nunca—. Por último, pero no menos importante, en un intento desesperado, envenenaste a tu mamá para deshacerte de ella. Te enfureciste y te convertiste en una psicópata. Supongo que, cuando ya has matado a una persona, se te hace más fácil con la siguiente.

Me quedé boquiabierta mirando a la loca de remate que estaba plantada delante de mí y apreté los puños a los lados.

—Si de verdad creyeras que soy una asesina, dudo que estuvieras aquí, enfrentándome —espeté.

—Ah, yo no tengo ninguna razón para temer a la gente como tú. Además, Aidan no permitiría que me hicieras daño —entrecerró los ojos, los cuales rezumaban odio.

Di un paso adelante.

—No sé de qué agujero has salido, pero te sugiero que vuelvas ahí dentro —gruñí.

—Esa no es forma de tratar a la anfitriona cuando eres una invitada.

—¿Qué? —negué con la cabeza, desconcertada—. No tengo tiempo para esto, Sal. ¡Vete de aquí antes de que yo te eche!

—No puedo irme —abrió los ojos—. Tengo que darte un mensaje de parte de Aidan —espetó—. Sabes, ahora que Aidan sabe lo de tus asesinatos, no quiere saber nada de ti. Por eso estoy aquí —se rio con esa repugnante risa gutural suya—. Sé que te parezco poca cosa, pero soy tu peor pesadilla —me amenazó.

—Van te ha enviado aquí, ¿verdad? ¿Te ha obligado el tío de Aidan a hacer esto? —miré a Sally por encima del hombro con el corazón en la garganta.

—No, tonta, el tío Van nunca se metería en los asuntos de un esposo y su esposa.

—¿Qué has dicho?

¿Había oído bien?

—Ya me has oído —sonrió—. Soy la esposa de Aidan.

Me atraganté con mi propia saliva.

—Todo esto —señaló la decoración de la cabaña—. ¿Te parece que todo esto es la cueva de un hombre?

No le respondí, sino que me quedé mirándola, perpleja.

—Decoré la casa yo misma. Mi esposo, como ya sabes, prefiere otras cosas —posó la mirada sobre la cama.

—Ah, ya lo sé. Aidan y yo disfrutamos de las comodidades de la cama varias veces —tiré una cerilla sobre la gasolina que ella había derramado, prendiéndole fuego.

—¡Cállate! —chilló—. Mi esposo vaga de vez en cuando, pero siempre vuelve a mí como un perro obediente.

—¿De veras?

Me resultaba difícil imaginarme a Aidan siendo controlado por Sally.

—Llevamos mucho tiempo juntos. Yo soy tan inmortal como mi marido. Mi verdadero nombre es Sabella —se jactó.

—¿Cuál es tu apellido?

De repente, me vino a la mente el obituario que Jen y yo habíamos encontrado en Internet.

—Mae, Sabella Mae Du...

—Du Pont —interrumpí—, ya lo sé —no pude evitar la amargura en mi voz—. ¿Has venido hasta aquí para alardear de tu matrimonio y de ese diamante gigante que llevas en el dedo?

Era una piedra tan grande que imaginé que tendría que usar una grúa para levantar la mano. Era extravagante, al igual que su atuendo de color intenso y su voz tan dulzona.

—Bueno, tengo que admitir que este encuentro ha sido divertido. Pero, como todas las cosas buenas, ha llegado a su fin.

—Sal, di lo que tienes que decir y ¡vete de aquí!

—Me encanta que seas tan directa. Es una de tus mejores cualidades, dejando de lado el hecho de que te has acostado con mi marido —Sally me fulminó con la mirada.

—¡Yo no te he robado a tu marido! —grité—. No me creo que Aidan esté casado. Especialmente contigo. Me quedé a vivir con él en su castillo, ¡por amor de Dios! —quería rodear su garganta rechoncha con mis dedos y apretar bien fuerte.

Sus ojos adquirieron un brillo como una roca volcánica vidriosa.

—Claro que no me has quitado a mi marido —sus palabras eran frías y calculadas—. Has caído en nuestra trampa, como la niña tonta que eres.

Entré en pánico como nunca antes lo había hecho.

—Sal, ¡suéltalo ya! —hice todo lo posible por mantenerme bajo control.

—Aidan sólo quería tus poderes. No quería compartirlos con su tío. Sabía que, si te quitaba la virginidad bajo un hechizo sexual, obtendría tus poderes —Sally esbozó una sonrisa frívola.

—Espera, ¿cómo lo has... —me detuve, y dije—: ¡No te creo! —estaba a punto de arremeter contra Sally—. Aidan se preocupa por mí. Incluso me propuso matrimonio. ¿Estaba eso en tus planes también? —me burlé, desafiándola.

—¿Cómo puedes ser tan ingenua? ¿No crees que, si de verdad hubiera tenido la intención de casarse contigo, te habría entregado un anillo? —arqueó una ceja—. ¿Dónde está tu anillo? —me provocó.

—Puede que aún no lo haya comprado —sugerí.

—Aidan tuvo que hacer todo lo necesario para obtener sus poderes. Lo del matrimonio fue sólo una mentira más.

—Pues hizo un buen trabajo. Me lo propuso dos veces —pude ver que mis palabras le sentaron como una puñalada cuando se estremeció.

—Creo que tu trabajo aquí ya ha terminado. Estoy cansada de esta conversación —atisbé una chispa de odio en la mirada de Sally.

—¿No se te olvida algo? —pregunté, y esbocé una sonrisa de desafío.

—Y ¿qué podría ser eso?

—Se te olvida que Aidan y yo hemos fusionado nuestros poderes. Somos como uno. Lo que significa que yo soy tan poderosa como él. Así que ten cuidado con lo que dices —le lancé una mirada asesina que le atravesó ese corazón marchito suyo.

Sally tragó saliva, nerviosa.

Ah, por fin la tenía justo donde la quería, ¡como un pequeño gatito asustado!

—Ya estoy cansada de esta conversación —se puso de pie—. Me aseguraré de contarle a mi marido cómo chillaste como un cerdo cuando atravesé tu corazón de roba-hombres con una daga —luchó por conseguir controlar la situación de nuevo.

Por mucho que intentara demostrar lo contrario, la verdad era que la había asustado, desvelando lo cobarde que siempre había sido.

—Sí, estoy que chillo como un cerdo —solté una carcajada—. No puedes matarme a mí sin matar a Aidan, zorra.

«Ay, por Dios, espero tener razón».

Sus ojos se abrieron como platos por la sorpresa y se quedó boquiabierta durante un breve segundo.

Sintiéndome más fuerte, disfruté del conocimiento de mi poder.

—Soy un ángel genéticamente modificado —me erguí y me acerqué a Sally—. No puedes matarme —dije con calma—. No te voy a matar, pero sí te voy a sacar de aquí a patadas. Y, de paso, disfrutaré cuando te propine un puñetazo en toda la cara —aproveché mi oportunidad y arremetí contra la garganta de Sally.

Estuve a apenas centímetros de estrangularla, pero mis esfuerzos fueron abruptamente detenidos por una mano de hierro. Fue como si me estuvieran atrapando y atando como a un animal salvaje. Agaché la cabeza y atisbé el brazo de un hombre rodeando mi cuello y apretándome contra su amplio pecho.

—Sally, ¿qué es esto? —el miedo se apoderó de mí y tomó posesión de cada célula en mi cuerpo.

—Te vamos a llevar a donde debes estar —anunció.

—¿Donde debo estar? —fruncí el ceño y entré en pánico.

—Sí, donde están los criminales, en una celda, encerrada entre rejas —se burló—. Eres una asesina y vas a obtener exactamente lo que te mereces —la voz de Sally rezumaba veneno y su risa retumbó en mis oídos.

—¡Soy inocente! Yo no he matado a nadie, zorra mentirosa —escupí, mostrándole mis dientes.

—Aidan, cariño, hazme el favor de sacar la basura.

«¡Aidan!»

Mi menté comenzó a dar vueltas. Necesitaba saber si él formaba parte de esta atrocidad. Observé el brazo de mi captor. Era de un hombre. Podía sentir su erección apretada contra mi espalda. Sus manos eran bonitas, de dedos largos y fuertes, y llevaba un anillo, el mismo anillo que había visto tantas veces en mis sueños: un ojo en el centro con diamantes alrededor.

Traté de darme la vuelta para ver su rostro, pero mi captor silencioso me mantuvo inmovilizada, prisionera ante su agarre.

—¡Deja que te vea la cara! —grité, dándole patadas y tratando de morderle.

El hombre era más fuerte que yo, por lo que mis intentos fueron en vano.

No tuve que ver sus cautivadores ojos azules, sus rasgos firmes, la confianza en sus hombros, para saber quién era mi captor: el chico sin rostro con el que había soñado desde que era pequeña. Reconocí el aroma a madera e incluso el suave flujo de su respiración. Lo conocía demasiado bien como para dudar de quién me tenía cautiva. Aidan me había engañado, haciéndome creer que alguien como él podría querer a una chica como yo. Había sido una tonta.

Un segundo más tarde, algo afilado, una aguja, me apuñaló en el cuello y, súbitamente, comencé a sentir que mi consciencia se escapaba. Escuché a Sally reírse a lo lejos, una risa enferma y depravada, pero no me importaba. A medida que mi mente se fue apagando, su voz se hizo más distante. Una ola de tranquilidad me recorrió el cuerpo como si estuviera flotando en el océano, a la deriva, sin rumbo, hasta que, finalmente, la luz sucumbió ante la oscuridad.

Descubre otras obras de Jo Wilde en la siguiente página web
https://www.nextchapter.pub/authors/jo—wilde

NOTAS

1. VIAJE

1. Este término hace referencia a un jugador de fútbol americano en posición defensiva.

6. SUEÑOS Y CHICOS DE ENSUEÑO

1. Juego de palabras con el nombre de la ciudad de Sweetwater, que significa «agua dulce».

9. SECRETOS ENTERRADOS

1. Traducción: «Será mejor que seas amable conmigo».

15. MI VIDA APESTA

1. La frase «tres hombres en una bañera» hace referencia a una canción infantil inglesa conocida como *Rub-a-dub-dub*.
2. En Estados Unidos, no se puede consumir alcohol legalmente hasta los veintiún años.

28. CONOCIENDO AL PERSONAL

1. Traducción: «Es usted aún más radiante de lo que imaginaba».
2. Traducción: «He oído que su historia es muy rica».
3. Traducción: «Usted habla bien el francés».
4. Traducción: «Al que le falta prudencia».

43. LA ROSA

1. CDC: Centro para el Control y la Prevención de Enfermedades.

Lightning Source UK Ltd.
Milton Keynes UK
UKHW041931260321
381065UK00001B/83